花开雪峰路

张琳琳 著

上海文艺出版社
Shanghai Literature & Art Publishing House

图书在版编目（CIP）数据

花开雪峰路 / 张琳琳著 . —— 上海：上海文艺出版社 , 2024

（黄河文丛 / 孙茂同 , 赵方新主编）

ISBN 978-7-5321-8947-2

Ⅰ . ①花… Ⅱ . ①张… Ⅲ . ①散文集 —中国—当代

Ⅳ . ①I267

中国国家版本馆 CIP 数据核字 (2024) 第 009669 号

发 行 人：毕　胜
策 划 人：杨　婷
责任编辑：李　平　程方洁　汤思怡　韩静雯
封面设计：悟阅文化
图文制作：悟阅文化

书　　名：花开雪峰路
作　　者：张琳琳
出　　版：上海世纪出版集团　上海文艺出版社
地　　址：上海市闵行区号景路 159 弄 A 座 2 楼
发　　行：上海文艺出版社发行中心发行
　　　　　上海市闵行区号景路 159 弄 A 座 2 楼 206 室　　201101　www.ewen.co
印　　刷：成都市兴雅致印务有限责任公司
开　　本：880 × 1230　1/32
印　　张：84
字　　数：2079 千
印　　次：2024 年 1 月第 1 版　2024 年 1 月第 1 次印刷
ISBN：978-7-5321-8947-2
定　　价：398.00 元（全 10 册）

告读者：如发现本书有质量问题请与印刷厂质量科联系　T：028-83181689

寻常的生活，不一样的文学书写

——张琳琳散文析读

◎ 徐　敦

　　近读张琳琳的近百篇散文，宛若在和一个已不年轻但依然天真，依然激情的大女孩聊天，且毫无隔阂、毫无顾忌。尽管窗外车马奔腾、挖机喧嚣，视野里依然是"窗外那枝绿柳"，让人忘却生活中的烦恼与焦虑，能轻松地透过她的叙述，窥见她的家庭、亲友，她的童年和暖心的过往：因乏钱舍不得买一根冰棍却许下心愿日后给她买十根的母亲；在"母亲每天一大早就开始做喜被，用缝纫机踩常常做到深夜，一天大概赚 30 元钱"的年头，在步行上学得来回走 20 里路的窘困日子里，母亲却设法给她从表舅家借了一辆自行车。那是一辆怎样的自行车啊，但她的父亲却对修车师傅的手艺深信不疑，相信他能让它起死回生，让她骑着上学。后来，姐姐还给她买了一辆新车，给她刻骨铭心的记忆又重重添加了一份惊喜。

　　母爱、父爱似乎是张琳琳散文创作中取之不尽、用之不竭的文学富矿，在《远去的春夏秋冬》《好一段甜蜜时光》《一碗入心》等诸多篇什里表现得更为抢眼。足见在未来散文家张琳琳的精神谱系里，物质上无论贫穷还是富有，生活都是可供她姿意选择的写作素材。她对现实生活深怀感激，从未放弃对美好生活的向往和讴歌。当这一切，母爱、父爱、师长文友之爱等孕育而成的健全的人格、健康的心理、美好的期许和向上的雄心全化为她行云流水般阳光般的文字时，自然消解了物化社会予人的困惑和迷茫，以及快餐文化的诱惑，让捡起文本的读者从容面对读图时代，从中赢得能量、哲思、快感和激情。

地处义乌市城西街道的夏演小学是她待了十年的地方，按她的说法是"一个就像我的家一样的地方"。十年前，她是奔着诗和远方来到夏演小学的，2021年即要调离了，不是调至条件优渥的城区小学，而是调到离家更远足有30多里的廿三里第二小学，她是多么不舍啊！工作单位变了，熟悉的生活、工作环境变了，"唯一不变的是我对夏演的感情，陌生的时候喜欢她、欣赏她；熟悉的时候依旧喜欢她、欣赏她，甚至已深深地爱上她"。她敞开心扉，欢愉地写道："我就要离开夏演，现在最想做的是，哪天起个早，再听听这里的鸟鸣声，哦，不是鸟鸣，是一支欢快的交响曲。最想带走的是脑海里蔷薇与香樟树的记忆……"因忙于编务和组织文学活动，我已好久没去廿三里街道了，难以得知她是否适应新的环境并有机融入廿三里街道的教坛，好在最近从"金华教育"平台得知，她已入列2022金华大市优秀班主任方阵，显然已拥有了另一个"梦之地"。这梦，是教育梦、文学梦，当然也是中国梦。

在寻常生活中，张琳琳就是这么一个爱梦想的达观女性。当风雨袭来，反而更凸显她胜不骄败不馁的韧性，因此有必要向喜欢她的读者推介其散文《窗外那枝绿柳》。这是一篇读了滕肖澜的《星空下跳舞的女人》后写的读后感。出现在该篇散文里的有两个意象，一是年轻时失去儿子、中年时又失去丈夫的诸葛老太，一是在风中时卷时舒的柳条。前者并没有被不幸的命运击倒，而是压下哀痛笑着在夕阳里星空下翩翩起舞，更坚强地追求幸福生活，像年轻人一样坐在85度C的窗边，一边喝牛奶，一边看报纸；在空荡荡的家中，一边品红酒，一边吃牛排，自己排遣孤独和寂寞，认为对失去亲人的爱，就是让自己快乐（这是一个多么睿智又热爱生命和生活的女人，她将所有轻生者和颓废者都比下去了）；后者"论肢体的强度，柳不如人；论生命的韧度，恐怕很多人并不如柳啊！"。相较于稍不如意就怨天尤人，乃至悲观失望的一些人，能屈能伸的柳也就有了指标性的思想意义。

即便书写游记类散文，张琳琳也不忘从人闻所未闻、见所未见的事物中去开掘当代文学存在的意义——"坚持以人民为中心的创作导向"，贴近人民，贴近生活，让人民大众透过文本吮吸人类最本真的"以文载道"的琼浆玉液。《花开雪峰路》《难忘的瑶琳仙境之旅》等都无愧这样的篇什。光这条坐落在义乌市江东街道青岩傅村上方的八岭古道，张琳琳就写了两篇，一篇是《金黄的八岭古道》，另一篇是《八岭古道的春天》。不同于一些类似于景点说明书之类的书写，张琳琳重在内心的感受及由此及彼的想象："我的思绪突然飘到去年秋天我第一次游赏八岭古道的情景，秋天的古道是金黄色的，像一幅五彩的画，又像是一件五彩的衣，颜色应有尽有。黄有许多种黄，嫩黄、鹅黄、土黄、金黄……红也有许多种红，淡红、大红、深红……"在对春秋两季做了一番比对后写道："眼下的八岭古道是整个的绿，似绿色的海洋，望不到边，十分养眼，令人一见倾心。"然后由衷地发出一声感叹："八岭古道的春天也是我的春天。"啊！原来先前的书写只是铺垫，最后句才是点睛之笔。

总之，情不知所，一往而深，在生活积累和升华的表述中探寻人类精神与情感世界的真相，是张琳琳散文给我这第一读者最真最美的感受。

2022年5月19日中国旅游日

（徐敢，用名徐金福，1944年出生，浙江省义乌市佛堂镇人，从小爱好阅读和写作，自20世纪80年代初涉足义乌文坛，迄今已在《东海》《芒种》《新华文摘》《儿童文学》《文学报》《香港文艺报》等70余家报刊发表作品，已出版长篇小说《白天鹅灰天鹅》、小说集《徐敢小说选》、散文集《去去游记》、长篇报告文学《柔情铁汉丁履生》、文论集《我与文学》等专著11部，编著20余部。中国作家协会会员，中国散文学会会员，中国报告文学学会会员，义乌市古今文学研究院创始人、理事长、首任院长。）

追寻过往，热爱生活

——评析张琳琳的"散文日记"

◎ 汪　炜

　　张琳琳同志是一名廿三里第二小学的人民教师，身边的事物相对固定不变，在这种相对规律的生活环境中，能够写出如此细腻的文字也就顺理成章了。她的典型作品大多是散文与日记的有机结合，但在记叙内容方面，绝非简单的日常记录，而是有感性、有理性、有知性地讲述生活。在谋篇布局方面，形式也很丰富，有插叙、有倒叙、有顺叙。细细品味，其精妙之处在于作品中有真情、有真意、有真心。

　　有真情，是指感情真实无妄。文章没有华丽辞藻的堆砌，靠细节的陈述自然抒发情感，读起来不突兀、不造作。如在《母亲的缝纫机》中，由于人类的情感看不见摸不着，作者便使用缝纫机这一载体寄托对母亲的深厚感情。文章根据时间顺序展示这台缝纫机带给自己的感动和喜悦，每一次时间演进都是感情的积累。这种情感绝不是空洞无味的，而是有充足的细节支撑，如对床上四件套的描述："看到她开心的样子，我赶紧接过她送我的礼物，细细地欣赏手中沉甸甸的礼物，这的确是一块好布料，挺厚实；花纹图案也的确好看，天蓝底的布料上是一朵朵刚刚在枝头绽放的玉兰花，白的如玉，粉的似霞；那密密的针脚均匀地铺在被套上、被单上、枕头套上。"作者虽然没有描述母亲是如何制作这些东西，但这些细节已经足够让读者感受到母亲之用心，可以让我们联想到在一个深夜里，作者的母亲坐在缝纫机前，为子女认真工作的样子。文章《一碗入心》用了类似的写法，作者写道："我有些迫不及待地用搪瓷勺子舀一小块放进嘴里，软软的，滑滑的，口感淡雅，再喝上一口清凉的泉水，'真好吃，太好吃了！'我忍不住赞叹起来，'母亲，明天可有择子豆腐吃吗？''明天还有，给你留着哩！'母亲总是那样温柔地对我说。"作者之所以具体展开描述择子豆腐的口感细节，其实是"旁敲侧击"直指那份沉甸甸的母爱，这份母爱是自己长大以后，对抗病痛、困难的有力武器。以上细节皆体现了字里行间浓浓的人情味，奠定了文章的基调。

有真意，是指情节真实无妄。文章展示作者最真实的经历，让读者深有共鸣，读起来不牵强、不虚假。文章《青春期的烦恼与醒悟》描述了作者讲述了自己少年时期，贫困而窘迫至极的故事，但经过艺术处理，看别人陷入窘境的情节也会变得很有趣。如"终于轮到我们了，他指着这辆破自行车说：'谁骑这车？'父亲指着我说：'给我女儿用，明天就要开学了，麻烦大胖师傅修好来。'大胖师傅故意眯着眼睛说：'修不好了，这破车。'父亲是相信他的，一定能修好，而我却突然对他一点好感都没有。"通过寥寥几笔，一个"嘴贱"的修车师傅跃然纸上，让人忍俊不禁。又譬如文中所写："偶尔我经过时，看到他低着头在修车没发现我，我真是阿弥陀佛谢天谢地逃过一劫。大胖师傅的取笑深深地伤害了我的自尊心，我告诉母亲我的烦恼，但是母亲的劝说对我一点用也没有。"作者把当时尴尬和羞耻的感受，描述得丝丝入扣、入木三分，读者马上就能体会到。恰好这种窘迫不仅仅是贫困带来的，每个人害怕心虚的时候都会是这样的反应，因此任何人都能抓住这里的情绪。当然，本文在逻辑论证上存在一处美中不足之处。本文的引子为儿子有青春期的烦恼——要玩游戏、买鞋子融入集体，因此作者教育孩子要把注意力放在学习成绩上，用优秀的成绩弥补物质烦恼；反正烦恼一个接一个，要用乐观的心态看待烦恼（此教育理念见仁见智，笔者在此不予评价）。但作者小时候的"大烦恼"可是通过姐姐资助得到彻底解决的，看来满足才是解决烦恼的好办法。此处对文章的中心观点起到一定"反证"作用。

有真心，是指心声真实无妄。文章贴近日常生活，表达的是自身最真实的态度观点，让读者很好接受，读起来不难懂、不晦涩。在文章《秋桂香否，知否，知否》中，"这时候，我仿佛置身于花香的世界，忘记了一切的烦恼，内心变得宁静而柔软。这里的桂花是柔软的，这里的小草是柔软的，这样的夜晚更是柔软的，唯其柔软才能珍惜眼前的所有，去包容我们一不小心受伤的伤口。"置身桂花飘香之中，其精神美感让作者内心变得十分柔软，事实证明，"借景"不仅能"抒情"，还能催人反省思考，从而获得启发。作者对桂花香气之喜爱的态度是直接明了，更是我们都可以理解的。作者不仅对具体的事物有思考，对抽象的东西也有独到的见解。如散文《等待》中，文章从朋友对男朋友的等待，写到自己对丈夫的等待，后联想到世间的一切等待，揭示了等待也是一种"相对论"。基于对幸福和未来的期待，我们愿意久等，而对走出烦恼和困顿的等待，则是一刻也不想等。此文其实是作者对丈夫的一份情书，表达了作者对爱人的依恋态度，文章的结尾就"暴露"了这一点："等待是幸福的，生活正因为有了等待，才有了憧憬。"而只有遇到对的人，才能等出不一样的风景。

芸芸众生中，我们大多数人的生活是紧张而重复的，张琳琳同志也不例外，如想得到不一样的收获，大家不妨抽空看看她的作品，相信一定能够获益匪浅。

目录

幸福回忆

002　母亲的味道

005　远去的春夏秋冬

008　时间呀时间

011　追　星

015　等　待

017　一碗入心

019　水是甜的

021　人间有味是清欢

023　岁月静好

026　青春可以做梦和犯傻

029　割稻的时光

032　那一块最大的红烧肉哟

034　摔　碗

036　红糖小忆

039　爱上星期五

042　鲤鱼山就是我的家

048　青春期的烦恼与醒悟

052　母亲的缝纫机

055　好一段甜蜜时光

058　瑶琳仙境

061　钻　戒

064　采桑葚

067　一年蓬的记忆

069　孩子的笑

072　父亲的脚步

075　三月，植树的时光

078　重游塔山公园

快乐工作

084　开　学

085　瞻仰望道故居

088　管扫把的"校工"

091　红色种子开新花

094　家访，构建家校同心的世界

098　冰雪天地，孩子们的乐园

100　一个怕写作文的孩子的心声

103　读《孩子们与泪有关的故事》感想

105　阅读需要展示

107　亦师亦友

109　和时间赛跑

112　这个冬天很温暖

117　不能忘却的红色记忆

120　快乐与挫折

122　犯错，敞开的成长之门

126　夏小永远的梦之地

129　窗外那枝绿柳

132　一个很"倔"的小暖男

136　一盒糖

美好遇见

142　　最美好的遇见

145　　雪天游仙华山

147　　乌镇，我向往的地方

150　　游仙溪村

155　　山水相依岩口湖

158　　金黄的八岭古道

161　　八岭古道的春天

163　　迷人的天山村

165　　重游岩口湖

168　　怎一个"情"字了得

171　　花开雪峰路

173　　桃花三月红

175　　那丢失的半小时

177　　桂香，知否，知否

179　　那片红杉林

181　　百合花开

183　　邂逅龙溪生态游乐园

186　　与花相遇

188 绣球苗在来路上

191 说走就走的旅行

194 悠悠岁月 古街长长

198 美在吉祥湖畔

201 **后 记**

幸福回忆

母亲的味道

小时候，我最喜爱吃妈妈包的韭菜肉馅饺子。妈妈包饺子的情景仿佛就在昨天。那味道一直不变，萦绕在我的心头，温暖如春。

"明天就过节啦！孩子们都喜欢吃韭菜肉馅饺子，明儿个起早去集市买块肉，记得要瘦肉。"母亲再三叮嘱父亲，生怕父亲忘了这事。

第二天，我还在睡梦中，就依稀听到父亲的自行车被拉出家门的声音。不用说，父亲赶集去了。

当我下楼吃早饭时，母亲早已在厨房里忙活开了，她把肉洗了又洗，接着切成小块，然后开始剁碎。"剁剁剁剁剁"母亲剁着肉，不一会儿就满头大汗了。剁肉是力气活，那时候我还太小，无法懂得母亲的辛劳。

切韭菜是母亲的绝活，她能飞快地把韭菜切得细短。只见她左手按着韭菜，右手开始飞快地切起来，"嚓嚓嚓"的声音有节奏地起起落落，我常常看得眼花缭乱。

如果说剁肉是力气活、切韭菜是技术活，那么拌馅儿应该算得上科研活了，盐、酱油、香油、味精等调料在母亲的手里娴熟地掌握分量。最后，母亲用鼻子闻闻就能判断这陷的味道是否恰到好处。

母亲耐心地包着饺子，脸上常常洋溢着慈祥的笑容。我总会在旁边数数，一共几个饺子，心里常常想一人吃几个。母亲早已猜出我的心思："别数了，保准让你吃个够。"我做个鬼脸，开心地跑出家门，得意极了！在母亲的关爱下，我的优越感总是比同龄人足。当母亲把热气腾腾的饺子捧上桌，大声叫着我的名："琳琳，琳琳，好吃了。""来了，来了……"我远远地答应着。看着桌上那碗白里透亮的饺子，上面撒着绿得晶莹的蒜叶，我赶紧夹一个放进嘴里，闭上眼睛，慢慢嚼着那皮、那馅儿……"好吃吗？味道怎么样？"母亲那温柔的话语直入我的耳朵。"妈，太好吃了，这碗吃完，我还想再吃一碗。""好，好，让你吃过瘾。"母亲笑着又去煮饺子了。

时间渐渐地流逝，母亲也慢慢变老了，两鬓开始添了几丝白发，额头上多了几道皱纹，手也变得粗糙不堪。但是过年过节，母亲总会包我喜欢吃的韭菜肉馅饺子。那时母亲差不多把肉剁成细肉末了，就会让我搭把手。我才知道菜刀的沉重，才明白母亲的辛劳，才体会吃一顿韭菜肉馅饺子的不易，它凝聚着母亲对孩子深深的爱！

参加工作后，我待在母亲身边的日子越来越少了，结婚成家后，去看望母亲的日子又是少之甚少。那天，朋友送来一些荠菜，说包饺子特别好吃。我就想自己尝试着独立包饺子现在包饺子已不比当年那样麻烦，肉是机器绞的，着实省了不少麻烦。由于先生不在家，无奈，我只好去请教母亲怎么拌馅。我把手机设置成免提，母亲耐心地一步一步教我，我照着她的吩咐一步一步做。当我把馅拌好，儿子缠着我，也要学包饺子。我就和儿子说起当年外婆包韭菜肉馅饺子的故事，儿子一边听，一边笑眯眯夸我："妈妈，你包的饺子我也一定最爱吃呢！"

最近夏桥街开了一家东北饺子馆，谁都说好吃，比机器做、手工包的都好吃，我特地要了一碗韭菜肉馅的，可我怎么吃都吃不出当年那味道，硬是把一个饺子吞了下去。总觉得有什么地方不对劲，一抹脸，竟是一把泪水。这才想起，我已有几月没回家看看母亲了，她最近身体不好，无论如何，我要再亲自包一回饺子，赶紧给母亲送去。

2019 年 2 月 15 日

远去的春夏秋冬

小时候，常常和小伙伴讨论一个问题：一年四季，你最喜欢哪个季节？

记忆中，我是这样说的。冬天的时候，我回答，喜欢夏天。

因为冬天实在太冷，把仅有的毛衣、小棉袄穿起来还是冷。母亲也怕我冷，就让我多穿衣服。记得那时候，因为穿了五六件衣服，整个人特别臃肿，活动也不方便了，写作业的时候，手肘都弯不过来。老师让我们使劲搓手，把手放到嘴巴前哈气取暖。最冷的应该是脚了，虽然穿着棉鞋，但还是冷。课上，老师总会允许我们跺一会儿脚，我们一边跺脚，一边用手捂住嘴，哈着气。老师还在一旁快速地打着拍子给我们鼓劲，我们就越来越起劲，跟着老师拍手的速度，跺得地面都要震动起来。这时候，教室外面温度虽低，但我们心里全都热乎乎的。

放了学，姐姐和我要去河里洗菜，准备烧晚饭。手泡在冰冷的水里，像刀割一样。"太冷了，手指头都快要掉下来了！"我哭丧着脸向姐姐撒娇。"好了，小妹，你先回家吧！"姐姐无数次地宠着我。

劳累了一天的爸爸妈妈也常常关心我们。每次烧火的时候，父亲就给我准备一个小火炉，他先把木炭放进小火炉里，再把烧红的柴火加进去，用蒲扇扇一会儿，小火炉里的木炭顿时旺起来。"琳琳、群群，快过来烤烤火，暖和暖和身子。"我们嬉笑着跑过去，坐在小火炉前。父亲一边烧火，一边给我讲故事。

冬天很冷，但也很温暖。

夏天来了，晚上常常热得睡不着觉。"一年四季，你喜欢哪个季节？"小伙伴们又开始讨论。我会这样回答，当然喜欢冬天。因为夏天实在太热，特别是在田畈割稻子、摘茉莉花时，是我们姐仨最难熬的时光。从天蒙蒙亮就出发割稻子，等到太阳升起的时候，我们已劳作半天了。妈妈把早饭送到了田边，我们坐在大树底下，吃着妈妈烧的茄子饼和稀饭，已然忘了夏天的炎热。

记得我七岁那年，父亲种的茉莉花长势很盛，全家人从早上十点出发，一直到下午五点才摘完。太阳无情地炙烤大地，也烤得我的小脸蛋从红扑扑到黑漆漆，像一朵快要蔫了的小花朵。哥哥常常摘到一半，就央求着去河里洗个澡，每次父母亲都欣然应允。"扑通""扑通"的水声常常灌入我的耳膜，也惹得我羡慕不已，"我不摘了，天气太热！"我又开始撒起娇来。只有姐姐一直坚持着。摘完后，父亲把茉莉花装到编织袋里，骑着自行车，把茉莉花送到乡镇的收购站。后来听母亲说，那几年因为旱灾，粮食没有收成。一家人的生活主要靠茉莉花的收入。

远处传来一阵阵自行车的打铃声，不用说，是父亲回来了。每次父亲送完茉莉花，总要买一筐西瓜和一筐梨瓜回来，让我们使劲吃，那瓜的香味至今还留在我的舌尖上——又香又甜。

这样的夏天，太阳高挂在天空，快要把我们烤成干了，但是内心早已凉快下来。

你可能会问，为什么不选春天和秋天呢？现在想起来，因为这两个季节温度适宜，太舒服，留下的记忆有些模糊。春天来了，父亲找来竹子，百忙之中要给我们做风筝。记得，父亲做的风筝因为竹子太粗，飞不起来。我和哥哥哭闹着，姐姐在一旁安慰我们，母亲耐心地让父亲重做。秋天，树叶纷纷飘落，我和小伙伴在树下捡树叶，比一比谁捡得多，谁捡的树叶漂亮。我把树叶一片一片地叠起来，等秋风吹来，我们来到大坝上，把树叶一片一片送走……父亲知道我爱收集树叶，每天捡了各种各样的树叶送我，还趁空闲的时间，陪我做树叶标本。

小时候的春夏秋冬是那样有趣，有冷、有热、更有暖。

时间呀时间

越来越觉得时间的宝贵，越来越觉得时间流逝得飞快，越来越觉得要用有限的时间来做有意义的事……

人到中年或许不用为衣食住行担忧，也淡泊了名利。但总觉得生活中缺了什么？有时是一种淡淡的忧伤，有时是一种剪不断理还乱的煎熬，有时又是一种静静的无奈……

工作了五天，你是不是想在周末好好休息一番，约上几个聊得来的朋友坐在咖啡馆里有说有笑；带上家人去附近的度假村休闲看风景；或是一个人到图书馆泡在书的海洋里尽情享受知识的阳光……可能你还想做很多很多的事，因为你会觉得周末有 2 天的时间，有 48 个小时，有 2880 分钟，有 172800 秒，一定要好好享受初夏赠予的美好时光，听婉转的鸟叫声、赏刚浮出水面的睡莲、吃美味的龙虾、追青春偶像剧……但是到了周日的下午，你或许才会觉得自己没有做任何有意义的事，没有看书，也没有和聊得来的朋友聚一聚，也没有带家人出门走走看风景……此时此刻，你是不是会皱起眉头、跺着脚气恼地说："时间怎么过得那么快？怎么明天又要上班了呢？"此时的你又失落又无奈。但不能改变的是：时间确确实实已经过去了，它不可能再回来，虽然还会有下一个周末，但这个周末是再也不可能回来了。

曾几何时，我总觉得明日复明日，明日何其多。早晨，我开开心心地去上学，在校园里度过漫长的一天，放学时常常问母亲："时间怎么过得那样慢？什么时候才能放暑假？什么时候你才带我去县城玩？什么时候才过年？"母亲通常是一边干家务活，一边严肃地说："就知道放假、知道玩、知道过年，大人可是最怕过年。"那时听不懂母亲说的话。"我就喜欢过年，穿新衣、有压岁包，还有鸡鸭鱼肉好吃哩！"我边说，边做个鬼脸风似的跑出家门去玩了。那年我十岁。

现在我终于读懂了母亲的话，也读懂母亲那严肃眼神里对我的期盼。终于感觉到时间的珍贵，后悔让时间白白地流逝。我决定和时间赛跑。

偶然翻看《青年文摘》，一篇题为《你觉得为时已晚？恰恰是最早的时候》的文章引起了我强烈的共鸣。"是的，既然确定自己喜欢这行，既然迟早要做，相比五六十岁高龄，现在四十多岁开始做，已经是最早了。我们所在的每一天，不都是我们生命中最年轻的时刻吗？"作者的这段话像一根划燃了的火柴，擦亮我心中的黑暗，给了我前所未有的动力，把之前一直觉得做任何事是不是太晚了的念头一扫而空，我决定逆袭和突围，自己与自己决战。

我不再沉迷于刷抖音、微视；不再漫无目的地闲逛朋友圈，更不去百度里看陈年往事的连续剧小视频……让自己真正静下心来，去追求心中早已织就的美丽无比的梦。

早上，太阳刚露出脸，我早已跑完2000米，当学校起床的铃声响起，我已坐在办公室里看了好一会儿书。还没到上班的时间，我也早已进教室，有计划地安排一天的教学工作。

　　周末，做完家务，我会把自己关在书房里，关掉网络，忘掉生活的烦恼，静静地与书里的主人公来一场久违的邂逅，与书中的人物进行一次坦诚的对话。

　　晚上，在微信群约上几个球友打一场比赛，当汗水淋漓的时候，全身一阵轻松的时候，我才真正懂得"生命在于运动"的道理。每晚睡觉前，"明晚要早睡"的口头禅不再成为一句空话。当时针指向 22 点，我已关机，准备入眠。

　　和时间赛跑，永远都不晚……

追　星

　　夜幕再一次降临了，漆黑的夜空里繁星闪烁，就像黑幕布里镶嵌着无数闪闪发亮的珍珠，这让我回想起了儿时的趣事。"这孩子，又跑哪儿去了？"隐隐约约从远处传来母亲焦急的声音。"我在这儿呢！"我生怕母亲找不到，赶紧回应，"我在数星星！"后来母亲对我说，你怎么迷恋上数星星了呢？我偷偷乐着，说不出话来，那年我六岁。

　　从小我就有一个梦想，追上那颗最亮的星星，大声对他说："你愿意和我交朋友吗？""哈哈哈，你又想追星星了！""哈哈哈，去梦里追吧！"周围的同伴你一言我一语地嘲讽着。后来母亲告诉我，星星的家在天上，离我们太遥远了。它每天在夜里出现，是为了给那些找不到家的孩子指点方向呢！你要想和他做朋友，就也做一盏明灯，给迷路的人指明方向，可好？那时，我还不太理解母亲的话，似懂非懂地点点头。

　　慢慢地，望着夜幕下的星空，我不再数星星，但依旧企盼和星星偶遇。不交朋友也行，不和我说话也行，我就想近距离地看一眼。

　　"哈哈哈，原来你从小就爱追星啊！"朋友爽朗的笑声把我从遥远的记忆里拉回来。

"也许吧，向往美好，是我一生的追求！"我微笑而语，微微发烫的脸颊似有红霞飞过。

七岁那年，村里有了第一台黑白电视机，每晚七点电视上播放着《射雕英雄传》。不知哪一天，我突然想演剧中的黄蓉，大姐知道了我的想法，就用她的巧手给我梳黄蓉的发型。望着镜子中的"黄蓉"，我显得有些得意，飞快地跑出家门去寻找"郭靖"。在学校的操场上，我们几个小伙伴演起了《射雕英雄传》，我演的就是主角黄蓉，碰上了一见倾心的"靖哥哥"。那一整天的时光，我们几乎都在操场度过，一会儿演"仇人相见"，分外眼红；一会儿演"路见不平"，拔刀相助；一会儿演"珠联璧合"，心有灵犀……

童年的追星经历十分有趣，常常让大人忍俊不禁，也让我的童年生活多了一份快乐与幸福。

"长大后，你还追星吗？"朋友笑着说。

"当然追啊！"我毫不犹豫地对朋友说。

"你可知道，追星路艰辛至极，你做好准备了吗？"朋友突然显得一本正经了。

"你放心，我追的可都是身边人，他们在我的心目中就是最耀眼的星星。"

那年，我偶然认识一位作家，没认识之前，他就是我要追的对象。那天，他来学校开设文学讲座，我因工作原因，抽不出时间，无缘与作家相见。但让我没想到的是，第二天，他又来了，主要是给参加文学讲座的孩子送上他的著作《我与文学》，同时在扉页上写下激励孩子们热爱文学的话，并签上他的名字。

我从班里上完课回来，看见接待室里坐着一位文质彬彬，看上去很有学问的老者。他穿着一件雪白的衬衫，戴着一副金丝边框的眼镜，正全神贯注埋头写话签名。他不就是徐敢老师吗？哎呀，他怎么来了？我的内心激动不已，久久不能平静。今天，我非要认识他不可，可怎么去认识他呢？天生性格腼腆的我为找不到认识徐敢老师的理由而急得像热锅上的蚂蚁。

"星星"就在我眼前，勇敢一点，去追吧！我给自己暗自鼓劲。

"徐老师，您好！请喝茶。"我端着一杯热茶，来到徐老师面前，先做了自我介绍。"你好！你热爱文学是一件好事，把你的作品拿来我帮你看看。"徐老师亲切的话语使我的自信心增加了不少。

接下来的日子里，因徐老师的鼓励，我更加热爱文学，开始在《枣林》《义乌商报》上发表自己的散文。因粘上这么一颗"星星"，自己的生活也因此更多姿多彩，并与徐老师成了忘年交。

偶然的机会，观看了一场乒乓球团体冠亚军决赛，参赛的两支队伍实力相当，都有夺冠的可能，就看谁发挥得更出色。那场球赛，冠军队里的一位球员的超常表现，让我遇见了前所未有的"球星"。他的发球灵活多变，让对方一而再、再而三地输球；他的进攻性强，弱点少，让对方防不胜防；他的弧圈球，球速快且旋转，让对方的球飞到九霄云外；他放高球又准又狠，不管对方如何发力，他总能把球稳稳地接住……瞬间，球场光芒万丈，球迷疯狂尖叫，我也不例外。

我多么想走上前去，祝贺冠军队，祝贺这位为团队立下赫赫战功的运动员！

都说有缘千里来相会，时隔两年，有幸与这颗"球星"相遇。那天，我受朋友之邀到四季餐厅吃饭，正凑巧，他也来了。

"你好！你不是上次夺得冠军的主力球员吗？"我主动上前打招呼。

"你好，你是？"他向我微微一笑。

"我是你的忠实粉丝，我也喜欢打乒乓球，能给我签个名吗？"我赶紧拿出笔记本给他。我们还互相留下了联系方式，他鼓励我好好练球。

我准备重拾我的兴趣，白天抓紧时间完成工作上的任务，只为晚上有时间去球馆。吃过晚饭，若已完成工作，我会开心得像个得到奖励的孩子一样，背上球包，前往球馆练习乒乓球。"打得还不错，加油！"在球馆相遇，他总不忘给我鼓励。有时是一句鼓励、有时是一个眼神、有时是一个微笑……他的鼓励给了我前所未有的动力。

"只要你努力，精彩一定属于你。"他再一次鼓励我。

追星的历程，让我懂得感恩与珍惜，也遇见了所有的美好；让我懂得努力与进步，战胜了自卑，收获了友情。

我不可能拥有整个星空，但我毕竟追上了几颗"星星"呀！

2020 年 7 月 16 日

等　待

　　有人说，等待是漫长的，哪怕等待一分钟，地球也仿佛停止了转动；空气也凝固了，时间戛然而止；继而等的人愁眉苦脸，失落惆怅，甚至万般痛苦。也有人说，等待是幸福的，哪怕等待一辈子，生活也会像盼星星盼月亮那样有盼头；时光也仿佛被涂抹上了色彩，五彩缤纷；等的人每天露出甜美的微笑，心情愉悦，甚至手舞足蹈。

　　那天朋友哭丧着脸抱怨男朋友欺负她，说好来单位接她下班一起吃晚饭，结果她从下班五点等到晚上八点，迟迟不见男朋友的身影，原来男朋友临时出差，走得急，没联系上她。单位里的同事一个个都走了，办公室里黑漆漆的一团，街上的灯都亮起来了，灯光照在她梨花雨般的脸上。她边说边依旧委屈地落泪。

　　都说害怕失去才是痛苦的根源，若是坦然面对，等待也会有不一样的风景。我想每个人都有等待的时光，只要你愿意等，一辈子都不算长；你若不愿意等，一分钟也觉得多。

　　那年，单位派我去外地培训半个月，回来的前一天，他说好要来车站接我，并带我去郊外野游。那一整天，我激动得像吃了兴奋剂一样，盼着培训快快结束。

　　"我已到车站了，你下班了吗？"

　　我发了一条消息，他半天没回我信息，我想，他一定还在忙，我就看会书吧。我一边看书，一边也忘记了等待的时间，心里满心欢喜，只为等一下能看到他。看着书中的文字，脑海里出现的是他的脸庞、他的笑容，我记得他每次笑起来，眼睛总是充满柔情，我的少女心一次次融化在他爱笑的眼睛里。

　　坐在车站的铁椅上，背后的骄阳照得我心里也暖暖的，他到底来了没有，在路上了吗，还是在忙？昨天不是说好五点半来接的吗？

　　手机震动声突然响起，我打开手机一看："现在还有点忙，你再稍微等一下。""我知道你是工作狂，没关系，我愿意等。"我自言自语地说。

　　车站里还是十分热闹的，到站的车辆，下来的乘客还是特别多，他们拉着旅行箱，一拨又一拨的乘客快速地奔往出口的方向。看着他们消失的背影，我想：他们走得那么快，一定是有人在等他们，或亲人或朋友或是单位领导，总之，他们都有等待的人吧！

　　太阳慢慢地降落下去，背后的骄阳不见了，紧跟随着一股带着热气的夏风吹过我的脸庞。华灯初上，带热气的夏风又变成了清凉的夏风，望着远处渐渐爬上来的美丽明月，我还是愿意等，相信他会突然出现在我的面前。

　　等待是幸福的，生活正因为有了等待，才有了憧憬。

一碗入心

择子豆腐是我小时候最爱吃的。每到暑期，母亲总会做择子豆腐给我们吃。母亲做择子豆腐的工序在我的记忆里有些模糊了，印象最深的是母亲熟练地把已经做好的大块的择子豆腐切成一个个小方块放到高脚碗里，倒上从山脚下接来的清甜的泉水，再放上些许红糖和醋，一碗沁甜冰凉的择子豆腐就摆在我的眼前了。

我有些迫不及待地用搪瓷勺子舀一小块放进嘴里，软软的，滑滑的，口感淡雅，再喝上一口清凉的泉水，"真好吃，太好吃了！"我忍不住赞叹起来，"母亲，明天可有择子豆腐吃吗？""明天还有，给你留着哩！"母亲总是那样温柔地对我说。

长大后，离开母亲身边了，再也吃不上这"忆童年""记乡愁"的味道了，但这样的甜美记忆一直留在我的脑海里，藏起来、抹不去。每次和朋友谈笑，只要说起择子豆腐这个名字，大家就觉得特亲切，仿佛是住进生命里似的。虽然吃不到，但总是能想起它，就像知己，随时随刻会想念。

刚参加工作没多久，因几个晚上连续加班，我突然病倒了，浑身无力，饭吃不下，一点胃口都没有。那晚，几个要好的朋友相约来宿舍看望我，我躺在床上，一副病恹恹的模样。"你怎么就不会好好照顾自己呢?"一个朋友关心地说道,"工作固然重要,但身体可是革命的本钱啊!"我无力地点点头。"告诉我们,你想吃什么?"另一个朋友同样关心地问我。

"我想吃择子豆腐。"我轻轻地说道。

"那好办,我家里有,我母亲做的,现在就去拿。"朋友飞似的跑出门去了。他家离我宿舍大概有个把小时的路程,在我的记忆里,那天他最多半小时就回来了,手里拿了一个透明的饭盒,里面盛放着满满的栗壳色择子豆腐。

"快吃吧!"朋友说着,打开盒子的盖,递给我一个青花瓷的搪瓷勺子。我赶紧盛一块吃到嘴里,那味道是那样熟悉,软软的、滑滑的,口感淡雅,非常好吃。我低着头,一口接着一口地吃,还没吃完一半,胃就舒服多了,原本好似压着胃的沉重石块像是遇到了魔力,开始融化了,阵阵暖意在我的身体里蔓延开来。快吃完的时候,人突然就有了精神,眼里有了光,脸上有了微笑。择子豆腐像一味良药医治了我虚弱的身体。

这时,我闻到了窗外的茉莉花很香很香,一阵一阵,四散飞扬。离开母亲,还能品尝到母亲的味道。择子豆腐,一碗入心。

2020 年 8 月 7 日

水是甜的

生命在于运动，当你跑完 1000 米或 2000 米，当你打完一场篮球赛或踢完一场足球赛，当你气喘吁吁跳完 1000 下绳……你一定是大汗淋漓的模样，豆大或细密的汗珠从你脸上、额头、背上、手臂上渗出来，像是一道道河流里的水不断地涌来，这时你一定会感到特别放松，全身也是一阵轻松，流汗的感觉是那样爽，像一阵风吹过一片草地，又像一阵雨浇灌在一大片花上。运动滋润着你的生命！

这时候，你若端起一杯水，那水的味道一定和你平时喝的水的味道是不同的。即使水有些微烫，也阻止不了你急切想喝水的心情。你冒着汗，小口小口地喝着白开水，越喝，汗冒得越厉害，你越感到惬意。此时，你是否感觉水的味道是带着淡淡的甜味呢？假如是，你是否觉得幸福其实很简单呢？如果说茶是香的，那么水一定是甜的。细细想来，这似乎很有道理。

家乡的山脚下有一股甘泉。在我童年的记忆里，每到农忙季节，孩子们便前往甘泉处接泉水来给大人解渴。每天的上午和下午，我负责接泉水并送到田间给烈日下劳作的父母亲喝上半壶。父亲每次喝泉水的时候，我就在边上默默地数数："一、二、三、四、五、六、七……"父亲总能喝上几十口，喝完的时候，用衣袖擦擦嘴："啧啧啧，这水真甜啊！"

我很纳闷：父亲为什么这么能喝，为什么说这水是甜的呢？父亲摸摸我的头说："付出越多的汗水，越能品味水的滋味。"

记忆的闸门翻开了我幸福的一页，水的甜味仿佛就在昨日。那年学校组织我们去春游，目的地是离学校二十五公里的仙霞山，我兴奋得一夜没合眼。第二天天一亮我就背着包赶去学校集合了，包里装着母亲为我准备的蒸馄饨。行走到半路我才发现自己忘了带水，怎么办呢？我又渴又累，脚重得像灌了铅似的，怎么也走不快。老师告诉我们才走了一半的路，大家必须坚持住。我只好咬牙继续往前走，慢慢地我落到队伍的尾巴上了。

"怎么了，走不动了吗？"同学小朱关心起我来。

"太渴了，我忘了带水。"我有气无力地说着。

"喏，快拿去，赶紧喝吧！"小朱递过来他的军用水壶。

"那我喝了，你咋办？"我咽了咽仅有的一点口水，"你不嫌弃我喝你的水壶吗？"

"不嫌！"小朱微笑着看了看我，"你等等！"

说完，小朱在路边的树叶上摘了一片较大的树叶，用手擦了擦，放到水壶的口边，说："来，快喝吧！"我心里乐开了花，张大嘴巴，水壶里的水顺着树叶流到我的嘴里，也流进了我的心里。最终我坚持到底，走到了春游的目的地，还登上了顶峰，饱览了家乡近几年的发展变化。远处的高楼大厦鳞次栉比，还有绿水青山，像一幅美丽的山水画定格在我的心中，支撑我信念的就是那股水的甜味。

当一个人，真正能品出水的甜味，可能就会在幸福的生活里享受一生！

人间有味是清欢

外面又下起了雨，"沙沙沙沙"的声音灌入耳膜，烦躁之情油然而生！越烦躁就越要静下心来，我总是这样逼迫自己。让外面的雨再下得猛烈些吧！最好一次下个够。当我这样想的时候，雨点敲击瓦片、树叶、玻璃窗、地面的声音疑似一首和谐的打击乐，"叮叮咚咚沙沙……"

每天吃完晚饭，是我劳累了一天后可以休息一小会儿的快乐时光。我可以尽情地去操场走会儿路，也可以静静地去书吧看一会儿书，还可以和几个聊得来的同事说说班上孩子有趣的事。但一想着还有很多很多事等着我去做，比如：策划活动方案、修改学生的小论文、批改作业、写写我的教育随想等，我就再也没有闲心享受这份小美好。

人的工作节奏一旦像上了发条的机器停不下来的时候，其实也是挺危险的，我又开始变得烦躁不安。工作的忙碌和生活的悠闲其实都是漫漫人生路的脚步，但我却不能很好地处理其中的关系。我怀疑自己是上了年纪的缘故吧！那天好友发给我一篇微信推文《人生缘何不快乐，只因未读苏东坡》，给了我很大的启发。苏东坡不管是仕途顺达还是逆境当道，始终保持着人格的超然独立，他是一位真正的君子。在经过仕途的起起落落后，苏东坡终于悟得——人间有味是清欢。

我决定重新找回那份原本属于我的快乐。白天，我把工作安排得井井有条，认真对待每一件事，和孩子们一起阅读曹文轩的《草房子》，一起探讨学习的好方法，在自己工作岗位中收获满满的快乐。不再沉迷于刷微信群、刷朋友圈，刷小视频等，我一直认为这些事应该是最无聊的了，时间一下子就溜走了，你收获的仅仅是酸痛的眼睛。

下班后，我不再纠结于工作上的事。那段时间，我无意中爱上了全民K歌。随着熟悉的旋律响起，我尽情歌唱。《我从草原来》，我模仿原唱，唱出凤凰传奇的风格：欢乐与豪迈。仿佛自己也来到草原，望着一望无际的草原风光，我好像一只雄鹰在自由翱翔；唱《星语心愿》，我忧郁苦闷，沉浸在歌词的故事里，舍不得你的离去，仿佛我就是故事中的女主角。此刻，我满眼泪水，剩下的只有不舍与无奈；唱《匆匆那年》，往事历历，我青春懵懂，校园的欢乐时光仿佛就在眼前，我们一起吃方便面、一起看电影、一起在校园最美的角落里牵手漫步。生活不能缺少音乐，不管音乐的旋律和意境怎样变化，我们总会在音乐里寻找生活记忆，悲伤也好、欢乐也罢，它终究随着时光的逝去而不存在了。

一位作家说过"人总要待在一种什么东西里，沉溺其中。苟有所得，才能证实自己的存在，切实地概括出自己的价值"。我豁然开朗。生活总有望穿秋水的期待，也有不期而遇的惊喜。愿我们都能在点滴烟火里，体会人间清欢。

岁月静好

如果你遇到一本自己喜欢的书或者一部喜欢的电视剧，我想你一定觉得主人公身上折射出了自己的影子，或是看到了似曾相识的经历，或是对生活的向往，抑或是得到生活的启示。

在这样一个宁静的夜晚，我倍感甜蜜和幸福。完成了当天的教学工作以及杂七杂八的琐事，紧张的心就放下来了，此刻就像踩在海洋球上，随心所欲，想彻底放松。时间还早，在办公室里看会书也好。

看《平凡的世界》就像在经历一个真实故事，更像是经历真实的生活，虽然那个年代离我有些距离，但听父母说过这样的事，所以又倍感亲切！金波和藏族女子有纯洁的爱情；向前和润叶没有爱情，但向前爱润叶，只想默默地守候着；郝红梅经历着磨难，润生看到后，就一心一意地想为红梅做点什么……人与人之间的感情是说不清的，爱与恨交织着，最后又总会释然！

林清玄的《生命之始，花开花谢》，作者感悟父母美好的爱情。父母相视而笑，不能言传，使他内心燃起一团好奇的火苗，懵懵懂懂，十分美好！母亲的一言一行极其温柔细腻，在孩子心里，母亲如此美丽。我不由得想起自己的母亲！六岁那年，母亲为了增加点收入，去较远的小镇上的服装厂上班（后来得知是小舅舅上班的学校里的一家服装厂），每周只能回来一趟。到了天黑，我就暗自流泪，母亲不在家，家里空荡荡的。虽然父亲也会和我姐仨讲故事，可我还是依恋母亲。有一次，我不小心落水了，刚好大舅舅从田畈回来看到，把我救上来。刚好第二天母亲回家，我把事情的经过一五一十地告诉她，母亲把我紧紧地抱在怀里，答应把我带在她身边……

我平时很少看电视连续剧，总觉得太浪费时间，但是《我的前半生》才看了一个开头就被女主人公罗子君娇滴滴的、以自我为中心的全职太太角色吸引住了。我不知道眼前这位被物质满足的幸福女人的前半生会是怎么样的，因为我始终认为，精神上的富有才是真正的富有。

有期待才有精彩，罗子君的幸福生活在她毫无准备的情况下突然瓦解了。丈夫陈俊生提出了离婚，罗子君整天以泪洗面，好友唐晶帮助罗子君走出了困境，找到了工作。我特别佩服罗子君离婚后离开陈俊生，活得好好的模样：卖力工作，面相阳光，善待一切。突然我对婚姻有了更深的认识，婚姻需要夫妻用心经营。恋爱是甜蜜的，婚姻是柴米油盐过日子的。再美好的爱情如果不好好经营都会随着时间的流逝趋于平淡，过着重复的生活，说同样的话，常年千篇一律的、一成不变的生活，是会让人厌烦的。陈俊生就是厌烦了眼前的生活，妻子的不信任、工作的压力使生活失去了原有的光彩，身边凌玲的出现让生活有了波澜、有了滋味，凌玲的温柔体贴以及对陈俊生的"爱"——为了陈俊生离婚了，还说爱陈俊生是她一个人的事，让陈俊生感到难过与心疼。他该为凌玲负责，所以和罗子君离婚成了理所当然。罗子君由崩溃到坦然，再到强大，像飞蛾扑火一样勇敢向前……夺回了平儿的抚养权。

我想到了自己的婚姻，想到了平时沉默寡言的丈夫，他用实际行动默默地照顾这个家、照顾孩子，也非常关心我，让我全身心地投入到工作中。每当拖着疲惫的身体回家，他总愿意倾听我的唠叨，愿意帮助我解决我的困惑，我的幸福感瞬间爆棚！家里每次吃鱼，他总会为我夹鱼肚上的肉，因为那里的鱼刺最少。把鱼肉夹我碗里时，还不忘嘱咐："小心鱼刺。"前些天，天气异常炎热，我也不小心长了痱子。那天，脖子下突发奇痒，我忍不住抓了几把，并让他看看是怎么回事。他看了之后，笑了笑说："长痱子了。"说着用花露水在我脖子下抹了一把。我顿时感到一阵清凉，幸福甜蜜之味瞬间涌上心头，被人关怀的感觉总是最幸福的。

我喜欢看书，也喜欢看我喜欢的电视连续剧。看着看着就入迷了，勾起了我的美好回忆，落日的余晖洒落在我眼前的大玻璃窗上，又红又暖！

青春可以做梦和犯傻

"怀念啊，我们的青春啊！昨天在记忆里生根发芽，爱情滋养心中那片土地，绽放出美丽不舍的泪花……"我一边听歌，一边欣赏城市夜晚的美景，淡淡的忧伤旋律伴随着歌手的深情演绎，让我内心澎湃万分。回想起上高中的那段时光，有梦想、有追求，有快乐，也有失落。正如俞敏洪所说的那样，青春才可以做梦和犯傻。

高中毕业的那个暑假，同学约我去东阳横店招聘群众演员。因招聘条件需要，去之前，我俩各花了十二元钱，拍了一组黑白和彩色的艺术照，看了照片里的自己，一头像黑瀑布似的长发，一双黑白分明的大眼睛，涂着口红的微微上扬的嘴角，演员梦在心里萌生了。那天我俩起了个早，坐上去义乌的中巴车，再从义乌转车到横店，一路颠簸了三个多小时终于到了横店，又雇了一辆"碰碰车"终于来到了横店影视城。工作人员直接带我俩到导演的办公室，正巧，导演不在，工作人员让我俩留下联系方式，并允许我俩免费参观影视城。当时，我俩就像出笼的小鸟在影视城里自由翱翔，看着一排相同风格的国外建筑，每一幢楼房前都竖着一面不同的国旗。听工作人员说，这是拍摄《鸦片战争》中八国联军侵略中国需要的场景。后来听说群众演员需要自己解决住宿，我俩就决定不去了，临走时也没有和工作人员打招呼，就悄悄地溜回来了。现在回想，青春就是怀揣着梦想，就是犯傻，不在意结果，只在乎立即行动。

有一年，学校要举办大型联欢会，地点选在了剧院。全校几千学生排着队浩浩荡荡地行走在街上。

“刘德华被你拎在手上了。”同学悄悄地对我说。

“什么！什么刘德华！”我一脸茫然，有些莫名其妙。

“美工班的小花可是刘德华的忠实粉丝，她看到你的纸袋上有刘德华的头像，在生气了！”同学神秘兮兮地说。

“天哪！这是哪门子的事。”我赶紧看看自己手上的纸袋，真有刘德华的头像。再往后看看小花，她正皱着眉、噘着嘴、甩着手臂，气势汹汹地看着我。我暗地里觉得太好笑了，一个从未见过面的歌星让小花这样崇拜，现在想起来，或许青春就是犯傻的时候。

一个白雪皑皑的大冬天，上课铃声还没响起，坐我前排的同学小芬神色慌张，急匆匆地跑进教室，坐到座位上，快速地摘下粉色的毛线帽。我还来不及问她怎么了，只见政教主任金老师已出现在我们教室门口。“戴帽子的那位同学请出来！”金老师话语里透着严厉。教室里，同学们你看看我，我看看你，只有晓蓉同学戴着帽子，她有些莫名其妙，还没缓过神来，“还不愿意出来是不是？”金老师又厉声呵斥起来。晓蓉委屈极了，带着哭腔说道：“你们还有谁是戴帽子的，快站起来呀！”我大概已明白怎么回事了，就在这时，小芬勇敢地站起来，走了出去，和金老师解释着什么……然后跟金老师走了。

后来小芬同学回来了，她兴奋地告诉我们，平时严厉的金老师没有让她写检讨书，只是口头批评教育了她。原来事情的经过是这样的：我们的教室在三楼，小芬正和二楼男同学玩掷雪球，她拿起一个大雪球用力往下砸去，雪球没有扔进二楼走廊，而是不偏不倚扔到了一楼刚走来的金老师头上。金老师抬头一看，她吓得赶紧躲回来，估计金老师刚好看到了她是戴着帽子的，所以就发生了之前的那一幕。我们一边听，一边捧腹大笑。青春的时光少不了欢笑！

青春有太多的美好回忆，现在想起来，也不禁为曾经的做梦和犯傻大笑一番……

2020 年 9 月 26 日

割稻的时光

　　风里带着雨丝、带着一丝寒意，天公不是很作美。"老师，今天还去割稻谷吗？"孩子们的眼神里流露出渴望与迫不及待。"去，当然去，叔叔阿姨已经给我们准备好雨衣了呢！""哇，太好了！"孩子们兴奋得一蹦三尺高。

　　我们坐上大巴直奔目的地——美丽的何斯路村。一下车，雨似乎停了。映入眼帘的是一眼望不到边的稻田，像无边无际的金色海洋。走进一看，每丘稻田之间的田埂上还种着像蝴蝶一样的花朵。秋风吹来，沉甸甸的稻穗笑弯了腰，花儿笑眯眯地舒展开花瓣。记忆中，稻谷成熟的时候，就是这样黄澄澄的一片，每粒稻谷都十分饱满！父亲常常站在田边，望着丰收的稻谷，引以为豪。"今年又是一个丰收年！"母亲的脸上也是喜滋滋的。"稻花香里说丰年，听取蛙声一片"，全家人都很开心！小时候，我们常在田间地头劳作、嬉戏，其乐无穷。

　　"张老师，往这边走，这里有条小道。"学友倩倩老远就喊来了。一边喊，一边过来接应我们。孩子们一个接一个地跳进小道，甭提有多开心了。"丰收的大地，我们来了！""金色的海洋，我们来了！"孩子们一个劲儿往前冲，丝毫不顾路面太窄，脚下像装了风火轮，腰间像插上了翅膀的鸟儿，飞翔在这片丰收的大地上，快乐无比。

来到稻田边，我给孩子们简单地分好组后，就开始割稻了。当地的农民伯伯分发给孩子们每人一把镰刀，还有一双手套，生怕他们的小手被镰刀或稻秆上的锋利小齿伤害。我们小时候可没有这样的待遇，我左手小拇指上至今还有被镰刀伤害的痕迹呢！

看着孩子们兴奋地割稻谷，我想起了我的童年，我的劳作时光。每年暑假的七月下旬，早稻开始丰收了。凌晨四点，天刚蒙蒙亮，母亲就喊我们起床："现在太阳还没升起，割稻子凉快，快起来啰！"母亲的话语总是温温婉婉的，像春风沐浴在我们的心坎上。我们揉揉惺忪的睡眼，跟着父母亲走在灰蒙蒙的田间小路上。

到了田间，父亲卷起裤脚，拿起镰刀，先快速地割一块空地出来。再做一个分配，父亲割八株，母亲割七株，姐姐、哥哥每人割六株，我割四株。全家人齐上阵，"刷刷刷"的声音，像一首激昂的进行曲在田间奏响，给了我十足的干劲和动力。一开始，我和家人割得一样快，渐渐地，我就跟不上了。父亲是我们的榜样，他割稻子的速度，常常使我看得一愣一愣的。只见父亲左手握住稻子的根部，右手拿着镰刀，他的左手飞快地移动着，右手"嚓嚓嚓"地割下去，父亲的手好大，一次刚好握住八株稻子。割好了，就整齐地放在稻田上。"父亲，你怎么可以这么快，为什么不等等我？"我撅着小嘴有点生气。"你的速度也已经很快了，加油！"父亲黝黑的脸上，炯炯有神的眼睛里总是流露出微笑与鼓励。我不再生气了，继续弯下腰割起稻子。

时间过得真快，太阳已经升起来了，阳光照在田野上，照在一排排已经割好的稻子上，照在我们每个人的脸上。"人多力量大啊！有你们仨帮忙，真好！"母亲也总是鼓励我们。一家人看着劳动成果，特别的喜悦！等回家吃过早饭后，我们就又来到田间打稻谷，打稻谷更是体力活。这时候哥哥和父亲是主角，他俩负责打稻子，我和姐姐负责递稻子，母亲负责清理打下来的稻子。一家人总是那么分工有序，干起活来十分默契。下午，父亲又带着我们来到田间晒稻秆。记得第一次晒稻秆，父亲是手把手教我的，先用几根稻秆捆住一把稻秆，然后抓住稻秆的顶端，顺时针甩一圈，稻秆像转圈圈的裙子一样散开了，再放在稻田上，这样就很容易晒干。稻秆晒干后，很蓬松，躺上去软软的，可舒服了！我和哥哥经常在晒干的稻秆上翻跟头，记得父亲说过，做事情一定要讲究效率的。我们家一般一个星期左右就忙好了五亩地的收种。

"张老师，你快来看我们打稻谷呀！"看着孩子们拿起稻谷，一下一下使劲地敲打在谷桶上，那神情时而皱眉，时而咧嘴笑，看着一颗颗脱落的谷粒，孩子们更加兴奋了。在倩倩阿姨的指导下，孩子们在谷桶底部用稻谷拼出一个大大的"粮"。班里一个最顽皮的孩子累得弯下腰，耷拉着头，上下唇一开一合，声音比蚊子发出的声音还轻，细听才听清他喃喃自语的是《悯农》诗：锄禾日当午，汗滴禾下土……

2020 年 10 月 18 日

那一块最大的红烧肉哟

一直到现在，我每吃到红烧肉，眼前就浮现出童年时代父亲专挑瘦肉给我吃的情景。

那天和朋友一起吃快餐，其中有个菜就是红烧肉。她问我："你爱吃红烧肉吗？"我说："还行。"她说："那这份红烧肉就给你吃。"因为她不喜欢吃瘦肉做的红烧肉。我感到有些惊讶，一般女孩子不是都喜欢瘦肉做的红烧肉吗？我和朋友正好相反，红烧肉上凡是粘着一点肥肉，我是绝不吃的。为此，童年的时候，父母亲常开我的玩笑，以后让我嫁给卖肉的人，只有这样才能吃到不带一点肥肉的红烧肉。听了这些话，我常常和他们生气，还和父亲闹起了矛盾。

那时候，家里条件一般，不过每到周末，母亲就会烧一顿红烧肉，给我们解解馋。一早父亲上集市买来了肉，回到家，洗干净，再切好。然后快到中午光景，父亲烧火，母亲围上围裙准备下锅烧红烧肉。等到香味扑鼻时，我们从外头跑回家围在母亲身边，想先尝尝那喷喷香带有嚼头的红烧肉。"哇，真香呀！""要多久才能烧好！""我能吃到几块？"我和哥哥总是问个不停。

有一次，父亲买的是三层肉，肥肉居多，几乎看不到瘦肉。我有点沮丧，心情闷闷不乐。快到吃饭的时候，我默不作声，只顾着低头吃饭。这时候，父亲挑了一块较瘦的肉放到我的碗里，我仔细看了看，发现还粘着一些油光发亮的肥肉，"我不吃，这里有肥肉。"父亲笑了笑，用筷子夹过去，把些许肥肉先吃掉，又放回我碗里，还不忘说了一句，"快吃吧，很好吃，带点肥肉，才美味哩！"我皱着眉头，又看了看那块肉，居然发现肥瘦相连处，还是有肥肉。父亲可能看出来我迟迟不肯吃的原因，觉得我太不可理喻了，顿时发了火。"好了，你不要吃了，这么矫情，以后怎么活？"我受不了父亲这样说我，泪水夺眶而出，顺着我的脸颊流下来。我"蹬蹬蹬"地快速跑到楼上放声大哭起来。那几天，我都没有搭理父亲。

周末又来了，父亲又去集市上买肉，一回家，就和母亲悄悄说话，意思是，这次买的是瘦肉，是小女儿爱吃的。到了晚上，母亲把一碗色泽鲜亮，红里透黑的红烧肉端上了桌，招呼我们姐妹仨快去洗手，再坐下吃饭。我心里其实早已不再生父亲的气了，但碍于面子，我没有先搭理他。"今天的红烧肉全是瘦肉做的，你们喜欢吗？"平时严厉的父亲，今天难得有了笑容。姐姐笑笑不说，哥哥开心地说道："只要是红烧肉，瘦的肥的我都喜欢吃。"父亲看着我，夹了一块最大的红烧肉放进我的碗里，亲切地说道："快吃吧，你喜欢的。"看着这一块红烧肉，我心里颇有感慨，我知道父亲是爱我的。

吃完晚饭，走出家门，发现今晚的月光格外皎洁。那块最大的红烧肉啊！我叨叨念念像着了魔似的乱走了一通，最后，坐在路边的草堆上放声歌唱……

摔　碗

　　昨晚，我和同事在学校餐厅里一起吃晚饭，聊着聊着，突然聊到童年摔破碗的经历，我不禁哈哈大笑起来！

　　那会儿，吃饭都不是围着桌子坐下来吃的，因为每家每户条件都差不多，基本就一两碗菜，都是干菜，基本是没有肉的，且咸得要命，要是有一碗蒸鸡蛋，就会让小孩子们高兴得要命。那时小孩都是把菜夹到碗里，端着碗出门去找小伙伴玩。一边走，一边吃，没多久整个台门里的小孩就差不多聚集在一起，一边吃饭，一边嘻嘻哈哈。这时候，总有孩子注意力不集中，碗没有拿牢，或者一个小孩子碰到另一个孩子的胳膊肘，一不小心，碗就摔破了。"哐铃铃"的响声过后，接着就是小孩的哭声。

　　在 20 世纪 80 年代，摔破碗可是大事，父母非大骂一顿不可，甚至还要打一顿呢！目的是让孩子记住这个教训，下次可不能再把碗摔坏了。可孩子哪有这记性哦，一不小心还是把碗摔破了，一摔碗就哭，一哭动静就大，动静一大便传到她父母耳朵里了："怎么又哭了，是不是把碗摔破了，你这孩子，这么不小心啊！"蓉蓉妈妈边骂边气势汹汹地走了过来。走到蓉蓉身边，就拧着她的耳朵，揪她回家。其他孩子也就一哄而散，如蜜蜂出巢似的争先恐后玩儿去了。这样的事情每天都有发生，我害怕哪天就发生在我头上了，想到这，不禁打了个战颤！

有一天晚上，村里突然停了电，吃晚饭时，我们村西边的孩子都聚集到宽阔的明堂上吃晚饭，有些孩子早早地吃了晚饭，就在明堂上互相追赶，有些孩子玩转圈圈，真是热闹极了！我们还没吃完的孩子就围在一起，听老人讲故事。不知是谁碰了一下我的胳膊肘，"哐铃铃"一声响，碗就摔成了两半。我的眼睛立刻红了起来，平平妈妈走过来说："没事的，把破碗扔到垃圾堆去，把筷子拿回家，就没事了。"我望了望平平他妈，果真这样做了。回到家时，大人都不在，我把筷子一放又跑出去玩了。由于停电，那天晚上妈妈没有洗碗，第二天妈妈也没发现少了碗的事情，现在想起来不禁好笑：大人也有迷糊的时候哩！

红糖小忆

又到一年榨红糖的季节，那股浓浓的糖香从风里飘来，我总是情不自禁地闭上眼睛，闻着糖香，陶醉在红糖的香味里。每当睁开眼，红糖的香味甜味会远远地就钻进我的鼻子，长驻我的心里。

红糖是我们小时候算得上美味的食品，记忆中，母亲总是把红糖装在玻璃瓶里，玻璃瓶放在碗柜里，碗柜有些高，我要站在凳子上，才能拿到玻璃瓶。每次趁母亲不在家，我就拿起小板凳放在碗柜前，爬上凳，小心翼翼地取出装红糖的玻璃瓶，拧开盖，用勺子盛上一小勺，然后用舌尖慢慢品尝红糖的味道。舔上一点，放进嘴巴，酥酥的、甜甜的、黏黏的，那鲜甜的味道即刻入化，甜进嘴里，甜入心里。

有一次，我放学回家，肚子有些饿，正准备搬来小凳子，想偷吃点红糖填填肚子。正当我爬上凳子，打开碗柜门的时候，母亲回来了。我转过身，等着挨母亲的骂。只见母亲走到我前面，把我抱下来。"想吃红糖吗？"母亲柔声地问道。我点点头。母亲拿出装红糖的玻璃瓶，快速地拧开盖，用勺子装了一大勺，让我慢慢吃。我顿时高兴坏了，坐到小板凳上吃起红糖来。一阵风吹来，让我感到特别惬意，眼里流露出无穷无尽的快乐。

记忆里，上初中的一段时间，天气特别冷，母亲很早起来，为我们做红糖炒年糕的早餐。看着白白的年糕粘上一层红糖汁，我们赶紧拿起筷子，插起年糕吃了起来，那味道又黏又香又甜。"嗯，真好吃！""每天吃红糖年糕也不会厌倦。""太幸福了！"我们姐妹仨，你一言我一语快乐地交谈着。"好，每天都做给你们吃！"母亲看着我们吃得开心的模样，她也特别开心。

红糖给予我幸福快乐的童年，现在，红糖的记忆带给我甜蜜幸福的爱情。

忘不了那个初冬的夜晚，天气有些冷，我们开着车到乡下较远的村子买红糖，根据朋友提供的定位，我们一路向前，快乐出发。到了目的地，老远就闻到了红糖的香味。下了车，我们手牵着手一起往糖厂方向走去。糖厂里可热闹了，外面的柜台前围满了人，有的在询问价格，有的在挑选品种，也有的在讨价还价……我踮起脚尖儿往里望去，有的工人在榨糖，有的工人在熬糖，甜雾弥漫着，机器声轰隆隆地响，虽看不清工人的脸，但我猜得到他们此刻的心情，一定十分甜美。我们挤进人群，哇，产品种类确实很丰富，有纯红糖、红糖麻花、红糖核桃、红糖姜汤、红糖麻糖等。

"你喜欢吃什么？"他总是笑着问我。

"都可以。"我也笑着。

"那就每一样都来一罐，把你喂成小胖猪。"他一边说，一边指着我比画一个胖猪的模样。我俩都大笑起来。

我们迅速地挑好红糖食品，满载而归。一路上，我品尝着红糖麻花，松松甜甜的麻花，真是好吃。品尝完了麻花，又品尝了麻糖，最后品尝纯红糖，看着这小小的，四四方方的红糖块，我不由得想起儿时吃红糖的情景，现在的红糖是什么味？我咬上一小口，还是酥酥的、甜甜的、黏黏的，和小时候的红糖味一模一样。

"红糖太甜，减肥的梦可要泡汤了！"我嘟起嘴，皱起眉。

"减什么肥，身体健康就好，胖一点更漂亮！"他还是笑着。

每一寸时光都有欢喜。红糖小忆，永恒的记忆！

2020 年 11 月 10 日

爱上星期五

已记不清是什么时候开始爱上星期五的，反正理由很简单，因为第二天就是星期六了。星期六对于我来说就像是完成了光荣的使命后回家受褒奖的感觉：恣意地睡懒觉、逛公园、买衣服、看电影、静静地阅读……想干什么就干什么。

"今儿个是星期几？"潘先生的工作比较自由，常常忘了是周几。"星期五了呀！"我回头望着他笑。

"这么快！"潘先生拍拍后脑勺，有点不相信。

其实我也觉得这一天一天过得就像是百米冲刺，等你想起来时，已到了终点。一星期七天就是如此，所以我根本不会特意去盼望周末。这不又到星期五了，早上起来心情就特别愉悦，那天无论工作有多忙，我都会欣然接受。因为生活不只是眼前的拼搏，还有诗和远方的享受。

这个点——周五下班，路上的车特别多，再加上下着雨，堵车是常有的现象。我和潘先生送孩子去参加兴趣班，一路上听着车里播放的经典老歌，看着车窗外雨中匆匆而过的行人与慢悠悠行驶的汽车，心里不着急，反而很淡定。坐在车里淋不着雨，很安全，虽然很疲惫，但是内心早已放下忙碌的工作，盼望着明天不用上班的日子。

细细回想起来，读书时就特别地喜欢星期五。那时对于读书的态度，被动接受为多，主动学习为少，整整五天泡在课堂里写着作业、记背古诗、单词，真是枯燥极了！内心就盼望着星期五，到了星期五那天，整个人心情就特别好，像是尝到了蜂蜜的滋味，甜蜜蜜的，上课也特有劲。记得那天老师常常表扬我，向我投来赞赏的目光。"同学们，今天上课的表现很积极哦，作业质量也很好，周末作业可以布置少一点……"

我想我是真的爱上了星期五。这不，忙碌的一周又快结束了，今天又到星期五了。下班后，同事仙仙请我和艳艳、清清一起吃饭。我们来到了万达店的谷香灶房，这里环境清幽，柔和的灯光给人以温暖。老板亲切的笑容与问候，一下子拉近了与顾客之间的距离。仙仙预定的位置是离驻唱歌手最近的，但歌手还没来。我望着那把挂在墙上的吉他，望着话筒和谱子架，想象着歌手的模样。正在这时，一位戴着黑色棒球帽，穿着红色运动卫衣、黑色运动长裤的年轻人微笑着走过来了。他坐上那把酒吧椅，向我们打招呼，问我们喜欢听什么歌。"来一首《选择》，可好？"我也向他微微笑，对他说。"OK！"他再次微笑着对我说。

熟悉的旋律响起来了，"风起的日子，笑看花落，雪舞的时节，举杯相约……"这位年轻人不仅仅是在唱歌，更是在演绎歌曲的故事。我听得陶醉了，以致服务员把菜端上来，我也没理会。"谢谢，一首《选择》送给大家，祝大家周末愉快！"现场雷鸣般的掌声把我从歌声里拉回来，我也赶紧鼓起掌来，以示感谢年轻歌手的深情演绎。仙仙招呼我赶紧吃饭，我一边品尝美食，一边聆听经典歌曲，近段时间忙碌工作所带来的压力与疲惫瞬间化为泡影。接下来，我还点了李健的《风吹麦浪》、伍佰的《一生最爱的人》、周杰伦的《稻香》……

每次歌手唱完一首歌，现场总是会响起雷鸣般的掌声，还有观众的赞美声。不知不觉，时间已到了晚上九点，现场只有三桌客人还在品尝美食并与歌手互动，其他客人什么时候走的，我根本没注意到。最后，我还点了一首《光辉岁月》，"今天只有残留的躯壳，迎接光辉岁月，风雨中抱紧自由……"歌手的深情演绎，让我领悟到生活中不管遇到什么困难，都要勇敢面对，并坚持下去。

星期五，幸福的星期五，浪漫的星期五，充满美好回忆的星期五……这辈子，我就爱定星期五了。

2020 年 12 月 27 日

鲤鱼山就是我的家

大雪之日，我再一次踏进这片熟悉的土地——鲤鱼山，淡淡的忧伤随之而来。映入眼帘的是塌了的老房子，以及村民搬迁后被拆了的房子——一堆敲碎了的水泥墙。大部分村民已经响应政府异地奔小康的政策，搬迁到城西街道益公山的龙山雅苑居住。"昔日喧闹的情景已经一去不复返了！"我不禁感慨万千。

唯一不变的是空气里依旧飘着树叶清新的味儿，我情不自禁地闭上眼睛，尽情地闻。鲤鱼山，我的半个故乡，我深情地爱着你、依恋你、仰慕你……曾几何时，我的心里一直装着你，直到现在，我还是对你一往情深！

第一次踏进鲤鱼山，是二〇〇四年，清晰地记得是一个秋日的午后，我的爱人第一次带我回他的老家。那时水泥公路还没建成，小汽车颠簸在崎岖盘旋的山路上，像一叶帆船摇晃在大海里。我暂且忘记了头晕，注意力早已被车窗外的山景吸引。远处群山连绵，此起彼伏，望不到尽头。近处红艳艳的一片叫不出名儿的花点缀在绿葱葱的山间，"我喜欢这里！"坚定的声音在我内心响起。

到了目的地，下了车，一望鲤鱼山村四面环山，空气清新得很；二见那个古老破旧的家门，前后相通的老房子黑洞洞，神秘幽静；三瞧那两根竖立着的粗壮的柱子，透着一股子庄严肃穆的味道。气氛延伸到我的脚下，连带着我的脚步都小心翼翼起来。脚底感受着凹凸不平的地面，目光却落在屋檐角落那年代久远的家具上：那土灶台上放着大小不一的三口锅，有着斑斑驳驳的锈迹，现在已经鲜能看到这样的铁器。同样，不远处的木楼梯，有好几处深刻的裂纹，密密麻麻的破洞也令人触目惊心。我不禁心想：这也是住人的地方？因为现在的居住条件普遍有了改善。不是别墅就是排屋，最差也应该是三室两厅的套间。而当先生笑呵呵地给我介绍他小时候坐在哪个位置学习，睡哪个房间，以及喂牛的一些趣事，霎时心底的暖意油然而生，一扫眼前愁云。三三两两的事无不承载着温馨，我听得津津有味，也不由得跟着他一块儿乐呵起来。从那时起，我与鲤鱼山就结下了不解之缘。

二〇〇五年的暑假，在婆婆的提议下，准备把老房子拆掉，按原来的面貌重新修建。当时四哥特意找了东阳木工建筑队，来重新建造，因为要想原样重建，一般的建筑队是完成不了的。在天公爷爷的成全下，在建筑队、左邻右舍地一起努力下，造新房的过程在四十天时间内完成了。还有以前的机耕路，在政府的资助下、村干部的带领下、村民的捐助下，都修筑成了平坦的水泥路。

每年暑假、过年，我都会在鲤鱼山待上一段时间，那段日子成了我生命中最美好的记忆。

暑假里，最为悠闲的是清晨和晚饭后，一家人去山间的小路上散步。走在弯弯曲曲的山间小路上，听着婉转的鸟鸣声和动听的知了声，这时我一定会闭上眼睛，深深地呼吸，感受从树叶上散发出来的清香，沉浸在大山的幸福怀抱里，静静地享受这一刻。越往大山深处走，树叶清香越发浓郁，山景也更加迷人。一路可见潺潺流水沿着山路蜿蜒而下，清澈的溪水发出欢快的响声。突然，树叶发出窸窸窣窣的声音来，原来是可爱的松鼠在树枝上淘气地蹿上蹿下；那些叫不出名儿的鸟，时而停在树枝上婉转歌唱，时而跃动在枝叶之间，时而飞下来落在你的眼前悠闲散步。山上的生态植物极其丰富，一些叫不出名的野山花，兀自绽放着美丽的容颜。山坳里随处可见高大笔直的水杉、光蜡树等，碧绿的树叶在阳光的照耀下散发着金色的光芒，好像新的生命在跳动！

二○○六年的一月份，是我第一次回去过年，走在村子蜿蜒的石板路上，老远就听到从我家方向传来的热闹声，大人与大人的交谈声、麻将与麻将的碰撞声、小孩与小孩的嬉闹声……在推开门的瞬间，大家异口同声地表示欢迎，"哟，老五一家回来了。"婆婆会吩咐侄子、侄女帮忙搬行李。我看着新房，对破旧老屋的印象还在，细细环顾四周，结构还是原来的模样，但是窗户、楼板、柱子都是崭新的，那股淡淡的树香味扑鼻而来，非常好闻。我轻轻地走在新的木楼梯上，细细地抚摸着崭新透着油漆光亮的栅栏，心情十分喜悦，像有一道暖阳照进心中。房子虽然是原拆原建，但似乎又有天壤之别。两个房间门朝西，三个房间门朝北。五个房间门前的通廊处和天井之间用栅栏围住，抬头仰望那小小的"天窗"，真的别有一番诗意！

每当楼下煤炉里烧水或煮鸭煮鸡时，那热腾腾的白气和香味就从天窗里飘出去，萦绕在这个小山村里；每当天气晴朗时，那明媚的阳光像一把利剑一样从天窗直射下来，照亮了整座木房；每当阴雨绵绵时，那淅淅沥沥的小雨从天窗落下，滴答滴答，敲打天井里的小石子，小石子变得雪亮雪亮。不管何时，我总喜欢驻足仰望那天窗，那天窗虽然小，却给了我无尽的遐想。

鲤鱼山的村民至淳至朴。他们勤劳善良，每天日出而作，日落而息。山间梯田到处是一片片长势喜人的庄稼。每年的三四月份，家家种的土豆丰收了，那土豆不管煮还是炒，都特别香。还有秋天丰收的番薯，煮起来吃，甜透了每个人的心。那普普通通的金瓜番薯呼唤着村民的记忆，在那个饥饿的年代，番薯是可以饱腹的。如今，村民们对番薯依然钟爱。到了播种的季节，他们还会走上几十里的山路，回村里种番薯。我的眼前仿佛浮现村民播种番薯的画面：他们弯着腰，把秧苗埋进土里，额头上汗津津的，有人路过，他们总会微笑问候，脸上的皱纹像波纹一圈圈荡漾开来。

时光飞逝，地处城西街道与浦江交界的这个小山村，随着村民响应政府异地奔小康的政策，村里几乎没人住了，但那一波乡愁早已驻扎在我的心里。那日，我又随婆婆和大姑姑、大姑丈来鲤鱼山。一下车，清新的空气扑鼻而来。虽是大雪节气，但冬日的阳光早已从山的那边升起，把温暖送给这寂静的小山村。村里出奇得安静，好像地球停止了转动。整个村只有几座房子还兀立在那儿，二爷爷家的桂花树在寒风与冬日的陪伴下，依然挺立着。记得每年鲤鱼山的桂花都要迟些时候才开放，二爷爷家的桂花树像一把绿绒大伞，夏天的时候，人们可以坐在树下乘凉。深秋的时候，桂花香飘四溢，整个小山村弥漫着桂花的芳香，令人陶醉！

鲤鱼山，我来了！你就这样静静地躺在大山的怀抱里，与世无争，你寂寞吗？望着远处的鲤鱼山，我的内心波涛汹涌，昔日热闹的景象像放电影一样在我脑海里闪过：清晨，村民们有的牵着老黄牛在田间劳作，有的背起锄头弯下腰在播种，有的挎着菜篮在菜地里摘菜。中午，村里的广播准时响起，村民又忙碌起来，有的在土灶上做饭、炒菜，家家户户的烟囱炊烟袅袅；有的忙碌着喂猪、喂鸡鸭。猪栏、鸡棚里发出嗷嗷嗷、咯咯咯的叫声，像欢快的二重奏。快天黑时，村民们吃过晚饭，有的摇着蒲扇在弄堂里闲聊，有的沿着村公路散散步。

鲤鱼山的天还是那样蓝，那几棵高大的苦槠直挺挺地立在那儿，不卑不屈，像是鲤鱼山的守护神，见证了山村的前世今生。未来，它也还会在这儿，不离不弃地守着这片土地。其实，我也该坦然，放下该放下的，不必如此难过。村民们远离这个连公交车都到不了的小山村，未尝不是一件好事，现在搬迁到环境宜人的龙山雅苑居住，算是过上了富足的生活，是应该真诚地感谢政府出台的政策。我隐隐作痛的心在这一刻也随之释然。

鲤鱼山村还有一处令人记忆深刻的地方，一直保持着自己原有的模样，就是季鸿业故居——双龙别墅。它由堂楼和左右厢房组成，呈"凹"字形的三合院，它已经承载了八十年春秋，像一位老者，静静伫立在这鲤鱼山中，正如他的主人，季鸿业一般，默默守候着这片土地。季鸿业是陈望道先生的女婿，也是我们的小舅公，听长辈们说，他为人豪爽，善交朋友。解放前，他担任义乌县抗日自卫总队第三大队大队长，为义乌解放做出了重要贡献。解放后，他先后担任过兰溪县县长、浦江县副县长、浙江省人民法院秘书、金华师范学校教研组组长、浙江省文史馆官员、义乌县政协第四至第六届常委等职。小舅公一路走来，用其对共产党的一片丹心，书写了一个共产党人为社会主义事业生命不息、奋斗不止的不平凡的人生轨迹。

房子的处处都留有小舅公的痕迹。擅长书法的小舅公亲笔题写了"双龙别墅"四个字，并找人刻到了青石上。每次来，我总会驻足脚步，细细观察这里的每一块砖、每一堵墙，眼前总会浮现出小舅公英勇的革命事迹。

二〇二〇年元月的一天，我和爱人再次回了趟老家，我们约定去走走曾经走过的地方。我不会忘记那个秋日的午后，我们沿着浦江方向慢慢地走着，不知不觉地来到了十八弯，那是我们第一次相约的地方。那里有一片葱茏翠绿的竹林，笔直的竹子高耸入云，秋风吹来，竹子情不自禁地摇曳起来，像是跳起优美的舞蹈。我们坐在边上的石阶上，呼吸清新的空气，听小鸟叽叽喳喳的欢唱。整整十五年了过去了，时间仿佛定格在昨天。啊！鲤鱼山，你就是我的家！

青春期的烦恼与醒悟

看大街上来来往往的年轻人，各个都青春靓丽，散发着活力，不管是穿着时尚还是朴素，不管是化了淡妆还是素颜，不管是扎马尾还是剪短发……我羡慕他们的个性和风流，或许，也各有各的烦恼，就像我读高中时一样，根本没有发现我青春期的奥秘。

那个晚上，儿子找我聊天，诉说他内心的烦恼。烦恼的原因主要是同学聊游戏的话题，他一点也不懂，插不上话，他觉得自己很孤单。还有，他开始羡慕同学穿好看的鞋，希望自己也可以拥有一双那样漂亮的鞋。他还补充说道："妈妈，我知道我不该向你提要求。"我点点头表示理解，并告诉儿子自己曾经也有这样的烦恼。儿子有些怀疑地看着我，拉着我的手请求我讲讲我读高中时的故事。

于是，思绪把我拉到一九九六年的九月。

当时，因家庭条件原因，父母亲不允许我住校，让我骑自行车每天走读。十六岁的我已经非常懂事，深知父母亲赚钱不易。母亲每天一大早就开始做童被，用缝纫机踩，常常做到深夜，一天大概赚30元。父亲在一家厂里上班，一天也就30元收入。我想走读就走读，每天来回又有什么关系呢！没想到因走读带来的烦恼是那样深深地伤害了我的自尊心，带给我无尽的自卑，让我难过得不想讲话。学校里唯一让我好过的是我的成绩，课堂上老师总投给我赞许的目光。一回家，我要么不说话，一说话就和母亲吵嘴。我的脾气这样古怪，是因为我受了委屈。

这件事因一辆自行车而起。我要走读，家里没有多余的自行车，母亲从远房表舅家借了一辆自行车，那辆自行车是表舅家多年不用的，弃在角落没人理。听母亲说，是一个年轻人到表舅家买烟时留下的，说回去取钱，结果，钱没拿来，车也不要了。表舅听说我走读需要一辆自行车，好意给我们家，省得我们借钱去买一辆，其实根本借不到钱。如果没有自行车，我将面临每天来回走二十里路的困境。

其实，那辆车已经破得不行了，钢圈大面积生锈，轮胎是漏气的，刹车也不灵。但父亲说，他会拿去修的，总比走路要好。开学前一天，我跟着父亲来到自行车修理铺，师傅是一位又高又胖的年轻人，脸上、手上没一处是干净的，连衣服都是脏兮兮的。他外号叫大胖，据说是修理自行车的能手。他爱开玩笑，脸上总笑眯眯，挺着个大肚子一边修理自行车，一边和客人交谈。终于轮到我们了，他指着这辆破自行车说，"谁骑这车？"父亲指着我说："给我女儿用，明天就要开学了，麻烦大胖师傅修好来。"大胖师傅故意眯着眼睛说："修不好了，这破车。"父亲是相信他的，一定能修好，而我却突然对他一点好感都没有了。大概过了个把小时，自行车终于修好了，大胖师傅骑上自行车绕了一圈，把车交给了父亲。

第二天我骑着自行车去上学，来到学校我呆住了，同学们的自行车都是崭新的，不是粉红"菲利普"，就是大红"安琪儿"，我的这辆黑色旧自行车停在它们边上是那样格格不入。我顿时有点懊恼，但想想自己的家庭条件也就坦然了。在新学校，认识那么多新同学，还是挺开心的，特别是有一位同学她也走读，和我是邻村，也就是说，以后每天上下学路上有伴了。那天放学回家的路上，经过大胖师傅的修车铺，我和他本不熟，但他竟来取笑我："哎呦呦，骑这么破的自行车！"我的脸瞬间红到了耳根子，被大胖师傅取笑，真是气不打一处来，可我又不会还嘴，只好红着脸从他身旁经过。

但谁也没想到，这样的取笑竟成了我的家常便饭。因为我每天上下学都要经过大胖师傅的修车铺，而他也恰好几乎每天都能看到我放学，然后笑着来说我几句。偶尔我经过时，要是他低着头在修车没发现我，我真是阿弥陀佛谢天谢地逃过一劫。大胖师傅的取笑深深伤害了我的自尊心，我跳不出大胖师傅取笑我时的眼神，逃不了不骑这辆自行车的处境。太阳躲进了云层，天空也变得灰蒙蒙了，那段时间我真的难受得快要窒息了。

我告诉母亲我的烦恼，但是母亲反而劝我不要太在意别人的闲话，大胖师傅就喜欢开玩笑而已。接着，母亲也给我讲起她儿时的烦恼，吃不饱，穿不暖……相比之下，我的烦恼竟不算烦恼了。我开始变得勇敢起来，当我再次经过大胖师傅的修车铺时，我故意慢慢骑自行车。

快毕业了，姐姐要给我买一辆新的自行车，我竟有些舍不得那辆旧自行车。当我骑着崭新的"菲律普"经过大胖师傅的身边，没想到他照样笑眯眯地和我说笑，"哇，姑娘，买新车了，喜新厌旧了！"我也终于明白了母亲说的话，大胖师傅就是喜欢说笑，没有恶意。

摆脱旧烦恼，又有新烦恼，爱美之心人皆有之。那个年龄，正是最在意外表和穿着的时候了，班里大部分同学是城里人，穿得艳丽；我们几个乡下女孩子穿得朴素，常常羡慕她们。我们也多么想拥有许多漂亮的衣服啊！后来我们一心扑在学习上，有时间就去琴房练琴或找个清静地看书。老师常常在同学面前夸我们学习认真，成绩好。渐渐地，我把烦恼给忘了。

儿子听了我的话后，不禁感慨："妈妈，原来你读书的时候也有这么多烦恼！"

"是啊，其实烦恼无处不在，每个年龄阶段都会有，要看自己怎么去处理。"我笑着对儿子说，"现在回想起来，我真的不知道曾经也有属于自己的美丽与快乐，只是太过于沉浸在烦恼里了。"

"妈妈，我懂了，要用乐观的心态去面对烦恼，更要珍惜现在所拥有的！"儿子的眼睛里散发着光芒，"过去的，就让他过去吧，别管那是一个嘲讽还是玩笑……"儿子唱着《少年》那首歌，似乎已忘记眼前的烦恼了。

成长中的烦恼是一种经历，也是一笔生活财富，多年以后，你一定会觉得，成长中的烦恼原来并不算烦恼，成长中也有许多的美丽与快乐。那么，现在逝去的青春算不算烦恼呢，我想同样应该不算，因为每个人都有曾经属于自己的美丽。

母亲的缝纫机

　　我的母亲是一位很出色的缝纫工，不仅衣服做得好看，还懂得如何养护缝纫机，像爱孩子一样爱着它。别看这缝纫机在我家近四十年了，但崭新崭新的，像刚买来的一样。我小时候过年的新衣服都是母亲自己做的，那时我在同龄人面前很有优越感，就是因为母亲设计的衣服是独一无二的。每到过年，我穿着新衣服穿梭在人群中，那棉袄的大翻领像荷叶一样圆圆的，下摆穿插几个褶皱，镶上一条亮闪闪的金边，十分时尚！常常引来大人的啧啧称赞，夸我母亲衣服做得漂亮；也引得小伙伴投来羡慕的眼神，好像在说："哇，她的新衣服真好看！"

　　随着时间的推移，社会的发展，母亲基本不用再做衣服了，但每次回老家，我总还能听到缝纫机工作的响声，那熟悉的"嗒嗒嗒"声，如动听的乐曲温暖了我的心窝，勾起我对幸福童年的回忆。

　　那年过年刚流行穿滑雪衣，母亲买来弹力絮和大红颜色的雪纺面料，要为我做件滑雪衣。那是母亲第一次做滑雪衣，因白天忙着做家务，母亲只好常常在夜里加班，她时而紧锁眉头画样思考，时而嘴角上扬露出微笑，时而点点头自言自语。她坐在缝纫机前，动作是那样娴熟，手脚搭配十分协调，像一位钢琴家在奏乐。我躺在床上，缝纫机的工作声伴着我入眠是常有的事。梦里，我穿着火红的滑雪衣，牵着母亲的手到舅舅家拜年。舅舅家一片红火，门上贴着春联、屋檐下挂着灯笼、家里还贴着喜庆的年画哩……舅舅指着我的滑雪衣，直夸漂亮！我乐了，母亲更乐了。

第二天醒来，我揉揉惺忪的眼睛，只见眼前一片红火，我的滑雪衣已经做好了，正挂在床前呢！我兴奋不已，一骨碌跳下床，快速穿起滑雪衣，轻轻地摸着滑雪衣的面料，像是欣赏一件稀罕的宝贝，穿在身上又轻又暖，一阵暖意袭遍全身，我仿佛踩在云里，跟随云儿飘起来了。那个年，人群里总有一朵快乐的红云穿梭其中，飘来飘去。

现在，母亲还是会常常坐在缝纫机前，修补修补衣服和裤子，偶尔做一些围裙、袖套、布袋之类的生活用品送给我。

上次回老家，母亲要送我两套四件套的床上用品，她从衣柜里拿出做好的被套、被单、枕头套，欣喜地对我说："你哥哥留下来的那批布料质量特别好，花纹、图案又好看，这次终于派上用场了，我给每个舅舅家也都做了一套，这两套送给你。"母亲说话的时候眼睛里泛着光，是开心、是满足、更是自豪，脸上的皱纹像涟漪一圈一圈荡漾着。我竟忘记是什么时候，皱纹无情地爬上了母亲清秀的面容。看到她开心的样子，我赶紧接过她送我的礼物，细细地欣赏手中沉甸甸的礼物。这的确是一块好布料，挺厚实；花纹图案也的确好看，天蓝底的布料上是一朵朵刚刚在枝头绽放的玉兰花，白的如玉，粉的似霞；那密密的针脚均匀地铺在被套上、被单上、枕头套上。"啧啧啧，啧啧啧，这布料、这做工，商场上根本买不到这样的质量。"我连声称赞。母亲像孩子一样笑得合不拢嘴，连连摆手，谦虚地说，只要我喜欢就好。

又快过年了，那天晚上，我把旧的床上用品换下来，准备换上母亲送我的四件套。我打开床单，突然闻到了淡淡的花香，天蓝底的布料上，一朵朵玉兰花绽放得更美了，我知道，这里头有母亲的气息，饱含着一位平凡母亲给孩子最不平凡的爱。我的眼睛渐渐湿润了，仿佛看到，深夜里母亲坐在缝纫机前工作的样子，她的动作是那样娴熟，手脚配合是那样协调，一阵又一阵的嗒嗒嗒声是那样清脆而动听。

晚上，我做了一个梦，梦见母亲拉着我的双手在蓝天里遨游……

好一段甜蜜时光

在母亲的眼里，孩子永远是孩子，哪怕你参加工作了还是成家立业了。这段时间，我因身体原因，由母亲照顾着。重回母亲温暖的怀抱，让我每天体验着浓浓的母爱。

早上，母亲总是给我做核桃荷包蛋。我孩子出生的时候，母亲曾做给我吃过，是我最爱吃的。水开了，先敲上鸡蛋或鸭蛋，等荷包蛋快熟了，再倒上已磨碎了的核桃，吃到嘴里是那样香，且总也吃不厌。母亲看我喜欢吃，就特别开心。她说："如果是鸭蛋，她就放红糖，因为鸭蛋是凉的；如果是鸡蛋，她就放冰糖，因为鸡蛋是热的。"一顿早餐，母亲做得如此用心，我感动至极，等她不在的时候，我就一个人悄悄落泪。

天里，她问我最多的话就是你喜欢吃什么，她变着法给我做好吃的。"老鸭煲""糖醋小排""山药猪蹄汤"都是我最爱吃的。母亲不厌其烦地早早地去菜市场，买新鲜菜做给我吃。看着我的身体渐渐恢复，她紧锁的眉头也舒展了许多。

"往后你可要注意身体了，晚上要早睡，天天熬夜，身体熬坏了可咋办！"母亲握着我的手心疼地看着我。

"知道了，放心吧，以后我一定注意。"我安慰母亲来着。

母亲照顾我的这段时间，让我时不时地想到小时候最盼望生病的情景。因为只有在生病的时候，母亲才会放下手中的活儿来陪伴我，给我讲故事、做好吃的。她是那样慈爱，以致我常常忘了生病带来的身体不适，而沉浸在喜悦里。

小时候，我体质差，常常发烧。那年夏天，我八岁，放学回来，脑袋像灌了铅似的沉重，一到家，就上楼倒在床上，迷迷糊糊地睡着了。母亲从外面干活回来，到了吃晚饭的时候，就开始找我，所有我能去的小伙伴家都找过了，没找到，她心急如焚。后来，不知怎的，母亲终于找到楼上来了。"快醒醒，你怎么睡着了？"隐隐约约，我听到了母亲的呼唤。"哎哟，这么烫，发烧了！"听着母亲担心的话语，我极力睁开眼睛，想说话，又说不出来。后来，母亲就背我去村里的诊所打吊瓶。整个过程，母亲是那样紧张，她一直看着我，责怪自己没有关心我。

第二天早上，烧退了，我睁开眼，想吃东西。母亲听到我想吃东西，眼里竟然闪出泪花。"你这孩子，终于有胃口了。"那天，我吃到了盼望已久的鲫鱼，鲜美的鱼汤浇在米饭里，我吃得津津有味。母亲还给我讲了《红楼梦》的故事，我最喜欢听林黛玉刚来贾府的那一段，母亲一边讲，还一边唱。"乳燕离却旧时窠，孤女投奔外祖母……"我百听不厌，幸福极了！

还有一回，我又发烧了，那时特别想吃雪糕，母亲竟跑了将近两里路，从七里买来了牛奶雪糕。我慢慢吮吸着冰冰甜甜又有牛奶香味的雪糕，头也不痛了，眼睛也亮起来了，小酒窝也露出来了。我觉得真神奇，发烧竟可以用牛奶雪糕解决。后来，母亲说，雪糕相当于冰块，是可以起到降温作用。

　　时间一晃三十多年了，我生病了，还是可以得到母亲的照顾，真的是我这一生的福分。"这是我刚挑来的蓝莓，快吃吧!"不知何时，母亲已推开门来到我的房间。春日的阳光正从窗玻璃照射进来，落在母亲的头上，那丝丝白发在阳光下更加醒目耀眼，母亲老了吗，我有些怀疑。"过几天，你要上班了，每天晚上如果要加班，一定不能超过九点。"母亲又开始叮嘱了。

　　晚上，我做了个梦，梦见母亲真的来接我下班了，就像当年来接我放学一样。她从我手上接过背包，牵着我的手走在柔和灯光下的校园路上……

瑶琳仙境

炎炎烈日，知了叫得欢，我的内心温暖而甜蜜。那日读吴冠中先生写的《父爱之舟》，读到"带了米在船上做饭，晚上就睡船上，这样就可以节省饭钱和旅店钱"的字眼，我的内心一阵触动，猛然想起当年母亲带我去瑶琳仙境游玩的情景。母亲是很省钱的，但是她并不是舍不得给我花钱。

那次旅行在我记忆中，是母亲第一次带我离开家乡。那年我十岁，也是在夏天。早晨，日光早已洒满了大地，树上的蝉正"知了""知了"地叫得欢。想到昨晚母亲答应带上我去城里的工厂里结算工资，我就起得特别早。当时农村的孩子一般都不去城里玩，能去城里玩相当于现在省外旅游。对于孩子来说不亚于过年穿新衣，吃饺子。我们来到厂里，正巧碰上厂里组织员工去桐庐瑶琳仙境游玩。母亲也算是厂里的老员工了，厂长非常爽快地同意母亲带上我参加这次旅行。

我们是坐大巴车去的，一路上有些颠簸，车上的人一直说笑不停，十分开心！现在想起来，旅行确实是让人放松的。说实话景点的样子我已经很模糊了，只记得洞内五光十色、怪石嶙峋。但母亲对我的爱至今挥之不去。事情是这样的：

到了目的地，我们连忙下了车，烈日当空，我们还没走多久，就大汗淋漓，十分口渴。商贩们拉着自行车，对着游客叫卖："棒冰，五毛钱一根的棒冰！"我望了望商贩，渴望能吃上一根甜甜冰冰的棒冰。母亲大概看出了我的心思，那里的棒冰太贵了，要五毛钱一根。母亲牵着我的手连续询问了几个商贩，想买到便宜的棒冰，但是价格似乎是统一的，没有更便宜的。我忘不了母亲用无限温柔的眼神看着我，答应回家后给我买十根冰棍儿。我年纪虽小，但知道父母亲挣钱不易，就故意说我不是很喜欢吃冰棍儿。

我们在景点里转悠了几圈后，母亲突然要给我买瑶琳仙境纪念牌，我有些纳闷，心想：母亲会舍得给我买吗？我对母亲说："不用了，要五毛钱一块呢！"但母亲说有纪念意义，非要给我买。我拿在手上，看了又看：一个金色桃形的牌子上刻画着云雾缭绕的山峰，上面写着"瑶琳仙境"。我的心里甭提有多开心！这五毛钱花得值，瞬间我对棒冰的渴望消失了。更让我意外的是母亲还给我买了一个粉红色照相机，里面有二十张"瑶琳仙境"的风景画，按一次，出现一张。我当场就兴奋得蹦呀、跳呀，心满意足地望向母亲，紧紧地牵起母亲的手。回家后，这个玩具在很长一段时间惹得村里小伙伴投来无数羡慕嫉妒的眼光，也足矣在很长一段时间让我高兴得晚上都睡不着……

这件事过去已有三十多年了，现在想起来，仿佛就在昨天。母亲对我的爱就像天上的星星一样，数不完、说不完。母亲，我的母亲，我又该如何来爱你？

　　岁月流逝，巧夺天工的瑶琳渐渐远去，最终模糊一片，而母爱在我远离母亲后反而越加清晰起来，母亲的爱就是我的"瑶琳仙境"，越往深处想越动人。

钻　戒

　　一早，老爸打来电话让我看看他微信上发我的图片。我挂掉电话，打开老爸的微信，一看，很是惊讶，这不是上半年四月份我丢失的钻戒吗？我看了又看，不敢相信这是真的。"老爸，这是我上次丢了的钻戒吗？""嗯嗯！"老爸笑着肯定地说，"你老妈找到的。""琳琳，我太高兴了！这枚钻戒还能找到。"老妈接过老爸的电话，激动得几乎哽咽。我以为自己在做梦，让老爸老妈把钻戒正面拍给我看。挂掉电话后，立马收到老爸发来的图片，看着钻戒正面的叶子图案和亮闪闪的钻石。我手舞足蹈，大声喊道："不是梦，不是梦。"随即，泪飞如雨。

　　时光穿梭回到今年四月份，我因身体欠佳，在老妈处疗养。那天半夜，迷迷糊糊的，突然觉得钻戒戴在手上，手指头特别紧，就脱下钻戒放在床边的小玻璃桌上。早上，老妈端来早饭，为了不让我下床，就把玻璃桌挪到离床更近的位置，搬桌子时只听到"叮"的一声。当时，老妈奇怪地问我，这是什么声音。我笑笑，摇摇头。

　　过了好一会儿，我才想起钻戒放在玻璃桌上的事，赶紧问老妈。老妈听了后，急忙仔仔细细地在房间里寻寻觅觅。她边找边想，钻戒如果放在玻璃桌上，那么掉下来，一定是掉在玻璃桌下的垃圾桶里了，可是垃圾已经被老爸拿去倒了。老妈喊来老爸，让他赶紧把那袋垃圾拿回来。老爸快速下楼，幸亏垃圾还在，老妈仔细地在垃圾袋里摸着、捏着，生怕钻戒裹在哪个垃圾里面。找了好一会儿，老妈确定垃圾袋里没有钻戒，只好又回房间搜寻。

"这枚钻戒是承标送你的订婚戒，无论如何都得找到。"老妈边找边自言自语，"会去哪里呢？"看到老妈那愧疚的样子，我就故作轻松地安慰她："没有就算了，以后再买。"内心却隐隐作痛。"再买的钻戒意义不同了。"老妈难过极了！看到老妈难过的样子，我反而觉得钻戒没那么重要了，再次劝她："妈，找不到，没事的，不要紧。"

一整天，老妈都待在房间里没出来。直到天黑，老妈彻底绝望了：这枚戒指会去哪里呢？真的像长了翅膀一样飞走了？还是老爸拿去倒垃圾的时候，钻戒滚落掉了？而老爸再次强调，他是把垃圾袋口绑紧拿去倒的。

时隔八个多月，这枚钻戒居然找到了，这是天意吗？这天，我打给老爸老妈三个电话，总以为这是梦。电话那头，老爸笑声朗朗："是真的，不是梦！"老爸还透露了我不知道的事，当时老妈怕我难过，趁我没在，竟把消毒柜撬开来找，只因消毒柜最下层有两个小洞，而消毒柜又紧挨着玻璃桌，怀疑滚到那个洞里去了。

看着照片里的钻戒，让我不由得想起承标当初带我去买钻戒的情景。2004年的年末，天气异常寒冷，承标那年的生意亏损厉害，但他执意要给我买订婚钻戒。"还是算了吧！别买了，我也不喜欢这些。""别的首饰就不买了，钻戒是必须要的。"承标的眼神和口气都很肯定，拉着我的手，直奔专卖店。

"你喜欢哪款，就选哪款？"承标拉着我的手，声音特别温柔。服务员笑脸相迎，一款一款帮我推荐。"那就选这款叶子图案吧，简单漂亮。"他毫不犹豫地从上衣里面的口袋拿出钱，快速地把钱数给服务员。我看着那沓钱，这是他当时仅有的积蓄。走出店门，一阵寒风吹来，天气更冷了。他帮我裹好围巾，拉着我的手让我坐进车里。恋爱的时光，每一寸都有惊喜。一晃十七年过去了，美好的记忆依然美好。

窗外栾树叶在寒风里沙沙作响，随即飘落。我看到了栾树叶潇洒地离去，它或许有留恋，但更多的是勇敢。我不禁想：人生的旅程，正如树的四季，得失只是一个过程。或许有失有得人生才丰满，失不必过悲，得亦不必大喜，得失间处之泰然，人生之要义矣！

2021 年 12 月 19 日

采桑葚

每年的四五月份是桑葚成熟的季节，初夏的暖风吹拂着，新生的桑叶翠绿欲滴，随风轻摇。桑叶下挂满了一颗颗三五成聚的桑葚，紫的、红的、青的，在风中微微颤动，很是诱人。

小时候，我喜欢采桑葚。只要不读书，或者父母不在家，我和小伙伴们就偷偷溜到桑叶地里采桑葚。不管天气多炎热，我们都会情不自禁地前往，那诱惑绝不亚于现在的孩子向往手机一样。一到目的地，我们就一头扎进桑叶地，像鱼儿跳进水里那般欢快，桑叶地里顿时发出窸窸窣窣的声音。我们猫着腰，快速地从这头跑到那头，搜寻桑葚的身影，往往需要搜寻几个来回，才会看到几颗青红的桑葚。我们像发现宝藏一样，睁大眼睛，除了惊喜还是惊喜，三下五除二，抓起桑葚就往嘴里塞。那味道，现在回忆起来，牙齿都发酸，但依旧很快乐。不吃到紫桑葚，我们是不会罢休的，继续搜寻，总能遇见藏得特别隐秘的紫桑葚。"快来摘，这里有紫桑葚！"每一次发现，我总是激动地大喊大叫。小伙伴们飞一般地包围过来。我们一边摘，一边吃。"好吃，真甜。"不一会儿，嘴唇就吃得紫嘟嘟的。"哈哈哈……"小伙伴们你看看我，我看看你，笑得肚子痛了还停不下来。

每次采桑葚，我总会带几颗回去给母亲吃，有时放在手心里，如果带多了，我就把桑葚放在上衣或裤子口袋。回到家才知道事情不妙，衣服、裤子的口袋已渗出紫嘟嘟的一片，母亲肯定是要责怪了。我只能硬着头皮喊："妈，快来吃桑葚。"母亲看到我的模样，总是铁着脸不高兴。"你看看，现在什么时候了，才想起回家！"母亲指着案几上的台钟，边数落边接过我手中的桑葚放进一个小搪瓷碗，"下次没有父母同意，可不许再去采桑葚，多不安全。"每次，母亲骂归骂，但责骂完后，她舍不得吃桑葚，还是会留给我吃。她还会给我讲故事，还会让我猜谜语，至今记得一个关于桑葚的谜面，"猜谜语、猜谜语，一口咬去红又红，杨梅、李子不准猜。"我绞尽脑汁，想了半天也猜不出，母亲问我吃什么嘴巴变紫嘟嘟了。我一愣，哦，原来谜底就是"桑葚"呀！我笑了，母亲也笑了。

从那时起，我就知道不能太贪玩，要比在外头干完农活的父母先回家，这样才能逃避责骂。但每次采桑葚还是常常忘记了时间。每当太阳下山，才知道时间晚了。这可怎么办？父母可能已经寻我半天了，却连个影儿都看不见，肯定又要生气。我烦恼：心里千方百计想抹掉吃桑葚的痕迹，无奈嘴里溢出的那抹紫红总归洗不掉。

有一回，母亲要摘桑叶喂蚕，答应带上我。来到桑叶地，起先，母亲教我怎么采桑叶，需要采哪部分。我跟在母亲身后，一片一片地采，十片一叠放到篮子里，偶尔看到桑葚，就采下来放到嘴里。一边采桑叶，一边吃桑葚，我看到母亲额头上的汗水和从桑叶缝隙射进来的阳光一样明亮，小心脏不禁被小鹿撞了一下。采完桑叶，母亲带着我到另一片桑叶地，拉着我的手一起搜寻紫桑葚，"桑舍幽幽掩碧丛，清风小径露芳容。参差红紫熟方好，一缕清甜心底溶"。最后，我心满意足地回到了家。

　　说来也真怪，长大了，一离开父母，离开故土，开启职业生涯，桑葚似乎成了农历四月的月份牌，不时地忆起和母亲采桑葚的点点滴滴，还会去买一小篮桑葚尝尝。买来的桑葚都是成熟的桑葚，甜甜的，没一点涩味，我反而像失去了一点什么，心中升起再也回不去的那种感觉。

一年蓬的记忆

从来不知道，普普通通的一年蓬也有这么美丽的时刻，说到底还是我忽略它了，原来我和它的缘分一直都在。

那日，去乡下吃晚饭。饭后，朋友提议去散步。我们沿着乡间小路往前走，路边尽是农民种的各种各样的蔬菜。红的可爱的番茄、青的细长的辣椒、紫的有光泽的茄子，还有水灵灵的黄瓜……

不知不觉，我们走到了小路的尽头，猛然间发现旁边的整丘田都是不起眼的小花，这不是小时候经常见到的"墙头草"吗？绿色的细长的花枝，错落有致，矮的如手掌，高的似胳膊。淡黄的花蕊，纯白细密的小花瓣，三朵、五朵挨在一起，像夜空里的繁星，数也数不清。我简直看呆了，站着看不够，索性就蹲下来看，情不自禁闭上眼睛，凑上鼻子去闻。"花香摇得人心醉，亦步亦趋诗意浓"，闻着淡淡的花香，我早已深深地陶醉其中……

望着整片的一年蓬，童年和小伙伴约在一起摘野花、扎花束、编花环的画面清晰地浮现在我的眼前。那时放学后，假期里，除了帮助父母干农活、做家务外，只要有点空闲，小伙伴们便不约而同地去小山坡摘映山红，或去田野里采一年蓬。村中、村旁的每一个角落都是我们的玩耍嬉戏的好去处。我、彩丽、芳芳、珍仙等小伙伴时常结伴而行，广袤的田野就是我们的乐园之一，留下了数不清的美好回忆。放学路上，我们只要看到几朵小花，就立刻弯下腰来，摘上几朵，花枝有长有短，互相搭配，用小皮圈一扎，就是一束花。小伙伴们手拿花束，伸直手臂，比一比谁扎的花束更漂亮？现在想起来，小时候我们已经在学习插花艺术了。我们常常不分胜负，要是玩不过瘾，接着玩。

"编花环怎么样？"彩丽的想法最多。

"好，好！就编花环。"大家拍手叫好。

拔上几株草，打起麻花辫，打好后，头尾打个结，再把一年蓬点缀上去，美丽的花环就做好了。我们戴上花环，转起圈圈，甭提有多开心了。夕阳西下，晚霞瞬间填满了天空，几道金光穿透云层，洒在远处的山峰上，绚烂如烟花。一群天真烂漫的女孩，狂奔于田野，没有忧虑、纯纯静静、开开心心！

等我回过神来，朋友已将编好一个花环递到我的手里。"戴上吧，你依旧是最美丽的女孩。"盛夏，正在绽放的一年蓬就是这样的自然之美，普通平凡，我永远记住它。

孩子的笑

孩子读高三了，学习十分紧张，可我依旧能看到他的笑。他笑起来真的很好看，眼睛里闪着光芒，嘴角微微上扬，还有一个小小的酒窝。他的笑容真的很有能量，不管我多累，心情多么糟糕，只要看到孩子的笑，烦恼瞬间就像破灭的肥皂泡一样消失得无影无踪。我心里的每个角落仿佛都有一束光，照亮我前行的路。

每到周六，我最盼望的事就是去学校接孩子。从上午开始就一直盼望，一边做家务活，一边想着我见到孩子的那一刻：孩子的眼里是笑的、脸庞是笑的，嘴巴也是笑的。最纯真的画面或许就是最灿烂的笑容。有人可能会说，都高三了，还用接吗？我只是想说，孩子并不是不会自己回来，而是我觉得接孩子是一件很有意义的事。随着孩子快要上大学，父母陪伴孩子的时间越来越少。所以我想在高三这一年再多给孩子一点陪伴，就像叶子依恋大树一样。我觉得我就是那片小小的叶子，而成长的儿子就像一棵大树，我可以离开他，但是我想和他在一起的时间久一点，再久一点。

终于来到下午的三点光景，我随意准备了一下，就和爱人匆匆出门接孩子去了。一路上的风景特别赏心悦目，秋色铺满了大地，路边是一棵棵、一排排的栾树，像长龙一眼望不到头；枝叶是那么繁茂秀丽，像一把把大绒伞，枝头的花团，有金黄的、金红的、淡绿的、粉红的、绯红的、酒红的、还有赭红的，多姿多彩，美如画卷。

此时的校门口早已人山人海，孩子们穿着统一的校服、背着书包、拉着行李箱有说有笑地走来，看到爸爸或妈妈远远招手，孩子的脚步就更大了，快乐地匆匆奔向他们的父母。我望着斑马线的那头，搜寻着那张熟悉的笑脸。一波一波的孩子从江东路的斑马线走过来，我心里摸索着以往的规律，孩子的出现应该在第二十波左右。快了，快到这个时候了，我在心里念着：来了！那个拉着春天绿行李箱的就是他！这次我要用镜头留住他的灿烂笑容。"齐齐，我在这儿。"孩子微笑着快步地向我走来，我拿起手机，点下拍照功能。孩子意识到我在拍他，笑得更欢了。"妈，就你来接吗？""不，还有爸爸，他在车上等我们呢。"

这样的画面一次又一次地重复，那一个个绿绿的夏天，黄黄的秋天，白白的冬天，还有暖暖的春天。很多很多的美好都定格在了江东路上学校门口的斑马线上，足够美好和温暖。

有时我在想，孩子能一直这样笑吗？难道他就没有不开心的时候吗？学习成绩一直平平，难道他就没有一点小焦虑吗？果不其然，那晚，我正忙着批改作业，孩子的电话来了："妈妈，我的心里有些烦躁，感觉这次月考发挥失常。""孩子，你把烦恼说出来，妈妈愿意听。"孩子说着说着，我听着听着，孩子的心情慢慢变好了。他明白了，消灭烦恼的好办法不是退缩，而是冲冲冲。最后，他开心地和我再见："妈妈，那我先挂了，我得赶紧去教室。"

周五下班，我正在赶回家的路上，孩子兴冲冲地打来电话："妈妈，这次运动会，我1000米跑步获奖了，我第一次感觉到什么是拼尽全力……"我能听出来孩子喜悦激动的心情，能感受到孩子这次的笑比以往任何一次都灿烂。有人说，流过汗水换来的奖是有灵魂的，而我只想说，流过汗水，受过挫折，你还能笑，那一定是最了不起的。

正如有位名人所说，"乌云后面依然是灿烂的晴天"。孩子多笑笑吧，笑着勇敢地迎接你的高三时刻。

四季里的风，能带走春日的飞花柳絮，秋日的枯枝败叶。可它永远带不走深印在我脑海里的孩子的笑。

父亲的脚步

在我的记忆里，父亲一直是很严厉的。他的眼睛炯炯有神，会发光，还会冒火，在生产队里很有威信，左邻右舍都听他的。他的脚力特别大，"哒哒哒哒"走起路来又快又响，如同电视里的武林高手遇到紧急的事快马加鞭地赶来。每次听到那熟悉的脚步声从后车门（小时候我们住在大四合院，有四个车门）由远而进，我就猜到是父亲回来了。每到晌午或天黑，我和哥哥、姐姐特别期盼能听到父亲的脚步声。父亲回来了，我们也就可以上桌吃饭了。

昨晚回老家参加哥哥的订婚宴，父母亲忙着应酬客人。我也和多年未见的姑姑、表姐聊家常。相聚的时间总是很短暂，到了八点半光景，大家都要起身告辞了。我和父母只是打过一个招呼，就要随着顺路车回家了。

今早，父亲电话里的一句话让我久久不能平静。他说："昨晚最高兴的事就是见到我的那一刻了。"听完这句话我既兴奋又难过，兴奋的是父亲的话那么温暖，给了我足够的优越感，让我骄傲的还如当年那个小公主；难过的是，父亲内心其实多么渴望我多去看望他，但他知道我工作忙，去不了。

都说父爱如山，父亲对我的爱严在表面，疼在心里。我小时候，父亲的生活担子是很重的。我家有六口人，母亲去服装厂上班，农田活基本靠父亲一个人。父亲每天起早贪黑，种茉莉花、种稻谷、嫁接桑树苗、种各种蔬菜……每天尽是忙不完的活。有时候干完活回到家又累又饿，还得自己做饭，但他从没有来责怪我们，吃完饭，默默地又去地里干活了。

我八岁那年，父亲带我去地里挖番薯。我的任务是把挖出来的番薯上的泥土摸干净。这活听起来轻松，做起来也不容易。父亲在前面挖番薯，我蹲在后面摸番薯，才一会儿腿脚就蹲麻了，如木头般不听使唤，难受得踩不到地。不一会儿，我的手指开始隐隐作痛。有些泥像胶水似的粘在番薯上，不用点力根本下不来，特粘。慢慢地我就跟不上父亲的节奏了。"快点，孩子，这么慢的动作怎么行？"父亲的语气特别严厉，我不敢回他的话，只能硬着头皮默不作声地继续干。太阳慢慢下山了，看着前面一小堆一小堆的番薯，心想：怎么办？今天怕是到天黑也回不了家了。父亲恐怕已看出了我的心思，就过来帮我了，他摸番薯的手法特别熟练，一摸，整块泥土就像碎了的粉末纷纷洒落，真神奇！父亲教我，摸番薯时，手力要集中，这样才摸得干净。我点点头，像是听懂了似的。回家的路上，我低着头在前面走，父亲竟然让我坐到他的手推车上。我一扫疲劳的愁云，坐在手推车上，如同插上翅膀，快乐得像只小鸟。看着西边的半个太阳落山，通红通红的，渲染了整个天空，一群大雁或许也是倦了，慢慢地往前飞去。

农忙季节，平台上晒了稻谷，母亲吩咐每隔两小时要用竹耙把谷子来回耙一耙，我明白母亲的意思，谷子早点晒干，就可以早点吃新米饭。到了下午两时许，我准备上平台耙谷子，当时上平台是要爬梯子的。我一梯一梯地爬着，突然脚一滑，本能的反应，双手赶紧抓住楼梯口的边缘。我大喊救命："快来人呀，快来救我！"屋外静悄悄的，"汪汪汪""喵喵喵"，这个时段，村里除了小猫、小狗，见不到一个人影，任凭我怎么叫，还是传来"汪汪汪""喵喵喵"。看着已经滑向靠墙一边的木梯，不管我怎么努力，还是够不着。手已开始变得无力，如抓不住，就要摔下来。怎么办？怎么办？谁能救我？我开始拼命地哭，那哭声震天动地。就在我快绝望的时候，一阵熟悉的声音传入耳膜"孩子，爸爸来了！""哒哒哒哒，哒哒哒哒"的重重的脚步，是父亲来了，我赶紧忍住哭声，紧张的心立刻平静下来。由远而近的脚步让我如同看到了夜空中的星星、缝隙中的阳光。"吱呀"的推门声，父亲跑进来一把把我抱下来，心疼地把我搂在怀里。望着父亲紧张的神情，听着父亲安慰的话语，我顿时破涕为笑。

现在父亲年纪大了，白发早已悄悄地爬上父亲的黑发里，他还是一如既往地和田地做伴。那片菜地有绿油油的白菜、红彤彤的番茄、紫莹莹的茄子、黄澄澄的玉米，是父亲勤劳最好的见证。他那重重的脚步，是对孩子用力的爱，永远印记在我心里。

三月，植树的时光

一年里，我最喜欢三月。三月是植树的季节，种下了树，也种下了金山银山。

父亲爱种树，我忘不了父亲带我去植树的时光。我虽说是女孩，但总喜欢拿小锄头，挖泥土，种小草、小花的。记得村后小山坡尽头有我家的一片地。每到三月，天气开始暖和起来，明媚的阳光，暖暖的，融融的。一大早，父亲从集市上买回树苗，带上我，去那片地里植树。

第一次种下的是橘子树。

"知道你们爱吃橘子，所以特地选了几株橘树苗。"父亲拿起锄头，眼里满是笑，一边挖坑，一边开心地对我说。没过一会儿，一个深深的坑就挖好了，父亲又快速地把树苗移到坑里，再拿起锄头把土填平。接下来就是浇水了，我跟着父亲拿着桶到山坡下的池塘里打水。父亲拎着满满的两桶水走得飞快，我快乐地紧跟在后面，因为我最喜欢浇水了，总觉得水一浇，树苗就会立刻长大。

种好了树，原来荒荒的地里瞬间有了生机，至今我还记得橘子树的模样：虽说个子不大，但叶子密密层层，嫩绿嫩绿的，似乎可以掐出水来。我仿佛看到橘子树长大了，开出了美丽的小花，是白色的。一阵微风吹来，橘子花的香味就飘得很远很远。

以后，每年的植树节，只要我在家，父亲都会带上我到这片地里种树，地里的果树也越来越多了。除了一大片橘子树外，父亲还种了一片桃树。慢慢的，果树越来越多，这片地就成了我家的果园。

果子丰收了，父亲也不是拿到集市上去卖，而是采下来分给邻里至亲。

后来，父亲又开始在房前屋后修整平地。每到三月，父亲就开始种些桂花，有金桂、银桂，每到秋天，桂花开了，香味飘得很远很远，似乎飘过五大洲四大洋。

父亲爱种树，他一辈子勤勤恳恳，守护在他那片热爱的土地上。小时候，植树的时光带给我的是无穷无尽的快乐；长大了，植树带给我的是一份沉甸甸的责任。

我参加工作了，成了一名小学老师。每到植树节，也总忘不了带上孩子去启学林种树。植树前，让孩子们把心愿写在彩纸上，折成幸运星，装进幸运瓶，把它埋在树底下。第一年种下一棵海棠树，第二年种下一棵樱桃树，第三年种下一棵枇杷树……这些树给三月的校园增添了盎然春意。我们还给果树挂上树牌，成立爱绿护绿小队，每天关心小树的成长。

每到果子收获的季节，我会带上孩子去采果子，看着一颗颗像红玛瑙一般的樱桃，孩子们开心极了！

今年的植树节即将来临，我决定带上孩子们去我的故乡植树。

"老师，你真会带我们去吗？"

"去，必须去。"

三月，植树的时光，永远是我和孩子们在春天里的约定。

重游塔山公园

　　浦江县俗称"小浦"，是我的故乡。在我童年的记忆里，小浦最有名的地方就是塔山公园。塔山公园地处县城东面，公园中心有一座塔叫龙德寺塔，又名龙峰塔，是浦江的地标建筑。塔高约40米，格外显眼。始建于北宋大中祥符丙辰（公元1016年），为七级六面砖木结构建筑。这次重游塔山公园，已时隔三十多年了，对于我来说，是满满的幸福的回忆……

　　癸卯年正月初十，姐姐邀请父母、弟、妹到她家做客。那日的天气非常好，气温接近20摄氏度，已有春天的感觉。午后，姐姐提议去塔山公园走走。"好啊，好啊!"我按捺不住激动的心情。毕竟塔山公园在我们这一代孩子的心中有很重的分量。父母带孩子去县城玩，首选塔山公园。老师带学生春游，首选还是塔山公园。塔山公园怎么会有如此的魅力呢?

　　走在城东路上，阳光暖暖地洒向大地。我的思绪早已回到童年时光。记忆中，塔山公园很好玩。我们愉快地穿梭于龙德寺塔内，从一个门进去，又从另一个门出来，常常以迅雷不及掩耳之势的速度玩起捉迷藏，像极了武侠小说里来去自如的高手。塔山公园里还可以买到好吃的零食。夏天，买雪糕吃；冬天，买麦芽糖吃。最让我怀念的还是父母亲带我们姐妹仨来塔山公园拍照。每次拍照，母亲都会给我打扮一番，或穿新衣，或戴漂亮头饰。现在回想起来，或许，我从小就爱美。

我们慢悠悠地走着，十分惬意。大概步行十来分钟，我们已来到曾经塔山公园售票的位置——北门。我和姐姐陪父母先愉快地在塔山公园匾牌前留个影。"要是哥哥现在能赶到，那该多好。"我心里有点小小的失落。

走进北门，映入眼帘的是一块块青石铺成的路面，稍远处也有鹅卵石铺成的路面。每隔几米就有几步台阶，台阶或多或少，或上或下。路的两旁是各种各样的树木，高的、矮的、粗的、细的，樟树仍旧郁郁葱葱，而梧桐树只剩光秃秃的枝干，有一番错落之美。一座座的凉亭上挂满红红的小灯笼，掩映在绿树丛中，游人们坐在亭里聊天说笑。

我每走一步，内心都是满满的幸福回忆，往事历历在目，记忆犹新。"等摘完这批茉莉花，就让母亲带你们去塔山公园玩。"那年夏天父亲是这样说的。我们期待着，盼望着，终于等来了这天。母亲带我们先去冷饮店吃冰过的甜牛奶，再配上蛋糕。那香味很纯正，这辈子都忘不了。在无比满足的情况下，再买了票走进塔山公园赏景拍照、嬉戏玩耍。童年的种种快乐，串成悠扬婉转的旋律，镌刻在我的内心深处。

走着，走着，不经意间，龙德寺塔已矗立在我的眼前。整座塔高大挺拔，尽管它经历了漫长岁月的风风雨雨，却依旧巍然耸立在我热爱的这片土地上。青灰色的塔砖密密层层，局部有些泛黄。层与层之间有边沿突出，并用砖叠出规则整齐的花纹图样镶嵌其中。"一、二、三、四、五、六、七。"我抬头再次数一数塔有几层。此刻的心情有如平静的池塘扔进小石子，泛起了涟漪，激动不已。

走进塔内，从塔底往上看，六边塔形从大到小，依次上升，结构规则整齐，真神奇啊！外头明媚的阳光从六个门洒下，塔内金碧辉煌，让人惊叹。据史料记载：龙德寺塔刚建成时，画栋飞檐，内设扶梯，可以登高远眺。每层檐下挂有风铃，疾风吹过，叮当作响。我仿佛登上了塔顶，"钉铃铃"的风铃声从耳旁飘过，内心不禁为古代劳动人民高超的建筑艺术而感到骄傲与自豪。

塔的旁边有一棵800多年历史的大樟树相伴。游人们三三两两坐在树下闲谈。大樟树犹如巴金笔下的"鸟的天堂"。枝干的数目不可计数，粗的、细的；枝干向旁、向上，像老人的拐杖，无限延伸，看不到尽头。在阳光的照耀下，每一片树叶都绿得发亮。离樟树不远处还有一棵古老的树，我们走近一看，原来是一棵有着900多年历史的苦槠树。树皮苍老斑驳，树干粗壮而挺拔。枝干繁茂，四下横生，莽莽苍苍。无论是樟树，还是苦槠，它们都是名副其实的古树，又像两位长寿老人，历经几百年的风风雨雨，始终保持着一种守望者的姿态，见证"小浦"的发展，让人敬畏和敬仰。

"前面就到我们小时候拍照的地方了。"姐姐指着前方的建筑物，有点小兴奋。

"你确定那地方还和原来一样？"我有点不相信。

"先过去看看就知道了。"我们加快了步伐，下了台阶，穿过一扇小门，来到曾经的塔山公园照相馆的位置。"你们该是站在那里拍的合影。"母亲指着那幢二层楼建筑前的位置，肯定地说。我回想起当年拍照的往事，因我要剪掉留了七年的长发，母亲怎么也不同意。无奈，我已下了决心。最后，母亲只好带上我和姐姐来这里拍照，用镜头定格我长发的可爱和美丽。此刻，我和姐姐站在三十年前站过的位置，让父亲给我俩拍照。

"哇，这里的景色太美了！"突然姐姐发现了塔的倒影。湖面上倒映着龙德寺塔、蓝天、白云、屋顶、曲桥……在阳光的照耀下，一切都格外明亮，像一幅名贵的水彩画。"爸、妈，快来这里拍照。"我也激动不已。他们手牵着手走过来，坐在大石头上，露出最自然的笑容。父母亲似乎年轻了许多。

走出大门，匾牌上写着"塔影园"，多有诗意的名字。我想以后要常来看看。

回到家，翻开老照片，除了我和姐姐的合影外，原来我和姐姐、哥哥也曾经两次在塔影前合影，"摄影师选的位置、拍照的技术真不错"！我不禁赞叹起当年的摄影来。

三十年前，父母带上我们来塔山公园寻找快乐。三十年后，我们陪伴父母继续在塔山公园寻找快乐。

快乐工作

开　学

不一样的春天，

不一样的你们。

从来没有哪个春天，

让我们如此期待！

从来没有哪个开学日，

让我们如此等待！

期待着，

等待着，

希望的校门一直在为你敞开。

小鸟在悄悄告诉你，

我在悄悄告诉你，

艳丽的蔷薇绽开了笑脸，

也望着你们每天来上学的方向。

老师一直在，

理想一直在，

起跑线一直在……

奔跑！前方就是激情似火的美景。

奔跑！前方就是硕果累累的秋天。

2020 年 4 月 17 日

瞻仰望道故居

陈望道故居坐落在义乌市城西街道分水塘村，那里四面环山，山水相依。因我所在的单位——夏演小学，与陈望道故居相距只有十五六里路，所以每年我都会去陈望道故居几次，有时是带着学生参加红色研学活动，聆听"望道故事"；有时是做向导，带几位朋友参观；更多的时候是一个人去走走，看看望道先生的生平事迹介绍，感受望道先生与人为善、勤奋好学、无私奉献的高尚品质，鞭策自己一定要好学上进。

如今的分水塘村，变化可真大，但不变的是空气依旧清新，而且红色气息更浓厚了。"坚守信仰，不忘初心；传承信仰，牢记使命"这16个大字，制作成隶书字阵，矗立在村口。自从第一期"望道信仰线"建成并被评为省红色旅游特色教育基地后，村里的访问者便络绎不绝。村民的收入不再靠耕作、卖柴。随着村里旅游业的发展，家家办起了民宿，开起了餐馆。静谧的村庄时时传来扩音器的讲解声，一批又一批新访客前来参观。

走进望道故居，最先映入眼帘的是院子里那棵杏树，那是望道先生生前最钟爱的树。每年五月，满树花开，院子里便清香缕缕。繁盛的枝叶在阳光的照耀下越发的耀眼，每一片树叶仿佛都有新生命在跳跃。斑驳的树影轻轻打在镌刻着时光痕迹的灰白墙壁上。这是一棵信（杏）仰之树，望道先生说过，他信仰共产主义终身不变，愿为共产主义事业贡献他的力量。再往里走，是一个四四方方的天井，天井里放着一口缸，缸里盛满了水，上面漂浮着圆形带个小切口的睡莲。我猜望道先生家里种睡莲也一定有个故事吧。因为莲既象征着高洁，宋代周敦颐创作的散文《爱莲说》里写到"出淤泥而不染，濯清涟而不妖"；又象征清廉；盖"青莲"者，谐音"清廉"也。莲的优良品质深深影响着在这片土地上成才的望道先生，并在他的身上得到了很好体现。分水塘文化礼堂外墙上展示了"清莲"望道的事迹，有"敢言敢担当""后门绝不开""不赚学生钱"等事迹，望道先生用实际行动体现他的正直与高尚，这样的行为怎能不令我感动呢？

走过天井，就来到望道故居的正厅，这里展示着"望道先生的生平事迹"，有大量的珍贵图片和文字资料，图文并茂展示了陈望道辉煌的一生。正中央是一个大的屏幕，上书"不忘初心，牢记使命"，两旁有国家领袖对《共产党宣言》一书的评价。看到陈列柜子里摆放着一本本泛黄的《共产党宣言》，我不禁想到望道先生蘸墨汁吃粽子的故事。我眼前仿佛出现了这样一幅画面：一个寒风刺骨的夜晚，年轻的陈望道在一间僻静的柴房里专心致志地译书，他时而静静地凝思；时而在原著上圈圈画画；时而露出一丝微笑……老母亲看在眼里，疼在心里，送来了粽子和红糖，给儿子补补，没想到陈望道用墨汁当红糖，还连声说道："够甜了，够甜了。"

　　到底是什么力量使望道先生这样全神贯注地译书，用墨汁当作红糖蘸着吃粽子还浑然不觉。我想：这是一种使命。梁启超说"男儿志兮天下事，但有进兮不有止"。陈望道先生怀抱着"教育救国""实业救国"的志向，潜心完成了《共产党宣言》的全部中文翻译，为中国革命引进了马克思主义的火种。

　　驻足望道故居，我的脚步久久不能移动，思绪飘得很远很远……

　　离开望道故居，正是薄暮渐起之时，院里杏树的枝条在微风里轻轻摆动。风从望道来，这风吹过了二十世纪、二十一世纪，一直吹到了今天，这风是甜的，真理的味道更是甜的。

管扫把的"校工"

中队干部述评会上一个叫杨子墨的男生发言很真实，他说，他的工作任务是负责管理并整理学校摆放扫把的区域，他的工作过程是每天早上监督每班值日生打扫完公共场地后按时把扫把拿回来时整齐地挂在指定的地方。发现有摆不好的扫把，他第一时间整理好。如果到了八点，他会检查扫把都归位了没有。如发现少了扫把，他就会去各个公共场地上去找一找，如有找回来的扫把，他就会记录下来是在哪个公共场地上发现的。第一次他就会找相应的班级和班干部沟通，希望他们班下次不要出现这种情况，如果第二次再发现这种情况，就要相应地扣五会班级分数。他的工作收获是愉悦感和成就感。

他还在总结性发言说道："我是一个不起眼的'小校工'，看到同学们每天把扫把摆放得整整齐齐，我就无比开心。如果我不能评为五星级优秀中队干部，请保留我这份工作，因为我热爱。"会场上顿时响起了雷鸣般的掌声，泪水也瞬间模糊了我的双眼。作为学校的大队辅导员，平时我会要求每一位中队干部、大队干部认真完成我交给他们的任务。如在工作上有困难，我也会第一时间指导队干部该如何去完成。杨子墨是文明中队的中队长，我是文明中队的语文老师，杨子墨是一个品学兼优的少先队员。每天早上，他拿着语文书或《经典诵读》守护在扫把区域，一边早读，一边坚守在他的岗位上。不论刮风下雨还是烈日炎炎，他从来不脱岗。

有一次，气温骤降。我在教室里带孩子们晨读。窗外，杨子墨正戴着帽子，手捧着书认真地晨读。他不时地关注教室里小伙伴晨读的动向，侧耳倾听我在晨读时说的话，我看了不忍心，就招招手让他回教室，他就摆摆手、摇摇头，指指手腕，意思是时间没到。我只好竖起大拇指，送他微笑。在升旗仪式国旗下荣誉时刻中，我特别表扬了杨子墨敬业的优秀品质。

学校设立了专门摆放扫把的区域。当时的考虑有两点，第一，让教室的卫生角更整洁，只允许留一把扫把和一个畚斗，当然也为了让学生少产生垃圾。第二，给学生一个德育教育的平台，培养他们讲文明、讲卫生习惯。一开始，我觉得这样设立挺好的，教室里的卫生角能时刻保持整洁，学校扫把区域也很干净整洁。不到三天，问题就出现了：有些扫把没有挂在粘钩上，东倒西歪的。当我弯下腰把扫把一把一把挂起来的时候，还发现一些粘钩上是空位，这些扫把哪去了？我悄悄观察了几天，原来有些学生把扫把藏在绿化带里，问其原因，孩子们说，第二天可以直接去公共场地，省点时间。没有把扫把挂在粘钩上又是什么原因呢？孩子们说来还挺有"理"，有的说，我明明挂上去了，它自己又掉下来了呗；有的说，怕上课迟到，来不及挂，就随意一丢。当然也有部分孩子主动认错的，保证下次一定改正。

升旗仪式上，我针对以上问题做了总结，并提醒值日生改掉这些不良的习惯，用实际行动为校园增添一道文明亮丽的风景线。但是效果不明显！那道风景时而漂亮，时而糟糕；让我时而欣慰，时而烦恼。到底该怎么办？中队会上，我把问题抛出来，让队员们来想办法。杨子墨主动提出由他来监督，我想着暂时也没其他办法，就暂且由他管理吧！没想到，这件事他真坚持做下来了，而且做得很出色。现在，值日生都能主动把扫把整齐地挂在粘钩上，走的时候，还与杨子墨微笑着打招呼。每天早上，杨子墨总会按时到他的工作岗位上，他就是这样兢兢业业，特别让我感动。

这个冬天突然变得不再那么冷了，阳光洒下满地的金线，杨子墨正背对着我在整理扫把，那儿正是最阳光的地方。

红色种子开新花

峰清波绿分水塘，景色秀丽小山村——这就是哺育陈望道成长的故乡，现如今是省级文物保护单位、金华市爱国主义教育基地，是全市党员干部缅怀历史、提升素质、过组织生活的主阵地，也是少先队员红色研学的教育实践基地。我作为学校的少先队辅导员，多次带学生到陈望道故居参加红色研学实践活动。记得每次孩子们都是激动地去，高兴地回。因为走出学校，参加校外研学实践活动，极大地激发了孩子们的求知欲、探究欲，拓宽了孩子们的眼界，增长了见识。

二〇一八年开学初，学校接到了由义乌市委组织部和义乌市教育局联合主办、城西街道承办的纪录片《信仰力量 真理味道》的拍摄活动。记得当时王伟飚校长对我说："小张，这周末你可不能休息，要选几个孩子到陈望道故居参加纪录片的拍摄。"我欣然答应了。

到了现场，孩子们激动得不得了。在导演助理的安排下，孩子们换上了古色古香的拍摄服装，并一本正经地坐到座位上，等着"先生"来上课。因为我是老师，也为了节省拍摄的时间，所以上课之前，我负责把上课内容抄写到黑板上。"一年之中，曰春、曰夏、曰秋、曰冬，是为四季，天气各异……"我一边写，一边轻轻地读着，思绪早已飘得很远很远，当年望道先生是那样孜孜不倦地教村里的孩子认字、学知识。当"望道先生"穿着长布衫，带着小演员大声诵读时，我仿佛真的看到了当年那个意气风发，关心国家民族的少年陈望道。根据资料记载，那年，陈望道才十六岁。他渴望自己能学到更多的知识和本领用于强国兴邦。所以他认为，要使国家强盛起来，首先就要破除迷信和开发民智。于是他在义乌县城的绣湖书院求学一年后，毅然回到村里兴办村校，教育村童。

纪录片拍摄结束后，我还带着孩子参观了陈望道故居，一起了解陈望道爷爷的生平事迹。记得在回来的路上，孩子们你一言我一语，开心地交谈着，眼睛里露出喜悦的神情。我想：孩子们一定能感受到望道先生勤奋学习、为人清廉的优秀品质。

二〇一九年开学后，学校通过层层选拔，成立第一批红领巾"望道故居"讲解员。周末，最让我难以忘怀的是，带着他们前往陈望道故居为来往的游客讲述那段艰难却又充满希望的岁月。

当孩子们背上"小蜜蜂"，袖子上佩戴印有"红领巾志愿者"字样的红袖套，穿梭于这座红色革命基地，那是一道多么亮丽的风景线！当红领巾讲解员向游客介绍"99年前，《共产党宣言》的第一个中文全译本在义乌分水塘村诞生！习爷爷讲述的故事《真理的味道非常甜》就发生在这里……"我仿佛看到了孩子们眼睛里流露出自豪的神情，因为他们是红色城西小主人，是一群特殊的"红色文化追寻着"。

孩子们声情并茂、富有力量的讲解，一次又一次地推开了那扇红色历史的大门。让参观者真切地感受到信仰的力量——墨汁为什么那样甜？因为信仰是有味道的。

一个大冬天，外交部原部长李肇星爷爷来到了陈望道故居。记得当时红领巾"望道故居"讲解员非常开心地向李爷爷介绍分水塘村里的情况："分水塘村根据陈望道先生孙子陈晓帆的概念设计，2018年上半年先行启动'一街一居一房一馆'项目……""李爷爷，请往这边走。""李爷爷，这里就是柴屋了，当年望道先生就在这个简陋的柴屋里完成了第一本《共产党宣言》的中文全译本手稿……"孩子们讲得很认真，李爷爷也听得入了神，还时不时给孩子们送上掌声。

"你们有谁知道，陈望道的父亲是做什么工作的？"李爷爷一脸亲切地看着孩子们问道。"我知道，陈望道的父亲是做印染生意的。""陈望道的兄弟姐妹有几个？"李爷爷笑着继续问道。孩子们托着腮帮子思考了一会儿，又举起小手开心地边跳边说："有四个！"一路上，李爷爷问了孩子们好多问题。孩子们像出笼的小鸟快乐地围着李爷爷答个不停。当孩子们遇到不会的问题，李爷爷就耐心地告诉他们。

带学生到望道故居参加的活动真是数不胜数，我想孩子们的内心早已播下一颗红色的种子，也一定从望道先生的身上汲取了极大的精神力量。

"我们是共产主义接班人，继承革命先辈的光荣传统，爱祖国，爱人民，鲜艳的红领巾，飘扬在前胸……"每当离开陈望道故居时，孩子们都会唱响这首熟悉又充满力量的《中国少年先锋队队歌》。

家访，构建家校同心的世界

> 信赖，往往能创造最美好的境界。老师和家长假如能建立相互信任的关系，对孩子的成长无疑是大有帮助的；老师和学生能建立相互信任的关系，那是一件多么幸福的事。而家访是促成教师与家长、学生与老师相互信赖、共同构建家校同心世界的必然选择。
>
> ——题记

"老师，你为什么要去我家家访呀？"小苗侧着头，嘟着小嘴，奶声奶气地问我。

"当然是要把好消息告诉你爸爸妈妈。"我微笑着对他说。

"那欢迎老师来我家家访。"小苗说着就开心地跑开了。

小苗家是我一直想去的。之前想去，是因为这孩子上课注意力不集中，写作业速度慢，家庭作业还经常没完成。后来因各种原因，没去成。但是，这次又想去真的是因为这孩子进步了，而且是突飞猛进。放学托管总是在第一时间把作业拿来给我批改，而且他的字写得特别清楚。小苗的进步非常明显，我特别开心，必须要向他的家长汇报一番。

那天的天气比较冷，在学校里吃过晚饭后，天就黑下来了。班主任老师开着车带上我，汽车行驶在弯弯曲曲的小路上。此刻，我已忘记了白天的劳累和烦琐的工作，心里头一阵莫名的轻松。过了二十几分钟，我们来到小苗家所在的村口。班主任老师拨通家长的电话，告知家长我们已到村口的停车场。电话那头，小苗妈妈十分热情，让我们稍等，她马上过来接。

"老师好！辛苦了！"小苗妈妈拉着小苗的手老远和我们打招呼。"老师，你们终于来了！"小苗用一副呆萌的语调说道，"吃晚饭时我就一直在想，你们怎么还没来呀！"我笑着摸摸小苗的头，说道："走吧，去你家。"

来到小苗家，我向小苗妈妈详细汇报了小苗近段时间学习语文这门功课的具体情况，聊着聊着，突然就聊到小苗之前糟糕的表现。那天发生的一幕让我记忆犹新，也就是那天之后小苗开始认真完成作业了。这次我终于能面对面和小苗妈妈说说那天发生的让我和小苗都非常难忘的一幕：

那天，我改到小苗的作业，翻开他的作业本，只见一片空白。我忍住气，心想：这孩子好几次作业都没认真完成，今天一定要问个清楚。再改到他的另一个作业时，发现五道题也只做了两道。哎，这个小苗，怎么回事？

我走到孩子的面前，声音有点严厉，"小苗，你昨天的家庭作业又没完成，你已经出现了好几次这样的情况了，到底是怎么回事？"我郑重其事地问他，小苗却表现出一副无所谓的样子。他一边听我批评，一边做鬼脸。你们不知道他做的鬼脸有多可爱，一会儿挑眉，一会儿噘嘴，一会儿还瞪眼，加上手脚抖动的样子，以前我都忍不住笑，但今天我必须忍住。"快回答老师的问题，别这般淘气可以吗？"他用一副无辜的样子看着我，使我更加生气了："好了，给你三个选择，A. 你来不及做，B. 你不会做，C. 其他原因，快点选，OK？"

"C. 其他原因。"小苗终于开口说话了。"其他什么原因？"我提高了嗓门。"妈妈要带妹妹去看病，让我也跟着去。"小苗的情绪开始有波动了。"真的是这样吗？"我再次提高了嗓门。

"是的。""好，下次不许再犯作业不完成的错误。""好的。"整个过程，我的声音非常严厉，表情也非常严肃。小苗突然泪流满面。

当我说到小苗没完成作业的事时，小苗妈妈原本带着笑容的神情，突然变得沉重起来："老师，真的很不好意思，让你们费心了。"转身又对小苗说："你这么不认真，连作业都没按时完成，你太不应该了！"小苗在一旁突然也变得安静起来，低着头，默不作声。"小苗妈妈，你先别着急，我还没说完呢！现在小苗已经改正了这些缺点。"我连忙打圆场并继续回忆那天的情景：

就在那天下午放学托管的时候，小苗跑到我的面前，让我改他的作业。我一看到他的作业，很是惊讶，字写得工工整整，字的笔画也很规范。"哇，小苗，你的字写得那么清楚，太棒了！"我一边表扬他，一边在他的作业本上画上三颗五角星。小苗高兴地跑回座位上。过了没多久，小苗又跑过来说："老师，我又完成了一个作业。"我一看，简直惊呆了，字写得特别好，"小苗，老师要奖励你一个大大的拥抱。"我说完，就撑开双手，小苗一脸笑容地扑进我的怀里。我拍着他的背，鼓励他，希望他每天都要这样认真完成作业，他也答应我要好好学习。

小苗妈妈紧锁的眉头又慢慢地舒展开了，连声说道："谢谢老师，非常感谢！谢谢你们对小苗细心地教导。"小苗妈妈又接着说道，那天小苗回来就特别的开心，说老师表扬他了！到今天才知道，原来这里面饱含着老师对小苗浓浓的爱啊！难怪小苗说，他喜欢语文老师呢！我听了，自然十分欣慰。

当我们起身要回去的时候，小苗妈妈再一次和我们握手道谢，并说孩子交给我们，她真的很放心！看着小苗妈妈一脸的诚意和听着她暖心的话语，我真的觉得特别温暖，感谢家长对我们的信任，我们会更加教育好孩子。其实，每一个家长都希望自己的孩子学习成绩好，能得到老师的关爱，能健康快乐地成长！当汽车启动的那一刻，小苗还紧紧拉着我的手，不让我走。一阵寒风吹过，我的心里却涌起一股暖意……

每一个孩子都是一个天使，作为老师，一定要相信孩子的潜力，你信任他，给他一句赞赏，他给你一个惊喜；给他一个拥抱，他给你一个精彩；给他一个舞台，他给你一个奇迹……

信赖，往往创造最美好的境界！

冰雪天地，孩子们的乐园

那日清晨，北风依旧呼呼地吹，冬日的太阳已从东方升起，格外明媚。校园里的花草树木经过这场雪的洗礼，显得愈发翠绿、精神。校外的梦想走廊上，一群群孩子背着书包，兴高采烈地踏进校门。

"这场雪下得真厚啊！""妈妈带我去南山观看美丽的雪景。""这几天温度都零下 8 摄氏度了，屋檐下高挂着晶莹剔透的冰柱，真美啊！"孩子们七嘴八舌地议论着。看得出来，这场雪，孩子们对这次降温感到异常地激动与兴奋，丝毫看不出孩子们在这个寒冷的早晨冻得瑟瑟发抖的模样。

"丁零零……"第一节上课的铃声响起，当我走进班级的时候，孩子们正在交流这次停课期间发生的一些趣事，当然谈得最多的就是，堆雪人，打雪仗了。我在黑板上顺势写下"冰天雪地，孩子们的乐园"。"孩子们，这节课，我们就来说说下雪天你们的行动，如何呀？""好啊！"孩子们异口同声地答道。接下来，我根据停课前发的学习建议单里的第一条：收集和雪有关的成语、诗句、歌曲、典故以及下雪天，我的行动展开交流。

教室里顿时炸开了锅，孩子们自由组成小组展开"冰雪文化的学习"。何一杰同学专门制作了 PPT 向同学们分享这次她赏雪的照片，并配上优美的乐曲，随着幻灯片的放映，瞬间，教室里变得安静下来，孩子们静静地欣赏雪的世界，山上、田野、河边……银装素裹，粉妆玉砌，大自然一夜之间仿佛穿上了美丽的婚纱！陈阳凯同学给大家分享了水在零下8摄氏度的情况下怎么会结成冰的原理，同学们听了，忍不住发出啧啧的赞叹声。肖慧同学和大家分享了和妈妈一起堆雪人的快乐！

精彩继续，孩子们学习冰雪文化的热情愈发高涨，一些孩子早已迫不及待了，高喊着老师："老师，我要和大家分享与雪有关的诗句。"我摆摆手，示意大家先别急，"接下来就来一场与雪有关的诗句展示活动，比比哪组同学收集得多。"谁知话音刚落，陶思羽同学就开始吟诵了："窗含西岭千秋雪，门泊东吴万里船。"陶思羽刚吟诵完，龚雨婷赶紧接上："有梅无雪不精神，有雪无诗俗了人。日暮诗成天又雪，与梅并作十分春。"男生也不示弱，陈雨非落落大方地站起来，大声地朗读："千里黄云白日曛，北风吹雁雪纷纷。"孩子们快乐地学习着，已至下课铃响，大家还意犹未尽。

一堂课在孩子们的欢声笑语中结束了。"冰雪天地"不仅是孩子们玩的乐园，更是孩子们的学习乐园！

一个怕写作文的孩子的心声

　　我一直在思考一个问题：为什么学生怕写作文？想来想去，觉得问题不在学生，而在于作文的话题是否符合学生的内心需求，或取决于学生的生活经验、经历是否丰富，或者是老师的教学方法能否开启学生的灵感之门……

　　新学期的第一次作文课，我给学生定下的主题是"我是大自然中的一员"，根据前面几篇课文的范例《山中访友》《山雨》《草虫的村落》《索溪峪的野》，让孩子着重学习作者丰富的想象和独特的感受的写作方法。但是孩子们的想象力像是被魔咒套住了，无法施展想象的空间。我想：孩子平时出去玩的时候，只顾着怎么玩着高兴了，没有仔细去观察大自然的景物、更没有用独特的心灵去感受大自然的景物。所以用文字来表达我是"大自然中一员"很有困难。

　　当别的孩子在老师的引导下开始着手构思文章的结构，甚至有些孩子已经沙沙沙地写好一段文字。刘子明同学傻傻地坐在位置上，头埋得低低的。他这个状态可以维持一节课，任凭你怎么引导、怎么提示，他就是一个字都不肯写，与他交谈，他也不理你。我很想知道他内心的想法。就耐着性子与他攀谈："子明，这次习作你换个主题？"他抬起头看了我一眼，轻轻地说："什么主题？""就写你为什么怕作文，可好?"我微笑着,"把你怕的理由写出来,与老师分享。"他默默地点了点头。

中午吃完饭,我来到班级,子明已经把作文本放在我的讲桌上,我细细地读了起来。

> 我最害怕写作文,每当写作文的时候我都无从下手,此时我的心里就在想:"时间过得真慢呀!什么时候才能下课?下课了就能摆脱这可怕的作文。"可时间偏偏过得那么慢,好像故意和我作对似的。

子明的语句通顺,特别最后一句"好像故意和我作对似的"写出了子明对作文的排斥。

我继续往下读:

> 记得有一次,张老师又布置写作文。记得当时张老师认真批改作业,我一个字没写。听到下课铃声,我把空白的作文本交上去,就被老师狠狠地批评了一顿。我很不服气,于是我便和老师吵了一架。直到夏老师把我妈妈叫过来,才平息了这场"战争"。
>
> 这样让我煎熬的习作课,我已记不清有多少回了。只要闭上眼睛,脑海里就浮现那一幕幕难过的往事。那次,班里静悄悄的,除了我,其他同学都在写作文。我绞尽脑汁憋不出一个字来。于是我心里又在想:什么时候才下课?下课了,老师就不得

不走，老师一走我就不用写作文了。真想快点远离这可怕的"恶魔"。可时间好像故意和我对着干，偏不下课。于是我轻轻地问我的同桌："现在几点了，几点下课？离下课还有多少时间？"同桌不耐烦地说："这才上课几分钟，抓紧写吧！"我心中大叫："什么！上课才几分钟！我以为快要下课了呢！"此时，在我的心里已经过了漫长的时间。于是我心中一直在想其他事，一节课不知不觉就过去了。

老师，我想对你说："我以后一定要好好学习，天天向上。"

写得多好，真人、真事。我内心禁不住表扬起子明。

第二天，我把这篇文章读给全班同学听，教室里静悄悄的，好想回到文章里曾经发生的一幕幕。同学们把最真诚的鼓励给子明。当我把批改好的作文本送到子明的手上，他不好意思地笑了。

我国著名教育家叶圣陶先生指出："写任何东西决定于认识和经验，有什么样的认识和经验，才能写出什么样的东西来。反之，没有表达认识的能力，同样也写不出好作文。"我相信孩子不是怕作文，而是有时候，他缺乏对作文主题的认识与经验。

读《孩子们与泪有关的故事》感想

"每个人都曾经因为某些事情而流泪，如比赛中获奖，读感人的故事，与同学吵架或遗失自己心爱的物品……把你最想讲述的有关流泪的故事写下来。"这次四年级语文期末独立作业的习作是围绕"眼泪"来写。主题非常贴近孩子们的实际生活，写起来应该有内容，有故事。我期待着孩子心中那一个个与"眼泪"有关的故事。

当五年级老师批阅完独立作业，把作业纸交到我们办公室时，我就迫不及待地翻开孩子们的习作。陶思羽的《那一次，我哭了》，写的是爸爸在开车途中与人吵架，把爸爸与对方争吵的过程，通过语言、神态、动作的描写，形象地刻画在我的眼前，也正是因为吵架事件她感到伤心、难过。孩子的愿望是世界上没有争吵，只有友善，没有泪水，只有欢笑。杨皓伟的《一滴真诚的眼泪》道出了他和小伙伴的纯真友谊，小伙伴因去邻村买胡图棒棒糖而失约了，在他懊恼、生气、责怪中，小伙伴如约而至，把两颗棒棒糖交到他手里，诉说与他相识的经过，让皓伟为之感动，泪水模糊了双眼……季芷娴的《你永远在》，写的是一只叫嫦娥的小狗，因车祸失去生命，为此她泪如雨下。在孩子的眼里，小狗叫嫦娥，是因为神仙不老不死，她希望小狗也能；因为神仙无忧无虑，她希望小狗也能……她想让小狗成为神仙。我读到了孩子的善良与纯真。

最让我刮目相看的是刘子明，一个讨厌作文的孩子，平时的日记、小练笔之类的作业他总不完成，每次我布置习作，别的孩子正奋笔疾书，他时而抓耳挠腮，时而沉默不语，时而皱起眉头……总之像热锅上的蚂蚁急得团团转，我也不知该如何去引导。在谈话中，我了解到他害怕习作。但这次他写的《我的乌龟》，内容感人，语句通顺。因他的疏忽，乌龟失去了生命，他内疚、他后悔、他伤心、他难过，他把自己关在房间里，任泪水浸湿枕头，他多么想那只小乌龟活过来呀！

刘子明这次怎么能写出这么优秀的文章呢？我有些不可思议，打电话和他进行了交谈。电话中，我先对他在写作方面进行了肯定与表扬。他在电话那头沉默着，感觉过了好一会儿，"张老师，谢谢您！"他终于开口了，"你还记得期末独立作业开始前对我的鼓励吗？你让我好好写，想到什么就写什么，所以，我就不那么害怕了。"听完子明的话，我很是欣慰。

继续翻看着孩子们写的那一个个与眼泪有关的故事，有为和妹妹抢零食而伤心不止的；有为考试没取得满意成绩而暗自伤心的；有为因获奖而激动得热泪盈眶的；有为失去亲人而伤心欲绝的……

孩子习作的经历是孩子生活的过程，作为一名语文老师，我们要去思考如何激发孩子们善于表达的内心世界。

2016 年 6 月 26 日

阅读需要展示

　　小学生应该是处在一个爱表现的状态，高段学生虽然开始懂得害羞，但是仍然需要表现，也爱表现。只要老师创设机会，孩子们一定兴奋得不得了。

　　我还记得，我班孩子在阅读节中出演课本剧《九色鹿》，在周一晨会出演课本剧《半截蜡烛》以及班队会上的阅读小故事分享等。回想孩子们在排练过程中的喜怒哀乐；回想他们穿着演出服在舞台上精彩纷呈地演绎；回想他们演绎过后的收获与乐趣……孩子快乐，我也就快乐。

　　那天我和孩子们说，"世界读书日"即将到了，你们能把最近读的《汤姆索亚历险记》排一个课本剧吗？想要参与的同学向班长报名吧！我话应刚落，孩子们的小手就举得老高，"我想参加！"有些孩子索性直接跑班长那儿报名去了。陈俊豪同学赶紧着手改编课本剧，并交给我修改。课余时间，这群孩子就抓紧排练。看着他们有模有样地排练，我期待他们的精彩表现。

　　第二天是周四，我正巧要去金华培训两天。我交代孩子们，一定要好好排练。争取下周一晨会上向全校同学展示。其实我的内心是忐忑的。我不在，这群孩子能认真练吗？我不把关，他们还能上舞台展示吗？他们在排练过程中会遇到什么困难呢？他们会不会想办法解决？诸多的不放心在我脑海里一一浮现。我也管不了那么多了，对孩子终归要放手的。

周五培训结束回到家已经四点半了，一位家长打我电话，询问我是不是把她孩子留在学校了。我马上猜到，他孩子肯定是因为排练剧本去某个同学家了。我和家长说明情况，让她不要着急。经过了解，原来真的是去翔翔家排练了，他们还没来得及告诉爸爸妈妈。

新的一周来了。走进班级的第一件事，我就让孩子们演给我瞧瞧。只见他们有模有样地排好队。主持人自信满满地开始报幕："敬爱的老师、亲爱的同学，我们是601中队的红领巾小书虫，今天我们给大家带来课本剧《汤姆索亚历险记》，首先有请各位小演员。"孩子们排好队一一上台做自我介绍。一个平时腼腆的小男生是这样介绍的："我是恩琦，我扮演汤姆。"说完还露出一个甜甜的微笑。演出正式开始，第一场，时间：礼拜二的黄昏；地点：圣彼得斯堡镇；人物：撒切尔太太；故事背景……

看着孩子们那样认真、投入到故事里，仿佛每个孩子就是小说里的某个人物，哪怕只是一个小角色，如：镇民甲，他们也乐在其中；哪怕只有一句台词，他们也尽可能地去演好。孩子们演出的只是教科书中一个精彩片段，但是通过演剧本，能激励孩子们进一步去阅读整本书。

阅读需要展示。正如我班孩子所说的那样："无法成功展示的阅读是空洞的。"

亦师亦友

"教师是太阳底下最光辉的职业。"我的理解是，教师不仅是先进文化的传播者，更是学生健康成长的引路人。教师在学生的心目中——亦师亦友。孩子做错事情的时候：上课不认真听讲，考试没考好，和同学发生矛盾等，教师不要一味地责罚，需弄清楚原因，再对症下药，或许会有令人满意的结果。孩子在做对事情的时候：上课积极回答问题、考试成绩不错、比赛获奖了等，教师就要加以赞美，鼓励孩子继续保持这样学习的热情，体验学习过程付出与收获的滋味，培养孩子的自信。[奥]阿尔弗雷德·阿德勒的著作《自卑与超越》让我越来越知道孩子幼小的心灵需要成人的呵护与保护。

小学是家庭的延肢。记忆中，孩子童年的生活——学校是占很大比例的。多年以后，当下生活不管过的是否顺心，对学校、老师、同学的记忆都会让人刻骨铭心、终生难忘。我想当下兴起开同学会的热潮，很大原因就是去追寻学生时代的快乐时光——母校情、师生情、同窗情。教师的地位、角色是充当孩子校园生活的引路人，你的健康的情感直接影响孩子的学习生活，保持他们积极向上、快乐向善的学习与生活态度。

"六年级品读栏目第二期又开始了，谁愿意分享自己的好文？谁愿意当朗读者？"每次有这样的机会，我都是公开征求孩子们的意见。教室里一开始沉闷着，毕竟是六年级的孩子，处在青春期发育的初始阶段，积极主动的孩子很少见。可能没有自信或许还有其他的担忧。过了几秒钟，孩子们开始纷纷推荐别的同学。

"老师，楼欣怡参加朗读吧！"

"老师，我不去，我一录音，就紧张。"楼欣怡面露难色，"以前王老师也让我录音，我没成功。"那声音显然没自信，害怕失败。

"欣怡，不试试，怎么知道？我相信你，一定能行！"欣怡这孩子上课善于思考问题，积极发言，我挺喜欢她的。

我把杨淇翔的作文打印好，让她回家练习朗读，心里已经做好打算，假如录音效果不理想，也要多点耐心，让她多试几次。

第二天，我让孩子来我办公室，交给她耳机，点开喜马拉雅app录音软件，告诉她操作的流程。一切准备停当，录音开始，"红船精神，铭记于心，我是朗读者楼欣怡……"我在旁边静静地听着，时间一分一秒地过去，正当我感觉朗读得还不错时，突然孩子的舌头像打了结似的，卡住了。

"老师，不好意思，我读错了。"

"没事，喝口水，再来一次。"看着孩子像犯了大错似的神情，我微笑着鼓励她。第二遍还是遇到同样的问题，句子读不流畅。第三遍、第四遍继续开始，虽然有点小瑕疵，但是总算还可以。我点开喜马拉雅，回放录音内容。看着孩子脸上喜滋滋的神情，我的内心也无比喜悦。"耶！"我俩互相击掌，祝贺成功。

"教师是太阳底下最光辉的职业"，看着孩子健康成长是我莫大的幸福！

和时间赛跑

一年之计在于春，一天之计在于晨。如果把晨读的时间有效地利用起来，既可以提高孩子们的朗读水平，还可以培养孩子们的习惯。早自习的半小时里，有的孩子在轻轻地早读、有的孩子在整理作业、有的孩子在和旁边同学窃窃私语……看着孩子们做事情的状态这样散漫，我决定和他们分享林清玄的散文《和时间赛跑》。

那天上语文课，铃声一响，我故意躲在教室的转弯处，透过玻璃窗看着教室里孩子们闹哄哄的样子，他们并没有因为上课铃声而安静下来。突然一位眼尖的孩子发现了我，大声喊道："老师来了，老师来了，快静下来。"我快步走进教室，孩子们坐得极端正，身子很挺，头微微仰着，等待着我的"发落"。教室里安静得只听到孩子们的呼吸声。"好了，大家也别紧张，我想和你们分享我小时候和时间的故事。"孩子们一听到我要给他们讲故事，心情顿时放松下来。

故事片段：

小时候我总觉得明天还有明天，时间是永远都用不完的。早晨，我开开心心地去上学，在校园里度过漫长的一天，放学时常常问母亲：时间怎么过得那样慢？什么时候才能放暑假？什么时候你才带我去县城玩？什么时候才过年？母亲通常是一边干家务活，一边严肃地说："就知道放假、知道玩、知道过年，大人可是最怕过年。"那时听不懂母亲说的话。"我就喜欢过年，穿新衣、有压岁包，还有鸡鸭鱼肉好吃哩！"我边说，边做个鬼脸风似的跑出家门去玩了。那年我十岁，和你们一般大。

孩子们边听边笑。我让孩子们来说说笑的原因。有的孩子说："我也觉得时间过得很慢"；有的孩子说："我最喜欢放假"；有的孩子说："无聊的时候，时间过得特别慢。"……孩子们你一言我一语地交谈着。接着我和孩子们分享了林清玄写的散文《和时间赛跑》。孩子们听完后，纷纷表示也要和时间赛跑。我让孩子回家写自己和时间赛跑的故事，可以写准备怎么和时间赛跑。

第二天孩子们交来的作业让我眼前一亮，心里一暖。我摘录了以下几位孩子写的和时间赛跑的故事或感想。

小江：我的妈妈上早班去了，走之前再三嘱咐我，要把作业完成，而我因为贪玩，一直没有写。下午，妈妈回来了，我知道要完蛋了，等着妈妈挨揍。可她并没有打我，而是对我说："时间就像海绵里的水，只要愿意挤，总还是有的。如果你不愿意挤，那么最后将一事无成。"听了妈妈的话，我感到十分惭愧，脸上火辣辣的。我决定要珍惜时间，从生活中的一点一滴小事做起。

小彤：我要珍惜时间，我马上动笔开始写作业了，只见草稿纸上写得密密麻麻的。我写好了，第一个交给老师改，老师的红钩打在我的作业本上，更打在我的心里。"哦，全对了！"我一阵窃喜。拿着作业本往位置走去，赶紧准备写其他作业。

小楚：我又在空余时间练了练字，画了几幅画，接着我又放松了眼睛……一天下来，都不觉得无聊了；一天下来，把时间远远地甩在后面了。我想：难道是我跑赢了时间？

小浩：现在，我会马上起床，不再睡懒觉了。起床后也会用最快的速度刷牙、洗脸、吃早饭……这些事情以前我都要半个小时才能做完，现在我只要二十分钟就可以做完。

小欣：与时间赛跑并不是你跑得有多快，而是认真地用好生活中的每一分一秒，不放过任何一点时间，当然要休息的时候还是得休息的。

语文课上，我让孩子们在小组里分享自己和时间赛跑的故事，并让几位孩子上台分享。那节课，孩子们表现得特别积极：字写得特别好，作业都在规定的时间交齐了。我希望孩子们能一直和时间赛跑，养成良好的学习习惯。

这个冬天很温暖

　　下雪的冬天，我莫名地欢喜。我喜欢在下雪天里戴上帽子、围上围巾、戴上手套、穿上雨鞋去玩雪。如果刚好在校园里碰到下雪的天气，我一定要带上班里那群天真可爱的孩子一起疯狂地冲向操场，去看看那轻柔的、洁白的、有六个花瓣的雪花，它像白糖一样，甜透到我们的心田。

　　2020 年的第一场雪，说下就下了。"哇，下雪了！"我望向窗外，雪花不是很大片，但也是密密麻麻、纷纷扬扬，像无数的小精灵在空中舞蹈。这幸福来得也太突然了，我又惊又喜。惊的是我一点准备都没有，就好像你梦寐以求的礼物不经意间就出现在你面前；喜的是，我又可以带孩子们去玩雪了。

　　到了下午，雪花变大了，如鹅毛从天空中飘洒下来。我穿过三楼的文学长廊，快速地跑下楼，来到教室，"老师，我们好想去玩雪，你能带我们去吗？"孩子们的眼睛里流露出渴求又激动的神情。"OK，没问题！"我一边说，一边做了个同意的手势。"耶！"孩子们兴奋地尖叫起来，并快速地围拢到我的身边。我用手势示意他们戴上衣服上的帽子，衣服上没有帽子的就带上雨伞。随后我们就出发了。

　　漫步在雪花纷飞的校园中，孩子们兴奋得像一只只刚出笼的小鸟，叽叽喳喳得没完没了。看到雪，如同阔别已久的好友再相见，孩子们激情飞扬，笑靥如花，有的直接伸开双臂去拥抱，快乐得要跳舞；有的伸出双手接住落下的雪花，像捡到宝贝似的；有的直接仰起头，伸出舌头，想品尝雪的滋味……看到孩子们如此开心的模样，我特别的满足，校园里不仅是孩子们学习知识的地方，也是他们玩耍的乐园。

不知不觉，我们就来到操场上，我还没下令，孩子们就狂奔起来，从操场的一头跑向另一头，再从另一头又跑向那一头。他们欢呼着、追逐着、打闹着……银铃般的笑声在校园的上空回荡。我索性提议来个百米赛跑，孩子们连声答应。"各就各位，预备，跑！"我一声令下，孩子们用尽力气直向终点奔去。雪也下得更欢了，在空中舞动着各种姿势，或上或下，或快或慢，像成千上万只白色蝴蝶纷纷涌来，加入孩子们的队伍中。我望着眼前的这一幕，连忙打开手机拍下来。孩子们发现我用手机在拍他们，就摆起了各种各样的 Poss。我仿佛也回到了童年那段下雪的时光，老师带着我们去堆雪人。

我们弯下腰，红彤彤的小手努力地滚起雪球，越滚越大，越滚越开心，寒冷的冬天里，我们热情似火。在老师的帮助下，我们堆起了一个和我们一样大的雪人，再用黑炭当眼睛，用胡萝卜做鼻子，一个可爱的雪人就矗立在我们的眼前。那一整天，我们都很开心，不管哪一堂课，学习起来，劲头特别得足。

下雪的冬天，是孩子们最期待的，可以尽情地玩，释放天性，收获快乐。和孩子们在一起，这个冬天十分温暖！

快乐的冬天

402 杨思琦

悄悄的
在秋天的一个夜晚
我在心里埋下了冬天
记住是悄悄的
没有人发现

下雪啦
下雪啦
雪花欢快地飞舞着
这是冬姑娘送给大地的礼物

正在这时
校园中的孩子
完全没有压力
欢快地飞奔着
叽叽喳喳地聊天

或许
这就是快乐的冬天吧

快乐的冬天
402 徐华敏

冬天像燕子飞来那般快

天上飞满了雪花

雪花落在头发上

头发就白了

雪花落在草地上

草地上就会有珍珠一般的雨珠

雪花落在……

不一会儿

世界白茫茫一片

孩子们在那儿打雪仗、堆雪人

冬天里充满了欢声笑语

快乐的冬天
402 龚祎琦

秋姑娘已经走了

冰雪女王来到了世界

冰雪女王突然撒下雪花

让我们兴奋不已

嘻嘻哈哈

我们来到操场

开始尽情玩耍

嘻嘻哈哈

有的在追赶打闹

有的用手接雪观赏

还有的用舌头尝雪的味道

嘻嘻哈哈

快乐的冬天开始了

不能忘却的红色记忆

清明前夕，我带着夏演小学的少先队员代表参加城西街道信仰树宣讲团举办的红色印记寻初心活动。

我们先来到上溪镇和平村，走进村里，映入眼帘的是干净整洁的环境。水泥路直通村内，清澈的池塘，在阳光与春风的陪伴下，波光粼粼，小鸭在水里游来游去，嘎嘎嘎地叫着，好一幅和谐的画面！再往前走，就看到墙上画着各种各样的抗日题材的 3D 油画，动感又逼真，无论是长长的小巷还是宽敞的院落，都以传播红色文化为基调。望着眼前的红色风景，一股正能量悄然流进我的心田。

我们跟随和平村工作人员来到文化礼堂的二楼，墙上展示着党史文化，还有烈士的资料等。听工作人员介绍，这里曾是革命老根据地，也是著名的抗日第八大队诞生地，村内红色元素遍布，素有"小延安"之美誉。

随后，我们又来到塘西桥，这是一座有纪念意义的桥。1944 年 5 月 9 日，金萧支队第八大队对 40 多名抢掠回营的日军，发起塘西桥伏击战，就发生在这里。三年前，徐敢老师曾带我和少年文学分会的会员来过这里，我还给孩子们讲述塘西桥战斗的故事呢！

"张老师，你能和我们讲讲当时战斗的情景吗？"少先队员楼珞彤用期待的眼神望着我说。

"当然可以。"我的思绪早已飘到那个充满血雨腥风的，弥漫战争硝烟的年代。

"当时，日军携带两挺轻机枪，一挺重机枪，装备精良。在八大队大队长王平夷的指挥下，打了日军一个措手不及，只能躲进麦田顽抗。经 5 个多小时的持续战斗，我方毙敌 20 多人，缴获部分武器，战马 1 匹。"听到这里，孩子们情不自禁地鼓起了掌。

"同时，金萧支队的金德秀、吴典中、吴琳洪等 6 位战士英勇牺牲。"孩子们的神情瞬间变得凝重了。

我们又来到烈士墓前，"战斗结束了，而今，牺牲的先烈就静静地躺在这里。"故事讲完了，少先队员们高举队礼向烈士英雄致敬。

望着一块块墓碑，我不由自主地想起义乌的光荣革命斗争历史。早在 1926 年第一次国共合作时期，就有共产党员在义乌进行革命活动。1927 年 11 月，在原前洪乡前洪村建立了第一个中共党支部。1928 年 10 月正式建立中共义乌县委。自此至义乌解放，共产生 24 任中共县委书记。抗日战争爆发后，中共党组织在义乌先后创建了第八大队、坚勇大队等革命武装，开辟了广大的农村革命根据地，建立了人民民主政权，革命斗争先后持续 22 年，虽曾几度遭受挫折，但斗争从未停止。在中国共产党的领导下，义乌人民前仆后继、英勇奋战、浴血牺牲，为中国革命的胜利和新中国的诞生做出了重大贡献。

新时代，新征程，中国共产党走过了 100 年的光辉历程，但"走得再远，走到再光辉的未来，也不能忘记走过的过去，不能忘记为什么出发"。

铭记历史，奋勇前行！希望少先队员们，听党的话，跟党走，学习英模的崇高品德，传承红色基因，立志做共产主义事业的接班人。

快乐与挫折

某天在网站上浏览到一篇关于孩子抗挫折的文章，其中提到"越是快乐的孩子，抗挫折能力就越强"这个观点，我比较认同。想到班里的孩子，特别是那几个淘气包，作业"偷工减料"不说，你让他解释一下作业没完成的理由，他们可以编一千多个："忘带""留在奶奶家""写错本子"……脸上始终笑眯眯地看着你，希望你不要批评他。

一般情况下，我讲道理，他们连连点头。但久而久之，也忍不住发火。但是，不管你发怎样的火，他们从来不生气，把重写好的作业老老实实、清清楚楚地放在你讲台上。看似委屈地、低着头小声说道："老师，作业补起来了，你看行吗？"边说，边观察你的神色。"好了，这次就算通过，下次可不许不写作业了。"我严厉地看着他们，他们信誓旦旦地向你保证，以后肯定不会了。然后转身飞奔，脸上洋溢着快乐与喜悦。

旺旺、彬彬就是这样的孩子，学习成绩平平，但是在学校的每一天、每一刻都是无比快乐的。对于这些孩子，我时而宽容，时而严厉。记得有一次，我抽查背书，结果糟糕得很。不用说，这些淘气包肯定是不会背的，怎么办？学习原则肯定得有。我二话不说，在黑板上写下"半小时完成背诵"，紧接着，我就黑着脸，一言不发。

只见这些孩子捧起书，开始认认真真地读起来。时而齐读、神情愉悦；时而沉思、眨巴着眼睛；时而向同学背诵、一本正经。

半小时很快就过去了，抽查背诵再次开始，轮到彬彬了，他还没背几句，就背不下去，笑眯眯地看着你说："老师，能提醒一下吗？""不行！""那我再准备一下。""可以。"这样连续几次，有几个孩子还是不会背诵。

看着孩子们的眼神，我读懂了他们的内心，渴望老师能宽松一点。这时候如果老师不降低要求，继续给学生施加压力，学生的抗挫折力就开始表现了：有的孩子继续读、记，有些孩子就在磨时间、无所谓；还有些孩子开始紧张、闷闷不乐。看得出来，那些平时嘻嘻哈哈的淘气包（这里不包括那些快乐的、学习又认真的孩子），他们的抗挫折能力相对强很多，一遍又一遍地向你背，直到通过为止，继而又笑着、乐着……相反，平时较内向的孩子，这时候反而没有好的表现，一般情况下，他们是完不成任务的，或者完成任务的时间相对更长。

我认为，快乐是一种情绪，同时也是一种能力。在平时教学中，老师要积极引导孩子，培养孩子的快乐意识，让孩子在快乐成长的同时，也能增强抗挫折能力。

特别是家长朋友，如果想要知道孩子抗挫折能力有多强，那么不妨看看孩子有多快乐。因为快乐的孩子总能够很快地从不良情绪的阴影中走出来，总能够看到事情好的一面，面对挫折，总会想办法迈过这个坎儿。

犯错，敞开的成长之门

——读《教室里的正面管教》有感

　　北大教授陈平原说，如果你很久没有读书而且没有负罪感，说明你已经堕落了。我想说，如果你很久没有读书而且教学方法始终如一，说明你已经不受学生欢迎了。俗话说：活到老，学到老，作为教师更要不断地学习以提升自己的专业素养。静下心来教书，潜下心来育人，既要闻窗外事，更要做学生成长路上的引路人。人生之路上，悦读，不应缺席。

　　一个阳光洒满窗前的午后，我捧着 [美] 简·尼尔森、琳·洛特、斯蒂芬·格伦著的《教室里的正面管教》静静地读着，文章里写道："和善而坚定的领导者会让孩子们知道错误是学习的机会。"这值得每一个教育者学习与反思。我们每天和不同的孩子打交道，每个孩子每天可能犯着不一样的错误。我们该怎样去面对呢？我觉得犯错并不可怕，可怕的是不敢承认犯的错误。从小，或许每个人的潜意识里都害怕犯错，那么，犯错究竟有多可怕？不敢说，不敢承认，生怕挨骂、挨打，犯了错的孩子就像是小羊撞到老虎的怀里，心"砰砰砰"地跳个不停，眼睛一闭，羊落虎口了。生活中，许多家长或老师可能就充当着"老虎"的角色，孩子长时间处在紧张的环境里，又怎能健康成长呢？难道逃避果真是最好的办法吗？犯了错真的是不可饶恕的吗？究其背后原因，其实也没那么可怕。如何让孩子在犯错中对自己的行为承担责任并且感到骄傲，这或许是每一个教育者应该思考的问题。

我们这一代人，家里贫穷。小时候，摔破一只碗，都不敢告诉父母。原因只有一个，轻则骂，重则打，谁还敢和父母说真话呢？学习也是如此，一道题目一开始做错，老师觉得情有可原，但屡次犯相同的错误，老师就开始不理解了，觉得学生太笨、太粗心，但又没有帮其找到真正致错的原因：是不理解还是粗心还是另有原因？最美的教育最简单，作为老师，是需要有耐心的。

记得二年级的一次语文独立作业，有一道连线题，什么花是什么颜色的？全班只有一个孩子回答错误，油菜花变成紫的啦！这位老师很有耐心，轻轻地问他："你为什么会连错。"孩子望着其他同学的嘲笑的神情，感到无比紧张，几次想开口，都没有说出实情。老师再三鼓励他："没有关系，老师可以帮助你一起解决。"这位小男孩终于说出实情，原来父母一直忙于生意，生活上很少关注他，他没有看到过油菜花长什么样？事情的结局是，这位老师抽空带他去公园认识了许多花的种类，还上网收看油菜花到底长什么样，并在班级开展"花的种类你知多少"主题活动，让他在同伴面前有较好的表现机会，树立他的自信心。要是没有犯错，怎会有后面的精彩故事呢！

其实，隐藏错误，会使人封闭起来。被隐藏的错误是无法得到解决的，人们也无法从中学习。怎样来改变孩子对错误的扭曲观念呢？书中讲到的玩视频或电脑游戏的例子生动又贴切，因为当孩子们在玩游戏中犯了一个错误时，他们还愿意去再试一次，甚至十次、百次的，理由是视频游戏不会责骂或羞辱玩游戏的人，游戏的设置本身就是让孩子们不断尝试，并鼓励他们从过去的错误中学习。而孩子们也正是在一次次失败中汲取经验，不断尝试并搞清楚如何解决一个问题，最终尝到成功的滋味！所以，犯错并不惊讶与可怕！

如果我们把犯错可以使人进步的故事与孩子分享，让孩子真正理解可以通过犯错误来学习，那么每个孩子作为个体就不会介意为自己的错误承担责任了。这里我想说的是，孩子发生的无意识错误，恰恰是敞开成长的大门。记得我班的小楠同学个性要强，每次犯错后自我感觉良好，一次听写作业，小楠同学本来可以得 A 的，但由于书写不规范，得了 B。事后，他非常不服气，坚持说自己一直都是这样写的，不承认错误，听了以上分享的故事后，他愉快接受了老师指出的错误，并谦虚地说："要不然，我还一直蒙在鼓里呢！"在后来的学习过程中，小楠同学偶尔还会把字写错，但是他会及时纠正，慢慢地就把写字不规范的毛病改过来了。

比如说，我们有时为了试图掩盖自己的错误而使自己陷入困境，孩子或多或少有过这样的经历。老师可以举例让同学们讨论，如：小 A 同学不小心把小 B 同学的图书弄坏了，小 A 不承认是自己弄坏的，看着小 B 同学难过的样子，他又于心不忍，课也听不进去，内心煎熬着。让孩子们说一说，如果自己就是小 A 同学，你会怎么做？孩子们马上七嘴八舌地讨论开了，有的说："承认自己的错误。"有的说："向小 B 同学道歉。"还有的说："把小 B 同学的图书补起来。"接着进行情景模拟，孩子们发现，当一个人承认自己的错误，道歉并努力解决所造成的问题时，别人是多么容易原谅他。所以讲道理不如看道理，让孩子参与进来进行体验，效果非常好。

人无完人，金无足赤。世界上的每个人都不是十全十美的，都会不断犯错，只要他或她活着。生活中，告诉孩子犯错误是学习的大好机会，生活中不要怕犯错。当然作为老师，首先得自己转变观念，孩子一旦犯了错，我们要了解原因。陶行知先生说过："我以为好的先生不是教书，不是教学生，乃是教学生学。"犯错是孩子成长路上必须经历的，不管是学习上的错误还是生活上的错误，我们要有效利用孩子犯错的机会，让孩子反思错误背后的原因，争取不犯相同的错误，并且在不断纠错的过程中，培养孩子的责任心与自信心。

夏小永远的梦之地

　　我要走了，离开一个我待了十年的地方，一个像我的家一样的地方——夏演小学。所有的不舍都是因为早有心理准备而变得不再难受，只是顺其自然地接受一切。俗话都说离开是为了更好的相聚，我还能回来吗？

　　十年前的那个暑假，我内心坚定地选择来夏演小学工作。当时我的眼里只有夏小，耳旁只有夏小、心里无数次告诉自己夏小最好。家里过来，坐公交车直达夏小，孩子的学区也是夏小。

　　奔着诗和远方，我来到夏小。说实话，初到夏小，一切都很陌生。学校的左边是唯一热闹的地方，一条大概有 500 米长的街——夏桥街。两边的店面房都是做生意的：有服装店、水果店、餐饮店等。学校的其他三面是一眼望不到边的田野，农民伯伯种着各种各样的庄稼，绿油油的一片，着实养眼。

　　刚上班那会儿，对于很多事情我是不敢多问的，加上自己的性格内向，不会主动和同事交流。看着其他老师每天有说有笑的，熟悉地穿梭于校园的各个角落，让我很羡慕。而我的快乐是白天忙于教学和班级管理；晚上和同年级的两位老师一起在办公室备课、探讨教学和聊孩子们的表现。那年，我们一起进夏小的有六位老师，我和婷婷、筱琴教一年级。明亮的日光灯下，我们常常有说有笑，现在想起来，依旧温暖如初，真好！

时间流逝，一切都在变。熟悉的老师换学校了，陌生的老师来夏小了。每次看着要好的同事离开，我心里都特别伤感，好像世界空了，时间停止了、空气凝固了，让我透不过气来。新同事来了，年轻、漂亮、有活力，但也有内向的，如同当年的自己。我总会特别热情，主动和她们打招呼，问他们有没有需要帮忙的地方。

学生毕业了一波，又迎来一波。我的第一批学生已上高中了。今年又有一批参加中考的，现在教的这批孩子我已教了两年。每天进班级是我最开心的事。我除了和孩子交谈学习外，最多的话题就是生活趣事，激发他们对文学的热爱、对写作的热情。"一边学习，一边偷乐"，这是我说的话，也成了孩子们常常写到作文里的话。这批孩子有全面发展的楼珞彤，有文学天赋的杨思琦，有文质彬彬、成绩优异的龚楚琰，有天资聪颖、帅气十足的杨子墨，有初生牛犊不怕虎的楼子恒……每每想到他们，我就很幸福。

学校的环境因品质提升也变得越来越美：灰灰的水泥操场换成了红绿相间的塑胶操场，墨绿暗淡的普通铁橱窗变成了淡绿加白色边框的材质新颖的高级橱窗，小广场的舞台变得更大气了，还有绿绿的小草、茂盛的绿树、小朋友们手拉手玩耍的背景图。每一层的长廊都有了各自的主题，一楼是科技长廊，有中外科学家的事迹、有十大未来科技的展示、有科技节的活动剪影等。二楼是乡情长廊，有传统节日文化、有义乌名人的事迹展示、有义乌的演变历史等。三楼是文学长廊，有学生书写的古诗书法作品、有中外名著的介绍等。四楼是艺术长廊，有艺术名人的介绍、有美丽的山水画、有精致的手工作品等。另外还有党建长廊，一条讲述中国共产党从站起来、富起来到强起来的红色长廊。下课的时光，总有无数的孩子站在自己喜欢的长廊前百看不厌。

我自己也在变，从一个性格十分内向的普通班主任变成经常主持活动的少先队大队辅导员。每个星期的升旗仪式都要到国旗下发言，一次次和全体少先队员一起学习国家领导人给少先队员的回信内容。看到少先队员的不断成长，我倍有成就感。感谢夏小这个平台让我慢慢地成长起来。

唯一不变的是我对夏小的感情，陌生的时候喜欢她、欣赏她；熟悉的时候依旧喜欢她、欣赏她、甚至已经深深地爱上她。多少个夜晚，我关掉办公室的灯，兴奋得像个小孩，奔跑在楼梯上回宿舍。

我就要离开夏小，现在最想做的是，哪天起个早，再听听这里的鸟鸣声，哦不是鸟鸣，是一支欢快的交响曲。最想带走的是脑海里蔷薇与香樟树的记忆……

2021 年 7 月 22 日

窗外那枝绿柳

——读《星空下跳舞的女人》有感

一扇窗，放进阳光；一张桌，承起温暖；一本书，翻开过往；一杯茶，漫出芬芳……阅读的时光，总是快乐的，那书页翻动的沙沙声，为我打开了无数的窗。

一个午后，我又坐在窗前，随风飘动的碧绿柳枝不时好奇地投来望眼，陪我一起走近那个"星空下跳舞的女人"。滕肖澜的文笔质朴而生动，一如她笔下的诸葛老太——年轻时失去了儿子，中年时又失去了丈夫，但并没有改变她的乐观豁达，也不能抹去心中那份对丈夫、儿子的深爱。诸葛老太的墓碑后面有一行小字——"深爱着这个男人，还有这个孩子。为了他们，我选择努力活在这世上，活得更加洒脱，更加美丽。"明明是一句充满阳光的话语，却有莫名的悲伤顷刻袭遍全身、沉重的大山忽然压在心头，空气也近乎变成固体，我无法喘息、不能动弹，只剩下两行泪水在脸上肆意流淌。

我敬佩诸葛老太对生活的乐观豁达，欣赏她对生活品位的执着追求，更羡慕她对爱的现实表达。一位七十多岁的老太太面对着孩子夭折、丈夫离世，却依然笑着在夕阳下向前踽踽独行，这是怎样的哀痛者和幸福者！她的生活多姿多彩：可以混迹于年轻人坐在85度C的窗边，一边喝牛奶，一边看报纸；也可以独自在空荡荡的家中，一边品红酒，一边吃牛排。她或许经常孤独，但我想她绝不寂寞。我总觉得任何一个人面对命运无情的捉弄，会身心疲惫、心情失落，甚至会有放弃自己生命的可悲念头，但她没有。在心态年轻的她眼中，天上繁星就像调皮的孩子，不停地眨着眼睛，在黑绸缎似的天空中跳着舞，多美啊！一生挚爱的两个亲人离她而去，她没有倒下，而是更坚强地追求幸福的生活——她对他们的爱，就让自己快乐。既然所有的悼词只不过是念给活着的人听，何不身体力行让爱继续？想必天上那两颗注视着她的星，为此也笑着伴她前行。

现在很多年轻人稍有挫折，就怨天尤人、悲观绝望甚至有意轻生，生生是被这位诸葛老太给比了下去。前些天，朋友的儿子和同学冲突后情绪非常激动，产生了轻生的念头。学校建议上心理医生那儿看看，情绪稳定了再回学校。朋友说自己真是体会到什么叫焦头烂额——高三学生没法上课，对父母，对这个家庭意味着什么？偏偏这些焦急只能放在心里，表面上还要一个劲儿地安慰孩子。朋友语带哭腔，说儿子这样折腾使她身心俱疲。以前对孩子高考的指望，此刻都灰飞烟灭，只求这一年不哭不闹平安度过我想，他还没想到高考之后潜伏着更大的危机。动辄以死相逼、不管是逼人或是逼己，说到底，都是"不够爱"三个字而已。

在风中时卷时舒的柳条将身体探进了窗里，打断了我的思绪。论肢体的强度，柳不如人；论生命的韧度，恐怕很多人并不如柳啊！相比这个孩子对生命的高度轻视，我不得不敬佩诸葛老太对幸福的放眼而量——爱不是牺牲，而是学会珍惜和拥有。别等到失去后才苦苦追忆，趁现在创造美好回忆！忽然又想到，这样说来自己也应该是最幸福的人了，但之前却错把许多快乐变成了闹剧：抱怨每天快节奏的工作让自己没有了休闲游乐的空隙，而结束一天忙碌的工作回到家又为家里的凌乱不堪无人收拾生着闷气，接下来顺其自然为谁做家务和爱人吵上几句，为没有得到之前被应许的礼物而"拍案惊奇"……

其实，忙碌不也意味着是一种充实？你根本没空理会杂事、闲事，什么衣服漂亮，什么美食好吃，什么电影好看……充实忙碌也是一种快乐。心存有爱，幸福无处不在。下班晚了，走在小区黑漆漆的小径中，爱在家中已然亮起的灯和窗边眺望的人；敲开家门，爱在平淡的问候递来的热水刚端上的饭菜；累了困了，爱在悄然靠近的宽厚肩膀提醒休息的暖人话语……

我不要等到失去阳光后才在夜里跳舞，我要在这春日的午后做一枝飘拂的碧柳。

一个很"倔"的小暖男

"老师，你去换双球鞋吧，我怕你脚跑痛了。"小浩看我穿的是板鞋，就关心起我来。"没事，我可以的。"我边说边摆手示意。"老师，你就站在篮球架下，等我们抢到球，就传给你，你来投。"小浩还是有些担心我。看到小浩开心地在篮球场上跑来跑去，抢到球后的他总能机智地躲过对方的阻拦，还能准确地把球送到篮筐里。我一边鼓掌，一边喝彩。小浩的开心模样如小太阳般照射着我，温暖了我的内心。记得上个学期刚开学，小浩的厌学症十分严重，至今，我还心有余悸。

"老师，小浩闹别扭了，昨晚让他读英语，他不肯读，我说了句不要去读了，他就犟在那里不肯来读书。""老师，我们真的是一点办法也没有了，凶他吧，刚好在叛逆期，动不动就不上学；放任吧，这个人就废了；说他傻吧，一点也不傻，假如，真的傻，我也就认命了。"……早上七点左右，小浩妈妈给我发来短信。

那时，我和小浩也才相处了一个星期，从之前的班主任那里了解到，这孩子一点爱学习，上课也不听，作业不做，成绩也不尽人意。所以，开学第一天我就重点关注小浩。他很爱笑，最大的优点就是普通话说得好，读课文还算流利，但上课注意力不集中，字也写不好，很多字会读，但写不出来。看到我，就笑笑。

那天下班后，我上门家访。在和家长交流中得知，从前，小浩其实是个小暖男，很爱妈妈，他的梦想是长大了带妈妈去环游世界。现在，面对叛逆的孩子，小浩妈妈的脸上多了一份心酸和苦楚。妈妈的繁忙，换来的是孩子内心的孤寂；手机也就成了孩子精神上的乐园。家中断网，断的是小浩与父母之间的亲情网。爸爸失信，失去的是孩子内心中坚强的后盾。从那以后，孩子像变了个人似的，对学习彻底失去了兴趣，成绩也一落千丈。

"我们一起想办法。"给家长一种精神上的激励。和家长交谈完后，我给孩子补了这几天没上的课文，还给他讲了几个动漫故事。听完，他哭了，显然内心已有所触动，但最终仍不肯来上学，显然内心并没有根本性的转变。

"三顾茅庐"后，小浩终于肯来上学了。可是心灵的挫伤并不是很快就能痊愈的，对手机的依赖也不是立刻就能摆脱的。他总是三天打鱼，两天晒网，有体育课那天来，没有体育课就不来，上课无精打采，真不知如何是好。家长和我反应，小浩觉得读书没意思，老师讲的课，他一点都听不进去，手机也还是每天要玩。如何提高小浩的学习兴趣和减少玩手机的时间。我想了又想，决定先从他的爱好入手。"小浩，你是很喜欢体育课吗？""嗯嗯，老师我喜欢打篮球。""那老师给你安排活动时间，但是你要天天来上学，能做到吗？""嗯嗯，他开心地点点头。"接着我关注他的课文朗读，激发他的学习自信心。早读课或语文课上，我会有意识地请他来读课文，读完后，有针对性地进行评价，表扬他读课文读得入情入境。孩子听了喜滋滋的。课余时间，我还会和小浩讲篮球明星姚明的故事，树立他向榜样学习的意识。我还和孩子的爸爸妈妈三个人建了一个微信群，以便随时交流与沟通，每当小浩有好的表现，我会第一时间反馈给他的爸爸妈妈。"小浩读课文获得了大家的掌声。""小浩在班级物品整理比赛中获一等奖了。""小浩的书写比以前清楚多了。"小浩爸爸妈妈看到孩子有进步打心眼里开心，"老师，那需要我们怎么配合？""周末你们一定要抽出时间陪陪孩子，带孩子亲近大自然或去图书馆看课外书。"我向家长提出建议。

有一回，小浩妈妈告诉我，孩子盼望周末能来学校骑车，问我有没有时间给他创造机会。我说没问题。我和小浩约定，只要他天天来上学，在家听爸爸妈妈的话，少玩手机，学习上有进步，我一定会满足他这个愿望。随后，我和小浩商量在家怎么合理分配时间，该做哪些事，做到劳逸结合。在充实的校园生活与父母倾尽全力的双重陪伴下，孩子内心的叛逆性和抵触情绪，渐渐消解了；对手机的依赖性也一天天在减少。足见激励与陪伴就是孩子内心中的精神养料。

我答应孩子的事也该兑现了。周日下午四点，我准时出现在校门口，小浩和同学们早已到了。"老师，老师……"他们欢呼着跑过来，把我紧紧抱住。我带着他们来到操场，和他们一起比赛骑自行车，好像重新回到了童年。小浩边骑，边尖叫，像出笼的小鸟快乐自在。两个小时一眨眼就过去了。那天我们聊到了学习，其中一位同学答应帮助小浩学习。小浩开心极了，眼里散发着兴奋的光芒。

在老师和家长的共同努力下，小浩每天坚持来上学，脸上也逐渐有了笑容。现在的小暖男仍带有那么一点点倔，却已像逢甘霖而破土而出的山笋，有了较强的求知欲和进取心，成了"化茧成蝶"的一面镜子，镜面上是一张阳光自信的面孔。见到他打篮球的模样，我知道，我相信他的凌云之志又萌发了——带母亲环游游全世界。课余时间，他开始爱上收集世界各地的地图，爱看电视上的地理频道。爸爸妈妈给他的零花钱也舍不得花了，缘何？原来他正在为践诺陪妈妈周游世界做准备呢！

"老师，现在小浩对手机的依赖不像以前那么严重了。""老师，您费心了，小浩的进步离不开您的努力与付出，我真的很感谢您。"小浩妈妈每隔一段时间就会给我发感谢的短信。我总是对她说，不用谢，这是我应该做的。看到小浩进步，我也很开心。

"最小的主任，最甜的差事"。班主任工作虽琐碎，我却沉溺其中。

一盒糖

老师捧起那盒糖，仔仔细细地观察着，长方形的纸盒上画着切开的红得诱人的草莓和几个咧着嘴笑的可爱的卡通人物，写着"仔仔棒糖"，源于2003的字样，一看童趣十足！盒盖是透明的、塑料的，里面整齐地摆放着一排排、一颗颗用彩纸包装的糖。

"老师，给我一颗糖呗！"

"不行，谁让你上课吃糖的！"

"就一颗，一颗行吗？"

"不行就是不行，糖没收了，就由我先替你保管着。"

此刻老师满脑子是这个叫墨墨的孩子的脸庞。墨墨爱笑，一笑就露出一个小酒窝和一口整齐的大白牙，十分阳光。去年九月开学，老师新接手了一个六年级毕业班，其中有个孩子叫墨墨。他长得高高壮壮的，梳着西洋发，一双大大的黑白分明的眼睛，穿着一套白T加藏青色短裤的校服。他很顽皮，常和另一个叫棋棋的男孩闹矛盾，每次老师批评他，他除了承认错误外还有一个特点就是爱笑。在老师和他交谈过程中得知，他是个单亲家庭的孩子，平时爸爸做生意特别忙，由爷爷奶奶照顾他。从此，老师深深地记住了他，尽可能地多给他一份关爱。

也不知男孩是什么时候开始爱上吃糖的。有时，老师上课走到他身旁，总能闻到一股淡淡的水果糖的香味，但又没发现什么异常。有次下课，老师在走廊外迎面遇见了墨墨，他刚好拿着棒棒糖含在嘴里。"哟，最近爱吃糖了呀！"墨墨不好意思地笑笑，就跑开了。老师告诉他，学习有进步的话，就把家里两大包喜糖送给他。墨墨开心地点点头表示同意，走起路来带风转圈，像一架开心的小风车！

那段时间，墨墨没有辜负老师对他的期望，每天早早地来到学校早读，课堂上爱举手发言了，作业也能按时完成。老师也没有食言，一次周末回家后，终于把两大包糖带来送给他。墨墨的眼里泛着光："老师，你对我可真好！"墨墨笑了，老师也笑了。

墨墨除了爱吃糖，还特别喜欢打篮球。篮球场上他运球来去自如，投球几乎百发百中，他简直就像会发光的星星，但每次又总能闹出点事。老师假装生气了，皱着眉，拉着脸，罚他两周不许吃糖。墨墨的眼里顿时多了份忧愁，好像在说："老师，事情不是你想的那样。"

一天早上，老师刚进教室，就看见墨墨拿着一盒糖向同学们炫耀着："你们看，这是仔仔棒糖，一盒有八十颗呢！"同学们围拢来目不转睛地盯着："好吃吗，墨墨，我让我妈也给我买一盒。"辰辰满脸羡慕。突然眼尖的骆骆看到老师站在门口，就大喊了一声："老师来了！"同学们像做了什么亏心事一般，瞬间散开了。当时老师也没有当着同学们的面没收这盒"仔仔棒糖"。

上语文课时，老师又突然闻到了那股熟悉的水果糖味。

老师不动声色，一边讲课，一边走到墨墨的座位旁，突然提了一个问题让墨墨站起来回答。问题不难，可墨墨却紧闭着嘴、低着头。老师就这样看着他，足足盯了一分钟。他抬起头来，眼里满是慌张的神情，脸红到了耳根子。教室里安静得要命，同学们似乎也明白了其中的一切。

"丁零零……"一声下课铃打破了僵局。

下课后，墨墨主动把"仔仔棒糖"上交了，老师黑着脸，一言不发。墨墨知道老师不开心。"老师，你把糖没收吧！"这盒糖就这样留在了老师的办公桌上。

到了毕业复习阶段，老师忙，学生也忙，老师不知道的是墨墨还惦记那盒糖。晚上，老师坐在办公室里批改作业，猛然发现那盒糖不见了。什么时候不见的，今天？昨天？还是前天？一定是墨墨拿走了，这孩子！老师心里想，没有她的允许，墨墨就把糖拿走，真是太不像话了。

第二天，老师遇上墨墨，直截了当地说："糖呢，去哪了？""糖一直放在办公桌上，不起作用，还不如吃到嘴里。"墨墨调皮地还嘴道。"你懂不懂没收的含义？没收了还可以这么自由地拿回去吗？"墨墨又开始笑了，他以为他的笑能化解老师肚子里的气，没想到，这回老师动真格了。"没有我的允许，就把糖拿走，你还是一个守信的孩子吗？"墨墨只好赶紧跑回教室，从书包里万般不舍地拿出那盒糖，把它放回老师的办公桌上。

时间过得真快，五月的栀子花已经绽放，栀子花香分外浓郁，弥漫在校园里，弥漫在老师和孩子们的心里。墨墨想：每年栀子花开，就意味着学生离毕业不远了。因为老师答应过他，等毕业了就把糖还给他。而那一天终于来到了，毕业联欢结束，老师把平时没收的小玩意儿、小说、仔仔棒糖等还给学生。孩子们高兴地领回属于自己的物品。

"老师，这盒糖送给你吧，我不带回去了。"墨墨执意要把这盒糖留下。

"老师不吃糖，还是你带回去吧。"

"老师，这糖挺甜的，就送给你！"墨墨说完又笑起来，露出那口整齐的大白牙，眼里依旧闪着光。

那晚，月亮特别皎洁明亮，老师捧着那盒糖，迎着初夏的风走在回宿舍的路上。那个淘气的少年毕业了，留给她的是一盒糖。

美好遇见

最美好的遇见

　　人生路上如果注定有贵人的话，我想告诉全世界，我的贵人就是徐敢老师。他的鼓励总是那样有力量，让不自信的我，有往前冲的动力。"天上那么多云彩，谁也不知道哪片云彩会下雨，但是你一定是会下雨的那片云彩。"徐老师总是那样不厌其烦地鼓励我，让我的内心时时涌起温暖的感觉，似一股无形的力量在推着我前进。

　　时间倒回到二〇一六年那个秋天的午后，徐老师再次来到夏演小学，给参加文学讲座的孩子送上他的著作《我与文学》，同时在扉页上写下激励孩子们热爱文学的话，并签上他的名字。而我就这么幸运地遇见了他。

　　现在还清晰地记得当时的场景：我从班里上完课回来，看见接待室里坐着一位文质彬彬，看上去很有学问的老者。他穿着一件雪白的衬衫，戴着一副金丝边框的眼镜，正全神贯注埋头写话签名。他不就是徐敢老师吗？哎呀，他怎么来了？昨天不是已经来过了吗？我的内心激动不已，久久不能平静。今天，我非要认识他不可，可怎么去认识他呢？天生性格腼腆的我为找不到认识徐老师的理由而急得像热锅上的蚂蚁。

　　"星星"就在我眼前，勇敢一点，去追吧！我给自己暗自鼓劲。

"徐老师，您好！请喝茶。"我端着一杯热茶，来到徐老师面前，先做了自我介绍，并说出我很喜欢文学。"很好！热爱文学是一件好事，把你的作品拿来，我帮你看看。"徐老师亲切的话语使我的自信心增加了不少。

就这样我们算是认识了。那天徐老师带走我的《好一座鲤鱼山》《摔碗》《石鸣钟》等几篇散文离开了夏演小学。让我没想到的是，没过几天，我就收到了徐老师寄来的信，拆开信封一看，里面竟是徐老师给我修改好的散文，那些用红笔做的增加、删减等修改符号密密麻麻，特别醒目，我从头到尾一边又一遍地读着，内心早已波澜翻卷。徐老师是那样认真细心，标点的运用、词语的搭配、句子的修饰等，徐老师都一一指出来。我读着读着，反问自己：这就是我写的散文吗？我如获至宝，脸上藏不住微笑。经过徐老师的修改，文章的立意更深了，更有思想，更有禅意。徐老师还告诉我，好文章是修改出来的，并鼓励我继续写，还帮我推荐《好一座鲤鱼山》给《枣林》刊物的编辑。

鼓励是一剂良药，灵感也瞬间来了，我又写下《雪中游仙华山》《乌镇，我向往的地方》等散文，徐老师看了散文后，又是毫不吝啬地表扬，继续鼓励我向义乌商报投稿大出所料，凡经过徐老师辅导过的文章居然都发表了。至今记得《好一座鲤鱼山》发表时我的心情，这样的幸福不亚于一个孩子得到梦寐以求的礼物，特别是领到稿费的那一刻，像是小鸟在空中翱翔一样，无比快乐。

徐老师，你为什么愿意这样无私地帮助我，不求回报？为什么无论何时，你都愿意做我的第一读者？为什么你总是说我是有潜力的？……总之，在徐老师的鼓励下，我开始不管不顾，一味埋头写自己想写的事，改变以前的想法——写下来只给自己看，而是不断向外投稿。

要是哪天我想偷懒，徐老师就会正好发我微信，问：散文写了吗？时间是靠挤的。我白天上网课、排摸数据，晚上一有时间就泡在电脑前写散文，《追星》《一碗入心》《秋桂香否，知否，知否》《远去的春夏秋冬》《人间有味是清欢》《瞻仰望道故居》等百来篇散文，没有一篇不经过徐老师的修改。徐老师开始鼓励我向省外优秀刊物投稿。我也开始更加坚定信心，鼓起勇气。2020 年 7 月，我写的《瞻仰望道故居》终于发表在华东地区优秀期刊《大江南北》杂志上。

徐老师的鼓励渐渐让我明白，学生是需要夸的，不管用什么方式都可以。徐老师的言行给我的作文教学也提供了帮助与指导。校园里，我开始关注学生的喜好与日常生活，常常创设情境激发孩子写作兴趣，并不断鼓励。秋日，带他们赏桂花；冬日带他们玩雪；春日，一起放风筝；夏日，和孩子一起闻栀子花香。孩子们一边玩，一边习作，不亦乐乎！

徐老师不仅在文学上激励着我，工作上帮助我，生活上也像一位父亲一样关心着我。如果我表现出心情不好，工作压力大，他总会幽默地笑笑，对我说："只有走不完的路，没有翻不过去的山，你一定可以的。"从认识到现在，正因为有徐敢老师的鼓励，我变得积极向上，工作上全身心投入；生活上每天微笑面对压力。

时光日复一日，和徐老师认识有一千八百多个日子，因徐老师的鼓励，我更加地热爱文学。《与花相遇》《那片红杉林》《百合花开》《钻戒》《摘桑葚》，每篇散文都让我感到了生活的美好与惊喜。有人说，最美好的遇见是相互成全，而我想说，我的最美好的遇见是遇上了一位可亲可敬、时刻充满正能量的徐敢老师。

雪天游仙华山

　　浦江仙华山是国家 AAAA 级旅游景区。那里群山环绕，风景优美，空气清新，是人们游览的好去处。

　　昨夜下了一场雪，我沉思其中。平时看惯了阳光灿烂下的绿水青山，那雪中的仙华山又会是怎样一幅美丽的图画呢！此时此刻，我真想立刻去看看。

　　独自一人来到仙华山脚下，放眼望去，一夜之间，仙华山成了一个银装素裹的世界。

　　踩在厚厚的雪上，像踏在软绵绵的雪毯上沙沙作响，别有一番风味！冬姑娘没有忘记，在这新春之际，把它最珍贵的礼物送给大自然，送给人们，送给初春的时光。一场大雪撒下来，铺盖了漫山遍野，光山焕然，秃枝洁白，于是一个粉妆玉砌的世界便静悄悄地呈现在眼前。

　　远山凝白，琼枝玉树。一切都变得光洁、神圣。仙华山像穿上了洁白的婚纱，仿佛不沾半点尘瑕的美玉。在阳光的照耀下，显得更加明亮、动人。近处的奇石，突兀在群山中，显得高大、雄伟，像是大山的守护神。一阵冷风吹来，树上的雪花尽情地洒落，好像又下起了雪，雪花飘到我头上、脸上、身上、手上，感觉自己就是一位仙子置身在雪山之中，惬意极了！

　　心想：是否昔日的元修女重游下了凡界？纤纤玉手，扯罗织绢，为初春的故地披上了万千层轻绢薄纱？抑或是冬天依然垂青于仙华美景，而在此做出最后一次的紧紧拥别？

是大自然的杰作，还是元修姑娘的巧手编织？看那幅幅秃枝交错而成的图案。精美的、抽象的，华丽而又素雅，于天穹下具有性格似的闪烁灵光。那是对生命追求完美的坚持？还是将这生命上深刻了初春痕迹的隐情，微微地泄露？

是谁在昭灵宫前嬉戏游玩？是谁又在街云石阶上结伴而行？还有谁在那琼枝玉树间折桂攀蟾？噢！是游人，他们或三五成群，或情侣相伴。在仙境中迷游，在云梯中攀缘。如大山的子女，来分享它的欢乐，采集些许山的灵气。银装素裹中，增添了那点点的斑斓色彩。仙华山，于是也并不寂寞了。

看着纵横交错的云梯，路越来越难走了，难怪工作人员建议游客最好不要爬得太高了。可是美丽的雪景在召唤着大家，神圣的少女峰在召唤着大家。使我们精神抖擞地，艰难地一步一步爬着。

不知不觉中，来到仙华山顶——少女峰脚下。我犹豫着要不要往上登顶，因为少女峰极像天都峰，有着高、陡、险的特点，石级边上的铁链似乎是从天上挂下来的，再加上这下雪的天气。但是想想既然来了，就一定要登上去！我鼓足勇气，两手抓住铁链，一步一步向上攀登。终于登上了少女峰，看到了"一览天宇空"。特别是那洁白如玉的枝头，那内敛的生命色彩，眼看仿佛就要"噗哧"一声绽放，将冷面笑成了桃花。

下山的途中，路更难走了，很多游客是坐天然滑滑梯下来的。笑声、尖叫声，在仙华山谷久久回荡……

游雪中仙华山还是别有一番情趣！让人流连忘返！

2016 年 3 月 6 日

乌镇，我向往的地方

　　去看看美丽的古村——乌镇，我已盼了很久很久。这个酷暑炎炎的夏日，我终于等不住了，独自背上背包，坐上高铁，去实现心底深处那一抹自认为纯洁、美好的梦想。

　　高铁到达桐乡站的那一刻，心里有些小小的激动，哦！我终于来了，天空蔚蓝蔚蓝的，像一块硕大无比的蓝宝石，那几朵白云在阳光的衬托下，绽放着最美的姿态。站台边是绿油油的田野和大树，在阳光的照耀下，叶儿闪闪发光，让人有些睁不开眼睛，心里却泛起层层涟漪，那是幸福的感觉。远处那房顶上的四角亭似曾那么的熟悉，这一切的一切已然成为一幅美丽的画面，永远定格在我心里。

　　走出桐乡高铁站，心早已飞到了乌镇，汽车在宽阔的马路上飞驰着，这里没有一座小山坡，你想看多远就多远，心情也随之开阔起来。住的地是墨婉轩精品客栈，走进房间，那绿色的床、绿色的窗帘、绿色的贝壳状的洗手盆配上白色的被子、白色的纱窗、白色的柜子……在这夏意浓浓的时刻让你的心里有一丝丝凉意。带着一丝少许的疲惫，忽然有了些睡意。

　　夜幕终于降临了，我赶紧走出墨婉轩去看一看乌镇西栅景区那迷人的夜景。踩在窄小的石板路上，首先映入眼帘的是乌镇那灯火辉煌的大剧院，它矗立在湖水中央，被一湖碧水拥抱着，顶部由一虚一实两个椭圆结合而成，犹如一朵盛开在江南初夏的"并蒂莲"。听导游介绍，"并蒂莲"蕴含了喜庆、吉祥、蓬勃的寓意，让人忍不住用手机拍下这特别的美景！再往前走，前面有座石拱小桥，那柔和的灯光把小桥点缀得异常动人，和湖水交相辉映，让人不由得加快步伐，去追逐那份心中的向往。站在桥上，一阵微风拂过脸庞，看着河里那乌篷船慢慢摇来，河两边古老的房子上灯光七彩斑斓，忽闪忽闪，听着树上那知了的叫声，西栅的夜是迷人的！

沿着河岸继续前行，游客变得多起来，嬉笑声、喧哗声，交谈声……原来前面是一些卖乌镇特色小吃、工艺品的商店。游客们进进出出，脸上洋溢着快乐的微笑，老板们也是一脸的亲切，不厌其烦地解答有哪些特色小吃，如：白水鱼、臭豆腐、特色羊肉等以及当地工艺品的种类，有瓷器、花灯等。可爱的孩子们拿着一盏盏星形灯奔跑在古镇的小路上，甭提有多开心，相信在这里一定会留下他们童年难忘的回忆。西栅的夜是快乐的！

西栅的夜让人目不暇接，那闪烁的灯光让人有些眼花缭乱。不知不觉我来到酒吧区，每一家都有其特色的节目表演和符合它的装扮。那激情、豪放的歌声传入耳中。透过玻璃窗，那身材火辣，舞姿优美的俄罗斯美女尽情地在舞台上唱着、扭着，台下的观众举着酒杯兴奋地品着红酒，时不时和台上演员互动互动，看起来沉醉在音乐的氛围里，也会让人暂且忘记烦恼。门口的服务员热情地招呼着前来观赏的游客，让我不禁想起去年在云南丽江酒吧的一幕幕情景，年轻人喜欢这样的气氛。西栅的夜是热闹的！

离开这热闹的酒吧区，赶紧去寻找下一个心中的驿站。前面的灯塔星光点点，神秘般地屹立在宽阔的明堂中间，让人浮想联翩。当地老百姓都喜欢称呼它为西宝塔，也叫白莲寺塔。突然前面出现一座五光十色的城楼，那么壮观，那么气派，楼顶上灯火通明，照亮了这江南水乡的夜。夜，慢慢地变得幽静，零零散散的游客在乌镇老邮局门口进进出出，在这个信息技术发达的今天，让我们70后的人再次回味那寄信、收信时手拿信封，闻着纸香味的读信时光。这里还有民国主题餐厅，那古色古香的门窗，让人觉得行走在20世纪30年代。西栅的夜是令人回味的！

穿过石拱门，眼前出现了漆黑的夜空，繁星闪烁，走近一看，原来是一排排长凳，每排凳子上都有些小灯，前面是一个泛着波光的湖，听说这里是露天水剧场。这样美的夜，令人不由得为之震撼，这是我今晚最大的收获，虽没有表演，只有几对情侣相依而坐。但这样的意境是我所期盼的，微风阵阵，星光闪烁，波光粼粼……西栅的夜是那样的甜蜜！

慢慢地，慢慢地，我沉醉于乌镇西栅的夜景里，在这绚丽多彩的夜晚，一切变得那么美好！是梦开始也好，停留也罢……

2015 年 8 月 11 日

游仙溪村

　　金秋十月，秋风送爽。十一小长假，我和朋友决定远离城市的喧嚣，选择去乡下农村走一走，领略这几年来义乌的新农村建设风貌。

　　"溶匕月色照纱窗，起视双溪景未央。两水夹来明镜彻，波中天上共三光。"这里的双溪指的便是位于义乌西部的上溪镇仙溪村，是我们此行的目的地。仙溪，一个富有诗意的名字。据龙山李氏谱资料记载，六百多年前，当时村名叫小溪，后改名叫双溪。现在的村名——仙溪村是到了清末才有的。相传七仙女来桃花坞摘桃子，路过小溪，就驻足戏水，天黑后才依依不舍飘然离去，由此得名"仙溪"。

　　仙溪村山明水秀，风光旖旎，素有"世外桃源"之称。村内两条又窄又长的小溪，终年流水潺潺，清澈见底。走进村子，秋风里夹杂着一股浓郁的桂花香，沁入心脾。我们在村党支部书记李建龙的带领下，先来到了文化礼堂。鲜红的五星红旗下挂着一块牌匾，上面写着"崇文尚孝"四个大字。李书记指着牌匾为我们介绍道："我们仙溪村历来重视文化教育，注重孝道礼仪，村民的名字辈分就有文字辈、孝字辈，我们把'崇文尚孝'列为仙溪村的核心人文精神。"这块匾额上"崇文尚孝"是原金华市副市长杨守春先生为仙溪村所题的。

　　我们细细浏览了文化礼堂这座精神家园。正前方是一个长方形的大舞台，舞台上方的水晶吊灯由无数个圆柱灯管连接而成，看起来华丽高贵。舞台两侧，立着两根红色大柱子，大柱子之间又用一根红色的柱子相连，宛如两条神龙腾空而起，象征着仙溪村团结、和谐。

　　礼堂的左边墙上写满了村里历代成功人士的名字，我不禁默默地念起这些名字来："李平、李友仁、李志群……"读着他们的事迹，敬佩之情油然而生。这是给李氏后代最好的文化营养，激励着年轻人发奋学习，为村里建设做贡献。

　　礼堂的右边墙上挂着"德""仁""让""俭""家"等字幅，介绍公德、仁爱、谦让、节俭、和睦等文化，告诉仙溪人做人的道理。礼堂上还陈列着一些农耕农具，纺车、水车、风车、犁车，讲述着仙溪人勤劳朴实的故事。尤其让我惊叹的是那些年代久远的米机、麦机、自来水机、水龙……它们见证历史的变迁、时代的发展。仙溪村在村领导的带领下，一步一个脚印、踏踏实实地走好发展致富之路。

　　仙溪文化礼堂记载着仙溪的过去、现在；记载着祖祖辈辈勤耕好学、尊老孝亲的历史足迹；记载着祖先赐予后代的文化大餐……

　　李书记还给我们介绍仙溪的板凳龙。每到春节，每家每户开始为准备迎龙灯而开始忙乎。仙溪的"板凳龙"十分有名，龙头、龙尾都用香樟树木雕刻而成。龙头（俗称灯头），长约两米，翘首曲身，含珠瞪目。龙头后面是一座木雕精致的翘角飞檐小宫殿，龙尾约长一米，与龙身分开，雕工精美，朱漆描金、神态活现。迎龙灯时，灯头红绸绣披挂于身，四周琉璃围绕，彩球悬挂，内点蜡烛。宫殿与龙尾之间，由一节节板凳串联而成。整条板凳龙状如江上长桥，规模宏大，气势非凡。

迎龙灯一般分为祭灯头和出灯两个部分。大家最为期待的是，迎灯过程中的拉灯与盘灯表演。全村男女老少，兴高采烈地赶来凑热闹。听着听着，我仿佛回到儿时，每到过年，村里也会迎龙灯。敲锣打鼓，好不热闹啊！我们一大群孩子一直跟在龙灯身后。只见灯头一会儿急速往前拉，接着龙尾龙身又急速地拽，来来去去几个回合，让观赏的老人、孩子、妇女拍手叫好。龙灯继续往前迎，身后总是跟着一大群人，大家有说有笑的，十分愉悦！不知是谁说了一声"盘灯"表演开始了，围观的人们快速地散到一边，灯手们熟练地操纵着，一会儿向左，一会儿向右。龙灯变化多端，时而凤凰展翅；时而剪刀绞；时而大圆盘；时而五梅花……令人叹为观止！随着李书记的一声"走"，我的思绪又回到了现实。

走出文化礼堂，仙溪村的房屋建筑映入眼帘。如今的仙溪村可谓高楼大厦、排屋、别墅，遍地而起，但仅存的几处古建筑也是仙溪的一大景观。跟随李书记的脚步，我们来到下十四间旧居。站在桥头远远望去，下十四间的几处外墙已经有些破损了，横梁凌空驾着，像一个经历百年沧桑的老人。我多么想走近它，靠近它。一位农户猜想我们是远道而来的客人，乐呵呵地出来迎接，热情地邀请我们参观。走进一扇小门，跳入眼帘的满是绿油油的小野草，院子中央放着几座石磨，石磨边绕满了南瓜藤蔓，几朵金色的南瓜花躲在绿叶丛中，分外夺目。这样的景致应该是乡下人家独有的吧！院内还倒放着几只大水缸，可能是怕积水后会有蚊子吧！

沿着院边，我抬头仰望这些老房子。大小不一的厅堂，屋内还有老灶台，亦叙述着当日的繁华和兴盛。绝不雷同的牛腿雕案，或如象鼻，或似人物，或像飞禽走兽，昔日能工巧匠们留下的精工细活，历经几百年的岁月沧桑却仍栩栩如生，具有极强的立体感。屋檐翘角，雕梁画栋随处可见，一式的镂窗刻花，一式的台门天井。游人若是穿梭其中，定易产生乱花渐欲迷人眼的错觉。像这样的古居，还有上十四间、桥头孝立旧居等。

我们继续前行，沿着村内整洁宽阔的水泥路，不知不觉走到了村的尽头，路旁挺立着一棵高大的鸡钩藤树，挂了满树的鸡钩藤。我的思绪又被这丛鸡钩藤绕回到了小时候，父亲去城里赶集，总会带回一大把鸡钩藤，我们笑着从父亲手里接过鸡钩藤，用大拇指和食指掐一点放在嘴里，那甜甜的味布满了嘴，甜透了心。

站在鸡钩藤树下眺望远方，连绵不断的群山把仙溪村拥入怀抱，把大自然的精华洒向仙溪村这块宝地：田野上一片郁郁葱葱的景象，那是勤劳朴实的村民付出了汗水，秋的大地送给村民的礼物；池塘边洗衣服的老奶奶，舒展着满脸皱纹的笑脸告诉我们她拥有健朗的身体；来回踱步的华鸭，悠闲地啄着草地里的小虫，不时地发出"呷呷呷"的叫声；一群母鸡扑扑翅膀飞速地跑来跑去……这样的世外桃源生活怎能不令人向往？

此刻天是那么高，云是那么淡，阳光普照的地方，让人有些晃眼，秋风过处竟有一种惬意包裹，抑或是周身都被镀上了一层温暖的味道。

仙溪，远离城市的喧嚣，唯有宁静、和谐与你相伴！

山水相依岩口湖

初春的傍晚，朋友邀请我去散散心。车慢悠悠地在山路上开着，到底是春天了，路边的风景极好！朋友不时提醒我看风景，是啊！桃花开了，瓣瓣嫣红映醉了蓝天白云；李子花开了，簇拥着团团笑脸，朵朵纯净得如同尘外仙子；油菜花也开了，铺了满地的金子，耀眼夺目；还有那叫不出名儿的野草花，全都齐齐开放。我仿佛被眼前的景色迷住了，惊呆了，深深地陶醉了，以致朋友和我说话，都没听见。

一下车，清新的空气夹杂着树叶香、花香、泥土气迎着微风直面扑来，不禁让人心旷神怡！偶尔传来几声清脆的鸟鸣，让人有一种说不出的激动。

沿着公路边的小道，我们兴奋地来到湖边的沙滩上，朋友告诉我，这就是闻名遐迩的岩口湖。此刻，夕阳西下，映红了湖面，天边的云霞在夕阳的衬托下，像一幅绚丽多彩的画。远处的青山静静地矗立在湖中心，有如刘禹锡笔下的"白银盘里一青螺"。又如吴迈笔下的"群峰倒影山浮水，无水无山不如神"。站在湖边，一边欣赏着夕阳下的美景，一边用心感受春风中湖水轻轻地波动，真是别有一番滋味！

　　稍远处停着一艘游轮。于是我和朋友来到码头，乘坐游轮泛波行舟，缓缓驶向湖中心，两岸青山依绕，湖面水平如镜，船行于清碧的水上，如同在绿云间漫步。抬眼望，满目苍翠，水天一色。低头看，粼光微闪，湖水温润，令人想起那小家碧玉般的美人，恬美安宁中略含了那么一丝羞涩。船渐渐地靠近了目的地，横卧在眼前的是连绵不断的群山。我们下了船，兴奋地行走在茂密的树林里。这里更加寂静，时间仿佛停止了，周围的一切也似乎不动了，只有翠绿的树林屹立在你的四周，那么高大、那么挺拔。

　　愈往里走，空气越来越清新，欢快的鸟儿伴随着悦耳的叫声时而从眼前飞过，时而穿梭在林子里。树丛也越来越密，苍翠欲滴，像一块碧绿的幕布。有位哲人说："别想征服大山，大山是永远不可征服的。我们所能做的，只是尽量地靠近它，熟悉它，成为它的朋友。"于是，我们所能做的，就是尽量地走入山林的深处。

　　倚立在山林深处，隔着树叶缝隙望着岩口湖，片片水波随风微动，好像向我漂来，给人清新而又激情澎湃的感受，百味人生中，寻找你自己，你会发现，与群山相比，自己的渺小与无畏。人的私欲、烦恼以及由此引起的种种痛苦，在山水的坦荡磊落面前，再也难以占据一席之地。山，有水则灵，走进山林深处，我们真的仿佛荡涤了心灵。

　　此刻远离城市的喧嚣与灯红酒绿，给我带来久违的愉悦与放松，我不禁放声高歌。尽情地展现自我，一个对生活充满无比向往的女孩！幸福的女孩！优美的歌声在山间回荡，是一种狂欢，一种释放，一种追求……

岩口湖，是一首优美的诗，是一幅神奇的画。告别岩口湖的时候，坐在那游轮上，回首那浩渺烟波，我不禁动了真情！

金黄的八岭古道

早就听说在义乌江东街道青岩傅村的上方有一条美丽的古道——八岭古道。这个叶黄叶落的秋日再次点燃了我对生活的热情，去认识一位新朋友——八岭古道。

我和朋友沿着青岩傅村边的水泥路往前走。路边有几家农庄，里面偶尔传来几声嬉笑，增添了几分热闹。我喜欢清静，但这样的热闹让我整个身心感受到美好生活的异样甜醉。爬上一个陡坡，光明水库在蓝天与秋光的映衬下，像是穿着一件蓝色耀眼的演出服闪闪发亮，在秋风的伴奏下，水面上，波澜起伏似在舞台上跳起柔美的舞。

"你看，前面是黄泥路了，拐个弯，就到古道了。"朋友边指着远处边提醒。

稍远处的山像是一幅五彩的画，金色的、黄色的、深绿的、淡绿的……各种颜色互相交错着；又像是穿着一件五彩衣，红衣裳、绿长裙……大山与蓝天白云遥相呼应，就像一对好朋友整日对视，看不够，也看不厌。此刻我有点迫不及待了，脚下的步伐加快了。几声清脆的鸟啼声像是在指引我们前行的方向。八岭古道，你可寂寞？

我来了，八岭古道！一座长长的狭窄水泥桥映入眼帘，我们快速地跑过去。一束斜斜的阳光直射下来，照耀在前方的银杏林，一棵棵银杏美丽无比。深秋时节，满树都变成了金黄色。黄灿灿的叶子在阳光的映照下，发出了耀眼的光芒。一阵风吹过，那光芒就在树叶间跳跃，仿佛小精灵在欢快地玩耍。

我们继续前行，走上台阶，前面还有个凉亭，名叫"六瑞亭"，可以让来往的路人小憩一会儿。路变得越来越窄，也凹凸不平，那也不要紧，我们只想欣赏沿途的风景。最吸引我眼球的是一棵古老的枫树，树枝上的枫叶已经不再茂盛，零零星星的几片。是啊！叶子终究是要离开大树的，就像世上没有不散的筵席。顿时，一种莫名的悲伤涌上心头。是无奈、是忧愁、是别离……太阳也躲进了云层，心中的光线和风景的光线一同消失了。那几乎光秃秃的树枝，也失去了往日的光彩，粗的、细的，互相交错着、缠绕着、依偎着，难舍难分。粗糙的树皮上，斑斑点点、诉说着枫树的饱经风霜。人生也是一样，生老病死，谁也改变不了生命的规律。一种浓重的忧伤像大石块一样扔进我的内心，扩散着、蔓延着。突然，阳光变得强烈起来，如同一道笔直的下坡直冲下来，照亮眼前的一切。几片枫树叶在秋风中舞动起来，它们像是与大树做最后的道别。"落红不是无情物，化作春泥更护花"，秋天的凋谢全是假象，我的心境也随之释然了。存在即合理，发生即安排。秋天的萧瑟是为了春天更好的绽放。

无论如何，一年四季，我还是最爱秋天，也最喜欢在秋日里徜徉于大自然。秋天的万物虽然没有春日里的激情、夏日里的盛情，但风韵犹存，是真正的富有。

　　树叶黄了，黄叶落了，果子熟了，味道甜了。秋阳慷慨无私地把积蓄献给这人迹罕至的古道，古道因此而铺满阳光，与秋日一般金黄。

八岭古道的春天

五一假期，我和朋友们相约来到八岭古道。踏上这条连接青岩傅和八岭坑这两个村的原生态古道，我的心情也随之放松下来。"啾啾啾、啾啾啾，唧——"的一声欢叫，欢腾的鸟儿从我眼前飞过，转眼就躲到树林里去了。满眼满眼的绿植，让我疲劳的眼睛瞬间像敷过眼贴那般舒服。这个春天，八岭古道就这样静静地躺在大自然的怀抱里，耐心地等待着游人的探望。

农历四月的天气有些许燥热，但行走在古道上，心里已然住下了清凉。阳光透过树叶洒下斑驳的影子，微风吹来，把树叶的清香送进你的呼吸里，浸润你的心扉。我会闭上眼睛，像听摇篮里小宝宝睡觉时轻轻的鼾声；我会情不自禁地轻轻吟唱，和着春的气息舞步翩翩。我会顾不得旁人的眼神，尽情地陶醉在八岭古道的绿意里。

八岭古道游人如织。一阵阵爽朗的笑声在山谷里回荡，使我们不由得加快脚下的步伐。几个游人从对面走来，脸上喜洋洋的，手上拿着一株刚挖的花苗。我正想问这是什么品种的苗，突然五六个小朋友奔跑着从我们身旁经过，那敏捷的身姿宛如鸟儿轻盈地飞过。

"哇，这里的水真凉快！"只见几个小伙子挽起裤腿小心翼翼地走到溪里，双手捧起水直接喝上一口，或直接捧起水扑在脸上。我们继续往前走，前方的空地上，有许许多多的游人，有的架起烧烤架，准备烧烤；有的围着桌布，桌布上摆满了各种吃的，大家席地而坐，有说有笑。

八岭古道保持着最原始的模样，铺满石阶，我们一直往上走，每个人都气喘吁吁的；古道也有软绵绵的黄泥路，踩上去，像踩在厚厚的地毯上；还有铺满各种不规则的石块。古道时而窄、时而宽、时而上坡、时而下坡……朋友开玩笑地说："小时候，捉迷藏就躲到大山里，常常让人找不到，躲的人还躲着，找的人早已回家去啰。"我不由得大笑起来，那时，精神上的富有早已掩盖物质上的贫穷。

古道两旁的树木郁郁葱葱，像正在长身体的娃，喝足了水，噌噌噌地往上长，富有活力；每一片叶子绿得发亮，像青春少女的脸庞能掐出水来。枝叶繁茂的老栗子树浓荫匝地，像绿绒大伞、像巨人矗立；那缀满花朵的枝丫沙沙作响，像恋人们在悄声细语地互诉衷肠；白色的花絮宛如冬日的雪花飘洒在翠绿的草丛里，落英成阵，组成奇异的图案。

思绪突然飘到去年秋天我第一次游赏八岭古道的时候。秋天的古道是金黄色的，像一幅五彩的画，又像是一件五彩的衣，颜色应有尽有。黄有许多种黄，嫩黄、鹅黄、土黄、金黄……红也有许多种红，淡红、粉红、大红、深红……

眼下的八岭古道，是整个的绿，似绿色的海洋，望不到边，十分养眼，令人一见倾心。

八岭古道的春天也是我的春天。

迷人的天山村

如果人间真有仙境，那就是东阳的天山村，一座漂浮于云端的古村落，给人"柳暗花明又一村"的惊喜。

一个初秋的午后，我走进了这座拥有 700 多年历史的天山村。这里群山连绵，山搂山、山靠山、山挤山、山顶山……深绿、浅绿、嫩绿、墨绿，无数种绿铺满大山，像波涛起伏的绿色海洋。山中间还夹杂着几处火红的颜色，红颜色里还有细微的白色，红色的像岛，白色的像栖息在岛上的海鸥。如此壮丽的美景，让我情不自禁伸开手臂仰面深呼吸。

天山村出乎意料的冷清，除了村口处几个游客正在和一位买生姜的农民交谈着，看不到多余的人。四周是那样安静，只听得几声虫鸣，偶尔又飘来几声鸟语。我沿着村中的水泥小道，慢悠悠地前行，仿佛不是来旅游，而是来叙旧。

天山村的房子分别在水泥道的两旁，左边的地势高，一幢又一幢，错落有致，白墙、青瓦，明亮、落地的玻璃大窗，漆红的木门，无不在诉说新时代下，农民的住宿条件越来越好，向着小康的目标发展前进。天山村的农家乐都是以几号店来命名，挂着的招牌也是一致的，我看到了最大的数字是 32 号店。右边的房子相对来说地势要低得多，掩映在绿树丛中，房子是泥墙，黑瓦，很朴实，像是农民的家。门口放着沾了泥的雨鞋，麦秆编织的泛黄的帽子，我猜这家的主人一定是一个勤劳的人。

我沿着台阶往上坡走，两旁的地里种着许许多多的庄稼，有花生，有番薯、有大豆……"卡沓卡沓""卡沓卡沓"有节奏的锄地声传入了我的耳朵，一位穿着深蓝色长衣、卡其色长裤的农民正弯着腰在用锄头挖土，也许是准备再种点什么农作物吧！放眼望去，是一层层梯田，成熟了的稻子像铺了一地的金子。一阵秋风吹过，稻穗随风荡漾，像泛着微波的金色海洋。再往前走，台阶铺过的路已然到了尽头，挡在我面前的是茂密的树枝，像一座深绿色的屏障。我正准备往回走，突然发现树枝后面还有一条只够一个人走的小路，我决定过去看看。我小心翼翼地往前走，转过山坡的弯，眼前一片开阔。"山重水复疑无路，柳暗花明又一村"的美景好似瞬间从天而降在我的眼前。远处是一个大湖，湖水碧绿碧绿的，像一块无瑕的翡翠，微风拂过，碧波荡漾。好多钓鱼人正安静悠闲地握着鱼竿静静地等待鱼儿上钩。我虽然看不清他们的脸，但我想他们向往的肯定不仅仅是钓上鱼来的成功喜悦，而是在喜欢的地方做自己喜欢的事吧！

在步出天山村的时候，突然浓雾渐起，一团一团的，缓缓地漫上山坡，散成一片轻柔的薄纱，又像是一张天幕，一会儿工夫，天山村就悄悄地躲进了雾里。

仙雾缭绕，如入仙境，天山村果然与预想中的一样美。

2020 年 10 月 7 日

重游岩口湖

虽在义乌十多年，却不曾好好浏览身边的美景，是把时间都给了工作？我不禁这样问自己。偶然的机会随朋友去了岩口湖，一个让人心静的去处，美得心里起了波澜。每到烦心时就有一股往岩口湖去的冲动，那山、那水、农庄、码头……都给我留下了无限思念！那一幕幕静静的画面深深地触动了我的眼球，也震撼着我的心灵。

今儿下班约了同事，骑上自行车，再一次前往岩口湖。沿着山间弯道，我们兴奋无比，平时闻惯了汽车尾气夹杂着尘土的气息，突然间一股股树叶清香袭遍我的全身，沁入心扉。之前还是昏昏欲睡、中暑症状明显的我，此刻就像一株刚浇了水、吮吸了雨露的精华的树苗，变得神采飞扬！同事对这边的路况比较熟悉，她不时提醒我前面有大拐弯或是有长下坡。正说着，一个又陡又长的下坡出现在我的面前，平时胆小的我，此刻几乎没有考虑刹车，直往前冲。"啊……啊……"那长久压抑的心情得到了释放，这感觉绝不亚于蹦极。从高处跳下的瞬间，刺激感布满每一根神经，每一个细胞。是啊！当心灵得到释放的瞬间，你似乎才感觉生活的乐趣与美妙，生命的存在与美好。人生路上的滋味在此刻去慢慢回味与咀嚼，累了不算什么！身边的人不理解不算什么！

受委屈与挫折不算什么！当你身处美丽、伟岸、有宽容心的大自然时，所有的不愉快将统统散尽！

前面是上坡了，我们慢悠悠地踩着自行车的踏板，继续前进，岩口湖尾部已渐渐地进入眼帘，三三两两的几个人在湖边钓鱼，那弯弯的鱼竿，那又长又细的渔线，还有钓鱼者带着草帽悠闲自得的神情，与天边偶尔飞来几只鸟儿，一同构成了岩口湖一道亮丽的风景线。随着山势的变化，湖面越来越宽了，初夏的微风吹来，湖面泛起了阵阵涟漪，美丽极了！远山凝黛，水天相接，夕阳落下的余晖给山头镶上了一圈金边，不耀眼，却有些柔和的美。湖中心飘着一叶小舟，像是花丛中的蜜蜂，山林间的清泉，草叶间的雨露……让人陶醉，让人迷恋！同事提议下车拍照，留住大自然的鬼斧神工。湖边的桃树林结满了密密的小的可爱的桃子。春天桃花盛开的情景仿佛就在昨天，时光在季节的变化中悄悄地溜走了，而我却不曾伤感。

终于到山林农庄了，向往日那样，我们停好车就直奔岩口湖去了。仍旧顺着公路边的小道，奔跑着来到岸边的沙滩，和岩口湖一下子拉近了距离。码头上，那老船依旧停在水中，和上次来的时候一样，那么宁静、朴实、安详……它不像是捕鱼船，船头撑起了竹条架，像间小竹楼，竟让我莫名地喜爱。它更像是岩口湖的守护神，默默地付出却不求回报，那样高大，那般敬业。举目远眺，天和湖已合为一体，分不清是湖还是天，到底是天空眷恋湖水，还是湖水依恋天空，蔚蓝成片，仿佛是大自然这位艺术家站在高处，泼下一盆蓝颜料，把整个大地染蓝了，无比壮观啊！突然，一条鱼儿从水面上高高跃起，"倏忽"又跳入水中不见了，只有小小的涟漪一圈接着一圈，把我的思绪拉回到现实。

天色渐渐暗下来，一轮明月高挂在天空，湖周围的青山所发散出来的清香，夹杂在水气中扑面吹来，令人心旷神怡！山水相依，就像是水草依恋一尾鱼，闻着你的气息，听着你的呓语，有所归依。我和好友畅谈着这段时间忙碌的生活，各种各样的比赛，是经历、是坚持，更是收获。在这样一个宁静的夜晚，我们快乐着……

2017 年 5 月 20 日

怎一个"情"字了得

——读《梧桐发绣》有感

2020 年的一个夏天，我跟随义乌市文联古今文学研究院的文学工作者走进大元村，通过实地走访、听老年协会会长的介绍以及阅读了相关的资料，我大概了解了倪仁吉这位才情双绝的女子的故事。倪仁吉，虽是一个普普通通的女子，但经历过很多人难以想象的磨难，她聪慧、贤淑、迎难而上，以宽容、豁达的心境过着充实的生活，很多人做不到的事、过不了的坎，倪仁吉都做到了。她以最阳光的姿态迎接这样充满曲折的人生。不管结局如何，我都觉得她都是幸福的！

一个冬日的午后，我坐在窗前，翻阅《古今文学研究》秋季刊，里面收集了"江东杯"义乌市文学作品大赛获奖的文章，《梧桐发绣》这个题目瞬间吸引了我。"高大的梧桐树、金色的梧桐叶、亮丽的长发、绚丽的织绣……"——跳进我的脑海，让我急不可待地想读这篇文章，猜想这里头一定有触动我内心的东西。果不其然，《梧桐发绣》写的正是我念念不忘、肃然起敬的倪仁吉。

第一遍读《梧桐发绣》，我就喜欢上了。我的心随着故事主人公倪仁吉的思念而思念、忧伤而忧伤、平静而平静……不知为什么，读到"倪仁吉摩挲着亡夫遗下的两个屏风，拿起一个，放下一个，再都拿起，又都放下"，我的心就紧起来，鼻子一酸，泪水瞬间模糊了双眼。倪仁吉和丈夫吴之艺结婚才三年，丈夫就因病去世了，不得不说，这份思念真的很痛苦。我无法体会倪仁吉在孀居二十几年的日子里，是怎样守住这份寂寞和孤独的？她眼前尽是丈夫吴之艺的幻影，但耳边又尽是邻里的闲言碎语。她是怎么把这份思念之苦、烦恼之心化为前行的动力？在兵荒马乱、家道艰难、无奈回乡避难的紧要时刻，她又是怎么割舍留在大元村里像生命一样重要的东西的？我想这一切的一切，都源于倪仁吉的聪慧与坚强，她放下儿女情长，把生活寄托到孝顺婆婆、养育没有血缘关系的儿子、写诗词、作画、刺绣上。一般女子根本无法做到，但倪仁吉做到了。

还有倪仁吉对三个继子的爱，表面上是淡淡的，但内心是浓浓的……从文章的开头写道："母亲，不日就要启程，这顶羊毛帽子是特地到镇上买的，一路上也好御寒。"足以看出继子对她的孝顺，但很多时候是对继母倪仁吉的不理解，如看到倪仁吉深夜才归来、看到倪仁吉与一个男人同在竹林里合奏，听到那些妇人嚼舌根……继子的心里是十分矛盾的，他们根本不理解倪仁吉为什么要这么做，只希望倪仁吉是他们的母亲。这样对比描写，为下文倪仁吉用发绣作品救下吴云将做好了铺垫，更加突出倪仁吉对继子的爱，表达了倪仁吉内心的善。吴云将也直到这一刻才认识到倪仁吉内心的纯净、善良和大爱。

总之，程涵悦老师写的《梧桐发绣》，我百读不厌，我深深地被故事里的内容吸引住了。不得不说，《梧桐发绣》这篇文章的构思是非常巧妙的，以倪仁吉的爱情、亲情、家乡情怀为主线，多重情感交织在一起，且每个情节又特别注重细节的描写，突出画面感，像讲故事，又像是放电影，生动形象地展现了倪仁吉伟大而又平凡的一生。

一位作家说过，幸福的时光里一定要有寂寞和孤单做伴，这才是圆满的。或许，倪仁吉这一生若没有寂寞和孤单做伴，就不是倪仁吉了。

花开雪峰路

近几日，天气出奇得好，碧空如洗，万里无云。义乌雪峰路一带的玉兰花都竞相开放，白的如玉、粉的似霞、淡紫的如烟……美不胜收，被誉为义乌最美名人路。一朵朵清香淡雅的玉兰花迎风而立，正召唤着人们去感受花开的姿态，去遇见最美的时光。

那天早晨，我和朋友骑上自行车，沐浴在春光里，慢悠悠地观赏雪峰路上的玉兰花。这一带的玉兰花几乎全开了。远看，粉红一片，雪白一片，看不到尽头，像两条长长的飘带铺在路的两旁。玉兰树高矮不一，飘带起起落落煞是好看。近看，玉兰花开得密密麻麻，相互簇拥，朵朵向上，像一只只落在树上停息的粉蝴蝶、白蝴蝶。一阵微风拂过，玉兰花香扑鼻而来，淡淡的清香沁人心脾，令人心旷神怡！我忍不住停下自行车，想与玉兰花来个大大的拥抱，来个深深的亲吻，来个久久不愿离去的相处。

"素面粉黛浓，玉盏擎碧空。何须琼浆液，醉倒赏花翁。"我站在玉兰树下，与玉兰花撞个满怀，看看这朵，闻闻那朵，心里如微波之湖，荡漾起幸福的小涟漪，陶醉在玉兰花香里。我仿佛回到了最美的花季，思念起校园里陪伴我三年的玉兰花来。每当课间休息我总是站在教学楼上往远处看，玉兰花星星点点，像一群一群蝴蝶停在草丛里不肯离去。中午休息，我也总要去玉兰花下陶醉一番，暂且抛开小小的烦恼，去观赏玉兰盛开的景，去等待落英缤纷的美。

"你看，玉兰花越开越美，就像你一样。"朋友指着其中的一朵玉兰花微笑着对我说。"也像你一样。"我们互相赞美起来。玉兰花在我的心目中是那样天生丽质、清新脱俗，是那样经久耐看、清香远溢。

这时，有几辆汽车已开到辅路靠边停下，车里下来的有手牵手的恩爱情侣，有幸福的一家三口，还有说说笑笑的三三两两的好友……他们对着玉兰花用手机来一阵狂拍，接着又倚着玉兰花玩起了自拍。

我们继续一路骑行，一路赏花，一路说笑，不知不觉已来到雪峰路沿线玉兰花开放的尽头。早晨的阳光铺满大地，玉兰花在阳光里开出一句句最美丽的音符，享受生命中最美好的时光。

如今义乌是越来越美了，义乌人也变得越来越富有。最美义乌城，最美雪峰路。让我不禁想起义乌名人冯雪峰。他是现代诗人、文艺理论家、社会活动家，1927年加入中国共产党，1934年参加长征。他撰写的作品无数，他对中国马克思主义文艺学建设有着不可磨灭的贡献。这条以"雪峰"命名的道路让我们记住了这位不平凡的中国人，他是义乌人的骄傲。义乌还有宾王路、望道路、春晗路……

此时此刻，雪峰路两旁的玉兰花在阳光里灿烂，在春风里摇曳……

桃花三月红

那日傍晚，春光明媚，下了班后，我和同事去上溪桃花坞看桃花。汽车行驶在义兰公路上，穿过一个又一个的隧道，空气也变得越来越清新。我忍不住把车窗开大些，微闭着眼睛，享受春风的和煦，春光的温暖。此刻的感受有如杜甫笔下的"春光懒困倚微风"，一天工作的疲惫瞬间消失得无影无踪。

"快看，山上一整片桃花！"妙姐兴奋的尖叫声使我连忙睁开眼往远处山那边看去。一株株粉红的桃花远远看着像一把把张开的大花伞铺在绿色的山丛间，又像是无数无数停歇着的蝴蝶相聚在一起。看着这么美的桃花，我的精神倍增，眼里流露出久违的喜悦。

"下次，我带你去看桃花。"这是爱人对我的诺言。"好啊，一言为定！"我虽答应着，心里还是极为不快。因为周末要外出培训，我不能随几位好友前去赏桃花，失落感随之而来。爱人定是看出了我的失落，就和我约定，来年春天定会抽出时间带我去看桃花。

第二年的春天，爱人没有失约，我俩手牵着手漫步在桃花坞的小路上赏桃花……

这暖心的一幕发生在十年前，赏桃花总能带给我好心情。

"下车赏桃花去。"晶妹边说边停好车。我赶紧打开车门，飞快地奔向近处田野的一片桃花。这里的桃花一朵朵、一簇簇、一串串地开满枝头，娇艳欲滴。她们极其友好地相拥着、缠绵着，有的向上，有的向下，有的向左，有的向右，如一张张粉色的笑脸，欢迎我们的到来。"嗡嗡嗡，嗡嗡嗡"，几只蜜蜂正在花丛中飞舞着，忙碌着。我们也像蜜蜂一样快乐地穿梭于桃花间，细细地欣赏这一朵朵惹人喜爱的桃花。一阵微风拂过，桃花喷出醉人的芳香，笑得更欢了，偶尔洒下几片花瓣，像跳着柔美的舞，妩媚动人。

"桃之夭夭，灼灼其华。"是呀，桃花虽没有牡丹的娇艳动人，没有玫瑰的妩媚芬芳，没有蜡梅的迎寒怒放，但她却能为人除去疲劳，着实养眼，怎能不令人陶醉？我站在桃花丛中，仿佛与桃花融为一体了。人面桃花相映红，桃花依旧笑春风。不管处在怎样的境遇，我们都要像桃花一样面带微笑。

突然几只鸟儿从高处飞下，轻轻落在桃花绽放的枝头，"唧唧唧"发出清脆的鸣叫。耳旁还传来"哗哗哗"的流水声，像一首动听的乐曲，陪伴着迷人的桃花，给安静的山间、田野更增添了几分生机。

桃花三月红，花香留心间。漫山遍野的桃花，风姿绰约、清香扑鼻，勾勒出一幅美不胜收的春天画卷。

2021 年 3 月 15 日

那丢失的半小时

那日轮到我值班，走出小区门，来到公交车站，心里想好了坐车的路线，先坐 B 支 809 到龙回枢纽，然后转 B 支331，刚好到单位。但转念又一想，先来什么车，就坐什么车，这样就不用费时间等待了，因为很多公交车都往龙回枢纽方向开。

正在这时，B 支 19 路来了，我想都没想，就上车了，等坐下的时候，才去想这辆车的行驶路线，途经哪几站。前面红绿灯，汽车要向右转了，"哎呀"，我才知道坐错了。如果在转弯途中的第一站点下车，重新走到新科路等 B 支 809 就可以了。但是我懒得下车，错就错了呗，待会儿去南方联下车，到对面坐 BRT1 路，再到流雅下车，坐 B 支 37 路也可以到单位。

坐在 BRT1 路车上，我并没有因为坐错车而觉得烦恼，只是费点时间又没关系。等到了流雅站点的时候，我下车了，才发现站牌上并没有 B 支 37 路了，询问了工作人员，才知道，这路车早就取消了。"唉……"我开始叹气了，本来可以按时到单位的，这么一折腾，肯定要迟到了。

我只好走出站点，到龙回枢纽的对面坐 333 路。"你好，去篁园服装市场坐几路车？"一个穿着时尚的年轻人面带微笑询问我。我耐心地告诉他去哪里坐，坐几路车。"谢谢你，祝你好心情！"这位年轻人很有礼貌。"客气了，也祝你好心情！"我继续往前走，抬头，天是湛蓝湛蓝的，洁白的云在蓝天里飘动着，悠闲而自在。我的心情瞬间好了很多。途经花卉市场，我停留了几秒钟，看到了各种各样的苗木，绿油油的，充满生命力。老板面带笑容，友好地向客人介绍，客人仔细挑着，看看这株，又看看那株。突然发觉自己已好久好久没有仰望天空了，也好久好久没有留意身边的事物了。不管是蓝天白云、苗木，还是老板与客人，他们都有各自的目标与方向。这段时间我因生活里太多的烦恼而焦头烂额，甚至迷失了方向。"我该怎么办？是真的要放下吗？还是去克服困难？"我不禁问自己。

走到站点时，333路就来了。我坐上车，找了一个靠窗的位置坐下。汽车向前行驶，看看时间已八点。此刻，我的内心却很坦然，虽然耽误了半小时，但终究可以到达目的地。车窗外的景色很撩人，龙回立交桥下宽阔的草地像大草原那样宽广而美丽。瞬间，我释怀了！其实，每个人的内心都有一道亮丽的风景，有时它会俏皮地躲起来让你去寻找，只有愿意寻找的人，才能时时看得见。

生活中的烦恼或许并不可怕，只要你初心不变，烦恼一定能在暴风雨后自然驱除。我想，幸福和快乐没有别的面目，无非是善待与包容，而且一以贯之。

2021年5月4日

桂香，知否，知否

秋天，我对桂花情有独钟。不管是金桂还是银桂，它都是那样的朴素，却散发着独有的迷人花香。每到秋天，等到桂花盛开的日子，我总会寻着花香，来到桂花树下静静地待上好一会儿，闭上眼睛，尽情地闻起来。这时候，我仿佛置身于花香的世界，忘记了一切烦恼，内心变得宁静而柔软。

今年的秋天，不知为什么，桂树还迟迟不开花。有人说，少了桂花香的秋天是残忍的、是痛苦的、是遗憾的，像一对恋人在久久地等待着彼此，无期限地等待着。这个秋天，人们都在盼望桂花开，闻桂花香。我也同样期待，每当经过桂花树，总会停下脚步，痴痴地望几眼。"桂花呀，桂花呀，你怎么还不开放，是谁欺负你了吗？"我又忍不住叹了口气："还是慢慢等吧，如有心灵感应，桂花总会回来的。"

那夜下了班，我走出体艺馆大门，只见皎洁的月亮爬上了树梢，给校园涂上了一层银色。走在铺满花岗岩石的小路上，内心觉得特别温暖。月光下，沉甸甸的柚子挂在树上，像一个个青绿色的小皮球，你挤我碰，可爱极了！一阵凉风吹来，我突然像是闻到了一股香味，是沁人心脾的香——桂花香！我深深地倒吸了一口气，是桂花香，没错，桂花开了！我像一个得了奖的孩子激动地向前跑去，来到桂花树下，细细地闻起来，久久不愿离开。去年，在雪峰公园，我和几个朋友一起散步，一起闻桂花香的情景还历历在目：我们捡起落在泥地里的桂花，捧在手心里，细细地端详着。小小的，米粒似的花瓣，十分可爱，特别特别诱人。它们离开桂花树，我很是心疼，想扔，又不舍，矛盾得很，然后禁不住花香的诱惑又久久地闻了起来。

第二天，我特意起个大早，去寻找校园里的桂花香。清晨，空气中已弥漫着淡淡的清香。我来新单位后，已经近一个多月没有闻到过的香味。我知道食堂附近有一大片桂花树，就赶紧往那儿大步走去。桂花树一棵挨着一棵，一缕一缕花香向我扑来。近了，更近了，淡黄色的，只有米粒般大小的花蕾一丛丛、一簇簇，静静地躲在绿叶丛中，那样娇小的桂花却散发出如此诱人的幽香。深呼吸，连续几个深呼吸，浓郁的桂花香钻进我的鼻孔，流进我的心窝，渗进我的每一个毛孔，把我笼罩其中，似乎我也生根发芽，长成了一棵桂花树。醉了，脚上像是钉上了钉子，挪不动了。

"桂花开了！""桂花真的开了！"孩子们背着书包，已快快乐乐地来到校园。他们似乎也为桂花的到来而莫名兴奋。他们三个一群，五个一伙，站在桂花树下赏桂花、闻桂花。你一言，我一语，叽叽喳喳，说个没完没了。

"何须浅碧深红色，自是花中第一流"。今年的桂花香虽然来得迟，但是它依旧那样香，透入心底。我总算收获桂香的清纯、悠远这份厚礼了。

那片红杉林

初冬，是红杉林一年中最美的时光。看到她，就如同黑夜见到黎明，惊艳。

看着追风发的视频《我在雅致街等你》，我被眼前的景色深深地迷住了。"湖光山色着轻纱，红杉叶似早春花。"碧水如玉，晨雾缭绕，一排排高大笔直整齐的红杉直冲云霄。假如世上有值得我留恋的事物，在这个冬天，便是非红杉莫属了。这些天，无论我走到哪里，都是红杉的影子。赤岸镇雅致街朝阳水库的那片红杉林，她一定在冬日暖阳中静静地等候有缘人与她相遇。红杉，我来了，带着我最诚挚的问候与你邂逅。

从义乌城里出发到赤岸雅致街，个把小时的车程竟也是眨眼的工夫。到了目的地，只见路边已停满了车，像长龙，一眼望不到头。我们踏着大步往前走去，脚仿佛踩在云上，整个人轻快极了！暖阳下，游人如织。看大家的装备，都是有备而来。有的带上帐篷，有的带上折叠小方桌，有的带上保温饭盒……想必都是来享受绿水红杉的人间仙境吧。

再往前走百来米，眼前就出现了水平如镜的朝阳水库，水是那样绿，如同无瑕的翡翠。水库尽头那片红杉林正静静地和绿水青山相依着，红绿相间，倒映水中，勾勒出一幅色彩斑斓的画卷。真是美不胜收！

我们沿着水库边的小道往红杉林走去，走着走着，公路变成了泥路，没有任何的修饰，素面朝天。踩在软绵绵的泥土上，更能体会此处的内蕴与气质。近了，更近了，一棵棵姿态万千的红杉，就近距离地站在我的面前。我赶紧跑过去，紧紧抱住他，忍不住仰望这片相思已久的红杉林。赤褐色的树干通直挺拔，顶天立地，令人敬佩。密集的枝条错落有致地向四周斜伸，在阳光的照耀下，如团团火焰。一阵风吹来，红杉的枝叶仿佛像一根根红羽毛轻轻飘落下来，落在我的脸庞，柔软舒服，像母亲的手抚摸着我，醉了……

这种原始的美，迷住了无数游人的双眸，这里自然成了网红打卡地。大部分游人都在找最佳拍摄角度，想留住冬日里最美的一刻。一位时尚的女孩，化了淡妆，穿着露肩的紧身肉色毛线裙，踩一双纯白色的皮靴，摆起了优美的 poss，在镜头前尽显妩媚姿态。还有几位游人，坐在摊开的桌布上，吃着带来的各种美食，沐浴在暖阳下，有说有笑。哥哥和妹妹玩起了自导自演的捉人游戏，"别跑，别跑！""来追呀！快来追呀！"孩子们穿梭在红杉林中，笑得和绽放的花儿一样灿烂。我想，此刻的游人，内心一定是极度满足与幸福的。绿水青山就是金山银山，如今乡村的环境真是越来越好了，人们尽情地享受着大自然的馈赠，美得不得了。

游人走了一波，又来了一波。我们起身，继续沿着水库边的小道上走着，欣赏着眼前色彩斑斓的画卷，闻着清新带甜的空气，如果有烦恼，这一刻，所有的烦恼全都烟消云散。

百合花开

百合，一种从古至今都受人喜爱的世界名花，花瓣大而饱满，花香清淡宜人，有"百年好合"之意。

腊月二十八，我来到绣湖里，花了比平时贵好几倍的价格买了十支各色各样的百合，每支百合上有五六个大大小小的花蕾。我抱着它们，心满意足地回到家。

到家，我就赶紧找出布满灰尘的花瓶，清洗干净，装上水，把十支百合分开养在两个花瓶里。时间一天天过去，百合丝毫没有绽放的痕迹。我也有些心急，但也没用，只能耐心等待，心想百合总会绽放。

大概过了五六天，我突然闻到了花的清香，我深深地吸了几口气，感叹道："真好闻！"眼睛已望向花瓶里的百合。哟，已有两三朵百合悄悄绽放着笑脸，那大大的花瓣，一片挨着一片，很饱满，像一个个喇叭，美丽极了！

家有百合，像是到处洒满香水的味道，我的心情也是极好的。扫地的时候，洗菜的时候，看书的时候，常常被花香吸引了去，站在百合前，看了又看，闻了又闻。如果这四五十个花蕾一齐绽放，那会是什么景象？我仿佛看到一大片的百合开了，一朵一朵地盛开着，挨挨挤挤的，宛如一个个亭亭玉立的仙女翩翩起舞。

大概又过了五六天，百合已陆陆续续地开放，家里哪一处都能闻到百合的清香。它们好像刚吃饱饭、喝足水一样很有精神，一朵一朵挺立着，绿油油的叶子衬托着明亮的花瓣，浑身散发着魅力！如果百合花也有人生，那么从花蕾到花朵，它一定是经过十二分努力才有现在的时刻——惊艳了自己，也惊艳了时光。站在百合花前，我已陶醉其中，仿佛自己就睡在花中央，软软的，如踩在云里。好一会儿，才睁开眼细细欣赏起来，花朵边还有好几个花蕾一点变化都没有，它们怎么还没开放，是喝不到水吗？应该不会，是生病了吗？我纳闷着。可惜我不懂，只好随它们去吧！

这天，我要回单位上班了，看着绽放的百合，我把花香闻在鼻里、记在心里。下周回来，百合将会是什么模样呢？是依然精神抖擞还是会凋谢？我祝愿百合好好开放，享受精彩的时光。上班的日子里，我虽忙碌充实，但空闲下来总会惦记家中的百合。

又到周五了，我迫不及待地回到家，开门的瞬间，阵阵清香依旧。走到百合花前，我的内心一惊，花瓣的水分没有原先那么充足，明亮的花瓣已黯然失色了许多，还没开放的百合，是永远不会开放了，原先绿鼓鼓的花蕾，现在俨然耄耋老人，全是皱纹，干枯极了！

"明天，我要把它们扔了去。"我说。爱人内向，闷声闷气地说道："它们怒放过，已证明自己的价值了。"是吗？好在人生不是这样，每一天，每一月，每一年都可以是怒放的季节。这么一想，我心底便极坦然。那晚我早早地睡了，梦里全是百合喜人的模样。

2022 年 2 月 26 日

邂逅龙溪生态游乐园

眼前是七彩的滑坡，我看了几眼，还是退缩，内心怦怦直跳。"琳琳，不用怕，玩彩虹道，很安全的。"几个朋友笑着鼓励我去试试。"好吧，豁出去了，既然来了，就疯一回。"我走到彩虹道前，坐上"七彩轮胎"，抓好两边的安全绳。"出发了！"在大家用力地推动下，七彩轮胎重重的摩擦地面，发出厚厚的"吱吱"声。"啊——"随着我的一声尖叫，七彩轮胎快速地从高处往下滑，像是从天而降，似流星，就一两秒的工夫，我已安全着陆。

二〇一九年的秋天，我有幸邂逅龙溪生态游乐园，体验了最刺激的虹道冲浪，身心飞翔。至今仍念念不忘，于是就有了第二次的邂逅。

龙溪生态游乐园坐落于佛堂镇小六石村扑船山上，虽少了城市的繁华与喧嚣，但多了乡村的秀丽与朴实。把生态游乐园建在空气清新、鸟语花香、风光旖旎的乡下，让每位游客领略田园风光中的都市欢乐谷景色。尽管烈日炎炎，骄阳似火，仍让我的内心惊喜不已。迎着蓝天白云，听着"知了知了……"的清脆声音，踏着脚下铺着鹅卵石的小路，一切是那么熟悉，疯狂的余味在脑海里回荡，再一次诱惑我走进龙溪生态游乐园。

　　第一站依旧是玩摩天轮。我抬头仰望，摩天轮像一架巨型风车慢悠悠地转着，一圈又一圈。有人说，摩天轮是幸福的象征，看着它一圈圈地转动，你会体会到前所未有的快乐与幸福。而我，就要坐上摩天轮，亲身体验，那么这份快乐和幸福会不会更长更久呢？我坐在上面，摩天轮缓缓上升，在空中划过一道美丽的弧线。眼前的风景，天瓦蓝瓦蓝的，朵朵白云宛如棉花，又似羽毛。扑船山是整片的绿，一眼望不到边，像广阔的海洋。我坐在摩天轮上犹如坐上一艘游轮，吹着海风，优哉游哉，惬意极了！

　　紧接着我又来到玻璃漂流。整个玻璃滑道像一条巨龙蜿蜒盘旋在扑船山上。漂流起点掩映在葱郁的树林中，十分清幽。我站在起点，开始徘徊，有些害怕，但更多的还是欢喜。犹豫的瞬间，我已坐上皮划艇，顺着水流快速下滑，如穿梭在林间的一只鸟，勇敢前行；又如行驶在高速路上的车，快速无敌。火热的风在我耳畔呼啸而过，转弯处溅起的水花让我尖叫，让我呐喊。闭着眼睛，我来不及思考，转了几十个弯，总算没晕倒。

　　远处突然传来了动感十足的音乐，有人说，"水上飞人"首演立刻就要开始。我来不及擦拭脸上、眼角的水花，一路小跑来到表演区。观演区早已人山人海，"水上飞人"随着音乐的节奏，站在一根高四米左右的红色软管子顶端的踏板上摇摆起来，十分震撼！只见"水上飞人"一会儿"一飞冲天"，一会儿"凌空漫步"，一会儿又在"空中回旋"，还连连翻着跟头。场上游客的目光追随着"水上飞人"，时而连连尖叫，时而大力鼓掌。"水上飞人"的精彩演绎，让游客们大饱眼福。

表演结束，游客们意犹未尽，继续行走其中，我也不例外。

"满眼青青的绿，浮现你甜甜的笑，风儿轻轻地吹，花儿含羞的忧郁……"露天唱吧，几对恋人手牵着手，深情对唱，十分浪漫。我不知不觉融入这歌声中，早为人妻为人母的我也成了他们中的一分子。

2022 年 7 月 17 日

与花相遇

很多花，我是不知道它们名字的，但某一天，我就突然知道了它们的名字，是因为，它值得我去认识。就像在茫茫人海中，你见到一个人，开始你并不在意，久而久之，你开始关注他的一切一样。这是一种缘分，有缘，就像有心理感应，也挺幸福。

一个下雨的午后，雨点像小鼓一样"咚咚咚"有节奏地落在我的伞上，像心脏在有力地跳动，这正是生命的跳跃。我漫无目的地走在陌生城市的街头，这样的雨天，我又能与谁偶遇呢?

一开始，引起我注意的是路边花坛里的栀子花，我喜欢它像玉一样无瑕的花瓣；喜欢它淡淡的沁人心脾而又弥久留香的独特香味。童年的时候，多少次和小伙伴去山上摘栀子花，一边摘，一边陶醉在芳香里，沉溺其中。父母亲寻来了，我也不愿回家。

突然发现旁边有朵很大很特别的花，我蹲下身来，细细观察，发现这朵花由许许多多的四个淡紫色花瓣的小花组成。这么多小花朵聚拢在一起，很安静，很安静，一点也不张扬。"你叫什么花?"我问。第一次相遇，我竟有了莫名奇妙的好感。

　　我对这花真是"人生若只如初见"，好印象藏在心里，暗自欢喜。那天偶然翻看朋友圈，竟发现好友晒了一组图片，第一张图就是我一见倾心的花。我的眼睛一亮，心跳也加速了，恍如隔世遇见爱人。当即就给朋友打电话，表明来意，想去看看这位有缘的"花朋友"。朋友十分热情，一边告诉我这种花的名字叫绣球花，又名八仙花、紫阳花，一边带我来到花园里。眼前出现了惊艳的一幕：数也数不清的绣球花正欣然怒放，淡紫的、粉色的、深紫的……一团团、一簇簇，相拥在椭圆形的绿叶中，又像是绣在万绿丛中的，煞是好看。

　　"它的名字也这般好听！"我感到十分惊讶。

　　"绣球花予人希望，你现在可以许个愿，或许真会实现。"朋友看到我如此喜欢，竟一本正经地对我说。

　　"真的吗？"我的内心却早已相信，这是真的。我闭上眼，默默地许下心思。

　　"今年绣球花栽得很好，回去后，送你几枝。"朋友好像早已猜出我的愿望。

　　天空突然下起了大雨，雨水洗透绣球花叶，瞬间，花瓣上珠玉滚滚，娇媚可爱。如果剪下一枝插在瓶中，定满室光彩！可我于心不忍。

　　又是一个下雨的午后，我逛完书店回家，惊见家门口有一盆绣球花，一团是淡粉的，另一团是玫瑰红。里面夹着一张便条：愿你快乐，祝你好运！

2021 年 6 月 4 日

绣球苗在来路上

又到一年绣球开花的季节，圈里的很多朋友都晒着五颜六色的绣球花，粉的、紫的、玫红的、淡紫的、淡绿的……我是那样欢喜，仿佛我就是其中的一朵，小小的，不引人注目，但有独特的姿态——一如既往地微笑。

我想是该把家门口的平台利用起来了，心动总归要付出行动才对，既然喜爱绣球，那就种几株绣球吧！我网购了几十株品种不一的绣球苗，开始期待种绣球的日子。

周四早上，爱人发我信息：绣球苗已寄到家。太好了！离我的愿望又进了一步。我多么盼望周末早点到来，我就可以回家种绣球。终于挨到周五放学，我在学校里随意吃了几口晚饭，就迫不及待地回家，到家急忙看看心心念念的绣球苗。我以为它已渴得只剩一口气了，没想到绣球苗像刚被雨浸润过那样生机勃勃。因为它待在一个简易的一次性塑料花盆里，花盆外面用报纸一层一层地包裹着，可能是商家怕邮寄过程中受损缺水。

周六早上，天空淅淅沥沥地下起了小雨，我全然不顾雨水的打扰，拿起雨伞、小铲子、剪刀和绣球苗来到平台上。平台上有现成的土沙堆，我准备垒一个小花坛。我一手拿伞，一手用长方条瓷砖围成一个花坛，再用铲子一铲一铲地把沙土铲到花坛里，然后用剪刀解开用透明胶带包裹好的报纸，小心翼翼地拿出绣球苗。雨开始下大了，雨点嗒嗒嗒的有节奏地打在伞上，像动听的乐曲，传入我的耳朵。我情不自禁地哼起了小曲，眼前仿佛已出现绣球花绽放的模样，一小朵挨着一小朵，数也数不清，粉的、紫的、玫红的、淡紫的、淡绿的……

喜欢它，或许才会关心它，心里才会有它的专属位置，种下的绣球我要一个星期才能看到一次。回到家，就跑到平台上探望我种下的绣球，它在微风里摇曳，看起来有些长高了，叶子似乎也长大了些，颜色也更绿了。

可好景不长，气温越来越高了，我的绣球躺在土沙堆里开始难受。好在我开始放暑假了，有时间照顾它，天天给它浇水。但浇水似乎根本都不管用．看着它的叶子上出现了小黄点，我更担心了。过了几天，小黄点又变小黑点，再过几天，叶子就泛黄枯萎。我看着难受，却也想不出其他办法。

难道就眼睁睁地看着它枯萎吗？那天我在外头游玩，太阳如火球高挂天空，空气里没有一丝风，像烤箱，像蒸笼。人在阳光下，多站几分钟，像是要被烤焦了，那我的绣球怎么忍受得了呢？不能，绝对不能。必须要给它搬家了，我左思右想，决定去楼下花园的偏僻处给它安个家。

那日回来，我利索地给绣球搬家，把泥土浇透，让土里冒起泡泡，发出咕咚咕咚的声响。于是绣球就像沙漠上的行人遇上甘泉，喝饱了水。难得的一丝微风吹来，绣球在微风里摇曳，我仿佛看到它笑了。

绣球的家就在我家厨房窗户对面的一块空地上，除了早晚两次浇水去探望之外，一天三餐的洗碗时间，也是我和绣球相遇的时间。我总是透过窗户，多看几眼，有时一边洗碗，一边看；有时我洗好碗，就痴痴地望着。它什么时候长大？什么时候能开花？绣球已然住进了我的心里，解了我的寂寞。我对绣球的照顾可算得上无微不至，不离不弃。我习惯了这样的时光，说不清是我依赖绣球，还是绣球依赖我。绣球变得越来越水灵，我有时候会踮着脚在地板上跑来跑去，儿子惊讶地望着我："妈妈像快乐的小女孩了。"

本以为一切都在朝最好的方向发展，然而不是。虽说是偏僻处，但也能晒上正午的阳光，由于我工作忙碌，几次未浇水，绣球就已枯萎。等忙完的时候，我以百米冲刺的速度去看望它，但绣球已是"病入膏肓"，叶子像有人拧过水一般，皱皱的、干干的，已然没有水分。我的心里空落落的，如丢了魂，迈不开步子，不知如何是好？

从五月到八月，从牵挂到陪伴，难道就这样结束了吗？此时我才读懂黛玉葬花的故事，读懂黛玉为何伤心落泪。

那日回家，和父亲倾诉心中的委屈——我种绣球失败了。不料，父亲竟这样安慰我："你离成功不远了，再种一次绣球你就有经验了。"在父亲的鼓励下，我的心情好了很多。

我果断在网上下单，"无尽夏"选一株，"花手鞠"选一株……绣球苗自然也就在来路上了。

说走就走的旅行

有的人天生就爱浪漫，有的人上了点年岁才懂得浪漫，而我就属于后者。也不知道从什么时候开始，我喜欢让紧张忙碌的生活慢下来，闲下来。

古人云："偷得浮生半日闲。"在那悠悠的岁月里，半日之闲尚需一个"偷"字来显它的珍贵。而今，匆匆的年月里，是不是更要去追寻"闲"。我想只要你肯闲下来，做什么事都是有趣的，听听小阿枫的"曾经最美"，翻翻《上下五千年》，闻闻桂花的香气……

看着今天日历上标注着"霜降"，我不禁感叹，一年很短，短得来不及细品初春殷红窦绿，就要打点素裹秋霜了。一生不长，更应活在当下。走吧，来一场说走就走的旅行，去领略晚秋的"千树扫作一番黄"。

我和挚友心有灵犀，骑上小黄车相约植物园寻找秋天。我们一边慢悠悠地骑着自行车，一边欣赏路旁的美景。西城北路旁成排的梧桐树显然是秋天的主角，它已换上了金色的衣裳，秋风扫过，树叶沙沙作响，像一支圆舞曲，旋律流畅，委婉动听。到了植物园，映入眼帘的是不同属性的植物，成片成片的，在秋风的吹拂下，也已换上了不同的外衣，红艳艳、黄澄澄、绿油油。彩虹主道上、草坪上，游人如织，一片欢声笑语。

我俩骑着小黄车，伴着桂花香在彩虹路上一路前行，何其幸运，竟偶遇了幸福湖。秋色里的幸福湖，一眼望不到边。近看，太阳落在湖旁的栾树上，栾树的花就更艳了，五彩缤纷，美不胜收！让人心情也变得格外明媚。一股赏景的冲动在脚下迸发，加快了车速，"忽"地就来到湖的大坝边。水面上波光粼粼，让我有些睁不开眼睛。是有人在天上撒金子吗？还是天上所有的星星都照映在幸福湖里了？我不禁有些怀疑。远看，幸福湖尽头矮矮的小山像一条黑线把湖和天隔开了，蓝蓝的天倒映着湖，蓝蓝的湖映照着天。

秋风突然大起来了，吹掉了我的草帽，吹乱了我的秀发，我任由秋风吹着，停下自行车，玩起了自拍，真是难得的惬意啊！几个卖菜的农妇笑着和我们打招呼："菜要不要买一点，黄瓜、玉米、螺丝，还有自己种的甘蔗，都是顶好的。"看着她们黝黑的脸上皱纹一圈一圈荡漾开去，笑得真美，像一朵不甘老去依然灿烂的玫瑰。我们赶忙摆摆手笑着回应："不用了，谢谢。"

我们顺着原路返回，越骑越有劲，旁人或许是走路走累了，羡慕地望着我俩，像是和我们打招呼，又像是自言自语："来植物园玩就应该骑自行车，这样逛起来多自在。"我们笑着，骑得更快了。彩虹主干道的左侧是各种各样的小道，我们随便选了一条，快乐得像两只鸟儿穿梭在小道里，越来越多的人群映入我们的视线。转过几个弯，一排排金桂、银桂，开得正盛，那诱人的香味招引着我和挚友不得不停下自行车。"我们歇一下吧，喝点水，再好好嗅一嗅桂花的香气。""嗯嗯，我要带走桂花的香气，让自己香一整天才好呢！"桂花树下，石凳上，我们坐下来闲聊，真有"人闲桂花落"的意境。

正当自我陶醉的时候，一位游人引起了我的注意。他大概四十岁左右，穿着一套休闲服，戴着棒球帽，坐在一条可以折叠的小凳子上。他的前面摆着一张折叠小桌子，桌上摆着好几样零食：花生、板栗、糖枣……还有一套紫砂茶具，仔细一看，桌子旁一把紫砂壶正在小炉子里"噗噗噗"地烧着水，而桌子对面的椅子是空着的。我猜，他一定是在等人吧，他在等谁呢。要说懂生活，非宋代词人东坡先生莫属，而眼前的这位同龄人当不输东坡先生，不懂生活哪能如此静静地坐着，静静地望着远处，娴雅地期盼斯人。

说走就走的旅行，如心里有束光，眼里有片海。

悠悠岁月　古街长长

　　倍磊村位于义乌市佛堂镇，在金义交界的地方，离义乌市区大约20公里。倍磊，对于我来说是一个既熟悉但又十分陌生的地方。或许有缘吧，曾经的擦肩而过，换来了如今的相遇相识。

　　那日早晨，天下着蒙蒙细雨。我坐在车里，看着雨滴顺着车窗滑落，像一条小溪延绵而去，留下晶莹的痕迹。路旁一排长长的泛黄的梧桐树，随着车快速地行驶迅速跳入我的眼眸，又迅速离我而去。秋意浓浓，烟雨蒙蒙。我的脑海里迸进来的却是倍磊昔日模样：村口总是人来人往，一幢幢红砖房三层或四层，错落有致。一条长长的黄泥路通向村内，望不到头。在甘蔗收获的季节里，路边总摆放着一捆捆长长的甘蔗。

　　下了车，出乎我的意料，印象中的倍磊已悄然远去，映入眼帘的是一幅崭新的画面。那牌楼气势恢宏，十分壮观，牌楼楼顶的雕刻工艺精湛，各种各样的图案形态逼真，惟妙惟肖。一条笔直的水泥路通向村中，水泥路的两旁是一家家店面房。三三两两的村民或游人在公路上来来往往，有说有笑。再看那白墙黛瓦的新房，铝合金的全堂窗，显得那样气派。

　　我们先来到文化礼堂，热情的村干部早已在等候我们，他详细地为我们介绍倍磊村的情况："倍磊村建村于宋至道三年（997年），相传因村旁东溪、西溪汇流处有六块色彩绚丽的萤石，古称'双溪六石'，故名'倍磊'……"

　　"倍磊，倍磊……"我喃喃自语，听得入了神。

　　我们先来到西街，远远望见白墙上画着"倍磊古村，落宗祠图"。画上星罗棋布的古建筑，纵横交错的古街，诉说着倍磊的悠久历史。"这里曾经建有一座城门。"村干部指着古街的方砖说道，"这是西大门"。望着眼前的倍磊古街，它不像记忆里幽深深的弯弯曲曲的窄街陋巷，而是很大气的商业古街。街旁是古色古香的一层或两层的木楼房。一楼还保存着不少老式店铺，有米行、杂货店、理发店……

　　走在一块块青石板铺成的古街上，望着保存完好的老街，我不禁生发思故之幽情，眼前仿佛浮现出"残阳如血，马蹄声咽"的画面。一个内着铠甲、斜披红袍、手举长枪的威武将军正骑在头马马背上，他就是戚继光，一队持戈扛刀的雄兵紧随其后。"倭寇在东南沿海劫掠杀人，但离这里至少有几百里远，他们来到这义乌古村平什么乱呢？"村民们感到十分震惊。原来戚继光对义乌人刚正勇为、尚武好义的民风早有耳闻，要平定倭寇非得借助虎将雄兵不可，当他到了浙江了解到各方面的情况以后，便来到义乌，拜访当地有声望的人物——陈大成。当时已经五十三岁的陈大成立即带头报名应募，三十岁的堂弟陈禄也随即响应。其他的倍磊陈氏族人听到陈大成报名后，也纷纷放下手中农活，抛却家事族事，义无反顾地投奔到戚继光麾下。就这样，戚继光在义乌就招募了四千余人。这支队伍就是历史上赫赫有名的"戚家军"，其中就有八百名能征惯战的倍磊子弟。陈大成和陈禄跟着戚继光南征北战、不畏艰难，捍卫海疆，他们还和八百倍磊子弟一起守护长城，谱写了一曲曲抗倭御侮、报国安民的壮丽凯歌。

义乌兵的英勇事迹，我们怎能忘怀？倍磊的后人更不会忘记。这不，墙上的一幅幅壁画引起了我的注意，走近一看，是一组连环画，画的上方写着"抗倭名将戚继光、陈大成、陈禄以及义乌兵，戚家军的摇篮和千年古村落倍磊"几个醒目的大字，字的下方是四位抗倭名将的画像。左边是一座高大的城墙，戚继光、陈大成神色凝重，正在商量抗倭事宜。一幅幅连环画详细记载爱国抗倭将领戚继光来义乌招兵、率义乌兵荡平寇乱的故事。

古街上传来了"咚咚咚"造房子的声音，循着声音，我们继续前行。村干部指着前方正在筹建的古建筑向我们继续介绍："现在村里正在筹建陈大成纪念馆，筹建的资金并非市财政投入，而是乡贤慷慨资助。"望着这座恢宏气势的纪念馆，我们一行人情不自禁走了进去，大柱上写着"世泽颍川长，家声文范古"，一根根粗壮的柱子顶天立地，十分雄伟气派。梁上的雕刻图案精美，栩栩如生。陈大成纪念馆虽还未完全落成，但整体设计布局与构思似祠似堂，层层递进，显得宏大而高光。倍磊人正试图通过建设陈大成纪念馆，重现三千义乌兵中八百倍磊弟子的风采。

归途中，偶遇一口碧水悠悠的池塘，池塘中央有雕塑一座：一位老翁身穿长袍，头戴斗笠，盘腿而坐，正悠闲地钓着鱼。船的另一头，两只白鹅正悠然地站着，和它的主人一样自由自在！看了墙上的介绍，才得知这位老者正是义乌兵将领之一，名陈禄，字汝廉，号雨川。英雄生于此，长于此，功成归于此，视功名利禄如浮云，与故土和民众毗邻而居，相融相洽。这是何等壮阔的胸襟！何等深厚的乡土情结！

啊！尽管岁月悠悠，英雄远去，但倍磊古街的古风古韵犹存。历经千年风雨，穿越千年烽烟的倍磊古街的确很短，只约一里长，但在我的心里却很长很长，古韵很长，古风很长，故事很长……

美在吉祥湖畔

东阳南马镇有一个村,叫花园村,有中国农村第一城的美誉。

如今的花园村由十九个小区组成,面积大约 12 平方公里,常住人口近 3 万,其中外来人口大约 2.5 万。每个小区的建筑风格基本以红白相间的外墙加上红色琉璃瓦的现代风格为主,也有少部分白墙黑瓦的乡村风格。村与村相连,很大很大,一眼望不到尽头。据说生活在这里的村民幸福指数很高,人均年收入 6 万多,村民就像生活在一个大花园里。

春日的傍晚,天下着蒙蒙细雨。几个要好的朋友不顾天在下雨,不顾路途遥远,也不顾堵车的高峰,从义乌县城出发,来廿三里接我去东阳花园村游玩。

吃过晚饭,时间已过九点,雨突然停了。我踏着轻快的步伐和朋友们走在安静的花园大道上,有说有笑。我的内心突然有了一种微妙的轻松感,很安静,这种久违的感觉又回来了,我一阵窃喜。走着走着,我们来到了吉祥湖畔附近,只见前方整一大片树上都挂满了各种各样的彩灯,有细长的、有圆形的、有星形的……彩灯秒换颜色,忽红忽绿,忽蓝忽紫,什么颜色都有。灯光从上而下的来回穿梭、跳跃,如夜空中的点点繁星,闪着金光,很耀眼;又更像是在下一场五彩的流星雨，织出美丽的花园夜景。

繁星与流星交织，一直是我向往的美景。在花园村，我等到了这瞬间的美，亦或是永恒的美。

我们继续往前走，虽是夜晚，吉祥湖的美景依旧清晰可见，七彩的幽深水面吸引了大家的目光。原来湖的四周镶嵌着的红橙黄绿青蓝紫的双排灯光，七种颜色有序地排列，如幸运的光环降落在美丽的吉祥湖畔。远处的雷迪森高楼大厦美丽富华，灯光璀璨，与之交相辉映，真是美不胜收啊！

我们沿着湖岸继续逛着，湖边一路是风景，有锦鲤跃起的"吉祥观鱼"，有朦胧之美的"湖心亭"，还有"莺啼满耳采茶谣"……渐渐的，我忘记了我来到何处，不禁问自己是来到杭州的西湖了吗？不，不，是花园村的小西湖——吉祥湖，我坚定地告诉自己。

湖中心"花园·中国优秀国际乡村旅游目的地"几个大字不停地变换着颜色，再一次直击我的内心，让我为之震撼。夜晚的风轻轻地吹着我的脸庞，我的内心如照进一束七彩的光，住进了温暖。

"花园村的夜景美吗？"朋友问我。"嗯，我已深深陶醉了。"

"让彩虹铺满你的梦，星星住进你眼中，对你的心动，挂在窗外的晴空，我想穿过云，和你星空下相拥，面向吉祥湖，吹着风。"朋友情不自禁唱起了歌，我也情不自禁地跟唱起来。

我想花园村村民的生活也像这七彩的光，多姿多彩。小城已悄悄入梦，吉祥湖畔是如此宁静吉祥。呈现在我眼前的却是一个欢乐的海洋，工作了一天的村民下了班后带上家人，徜徉在美丽的吉祥湖边，或唱歌、或跳舞、或健身、或散步……尽情放松与享受。

向着光，追着光。心有所向，心向往之。花园村村民在村干部的带领下，用勤劳的双手创造出今天的幸福生活。石头上刻着"花园村庄，农民乐园"，正是花园村村民对今天幸福生活地描绘。

花园村的美，像一本书，要一页一页地翻阅，一页一页地欣赏，细细读，慢慢赏。这个春天，我终于有幸与花园村邂逅。

后　记

　　一直觉得，我的快乐很简单，生命里的每一天都是最美好的一页。生命里过去的每一段时光都留下了美好的回忆，生命里未来的时光一定也有许多期待与惊喜，而更重要的是生命里的现在，每天都很充实，每天都过得很有意义。我的创作离不开我所遇到的一切。

　　不知从什么时候起，我的脑海里总是浮现出父母亲恩爱的模样。父亲很勤快，忙完农田活，回家来看到母亲还没忙完，他肯定是第一时间让母亲歇下来，什么烧饭、洗碗、拖地，父亲都抢着干。这时候，母亲总会站在一旁，微微地笑着，称赞起父亲来，特别满足。每每看到这一幕，我的内心都感到喜悦与温暖，然后一溜烟儿地跑出去找小伙伴玩，白天，玩捉迷藏、过家家、到山上摘映山红、到桑叶地采桑葚……夜晚，小伙伴们集聚到空旷的地方，玩转圈圈、抢柱子、唱电视连续剧的主题曲等。每每玩得不亦乐乎时，母亲总会寻来让我回家吃饭。我依依不舍地和小伙伴挥挥手再见。在母亲的特别关爱下，我的优越感开始在心里生根发芽。六一、元旦的联欢会上，我总能穿着粉色或纯白色的连衣裙或穿着母亲连夜赶织出来的大红色毛衣，站在舞台上跳老师教的舞蹈。这样的幸福童年不亚于林海音的童年。每每回想起来，我就会傻傻地笑出声来。

　　不知不觉，我才发现，我回去看望父母的次数少了。每当我思念父母亲的时候，就会想起数不清的童年往事。幸福的童年生活是我创作的重要的来源，忆不完，也写不完。

　　不知从什么时候起，我开始在意大自然里的花花树树草草，精致如酒杯似的玉兰花、繁星一样的绣球花、小米粒似的桂花、喇叭似的百合花、毫不起眼的一年蓬、笔直的红杉、红绿黄相间的栾树……它们不只有浓郁的芳香与美丽的花瓣或是高大挺拔的身姿，原来它们也有独特的、细腻的感情，也有喜怒哀乐。开心的时候，花瓣绽放，像孩子的笑脸；不开心的时候，花容憔悴，也需要有人照顾。只要你去细细地观察，细细地去品味欣赏，原来它们也有自己要奋斗的人生啊！

　　有了这样的体验，我就经常独自去寻找身边的花花草草树树，时时有偶遇的惊喜，也开始喜欢种植绣球花，养几枝百合。生活里多了份乐趣，我的创作也多了一份灵感。

　　不知从什么时候起，我喜欢一个人静静地独处。常常一个人呆呆地坐到江滨边，看白鹭低飞、钓鱼，或者闲适地散步。天是蓝的，风是凉的，阳光是暖的。回来的路上，经过一片片小小的花丛，鸟儿躲在里面，叽叽喳喳，大胆地欢叫。我细细数了数，竟有数百只鸟。每次出门，都会有惊喜等着，那我还犹豫什么呢？

不知从什么时候开始，喜欢随缘对待一切的相遇，遇到久违的朋友，是相遇的开心；如遇不到，则是等待的喜悦。顺其自然或许才会遇到更美的风景吧！

这些年，对生活、工作的热爱，我一直不变，初心不忘。不管在夏演小学还是在廿三里二小，这两所学校都是我挚爱的。夏小，是永远的梦之地，整整十年的时光，与夏小相伴；但廿二小，又开启了我的一个全新的梦，有了我的一群群可爱、闪亮的"小星星"。和他们在一起，我又怎能不快乐呢？

于是我写下了"幸福的回忆""快乐的工作""美好的相遇"。在这里，我特别要感谢可亲可敬的徐敢老师，他从来没有嫌弃过他的学生不聪明，他总会发现我的那么一个个小小的别人发现不了的优点。他的大大小小的鼓励，像是有了魔法一样，让我从不自信到渐渐变得自信，让我创作的动力像加了马达似的，慢慢快起来，更快起来。徐老师，每天工作那么忙碌，前段时间都生病住院了，还在忙《深度对话百名金华作家》一书的出版工作。可即便在这样的情况下，他还为我的散文集《花开雪峰路》作序，他的行为怎能不让我感动呢？徐老师，让我再向您道声："谢谢您，您辛苦了！"

我还要感谢我的父母亲，他们总会在孩子过得好的时候，为孩子感到开心，在孩子失落的时候，给予最大的安慰和鼓励。

文学之路没有尽头，像一处永远赏不腻的风景，慢慢看、细细赏，目光所到之处皆是美的。最后我想说，所有的相遇都很美好，我只想把我的快乐与有缘的你分享。

《花开雪峰路》得以出版，还得到了浙江省作协、金华市作协、义乌市古今文学研究院、《枣林》编辑部诸多师友的支持和帮助，在此一并向他们致以深深的谢意。

2022 年 10 月 6 日

回望与诉说

徐式君 著

上海文艺出版社
Shanghai Literature & Art Publishing House

图书在版编目（ＣＩＰ）数据

回望与诉说 / 徐式君著 . -- 上海：上海文艺出版
社 , 2024
（黄河文丛 / 孙茂同，赵方新主编）
ISBN 978-7-5321-8947-2

Ⅰ.①回… Ⅱ.①徐… Ⅲ.①散文集 —中国—当代
Ⅳ.①I267

中国国家版本馆 CIP 数据核字 (2024) 第 009673 号

发 行 人：毕　胜
策 划 人：杨　婷
责任编辑：李　平　程方洁　汤思怡　韩静雯
封面设计：悟阅文化
图文制作：悟阅文化

书　　　名：回望与诉说
作　　　者：徐式君
出　　　版：上海世纪出版集团　上海文艺出版社
地　　　址：上海市闵行区号景路 159 弄 A 座 2 楼
发　　　行：上海文艺出版社发行中心发行
　　　　　　上海市闵行区号景路 159 弄 A 座 2 楼 206 室　201101　www.ewen.co
印　　　刷：成都市兴雅致印务有限责任公司
开　　　本：880×1230　1/32
印　　　张：84
字　　　数：2079 千
印　　　次：2024 年 1 月第 1 版　2024 年 1 月第 1 次印刷
Ｉ Ｓ Ｂ Ｎ：978-7-5321-8947-2
定　　　价：398.00 元（全 10 册）

告读者：如发现本书有质量问题请与印刷厂质量科联系　T：028-83181689

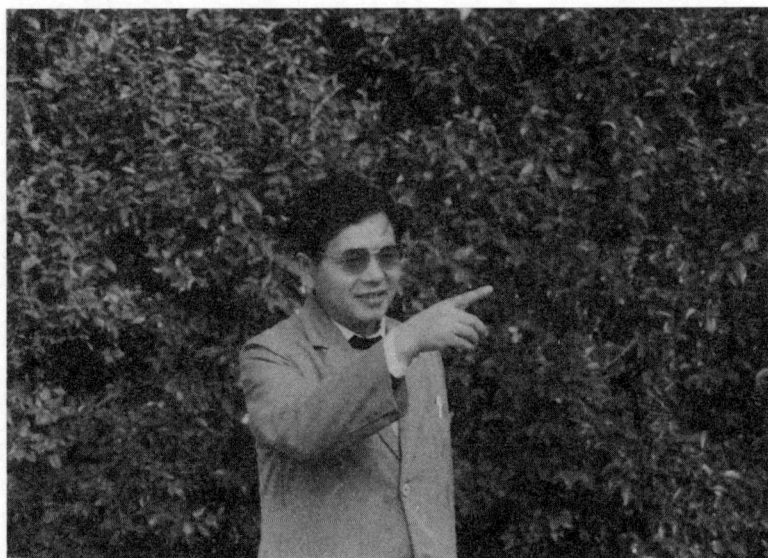

序　言

联　星／文

　　我的伯父徐式君先生《回望与诉说》一书即将出版，堂姐徐念榕要我写个序。开始我有点为难，后细想，恭敬不如从命，为伯父的集子做些领悟性推介，不仅是个义务，也是一份荣耀。

　　1934年盛夏，伯父出生于通州东余，1944年随父母迁居如东环港。

　　1948年3月，在大时代的激荡下，还是一个少年儿童的伯父投入了革命队伍，同年成为共产党员，不久又投笔从戎，怀着一腔报国激情，随钢铁洪流一路前行。在福建前线，伯父作为解放大军一员，参加了波澜壮阔的斗争，经受了血与火的考验。

　　1952年伯父奉命转业进入福建省委机关工作，先后担任译电员、机要秘书、政策研究组副组长，并兼管省委机关团总支的日常工作，直至1957年秋天调回江苏南通。两千多个日日夜夜的忙碌奔波，让伯父对八闽大地有了许多难忘的情意。

伯父调回南通后，根据组织安排，先后在中等学校和县、乡两级党政机关担任领导工作。1998年春天，伯父在南通市政协秘书长任上光荣离休。

伯父赋闲居家后，偶尔动笔叙事抒怀，连同他以往断断续续的零星小记，构成了一幅珍惜友情、企盼美好、追求公平的愿景蓝图。

在长达50年的从政生涯中，我伯父始终忠于职守、牢记使命、勤恳实干、努力不懈，怀着一颗赤子之心，交出了一份让人民大众珍视、满意的答卷。

我伯父曾这样写道："在我参加工作后的各个阶段，无论是征税筹款、抗灾抢险、习武练兵等工作，还是钻研各个时期相关业务，我都用尽全力，认真对待，多次赢得争先创优的成果。不敢说我的工作做到了出类拔萃，只是说我已做了最大努力。也不是说我的工作一贯正确，只是说我能知错就改，从不文过饰非。"伯父的语句虽然直白，但也勾勒出了他一生追求进步的情状。

我伯父年轻时就是一个很有才情的青年学子，投身革命以后，他就将浪漫诗情淬炼成为坚强的对敌斗争的意志，转化为奋斗不息的动力。

在漫长的职业生涯里，伯父除了年轻时写一些日记、诗词，工作中写一些报告、总结之外，很少有闲情逸致写一些性情文字。

离休以后，有了许多时间，当在满天晚霞之中，独坐窗下，抿一口杯中的香茗，回首往事，思绪飞越北国南天，不禁感慨万千，于是信马由缰，兴之所至，随手写下了一些文字。这些文字后来多发表在当地的报纸上，并构成了本书的主要内容。我认真读了一遍作品。

在《血地往事》一文中，我看到了伯父对孕育他生命之地的满怀深情的回忆，以及对双亲的深切缅怀。

在《曾经几度遇杨杨》一文中，我看到了伯父在福建前线因伤病在医院疗养时，与南国少女杨杨之间的一段故事。担任医院护士长的杨杨，在人生如花的季节，竟然死于非命，对她的夭亡，我仿佛听到了伯父来自心底的伤感、惋惜之声。

在《家训遗存》一文中，伯父讲到，有一天，他和一批领导到所在辖区的一家福利厂了解工作，这家厂的工人大部分是残疾人，在政府的关心下，这些工人生活都过得不错。工人要领导们题词，很多人写了"厂小志大""身残志坚"等，伯父却写下这样与众不同的文字："爱在这里延伸"。伯父在文中写道，父母从小就告诫他要学会对他人体谅、包容、怜悯，要有仁恕之心，用现代的话说就是"爱"。在二十世纪八十年代，三十多年前，伯父能写出这样的题字，我十分感佩。

统观整个作品，感觉伯父的文字简洁、准确、朴实，引人入胜。

这样的文字具有史料与文学的双重价值，这样真诚恳切的作品现在不是太多，而是太少。

伯父在 2010 年 4 月 7 日发表的《随笔四题》中的一段话，使我感慨万千，他说："年逾古稀，生命周期进入了晚秋季节，居家出行都显得小心翼翼。其实，人生的每个阶段都有可能发生意外。就自己而言，以往岁月里也曾经屡屡邂逅危情：扫荡队的枪子险些将我击中，黄海边的浮泥险些将我吞没，闽江上的恶浪险些将我卷走。每当与死神擦肩而过之后，我还是继续去做该做的事情，心想这样才不辜负父母生我养我的初衷，也才对得起上苍的一片恩泽。黄玫瑰犯不着去同红玫瑰、白玫瑰攀比人气，要笃信自己也有一份独有的美丽。人无贵贱尊卑，每个生命都是一束绚烂夏花，珍爱它，就是任其尽情绽放。"

伯父的敬业、为人值得我们学习，伯父的爱心、教诲，我们永远感恩。

远在北美，心潮起伏，胸中块垒，难诉万一。

刚才打开手机，正好听到了一首婉转深情的歌曲《游牧时光》，十分契合我现在的心情。现我把这首歌转赠给我的伯父，以此表达我对伯父由衷的敬意与思念：

我用我自己的流浪

换一个在你心里放马的地方

像那游牧的人们一样

把寂寞忧伤都赶到天上

我愿我所有的愿望

追随你走在每个迁徙的牧场

像我放过的马儿一样

让爱的旅途都沾满阳光

是你

在我身上刻下游牧时光

我愿把心儿放在你的歌声飞翔

今夜对酒月亮

思恋风吹草浪

有你相守在身旁

我醉了又何妨……

是为序。

2022 年 9 月 15 日

自 序

孩童时期，曾经幻想当个郎中，治病救人，造福苍生。

十四岁进入体制后，懂得了个人服从组织的铁定规矩，从此不再有海阔天空的奇思异想。

在职生涯五十年，涉足财经、文教、城乡基层诸多领域，也有翻山越岭剿匪肃特的军旅历程。一切都是听从党的调遣。面对各个时期的任务，虽无专业知识支撑，又无现成经验遵循，最终得以交差，靠的就是一股拼命精神和学习韧劲。

每每想起自己的成长经历，首先想到的是给了我生命的父母，二老不仅含辛茹苦将我拉扯成人，还在公而忘私、助人为乐两个方面为我树起了标杆，它成了我为人处事的定海神针。

入党以后，我系统接受了共产主义理想教育，经过长期实践磨炼，"全心全意为人民服务"成为我最坚定的追求。成长过程中，我有幸遇到过多位贵人。此刻我深深怀念原《红旗》杂志社的邵铁真先生、原中共福建省委农工部的马兴元先生及原福建前线第五边疆站的王凤舞先生。

我有业余时间写写小记的习惯，现在翻开看看，确有温故知新的情趣，把它们分组整理再现，好与亲友们共忆当年。

离职休息后，我写就了一些短文，其中既记录了我的平凡琐事，也讲述了我对诸多话题的一知半解。

坦诚交流，释怀为快！

2022 年 8 月 25 日

报刊留痕

血地往事 ················· 002

散落海边的记忆 ············· 006

知足的父亲 ··············· 010

联想"吆喝" ·············· 012

初悟伤悲 ················ 014

嬢嬢的坟丘 ··············· 017

难忘那年 ················ 019

女儿的心眼 ··············· 023

劳务拜年 ················ 027

外孙那时正年幼 ············· 029

循环的亲情 ··············· 031

师恩悠悠 ················ 034

民　兵 ················· 037

历历往事忆青春 ············· 040

与括弧相伴 ··············· 043

情同手足三人行 ———————————— 048

师生之间 ———————————————— 051

道　歉 ————————————————— 053

两次意外 ———————————————— 057

感受错爱 ———————————————— 060

当年的小邻居 ————————————— 063

娃　娃 ————————————————— 065

欢乐兄妹 ———————————————— 067

道旁论理 ———————————————— 070

"治犬"不是小事 ———————————— 073

家训遗存 ———————————————— 075

童言无羁 ———————————————— 078

直言不讳三姐妹 ————————————— 081

后来…… ———————————————— 085

梦　境 ————————————————— 088

曾经几度遇杨杨 ————————————— 090

萍水之忆 ———————————————— 093

欧　丽 ————————————————— 097

秋风阵阵 ———————————————— 100

荡田的故事 ——————————————— 103

走穴和误诊 ……………………………… 106

客乡夜话 ………………………………… 109

无知的嘲笑 ……………………………… 111

相　聚 …………………………………… 115

誓词在胸 ………………………………… 118

我与党的情缘 …………………………… 120

随笔四题 ………………………………… 122

瞬间断想 ………………………………… 125

明智之举 ………………………………… 128

赋闲不寂寞 ……………………………… 130

烙上心印的顺口溜 ……………………… 132

俗句的由来 ……………………………… 135

声自江湖之远 …………………………… 138

历遇"名品" ……………………………… 141

凡人善举与高官腐败 …………………… 144

清　明 …………………………………… 146

我在青年干校 …………………………… 147

一路走来人未老 ………………………… 150

满眼彩云追 ……………………………… 152

读黄冰《野草春风》一书随想 ………… 153

听歌偶得 ·· 154

喜与盼 ·· 155

生日述怀 ·· 156

团　聚 ·· 158

诗两首 ·· 159

共治同利 ·· 161

银发群聊 ·· 162

一念间 ·· 163

致莫迪 ·· 165

喜盼十九大 ·· 167

五五感言 ·· 168

偶思三则 ·· 169

闲情偶记

拆　字 ·· 174

买　单 ·· 176

乡间偶记 ·· 178

农校偶记 ……………………………… 180

离情别绪 ……………………………… 183

解放区印象 …………………………… 188

遥　念 ………………………………… 192

念　乡 ………………………………… 194

致毕业班同学 ………………………… 197

拾遗补阙之痕 ………………………… 200

一路恋农情 …………………………… 202

读报有感 ……………………………… 204

无题二则 ……………………………… 206

亦真亦幻 ……………………………… 207

食鸭记 ………………………………… 208

逛菜场 ………………………………… 209

初衷依旧 ……………………………… 210

随　意 ………………………………… 211

综艺调侃 ……………………………… 212

微信两题 ……………………………… 213

履职侧影

从当前冬管说抗灾 ································· 217

富起来与正起来 ································· 218

查清灭光　一送千秋 ································· 220

徐式君同志在南通市城区第一届人民代表大会第三次会议结束时
的讲话 ································· 222

区委书记徐式君在城区三届人大二次会议上的讲话 ······· 228

精神·理解·改革 ································· 237

报刊留痕

血地往事

1934 年炎夏季节，我呱呱坠地于通州东余。1944 年，全家移居如东环港，其后很少有机会重返老宅，对这块襁褓之地我便渐渐陌生起来。在它留给我的一片模糊记忆中，也有若干清晰之点。

从我记事起，父母总是在替北埭上姓谢的大户人家种地，一年四季，工种各异。有个春日，在谢家田里"做生泥"，父亲把沟底河泥挖起并运送到田头，母亲则用钉耙将风干的泥垡拍碎、撸平。我被放置在小矮凳上看着父母简单而有规律地劳作。歇手时，父亲拣些芦根，母亲拔些茅针塞到我手里，我不止一次吞咽过的这些"零嘴"，虽说营养成分有限，但因具有纯天然、无污染的属性，所以从未给我的肠胃惹过麻烦。那天收工很晚，一进家门母亲就急着要给妹妹喂奶。在伸手不见五指的情况下，母亲摸遍了整个床面，始终碰不到裹着毛巾的妹妹，于是惊恐地喊出声来：杏兰寻勿着啦，杏兰寻勿着啦……继而一个不祥的猜测在她心里盘旋：东宅沈家那只大黄猫十分凶猛，前些天曾在浅沟里把一条三斤重的黑鱼拖上了岸，今天是否这只畜生叼走了我的骨肉？接着便诉诉说说地痛哭起来。父亲点起煤油灯，找遍了小草屋的每个角落，最后发现妹妹被嵌在床沿和芦帐之间的缝隙里边，一场虚惊随即消散。自此以后，父母下地干活，也把妹妹一起带上，"合家团聚"成了一种常态。

邻居范家公公育有三男三女，长子范成章患有哮喘病，未曾婚娶。那年范成章去祖籍启东后不久暴病而亡，他的家人便在当地为其料理后事。阴阳先生在草拟佛事文书时说，亡者年近三十，膝下无后，难向阎王交代啊！此事让范家公公、范家婆婆十分犯难。稍稍商议后两位老人便让我作为"义子"写在了范成章的名下。两位老人回到东余之后向我父亲讲述了这个过程，言语间不乏无奈、抱歉之意。父母听后爽快地说，就让我家儿子认范成章为"义父"吧。接着范家给我送来了白布扎头、束腰，其后每逢范成章的"七数"或周年，我都会买了纸钱去行晚辈之礼，直至我家迁离东余为止。自我定居南通之后，一个叫范成芳的女人多次从东余过来，常常给我带些焯水后晒干的黄花苜蓿及草鸡蛋，她便是范成章的小妹，虽然她与我同庚，但我一直尊称她为"小姑"。

新四军东进之后，便在我们这一带开展了轰轰烈烈的"抗日动员""新乡制""二五减租"等活动。我们乡里的会场，经常放在人们习惯称作"道法师庙"的寺院里，在那里我听过乡干部杨显高、陆士先、尹建歧等人的演说，也看见过南通县县长顾尔钥、三余区长陆维钊等要人。一次我对父亲说，顾县长身上穿的蚂蚁布好细腻啊，父亲说那不是蚂蚁布，它叫"派力士"，一个好新鲜的名称噢。那时乡间不时流淌着"黄桥烧饼黄又黄唷""好铁要打钉,好男要当兵"一类的歌声,农抗会、妇抗会、民兵队等组织十分活跃,活动主题都是团结抗日,我们这些年轻娃娃也都卷入了这一洪流。在贡安与三余交界处,有一个船只可向三个方向靠岸的渡口,大家叫它三岗口。为防三余镇上日伪人员下乡夜袭,民兵队每晚都在这里设立岗哨,一旦发现异常,随即以鸣锣方式发出信号。我的大龄同学赵立声负责组织儿童团员配合民兵站岗,我也曾被派岗两次,轮值时尽管身旁有成年人挑大梁,但是我也毫不含糊,始终把眼睛盯着夜色朦胧的对岸。

　　在父母冥寿百年即将到来的时候,凭记忆写下这些点点滴滴,借此感念生我养我的至爱双亲,感念见证了我生命起点的那一方神圣土地。

《江海晚报》2011 年 6 月 2 日

散落海边的记忆

环港东南，有一方植棉垦区，名叫"益昌公司"，它是我的第二故乡。这个独特的地段，让我有机会屡屡走近大海。

年少时候，我曾多次光着脚丫在海滩上来回奔跑，当时我心中并没有郑智化歌词中的那些丰富想象和浪漫情怀，我是个功利主义者，每次出行，只图踩些文蛤、拾些泥螺，然后搬上自家的餐桌。往往经历一两个时辰的劳作，总有不少收获，赶在涨潮之前，我和伙伴们便架起小扁担，一头挂着文蛤篓子，一头挂着泥螺纱袋，晃晃悠悠踏上来时的小路。返程中总是欢声笑语不断，由衷的兴奋全把劳累和疲惫抛至千里之外。那时那刻，我们是一群快乐的"海归派"。

有个叫黄家潭的小镇上驻扎有日伪军警，过往行人为避麻烦，大多绕道从海边穿行。有一次，我随父亲去三余老宅看望祖父祖母，同样沿着海边前进。父亲推着独轮车，我执意用担绳在前面为父亲拉车。说是拉车，也是形式而已，父亲常常走得比我快，我拉车的绳子多呈"S"形状，根本用不上力。我们走至杨家湾东侧，在一条小港汊旁，车轮陷进了泥里，父亲和我用尽全力推拉，车子却纹丝不动。由于站立一处晃动过久，我们父子的双腿也开始下陷，越是拔腿，下陷越快，又见浮泥涌动的范围越来越大，此时父亲和我都惊恐地感到"灭顶之灾"正在来临。危急之时，正好有个赶牛车的老人从旁经过，他见状立即跳下车子，用命令的口吻要我们迅速将身子横躺下来。这招真灵，一待我们横下身子，陷进去的那部分很快被浮泥吐了出来。在老人的指点下，我们连滚带爬，终于从浮泥圈中出来了。待泥状复原以后，老人又轻手轻脚地用绳索系住独轮车的车梁，然后借助牛力，把车子拖了出来。父亲对这位救命恩人千恩万谢，表示将择日登门叩拜。但无论怎样打听，老人只是笑笑，始终没有透露姓名和地址。现在想来，这位慈眉善目的长者，其实就是"莫文隋"，他比频现于南通市区的同类现象，整整提前了半个世纪。

日寇投降后的第二年，家乡进行了土地改革，与我们毗邻的一些以捕鱼或烧盐为主业的村落，也都先后完成了废除封建生产关系的工作。那年冬季的一个晴好日子，在防潮堤畔的一片荒滩上，举行了全乡的贫、雇、中农团结大会，任务是选举乡农会的委员。我们一拨少年儿童虽然没有选举权利，却能观看这道独有风景。选举开始，只见由各村提名并经过协商产生的 20 多位候选人背靠条桌坐成一排，他们各人背后放着一只青花海碗，碗口上方糊上一张写有候选人名字的红纸，纸上还特意凿出一个小孔。到会 300 多个有选举权的成年人排成四路横队，由选举工作人员给每个参选者发放一只封装 11 粒黄豆的纸袋，然后让他们依次走过条桌旁边，将黄豆投进各自拟选人员的碗中。我的父亲也在候选人之列，对于他能否当选，我心中没底，总觉得我家是迁来不久的"新移民"，且属于讲"沙地话"的少数派，因而感到父亲胜出的希望不是很大。计票结果一出来，很让我意外，父亲竟是高票当选者之一。我在会场上的议论纷纷中听到，父亲前些时为筹办学校、维修海堤所做的一些协调工作，受到了乡邻们的广泛好评。实践证明我原先在选举问题上的猜想纯系自身的"小人之心"，也是对广大参选人员觉悟的严重低估，因而暗暗自责。

当年的农会组织的职能可谓无所不包。农会主席是党支部书记，对外称政治指导员，农会的行政主任就是乡长，武装主任就是民兵队长，另外还有财经、调解、文教、青年、妇女等主任各司其职。根据分工，父亲担任了行政副主任兼财经主任，成了全乡仅有的四名脱产干部之一，想不到这一次"以豆取人"的规则，便把父亲推上了终身为之奋斗的革命征程。

在当众宣布了委员分工以后，蔡指导员以"发展生产，多缴公粮，支援前线，打倒老蒋"为题发表了简短讲话，最后全场在委员们的带领下，一起高唱了那首家喻户晓的歌：

> 天下穷人是一家，
> 不分什么你我他。
> 我们吃尽人间苦，
> 养肥富人一大家。

要打他就打，

要骂他就骂，

哪有我们穷人说的话。

今天毛主席当了家，

穷人翻身胆量大，

团结在他的领导下，

地主军阀都打垮。

和着歌声，与会人员渐渐向四面八方散去。

我虽傍海而居多年，却未曾有过扬帆远航的经历，更无劈波斩浪的壮举。我与海的接触，充其量不过是一种浅尝辄止。在这些过程中，我既体会过滩涂的富有和慷慨，也领教过浮泥的怪异和凶险，然而最让我铭记于心的是滨海父老们的高贵品格，他们的无私和正直是一部我永远无法读完的书。

《江海晚报》2008 年 3 月 5 日

知足的父亲

　　5 年前，家父徐殿高带着 89 环年轮告别了人生，父亲的一生十分平凡，年轻时先后以推路车、轧棉花、修锅、补碗等活计艰难地养家糊口，在 1946 年土地改革运动中参加了革命工作。

　　父亲从 1947 年担任小乡指导员起，直到 1978 年离休，30 多年间一直是个股级干部，除了当过银行营业所主任、区民政股长外，大部分时间是做区或公社的组织委员和县银行的人秘股长。父亲把这些职务始终看成是党组织对自己的信任和重托，一直兢兢业业，恪尽职守。

　　父亲的生活待遇 1952 年定为行政 22 级，到 20 世纪 70 年代中期才加了一级，对此，他也十分满足，常说："党和人民给了我衣食无忧的条件，我就只能以忘我地工作来报答。"

　　我的母亲黄祥兰 1978 年暴病而亡，父亲的悲伤自不必说。母亲走后，父亲多次告诫我们兄妹要牢记母亲勤俭节约和助人为乐的品德，并特别慎重地要求我们将来写家史时不要把母亲"立功"的一节给丢了。他指的是淮海战役期间母亲因为做军鞋表现突出，曾被区、乡妇联评为"三等支前功臣"的事。这在一般人眼里似乎是不足挂齿的，父亲却十分看重。

父亲养育我们兄妹四人，现在也都已步入老年人行列。我们四人也都曾在平凡的岗位上从事平凡的工作，论业绩、论身份，均无显眼的地方。但是父亲却很为我们自豪，他生前经常向亲戚朋友夸奖我们兄妹，除了讲我们如何孝顺外，更多的是强调他子女中没有一个做有损国家利益、有辱家庭脸面的事情，使他很感欣慰。这些是大多数家庭都能达标的尺寸，想不到他竟如此珍视。

从父亲的诸多满足和珍惜中，我看到了他对荣辱的在意，看到了他的本分和务实，也看到了一个平凡人的种种追求。父亲的一些价值理念，无疑将继续影响着我和弟妹们的思想和生活。

《南通日报》2006 年 4 月 5 日

联想"吆喝"

品读宋红娟发表于《南通日报》的《吆喝》一文，深被作者的细腻思维和丰富想象折服。

对于"吆喝"，我自己也有着诸多联想。

当《酒干倘卖无》这首歌在耳边响起，我总觉得它是在传递并解读着一种吆喝，于是闭起双眼，细细领略歌者对亲人的刻骨感恩和不尽思念。

街巷间有时传来一声"磨剪子来戗菜刀"，它立马让我想到了《红灯记》，想到了革命先辈的睿智和无畏。

而记忆中的一些吆喝，给予自己的是感受各异的回味。

"卖伤膏药，件件有效，若然不好，铜钿勿要"，伴随着这串强节奏的吆喝，卖药人还在自己身上做着现伤现治的表演。面对此状，在将信将疑中，我选择了观望。

"烂黏糖——烂黏糖买哇"，见麦芽糖担子来了，弟弟妹妹麻利地拿些碎布和鸡毛去进行交换。当他们把到手的糖分我一份时，我总是摇手不接。虽未尝到甜头，我却展现了一回当长兄的大度和尊严。

心中最深处的联想，是我家中的一位吆喝者，他就是我已故的父亲。父亲原先是个补锅匠，他在走村串巷的时候，无疑也会用吆喝来推销自己的手艺，只是家门口的人无法听到他的吆喝。一次我随父亲到距家二十多里路的北兴桥走亲戚，沿途终于听到了他的吆喝："补镬——钉碗——修缸、修鬶噢——"声音是那样的清脆、洪亮，当时我直为父亲的好嗓子自豪。时间已经过去了很久很久，但父亲的吆喝却成了我永恒的记忆。每当想起它，我就会忆起父亲年轻时的英俊，就会想起父亲养家糊口的艰辛。同样，它也会让我想起父亲在参加革命工作后甘当配角，乐于拾遗补阙的平常心境。

《南通日报》2007 年 5 月 30 日

初悟伤悲

我儿时的家，虽然不能叫穷甲一方，但明显属于"无钱人"一族。物质的匮乏未能妨碍父母对子女的呵护，即使在勉强糊口的日子里，我同样感受着亲情可依、无忧无虑的幸福。

六岁那年，一天母亲鼻梁上生了疖子，红肿来势很猛，而且疼痛难忍。翌日下午母亲到西村一个郎中处就诊，我也跟着去了。郎中号脉后立即将着母亲右手大拇指的关节，神色慌张地说："你怎么现在才来，你生的是疔，可能已经走黄。"母亲一听，当即泪如泉涌，然后把眼睛紧紧盯着守候在旁的我。因为我已听懂了郎中的话，又看到了母亲眷注的眼神，便放声大哭起来。在郎中为母亲做完了一个"掐疗"过程之后，我们起身回家。郎中婉拒了母亲给他的"辛苦钱"，他的夫人还把两个脆饼塞到了我手里。临出门时郎中嘱咐母亲，回家的路上当心不要把脚踩到有铁钉的地方。这句话现在看来毫无科学道理，那时我们却做得很虔诚。原本归途中有一座满是钉子的木板桥，为遵"医嘱"，我们硬是绕道数百米越过一条干涸的沟。

回家的路上，母亲不停地说"未来之事"。她首先说：

"疔疮如真的走黄，娘肯定要死去，家中便无法照应两个孩子了，你妹妹很可能要送给人家，你长大以后一定要想法把妹妹认回来。"然后又讲："爸爸一旦再娶，你一定要好好听晚娘的话，这样可以少吃苦头。"对于母亲的这些"预案"，我只是一边抽泣，一边点头，完全不懂用病情可能转好的话宽慰她。母亲问我为什么老把脆饼揪在手里不吃，我哭着说："要把妹妹送人家，我舍不得呀，这脆饼还是给妹妹吃吧。"母亲听我此言，又搂着我哭了一阵。

三天前外出替人家推车的父亲，先我们一步到家，他明白了母亲的病状后，迅即为我们备好了晚饭，然后摸黑出去。大约过了半个时辰，父亲请来了抗日游击队里姓赵的医生。赵医生先给母亲打了一针，又示范给母亲做患部冷敷，告诉父亲冷毛巾要勤换，接着匆匆离去。

那天夜里父亲一直充当着护工的角色，我先是坐在床上静候母亲病情的转机，后来还是睡着了。天亮醒来，见母亲睡得很安静。父亲说母亲打针后不久疼痛便消失，脸上的红肿也开始消退。此时我紧绷的心松了好多。近午时刻，母亲苏醒过来，父亲给她端上一碗精心熬煮的菜泥米粥，当发现我们兄妹正紧贴在她床边时，母亲脸上又露出了一如既往的笑容。

这次经历虽是虚惊，照样给我留下了刻骨铭心的记忆。人来到世上，生离死别在所难免，我只是过早地拥有了这一份感受。

《南通日报》2007年11月7日

嬢嬢的坟丘

碰上年三十、正月半、清明节等日子，祖母都会到宅后百米之遥的农田里去烧些纸钱，留下纸灰的地方是个小土堆，表层盘着一串芦根，开春时节会冒出一些青嫩的尖尖来。母亲告诉我，土堆下躺着父亲的小妹，离世时才七岁，是可恶的伤寒夺走了她。我的这位嬢嬢因是童年夭折，身后的香火自然难有着落，祖母不忍爱女的孤寂，便隔三岔五走到这垛小丘旁边，嘴里总是轻语喃喃。辈分倒置的祭祀，无疑给这本已凄婉的角落更添了一分悲凉。

童年时刻，耳边经常听到大人们讲述已故嬢嬢的佳话，内容不外两个方面：一是说她聪明活泼，四五岁就能唱上不少山歌，邻居们都叫她"小百灵"，夏日黄昏乘凉时，许多人都聚到我家院子里，聆听她银铃般的歌声；二是说她心肠好，懂得关心人。在她病得很重的时候，祖父祖母特意为她煮了一些鱼虾，她却喊着：多分一点给二嫂吃，二嫂肚子里怀着宝宝哩。她说的二嫂就是我的母亲，她说的宝宝，便是躺在母腹中的我。听过了这些传说，使我对自己降生之前就已谢世的嬢嬢不再陌生，深知自己的生命里已承载着她的一份关爱，因而也勾起了我对她长眠之处的眷念。

当再度看见祖母拿着冥钞等物走向坟丘的时候，我便悄悄跟在后面，然后静心地看着纸钱燃烧。一次，我发现少量纸钱紧贴一处烧得夹生时，连忙捡起一根芦棒将其挑松。我当时在想：只有充分燃烧的纸钱才能传递到我们意想的地方。显然，祖母也没有将我的这一突然举动误读成"顽皮"。

拾棉花、拮麦穗、挑羊草是我儿时的家常活计，每次去田间的时候，我都会走近思念中的这一小小土堆，在驻足片刻间，轻轻说一句：嬢嬢，我来看你了。唯有如此，我的心里才多了些踏实。

人生难免有变迁，后来有一天父母带着我们兄妹去他乡谋生，嬢嬢的坟丘便显得十分遥远。然而空间的拉大未能减弱我对她的持久惦念，虽然那里没有碑文、没有松柏，但那里却有着一位与我同一血脉的长辈，这位长辈在人世间留下了聪明伶俐、善解人意的美丽传说，她的一生虽然短暂，却也灿烂。

《江海晚报》2008 年 4 月 10 日

难忘那年

1958年元旦刚过，我作为南通地直机关浩浩荡荡"参农"队伍一员，胸佩红花，来到南通县石鼎乡兴西四社第十八生产队，当了一名新农民。和我同行的还有地区粮食局的管鹏飞同志，我们一起落户在队长吴炳钧家。

我因1957年间，对有些问题认识模糊，言欠推敲，故而心存遗憾。我暗下决心，要用战天斗地的实际行动，洗刷身上的污垢，报答党的培育之恩。下乡前夕，我特地从新华书店购回一本《作物栽培手册》备用。在该书的首页，我写下这样几句话：

把我的真诚和汗水，
连同良种播下地去；
我企盼的收获，
不仅是粮棉，
不仅是荣誉，
我要找回一个从前的自己。

我们一进生产队，立即投入了紧张的冬季生产热潮，数九严寒的季节，在挖河泥、施腊肥、壅麦根等农事活动中，我们虚心学习、不怕吃苦的表现，在社员心目中奠定了最初的好印象。

我们的户主吴炳钧同志生于 1934 年，和我同庚。他父母早亡，当时尚未婚娶。我和老管落户后，"三口之家"的一日三餐都由他操劳。繁重的体力劳动，光凭每月 30 来斤的粮食计划是吃不饱的，老吴除设法多搞些蔬菜外，还瞒着我们悄悄地把自己积存的余粮拿来补充。他的"魔术"未能蒙住我的眼睛，我很快让母亲从如东拿了些黄稷、高粱、赤豆等杂粮来调剂着吃。老吴花在生活安排方面的时间多了，队长职务上的事情有时忙不过来，他就让我替着干。慢慢地，每天的农活安排、各个工种的工分确定等，都由我提出意见让他考虑。事实上，凡我提出的设想，他从未表示过异议，而在实施过程中也得到了大多数社员的认同。那时我觉得在生产队的日子过得有滋有味，对各项活动充满着兴趣，以至那天在南通人民剧场听完胡耀邦同志报告后，尽管天色已不早，我还是婉谢了团地委机关同志的约我小聚的美意，匆匆赶回生产队，参加了当晚的挑灯夜战。

在"大跃进"的年头，各项生产活动已够忙碌，偏偏那时候又来了改造三类地区的工作。兴西四社党支部书记老邱年老体弱，繁忙的工作使他力不可支，乡党委便指定已兼任副支书的下放干部陈建华同志主持高级社的工作。老陈曾任中共崇明县县委农工部副部长，让他管一个高级社，那还不是小菜一碟。但时隔不久，超负荷的工作竟又把老陈拖垮了。此时驻社的乡干部支惠权同志向乡党委汇报后，陶景泉、戴礼传两位书记又要我来主持高级社的工作。

我主持兴西四社工作不几日，1958年7月下旬，南通县县委组织部部长袁士群找我谈话，她说原新开乡乡长刘献桃同志受县政府委托率领民工去兴修淮沭新河，县委决定你去新开接替他的工作，希望你能尽快到位。袁部长谈话一结束，我马上动身向石鼎乡和兴西四社的党组织辞行。初为人父的我，顾不上先去看望月子中的爱妻和尚未谋面的儿子，径直向新开乡人民政府走去。

那天下午，我到达乡机关的时候，只有文书李德跃在家，其他同志晚饭时间陆续回来。晚上乡党委书记印章文单独向我介绍了乡机关干部的基本情况，以及当前大炼钢铁、防汛抗旱、秋播准备、三类地区改造扫尾等工作进程，他建议我让副乡长黄裕祥陪着到各高级社及乡直单位走走，这样有利于掌握面上的全貌。可能是过于劳累的关系，我到乡后不足半个月，印章文同志病倒了，住进了南通医院。这样一来，我和党委副书记施冠球的担子加重了许多。

我们的工作总是起早贪黑，为了推动各项任务的前行，少不了大会、小会的鼓劲，有件事我至今记忆犹新。一对老年夫妇，为了支持制造用于深翻的搅关犁，把几年前存放家中准备做寿材的大木头捐了出来，我亲自写了奖状在大会上给予表彰，紧跟其后全乡有不少人效仿，献出了一批又一批的相关材料。现在看来，这些被献出的材料，最终未能发挥应有的作用，甚为可惜，但捐献者们表现出的那种舍我精神，仍然让我深深感动。

尽管我们事事都很努力，但不管是小高炉的数量还是搅关犁的套数等都与上面的要求和兄弟单位实绩相差甚远，我内心直怨自己无能。有一天我见到了县委组织部的老陆，我对他说：我恐怕不是做乡长的料，今后如有机会可否让我到节奏较平稳的学校里干干。老陆笑而不语。

1958 年 10 月下旬，新开人民公社正式成立，在宣布公社领导班子前一天，县委常委吴凤琴对我说，你向组织反映的意愿，县委认为可以考虑，所以这次没有将你列入公社班子。我听后心情一下轻松了起来。

翌年二月，我被派往一所新建不久的中等专业学校主持工作。

《南通日报》2006 年 9 月 20 日

女儿的心眼

周日午后，悄悄躺在阁楼上闭目养神。不多会儿，客厅里传来杂乱的脚步声，然后是孩子们的轮番朗读。

打头阵的是外孙，他放开嗓门念道：脱胎换骨，破旧立新，嘴唇上词儿滚滚，讲时不费吹灰劲；贵在行，唯以贫下中农为尊，干其所干，饮其所饮，爱其所爱，恨其所恨，在知识分子躯壳里，装上一个无产者灵魂。

紧跟其后是孙女，她读了四句：大学生当小学生做，好日子当紧日子过，铁饭碗当泥饭碗端，有意见当没意见处。

接下来侄孙女也念了一段：别忙搬杯举箸，来日相逢正多，何时登门府上，只求茶水温乎，倘遇天不作美，望能借伞相助……

我蓦然想起，这是我曾经胡乱写就的一些随感短句，去年春节趁女儿为我整理房间时已把它们与废报纸丢在一起听候打发的。当时女儿在翻看这类泛黄纸片时，曾断断续续向我打听过写下这些俗言碎句的原委。真没想到，她居然留下这串食而无味的"鸡肋"。正当我的思绪漫游于过往与今时之际，客厅那头又响起了女儿的大声呼吁：

"拜托大家将这些纸片收好，一页也不能少，这些是老爷子的心血，我硬是把它们从走向废品堆的途中拦了回来，一直当宝贝藏着，见今天阳光充足，也让它们领略片刻的温暖，不料你们竟翻箱倒柜般翻了起来，还搞'一读为快'哩。"

孩子们问："老人家写的是些什么意思呀？"

女儿说："这只大信封上不是写着"笔随心走"四个字吗？意思就是想到哪里写到哪里，不讲什么文体和套路的。你们刚刚念过的三段，其发生背景各不相同。第一段写于1964年，那时我父亲到地委党校参加一个月的工作队员集训，这是他经过了查阶级、查作风、查思想的"三查"活动后奔赴社教运动第一线时立下的决心，意思无非就是要通过与贫下中农同吃同住同劳动的途径，努力改造思想，以求建立起正确的世界观。第二段是我1980年考取大学时，父亲给我的题词，用意不外让我常怀忧患意识。有时思无、易时思难，还要和意见相左的同志搞好团结，使自己永立不败之地。第三段是反映父亲1998年离职休息时婉谢同事们摆宴欢送的情状，讲了些友谊应细水长流，感情不可一次买断，人走不要茶凉，有了困难要真心相帮等道理。"女儿接着说："这一叠纸片的字里行间，有着老人家不同时期思想情感的真实印记。"

孙女问姑姑：您觉得爷爷的写作水平如何？

女儿说："你爷爷是个粗通文字之人，不可奢望他笔下有多少文采和技巧，也不能苛求他的观点总是新异和时尚，我看重的只是它释放出来的虔诚和真实。正因为如此，我才不愿让这些纸片随风飘去，更不会将其付之一炬。说不定将来有一天，我父亲想起要写回忆录了，那时我就会拿着这些纸片助他一臂之力，帮他将零散的记忆串在一起，使抽象的概念变得生动具体，我的举动，或许会成就他一回惊喜。"

　　我正屏住呼吸听得出神，门外突然有人喊："《霍元甲》电影快开始啦！"

　　于是楼梯口又响起嘣嘣噔噔的脚步声。

《南通日报》2009 年 5 月 5 日

劳务拜年

乡间几位老友在置办年货时，总会合计着也给我备上一份。到了"小年"这个日子，他们就会顶着寒风，把腊肉、风鱼、草鸡、烤虾等物送上门来，还不忘带上亲自蒸制的年糕、馒头，就连山药、荠菜、韭黄、芫荽之类的辅料也配套齐全。有了这批东西，加上自家水池和冰箱内的储备，三十晚上整出四盆八碗已绰绰有余。我给居住在附近的晚辈们打招呼，为了避免浪费，前来聚会时千万不要带任何东西。

后生们也都是些明白人，深知节日里扎堆送鱼送肉无异移石进山，劳民伤财。可大过年的，总得对长辈有所表示才行啊！思来想去，他们很快达成了共识：大伙替老人家干活去！

腊月二十七，天气晴好，一支"亲情助工"队伍到了我的家里，一进门便齐声亮出了他们的行动口号：今年过年不送礼，要送便送力气！这股调侃的劲头，差点让我和老伴晕倒在地。

紧接着，他们便直奔主题而去。章建与海洪用毛巾裹住了头，利索地摊开宽幅塑料纸盖住地面物体，然后拿起长柄拖把对着墙壁和天棚刷刮，为了追求零空隙的效果，有时不得不借助桌凳延长自己的触点。任毅除了擦净窗户，还把所有的茶杯和果盘洗净擦干，整齐地放在玻璃橱内。雨波则做起了义务图书管理员，她将书橱中歪斜、横躺的书本逐一扶起，耐心地拭去它们身上的尘埃，还按自己的理解，把原本混乱放置的书籍粗略按文史、政论、自然等类别重新排列。卫东和建萍捧起池中的青鱼，经历了一番劈、剥、敲、搅，一大锅白茫茫的鱼腐终于在水面浮起。是日最为辛苦的当数丁冬，她翻晒棉絮、更换被套枕巾，随手将新近换下的衣物洗净挤干后晾晒出去，接着便替我老伴修剪头发、指甲。临走时又把居室的角角落落做了一次地毯式的清扫。

"志愿者"们匆匆地来，又匆匆地去，留给我的却是太多的回味。由于他们的善解人意，免除了我攀高落低地劳顿，减轻了我左思右虑的心烦。他们赠予我的不单是一份明亮、一份清爽，更是一份贴心、一份温馨。我心中的"新年快乐"，因为有"劳务拜年"的融入，变得更为饱满。

《江海晚报》2014 年 2 月 20 日

外孙那时正年幼

外孙叫王浥尘，是他祖父给取的名。我由此料想，我的这位亲家非常喜爱王维《渭城曲》一诗。王浥尘多次听父母说"过年时要去外公外婆家喽！"他误以为"外公外婆"这个字眼是单独一个人的代号，以至他刚满两周岁随父母来南通时，总是喊"外公外婆"。我女儿将我和老伴分别安置在距离较远的两张沙发上，让他分开喊外公、外婆，经过这一番直观指点，才使他理清了思路。

王浥尘生性好动，而且"出手不凡"，他在我家食品橱找巧克力时，不仅把一壶刺梨酒泼得精光，而且将一只浸泡红梅的玻璃瓶打得粉碎。他发现自己闯了祸，便大哭起来。我的侄女徐敏敏安慰他说，马上过年了，许多人家都要放炮仗的，你把瓶子打碎，同样让人高兴，这叫岁岁平安。王浥尘听得似懂非懂，终于破涕为笑。

王浥尘对我非常热情，几次主动给我讲故事，什么小鸟站在树梢上呀、蚂蚁掉进了阴沟洞呀，老太婆碰上了大灰狼呀。我虽然一点也听不出它们之间的连贯情节，还是装作很激动的样子拼命拍手。他当然很高兴。

王浥尘首次旅通经历了一个星期，正月初五又跟随父母回南京了。

1990年元月初，接到女儿电话，她预告今年春节一家三口还到南通来过。兴奋之中，我回想起外孙一年前的趣事种种，便信手在一张报纸的上方写上一段话："小小王浥尘，初登姥姥门，外公与外婆，以为一个人；浑身调皮劲，手脚总不停，推翻刺梨酒，砸碎红梅瓶；近闻小外孙，重访南通城，不忘从前事，趁早多留神。"不料这段话在除夕夜被为我整理办公桌的女儿看见了。她独具慧眼，说这是外公对外孙爱在心中的写照。于是便刻意让王浥尘记住它。才教了两三遍，王浥尘竟一字不落地背得滚瓜烂熟。他高兴地说，我又多会了一首儿歌啦。

回到南京后，王浥尘在邻近小卖部玩耍时又背起了这首"儿歌"。很快，营业员张小丽也会背了。此时，我女儿觉得这首"儿歌"涉及儿子的"隐私"，还是不要流传太广。一次吃晚饭时，我女儿婉转地对王浥尘说："儿歌有家庭版的，也有社会版的，家庭版的只能在家里背唱，社会版的可以到处背唱，外公写的那首属于家庭版，以后不要到外面背唱了。"王浥尘点点头表示理解。

两天以后，外孙所在的茉莉花幼儿园陈燕茹老师向小朋友们教儿歌，首句是"爸爸妈妈去上班"。王浥尘忽然举手提问：老师，这首儿歌是家庭版，还是社会版？这使小陈老师突然感到自己的才疏学浅。稍停片刻之后，小陈老师说，今天我们先抓紧时间练习这首儿歌，王浥尘小朋友提的问题我们下次来讲，大家说好吗？孩子们齐声回答：好！

《南通日报》2006年11月1日

循环的亲情

每逢父母的忌日和冥寿，用不着相互提醒，我们兄妹四个都会带着配偶准时聚集于双亲生前的居所，虔诚践行追思。祭祀的模式仍然承接了先辈留下的套路，而供品的门类和质地都已今非昔比，操办人的心意，或许是要让天堂里的祖宗也能感受一回改革开放带来的富足。随着点烛、敬香、洒酒、烧纸等程序逐一走过，父母艰辛劳作、舐犊情深的帧帧画面又一次在脑际云游，此时丝丝暖意便在我们周身回荡。

母亲辞世于滴水成冰的冬夜，父亲则在酷热难耐的夏日撒手人寰，两个悲伤节点都留给了我们刻骨铭心的记忆。可以聊慰的是，父母临终时刻，我们兄妹全都守候在旁，接着又按老人的遗愿，把后事办得简朴、体面。

母亲、父亲相继离开以后，我们同胞骨肉间的相互关爱变得更为周全和持续，这对报答父母养育之恩来说，既是外延，又是内涵。我们渴望着能多多相聚，总想着过往岁月中"离多聚少"的遗憾能得到最大程度的弥补，于是相互邀约不时在电话两端传递。阳春三月，弟弟家有个孙子要在南通完婚。我看准时机，要求弟妹们来通时带足换洗衣服和常用药品，喝完喜酒即到我处小住数日。此议得到了响应。

难得当回东道主，理应尽力而为。"民以食为天"，我的第一要务就是把饭菜办好。那些天，我几乎包揽了采购、择菜、烹饪的全部活计，弟妹们既见证了我的体力、精力，又领略了我的厨艺。在赞美声中，我感到了一丝欣慰和得意。"贵宾"们也并不闲着，他们在聊家常、玩纸牌的间隙，不停地擦窗户、抹桌椅、拖地板，又把室内和阳台上的杂物叠得井井有条。大妹婿还释放出能工巧匠的潜质，将渗漏的水管、变形的门框一一做了修理。彼此间都不说谢，因为我们是自家人。

耳濡目染之下，我的儿女和侄、甥们也把亲情看得很重，逢年过节持礼看望长辈自不用说，凡遇父母和叔姑舅姨的生日，总会拎着"寿面"及鸡鸭鱼虾上门热闹一番。那时大家没老没小插科打诨，把天伦之乐演绎得淋漓尽致。有一次我过生日，从外地赶回的儿子、女儿双双玩起了"送惊喜"的绝招。由于孙女远在他国，儿子儿媳便把正在接受汉语辅导的外籍女孩带回助兴，而在南京创业正忙的外孙偏在临开席时突然出现，这一切都让人始料不及。当金发碧眼的洋娃递来蛋糕、相貌堂堂的外孙斟上美酒的时刻，深受感动的并非只我一人。

自打用上了智能手机，开通微信后，便将我和我的儿孙们缔造成一个群聊组合，从此南通与南京、香港、墨尔本之间天涯变咫尺，信息快捷，冷暖互知。那天我借助语音功能送去一首《快乐的心》，很快得到回应。女儿说：

"歌声嘹亮令人神往。"外孙连说："真棒！真棒！"孙女说："爷爷好样的。"我立马意识到，当年我对儿孙们循循善诱，今天晚辈们正以同样的情怀反哺于我。亲情也是可以循环的吧。如若我们守住了亲情，便就守住了神圣和永恒。

《江海晚报》2013 年 10 月 7 日

师恩悠悠

　　时光流逝，岁月更替，多少亲历往事渐渐依稀，多少熟悉脸孔在印象中缓缓远去，然而邵铁真同志的音容笑貌一直铭刻心上，他对我的深情关怀始终在记忆中珍藏。

　　当年他是我的班主任，又是政治课老师，课余饭后，多次约我交谈，从我的家庭情况和工作经历谈到人生理想，然后指点我，革命不光是为了报恩，应该确立解放全体劳苦大众的远大志向。他见我心有所悟，即与钮庭荣同志联名，把我作为发展对象推荐给党组织，并很快获得了上级机关的批准。我一生的政治走向便从此奠定。入党以后，铁真同志多次提醒我要加强与群众的联系，学会团结引导周围的同志共同去实现党的意图。一次学校举行演讲比赛，我原本不打算参加，铁真同志劝我不要放弃这个难得的机会，要我选个有意义的话题，敞开思想和大家进行交流。参赛时，我首先说了一段"朱、彭争守井冈山"的故事，进而表示要学习当年红军将领为革命勇挑重担的大无畏精神，坚决克服自身存在的狭隘家庭观念，随时准备奔向革命最需要的地方。没想到这一次匆促上阵，竟然赢得了普遍的好评，铁真同志也很高兴，他说我的演讲主题鲜明，形式活泼，内容与正在进行的形势任务教育也很贴切，鼓励我今后在这方面做更多的努力。

我与铁真同志在一起的时间不足一年，分别以后，则常有通信联络，其中有些细节，特别让人难忘。1957年中秋时节，我被派去农村做巩固合作社的工作，在与农民群众接触中，听到了不少关于干部作风不民主、粮食征购任务定得过重，耕牛和大型农具入社时作价偏低等意见。我在给铁真同志写信时也提起了这些情况。不几天，他给我发来一封挂号信，信中只是寥寥数语：农村工作千头万绪，各种矛盾错综复杂，我们应该多听、多看、多想，对于群众的反映，可以如实向上转达，自己则不宜匆忙评论。就这么一封短信，何以要用挂号寄发，我开始有点不解。随着"反右"声势的不断蔓延，我终于悟出了铁真同志的良苦用心。1965年，我在海安从事社教工作，那时铁真同志和红旗杂志社的同事们也在山西洪洞县搞社教。此时我们之间的通信，当然少不了对社教工作的讨论。我对当时流行的"先草木皆兵，后去伪存真"的做法有异议，觉得这样既打击了一大片，又给后期的核实定案增加不少麻烦，我认为运动自始至终都要强调实事求是。他在回信中说对此与我有同感，并说他们在实际操作时已经对一些做法做了调整。依仗着有他们的共鸣和先行，我所在的分团也悄悄完善了一些工作环节，从而使运动少走了一些弯路。"文化大革命"开始不久，我的家庭遭遇劫难，我顿时心灰意冷，停止了与各方友人的联系。铁真同志因许久没有我的音信，心中自然有些牵挂，一天他从进京办事的南通地委办公室孙国涛同志那里打听到我的下落和近况，随即给我写了一封长信，其中有同情、安慰之意，重点是敦促我尽快振作精神、着眼未来，特别叮嘱我要对心灵受创的子女切实做好抚慰和培育工作。这封信当时对促成我正视现实、冷静思考起了至关重要的作用。

二十世纪八九十年代，铁真同志曾多次抵达南通，他最关注的依然是我的思想和工作状况，有时为了有足够的时间交谈，他干脆不住宾馆而屈居于我的陋室。

2000年夏天，我因事出差北京，铁真同志知道后便来宾馆看望，还带来了新近出版的由他和夫人魏学珠女士共同参编的《党刊史稿》以及他的公子邵东方博士的学术专著供我存阅。他告诉我退下来后，受有关方面委托还在审读几份报纸，有时还要爬爬格子，觉得生活既充实又愉快。他的这种豁达开朗，对初为赋闲之人的我无疑也是一种教育和鼓舞。在他匆匆离去的时候，我说下次再聚南通，一定把在市区的同学们请在一起，让您再给我们上课，他笑了笑说有机会一定去的。他的回答似乎不太确定，但我坚信他会有新的南通之行，因为同学们的热切期盼就是他的机会。

2001年12月10日清晨，市委老书记朱剑同志来电话，他沉痛地告诉我，铁真同志因脑出血已于昨日不治身亡。闻此噩耗，我顿感天旋地转，不能自持。

《南通日报》2009年9月29日

民　兵

　　抗日战争和解放战争期间，父亲和叔叔都曾是基干民兵，他们在威慑奸细恶霸、拆毁敌人碉堡的战斗中，均有英勇机智的表现，广受邻里乡亲敬佩。"长大后也要当民兵"，成了我儿时的梦想。然而未待达到当民兵的年龄，组织上便将我送至正规部队接受培训，先前的梦想因此而被逾越。

　　其实，我的现役时间十分短暂。在转业后的几十年工作生涯中，却屡屡与"民兵"打交道。

　　20世纪60年代末期，全民皆兵的浪潮覆盖了整个社会，几乎所有适龄青年都编入了民兵组织。我因抽借在县革会的一个临时机构，也进入了机关民兵序列，并担任了一个连的政治指导员。与我互为战友的，是县委原审干办公室、肃反办公室的人员，还有一批待分配的大中专毕业生。我们对上级的各项指示，总会不折不扣地执行。有一次"拉练"，从金沙到十总的数十里路程，全靠徒步完成。到达目的地后，先是凭吊抗战时期死难同胞纪念地，紧接着又为所在生产队收割麦子、移植棉苗，并和社员群众一起吃忆苦饭、讲革命史。预期目标完全得以实现，全程无人掉队出错。我们这个群体之所以"能征善战","中校连长"陆桂元功不可没。他转业前是海门县人武部部长,"文革"前担任南通县县委组织部副部长。计划周密、体恤下属、身先士卒,是其最大特质。有这样的同志担任指挥员,绝对是整个队伍的福分。

1972年,我被派到二甲镇任革委会副主任。同志们都知道我原本是另一个县属镇的副书记人选,对这种"降格安排"觉得非常奇怪。后来隐约得知,这事与正在进行的一项"清查"工作有关。于是,大家断定这只是又一次"莫须有"而已,向我释放出了充分的同情和信任。在领导班子分工时,明确由我主抓社会治安和政策落实工作。每逢重要会议,党委主要负责人顾卓如、王焕森总要安排我发言。一天,我去副业大队了解蔬菜生产情况。途径二甲中学时,只见操场上人流如潮。人武部部长卞志华见我走近,立即高喊"全体立正"。接着,他跑步过来向我敬礼,说:"二甲镇民兵团正在进行队列训练,请徐副主任指示。"面对这突如其来的礼遇,我当即改变了行程,专心致志看完了所有科目演练。此后不久,镇党委决定由我充任民兵团参谋长一职。这显然是个因人设事之举,为的是不让我在武装工作方面做局外人士,也体现了对一个初来乍到者特有的关怀。

20世纪70年代中后期,我先后调至平潮镇和县级机关工作。按照惯例,我也对应领受了镇民兵团政委、县民兵师副政委的称谓。履行职责时,我总会尽心尽力、毫不怠慢。在县里工作的这几年,由于有人武部同志们的配合、支持，我所兼管的招收飞行学员、征集新兵以及武器管理工作都取得了较好的成绩。

20世纪80年代进入市区工作之后，仍然没有疏离"民兵工作"这个话题。当时，市各主管局和大型企业的民兵组织都归城区管辖，我恰又兼职于城区人武部党委，自然也成了业内人士。人武部经常举行一些紧凑有效的练兵活动，我也偶尔参与观摩。对那年如东黄海边的打靶之旅，我迄今还记得这样的情节：先是将一批航模放飞天际，任其在空中盘旋。稍后，随着作训科科长唐溶生一声命令，多炮齐发，所有航模顷刻开花散架，灰飞烟灭。受这种高超命中率的感动，全场响起了长时间的掌声和欢呼。据有关同志介绍，合成纤维厂、天生港电厂等单位都有技术高超的炮手，他们在全省对口评比中，多次为南通赢得过荣誉。1993年我去市政协机关工作后，又成了市国防教育委员会一员。花甲之年，有机会与市委、市政府、军分区的同志们坐在一起讨论工作，自然感到十分荣幸。每当议及民兵工作，我也会以切身体会奉上片言只字，通常也会受到与会者们点头称许。

盘点与民兵话题有关的往事，绝对不是为杜撰"戎马一身"的传奇，只想唤醒心中那些点滴珍惜。

《南通政协》2014年第九期

历历往事忆青春

曾听人说过，家贫莫夸祖上富，老了别提少年时。我并不完全认同，想来自己虽没有显赫的祖辈可以拿来炫耀，却也有着自身独特的青春年少。

受环境影响，我年幼时便崇拜革命，积极参与了土改宣传、站岗放哨和征税工作。

1948 年寒假期间，我在掘马北区的袁家阙被发展为共产党员，由于未满十五周岁，苏皖九地地委组织部批给我的称谓是中共青年党员。当时我们正在为淮海战场的节节胜利而欢欣鼓舞，此刻自己又成了一名光荣的先锋战士，喜上加喜，怎不叫人豪情万丈、心花怒放。

1949 年，建立新民主主义青年团的工作在解放区全面展开，当时党组织尚未公开，如东中学内二十五岁以下的共产党员全部履行了入团手续，在入团介绍人一栏内无一例外填上了前来主持建团工作的曹旭同志，他是如东的团县委书记。在选举团支部领导机构时，邵铁真同志提名我为支委候选人，后来我因票数较少落选。由于当选者胡甲强、朱显礼、钮廷荣等当时都是校内大腕级人物，且全是我的兄长，所以落选并未让我沮丧，反倒有了虽败犹荣的感觉。

我被调去苏北军区机训队学习后，编在一个班里担任团小组长，同时冠以"青年干事"称号，与班长、副班长同为核心小组成员。一次指导员朱品嘉当着各团小组长说，青年干事就是政工干部，是指导员、教导员、政委的雏形，你们要好好努力，积累经验，争取将来为党做更多贡献。我并不妄想当什么大官，但还是十分努力，尤其是在部队经过彻夜跋涉顺利从泰州迁往扬州，以及在迎接皖南军区战友们并入、促成新老磨合的过程中，发挥了很好的作用。

1950年初，苏北军区机训队成建制并入三野司令部青年干部学校，从此我们便在南京三牌楼接受了为期八个月的培训。我虽然身体较瘦弱，文化程度也相对偏低，但经过努力，结业时各个项目还是取得了优秀成绩。进入青年干校学习期间，我们迎接了从全国战斗英雄代表大会载誉归来的华东英模代表团，也与肤色各异的世界青年联盟代表团成员进行过联欢活动。下关车站热情相拥、玄武湖畔载歌载舞等景状，至今仍留存在记忆中。

完成了青年干校的学业，我被分配去福建工作，先是为执行剿匪任务的部队服务，经常在师、团之间来回奔波。1952年，随十兵团机要处集体转业。在省级机关工作期间，组织上要我们几个年轻党员干部兼顾团总支的工作。这事本由张明俊同志领衔，但他因常随江一真同志外出，便把日常事务交给了我。除了做好团组织的程序性工作，我们还根据当时的形势和广大青年团员的意愿，积极开展过多种活动。星期六义务劳动也搞了多次，印象最深的是那天去马尾港清运碎砖乱石，参加者个个忙得挥汗如雨，令当地居民十分感动，纷纷前来送茶并帮着擦汗。遇上节日，有时也会按自愿原则组织兴趣活动，其中中秋节的月下西湖泛舟赛、劳动节的登顶鼓山看日出两项最受大家津津乐道。

1956年青年节，我们凭着近水楼台，请到了林一心同志为机关团员青年大会讲话，他在听取了我和金莹谛同志的简要汇报后，又以《加强思想修养和向科学文化进军》为题做了报告，勉励大家坚定革命意志、增强业务本领，把各项工作做好。这次活动，使全体与会人员受到极大的鼓舞。1957年我回江苏工作，那些"团务缠身"的日子由此告一段落。

青年是人生的重要阶段，每当忆及这些往事，总会给我带来不少愉悦与自信。

《南通日报》2014年5月6日

与括弧相伴

　　说来凑巧，在我五十年的工作生涯中，竟有三分之一的时间置身于标有括弧的单位，这种特殊的经历，让我常常忆起一些有趣的瞬间。

　　二十世纪五六十年代交替之际，我主事于南通县农业学校，那时地、县教育系统举行高中这一层级的工作会议，我都要去参加，因为通知上写得明明白白：会议出席单位为各完全中学（中专、中师），分组讨论时，各校通常都要交流贯彻党的教育方针情况，每逢谈到教育为无产阶级政治服务的话题，人们的发言总是大同小异，无非就是对学生加强阶级教育、形势任务教育之类。谈及教育与生产劳动相结合时，则显得各有千秋，一时间名目繁多的勤工俭学形式一一呈现在大家面前，此刻我也不示弱，把本校学生在校办农场、桑园、蚕室熟练操作的过程介绍得活灵活现，令在场者只有羡慕的份儿。我暗自高兴，心想这大概就是专业学校的一种优势吧。到了讨论毕业班学生的思想教育时，领导讲得最多的话，就是"一颗红心、两种准备"，意思是要让学生们懂得升学、就业都是社会需要，应该坦然面对。我回到学校以后，对领导的上述指示未去照本宣科，而是依然故我地要求学生们学一行、干一行、钻一行、爱一行，把毕生精力献给党的农业事业。是学校独有的办学宗旨，促成了我的"另搞一套"。

二十世纪七十年代，我先后被派往二甲镇、平潮镇工作，那时县属镇的书面排序，是在人民公社后边的括弧之内。农业是国民经济的基础，各级党委理所当然地把它放在全局工作的首位。当年县里召开工作会议，领导的讲话中除了一些阶级分析、路线教育内容外，几乎全是大寨精神引领下的桑麻话题，尤其对粮棉作物的收种培管，交待得无微不至。关于集镇工作则很少提及，只是在讲各行各业支援农业时，要求各镇适时送肥下乡，农忙季节要抽人去邻近生产队参加抢种抢收。我参加这一类会议，绝不是单纯的陪会，它对我从总体上认清形势、明确方向很有帮助。我们在镇上所开展的各项工作，包括有效组织蔬菜生产、推动镇办工业健康发展，都是借助了从这些会议上带回的艰苦奋斗、自力更生精神，真理遍地通行，不分乡村城镇。

1983年实行了市管县的新体制，南通市呈现了六县两区的格局，各县是广阔天地，郊区面积不大，但因乡镇工业发达而独具特色，城内凡有实力的大中型企业都由各局直管，城区除拥有部分小企业外，主要承担着环境卫生、社会治安、计划生育等方面的责任。当时有人私下戏说：六县是大田，郊区是十边，各局是库房，城区是走廊。这种说法虽不准确，却在一定程度上反映了现状。我于1983年末起，先后调入郊区和城区工作，其中在城区的时间更长一些。诚如大家所知，那时市里对下发文，也把区放在县后边的括弧里边，我因而再度回归。在县、区领导同志碰头开会期间，我总是专注地听取他人的发言，思考着怎样把别人的经验运用到自己的工作中去。一次有位县委书记突然提议，请城区老大哥也讲讲吧。我苦笑着说，我们是贫居闹市之人，能与你们这些背后父老成百万、旗下产值数十亿的"县太爷"坐在一起已是高攀了，怎么能担当得起老大哥的称呼呀。在众多与会者的敦促之下，我用三句话为题讲述了本单位的工作情况和未来设想。第一句是勿以善小而不为。讲了城区虽然管理权限不大，从事的都是些琐碎工作，但我们的干部都能从全局利益出发，兢兢业业，毫不怠慢，出色地完成了各自的任务，辖内的环境面貌、治安状况、人口控制工作都受到了上级机关的表彰。第二句是变革现状求活力。讲了城区经济盘子虽小，但企业改革步伐并不滞后，多数工厂都已建起联效计酬机制，还讲了区政府从高效便民出发，已将部分权力下放镇街行使。第三句是发展有待功夫深。讲城区的经济和社会事业要有大的发展，必须改变目前这种条块分割、城乡分割的状况，这就有待共识的积累和合力的形成，我们相信会有水到渠成、瓜熟蒂落的一天。我这看似语无伦次的发言，使不少同志增加了对城区工作的了解和理解。

1988年夏末秋初，市委新、老书记到城区调研，在详细听取了我们的工作汇报和未来设想之后，领导同志说我们能从自己的特定情况出发，在弹丸之地上创业，干得很有章法、很有成效。还说我们所提建议不无道理，随着改革的深入，城区的发展必将会有更好的空间。领导的鼓励，进一步激发了城区同志们的激情和信心。

《南通日报》2009 年 12 月 1 日

情同手足三人行

新中国成立初期，我们部队在闽北执行剿匪任务，因工作需要，我多次来往于师、团之间。由于是步行，加上中途还有两段崎岖的山路，每个单程要走两天时间。为了密码的安全，我们总是三人结伴同行，路边不知底细的老百姓觉得奇怪，说我这个挎着皮包的"娃娃兵"，怎么老是由两位持枪战士守护着呀？

我首次出行时的两个同行者叫张斌和柯平，他们都是师部警卫连的战士。别看他俩身材高大，年纪也都只大我三岁。他们曾多次陪送有关人员出差，沿途情况很熟悉。虽然我们走的这条线已经历过"清匪"斗争，属于安全地带，张斌、柯平还是警觉地注视前后左右有无异常现象。

行进时我总是走在中间，他俩时不时地问我要不要喝水、要不要坐下歇歇，关心得无微不至。但有件事让我不高兴，那就是称呼上的不平等。我管张斌、柯平叫"小张""小柯"，他俩之间也互冠"小"字相称，唯独在喊我的时候叫"译电员"。我说我是刚从三野青年干校分到机要科的一个新手，只是个见习译电员，你们应该喊我"小徐"。为了达到我的目的，我还编了个理由：译电员这个称呼如果传出去，就是泄密，回去我要受处分的。小张、小柯见我如此坚持，最终同意了我的意见。

一路上，我们都在区乡公所的安排下吃"派饭"，所到之处饭菜样式几乎相同：大米饭、一碗红烧猪肉、一大盆白菜粉丝汤。在那个年头，能吃上这种饭菜已很让人满足。中午吃饭时，小张、小柯轮番夹着猪肉往我碗里放，我也朝他们碗里夹猪肉，到后来小柯夺过我的饭碗往猪肉碗上一扣，"逼"着我把剩下的猪肉消灭干净。有了这次经历，后来我吃饭时总把饭碗抓得很紧。

第一天我们走了60多华里，在一个叫"界首"的地方过夜，经当地区公所安排，到一所小学的教室里就寝。尽管不远处有区中队的岗哨，为了密码的万无一失，小张、小柯还是决定实行守夜，两小时一轮交替着休息。此时我提出也要参加轮值。小张说："如果让你参加守夜，我们就违犯了纪律，回去要受处分的。"他的一句俏皮话，使三个人同时笑了起来。由于疲劳，那晚我睡得很沉。第二天早晨，我睁开眼睛，只见他俩已把背包打好，并给我打了洗脸水，还在我的牙刷上挤上了牙膏，趁我洗漱时，他们又替我打好背包，弄得我很惭愧。

我因夜里睡得香，第二天走起路来很轻松，考虑到小张、小柯已很辛苦，我故意装出吃力的样子，增加途中休息的次数。第三次歇脚在一个松林里，前面就是一条通往邵武城的大路。这时小柯说本次出差任务即将完成，我们现在是不是"联欢"一下。接着他说："小徐，你先唱一首歌吧。"我连忙表示赞成。稍经思索后，我唱了一段在儿童团时常唱的歌:"哈哈哈,你我他,不要以为是小娃娃,我们都是小英雄,解放全国少不了咱……"小张、小柯听了以后都说这段歌词好,虽然我们现在已不是娃娃了,但还很年轻,解放全中国的任务自然要由我们担当。

接下来小张唱了四句:"南风淅沥沥吹,来了个变工队,今年雨水实在好呀,麦苗长呀长得美。"

小张说:"这是一部歌剧中的插曲,我们胶东地区会唱的人很多。我喜欢这首歌,就是盼望着家乡风调雨顺、年年丰收。"我对小张能有如此得体的语言表达甚为惊喜。

在我和小张的敦促之下,小柯用变尖了的腔调也唱了四句:"油菜开花一杆星,妹送哥哥当红军,待到军阀消灭光,穿上新衣迎亲人。"小柯是闽西龙岩的,他说他们家乡的妇女们从 20 世纪 30 年代起一直传唱着这个唱段,可以说是经久不衰。听了这段歌词,我们心情有点沉重。那位送哥参军的女郎也许最终没能等来心上的人儿,但新中国的诞生总能给她慰藉的吧。

日头偏西,我们继续前行,傍晚时分,找到了团机要股,我把密码本交到了郝股长手上。根据师机要科的计划,我被留在团部工作半年。当郝股长领着小张、小柯到管理处安排食宿时,我紧紧抓着两位兄长的手,久久不愿松开。

《南通日报》2006 年 12 月 13 日

师生之间

2008年9月28日,原南通县农业学校五八级同学相约聚会金沙,我闻悉也赶了过去。

我往日的这批学生时运不济,学习期满正要分配工作,却遇上了三年困难时期。在贯彻"调整、巩固、充实、提高"八字方针过程中,学校停办,学生们作为被压缩的城镇人员迁回了农村,当了几年社员后,由县里安置到农林场圃做了工人。十一届三中全会后,随着落实知识分子政策工作的深入开展,他们才正式走上技术工作岗位。彼时,原先的少男少女都已年逾不惑,到了两个世纪交替之际,他们先后步入了退休队伍的行列。

由于历经颠簸,学生们事业不顺、壮志难酬,现领着一份并不丰厚的养老金赋闲居家,日子一定过得比较清苦。想着这些,我心里便升腾起一股莫名的怜悯。此次相会,我一定要认真聆听他们的心声,分担他们曾经的酸楚和怨苦。同时,作为当年的校长,我没有能力照顾好这些学生,也要向他们表达歉疚。

那天走进通州市老区促进会礼堂,满眼是华发覆盖下的灿烂笑脸,他们中的多数已四十余年未见,要是相遇于街头巷尾，极有可能互为陌路，因今天是叫明了主题来的，逐一握手时凭着记忆中的参照物带猜带认，我尚能喊准多数人的姓名。

短暂的交谈无拘无束，主题自然是"农校往事"。有的讲述了学校由石港迁往通海时车载船装的忙碌景象，有的描述了师生一起挖土砌墙建造百头猪场、万尾鱼塘的热闹场面，有的回顾了毕业前夕抽去县委工作队参加"整风整社"的不凡经历。在提及离校后的境况时，许多人不约而同地讲起在场圃工作时屡屡被评为"技术能手"五好职工的情形。谈起退休后的生活，他们大多不以"儿孙绕膝"为满足，仍然不忘以"农"为乐。由于身体力行和精心指点，他们儿女所种的责任田里，稻棉桑麻都侍候得有模有样，就连家前屋后的瓜豆菜果，也长得胜人一筹。他们把这一切都归功于农校的"栽培"，讲到师恩难忘时，也把我的名字扯了进去。将近两个小时的"七嘴八舌"，学生们没有半句对已逝岁月的抱怨，自然也就没有了我期待中的"倾诉"。当通州市农业局长王世忠请我讲话时，我显得措手不及，因为原先的腹稿已不适用，内容必须与时俱进。容不得多想，我随口便说："乐观向上，笑对人生是今天交谈的主调，让这一旋律与我们永远相伴。"大家都用掌声表示了赞同。其实，这哪里是我的什么"高见"，我分明是在完成一份现学现用的作业，传道者就坐在我的对面，就是那一片华发覆盖下的张张笑脸。

《江海晚报》2009 年 1 月 3 日

道　歉

　　二十世纪五六十年代交替之际，我主事于南通县农业学校，工作中与我接触最多的当属两位教导主任。负责普通课教学的陈主任和负责专业课教学的杨主任。两位主任学识渊博、经验丰富，年纪也都大过我一轮，我诚心把他们视作老师和兄长，他们对我也十分尊重。由于彼此坦诚合作，学校的各项工作也很有起色。

　　我和两位主任不但工作上配合默契，生活上也相互关心，在那个物质不丰的时日，也能做到有酒同饮、有鲜同尝，假日里偶然有谁在沟汉林间捕得小鱼野鸟也必定拿来共享，盘中美味寥寥，物外喜悦悠悠。

　　两位主任都是秉性刚直之人，见有不合情理的事，总会仗义执言以对。杨主任对当年一些干部生活特殊化以及虚报成绩骗取荣誉的浮夸风深恶痛绝。陈主任对当时"大兵团作战"的生产形式颇为不以为然，说这种折腾只会造就懒汉，最后势必让集体经济倾家荡产……两位主任的这些话，大多出现在教职员集体学习的时候，有的则是他们授课时的插话，受众之广可想而知。

　　文教系统"三面红旗教育"活动开始的时候，县里一位主管领导对我讲，通过这次活动，你要把全校师生员工的思想真正统一到总路线、"大跃进"、人民公社这三面红旗之下，对有些同志的偏激言论要进行必要帮助。这位领导所说的"偏激言论"，我当然懂得他的具体所指。

两位主任心直口快，讲的也都有理有据，如果硬说有错，最多也就是性情急躁一点而已。为了对上对下能有个交代，我们还是违心地对他俩搞了"帮助"。在一次教职员学习心得交流会上，我要求大家能从政治上相互关心、相互爱护，彼此有什么意见应尽量发表。接着同仁们纷纷对这两位主任平日的某些言谈进行了点评，态度总的说比较友善，在说理过程中多半运用了"分清一个指头和九个指头的界线"这一流行用语。两位主任在听取大家意见后，表态说了不少"获益匪浅""终身难忘"之类的话。我代表党支部讲话时，既有语重心长之情，又有义正词严之状，着重则强调了我们已在认识统一的基础上达到了新的团结。顺利走完了这一过程，我有如释重负之感。

在那次学习心得交流会以后，我与两位主任的工作配合一如既往，他俩在我面前笑容未减，尊敬有加，但先前曾有的彼此间随意交谈的现象却全然消失，对于这一微妙变化，我先是震惊，接着便转化成心头的隐隐作痛。不久，我们学校于 1961 年 6 月停办，在同他俩分开的时候，我悄悄地带走了一份属于自己独有的遗憾。

1981 年春天，南通县举行"两会"，我是人大代表，得悉陈、杨两位也分别被教育和科技界推举当了政协委员。会议一开始，我就盘算着怎样利用会中间隙约请两位主任进行一次倾心交谈，人代会闭幕前一天的下午，两位主任突然出现在我的面前，说是为我刚刚当选副县长一事道贺来了。欣喜之际我第一句话就是为二十年前的那次所谓"帮助"向他俩表示道歉。杨说应该致歉的是我们，而不是你。对于他的话，我听得有点茫然。陈接着说，当年口无遮拦，弄得你被动，我们心里甚是愧疚，私下里也常常为你担心。听完这番言语，泪不轻弹的我，双眼竟湿润了。

《江海晚报》2008 年 7 月 15 日

两次意外

有段时间，我在县里负责防洪抢险工作。那年入夏以后，强对流天气十分频繁，权威部门预测，农历八月初三前后，将会有狂潮、飓风、暴雨同时登场，可能出现数十年难一遇的特大险情。上级机关据此要求各地切实加以防范，确保江海堤防万无一失。

我带领工作小组到一个沿江地段落实防洪方案。在与基层干部和社员代表讨论时，不少人觉得为了有效预防险情，必须把现有江堤加高二十厘米，然后再配上相应的护堤、挡浪设施，这样安全系数就会大大提高。这些意见也正好和我们的打算相吻合。然而，也有人认为眼下的江堤不矮，它已安全防汛多年，现在只要进行一番加固即可，若要再挑土抬石将其加高，岂不劳民伤财？两种意见相持许久，焦点是对即将面临的汛期水位有着不同的估量。此时我让同行的水利局技术员谈谈看法。技术员站起来说："现在防洪警报已经拉响，但到底未来潮位有多高，今天没有人能担保，为了做到万无一失，我们还是把险情估计得严重一些，措施考虑得周到一些。"他还说："面对这类捉摸不定的自然灾害，我们宁可信其有，不可信其无，宁可信其大，不可信其小；宁可放空炮，不可马后炮。"经他一乍呼，大家居然统一了认识，最后敲定了对江堤既加高又加固的作业方案，并很快组织了实施。在挖土过程中，社员们还在村子的两侧各堆了一个高墩，说是万一出现决堤，好让大家能就近登高避险。说明从严防范的思想已经深入人心。过了一个多月，大潮、大风、大雨果然如期而至，尽管地里的庄稼被吹打得东倒西歪，江堤却安然无恙，对此我感到一丝欣慰。后经了解，此次风潮虽然来势凶猛，但实际水位并未漫过老堤的警戒位置，我转而觉得先前的决策有"防卫过度"之嫌，"劳民伤财"这句话真的让大家说着了，心里有种说不出的滋味。在那天的抗洪工作总结座谈会上，我一方面对大家的努力工作表示敬佩和感谢，另一方面也讲了由于自己对汛情分析不准，让各位多花了冤枉力气。不料这句话一出口，立即遭到了"回击"，几位老农异口同声地说："你又不是神仙，哪有可能事事恰到好处、不差分毫，从严防范也是为了我们好啊。"面对这突如其来的"顶撞"，我一时显得手足无措。

2003 年春，"非典"肆虐神州大地，给人民群众的生命安全造成了巨大威胁。国家为了有效控制疫情，切断各种可能的传染途径，断然采取了一些非常措施，其中之一，就是对与"非典"患者有过接触的人员进行隔离观察，不让他们在排除"非典"可疑之前融入普通人群。这一措施无疑会给一些相关人员造成许多不便。我的一拨如东朋友就是因为与一个"疑似非典"人员同乘一辆客车，"五一"期间在某镇接受了一个星期的医学观察，他们有的错过了自己孙子婚礼的机会，有的家里数百羽雏鸡不能及时售出，有个企业主还因此推迟了向客户发货的时间。在我的想象中，被滞留观察点上的人，很可能因焦急产生埋怨，进而引发种种牢骚的。那天风和日丽，我与几位昔日同窗结伴去看海，途中正巧碰上刚被解除观察的那些朋友，他们的脸上都洋溢着笑。谈起此时的感受，小老板刘天和说："我的肌体清白已经得到证明，今后干起活来会更加放松和舒坦。"养殖户董百知说："'医学观察'就是层层设防，给'非典瘟神'布下天罗地网，我们也算是一名前哨卫士呀。"家中新近办完喜事的陈老先生特别动情，他说："国家投放了这么多人力物力从严防范，全是为了我们好，要是再有意见，那还不是'脑子碰线'。"一阵嘻嘻哈哈，把他们的坦荡之怀诠释得淋漓尽致，我先前的疑虑，顷刻荡然无存。

《南通日报》2009 年 9 月 1 日

感受错爱

10 月 28 日上午，通州市三余中学举行重建 50 周年庆典，代表历届校友在大会上发言的是江苏省社会科学院院长宋林飞。他在表达了贺忱和祝愿之后，讲到了母校有三位师长让他难以忘怀，他说的第一位是思路敏捷的范成功，第二位是才华横溢的郑希豪，并分别列举了他们的种种表现。在讲第三位时，居然亮出了我的名字。他说："1962年初夏的一个午后，徐式君校长正在巡查各班的午间休息情况，当他发现我们班语声嗡嗡时，便把身为班长的我叫到办公室，严厉批评我未尽班长职责，要我立即去制止窃窃私语的现象。"听到这里，我直为自己当年的生硬作风汗颜。宋林飞接着说："徐校长严肃认真的工作风格，使我深受教育，它长期影响着我的学习和工作，日后无论是治学还是对所辖范围的管理，我都选择了一丝不苟的原则……"听着，听着，我总觉得他的话有些言重，但他讲话的神态又是那样的真切。随着他的讲述，会场内还泛出一阵阵夹杂着交谈的笑声。此时，我真有一种无地自容的感觉。

由于宋林飞的"点击"，中午聚餐时，我便成了一个显眼人物。一些原未相识的校友，包括拥有教授、作家等头衔或者佩挂上校、大校军衔的人士，都先后向我举杯致意。面对人们的热情，我只是机械地重复着一句话："谢谢大家的不嫌弃。"神情显得呆板。因为我深知自己不能理直气壮地去接受他们的尊敬。

回家的路上细想，我今天的尴尬，完全出于缺乏自信。作为当今一位著名学者，宋林飞同志能把四十多年前的这个平凡瞬间依然珍藏心中，这的确让我震惊，让我感动。

《南通日报》2006 年 11 月 14 日

当年的小邻居

有个女孩，名叫楠楠，一生下来，由于皮肤白，眼睛大，深受邻里们的喜爱。那年，某制片厂正在金沙拍摄电影《楚天风云》，按照故事情节，剧中董必武要怀抱一个可爱的娃娃，于是便挑上了楠楠。这一次"友情出场"，楠楠得到的报酬是一个精美的影集册。

几幢名为"县委新村"的住宅楼在金沙镇中心落成后，我的家便搬了进去。恰巧楠楠一家也同时搬入，而且和我们共住一个单元。在相邻而居的日子里，楠楠是我家的常客，起初由父母抱着，后来都是她迈着小步自己走来。楠楠按照父母的吩咐，喊我们夫妇"好爹爹""好奶奶"，我们也用金沙方言叫她"孙女儿"，彼此都觉得很亲切。由于两家相处融洽，有时吃东西也来点互通有无。我无意间发现，楠楠对我的厨艺颇感兴趣，于是常常动手煮点小菜送她，每逢看到她"欣然笑纳"的模样，我的心里便平添了一分欣慰和自豪。有一次楠楠的母亲问她："爹爹、奶奶待你这样好，你长大了会不会忘记？"楠楠听了一下子把脸涨得通红，认真地说："我长大后寻了钱要给爹爹、奶奶买好东西吃，做不到是小狗。"她的这句赌咒话引得大家笑出了泪花。

1983 年末，我被调到南通市区工作，随之也把家搬了过来，但是我们和楠楠一家的联系并未中断。此后的每年春节期间，楠楠的父母都要把我们夫妇请回金沙聚会。每回迎来送往，楠楠总是在人群的前列，激动之情，尽写脸上。

1998 年高考，楠楠成了通州市的文科状元，被上海复旦大学录取，当我们专程前往祝贺时，她说："多谢你们的关怀，今后我还会努力的。"

2002 年秋天，楠楠在父母陪同下来看望我们，万万没有想到她竟把第一个月领得的工资装在红袋子里交到我老伴手上，我们说什么也不肯收下，互相推来推去没个完，这时楠楠郑重地说："我是在践行儿时的诺言，你们把钱收下，就是对我为人原则的支持。"最终我们还是拗她不过。

楠楠大号许亦楠，现任职于上海市统计局属下经济数据研究所，她工作很忙，又在攻读硕士学位。即便如此，她还是经常关心着我们。尤其是碰上特别炎热或特别寒冷的天气，她总要在电话里提醒我们做好防暑或御寒的相关事宜，内容细致周到，措辞近乎严厉。我们就这样幸运地成了她的一份牵挂。

《南通日报》2006 年 6 月 28 日

娃　娃

刚满周岁的娃娃，在姥姥怀中动个不停，我伸手做接抱姿势，居然得到响应。随即将其放置在沙发中央，娃娃蹦跳起来。姥姥怕生意外，又连忙抱了回去。

一年以后，见娃娃静静地伏在爸爸肩上，蓄着短发，额上涂着朱砂。我打趣说，令郎日后是要步李玉刚后尘的了。爸爸忙说不是反串，娃娃原本就是女儿身呀。我这才恍然大悟。问及娃娃名字，爸爸答小女乳名圆圆，出生于前年的中秋佳节。

虽然门对着门，碰巧见面的机会还是很少，偶然在楼梯口、马路旁相遇，我总会欣喜地喊一声"圆圆"，此时娃娃的脸上就会溢出甜甜的笑，在父母的提示下，也会来上一句"爷爷您好"。

交流渐多以后，终于出现娃娃主动发话的局面。此刻她不仅向你"请安"，还会如实通报自己的行程去向。诸如我要去修剪头发啦、我要去奶奶家吃饭啦等，重复次数最多的，便是我要去阳光幼儿园学习啦。每次听她"唠叨"，我都能感受到一股清纯稚气和率真。

一个气候宜人的黄昏，我散步在林荫道上，恰巧娃娃也迎面走来，随后是戴着南丁格尔帽的妈妈。娃娃说今天晚归是因为妈妈让我去学了舞蹈。我一下未曾听清，问："什么误导？"娃娃哈哈大笑，于是便扭肩转腰、摆手抖腿示范了起来。细细品味她的动作，确实和综艺栏目中的一些时尚表演有几分相似。拿她当年在沙发的"壮举"相比，显然已上了几个档次。

　　看罢娃娃的即兴"义演"，我继续往前散步，她们母女也朝回家的路走去。此时，一轮望月正从东方缓缓升起。

《南通日报》2011 年 9 月 27 日

欢乐兄妹

哥哥叫欢欢，妹妹叫乐乐，他们是一对孪生兄妹。熟知内情的人悄悄与我说，当年若是顺产，女孩本应率先"登陆"，由于做了剖腹手术，才颠覆了原先的排序。我暗自思量：姐弟也罢，兄妹也罢，反正是地地道道的"同胞"骨肉，哪里用得着去计较谁当"老大"呀。

初见这双龙凤组合，是四年前的一次园博园之旅，那时正在上幼儿园的两个娃娃对每个景点乃至一草一木都充满好奇，不断向父母提着"是什么""为什么"的问题，就连讲解员附带提及的"苏州园林""扬州八怪""南京十里秦淮"等名称也都无一放过，孩子的父母总是耐着性子娓娓细说，我和老伴也尾随其后，饶有兴趣地倾听那份额外的解说。午间用餐时，正好和这四口之家同桌，席间孩子的父母频频为我们夹菜，欢欢和乐乐也不怠慢，连连将牛排、河虾等物搬运到我们的盘子之中。来而不往非礼也，我也看准时机争着为他们盛饭、舀汤。分手时大家很自然地留下了对方的电话号码。

今年夏天我去一家超市购物，碰巧遇见了双胞胎的妈妈，问及娃娃们的近况，妈妈说孩子快要读四年级啦，上几个学期两人的学习成绩都居班级前列，双双被评为"三好生"。孩子们的课余生活也很丰富，在书法和舞蹈方面均颇有长进。我听后十分欣喜，说欢迎你择时领着宝宝来我家做客。

临近中秋节的一个夜晚，欢欢、乐乐真的在妈妈的陪同下来到了我家，手里托着月饼、水果，鼻尖上冒着汗珠。我让他们吃了几片西瓜后，娃娃们便无拘无束地在屋子里巡游起来，还保持着前些年那种打破砂锅问到底的习惯。乐乐问："大热天蝴蝶兰为什么还如此鲜艳？"我说那只是个塑料制品，平时用湿布抹抹即可保持它的容颜。欢欢问："既然有了燃气管道，你们家为什么还摆着液化瓶？"我说那是老早就有了的，现在放着也无碍，万一管道有故障，也好应急。乐乐插进来说："那叫有备无患！"这时所有的人都笑了起来。在客人将要离开时，我一时找不到合适的物品相赠，便冒着被指俗气的风险，匆匆拿了两只红袋子装些钞票塞给两孩子，此举遭到双胞胎母亲的抵挡，后见我态度坚决，也就退让下来。欢欢接过红包便要打开，妈妈认为这样不礼貌叫他不要拆封，欢欢就是不听。万万没想到的是，他在点数以后取出一半退给了我，接着乐乐也效法哥哥，抽出两张钞票递到桌上。此时孩子的妈妈郑重开言："眼前的这一幕显然无人导演、无人指点，完全是欢欢的一种理念宣示，大家就随顺了吧。"我当然也只有"随顺"。但欢欢的理念究竟是什么，我至今还在思索。

11月16日是欢欢、乐乐的十岁生日，我们夫妇也被接至酒店参与宴会。当天的前台角色全由两位小主人担当。

他们热情洋溢的迎宾讲话，沁人心脾的感恩演说，都让在场者激动不已。我在想，即便事前有名师指点，能长时间在台上做如此得体自如的展现，对两位虚龄十岁的孩子来说也实属不易。在生日歌曲响起、蜡烛吹灭、奶油涂脸后不久，两位小主人数度更衣、屡屡登场，随着乐曲跳着那些令人眼花缭乱的舞蹈。身旁的年轻人在说着恰恰、探戈、桑巴等名词。对我而言看见的是热闹，领略的是欢乐。

《江海晚报》2011 年 12 月 7 日

道旁论理

夏日清晨，顾家桥畔一拨老人正在以抬腿、扳腰等姿势健身，相互间无拘无束地交谈着。

将近六点，路上人、车稀少，桥上方的红绿灯已完全进入工作状态。这段时间来往的机动车辆，不管前方两侧有无人、车走动，都严格按红绿灯的示意处置行止。司机们的表现，得到了晨练老人们的称赞。同样在这一时段，行人们的表现就不是千篇一律的了。诚然有不少人能遵循红灯停绿灯行的规则，却也有相当一部分人见前方两侧没有车辆过来，便迎着红灯走了过去。让人吃惊的是一个青年，他在前方左侧不足百米处有一出租车驶来时，硬是跑步闯过了红灯。

见了这些闯红灯现象后，老人们自有一番议论。那个被大家称为张老师的女士说："我们的知荣明耻教育还不够深入啊，不闯红灯是要求娃娃们都要做到的事情，作为成年人明目张胆地闯红灯，这不是耻辱是什么？那个跑步闯红灯的人简直可恶，他这样做，对自己、对社会都是不负责任的表现。"某中介公司的钱先生笑了一下说："从闯红灯人的思维看，也许是属于苏南模式，苏南经济发展得快，他们经验之谈中频率很高的一句话是'抢抓机遇'。我想，闯一下红灯，就是充分利用稍纵即逝的空隙，在别人不敢走时他走了过去，他就赢得了主动。"从政府机关退下来的周先生对老钱的说法表示异议。他说："我去过日本、美国等诸多发达国家，那里不管是清早还是深夜，只要有红灯显示，人们都能自觉歇车驻足，从未见过有乘隙穿越的，那些国家的经济发展难道不如我们苏南？我不同意将闯红灯这种愚昧行为说成是开拓进取的表现。"曾在司法系统工作过的缪女士委婉地说："把闯红灯的事与苏南模式联起来说，这不公道，我认为苏南同志讲'抢抓机遇'，指的是准确分析形势后及时制订对策，这与闯红灯是两码事。至于'铁本'事件，那是个别现象，我们不能以偏概全。"老医师王先生说："闯不闯红灯，一定程度上反映了一个人的品德，要想整体提高市民素质，闯红灯这个恶习非铲除不可。"这时，老钱又打趣地说了一句："闯红灯固然不好，但闯红灯的人当中有的头脑灵活、敢冒风险，这也不失为可取之处呀。"此刻原先在妇联工作，现在担任居委会主任的刘大姐也开口了，她说："萝卜青菜各有所爱，如果有谁说闯红灯有多好；我也不和他争。不过我想，政府一直讲要令行禁止，为什么在有些地方该禁的东西屡禁不止呢？这恐怕就有'闯红灯'思想在作祟。反正我对在红绿灯下能循规蹈矩的人特别敬重。我认为只有在他们当中才有可能成就坐怀不乱的好汉和坚贞不屈的女杰，只有在他们当中才有可能发生抵制诱惑、拒食禁果的生动故事。而对那些不顾原则只懂讨巧的人，我倒有点害怕，万一让他当了保安，说不定哪一天会弄出监守自盗的事情来。"刘大姐的一番奇妙联想，引得大家哈哈大笑。

《南通日报》2006 年 8 月 2 日

"治犬"不是小事

国家卫生防疫部门最近几次公布的各种传染病死亡率排序情况,狂犬病一直位居前列,难怪一些人士会有谈犬色变、遇犬惊慌的状态。客观地讲,狗的大多数是属于好的和比较好的,它们当中有的可供人观赏,有的可为人看门守户,还有的在侦破疑案大案中立下了汗马功劳,这些都是有目共睹的事实。即使有个别的狗下口伤人,那它也不一定是故意,或许是先染上了狂犬病后身不由己而已。预防犬患,关键在人,关键在于管理。最近青岛市有关方面加大了对犬类管理的力度,严格禁止养犬人纵犬乱窜惊扰市民,因而赢得了一片叫好。可见治犬问题也关乎人民的切身利益,对此小视不得。

这些年外出旅游去过一些地方,当我们遇到无绳犬类在人群中横冲直撞的时候,当我们正在购物或赏景为了避让巨犬而提心吊胆的时候,当我们漫步绿化地带见满地狗粪而无处落脚的时候,我和旅友们都为导游的择点失误而愤愤不平,有时甚至与其发生激烈的争吵。从这个角度看,治犬问题也关系着一个城市的形象和投资环境。

善待犬类，防范犬患，是利民利公的大事，我们切莫等闲视之。

《南通日报》2006 年 10 月 10 日

家训遗存

福利厂一线员工有百分之六十身患残疾，因而长期受到政府和各界的关怀照顾。企业自身也有浓烈的自强不息精神，以源源不断的优质产品回报社会。建厂十周年的时候，厂方让我题词致贺，我不假思索地写了"爱在这里延伸"一纸送去。

厂庆那天，走廊里放满了已经装裱的题字牌，挥毫者既有市里领导，也有本地书法名家。"厂小志大""身残志坚"是这一群字牌的主旋律，让人读着铿锵，想着振奋。而我写的字条，则显得低调而另类。吕瑞问我是否因对厂情不熟才使得题词内容未能与大家合群？我无奈地摇了摇头。心里想，我何尝不懂该厂有着"小"和"残"的特色，只是不愿意直接把这些字眼说出来罢了。

我的这种"固执"，可能与记忆中的一桩桩往事有关。十岁那年，堂姑妈从数十里外赶到我家，说是要为二十大几的儿子找堂客，请我母亲帮着穿针引线。沟西龚婶家正有两女待嫁，于是请来龚婶与姑妈直接对话，在"互通情报"过程中，姑妈除了讲家中的房屋田产外，特别提到她的儿子是个"稀头发"。这次交谈时间不长，也好像没有什么结果。待客人都离去之后，我问母亲什么叫"稀头发"？母亲答"稀头发"就是"癞子"呗。我又问，姑妈为什么不把话直说？此时母亲无限深情地盯着我说，做娘的哪里舍得对自己的亲骨肉说难听的。打那以后，我悄悄给自己定了一个约定：对亲近者的短处和弱点不用直白的语言去挑明。

大舅公三个儿子都已完婚，分家便提上了议事日程，好在土地、住房标志明显，容易分割，家具的归属求个大体合理便可以，兄弟、妯娌间也没有什么纷争。对于余下的两间小瓦屋，大家主张拆了以后各自领走一份砖木。参与协调分家事务的父亲，觉得将小瓦屋化整为零甚是可惜，便劝说老二启动退出机制，让小瓦屋保持原状留给老大、老三派个用场。通情达理的老二夫妇欣然采纳了父亲的建议。

父亲后来告诉我，舅公家的三个儿子，老二因为行医，会常有活钱进账，手头自然相对宽松，对小瓦屋的这种处置方法，完全符合朱子家训中"兄弟叔侄须分多润寡"的精神。经历此事之后，我一直把"分多润寡"作为美德加以崇尚，其后的言行举止没有少受它的影响。在议论收入分配话题时，通常有两种论调，一种叫承认差别、拉开档次，还有一种叫缩小差距、皆大欢喜，我往往是第二种主张的附和者。当然这些事情也不是我们这拨人说了就算的。但在"分多润寡"方面，我们也的确有力所能及的工作可做。二十世纪六七十年代，机关干部的工资水平长期处于冻结状态，偶然有次调级机会，我们总是让给了那些级别更低的同志，对于家中遇有不测风云的干部，我们有限的补助金都会向他们倾斜，有次给一位同志的补助数字大了一些，上级说因补助额超过了本人月工资百分之五十不予批准，我便在电话里喊，高工资高补助，低工资低补助，那不是越苦越吃卤吗？那位宽厚的领导见我火气难消，也就默认了一回"个案突破"。

那年正月，王怀邦请人喝春酒，父亲因事外出，让我代为赴宴，开席时大家为就座位置推来推去，结果把我挪到东北一角。晚上我向父亲谈起了这个过程，父亲说朝南屋里放一张方桌，东侧北座是头位，理应由年长或位尊者就座，你不懂这规矩可以原谅，以后一定要注意学习这种礼节，免得人家说你没有教养。

父训如山，岂敢怠慢。为使自己不再出此洋相，我专门向一位见多识广的阴阳先生做过讨教，他告诉了我所有单一方桌、并排方桌、品字形方桌、四仙方桌的位次排列顺序，我当时便把它背得滚瓜烂熟，后因长期未予实践，现已忘得一干二净。在军营和校园生活的那些日子里，似乎不太讲究这些套路，我因而也就没有了这方面的压力。后来发现有些单位时兴以身份次第排列就餐者的队形，我脑子里这根弦重又绷紧起来，当要员们高视阔步各奔其位时，我便小心翼翼找个边缘地方落脚，尽量避免误踩红地毯的尴尬。

《江海晚报》2010 年 6 月 4 日

童言无羁

同一院落内，有三个"九五"后男生，时下正在念初中。平日里我很少与他们交往，今年春节前后天气特别寒冷，我懒得外出串门，却又不甘冷清，于是数次招呼娃娃们到舍下小坐，很想通过聊天、听歌等形式，感受一下他们身上天真、稚嫩的气息。不料一旦近距离接触，便让我对这群毛孩子有了刮目相看的感觉。

那天，刚听完一首叫《种太阳》的通俗歌曲，韩晓冬随即用调皮的口吻做出点评：这段歌词荒唐、可笑，说什么种下一个太阳收获无数太阳，然后将它们分别挂在冬天、晚上、南极、北冰洋。若果真如此，极地冰川顷刻消融，整个世界一片汪洋，人类该去何处躲藏？柳烟飞连忙反驳，这首歌并不是改变环境的宣言，也不是挑战自然的檄文，它只是一种希望的寄托，祈愿人们能相互关怀，把真情温暖传遍四面八方的比拟。诗词中讲过要将昆仑裁为三截，把它遗欧、赠美、留中国，从而使环球同此凉热，也是同一类型的喻义。晓冬是个酷爱文学之人，不是不懂艺术创作中浪漫夸张的技巧，他今天故意装蒜，想让人上当，我可不中你的圈套。林尽然接着说，晓冬虽然是搞笑，但不失时机做些减排降温方面的宣传也算难能可贵，今天的交谈过程，无意间给了大家一个启示，就是我们在读文字听讲话时一定要把握它的特定意境和内涵，千万不要囫囵吞枣、生硬拉扯，这样才可避免闹出笑话，发生偏差。韩晓冬接过话题说，尽然讲得很对，我就碰到了误读信息的例子。2008年汶川发生大地震，中央媒体为此举行了赈灾义演活动，在互动环节中曾出现过一句令人鼓舞的台词，大意是说我国有十三亿骨肉同胞，再大的困难除以十三亿，就会变得微不足道，再小的能耐乘上十三亿，就会产生顶天立地的威力。我发现有个别人不能全面理解它的含义，认为自此以后自己的任何困难都该由众人分担，因此他一有难事，总会把求援之手伸向民政局和慈善会，当然他也没有获得有求必应的结果。我们国家对重大自然灾害和多种人类疾病有明确的救助机制，但这并不表示包揽一切。自力更生精神一旦丢弃，民富国强的目标就难以实现。柳烟飞跟在后面说，看新闻抓不住本质，甚至钻牛角尖的我也见过，前不久报刊披露抚顺市属下一个区的女性国土局长疯狂敛财，涉案金额有的说三千万，也有的说一个亿，反正是个大案，权威人士对此有三句话评论，即犯案人级别最低、涉案金额最大、情节最恶劣，无非就是说这个案件性质的严重。可有的同学据此发问，一个科级官员贪污多少才算得体、合适？立案、办案的尺寸是否也因级别不同而有差异？这真让人啼笑皆非，他们之所以提出这些幼稚的问题，源于政治常识的贫乏。在我们国家公职人员不论职务高低都是人民的勤务员，任何官员贪赃枉法都会受到法律的追究，如果法律面前人人平等都做不到，那还有什么公平正义可言。

从解读一首歌词开始，居然牵带出了诸多话题，后生们举一反三、触类旁通的联想能力不能不使我佩服，他们心系国运、关注大局的气度同样让人震撼。

《江海晚报》2011 年 4 月 14 日

直言不讳三姐妹

今年暑期，央视三套有个以管彤、张蕾、李思思组成的三人姐妹团，主持着一档歌唱类互动节目，她们的清新气息，很受人们喜爱。与此形似，东边楼宇内也有一个形影不离的三姐妹组合，她们都是高中二年级的学生，暑假期间除了做作业，从不去逛公园、逛商场，聚在一起侃大山，论实事便是她们的全部休闲，话题不用预设，遇事必评，无拘无束。

一次谈及"七一"讲话，她们不约而同为其中的"任用干部要以德为重、以德为先"的论述叫好。伍娟说，对干部的考察和使用把德放在首要位置，这既抓住了党的建设的要领，又贴近了民心。焦裕禄、杨善洲等前辈固然有着辉煌业绩，让人铭记的则是他们赤胆忠心为民谋利的崇高精神。只有这样的干部成了主流，党和人民的团结才会牢不可破、固若金汤。柯芸说，没有能力的干部思想再好也成就不了大事，光有能力而品行不端的人只会坏事，在以德为先的前提下，还是要强调德才兼备，决不能让那些虽有本领但口碑不佳的角色老在镜头中晃来晃去伤害群众的感情。程莉说，我原先以为政绩焦虑症只是我国少数官员独有的心态，后通过多种媒体方知这是境外许多国家和地区的通病。在他们那里，政党之间为了争夺执政地位，总是围绕着对"政绩"的毁誉展开恶斗，很难会有一个公平合理的评价机制。我们国家因为有以德为先的用人原则，相信政绩考核工作一定会更趋科学、日臻完善的。

在社区阅览室翻画报时，伍娟指着潘基文的照片喊，瞧这位当今世界总统的样子多么儒雅啊。柯芸连忙反驳，把联合国秘书长称作世界总统你不是第一人，其实这个说法很不确切，联合国秘书长只是在联合国大会或安理会授权之下处理一些具体事务，它既不是全球的三军司令，也无权任命或更换任何国家的领导人，说其是世界总统实在是夸大其词。程莉则说联合国秘书长尽管权力有限，但在协调世界事务时也会有一定能动作用，所以这个职务还是很受人们看重。柯芸接着说，维护国际和平与安全是联合国的宗旨之一，我本来认为任何地方发生了冲突和纠纷，联合国都会去主持公道、推动协商，促使矛盾妥善化解的，而实际结果并不完全如此。有时某些大国出于自身的考虑，硬是千方百计借用联合国的名义去偏袒一方，扩大事端，说是为了防止难民潮蔓延，结果是难民队伍越来越大，碰上了这种情况，秘书长也难有力挽狂澜之计。伍娟说安理会对有些地区做出的维和决定，的确收到了稳定一方、造福于民的效果。对此我们国家也认真履行了义务，并有许多志士在异国他乡献出了生命，这些足以说明我们国家在维和问题上的一贯立场。程莉说，实践证明只有提倡协商对话，才是谋求长治久安的良策，任何国家的存在形式，只应由那里的人民自己去选择，动辄施以武力，只会埋下祸患。前些年个别大国用武力"代替"别国更换了领导，结果留下了持续动荡，人民长期处于岌岌可危之中。

那天看了一些政府机关公布的"三公"费用报道后，女孩们又就"民主"话题攀谈起来。柯芸说政府向人民说出事情的真相理所当然，要不人民群众的知情权、参与权、监督权从何谈起。伍娟认为目前各地公布的"三公"费用的清晰程度差别很大，有的具体明了，有的抽象含糊，看来这并不完全是技术问题，很可能与各自的改革勇气和决心有关。程莉说推动民主进程是政治体制改革范畴内的事情，理应稳妥从事。柯芸说稳妥不等于停滞，像曝晒"三公"费用这种看准了问题就应该一抓到底。这样做不但能使有限的财力得到合理布局，还可防范因公有资源支配权和自身待遇裁量权叠加在一起带来的廉政隐患。柯芸还说，政治体制改革是个系统工程，涉及的举措可能有千条万条，但其总的趋势必然是阳光覆盖面的不断扩大，民众参与度的不断提升，只有在阳光和民主的护卫下，我们的党政机关才会永远在坦途上安全运行。

听过这些断断续续的言谈，我对这几张利嘴产生了浓厚兴趣。后经打听，原来这几个女孩都是资深班委，在学校的社团组织中十分活跃，并多次充当过校际辩论会的辩手，她们常在一起磨嘴，也算是一种"练功"。我也感到欣慰，我们的下一代，有思想，有眼光，有责任，足以担当建设祖国的重任。

《江海晚报》2011 年 9 月 28 日

后来……

　　某名校八十周年大庆，遍及全国各地的校友代表陆续应邀而至。十杆红旗迎风摆，四套班子请上台，是所有庆典的共同套路。今天在主席台就座的，除了当地官员，便是母校的杰出学子们，其中有司局级国家干部、大校军官、博士生导师。历任老校长备受瞩目，全被安排在主席台前排右侧，会议开始时由一群靓丽女生为他们佩戴上了红花。典礼简洁而生动，在校长致辞、宣读外地贺电之后，若干校友相继发言。成功人士们谈起自身业绩，只是三言两语，道及师恩难忘的话题则显得滔滔不绝，情真意切。他们虽然没有沿用"一日为师，终身为父""滴水之恩，涌泉相报"之类的套语，却饱含深情地勾勒出了老校长们当年坚守清贫、潜心敬业、爱生如子的种种感人画面，闻者无不为之动容。庆典告成，人们礼让老校长率先退场，并被引至聚餐大厅的中央。校长助理兼工会主席宣布聚餐会启动后，老校长们全都斟满了葡萄美酒缓缓站起，颤巍巍地举樽四顾，欲与杰出学子们碰杯道贺，然而此时"高足"们踪影难觅。当得知成功人士们已被安排去迎宾馆另桌豪宴时，老人们滚烫的心顷刻冷却下来，酝酿在胸的千言万语再也无法讲出。沉默良久后，他们居然自嘲起来：一大把年纪了还那样自作多情，可笑幼稚不知趣啊！

庆丰街道在文明城市创建活动中，二、三季度的成绩都排全区第一。为了犒劳有功诸位，街道利用国庆假期组织了一次跨省秋游。在那个依山傍水的非著名景区，人们白天攀岩、登顶、冲浪漂流，玩得不亦乐乎，夜晚品尝当地鱼虾、水禽，也觉得别有一番风味。第三天一大早，管总务的给每位递上一份插着三角旗的黏糕，说是重阳节临近，街道领导借此祝愿各家各户万事如意、吉星高照。同志们笑纳了香甜黏糕，也笑纳了温暖祝福，返程的大巴车上载满了欣喜欢乐。下午途经朝阳鱼铺，车子临时停下，总务人员下车后又匆匆赶回，然后将四只蒲包分发给党工委、办事处、人大工委、政协工委的主要领导，凭其悉悉窣窣的声响，一听便知里面装着螃蟹，它正是重阳时节出镜率最高的明星之一。

春暖花开季节，碧浪居委会举行家庭才艺表演赛，辖内居民响应热烈，参与踊跃。看了人们各显其长的展示，沿河街道张书记高兴地说，社区确实是个藏龙卧虎之地，为了丰富群众的精神生活，这份资源应该充分发掘。经过几番竞赛，王浩然、钱桢毓夫妇获得了歌唱类第一名。这个家庭第三轮的主打曲目是那首脍炙人口的《为了谁》。他俩以甜美的音色，配上恰当自如的脸部表情和层次分明的肢体语言，把对战友的崇敬和思念之情演绎得淋漓尽致，因而赢得了全场一片叫绝。王、钱夫妇夺冠消息传出之后，远近亲友或登门或以电话表示祝贺，他们自身更是沉浸在激奋之中。颁奖那天正好是母亲节，到场嘉宾除了街道领导，还有县里妇联和文化局的代表。钱桢毓领奖时对主持人说：我的歌唱技巧能有现在这样的水平离不开母亲的长期鼓励和调教，今天我想让家母也在这里一展歌喉，年届七旬的钱母在一片欢呼声中登场，人们对她的表现充满期待。或许是因为怯场，或许是原本功底不深，老夫人演唱的《青藏高原》虽不甚完美，但充满鼓励意味的掌声诉说出了人们的包容和谅解。王浩然说妻子的临时动议实际是在画蛇添足。

《江海晚报》2011 年 7 月 27 日

梦　境

午夜醒来，顿时没了睡意，随手翻看枕边的报纸。

时间一久，倦意让我处于迷迷糊糊之中。于是我看见了果子狸，它站立在"动物法院"门前哭哭啼啼，诉说2003年的那场"非典"与它真的没有任何关系，要求法院给它一个公道。化验员小白兔将单子递给了熊猫法医，熊猫读单后操着浓重的湖鄂口音说，脱氧核糖核酸的检测结果表明，"老果"确实清白无辜，此事拟请八戒大师的第二百八十代嫡孙大黑去和人类进行交涉，凭其前辈的崇高威望我看它足以担当此任。审判长东北虎落槌表示同意。

大黑连忙表示抗议，2009年地球上闹"甲流"，一度也把我老猪家的名声搭了进去，现在让我去斡旋，显然不是最佳选择。东北虎反问大黑，那你认为谁去更合适。大黑答，充当这种角色，非狐狸老弟莫属，它足智多谋、巧言善辩，又长于交际，由它出使，定会不负众望，圆满凯旋。东北虎把脸转向狐狸，问其意下如何？狐狸说，若大家信得过我，我一定竭尽全力，把事办好。

东北虎又问，茫茫人海，你与谁去接头。狐狸答，整个动物世界都归赵忠祥联络，我当然先去找他。东北虎说现在人间办事时兴送礼，你能拿得出什么东西与赵忠祥见面呀，狐狸说历代祖宗脱落下无数尾毛，我都保存完好，此次可将其编织成精美发套相送，相信有秃顶之憾的老赵定会欣然笑纳的。东北虎又说老赵的胃口就这么小吗？狐狸说赵忠祥为人厚道、形象可爱，我对他充满信任。接着狐狸摇头晃脑地模仿赵忠祥的口气说，动物是人类的朋友，我们应该善待这些芸芸众生……见了狐狸这副滑稽模样，我忍不住哈哈一笑。

正在厨房煮牛奶的孙女闻声走到我床前问，清清大早爷爷乐从何来？被喊醒的我随即将梦中所见告知于她。孙女问此番梦境能预示什么，是忧还是喜？我说梦境既不是不幸降临前的先兆，也不是大喜来临的信号，它只是折射出我心头的烦恼，昨夜读报时见了赵作海被误判杀人罪的新闻，使我对某些执法人员道听途说、先入为主、好大喜功的浮夸作风深感不安，若此种恶习不除，未知将会有多少人蒙受冤屈和不公。

《江海晚报》2010 年 7 月 23 日

曾经几度遇杨杨

　　每每迈步青年路上，总能见到有家餐馆名叫杨扬，它常常让我想起一位名字相近的故人。

　　1952年深秋，我因患神经衰弱症住进了福州西郊一家医院。入院第二天，病区护士长杨杨到病房找我，手里握着一叠住院人员登记表。她首先告诉我病员临时党组织关系的编属情况。然后她说上月守备师警卫连张指导员出院后，病区的学习干事一直空着，我觉得你行走方便，又是搞文字的，就把这个差使接下吧。对于她的这个提议我虽感突然，但又想住院期间反正很闲，多一个题目打打岔也蛮好。于是就答应说："承蒙错爱，我愿意试试。"

　　按照医院政治处的规定，各病区的护士长每星期要组织两次住院人员的集体学习。杨杨对此十分重视，每次学习她都有较详细的打算。病区内凡是行走方便，健康状况较好的住院人员基本都到会议室参加了学习活动。在学习过程中，我总是围绕杨杨的意图，有时讲讲当日重要新闻，有时读读有关文件，有时还按照她的要求为大家漫谈讨论引引路子。刚好当时医院布置学习胡乔木的《中国共产党三十年》一文，我在单位已学过一遍，所以在发言时还能说出头三脑四。由于杨杨把学习形式安排得生动活泼，病员们学习热情很高，加上她作风深入、待人真诚，病区内医患关系十分融洽。杨杨的工作常常受到医生们的称赞和院领导的表扬。

经过一段时间的治疗，我的失眠、头痛等症状很快消失，年底就办了出院手续，杨杨代表党小组在我的党员鉴定书上写了我不少好话，其中最让我担当不起的一句话是：理论水平很高。

1954年青年节，福州团市委分片组织各单位的团员青年进行联欢活动，我和杨杨因同为各自单位的团组织负责人又聚到了一起，见面又少不了一番热情的交谈。那次活动安排在一所高校的礼堂内，先是跳集体舞，然后各单位出节目。我们单位作为开场，在我领唱之下合唱了一首《世界青年联盟进行曲》，杨杨和她的伙伴们表演了朝鲜舞蹈《桔梗谣》，还有些单位的节目我已想不起来了，只记得新华书店团总支表演昆剧《小上坟》时，杨杨边看边流着眼泪。联欢活动晚上7点开始，一直到10点钟才尽兴而散。第二天上午，杨杨托人给我送来了一包风干的罗汉果，来人对我说："杨杨听出你有声带闭合不全症状，让你用它泡水喝，慢慢会有效果的。"

1956年夏季的一个星期天，我去南台百货商店购物。在工艺品柜台前，又意外地见到了杨杨，她手里拿着十多把用上漆的绸布压成的梳子，这是福州的著名特产。问她为什么一下子买这么多。她说接到通知，从今年9月起要到上海一医科大学进修两年，备些小礼物，送给新朋友，也好让大家领略领略我们八闽大地的神奇。看得出此时此刻的杨杨，充满着憧憬，充满着自信。我心里一方面为杨杨的境遇感到高兴，另一方面为任人唯贤的风气叫好。能把杨杨这样善良、热情、能干的青年送去深造，那真是上天有眼啊！走出商店，我们要从不同方向搭乘公共汽车，和她握手道别时，两人不约而同地说了一句："后会有期！"

1957年下半年，我调回江苏工作。那些年头朋友之间见面也只宜说些"官话"，我也懒得与外界多联系，甘受消息闭塞的寂寞。

1960年春天，我去北京参观农业展览会，在入住的工人体育馆内遇见了一批福建友人，彼此便拉起了别后的一些家常。福州农校的校医庄雅菊问我："你还记得那个护士长杨杨吗？"我说："当然记得。"小庄说："杨杨她没啦！"我猛一惊，问："咋回事？"小庄接着给了讲了杨杨近年来的不幸遭遇……听着听着，我眼前一片昏暗，瘫坐在沙发上，嘴里直喊："作孽作孽……"

不知经历了多少过程，我才慢慢地从刻骨铭心的悲痛中走了出来。

我和杨杨最后一见，迄今已半个世纪，在这漫漫50年间，我记忆库里的人物有进也有出，但杨杨在我脑海里的印象始终深刻，南丁格尔帽下那张秀美的脸，今天依然鲜活。

《南通日报》2006年8月16日

萍水之忆

　　生怕误了登船时间，母亲把一碗刚出锅的扁豆饭装入毛巾兜内，让我上船以后再吃。经历了约莫一刻钟时间的疾步行走，正好赶上班船停靠，此时我已饥肠辘辘，待船一启动，我便端着那只红花瓷碗狼吞虎咽起来，全然不顾周围的人会怎样看我。吃罢饭，我双手伸向窗外，费力地沿着河面洗碗，由于碗背太油，一不小心，那只碗扑通掉进了河心，我不无惋惜地"咳"了一声。"请不要太难过，你的碗虽已沉了下去，但并未破碎，这也是不幸中的大幸呀。"我循声向后舱望去，说俏皮话的原来是位陌生女孩，我也戏谑地对她说："有了你的安慰，我定能将悲痛化为欢乐。"然后，大家咯咯一笑。女孩自报芳名龚翠萍，是生产队的一名植保员，这次她是去看望在四甲部队服役的哥哥，带了一些鱼干、鸡蛋过去，翠萍说见了我吃饭、洗碗的神态举止，总有一种似曾相识的感觉，但就是想不出在何处相遇过。我说我当众吃饭、洗碗"表演"今天是第一次，你说似曾相识，也许是碰上过一些我的远房的表兄表弟了吧。说罢又是一阵嬉笑。船至货隆镇桥，翠萍便上了岸。

　　几年以后，我和另外两名机关干部被派到生产大队，蹲点学大寨。在我们临时住所的隔壁，是大队的粮食加工房。为了不影响白天挣工分，社员们总是选择清晨或黄昏成群结队前来碾米、磨元麦、磨玉米。那天一早，我走进机房参观，"咦！这里机电一统的操作手原来就是你龚翠萍啊。"她也因我们再次相见显得十分高兴。自此以后，翠萍一有空闲，就会到我们"三人小组"那里聊天，经过一段时间，我既看到了翠萍认真负责、任劳任怨的工作表现，也看到了社员群众和她的亲密感情，心里充满了激动。一天，我要来了翠萍的笔记本，自作主张地写了一段话："元麦粉碎、稻谷剥皮、千口百户、三餐难离、拂晓赶来、夜半回去，方便众人、约束自己、播下真诚、收获满意、珍惜既有、再接再厉。"翠萍看了以后并不反感，反倒叫弟弟用毛笔抄在红纸上面，然后贴在她卧室的墙上。

我们"三人小组"与翠萍交谈多多，通常是轻松愉快的，但也有一次例外。那天，我的同事小刘、小沈与翠萍讨论着男大当娶、女大当嫁的话题，小沈说："翠萍23岁了为什么还不找个婆家？"正在写工作总结的我插嘴说："为了翠萍成家，我愿意当回红娘。"翠萍当即冲着我说："当年男儿装束的祝英台为了追随梁山伯，假称家有九妹可以许配，你不会是也要将我介绍给你家的九弟吧。"听她此言，我的脸唰地红了起来，厉声说了句："你这丫头。"小刘对翠萍说："你惹我们组长生气了，还不快快道歉。"此时翠萍走了过来，把手搭在我正在伏案的背上，轻声地说："请老大哥原谅我吧，我是不想让你为我做媒才说这番话的，想不到竟冒犯了你的尊严，其实我心里对你特别敬重。"接着便抽泣起来。事态发展到这个地步，完全出乎我的意料。我马上站起身来向她检讨自己的鲁莽，并保证以后不再对她的婚事妄出点子。

在经历了这一场莫名其妙的"摩擦"之后，我们"三人小组"与翠萍之间很快恢复了往日的融洽与随和，只是在其后的交谈中，大家都心照不宣地回避了一个话题。小刘、小沈私下对那天翠萍冲犯我的动机做了种种推测，在我看来这些都是无据可依。

40多年前的那段偶然经历，常常在我的脑海里翻来覆去。

《江海晚报》2007年7月26日

欧　丽

　　她复姓欧阳，出生时父亲为其取名"美丽"，长大后觉得"欧阳美丽"这个名字太过张扬和俗气，报考军政大学时，她便将自己改称"欧丽"。

　　军大学习期满，欧丽被分配到了一个拥有二百多人的机关工作。由于其性格活泼，善于交际，很快赢得了大家的喜欢。团总支成立大会上，她以高票当选委员，后分工宣传文体工作，各项活动开展得有声有色。

　　有一年"五四"青年节，团组织遵章进行改选，在差额投票过程中，欧丽悄然落选。心照不宣的原因，是她的家庭被查出有偷税行为，并受到了政府的处罚，此事让不少团员对其陡生反感。明知选举结果并非领导"钦定"所致，欧丽还是不能接受这一现实，表示一定要离开这个让其无法舒心的环境，并接二连三递上了请调报告。

　　欧丽是单位的业务骨干，领导让我去做劝导挽留工作。但欧丽去意已决，我好说歹说，她始终听不进去。她说："家庭背景不能选择，在充满偏见的地方，自己再努力也只配做水晶中的乱石、凤凰中的麻雀，对此我心有不甘，所以才要求去寻找一片新的天地。"碰巧当时正在组建农业合作化工作团，上级号召机关内能有更多有志青年去第一线经受锻炼。欧丽的"请调"愿望，也因此得以实现。

在欢送工作团出征的现场，我看见了站立在敞顶车上的欧丽，看见了她脸上的笑，看见了她胸前的红花，也看见了她背上沉甸甸的行囊。

一年以后，我和粮食部门的同志去基层调查工农产品价格剪刀差的演变过程，选点也正好是欧丽工作的地方。那时她已是小分队队长，正忙着向群众进行过渡时期总路线的宣传讲解，工作间歇便和农民朋友们一起去田间地头干活。我们调查组的工作比较琐碎，除了翻阅当地财、粮、工、商单位的卷宗，还要找不同年龄段的商人、作坊主、工人、农民进行座谈回忆，然后汇总分析整理成文。欧丽主动帮助我们查资料、打算盘，还发挥其熟知当地方言的优势，为我们与老年人交谈时充当翻译。她每做一桩事情，都会让人有得心应手的感觉。当我问起下乡以后的感受时，她用"海阔天空"一词加以概括。接着她说，我们工作团是个团结友爱的大家庭，领导思想开明，同事间相处真诚，看人论事通情达理。虽然大家都知道我是《资本家》的女儿，但大家更懂得我是忠于革命的热血青年，从未另眼相看，不但委以重任，最近还批准了我的入党申请，我坚信日后施展人生的空间会既广又远的。我边听边想，欧丽原先要寻找的一片新的天地，看来已在这里起步。

不久欧丽被任命为所在地的县委文教部副部长，成了一名最年轻的县委部长。消息传到她曾经工作过的大院，引起了一阵不小的轰动，而我对这条新闻却没有半点震惊。不拘一格起用贤者，本是顺理成章的事情。

《南通日报》2010 年 6 月 8 日

秋风阵阵

　　放晚学回家的路上，看到不少青年男女扛着红缨枪，沿着范公堤朝苴镇方向走去，说是今夜要举行军民联合反清乡誓师大会。我和同学们怀着好奇也随后跟去。

　　黄昏时分，随着主持人的号令，我们和成年人一起跪在驻军的操场上举起右手，高喊着"不把中央军、还乡团消灭干净决不罢休"之类的口号。接着小教剧团演出了歌剧《赤叶河》，依稀记得那是一则反映贫苦农民和地主老财进行斗争的故事。因深受剧中情节吸引，我全神贯注一直看到散场，结果发现与我同去的伙伴大都已离去，坚持到最后的只剩下我和家住六总桥的逸秋同路。印象中逸秋是个拘谨、腼腆的女孩，我平日很少与她交谈，这回一个多小时的返家之旅，注定要在默默无语中度过。行进中我因饥饿过度口吐清水，这居然让沉默的局面得以打破，逸秋从书包中取出一个荞麦面团递给我，并说了声，味道不好，但可以填饱肚子。她说的是一句客气话，其实这个略带甜味并伴有焦香的面团还是挺可口的。我正在边掰边吃，逸秋却哼起了《赤叶河》中的那段插曲：穷人的命，鸡儿的命，爬一爬来吃一吃……我听着有点尴尬，心想这是否是逸秋对我此时此状的嘲笑？但很快打消了这种猜测，断定这完全是无意的巧合。话匣子既已打开，我们索性海阔天空攀谈起来，讲得最多的便是各自的未来。逸秋说长大后要到分区后方医院当看护兵，我说将来愿意去部队做一名司号员。虽然后来我们都没能实现这些梦想，但倾心交谈却让我们萌生了志同道合的感觉。这一个深秋之夜的十里之行，也使我看到了逸秋不再寡言少语的一面。

战乱岁月，学校总是办办停停。受命运的差遣，我们也分别去了他乡异地，从此与逸秋之间，相互没有了信息。

1972年，农业学大寨会议上，又遇见了逸秋，她作为大队党支部书记，发言时着重介绍了棉花培管经验，她的大队在国庆节前皮棉亩产就已突破百斤的实绩，引起了不小的轰动。在相隔了二十多年之后，逸秋的神态举止仍似从前，只是肤色比原来黑了好多，这竟让我想起了当年那个略带甜味并伴有焦香的面团。

两年以后，逸秋在夫君陪伴下到平潮找我，说近一个月来腹痛不止、浑身乏力，想去肿瘤医院查个究竟。我随即联系了临床经验丰富的医生为其诊断检查，第二天医生告诉我逸秋是肝癌晚期，并已广泛扩散。听闻此言，犹如晴天霹雳，我多么希望那只是医生的一次误判。后经医院领导及众多专家复查、会诊，最终未能推翻先前的结论。通过与其家属的沟通，医院对逸秋本人只说是得了慢性肝炎，回家后要好好静养、慢慢调理。因为有过多次翻箱倒柜般的检查过程，逸秋也知道自己的病情并不像说的那么简单，但她还是十分坦然。逸秋回家的那天，我在通扬河畔站立了很久，直到她乘坐的水泥船在视线中完全消失。不足半年，传来了逸秋病故的消息。

那年去东陵港参加海防会议，车队匆匆行驶在掘港东侧，老赵指着隔河的一片荒地说，逸秋的遗骨就埋葬在那边。我扭头望去，只见那里摇晃着稀稀疏疏的芦苇花、茅草花，一批高低不等的墓碑在草丛中隐约可见。那时，我多么想走近她的墓前投上一束鲜花，为了那一串难忘的记忆。

《江海晚报》2010 年 11 月 18 日

荡田的故事

宋家叔公年轻时曾在大丰垦区租种过几年荡田，土改时又回到了原籍如东县。

邻居们因为他出过远门，便时时向他打听异地的风土人情。其实大丰和如东相距并不遥远，叔公讲述的那些婚丧喜庆风俗，与如东也相差无几。倒是他顺便提及的几件亲历之事，很让人大开眼界。

叔公讲，他去大丰不久，为了建造粪池，先在屋后挖了个两米深的土塘。有天中午忽然下起了阵雨，一时间雷电交加，乌云翻滚，狂风大作。

风歇雨止之后，他看见土塘里有成百条二寸大小的鲫鱼在活蹦乱跳，兴奋不已的他随即喊来四邻一起观看，大家都感到十分神奇。有个白发老人却说，二十年前也见过类似现象，这些鱼据说是随着龙卷风从别处飘过来的。对于老人的话，在场者大多将信将疑。

叔公还讲，有一天下午他在宅前棉田锄草，突然有一条青蛇从他脚背游过，受到惊吓之后，他挥起锄头将蛇打死，然后埋在小沟旁边。第二天清早开门，发现有二十多条蛇聚集在砖阶上，蛇头全都对着门槛，幸好机灵的叔婆把原本端午调酒用的雄黄粉一把撒去，才驱走了那群不速之客。

最耐人寻味的是他家"蝴蝶"的故事，叔公是这样说的，初去大丰的时候，我从老家带上了一只芦花猫，并给它取了个好听的名字"蝴蝶"。

"蝴蝶"忠于职守，治鼠有功，深得我们全家喜爱。第二年春天"蝴蝶"发情，因当地人烟稀少，养猫的人家又不多，"蝴蝶"遭遇了一偶难觅的尴尬，焦躁不安竟使它喉咙也沙哑起来。

那天傍晚，我隐隐看见沟西茅草丛中有"蝴蝶"的身影，又好像是在和某种动物进行着搏斗。我怕它有个三长两短，便拿起扁担追了过去。待我走近，一只野兔箭一般奔了出来，蝴蝶则懒洋洋地站立一旁，我见它安然无恙，即转身回家，"蝴蝶"也跟着回来，此时它似乎已安静了许多。过了数月"蝴蝶"产下四崽。崽子们成天总是只顾吃奶，对我们端去的荤腥根本不予理会，偶然又发现它们有着咀嚼青草的怪癖。到后来崽子们居然到园子里吃起白菜来了。此时我才对那天茅草丛中的真相恍然大悟。崽子们渐渐朝着有青嫩叶子的地方越走越远，最终踏上了不归之旅。"蝴蝶"对此却十分坦然，崽有各志，悉随其便。

宋家叔公老实巴交，不像是个说谎造假之辈。为了对儿时听到的这串故事信得踏实，我曾无数次向气象、水产、畜牧等行业的有识之士探问究竟：鱼儿能否搭乘风雨远走他乡，蛇类是否具有"见义勇为""一呼百应"的秉性和智商，猫兔之间可否互生爱慕、终成鸳鸯？

对于我的发问，朋友们的作答竟是那样雷同：世界奥妙无数，破译有待你我。

《江海晚报》2008 年 10 月 20 日

走穴和误诊

20 世纪 70 年代初，为了弥补物质短缺，允许机关干部少量养鸡。初夏时节，王成章和张慎明从乡下亲戚那里各拿了一只母鸡来养。王家的鸡全身金黄，十分肥壮；张家的鸡呈芦花色，略显瘦小。

老王和老张相邻而居，两家鸡窝也搭在一起，白天两只鸡被拦在屋后的弄堂里走动，夜晚各家把鸡闩紧在鸡窝里面，为的是防止黄鼠狼的突然袭击。日复一日，程式不变。

时至仲秋，王家的鸡窝里开始出现了蛋，先是两天一个，后是三天两个，慢慢就到了"十有八九"的程度，主人取蛋时的兴奋完全可以想象。张家夫妇也在下班后察看鸡窝，每回总是收获失望和无奈。老王两口子除了劝导张家对"小芦花"要有耐心和信心外，还拿些鸡蛋送予分享，老张夫妇甚是感激。又过了一段时间，依然不见"小芦花"有所作为，老张便托人把它捎回了老家。

"小芦花"走后，王家的鸡窝里连续三天没有了蛋的影踪。老王百思不得其解。他忽然想起前些时候，有本杂志上讲到动物也有可能患孤独症的，自己家这只黄鸡之所以

"罢工"或许与"小芦花"突然离去有关。于是老王便让附近蔬菜队的老李捉一只小公鸡来陪伴黄鸡左右，以解孤独。

小公鸡的到来，非但未能促成黄鸡产蛋，它清晨的啼鸣声还惹得满院子的人不高兴，三天后，老王知趣地把小公鸡送回了蔬菜队。

不久后的一个星期天，老张的妻妹善芳上城有事，捎来了芋头、花生给姐姐，同样也送了一些给老王家。两家人和善芳一起喝茶的时候，老张问起了"小芦花"的近况。善芳说，小芦花鸡在你们城里不生蛋，可能是水土不服，到了乡下它基本天天生蛋，不过它有个奇怪的习惯，每逢生蛋从不蹲在为它安顿的窝里，总要在旁边另选一个地方伏下……

听到这里，两家人同时发出了一声惊叫，然后一起大笑起来。

元旦清晨，老王请老张帮忙宰鸡，开膛破肚后发现，黄鸡体内根本就是个大油包，经过细细寻找，才见到三四粒芝麻大的蛋子。中午两家人同桌就餐。老王和老张都比较贪杯，为了让对方陪自己多喝一些，千方百计地找出了许多敬酒的理由。到了最后，他俩又从两只鸡身上找出话题相互劝酒，而且对畜禽也用上了尊称和谦称。老张对老王说："舍鸡异地行善不留名，堪称高风亮节。令禽患的是高脂血症，由于营养过旺，抑制生殖，你偏说它是孤独，实属误诊，理当罚酒一杯。"老王回敬说："舍鸡养尊处优，不思进取，今天它已付出了代价。令禽移窝下蛋，性质虽然没有红杏出墙那么严重，但毕竟也是对主人不忠的表现，这都怪你管教不力，应该罚酒一杯。"面对两位先生杯来盏去的精彩表演，夫人和孩子们觉得比看电影还要过瘾。这一次聚餐，与其说是品味了两瓶存放多年的"洋河"和一锅鲜美可口的鸡肉，倒不如说是品味了一段妙趣横生的故事和两家亲密无间的真情。

《南通日报》2007年1月2日

客乡夜话

前些年，我因公出差苏北，第一天在泗阳过宿，当晚县政协董主席设宴接待我们。在交谈中得知，老董原先是江苏省属泗阳棉种场的负责人，于是我便如数家珍地和他谈起了泗阳棉种场过往的许多情况，包括当年老场长张学同的先进事迹，也包括棉种场在岱字棉提纯复壮方面的成功经验。老董问我怎么会对泗阳的情况了解得如此详细，我说因为那时黄克明同志是泗阳县县委书记，所以我对这里的一切非常留意。老董说黄克明同志在泗阳人民心目中威望很高，他不仅是位实干家，而且颇具远见，譬如泗阳今天的水系建设，依然延续着他当年的思路……听着董主席赞扬黄克明同志的滔滔讲述，我满心舒坦。

与我同行的杨老师，看出了我对黄克明同志有着异乎寻常的情愫，到宾馆后便和我交谈了起来。老杨问我是什么时候认识黄克明的，我说解放战争初期，黄克明在我们家乡当区委书记，我曾多次见到过这位身着灰色制服的"黄政委"，当时我年纪很小，也挤在大人堆里听过他两次在群众大会上的讲话。我从他的言谈中感受到一股疾恶如仇、刚正不阿的气息，又耳闻了他在栟茶、洋口一带与顽敌斗争时英勇不屈的故事，便觉得他是位了不起的人物，将来必有更大作为，所以一直关心他的行踪。1958年，全国农业系统有个表彰先进交流经验的盛会，我从报刊上看到黄克明同志是大会主席团成员，还在会上做经验介绍，心里十分高兴，那年我在新开乡工作，时政学习时，我拿着报纸多次自豪地向同事们大谈黄克明、大谈泗阳县。"文革"初期，时任南通行署秘书长的黄克明奉命接待"革命小将"，他当时大义凛然坚决拒绝少数人无理要求的表现，让我感到骄傲。不久以后黄克明同志遭到无情打击，我为此十分难过。粉碎"四人帮"以后，黄克明同志出任地委常委、地革委会副主任，我闻悉欣喜若狂。

交谈中，我问老杨，黄克明同志的荣辱进退，竟时时牵动着我的悲喜，你说这是不是有点奇怪？老杨说这也没有什么可奇怪的，把粉丝和偶像连在一起讲述是近几年的事情，但崇拜与被崇拜的现象历来有之，只是崇拜者的价值理念千差万别，我们也用不着故意回避崇拜这个字眼。最初对黄克明的崇拜，折射出你对革命者大度、无畏气概的仰慕和自身为人风格的取向。老杨接着问我平时和黄克明同志是否接触很多，我说很少有接触，自打我到市区工作后偶然与其碰面，相互间只是点点头而已，从未有过什么交谈。杨老师沉思片刻，然后慢条斯理地说："你老徐身上体现的是'置崇敬于悄悄'的特点，这与'表拥戴于嚷嚷'的风格有着明显的区别。"两人谈着谈着，不觉午夜已至。

《南通日报》2008年1月8日

无知的嘲笑

　　解放初期，老李在闽南某县当了多年县委书记，在许多人眼里，他是位群众工作的好把式。

　　1951 年，新区土改开始，李书记在三级干部会上做动员报告。他讲的第一个题目是为什么要进行土改？然后他从废除封建制度、改善穷苦农民生计、巩固人民政权三个方面进行了深入浅出的阐述。他讲的第二个题目是怎样搞好土改工作，接着就宣传发动、普查田产、核对人口、登记造册、张榜公布等十多个工作环节做了详细的说明。他讲的第三个题目是靠什么来完成土改任务，着重讲了依靠贫苦农民当家做主、依靠土改的方针政策、依靠党的领导。分组讨论时，广大区乡干部都说李书记的报告通俗易懂、便于操作，大家对做好工作充满信心。后来该县的土改运动搞得既轰轰烈烈又井井有条，受到了地委的通报表扬。

　　1954 年，为了落实粮食统购统销任务，县里照例召开三级干部会议进行动员。李书记的报告也分三个部分，即：为什么要实行粮食统购统销；怎样搞好统购统销工作；靠什么来完成统购统销任务。经过各级干部的努力，该县的统购统销工作做得很好。

1955年，在全县农业合作化工作会议上，李书记的报告内容很丰富，列举的事例也很生动，会场上掌声、笑声频频。他在论及努力掀起合作化高潮问题时依然从三个方面入手，题目设置保持了前两次会议的格局，区乡干部照样听得聚精会神。散会后，常年派在该县协助工作的工作队少数成员私下对李书记的报告评头品足。有的说："老李是个八股腔。"有的编了顺口溜："李书记，做报告，没有什么新套套，翻来覆去为、怎、靠。"有的人干脆将李书记称作"为怎靠"。

一些工作队员回机关后，向我讲起了"翻来覆去为怎靠"的故事，我听后觉得很好玩，也在朋友间作为趣闻加以传播，不知不觉中也加入了嘲笑者的行列。

时隔不久，李书记出任所在地区的副专员，凭借着务真求实的一贯作风，他把分管的绿化造林和兴修水利工作搞得有声有色，并很快跨上了新的台阶。在报纸上能经常看到他身先士卒、开拓奋进的消息。自此以后，那些热衷于吹毛求疵的人，也停止了对老李的歪评。

多年以后，我也成了一个单位的负责人，每当有重要任务下达，免不了也要去进行一番动员，在我绞尽脑汁起草讲话提纲的时候，终于发现那几个被简称为"为、怎、靠"的题目，是多么的切实和管用。即使我们有时变着花样用"明确目的意义""采取正确措施""把握几个重点"等题目去讲解，基本还是"为、怎、靠"的翻版而已。面对基层干部和广大群众讲话，只有直截了当，才能广收其效，这可能就是当年李书记的本意。我 52 年前的那一次"误入歧途"，留给自己的是挥之不去的羞愧。

《南通日报》2007 年 1 月 31 日

相　聚

　　曾经工作过的那个集镇，离我现在的居所大约八十里之遥，早就想去那里会会老友、叙叙当年，只是觉得没有碰上合适的理由和时机，所以迟迟未能成行。

　　一个春暖花开的日子，我终于按捺不住，迈出了酝酿已久的步履。上午九时，偕同老伴拎着玫瑰干红、蓝色经典和冷榨椰汁，叫上的士径直朝意向之地驶去。司机因是初涉这段支线，全赖路标和导航仪指点，经过一个多小时的七转八拐，总算走进了该镇的中心街区。

　　久违的故里也让我感到了陌生，沿途打听，才找到了一个简餐店堂。我迅即拨通了阿建的电话，告知了我现时的方位，请其尽快联络些熟人加入午间餐聚，并说规模以十人为度，余下的以后另作安排。过了一些辰光，就有十二位老者聚拢过来，这拨白发苍苍的先生女士，原先有的是我机关工作的同僚，有的是掌门居委会的巷里总管，也有的是街道工厂的创业元勋和大棚植菜的行家里手，他们都是我的至诚朋友，数十年间一直保持着断断续续的联系。

　　围着那张超大圆桌，我们无分主次排列随意落座，各人自选饮品倒入杯中，店主殷勤地将花生、芋头、河蚌、田螺、酸菜鱼、老鸭煲等搬上桌来。端杯举箸之际，便开始了我们之间无拘无束的交谈。我首先说明今天的不期而至，并非要制造什么惊喜。多次邀约大家进城相聚，你们总是用种种理由推脱，夏天说太热，冬天嫌太冷，气候宜人时又说凑不到公约的时段。在希望屡屡落空之后，为了达到相见的目的，也曾想复制以往登门蹭饭的模式，后考虑到大家都已上了年纪，不忍再让你们躬身于灶台之畔辛苦劳作。所以才有了当下的局面，想必不会有谁见怪的吧。

柳雅卓首先开腔，她说我一接电话就立即赶了过来，目的就是领受这份情意，式君兄今天的反客为主之举，透视出了他对朋友的真诚和细心，感动之余，我还盘算着今后如何让"常来常往"不致成为一句空话。薛栋梁说，最近几年老徐多次敦促我们结伴前去做客，我们未敢贸然行动，为的是不想打扰他平静的生活秩序。见了他今天的举动，才知原来的想法有误。他十分看重友人间的相互走动，这也是一种积极的人生态度，对我们来说也不失为一种启示。柯荣华说，老徐工作了几十年，经历单位无数，相比而言，似乎对我们这里有着更多的牵挂。

接过他的话题，我说凡我工作过的地方都会交下不少朋友，彼此也常有来往。要说对此地有点特别的话，便要归结为你们的好客。多少年来，你们总是隔三岔五托上城办事的人捎来时令果蔬和鸡蛋、鱼干等物。这些东西虽算不上紧俏、贵重，其传递的情意却胜过了黄金、白银，正是那一缕缕"千里飞来的鹅毛"不断抚慰着我的心灵。我今天的"回访"，实际也是一次微不足道的感恩。

凌秋月说，既然大家是朋友，就不用说谁欠谁的。志同道合的人走到一起，既是缘分，也是一种乐趣。只要身体条件许可，适时聚聚就会美化我们身边的风景。相聚不需太多理由，相聚也不需太多拘泥，徐兄徐嫂下次再来这里，可以到舍下随茶便饭，也可以跟我全家去吃野外烧烤，那将会别有一番风味。

《江海晚报》2015 年 6 月 8 日

誓词在胸

前几天，我随市政协机关大批人马奔赴南京，瞻仰雨花台烈士陵园。在庄严的纪念塔前，与年龄分别是我平辈、儿辈、孙辈的众多共产党员一起，举起右手、握紧拳头，再一次朗读了入党誓词。一阵铿锵之声，迅即将我的思绪拉回到了 60 年前。

1948 年寒假期间，在如东县袁家阙，我第一次在党旗前立下誓言：要为共产主义事业奋斗终生，为了党的利益，甘愿牺牲自己的一切。自此以后，这段誓词便成了我心中不灭的火焰。

苏皖九地委组织部批准我为中共党员的时候，我深切地感受了幸福和荣光。那时我只是个粗通文字、浅知真理的少年，虽说对党有知恩图报之心，工作学习比较刻苦认真，但自身的智力、体力和人际交往能力都十分脆弱，面对复杂多变的斗争环境，一时的确难以适应，由于胸中有誓言在燃烧，又凭借着一股"初生牛犊"的朝气，在支部领导人的倾力支撑和指点之下，我终于较快地实现了自我修正，从而站稳了脚跟。

入党以后，我曾经在多条战线服务，谈不上有什么建树，但兢兢业业、尽职尽责则一直是我不变的选择，我无论在军队或地方，还是在城市或农村，每到一处都努力把党的意图转化为现实，只有在人民群众的切身利益得到维护的时候，我才会找到心安理得的感觉。

我的工作也常有失误，只要一经察觉，便会坦然检讨，坚决克服，我始终将文过饰非、窃人之功的行为视作奇耻大辱。

过去数十年间，我也曾遭遇挫折和磨难，也有过短暂的迷茫和彷徨，一旦重温起入党时的那段铮铮誓词，心境就会一下变得明亮、开朗。

六十回寒来暑往，两万多次日升日落，岁月给了我几多记忆，几多回望，每逢审视已经走过的页面，我便由衷感激那段神圣的誓词，是它给了我无穷的力量。它既让我在事业顺利时不骄不躁，保持一颗清醒的头脑，又让我在迷失时见到曙光，悲伤时找回坚强。

如今我虽是离岗之人，却依然是党的一员。党的主张，就是我的行动方向，让那段掷地有声的誓词，继续为我的未来导航。

《南通日报》2009 年 6 月 30 日

我与党的情缘

我出生于 1934 年，那是个不平凡的年份。正是此年，中国共产党所领导的工农红军开始了长征，并经历了惨烈的湘江之战，为红军最终突破蒋介石的围堵奠定了根基。小小生命萌芽之时，有幸遇上这些光辉历史符号，我倍感自豪。

我出生在一个贫苦农民家庭，有过饥寒交迫的童年，是共产党所领导的土地改革运动，使我家的经济地位和生活状况得以改善。对此，我心存感激。朴素的阶级感情和执着的报恩愿望，催生出我拥护革命追随英雄的种种举动。1948 年底，14 周岁的我成了一名光荣的共产党员。

入党以后，通过日常的学习与思考，尤其是通过无数次批评与自我批评的磨炼，我进一步树立了为共产主义奋斗终生的理想，单纯的报恩情怀升华成为人民谋幸福的意志。

1948 年 3 月，我参加了革命工作；1998 年 3 月，办理了离休手续。在职 50 年间的各个阶段，无论是征税筹款、抗灾抢险、防奸反特、习武练兵等工作，还是钻研各个时期的相关业务，我都用尽全力，认真对待，多次赢得争先创优的成果。不敢说我的工作做到了出类拔萃，只是说我已做了最大努力。也不是说我的工作一贯正确，只是说我能知错即改，从不文过饰非。

离休以后，我仍然坚持学习党的路线方针政策，积极参加所在党组织的各项活动。今后我仍然会为新时代中国特色社会主义伟大目标的实现贡献自己的微薄力量。唯有如此，才对得起我 73 年前在党旗下做出的庄严承诺。

*《南通政协》*2021 年第四期

随笔四题

珍　爱

年逾古稀，生命周期进入了晚秋季节，居家出行都显得小心翼翼。其实，人生的每个阶段都有可能发生意外。就自己而言，以往岁月里也曾经屡屡邂逅危情：扫荡队的枪子险些将我击中，黄海边的浮泥险些将我吞没，闽江上的恶浪险些将我卷走。每当与死神擦肩而过之后，我还是继续去做该做的事情，心想这样才不辜负父母生我养我的初衷，也才对得起上苍的一片恩泽。黄玫瑰犯不着去同红玫瑰、白玫瑰攀比人气，要笃信自己也有一份独有的美丽。人无贵贱尊卑，每个生命都是一束绚烂夏花，珍爱它，就是任其尽情绽放。我已不再身强力壮，且又才学平平，自然难有大的作为。只求力所能及为社会公益做些点点滴滴，那也是对生命的善待。

憧　憬

波涛起伏，浪花纷飞，迷迷糊糊中，自己也成了柔顺的液体，所向何方，无边无际。视线的顶端，忽现一颗希望之星，它摇摇晃晃，时暗时明，我试着与之靠近，几番奋扑，总难紧贴其身，于是看准风势，巧借潮力，朝着它的一丝光亮穷追不舍，一路穿越了无数贪婪港口、愚昧码头，终于冲上那片广袤圣洁的滩涂，这里可以播种正义、公平，收获和谐、安宁……

执　着

在倡导构建学习型社会的今天，每个公民都有可能成为宽广课堂的一员，善于思考、勇于探索便是他们的一大特色。人们在追求新知识的旅途中，没有统一的标杆，只有各自不同的起点，但这并不妨碍大家去探讨共同的话题。底层的强烈呼喊，政府的真诚关切，自然也就成了大家关注的焦点：虚高的房价如何回归理性，差距过大的收入分配怎样才能得到遏制？诸如此类的问题看似老生常谈，却又常议常新，对于这些问题尽管已不缺一针见血的点评，也不缺旗帜鲜明的回应，然而却迟迟看不到令人鼓舞的动静，原因到底藏在哪里？既然问题依然存在，探索仍需继续，之所以要保留那份执着，是因为这些事情牵动着民生、民意，处理好这些问题也是实施"科学发展"的题中应有之义。

源　头

一些人本来满脑子名誉、地位、金钱、美女，却又穿上为民谋利的外套，然后潜心钻营，靠着扭曲的政绩记录步步登高。一官半职到手，便不失时机去广纳钱色、金屋藏娇。一旦东窗事发，又马上"良心发现"，痛哭流涕之际说了一连串"对不起"。这类故事由于被广泛复制流传，现在不仅成了人们耳熟能详的套路，也是人见人怒的公害。都说杜绝这类腐败现象要从源头抓起，可源头又在哪里？有人把源头定位在人财大权行使的环节上，当然有他一定道理，而最根本的则是要明察掌权者的头脑，看其到底在为谁辛苦、为谁忙碌。老百姓看待当官的，并不在乎你是谁，只在乎你为了谁。

《南通日报》2010 年 4 月 7 日

瞬间断想

关于共享

恢宏的社会主义事业，实际上是一项在党的旗帜下由亿万人民合力参与的跨时代工程，由此收获的成果，理应让全社会成员共同分享。分享成果的最佳途径，便是促成人们的共同富裕。改革开放三十多年，我国的经济总量得到了长足发展，其中一部分人已率先富了起来，先富带后富，正是大家的期待。现实告诉我们，先富带后富的过程十分漫长，我们所能见到的则是贫富差距继续拉大的趋势，这对成果共享来说显然是一种制约。先富者若属取财有道、合理合法，就不应该受到指责，而我们有关部门在经济杠杆的设计运用、公共资源合理处置等方面的工作看来远没有达到尽善尽美的程度，切实优化这些领域的状况，既是当务之急，又是实施科学发展的必要举措。

倡导成果共享不是平均主义的翻版，也不是一项简单的削峰填谷工作，关键是要催生出一套公平的机制，使每个公民在社会生活的方方面面都具有参与和受益的均等机会。

成果共享不是达人对弱者的恩赐，它是构建和谐社会的本质要求，促成它的实现，是每个执政者不可推诿的庄严责任。

<h2 style="text-align:center">关于主体</h2>

偶然看到过人肉搜索让问题官员露馅的消息。又不时闻悉一些肢体健全、神志正常的掌权者突然莫名其妙"失足坠楼"一命呜呼，后来得知他们因在钱色幻梦中行迷甚远，眼看劣迹将要败露，于是匆匆选择了"自了"。也有个别经过三番五次公推、票决走上领导岗位的"佼佼者"，不久又现出了"蛀虫"的原形。正是因为少数"公仆"的两面手法，才让人们体会了干部监督工作的艰难。

建设中国特色的社会主义，说到底是件以人为本的事业，它的动力主体和受益主体都是广大民众。反腐倡廉这项事关全局成败的工作，只有最大限度动员全体群众的切实参与，才能广收其效。

"若要人不知，除非己莫为"，这是个永恒的逻辑。谁要偷鸡摸狗，总会留下蛛丝马迹，任何异常之举，终难逃过亿万人民的恢恢耳目。就是对于一些瓜田纳履、李下整冠的现象，也只有依靠群众的智慧才能洞察究竟，鉴别真伪。一些图谋不轨者，惯于利用社会生态层面上的亚健康现象浑水摸鱼，要是人人都来净化社会风气，腐败的幽灵就会丧失掩护之色和藏身之地。

关于践诺

"言必行，行必果"是一句大家熟知的格言，谁做到了这点，他的人格魅力一定会光芒四射。而革命者就应该具备这种风格。

通过媒体，陆陆续续看到一些机关负责同志将自身廉洁自律、勤政为民的打算以书面形式向社会做出公开承诺，内容具体，要求明确，令人一目了然。这既展示了领导者的决心和诚意，又让监督者有了路数和门径，还营造了健康向上的社会氛围，自然是好事一桩。在我看来，领导者们做出的这些承诺，不应该是他们近期政治学习带来的最新成果，也不应该是他们思想觉悟有了突然的飞跃和升华。如果我们不做出这样的判断，势必会低估了他们固有的品质。因为廉洁自律、勤政为民的要求，在我们党政机关的性质和使命中早已涵盖，当你开始成为一名共产党员和公职人员的时候，这种承诺实际就已经成立，自此以后的屡屡表态，都只能算是对先前承诺的确认和重申。之所以要反复提醒，警钟长鸣，为的就是要你守住一颗圣洁的灵魂，做一个言行一致、堂堂正正的人民公仆。

《南通日报》2011 年 1 月 12 日

明智之举

随着年岁增加，身体机能逐渐衰退，感官反应日渐迟钝，脆弱的生命不时潜藏着危机。若要图个平安晚年，就应悉心自珍，处处留意。

正月里，乡下亲戚托人捎来一袋五十斤装的大米，先被放置在小区传达室内，取回米袋时，门卫见我偌大年纪，便说待换岗的人来了由他替我背上楼去。我觉得过意不去，忙说自己的身体硬朗着哩，这点分量算不了啥，还是让我自己背吧。于是门卫托起米袋放在了我的肩上。往回走时思忖：身上的负荷是大了一些，长痛不如短痛，索性一鼓作气往上奔，两分钟便可解决问题。继而又想：持重登高，稍有不慎就有扭伤腰椎的危险。权衡间，已到了楼梯口。此时我果断地放下米袋，回屋拿了塑料盒，用化整为零的方法，分批将米运抵四层楼上。事后，我很为自己的当机立断自豪，黄昏写日记时将此称作"明智之举"。

人们总是随着气候变化而增减衣服，我当然也不例外。凭着自己的长期体验，在对气温的管控上，我的注意力主要放在"防寒"一侧。今年入春以后阴雨连连，迟迟找不到暖和的感觉，以致套在身上的那件羽绒服，直到四月中旬才被双层夹克取代。虽然此前已有过接近二十度的气温纪录，街面上也有少数人穿起体恤，可我就是跟不上趟。有些朋友打趣说，老徐的羽绒服是租来的吧，怎么还没穿出本啊。我也调侃以对：本老汉乃"奔八"之人，岂能与你们这些少豪（其实他们也都是些古稀皓首）拼时髦，可我也要奉劝你们悠着点，不要一下脱得太快太多，不能只顾风度忘了温度，张扬了性感患上了流感喔！于是大家笑成了一团。民间流传着"秋要冻、春要捂"的说法，看来这条经验不适用于我。以往经历让我懂得，为了抵御伤风感冒的悄然袭来，我不但春夏之交要捂，秋冬之交也要捂。不仅如此，大伏天去有冷气的地方，我都会带上外套备用。一旦待的时间过长，也好有个应对。

户外散步是我坚持多年的健身科目，实施这一作业时也并非一直心旷神怡。胸中纠结着的，一是刺鼻的尾气，二是凶猛的车速。对此，我所能做到的，就是力求将他们的危害性降至最低。既然绝对清新的世外桃源没有，那就去找个僻静的柳下水边，那里尾气浓度相对低些。行走路线尽量避开横穿马路的走向，对于少不了的"穿越"，一定要慎之又慎，不要把斑马线看作万无一失之地，在我国，它"车辆缓行、礼让行人"的功能兑现率还很低，我们理当好自为之。

以上种种心迹，如果袒露于四十年前，很可能被指"活命哲学"而遭嘲弄。今天能直接说出这些，得益于社会文明的大幅提高。对于个人而言，生命是自己的核心利益。

《江海晚报》2012 年 6 月 25 日

赋闲不寂寞

在职时未曾养尊处优，也无前呼后拥，离岗后显不出落差，因而也就没有了形单影只的感叹和世态炎凉的哀怨。

"告老归宅"的日子，除了家务、读书，便是自由自在投入人际交流。当有故人登门看望，总会端上清茶、水果相待，倘若感到时短话长，也会搬出淡酒小菜边酌边聊，无非就是谈天说地、评古论今。交谈间投机、默契居多，也有面红耳赤的较真，最终还是达到了认知上的取长补短。每逢友人相约聚会，我通常都是欣然从命、乐此不疲。在无数回聚聚散散之中，不仅加深了与昔日同事的情感，还新识了众多风华正茂的俊男靓女和各条战线的行家、能手，与这些人士接触，既感受着青春气息，又能丰富见识，可谓在友谊、学问两个方面都生出了新的增长点。

新朋故交的松散聚集，活动内容自然多种多样。原本木讷、迟钝的我，此刻也只好顺势跟随、边学边做。第一次去垂钓，弄了个空手而返。后经高手指点，渐渐掌握了装饵、读漂、扬竿的要领，居然也有了让人刮目相看的成绩。玩方牌游戏，我偏爱炒地皮，觉得此招对训练记忆和判断力十分有益，因而久玩不腻。偶尔也随众去歌厅小坐，那是一个五味杂陈的场合，随着曲目的变换，体验的角度不断在更替。《精忠报国》让你感知豪迈和担当，《城里的月光》使你领略委婉和温馨，而《死了都要爱》之类的呐喊，直叫你懂得什么是执着的疯狂。轮到自己"献艺"时，我总是小心翼翼地唱着那首《把根留住》，权当是一次虔诚的祈祷。兴致高时，也会吼上一曲《星星点灯》，这正是"老夫聊发少年狂"的最好诠释。

承蒙大家错爱，我曾多次在婚庆和祝寿场合被邀作即席发言，当一组组吉祥贺词输出之时，自己也收获了兴奋和快乐。建党九十周年之际，有个机关要为三十多名新党员举行宣誓仪式，特地约请我以老战士的身份担任领誓角色。当我怀着受宠若惊的心情去履职时，实际也让自己又一次向党重申了不变的承诺。

思想漫游过程中，有时会撞上有趣的往事瞬间，有时会对某些社会现象萌生特有的理解，于是写就了一些短文，并在报刊上留下了"蛛丝马迹"。自此以后，朋友相见便又多了一个话题，拙笔成了心灵沟通的又一渠道。

离职休息的十多年间，对自己的作为从未有刻意的规划。凡遇符合兴趣，且又力所能及的事情就会潜心参与，图的只是高兴，绝无输赢、成败的压力。现实使我懂得，赋闲生涯就是愉悦心情、广结友缘的绝佳机遇期，我们应该充分利用、倍加珍惜。好时光，莫辜负！

《江海晚报》2012 年 12 月 6 日

烙上心印的顺口溜

年少时参加儿童剧团演出活动，往往将一些时事内容编成快板向群众宣讲，这样做，既简便易行，又喜闻乐见。如"腊月初八天气好，当家村里锣鼓敲，贫雇中农团结紧，选准自己好领导。"这是 1947 年冬天村民选举大会前的一段开场白，就很受与会者的欢迎。

因为有过这段经历，在其后的日子里，我便时常用顺口溜的形式记下了一些事情的过程或感受，算是一种自我消遣，这种习惯一直延续了下来。1958 年二十四岁生日时，收到了好友白枚从武夷山畔邮来一张由其亲手拍摄的风景照，画面上有悬崖、流云、飞泉，壮观中透出灵气，令我心旷神怡，于是便把它夹入书本中经常翻看。去信致谢时，我只写了四句话："赐物不与红豆同，借此托情意亦浓，伴读香书多少回，字里行间生彩虹。"白君后又来信，居然谬夸我为"乡野文人"。一次我们单位有个领导成员调动工作，同事们照例凑了份子去饭店表达欢送之意。菜谱中虽然没有山珍海味，但几个家常菜烧得特别地道，用餐者无不啧啧称羡。厨师每递一盆，都会奉上雅号，其中两款炒菜的芳名给我印象最深，那雕出棱角形的鸡脯称鸳鸯鸡，切成双羽状的黄鳝叫蝴蝶片。餐毕回到宿舍，趁着酒意我写下了一段话："东楼响，劝酒让菜声，鸡化鸳鸯筷间飞，鳝作蝴蝶盘中停，一片欢乐情。"翌日拿给同事们"斧正"，大家都调侃说：昨夜菜美，今日文更美。上述这些散句，折射出当时无忧无虑的心境。

"文革"初期，有感于当时的境状，我先后悄悄写下了两组短句："久不闻鹊叫，远未传佳音，每逢获新知，总添愁虑情；追随光明情未变，仰慕之处难寻觅，不知彼岸新底细，抛锚止航理在先。"因受无奈和迷茫缠绕，身心常常处于疲惫状态。

1976年10月，神州大地惊雷响起，恶贯满盈的"四人帮"终被粉碎。闻此喜讯，我迅即感到受伤的心已得到慰藉，从此可以向不愉快的往事说声再见，于是便写下这样的文字："多少忧虑多少愁，几回遗憾几回羞，今闻世间沧桑曲，哀伤痛楚全可丢。"后经过中央文件的传达学习，使我对"四人帮"的罪行有了更深刻的了解，并且得知毛主席生前就对他们的问题有过批评和警告。在交流学习心得时，我用四句话表达了对这一重大事件的理解："先师遗训亮征程，华灯初开通天明，四害除尽遍地欢，举国上下心连心。"1977年下半年，中央全会做出了关于恢复小平同志党内外一切职务的决议，全国人民的企盼终于成了现实，我们又一次迎来了普天同庆的时刻，游行队伍在行进中，有人问我：今天是否也有四句话要说？我答："彩云朵朵飘天外，亿万人民笑颜开，三军列队行大礼，不倦总长回营来。"我说的"不倦"，是指小平同志不屈不挠的品格，我说的"总长",不光是指小平同志有着总参谋长的头衔，更主要是说他有着众多的长处，毛主席说他是人才难得的呀。小平同志的复出，对中国的前途有举足轻重的影响，这在当时便是人们的共识。

《江海晚报》2010 年 2 月 18 日

俗句的由来

老友相聚，往往会提及我过往的一些应景短句。孰贬孰褒，未去留意。我由于不习惯面面俱到谈天说地，每逢遇到什么话题，总爱图个省心，抄个近路，以寥寥数语，一带而过。这才给人家留下了"话柄"。

1978 年冬至 1979 年春，我们在位于南京卫岗的中共江苏省委党校接受培训，结业时学友们一起到孝陵卫照相馆合影留念。取回照片时，大家对着各自的"尊容"频发感慨，有的说，岁月匆匆，不经意间已迎来"不惑"，务必抓紧日后的分分秒秒，决不让它虚度。也有的说，皮下的银色元素耐不住潜伏的寂寞，正在挑战着"青丝"的纯洁。顺着大家的言路，我当即在照片背面写了这样的话：卫岗半载共寒窗，孝陵一瞬记春光，不必两鬓觅华发，四旬内外血气刚。陈学祁、王恒生读后赞同说，表述得体，恰到好处。

我在一个岗位上连续工作了八年之后，终于到了离开的一天。摆宴送行是一个通行的惯例。对此我却不以为然。在那次座谈会上，面对一些跃跃欲试的昔日同事，我用这样几句话坦露心迹：感情并非餐巾纸，灵犀在胸守常时，关怀应为复合体，自古不认单相思。自此以后，大家心知肚明，摒弃了俗习，只将友谊储藏于无声与恒久。

1994年秋天，中共南通市委换届在即，上级对市委领导班子进行调整，市长徐燕、副书记戴志良调省级机关工作，又把杨任远调回接替徐燕职务。市委照例举行了迎送茶话会。那天人们发言踊跃，整个气氛显得和谐活泼。记得沈启鹏、高志兰均讲到凡为南通做过贡献的人大家都会铭记，用了"人过留名""雁过留声"之类的词汇。程亚民用"铁打的营盘流水的兵"来比喻干部流动的状况，并说无论来者去者都在为自己已有的业绩写着续篇。在会议的一个小小间隙，市委书记陈根兴突然发话，徐式君也讲讲吧。面对这突如其来的指令，毫无思想准备的我脑际一片空白，当杨永康把话筒递过来时，我唯一能捕捉到的现场元素，就是与调动有关的三位同志年纪都在五十上下，于是就编了一段顺口溜交差，即：人生旅途又一站，每逢拼搏必有难，半百仍似初生犊，不辞艰辛承重担。没想到从慌乱中冒出来的这几句套话还赢得了一阵掌声和笑声。

2000年元旦，受市武术协会主席马树明邀请，去苏州、昆山两地和武术界朋友举行联谊活动。在过江的轮渡上，同行的人都在规划着当年的旅游行程，夏珑珑问我有何打算，我当时只是想着香港、澳门已相继回归，一年中最美好的季节也即将到来，心里有着诸多蒙眬的期待和向往，便信手在登记单上写了四句话：季节方位交错排，字里行间妙趣来，暑前寒后桃李杏，境外国中港澳台。接着便引来了人们一阵"破译"，老陈说我会在开春之后去狼山脚下踏青，老叶说我有去宝岛台湾观光的意向，不管人家怎么猜，我只是笑。因为原本就没有目的地具体定位，答案也就无所谓错对。

断断续续形成的这些短句，实在算不得高雅，也谈不上深奥，它只是反映了我的一种生活状态。

《崇川在线》2011 年 4 月 20 日

声自江湖之远

3月12日，老伙计们在干休所绿化带栽完了树，便一起来到了阅览室，大家一边翻看书报，一边漫不经心谈天说地。

由于他们都是有数十年从政经历的人，所以话题自然而然围绕着社会生活的方方面面。葛洪亮正在看一篇叫《新年见闻》的通讯，他动情地说，十八大以后，党中央抓作风建设动了真格，及时制定了八项规定。接着，主要领导以身作则、带头示范，各级组织层层响应。今年春节前后一股亲民、务实、节俭的新风扑面而来，使我们看到了希望，备受鼓舞。如果今天有媒体人采访，问我当下最感幸福的是什么？我会毫不犹豫地回答：看见健康的社会风尚正向我们走来！杨笑天接着说，人民群众对部分党员干部的形式主义、官僚主义、假公济私、挥霍浪费等行为，可谓深恶痛绝。这种状况若不改变，势必民怨难解，维护稳定、推进改革断然成了空话。八项规定正是治理上述顽疾的良方，有了它，不愁浮躁奢靡之风得不到纠正。黄睿哲说，干部作风关乎着整个事业的成败兴衰。因此，贯彻八项规定要坚持长期作战，坚持群众路线。所谓长期作战，就是不能满足一时效果，要锲而不舍，持之以恒。一旦发现顶风犯事和阳奉阴违的现象，要及时依纪依法严肃处置。所谓群众路线，就是要将公职人员的所作所为全天候置于阳光下，让广大群众一目了然，形成"明察者就在眼前，暗访者应在身边，监督者从未走远"的社会氛围。袁文彪说，老黄不愧是个"老监察"，讲起来还是那样熟门熟路、靠谱在理。

杨笑天又说，街头巷尾人们议论最多的，除了干部作风便是社会贫富差距悬殊的话题，老百姓看问题很直观，一般不会用"基尼系数"这个舶来名词。他们对依靠自身辛勤劳动和聪明才智富起来的人决不反感，但不能容忍在滥用权力和资源垄断情况下形成的暴富怪胎。同时，对行业之间因管控失当造成的收入分配不公现象也颇有怨言。刘明理说，贫富差距拉大的趋势已引起党和国家领导机关的高度关注，有关方面正在按照"提低、控高、扩中"的思路，制定收入分配的改革措施。只要方案科学缜密、处置扎实稳妥，相信两极分化的现象会得到有效遏制。赵前申说，中央领导把打破垄断、消除两极分化，列为今后改革的重要方向。这完全符合民意，也符合党的宗旨。唯有如此，社会主义的本质才会得到更好地彰显，也才对得起那些为公平正义奋斗一生的革命先驱。总之，共同富裕、共同幸福，才是我们中华民族共同的梦想。葛洪亮说，我们过去经常听前申同志的报告，由于言简意赅，总会留下较深印象。在"备战备荒"那个年代，他曾讲到过"敌对势力亡我之心不死""军国主义阴魂至今未散"等内容，当时听着确有言之凿凿的感觉。有段时间我已不太关注这问题。近来发现有人老是打着"人权"的幌子对我国内政说三道四，更有人置《波茨坦公告》和《开罗宣言》于不顾，妄图篡改二战以后形成的利益格局，这就让我很自然想起了上述这些论断。刘明理接着说，我们国家走的是一条和平发展的道路，意在繁荣自己、惠及世界。但由于霸权主义作祟和其他复杂多变的因素，所以就不能指望前进路上总是一帆风顺，那些"中国威胁论"聒噪，那些非分领土诉求的闹剧，已对我们的建设事业造成干扰。面对各种挑衅，我们当有居安思危的忧患意识，有周密细致的分析观察，更要有应对各种不测的全套预案，这样才能使自己立于不败之地。袁文彪说，我们都是赋闲之人，有时被称为"宝贵财富"，觉得很不敢当。但民族的命运，始终是我们心中的关切。今天各人栽了几棵树苗，是对绿化祖国的聊表心意，聚在这里聊一聊，就算是在打造学习型的自己吧！

此时，阅览室便响起了一片掌声。

《南通政协》2013 年第三期

历遇"名品"

那年我随团去浙江参观学习，中途游览了雪窦山。当地导游介绍说，雪窦山是我国五大佛教名山之首，佛祖是释迦牟尼。这显然是个崭新的提法。由于时间仓促，参观者未能在现场与导游进行认知上的互动。在宾馆用完晚膳时有几个人在餐厅大声嚷嚷：五台、峨眉、普陀、九华对应着文殊、普贤、观世音、地藏王，是众所周知的四大佛教名山，怎么今天又冒出个雪窦山来啦？此时带队的领导已有些倦意，他边打哈欠边说："世界上哪有一成不变的事呀，鲁迅先生不是说过吗，地上本没有路，走得多了便成了路。"他高瞻远瞩的气度马上打住了一次无关紧要的议论。

过了一年，我加入另一组合去湖北省参观。在游览武当山时，我发现离金顶不远处一块牌子上写着"五岳之尊"四个大字，我当即向导游请教："东西南北中，泰、华、衡、恒、嵩，这才是五岳，为什么武当山倒成了五岳之尊啊？"导游朝我笑笑，然后说："您瞧武当山多雄伟，多美丽呀，说它是五岳之尊就是五岳之尊，不必问为什么。"看得出来，她斩钉截铁般回话的底气源自"谁不说俺家乡好"这一名句。第二天上午我们去另一个景点观光，还由那位导游小姐引领。她在车上问大家早上用自助餐时有否品尝一种凉拌面，多数人说没有吃，只有一个小伙子说尝了一下。导游问小伙子觉得味道如何，小伙子回说"不敢恭维"，一句外交辞令，博得满车人大笑。导游却毫不泄气地继续说这款凉拌面不仅是当地的名点，还是全国五大名面之一。被她并列举出的"名面"还有什么××袋袋面、××刀削面等，反正都是些我们闻所未闻的东西。

经历了这些过程，对打消我在名品问题上的神秘感十分有益。

湖北之行后不久，迎来了"五一"长假，家住皖南的老战友凌峰来南通看望在此创业的女儿女婿，我得知后便把他请到家中小聚，还叫来了与我们曾在同一分队共事的老张、老陈作陪。为图方便，我还让旅游学校的毛师傅帮着掌勺。老熟人在一起进餐，话比酒多，而且相互间调侃的劲头绝对不亚于当年，气氛可谓其乐融融。在用过了鸡鸭鱼虾之后，毛师傅端上一海碗用雪里蕻咸菜和蚕豆瓣配制的汤来。老凌尝过一口后连呼"好吃，好吃"，手中的调羹在不停地来回"短拨"，就连老张、老陈也边吃边对该汤赞不绝口。见了这个状况，我突然感到自己应该要发挥些什么了。我清了清嗓子说："老凌的鉴赏能力真是了不起，他刚来南通一下子就把这道名汤认出来了。"老凌说："什么，这是名汤？"我说："雪菜豆瓣汤正是我们南通的一道名汤，它不仅味道鲜美还能健胃呢。"老凌说："难怪我总觉得它与众不同哩。"趁着得意的我又信口开河地说了一句："它是中国四大名汤之一呗。"本想以此来结束话题的，谁知老凌硬是要我把"四大名汤"全部讲出来。天哪，"四大名汤"是我一时杜撰，本属子虚乌有，何来讲全之说。在老凌的催促声中，我转动着眼珠慢慢与其周旋。我首先想到金华火腿很有名，于是便说："名汤中有浙江金华的火腿冬瓜汤，它能利尿去湿。"此时我又记起了一次在土家族做客的情景，接着就说："还有湖北恩施的土鸡山药汤，它有补气壮阳的功效。"再往下我索性选远一点的地方编一个。最后我说："还有新疆伊宁的洋葱牛肉汤，它具有驱寒活血双重功能。"老凌问："伊宁那里产不产洋葱？"这个问题的确是我的盲点。我说："现在是市场经济，交通又如此便捷，当地产不产洋葱并不重要。"我答非所问地把问题绕了过去。

在我说全了"四大名汤"之后，老张说："想不到老徐对烹调还有这么深的研究呢。"我说："见笑，见笑。"老陈说："老徐记忆力过人，令我望尘莫及。"我说："惭愧惭愧。"老凌说："这次来南通不仅品尝了名汤，还增长了见识，真是不虚此行呀。"我立即站起身来，连说："罪过，罪过。今天是几位仁兄在享用雪菜豆瓣汤时无比投入的情状，让我萌生了自创名牌的灵感，后来因凌老弟的步步紧逼，才又挤出了另外三道'名汤'，这完全是游戏一场啊。"听完了这段摊底之言，在场的人个个笑得东倒西歪。

《江海晚报》2007 年 8 月 16 日

凡人善举与高官腐败

我每天有翻阅本地报纸的习惯，看过了9月2日的《南通日报》和《江海晚报》之后，便进入了漫无边际的思索。

日报头版头条报道了中央媒体对南通文明创建现象的解读，用得最多的词汇是"凡人善举"。这种概括当然完全正确。"凡人"就是平凡的人，他们中大多数不是"精英"，不是"大款"，也不是名门望族之后。"凡人"虽身"处江湖之远"，却乐于默默行善，频频施爱，其行为足以感天动地。其实何止南通，我认为整个国家的脊梁都是由无数正直善良的"凡人"撑起来的。

晚报第七版转述了来自北京的综合消息，讲到近5年落马的省部级官员有九成包养情妇。贪官们"钱色俱敛"已非新闻，用统计手段来揭示，给人有了量的概念。省部级官员是正宗高级干部，他们在老百姓眼里可不是"凡人"唷。这些高官在脱下伪装之前，人们理所当然地把他们看作"国家的栋梁"。可这些"居庙堂之高"的高官竟然疯狂敛财、金屋藏娇，干着给社稷毁墙断梁的勾当。诚然败类在高干中只是少数，但因他们曾经权倾一方，给社会造成的危害很难估量。将贪官难抵美色归缘为出身寒微未必正确。事实上出身"凡人"之家的领导干部克勤克俭、治身严谨的有很多，从豪门走出的人中道德堕落者也不是没有。可见出身贵贱并不决定人的道德走向。造就情操高尚的干部队伍要靠科学的遴选机制，靠持之以恒的教育，靠切实有效的监督。

两相比照，我更加坚信，敬重凡人，甘愿做一名凡人，多一些善举，我们的国家的脊梁才会更加坚实。

《江海晚报》2007 年 9 月 9 日

清　明

　　草长莺飞、桃红柳绿的时候，偶从天际飘来一片细雨。成就了这个节气的经典装束，于是让人感到了万物滋润的舒坦。若是遇上风和日丽，大家同样交口称好：清明难得明，谷雨难得雨，准是个好年景啊。崇尚自然，感恩自然的情怀由此一目了然。

　　人们选择这天出行，走近公墓，走近安息堂，走近先贤遗存的标识地，捧去一束鲜花，点燃一支心香，传递自己的崇敬和至爱。沿途无论阳光伴随，还是荷伞避雨，胸中都是装着虔诚。也有人足不出户，借助珍藏的影集和无所不能的电脑完成自己的追思和怀念，给祭奠增添了一抹时尚亮色。

　　这也是个祈愿的日子，人们顾名思义，把大地的苍翠、政坛的圣洁、人品的高尚都嵌进了你的内涵，把你当成混浊污秽的天敌、贪婪腐恶的克星，人们将为维护你的完美和尊严，永不止息。浩瀚中国梦，清明长相随！

　　　　　　　　　　　　《港闸通讯》2015 年 4 月 13 日

我在青年干校

1950 年春天，按照中央关于机要干部培训机构集中举办的部署，我所在的苏北军区机训大队成建制并入三野青年干部学校，从此我便在南京度过了八个月的难忘时光。

我们这个群体很被领导机关看重，每逢大型集会，队伍总是排在最前面，后边的有些人为了能一睹主席台上人们的风采，有的踮起了脚，有的拿起了望远镜，我们只要一抬头，就把柯庆施、金善宝、李乐平等市政府领导人的面孔看得真真切切。有时我们还被派去下关车站参加迎接宾客的活动。全国战斗英雄代表会议结束，华东军区的代表载誉返宁，我们便参加了"接站"，当射击英雄魏来国一走出火车，就被我们团团围住，一些大龄学友激动地将英雄连连抛起以示庆贺。世界青年联盟代表团访问南京时，我们也参加了欢迎仪式，当天下午还和客人们在玄武湖公园进行联欢，最动人的是全场齐唱世界青年联盟进行曲的时刻，人们尽管肤色不同、语言各异，却齐唱一段共同的旋律。"世界各民族儿女，我们都热爱着和平，在这苦难的年代，我们为幸福去斗争……"这段恳切而悲壮的歌词，足以让每一个人热血沸腾，激情澎湃。每当脑间再现起这些片段，我总会觉得自己依然年轻。

　　除了参加一些社会活动，学校的理论学习和业务培训安排得十分紧凑。当时学习内容主要有社会发展史、毛主席的《中国革命与中国共产党》、洛甫同志的《论青年修养》，学习的基本方法是读原著、听辅导，然后联系思想实际深入进行讨论。在大家认识提高的基础上，开展针对旧社会的控诉运动。运动后期，学校特别要求每个学员要抱着对党忠诚老实的态度，把自己的详细经历、家庭成员和主要社会关系人在新中国成立前后的身份、政治表现向组织交代清楚，学校将根据各人提供的线索认真进行核实。数百名青年学员没有辜负领导的期望，大家在声讨了各种反动势力的罪行之后，也对自己的思想作风进行了解剖分析，并毫无保留地向组织陈述了家庭及社会关系方面的所有情况。接着我们又用了两个月时间进行强化式业务培训，1951 年元旦一过，大家便分赴各地相关机构投入工作。

　　青年干校的培训，不仅给了我们一身技术，更重要的是教会我们怎样做一个合格的革命战士，这是让人受用一生的财富。

《南通日报》2010 年 1 月 12 日

一路走来人未老

二十多对老年夫妇结伴远游，目标锁定在东南沿海的闽浙大地。这支队伍以花甲伉俪居多，古稀搭档其次，也有少数耄耋组合。

两位导游女郎对眼前的这批年长游客自然是尊敬有加、关怀备至，她们总是用心关注着大家旅行过程中的种种细节。

在雁荡山观赏灵峰夜景时，正逢雨后初晴，月光透过云层和树隙散落在林间潮湿的乱石之上。导游提醒每对夫妇相互将手抓住，说这样一可防止迷路走失，二可为防滑提供支撑。老人们个个言听计从，于是夜色中便晃动起了一朵朵连体人影。

由于天气变化无常，导游要求大家带好雨伞随时备用。在参观泉州开元寺、福鼎太姥山时，果然遇上了大雨，此时导游向大家发出的指令是：先生们把伞撑起，太太们一手挽着夫君，一手抓牢随身物品。另外团队的游客，见了老人们如此整齐划一的动作，显得十分惊奇，都说这样的"训练有素"，绝对不会是一日之功。

那天游览鼓浪屿的日光岩和郑成功纪念馆，在规定的时间范围内各自分散行动，导游要求中午十一时到钢琴码头北侧的大榕树下汇合。老人们游兴很浓，有的人不顾已是八十高龄，硬是登上了日光岩的顶端；有的人还挤出时间精心选购了有金、厦地方特色的产品用作纪念；也有的人在纪念馆内潜心摘抄各种警句，对联……尽管十分劳累和忙碌，在约定的时刻，人们还是一个不落赶到了指定的地点，导游感到由衷的欣慰。

整个行程中，老人们精力充沛、思维活跃，每到一个景点，都流露出浓厚的兴趣，驻足于林则徐祠堂和张学良幽禁之地时，大家对先贤们为维护国家利益而将自身安危进退置之度外的气概称颂不已。在隔水眺望金门列岛时，人们又自然而然地畅谈起中华民族最终完全统一的光辉未来。

一周内，老人们在名楼古刹之畔和秀水青山之间屡屡摄影留念，记下了他们无拘无束的千姿百态和发自肺腑的笑颜。照片中最抢眼的是一对古稀夫妇在奉化千丈岩瀑布前的合影：男的西装革履，女的花衣短裙，一个是翩翩绅士的扮相，一个是小鸟依人的造型。人们在争相传看时，导游俏皮地说，拿它邮去《银潮》杂志做封面，说不定会有一笔丰厚的稿酬呢。

大巴车渐渐向始发地点靠近，途经苏通大桥，正值晚霞满天，此时喇叭里传出了熟悉的歌声：再过二十年，我们来相会，那时的山，那时的水，那时的祖国一定更美……人们不约而同跟着节拍哼唱起来。

《南通日报》2010 年 9 月 14 日

满眼彩云追

——读周通生先生《元阳梯田》摄影作品及配诗有感

拜读诗画配，满眼彩云追。

神图天地间，妙文肺腑随。

用心品凡物，平常亦传奇。

耕者当有获，盘点喜与美。

《南通日报》2012 年 7 月 24 日

读黄冰《野草春风》一书随想

繁荣经济路径多，民营一族赖挽扶。

睿智化作及时雨，涤荡"恐资"偕"惧富"。

自古好事总多磨，千波万折堪辛苦。

春风果然恋杨柳，更为野草鼓与呼。

《南通日报》2012 年 9 月 25 日

听歌偶得

王菲李健两相济，余音绕梁有传奇，
汪峰当谢旭日哥，助燃一首春天里。
文山杰伦秀绝技，"青花""兰亭"添灵气，
莫说词曲谁为尊，光华互映是真谛。

《南通日报》2012 年 10 月 9 日

喜与盼

——初学十八大文件随想

神州崛起显端倪，
华夏复兴诚可期。
全仗顶层有良策，
特色旗帜擎天宇。
百尺竿头又启航，
众志合力铸小康。
经济倍增拓新路，
文明生态育辉煌。
节制贫富彰正义，
整肃贪腐顺民意。
公平社会聚人心，
改革稳定两相依。

《南通政协》2012 年第 11 期

生日述怀

滨海弄潮一蒙童，
转眼已是八旬翁。
多少旧事朦胧里，
几许熟人依稀中。

家寒三餐难为继，
偶或糠菜把饥充。
战乱年月欠消停，
攻读无缘学业空。

幸遇分田济贫弱，
知恩图报即从戎。
换岗易位不胜数，
军地城乡俱尽忠。

居宅仍窥窗外景，
极目之处有劲松。
心间何物堪最沉，
华夏复兴千斤重。

《南通日报》2013 年 7 月 16 日

团　聚

三百六十五个夜，唯有今宵称除夕，
白发父母翘首望，归途游子心似箭。
汤圆水饺风俗异，鞭炮声声启新年，
来岁常奏吉祥曲，民富国强政清廉。

《南通日报》2014 年 1 月 28 日

诗两首

虽非嫡亲亦天伦

含饴弄孙新族群，
俱是远房晚辈人。
奶娃学语呼太爷，
虽非嫡亲亦天伦。
四世同堂寻常事，
人各有别早与迟。
如若留得灵犀在，
温馨何分彼和此。

君子之交

张翁平生喜淡酒，
赠其一坛水明楼。
李叟偏恋车马炮，
择时前去交回手。

每遇备餐侍老友，
总以清爽为追求。
适口易化消受事，
不贪肥腻共黏稠。

《江海晚报》2015 年 3 月 6 日

共治同利

——致世界气候大会

  塞外飞沙，中原垢面；纽约吐碳，悉尼掩鼻；罗马飘霾，柏林皱眉；伦敦酸雨，淋及巴黎。大气无疆，命运连体。如何应对？从长计议。担当在先，责任各异。环球共治，普天同利。

*《江海晚报》*2015 年 12 月 25 日

银发群聊

虚拟老年公寓，
居多暖男熟女，
彼此常相问安，
互传养生真谛。
关注人世万象，
由衷褒优贬劣，
无论古稀耄耋，
壮怀依然激烈。
更有花甲弟妹，
屡将画面助推，
共绘晚秋柔美，
夕阳宛如晨曦。

《江海晚报》2016 年 2 月 19 日

一念间

误　伤

暮春细雨淋，荷伞陌上行，
双足移得疾，不慎踩落英。
暗香悄然去，孤瓣泣无声，
芳容遭涂炭，此心何以忍？

幸　会

不是掌上珍，也非眼中钉，
寻常道旁草，未惹往来人。
一日君行此，慧目遍地巡，
独采吾入药，解痛又安神。

莫　言

居士不削发，僧尼本同修，
心间装慈悲，口中无亦有。

调　节

埋头专注读微信，
辰光渐久脑昏沉，
趁此晴空无云时，
移步户外看风筝。

《江海晚报》2016 年 4 月 8 日

致莫迪

一

太极瑜伽两相彰，
龙腾象舞显吉祥。
原本命运是连体，
缘何寻衅耍花样？
珍爱生命少言战，
并非无胆动刀枪。
一旦触碰高压线，
教你忍痛喊爹娘。

二

忽闻洞朗已退兵，
还我边境一片宁。
昭示公理走在前，
铁铸后盾是三军。

和平共处谋民生，
此举广赢天下心。
时代潮流不可逆，
奉劝诸公别任性。

《江海晚报》2017 年 9 月 2 日

喜盼十九大

顶级盛会逢十九，正值大地度金秋。
丰收岂止谷与果，神州无处不锦绣。
继往开来再撸袖，蓝图跨越小康后。
中华逐梦坦荡路，利义兼济润全球。

《江海晚报》2017 年 9 月 30 日

五五感言 (1)

卡尔导师生辰
神州立夏时分
气候宜人风光好
万物苍翠茂盛

防治继续抓紧
复工举措倍增
民生就业千钧重
岂能稍有分神

注：（1）马克思诞辰在1818年5月5日。每年立夏常在5月5日。

《南通民营经济》2022年第六期

偶思三则

雾

你因朦胧而美
却背负霾的嫌疑
我对你的介意
是一层纱的距离

冰

你为冷酷代言
无人置疑
只因有了冬奥
被迫华丽转身
从此和热连在一起

霜

你是水的晚辈
雪的姐妹
肆意追求剔透
全不顾人们对温度的感受
阳光看不下去
迅即把你赶走

《南通民营经济》2022 年第六期

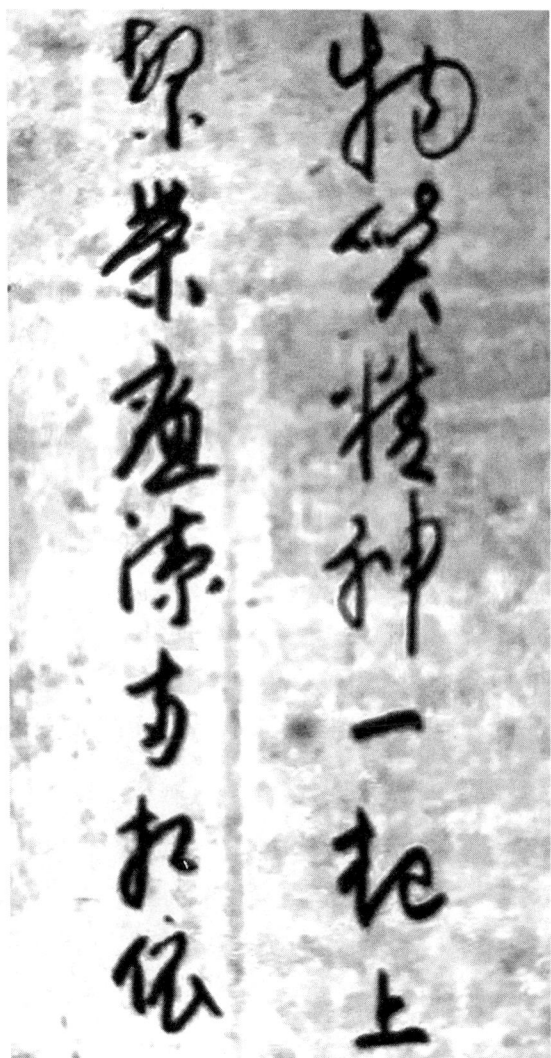

物竞精神一起上，繁荣应凛节相依

1993 年 1 月 1 日为《崇川周报》新年题词

闲情偶记

拆　字

　　见了这个题目，人们自然会把它与抽签、问卦等联系在一起，视为算命系列的形式之一。我今天说的是它的另一种存在，就是普通人有意无意把一个完整的字拆开使用，会产生各种不同的效果。

　　互为陌生的两个人初见，通常会问一声贵姓？有些人为了表达得清楚一些就用了拆字法，如弓长张、立早章、木子李、和王程、戊丁成等，使听者一耳了然。

　　前些时一位学长在讲述和谐一词时，也巧用了拆字方法，他说禾旁加个口，说明食有所依，言边有个皆，表示大家可说话。因而和谐就是意味着人们不仅要拥有丰富的物质生活，还应有充分的民主权利。我认为他的这种解释虽不能算缜密，但确有其合理因子。

　　上面讲的拆字现象都属巧拆一类，还有一种叫误拆，是不经意间的过失分解。

　　二十世纪六十年代初期，全国掀起了动员机关干部下放基层的热潮，有个地方首长做动员报告时说，干部下放充实基层是大势所趋，你们看，国家冶金部领导不是也到革安山市当书记了吗？由于他把鞍字误拆，在会场上引起了一阵交头接耳。

有位市委党校教员讲历史上巨贪事例时，把乾隆的重臣兼亲家称作和王申，也引来了一些笑声。

有道是不以一眚掩大德，在浩瀚的汉字群中偶然读错个把，对多数人来说是在所难免，我们只能做到尽量少出差错，切不可对错读者抓住不放，横加嘲笑。

"文革"期间，某地一位识字无多的人，揭发本单位领导问题时说，你口口声声说要发展生产、提高效益，从来不讲突出政治，完全和最大的走资派唱一个月空调，同无产阶级革命路线背道而马也。你空调还要唱几个月，背道而马还要走多远？必须老实交代！

由于这位老兄语出惊人，大家不得不在一片狂笑声中散去，而他的经典拆字版本便在当地家喻户晓。

2012 年 6 月 12 日

买 单

用过晚餐，已是六点三刻，陈露萍骑着那辆半旧自行车匆匆朝东南方向奔去，因为今天文鹤社区医务室轮她值班。途经被大家称作"三十六丈洼地"路口时，脚下扑哧响了一下，她断定是踏脚板的螺丝松了，心想什么时候要请人整固一番。到达医务室门口下车时，顿觉站立不稳，细看踏脚板好好的，只是自己左脚鞋子的鞋跟已经脱落。于是她又重回先前发生过扑哧之声的地段，意欲找回那个不辞而别的"足下"，然而几经寻觅，鞋跟了无影踪。她不无沮丧地又骑回了医务室。

正当她放下车子一拐一拐走向门口时，一位就诊者也一拐一拐地向她走来。噢！原来是西街的点心师尚未明。

问诊时，尚师傅说晚饭后出门散步，没走多远便不慎踩上锐物，它不仅划破了胶质鞋底，还让我脚底流了不少血，着地时十分疼痛。尚师傅边说边从口袋掏出用废报纸裹着的那块橡胶连着钉子的锐物。陈露萍见后不禁心头一颤，立即意识到对患者一定要做抗破处置。在做皮试时，陈医师问尚师傅："你流血到现在还没有超过半个小时吧？"尚答："大不了二十分钟左右吧。"陈又问："是不是在'三十六丈洼地'出的事?"尚答:"千真万确,陈医师真是料事如神啊。"

做完抗破,尚说事发突然,挂号费诊疗费未及带上,现在先打个欠条吧。陈说:"今天的事全由我买单了。至于那个锐物就留下来让我好好收拾它。"尚说:"就这么点小东西也能到废品店换到钱?"陈医师连连说:"不是这个意思,不是这个意思⋯⋯"

2008 年 12 月 20 日

乡间偶记

1. 返通途中

云宫破管滴漏，
牛车棚下躲雨，
定睛细视脚旁沟，
水面点子渐稀。

1957 年 12 月于祖望乡下

2. 见春雪

白沙拥压孕穗麦，
怀甲爱妻承宿疾，
未知喜中有无愁，
念火烧尽田中雪。

1958 年 3 月于石顶乡下

3. 姑娘送粮队

灌溉渠流水哗啦啦响，
渠顶上来了群挑粮的姑娘，
彩色的衣衫染花了渠中的水，
连天的号子震荡着傍晚的霞光。

渠中的水呀尽情地淌，
姑娘的嗓子啊尽情地唱：
感谢你远道而来的水呀，
秋后我们还要送更多余粮。

1963 年 6 月于国华公社三大队

农校偶记

休笔又动

那许多第一次的理解，
那许多事务儿的意义，
在懒惰的掩护之下，
从我的笔尖下偷偷溜去。
是时候了，
我要截住它们的去路，
让它们和美丽清新的字句一道，
永远为沸腾的生活服务。

夜　读

灯下绝句美，
窗外蛙声脆，

公鸡催又催，
还是不想睡。

巡看牧场

万籁俱寂，
孤灯照亮了小屋，
新添猪娃一群，
值日生又是高兴，
又是忙碌。

偶访蚕室

一双双少女的巧手，
一块块洁白的绢儿，
揩拭着沾水的桑叶，
瑟瑟声响频频回旋。

试验田上

金麦爷爷退位天，
青秧姑娘出嫁日，

黄麻薄荷添营养，

师生尽忙在田间。

我于 1959 年 3 月至 1961 年 7 月在南通县农业学校工作，其间偶然记下以上所思所见。

离情别绪

1. 送别

年余的同食共居，
我们已建立了友谊。
为了最高的利益，
今天又各奔东西。

最新的照片，
透露着我们心情的沉重。
往事接连涌上脑海，
惜别的心跳使脸颊微红。

握别的双手难以解开，
心头的话也并不难猜，
共同的感觉只有一个：
临别的时间比利剑还快。

汽车的声响慢慢消失，

车影告别了视线，
亲爱的同志一路平安！
耳边又回荡起"再见"。

暂时放下了过去的一年，
我已畅想着美丽的明天：
总有一日，我们将重逢于幸福花开的大地，
或者，共同出现在英雄榜的汇集。

1954 年 7 月 23 日于福州

2. 调动

出乎意料的消息传来了：我到第六军分区去。

我之所以感到突然，并不是因为讨厌军队，而是说我已停止了对军事生活的向往。

亲爱的省委机要处以及你所孕育的全体成员，你们都使我难舍，它根植于何种情源？

我好感的不单是花海的寓所和那位置高爽的凉楼，舒适的冷水浴池，也不能叫我永远回忆。

我们的友情，正像表面的时针：仿佛它并不移动，然而却时刻在前进。

在那备战的紧张时刻，工作是那样繁多，我们思想上撤销了小单位的建制，展开了热情的互助；夜晚防空熄灭了电灯，我们一起在烛光下完成了任务。

当我为个人问题苦恼的时候，同志们向我伸出了友好的双手，我现在已经懂得：

进步并不决定于名位，忘我的劳动会得到荣誉的报酬。

深厚的同志友谊，在革命利益上建起，这次调动是接受新任务，友谊决不因此遗忘。

已向我招手的漳州，在八月二日的下午或第二天，它将第一次与我见面，我的生活史上也将增加新的经历。尽管机要处多么令人留恋，新岗位也不能使我有所偏见。

再见吧，亲爱的机要处和你的所有成员！

1954 年 7 月 28 日

3. 我愿永远在这里（怀念省委机要处）

我愿永远生活在，这友爱的家庭里。

因为它的可爱，没有别的可与之相比。

这百余人的一堂，只有一个理想，但我们能汇成一流，并不像旅行那样便当。

这里有出生在苏北平原的农民的儿子和闺女，那几个被称为山东老乡，他们老家盛产小米。

四川、湖南、广东、山西，也常有家信往这里寄。

我们都远离了爹娘，情绪却依然高涨，因为领导和同志间的关怀，已赛过了父母的慈祥。

带着人民英雄奖章的那位，就是我们的刘科长，他似乎在与你拉家常，其实他在了解你的"文化"情况：

虽知你家清苦贫寒，但不知你上过几年学堂，这里有业余学校，工农的子弟都在那里深造，你如果需要学习，介绍信我马上就写。刚到这里路不熟吧，我送你们到学校门前。

小王打球后冲了冷水澡，顿觉畏寒肚胀，股长请来了医生，还嘱伙房泡好姜汤。

秋天的气温凉热无定，有人常常发问：晚上确实有人悄悄为我盖被，白天总猜不出是谁。

后来大家知道了，这就是共产主义战士，不必吐露具体名字，表现自我不是他的宗旨。

我们为了共同的目的，彼此赛过亲兄弟。我生活在爱的人间，在这里永远真切感怀。

1954 年 8 月 18 日写于漳州

4. 给正达

别了，战友！此刻我要草述本能的留恋和那基于现实的愿望。

彻夜的行军，走廊下的宿营，使我们消除陌生；还有，学习会上的辩论以及彼此坦率的批评，都成了我们友谊发展的梯层。今后，我仍然会，将两根笔直的横线，安排在幸福和友谊之间。

我没有杜撰的天才，也不会造谣生事。但对将要出现的事情，也不装糊涂。

下面两段，与其说是什语的凑合，还不如说是漫画两幅：

勇敢地去迎接空前的风暴吧，前进的战士，在不久以后的通信中，我们将启用"布礼"两字。

若干年以后，如果机缘允许，我要带领我所能带动的人们，去瞻仰由你们建立起来的幸福农村——不是为了饱眼福，我要向功勋的一群庆贺，在这一群里，当然也包括你和许多树木的总和。那时你定会高兴地说：快来，式君，我的幽默老人……

1955 年 8 月

注：那时陈正达从福建省省委机要处报名参加了省委农村工作团，我写了几句话为其送行。他当时还未入党。我希望他早日实现入党夙愿。只有党员之间可用布礼二字。随他去农工团的还有他的未婚妻，名不详，只知姓林。所以我用了许多树木的总和。

解放区印象

1. 幽默的县长

他的年纪三十开外，
装束很像个商人。
葆森一步拦住了他，
慢走，要看通行证！

你们这些小孩真糟糕，
为什么要给我拿乔。
陌生人正经地说着玩话，
想笑又不敢笑。

你这人说话太不公道，
难道儿童不该盘查放哨？
葆森已把耳朵气得绯红，
我也把臂袖卷得老高。

陌生人脸上出现了笑容，

又从口袋掏出纸包，
迎面来了冯乡长，
他高喊：停一停！

陌生人开怀大笑，
冯乡长将他双手握紧，
乡长向我们介绍，
他就是县长徐可琴。

我们高兴，我们含羞，
县长却询问我们的姓名，
在他的记事本上，
写着葆森，式君……

2.妇女夜校

中秋的黄昏散发出凤仙芬芳，
岱字棉在夜色中伸着懒腰，
姑娘们换下弄脏了的草鞋，
和母亲一起，走向夜校。

王二嫂子和李家婶婶，
现在已不再喊我乳名，
就连我的姨妈表姐，

也都叫我小先生。

今晚先学"发展生产",
明夜再教"组织变工",
共产党的通俗口号,
全都牢记心中。

妇女们学懂了生字,
夜晚睡得分外香甜,
当翌日的东方刚刚发白,
她们又活跃在沾满露水的田野。

3. 夜行

新月,透过了幽静的夜幕,
它,正在和海滩上
跳跳蹦蹦的磷火,
竞争着光亮。

怀着秋末的寒意,
夜行在古老的范公堤上,
我什么也不怕,
我要赶在黎明之前去武工队报到。

4. 晨雾

敏捷的武工队员，
比公鸡起得还早，
他们要在晨雾消散之前，
把所有的地雷埋好。
苍翠的范公堤上，
走来顽方一群人马，
我们英武的战士，
早已在芦苇丛中伏下。

大地停止了平静，
树木也在咬牙切齿，
土雷以他愤怒的烟火，
叫敌人顷刻成为死尸。

烟火缓缓平息，
晨雾也渐渐消退，
红日爬上地平线，
向战士们发出祝贺的光辉。

1956 年 8 月 1 日凭忆追写

遥　念

春末的微风
请且慢吹去
把我那深切的思念
带给遥远的未婚妻

头顶的白云
请放缓步伐
我那长了翅膀的心啊
要随你飞向异地

你的同志千千万万
你的朋友也不易盘算
而我的价值
一定潜伏在你沉思后的微笑中间

天色渐晚
不见了相思树上的鸟雀

我要安逸地就寝
我要使明天的劳动胜人三分

1956 年 4 月

念　乡

不是初秋的夜晚，
也不在夏天的黄昏乘凉，
这是个深冬的中午，
我在屋檐下汲取日光。

阳光使我感到温暖，
温暖又叫我想起爹娘，
爹娘在遥远的故乡，
故乡是我精神的宝藏。

从上衣胸袋的内层，
我又拿出熟悉的笔迹重温，
书者是我至爱的族姐，
她和我爹娘同住一村。

透过歪斜不正的表面，
走进了天真无邪的字里行间，
故乡现在的一切啊，

已全在我眼前呈现——

密植的麦苗，
将故乡连成一片，
除了通往县城的公路，
已不能再找第二根地界线。

祖国正朝着机械化向前，
但目前拖拉机并未普及，
而在故乡的土地上，
已布满铁牛的足迹。

夜已在不知不觉中到来，
凛风的催眠曲唱了多遍，
我在幽幽的煤油灯下，
看见了一张圆脸、两条小辫。

你的童年在讨饭中度过，
现在人们喊你会计股长。
以前你大字不识马马凳，
如今算盘在你手中发响。

借着这朴实无华的信笺，
我驾着想象的雄马向前，
我的心底眼睛啊，
又看见了怀念中的海边——

记得年轻的时日，
我和丽娟常来九门大闸，
啊，你变得好快，
不光是多了个车站。

这原是晒鱼的荒场，
现已耸立起巍峨的厂房，
马达声响及了四处的远方，
使食鱼的野鸟不敢停在你身旁。

银色的液体请且慢流去，
我要向你提个问题，
你那雄狮猛虎般的脾气，
什么时候化作照明的动力？

在我视线的尽头，
是一条悠长的堤防，
再要过多少时间，
松柏会在你背上排列成行？

我的诗篇结束了，
我的问题还没提完。
噢！党中央送来了四十条，
我的问题赶不上回答的需要。

1957 年元旦

致毕业班同学

当走向生活的时候，
同学们都满怀着信心，
要为人类的幸福，
去建树功勋。

什么是我们的生活？
要把帝国主义最后送入坟墓，
要把旧社会数千年的遗迹彻底铲尽，
要把马克思的壮丽蓝图变为现实，
这一切组成了我们战斗的全部里程。

我的年龄要比你们大些，
在平凡的工作中我已送走了十三个春天，
我也有过开始走向生活的时候，
那时我也有过自己的许多打算，
经过时间的冲洗，经过记忆的过滤，
在我的心灵深处，今天只留下这些信念——

个人的热情诚然可贵，
孤军奋斗却不能产生共产主义，
在我们生活的每一片刻，
决不允许将集体的力量忘记。

当暂时的困难出现在面前，
我们不要垂头丧气，
当巨大的胜利已经到来，
也不能将自己的作用做过高估计。

雄心大志，豪言壮语，
鼓舞着我们走向光辉的明天，
但它离开了具体的每一天的生活，
就会变得无能为力。
大处着眼，小处着手，这是我们成功的经验。

即将走向生活的同学们，
再过若干个年份，
当共产主义大厦已经建成，
让我们欢聚在它的宽敞大厅，
诉说着各自的经历。
那时我们定会发现，
今天的这些见解是多么肤浅。

以上是六十年前，即 1961 年 7 月我写给南通县农业学校作物栽培专业和植物保护专业首届毕业班同学的一段话，足见当时自己文字和思想都很幼稚。

拾遗补阙之痕

1. 1992 年国庆节，崇川区政协要我为文史第一辑写几句话，不便推辞，勉强为之：

崇川这方热土，人才辈出，也引来了无数客籍贤达，在此驻足。

崇川这方热土，孕育了勤劳智慧的民众，不断把自身推向文明的高度。

崇川这方热土，流传着许多美好真实的故事，这是一笔昂贵的财富。

记取以往的方方面面，领略过去的星星点点，目的都是以前事为师，循顺避逆，更好地把未来开辟。

谨向所有撰稿的前辈、专家、女士、先生们表示深切的感谢！

2. 1991 年 10 月 12 日下午城中街道在掌印巷举行敬老先进表彰会，席间介绍了许多生动感人的尊老敬长的故事，令整个会场激情喷发。会议结束时我应邀作即席讲话，同样赢得了由衷共鸣。讲话内容为：

岁岁重阳，今又重阳。

今年光景，非同寻常。

特大洪涝，有灾无荒。

追根溯源，爱国爱党。

尊老爱幼，民族兴旺。

儿女孝顺，美名远扬。

相互体贴，灵魂高尚。

我祝各户，和睦向上。

我祝老人，幸福健康。

我祝祖国，繁荣富强。

3. 1997 年 10 月 14 日，南通市政协在有斐饭店举行提案工作研讨会，会议结束时我例行公事讲了几句：

提案是份情，体现了委员们对全局利益的忠贞；

提案是座桥，它是连接民众与政府的通道；

提案是舞台，各界有识之士可显示才华尽展风采。

为提案事业服务，荣耀无比，切莫懈怠！

一路恋农情

披朝霞、吻晨风，
积肥队伍串成龙。
自行车轮屡遭堵，
喜悦依旧满心胸。

扬花麦穗遇雨阴，
居然未染赤霉菌。
社员田头谈体会，
先发制人才能赢。

豆麦间侧颈望去，
新棉苗破土而生。
耳根后隐隐响起，
丰收曲第一道基音。

不经意家宅已近，
盘算着今天的日程：
进门首先要查看，

孩儿的务农申请……

1977年5月1日，我由工作地平潮骑车回金沙的家，沿途看到了浩浩荡荡的积肥队伍和喜人的庄稼，又想起了儿子将要去插队，遂写下了这段文字。

读报有感

创新图强四十载，
物饶人爽满天彩。
正逢运筹又一轮，
七秩大庆迎面来。

建党立国拓坦途，
伟业征程有三步。
双百愿景非终极，
人类命运共依扶。

2018 年 12 月

无题二则

一

此场飞雪不足夸
未曾落地先已化
毕竟驱得霾君去
还我片刻好光华

2011 年 1 月 8 日

二

正月头上三连晴
废铁也会晒成金
暖阳铸就千家福
吉兆引领万业兴

2011 年 2 月 5 日

亦真亦幻

在梦里，加入趣味运动会，参赛项目织毛衣。我收针起针从头学起。老伴见我手拙，代为编了一大截。评委打了马虎眼，未曾判我作弊，反倒给了个小组第一。

在梦里，我和小宝下象棋。他说车可跳，马可飞，将帅直插敌后根据地。见我置疑他坚持：两个人的游戏，何必循规蹈矩！

在梦里，我去池塘边小歇，眼前景象好有趣，花惹蜂蝶柳吻鱼，蛙逐蚊蝇蟾舔蚁。

在梦里，漂洋过海觅食去，永署礁畔拾蛤蜊，钓鱼岛上捉蟛蜞，带回款待众亲友，都夸壮心健骨好滋味。

2016 年 10 月 2 日

食鸭记

　　邻里要聚餐，宰了一对鸭。公的四斤整，母的三斤半。配上葱姜酒，黄芪也做伴。慢火炖煮时，溢味勾人馋。一旦上了桌，谁也不等闲。都说对应补，各自争相拣。心肝肾肺肠，无一遭怠慢。津津有味间，众皆满头汗。营养乃略微，欢乐更可观。

2018 年 9 月 26 日

逛菜场

天气晴朗，心情也好，信步去菜市场瞧瞧。

蔬菜一厢，堪称丰饶。土豆山药，排列成行；番茄洋葱，面带微笑；青嫩养眼，当数莴苣茼蒿。蚕豆蒜苗，今天销路最好。

看水产一角，带鱼静卧，龙虾乱跳，海蜇卤里泡。更有河鳗黄鳝，池中嬉戏秀柔腰。

活禽市场，现宰现卖，耳闻阵阵惨叫，目睹满地鸡鸭鹅毛。

猪肉摊旁，更为热闹。五花夹心，前蹄后爪，任你挑。眼睛容量大，肠胃空间小。满目美味，能享多少？

2022 年 5 月 1 日

初衷依旧

闲云野鹤，采菊东篱。
多少看透，几许在意。
路见不平，仍会干预。
惩恶扬善，本性难移。
真人一枚，顶天立地。

2022 年 7 月 9 日

读了陆云波同志的退休感言后，随即写了以上几句短评。

随　意

进食未计卡路里，
行为无须蒙太奇。
全都跟着感觉走，
舒服便是导航仪。

健身总爱迈双腿，
娱乐偶或炒地皮。
常忆过往开心事，
愉悦最佳免疫剂。

2022 年 8 月 11 日

综艺调侃

遥记当年青歌赛，
各种流派竞登台。
通俗美声加民歌，
最为轰动原生态。

同为一类格律词，
标牌各异展多姿。
蝶恋花共凤栖梧，
林中还有鹊踏枝。

巧说历史是安岚，
滔滔不绝似于丹。
董卿龙洋谙诗韵，
功底最厚是蒙曼。

2022 年 7 月 8 日

微信两题

翻读微信若批奏，
审时度势妥分流。
收藏经典转趣闻，
删去八卦无厘头。

插科打诨寻常事，
装嫩卖萌偶为之。
适度自嘲是幽默，
相互调侃不带刺。

2022 年 9 月 9 日

履职侧影

南通市县(市、区)委书记座谈会合影留念

一九九〇年八月

从当前冬管说抗灾

"抗灾夺丰收"是大家熟知的口号。它既在很大程度上反映了农业生产的过程和特点，又充分表现了干部、社员战天斗地的英雄气概。

旱象到，用水浇；病虫至，拿药治……这些都是抗灾的具体行动。当前对越冬作物的培管，也未尝不是抗灾的动作。由于去年秋季连续阴雨，三麦播种期推迟，造成目前麦苗比去年同期既小且少，给夺取夏熟丰收带来不利因素。通过早施、重施腊肥，就能促使麦苗健壮生长，加快有效分蘖。高标准地搞好踩耥培土和整修排水沟等农活，就可以使三麦较好地抵挡未来可能出现的低温严寒和过多的雨水，少受损失。

由此可见，我们不仅在灾来之时要积极同灾害做斗争，而且在灾前和灾后也应该认真做好防御工作。我们只有牢固确立"抗灾夺丰收"的指导思想，才能在从种到收的整个过程中，抓好每一个环节，抓实每一项措施，最大限度地控制不利的自然因素，从而获得尽可能好的收成。

《南通大众》1982 年 1 月 6 日

富起来与正起来

随着"左"的指导思想不断被克服，人们已不再"谈富色变"了，许多单位都理直气壮地提出了"尽快富起来"的要求。"富起来"，无疑是指在社会主义前提下，大力发展物质生产，实现国家的富强和人民的富裕。要达到这个目的，需要具备许多条件，其中很重要的一条，就是要有一个好的党风。

我们党是社会主义事业的领导者。党通过耐心细致的政治思想工作，通过号召、说服、教育等方法来吸引人民群众，通过党员的模范行动来带动人民群众，实现自己的领导。端正了党风，党就有坚强的战斗力，能及时刹住歪风邪气，严肃处理违法乱纪行为，使我们的经济建设经常有一个安定的环境和良好的秩序；党风正了，全国人民就会跟着学，就会改变整个社会风气、社会面貌，进一步密切党群关系，增强党和人民的团结，充分集中群众的智慧和热情投入社会主义建设；党风正了，干部队伍必然会斗志昂扬、精神饱满、认真思考，不断带领群众向生产的深度和广度进军；党风正了，党和国家的政策、法令就能得到有效的贯彻，国家、集体、个人三者利益有了正确的安排，社会主义计划经济才能真正实施。

"为了早日富起来，有赖党风正起来。"这看法有一定道理。我们在集中主要精力抓农工副业生产的同时，一定要十分重视党的作风建设，不断用党风的进步来推动社会风气和社会治安的根本好转。后者正是前者的必要保证。

《南通大众》1982 年 2 月 17 日

查清灭光　一送千秋

春季查螺灭螺工作已经开始。希望有这一任务的各地党、政机关进一步加强领导和督促，要抓得很紧、很紧，保证这项工作的范围和质量不打任何折扣，为实现我县一九八五年消灭血吸虫病的目标奠定基础。

我们党和政府的一切活动宗旨，都是为了人民的利益。大力发展农工副业生产，是为了让人民尽快地富裕起来；而搞好血防工作，正是保障人民过上富裕幸福生活的条件之一。那种因为忙于物质生产而忽视血防工作，把"请财神"和"送瘟神"绝对对立起来的想法，显然是片面的。

近年来，我县虽然没有查出现症状的血吸虫病人，但目前钉螺环境较大范围的存在，却为未来的疾病流行提供了可能。对此，我们一定要见微知著、防微杜渐，采取果断措施，把钉螺查清灭光，决不能让潜在的危险酿成现实的祸害。

在进行灭螺活动时，要尽量减少损失。如灭螺区范围内所养的鱼蚌，在用药时须事先迁塘。但也不能因强调减少损失而降低灭螺标准。如为了保全一小块庄稼或芦草而让一些钉螺在那里留种、繁殖，这样做的结果，势必是因小失大，后患无穷。

开展血防工作必须讲究实效，克服过去那种"大呼隆"的做法，建立严格的查螺灭螺责任制。应按照谁受益、谁负担的原则，合理划分责任段。做到结合生产、合同承包、联效计酬、奖赔兑现。

当前正是一年中查螺的最佳时节，我们切莫错失良机。

《南通大众》1983 年 8 月 26 日

徐式君同志在南通市城区第一届人民代表大会第三次会议结束时的讲话

（根据录音整理）

我们南通市城区第一届人民代表大会第三次会议，在圆满地完成了各项议程之后，马上就要闭幕了。刚才市政府张佑才市长给我们做了内容丰富、令人鼓舞的报告。今后，我们共同的任务，就是要按照全国党的代表会议规定的我国社会主义建设的总要求、总方针和省、市委扩大会议精神，以及本次城区人民代表大会所做出的决议，把全区广大群众动员起来，认认真真地从事各项实质性的工作，使我们设想的目标都能转化为现实。

大会主席团要我在这个时候和同志们做一次交谈，其实也没有更多的话要说，我只是把自己对 1986 年如何开展好城区工作的几点想法告诉大家，以期得到同志们的指正。我的想法是四句话，叫作"改革为首，服务为本，大局为重，同心为上"。

先讲改革为首。意思就是我们要坚决执行中央、省委、市委关于把改革放在各项工作首位的指示。改革是我们国家的出路所在，希望所在。对一个地区、一个方面的工作来说，同样也是出路所在、希望所在。我认为改革的本意就是要遵循规律，按客观规律理顺各种关系，让合理的事情合法化。使那些隐藏的、掩盖着的生产力、生命力、创造力充分地释放出来，营造出一个充满生机的局面。我们的党中央和国务院已经对经济、科技、教育三个方面的体制改革做出了决定，对这些决定，我们要进一步学好，并且要创造性地拿出实施的办法。随着以城市为重点的经济体制改革的深入开展，搞活城区的问题被提了出来，在这方面，我们江苏省的南京市带了个好头。南京市委、市政府从 1983 年以来，对其所属的六个城区，采取"四放一促"。四放：一放财政权，建立区级财政；二放旧城开发权；三放包括治安、市场、环境等内容的城市管理权；四放第三产业开发权。一促，就是通过现场会、专题会等形式，促进市直机关各部门依靠城区、支持城区，向城区放权。这样一来，各个城区一改原来死气沉沉的面貌，各方面都活起来了，由过去的一潭死水，变成了今天的活水满池。"问渠哪得清如许？为有源头活水来。"南京市城区能有今天这种生龙活虎的局面，应该归功于改革，归功于那些改革的实践者和支持者。我们南通市城区在过去职能不太明确的情况下，也做了大量的工作，这是难能可贵的。今后，要使我们城区更有作为，在振兴南通的事业中扮演更为积极的角色，也只能寄希望于改革。我们的市委、市政府对城区的改革非常重视，本月 23 日，市委常委还为此专门召开了会议，已经明确了这样几条：第一，要如实地把城区看作一级政权，并赋予它相应的权力，其中包括建立区级财政；第二，在城市管理上，要尽快理顺市与区的关系，日常的大量工作，由城区为主实施；第三，其他社会事业管理权限的调整，要在 1986 年第一季度制定好方案，逐一落实。在这样一种形势面前，我们的区委、区人大、区政府、区政协领导层的同志们都要有足够的精力研究、提出各个方面的改革方案，供市委、市政府决策时参考。同时，我们还要抓好区本身的各项改革。各位人大代表、政协委员有些什么重要的想法也望及时告诉我们。

再讲服务为本。这就是说，我们对领导的职能、改革的目的、城区工作的特点，都要有个清醒的认识。中央领导同志提出"领导就是服务"，这是千真万确的。我们领导机关、领导干部说到底都是为社会服务，为基层服务，为人民服务，为生产服务嘛！我们提出要改革正是为了更好地实施服务。搞活城区是为了更好地发挥城市的服务功能，使得我们能有更大的活力和更多的服务机会。我们城区工作的内容也很明显地体现了服务的意思，如我们搞好了治安、市场、秩序、环境等方面的管理，就能为人们的生产和生活提供一个良好的条件；我们开发第三产业，也就是为了要让本地的居民和过往行人能吃得好、住得上、玩得乐。所以说，服务的观点，我们一刻也不能忘却。在我们的脑子里要有强烈的公仆意识，还要注意经常净化我们的思想和作风，用我们好的思想和作风来保证我们不断提供优质服务。我们积极办好区、镇、街道企业，大力发展城区经济，其目的就是要不断增强我们的经济实力，更好地做好服务工作。我们搞好整党，端正作风，根本的目的也正在于此，就是为了更好地为两个文明建设服务，为人民生活服务，为振兴南通和对外开放服务。

现在讲大局为重。顾全大局，服从全局，这是每一个共产党员、革命干部和广大群众应有的品德和觉悟，这也是一个我们需要经常注意的问题，在进行改革的过程中，尤其需要加以强调。为了维护全局的利益，我们要对党和国家的各项政策、法令认真学习，坚决遵守。对重大问题一定要坚持请示报告制度，不能自行其是。思想可以冲破牢笼，行动应该遵守秩序，一切未经认可的建议都不能作为实际的工作步骤。在改革当中，我们要改变那种部门包揽、垂直管理、事无巨细高度集中的状况，但是，这种状况的形成，有长期的历史原因，不是哪一个人和哪几个人的问题，我们在说法上要注意科学性。

最后讲同心为上。我们城区是特殊的地段、特殊的环境，这种地段和环境决定了我们的工作不但头绪多，而且交叉性很强，要把城区的事情办好，必须群策群力，而群策群力又一定要以同心同德为前提。只有团结奋斗，才能再展宏图，没有同心同德，何来群策群力？道理是显而易见的。我们讲同心，不仅是要求我们城区系统内部的各方面、各层次的同志们要心心相印、步调一致，而且还要求我们自觉搞好和市属各部门、各单位的关系。要搞活城区，孤军奋斗是成不了气候的。我们的许多工作，只有在市属各部门、各单位的同情和支持之下，才能顺利开展。我们引以为荣的是，在我们区人大代表和区政协委员当中有不少是来自市属各部门、各单位的，我们十分希望能通过你们把城区和市属有关方面的感情进一步连接起来，使我们城区在开展工作的过程中，能源源不断地得到市有关方面的支援。在搞活城区、造福全市的过程中，请同志们多搭桥梁、多当"红娘"。

同志们，1986 年快要来到，我祝大家在新的一年里能坚持两个文明一起抓，做到物质雄厚，精神富有，工作、学习更上一层楼。

对同志们耐心地听取我的发言，表示衷心的感谢。

1985 年 12 月 26 日

区委书记徐式君在城区三届人大二次会议上的讲话

（根据录音整理）

各位代表、各位同志：

咱们城区三届人大二次会议，在主席团的组织筹划之下，经过代表们的共同努力，已经完成了各项任务。此时此刻，我们大家的心情都很兴奋。因此，我建议用掌声来共庆我们的成功。

现在我们城区是在一个新的体制之下进行工作，区情发生了变化，在王区长、程主任的报告中，都直接或间接地谈到了区情的有关问题。区情怎么分析，还有待于我们进一步加以推敲。这个问题是应该认真研究的。只有把情况分析透了，我们的工作路子才能更好地符合实际。今天，我想在这个会议上，对经过调整后的城区的一些新特点，作点分析，希望能得到大家的指教。

我觉得我们目前的这个区域，和以往相比，有五个特点：

第一，造就一个方圆，中心地位突出。以往我们城区未能形成方圆。城郊是难分你我的，在许多地方都连在一起，地图上都没法把城区和郊区的位置标出来，这是往事。

今天城乡一体了，方位比较明确，可以说是造就了一个方圆。成了一个方圆，中心地位也就突出来了。当然，我们城区机关的所在地，仍然是北纬 32.04 度、东经 120 度 51 分，大概文化宫就是这个位置，这个没有变。但是，现在我们这个城区，才真正算是南通市的中心。以前我们城区讲是南通市经济、文化和交通的中心，这样讲有没有错呢？没有错。但是，城区可以这样讲，郊区也可以这样讲。因为郊区管辖的范围也包括市中心一大块，它同样可以说是南通市的中心。现在市区是"一体两翼"的格局。"一体"：就是城区。"两翼"：就是港闸区和富民港办事处。我们是市区的主体地位、中心地位就突出来了。我这样说，不是说富民港和港闸区这两个地方不重要，而是各有特色，各有优势。富民港地区有一个开发区，这个开发区，正如徐燕市长所说，是我们南通市的"窗口"所在，它有很多的优势。而港闸是我们南通工业经济的重镇，也是我们南通地方工业的摇篮，无论过去和现在都是全市举足轻重的一块，未来的作为，也必定是令人瞩目的。所以说三个区域都很重要。比较而言，我们这个地段属于中心位置，人家有理由期望我们把各项工作做好，所以，在这个区域工作的同志，要有强烈的示范意识和先行意识，各项工作都要坚持高标准、严要求。在各项建设当中，尤其是精神文明建设中，要起到示范作用。我们整个市，都在奔向"小康"，那么，我们近郊的几个乡镇都要在实现"小康"的步子上走得更快一点。文明方面要示范，小康方面要先行，这是区内外广大群众的一个共同的期待。

第二个特点，两个系统合成，行业要求各异。区划调整以后，实际上把两个系统的工作合在一起了。原来我们城区，尽管从事多方面的工作，但就本质而言，是属于城市工作系统。近郊的四个乡，则属于农村工作系统。原来城郊分设，现在合在一起，实际上是两个系统的合成。现在从行政单位来讲，我们有七街四乡镇，经济门类比较全，有工、农、商、建、运。就工业来讲，有纺、机、电、化、轻；从农业来讲，有粮、菜、鱼、畜、禽。门类比较多，各个门类都有自己特殊的规律。对此，我们要有统筹意识和互补意识。要注意工作指导的分类性、管理方法的多样性、执行政策的兼容性和共同开发的自觉性。这里有一个突出问题就是工作上要体现分类指导，分类指导包括管理方式、执行政策。乡镇企业的一些灵活经营的政策要照常执行，不能够用管理城市的方式来套农村工作，指导工作要具体化。譬如工业的产、供、销，农业的收、种、培，学校的德、智、体，计划生育工作的晚、少、好等特殊各别的要求，不能统统用一个"万能方案"来解决。同时，城乡之间的合作要进一步密切，无论经济工作还是城市管理都要做到取长补短、共同开发。只有这样，才能体现区划调整后应有的效应。

第三个特点，城乡兼而有之，管理工程复杂。过去我们实施城市管理的时候，有一个条块的关系问题，今后仍然有这方面的问题。现在除了要继续处理好条块关系问题外，还有一个城乡关系问题的处理，我们面临的不仅有许多"双边"关系问题，还有好多"多边"关系问题，这些都有待我们妥当的加以处理。管理工程尽管复杂，但是这项任务一刻也不能放松，应该比以往完成得更好。在从事管理工作的问题上，我们应该有区域意识和协调意识，尽管我们目前经济的工作分量加大了，但是我们是一个地方机关，而不是一个企业，也不是企业集团，我们对辖区的管理有不可推诿的责任。所以，市容管理、市场管理、卫生管理、治安管理等工作，都要协调社会力量一丝不苟地抓好，要提高整个城市综合管理的水平。我们的街道和乡镇都要把搞好管理视作是自己的一项重要责任。

第四个特点，政府职能扩大，服务责任加重。原来城区政府不管农村、不管蔬菜，当然也不管乡镇工业。但是区划调整以后，就加了这么一些内容。这些内容有了以后，一方面说明职能扩大了，同时也说明我们的担子加重了。过去我们除了管理自己的区属企业和街道的一些小企业以外，有很大一部分精力是从事城市管理，这样做当然是对的。我们过去的服务大多是体现在为辖区的安定、整洁这些服务方面，现在安定、整洁仍然是要抓好。除此之外，城区政府要为十万人吃饭、二十万人吃菜、三十万人的安定生活服务。我们工作的优劣，影响着我们二十万人的餐桌状况如何，也影响着广大农民和区属职工的生活保障情况如何。

在从事服务的时候，我们必须具有爱民意识和实事意识，首先就是要有为民造福的责任感，接着就是要扎扎实实为民办实事，因为人民是我们服务的主体，实事则是传送我们服务的载体。

第五个特点，实力明显增强，经济结构独特。和以前相比，实力明显增强了。去年我们城区在经济工作的指标上，是沿用了全国大多数城区所用的口径叫生产经营总值，生产经营总值我们去年搞到一亿六千万元。那么，真正可以作为产值来统计的就是工业产值，只有五千八百万元。原来的就这么一个数字。新的区划调整以后，这四个乡镇的乡村工业就有四亿七千万元，四亿七千万元和五千八百万元加起来，就一个变十个了。过去是五千多万元，现在是五亿多元，这个实力是明显增强了。同时，我们看到城区的经济结构是很独特的，没有什么国有企业，除了有一部分区属的大集体企业外，还有一小部分街居的小工业，大量的是乡村工业。我们看乡村工业是三个大：一个大叫占比大，乡村工业占整个城区工业的84%以上；第二个大叫密度大，城区占地面积为七十八平方公里，乡村工业产值是四亿七千万元，每平方公里大体有600万工业产值，而整个南通市是8000平方公里，同样按80年不变价计算，90年的工业产值是70多亿元，不到80亿元，就算是80亿元，那也就是说每平方公里仅有一百万元乡村工业的产值，我们这块地盘上乡村工业的产值密度很高；第三个大叫弹性大，乡村工业基本上或者说主要的是市场经济，它的原材料，它的销路都要靠自己去想办法。工作的能动性如何，就直接制约着经济的发展水平，说弹性大，活力也在这里，受制约因素也在这里。目前经济实力增强了，又属于这样一种经济结构，我们全局的第一位的工作是什么？回答应该是抓经济工作，而重点又要放在乡镇企业方面。只有把经济工作抓好了，把乡镇企业抓好了，才能够有城区全局的稳定，管理服务的事业才有物质的支持，农民和职工的生活保障才能有可靠的后盾。对这一点，我们应该有中心意识和基础意识。没有这个基础，全局就拿不到主动，各项事业的发展就没有一个来源。今后我们要如实地把经济工作放在第一位。我们原来的一些区属企业包括一些街居企业，也都有自己好多的优势，过去也为城区的发展做出了很大的贡献，目前还有很大的潜力，有很多的优势，所以，同样要关注这一块。我们区属企业里有年创利百万元的"堡垒"也有若干经营效果良好的"明星"，在集中主要精力抓乡镇企业的同时，对区、街企业的经济也一点不能放松。"堡垒"要照常屹立，"明星"要依然闪烁。

对于区情，我提出一些看法，供大家斟酌。

针对目前城区工作的格局和状况，我们区委对区级机关的作风建设也有一些意向，主要是以下几个方面：

1. 振作精神，也称提神。提神，不是靠咖啡、茶叶、酒精、尼古丁。而是要靠我们对党的忠心，对人民的爱心，来激励我们的责任感。目前，我们在任务比较重、困难又相对多的情况下，尤其要树立信心，就是办法总比困难多，要为人民争贡献。要有这么一种精神状态。

2. 感情合成。体制合成了，工作体系合成了，要做到神、形、貌都一致。感情合成，主要在于要相互理解。我们都分头从事各个行业，对自己的工作了解得比较多，对其他行业就了解得比较少，了解得少也会影响到理解的问题。所以，要做到感情合成，就要多沟通，坦率地沟通，多提醒，及时地提醒。尤其城区机关的同志对新划进来的乡镇情况，要加快熟悉，要更加注意对乡村工作的体谅和理解，支持也是来自理解和体谅。

3. 加倍勤奋。区划调整，已经历了几个月份了，目前还处在进一步交接阶段，有些功能还没有衔接到位。我们机关的有些同志对原来这块比较熟悉，对新的一块有一个逐步熟悉的过程，这是一点也不奇怪的。才能和事业是相长的。只有经过事业的实践，经过磨炼，才能方可养成。原来没有管过这个事情，一下子不可能具有这个才能。怎么样才能缩短这个周期呢？就是要加倍勤奋，更加积极地去工作，更加积极地去研究，尽可能把情况弄清楚，搞好应有的服务。

4. 廉洁从政。廉政建设是当前群众关心的一个热点问题。这方面，城区也是经常抓的，也取得了一些成效。但我们不能因此而满足，要进一步抓好。要通过进一步的宣传教育、完善制度、认真办案、领导带头等措施，来进一步优化廉政建设的工程。通过搞好廉政建设，进一步增强党和政府的号召力、凝聚力，动员大家万众一心，把我们的事业办好。在廉政建设的工作当中，应该也必须接受群众的监督，我们欢迎代表和广大群众不断对我们提出批评意见。当然，我们在实施监督的过程中，在提批评意见时，还要注意重证据、按程序。这是基本的规矩和准则。对这一点，我想我们大多数的同志是不会陌生的。

5. 着眼基层。一切物质财富是在各个企业里面创造出来的。我们的管理工程、安全工作，之所以能够成功，都是靠各个基层（包括村委会、居委会）扎扎实实的工作才体现出来的。所以，领导机关一定要做到眼在基层、心在基层、脚在基层，要经常跑到基层去。基层想些什么？他们的经验是什么？他们的难处是什么？我们怎样来排解？如果我们不经常到基层去做了解、研究，就很难使我们的服务奏效。服务于人民，很大程度上体现在服务于基层，通过基层来体现我们为人民服务。我们在服务的过程中，一定要为基层多办实事。

以上是区委对机关作风建设的一些意向，会后将进一步做研究，也希望能得到代表同志们经常性的监督、批评、指点和帮助。

代表同志们，过去我们城区空间比较小，体制也是很不完善的，即使在那样一种情况下，我们的代表尚能通过审议、视察、联络、疏通等形式，为活跃城区的事业做了大量的工作，做出了很大的贡献。现在条件更好了，把事情办好的机会更多了。我希望代表同志们，在新的城区格局之下，共同努力，耕耘这块土地，播下我们的艰苦，播下我们的辛勤，让我们一起收获财富、收获荣誉。我对代表们以往和今后对城区事业做出的贡献一并表示感谢！

精神·理解·改革

——区委书记徐式君同志在工业公司一九八七年年度总结表彰大会上的讲话

同志们：

今天，我们参加工业公司的总结表彰大会，听了大家的发言，很受启发。我代表区委、区政府向工业公司的先进单位、先进集体、先进个人以及为城区工业全面完成和超额完成全年任务出了力的所有同志表示真心实意地祝贺。并借此机会向同志们恭贺新年。下面跟同志们讲几点意见，也是感想。

一、发扬马胜利精神，防止步鑫生弊病。我们大家都要向全国改革标兵马胜利同志学习，马胜利是厂长，厂长们当然要向马胜利学习；不是厂长的工人，或者是机关的工作人员也可以在马胜利身上学到不少东西。但作为厂长来说，对口性就很强。学习马胜利内容是很多的，我认为至少应在兼顾三者利益、广听多种声音、统管两个文明这三个方面向他看齐。马胜利的国家利益观念很强，群众利益观念也很强，而且十分注意企业自身的发展，三者利益兼顾得很好，形成了良性循环，各方面都相得益彰。马胜利的作风很民主，善于听取各种意见。厂长是企业的中心人物，这是毫无疑问的，但在决策的过程中，像马胜利那样多听听各种各样的声音是有好处的。譬如说企业里面有党组织、工会组织、共青团组织，有赞同你的一些声音，也有不够赞同的或者某些方面不够赞同你的一些声音，都可以听一听。听了以后，分析权衡，再做决策，就可能更切合实际一点，更好一点。马胜利不仅重视物质生产的管理，也十分关心企业的精神文明建设。向马胜利学习，就不仅要对企业的产值利润负责，而且要对人与人之间的关系和精神风貌负责。最近，我去了节煤设备厂、包装厂、凯旋纸箱厂等几家企业，觉得我们厂子里有一方面意识性很强，就是安排生产，不仅考虑到经济效益，而且考虑到工人们的斗志。我想，有这么一种意识很好，马胜利在这个方面也有很多动人的事迹。我们在发扬马胜利精神的同时，还要防止步鑫生弊病。步鑫生在改革初期是做出了贡献的，这点应该充分肯定，但后来在成绩面前，他不能正确地摆正自己的位置，有那么一点一意孤行，这些我们已从报纸上看到了。我们每一个企业的负责人都要吸取步鑫生的教训，一个人的本领再大，但毕竟是有限的，还要靠各方面的积极性、各方面的智慧，才能把事情办好。事情办好了，也不要把功劳全部记在自己的账上，这样做不符合事实，也不可能减少失误，不断进步。我们说要防止步鑫生弊病，就要避免这种情况。因为厂长是中心人物，有决策权、指挥权，在决策过程中要遵循一定的程序，要多听各方面的意见。我想我们要从步鑫生曲折的今天中获得教益，旨在防止弊病的产生。步鑫生有比较漂亮的昨天，也有曲折的今天，我们也希望他有光辉的明天。能像晋朝的谢安一样东山再起。一个人犯了错误，只要从中吸取教训并做出改正，还是有希望的。

二、企业内外、全区上下，都要提倡相互理解。在理解当中加强团结，增进合作。我们接触了一些厂长，厂长有厂长的苦衷，厂长们的时光并不都是在赞扬声中度过的，并不都是在表彰会上度过的；厂长们为了加强管理，难免要得罪一些人；厂长们为了推销产品、搞活经营有时还要巴结一些人，这时参加评论的人不少，评论声中有符合实际的，也有不够全面的，还有个别是恶意中伤的。在这种情况下，领导者应该明察是非、主持公道。我自己也算是个过来之人了，过去在比较复杂的环境中工作时也有过"天不怕，地不怕，就怕领导听片面话，接到来信不调查"的感想。因为在"既不能肯定，又不能否定"的平均数中过日子，其滋味很不好受。下级需要上级的理解，上级也需要下级的理解，不能毫无根据地相互埋怨，责怪对方"不出力""不支持"，要通过对话和经常性地接触，增进理解、消除误会，在现有的环境条件之下，在主观上尽最大的努力，把事情办好。相互理解，应是全社会的需要，在我们城区这个特殊的地段上，在困难体制环境中工作，尤其要提倡理解、加强团结、增进合作，真正同舟共济，共登比较理想的彼岸。把城区工作进一步搞上去是有希望的，但困难也不少。只要我们相互理解、配合默契，困难就会更多地被克服。

三、要广泛进行思想发动，使深化改革成为全区广大干部职工的共同愿望和自觉行动。刚才王区长已说了，我们区四套班子都在研究我们区属企业的改革问题。要完善经营承包、加强管理、搞活分配；引入竞争机制；扩大横向联合。这些内容触接的面很广，牵连到每一个人，但是这项工作非搞不可。如果这项工作深入不下去，我们城区经济要发展就很困难。改革是我们的出路所在、希望所在，但改革的要求仅仅停留在我们公司一级或者厂一级领导的思想上面，做起来就不会顺顺当当。最近，市里开了会议，要求我们增强改革意识，进入改革角色。在我们城区的地盘上，在我们城区企业当中，如何深化改革，要根据上级的总要求，各个厂里要深入发动，让大家出主意。思想政治工作的基本职能是动员人们认识自己的利益，并为这种利益的实现而团结奋斗，改革正是本质地体现了我们国家的、企业的、职工个人的利益，我们一定要按照十三大的精神，深入浅出地向广大群众讲清改革与大家切身利益之间的关系，使每个职工都能热情地拥护改革、积极地投身改革。我总的希望工业系统在 1988 年改革深下去、经济搞上去、产品打出去，在改革的实践中做到增长效益、增长实力、增长本领、增长斗志，在明年的这个时候，让我们能在新的台阶上展望未来、规划目标。

《城区工业》1988 年 2 月 10 日

上架建议:文学·散文

ISBN 978-7-5321-8947-2

9 787532 189472 >

定价:398.00元（全10册）

齐河县青少年地方文化读本

风华齐河

孙茂同　赵方新　主编

上海文艺出版社
Shanghai Literature & Art Publishing House

图书在版编目（CIP）数据

风华齐河 / 孙茂同，赵方新主编 . -- 上海：上海
文艺出版社，2024
（黄河文丛 / 孙茂同，赵方新主编）
ISBN 978-7-5321-8947-2

Ⅰ . ①风… Ⅱ . ①孙… ②赵… Ⅲ . ①散文集－中国
－当代 Ⅳ . ① I267

中国国家版本馆 CIP 数据核字 (2024) 第 009715 号

发 行 人：毕　胜
策 划 人：杨　婷
责任编辑：李　平　程方洁　汤思怡　韩静雯
封面设计：悟阅文化
图文制作：悟阅文化

书　　名：风华齐河
主　　编：孙茂同　赵方新
出　　版：上海世纪出版集团　上海文艺出版社
地　　址：上海市闵行区号景路 159 弄 A 座 2 楼
发　　行：上海文艺出版社发行中心发行
　　　　　上海市闵行区号景路 159 弄 A 座 2 楼 206 室　201101　www.ewen.co
印　　刷：成都市兴雅致印务有限责任公司
开　　本：880 × 1230　1/32
印　　张：84
字　　数：2079 千
印　　次：2024 年 1 月第 1 版　2024 年 1 月第 1 次印刷
I S B N：978-7-5321-8947-2
定　　价：398.00 元（全 10 册）

告读者：如发现本书有质量问题请与印刷厂质量科联系　T：028-83181689

序　言

为齐河画一幅"速写"

前几年，县文联先后编纂出版了两本书，一本是《行吟齐河》，一本是《历史名人与齐河》，内容都是介绍齐河的历史文化和人文风情的，读者打开它们，可以从不同侧面了解齐河。两书文字以散文为主，读起来较为轻松，也收获了不少赞誉。

齐河这几年发展变化很大，越来越像一个现代化城市了，作为齐河人，都很骄傲和自豪。齐河最大的自然人文景观就是流经而过的 63 公里黄河了，可以说，黄河自 1855 年夺大清河入海后，造就了齐河社会历史发展的基本面貌，也成了齐河站在新时代起跑线上最强劲的动力之源。齐河与黄河的关系，是一部大书，书之不尽，读之不尽。齐河，已经连续七八年蝉联全国百强县，县委县政府提出的新目标是"十四五"时期进入全省县市区 30 强、全国综合实力百强县 50 强，气魄非常大，振奋人心。这个目标的实现，需要每个齐河人的努力付出，当然也少不了我县文艺工作者的参与。唐代大诗人白居易在《与元九书》中说："文章合为时而著，歌诗合为事而作。"身处齐河发展的蓬勃火热的氛围里，我们每一位文艺工作者都应该责无旁贷地担当起书写、铭记这段历史的职责，用手中的笔描绘美的诞生和升华，状写时代之情。同时，县文联发挥引导作用，主动给我县作家们布置"作业"，把大家的创作引向书写大我，讴歌家乡，探寻地方文化的方向上来，于是一篇篇带着露珠，闪烁着晨曦，蕴含着深沉历史喟叹的文章，陆续走进读者的阅读视野，齐河这片神奇的土地，也一次次在这些文字里绽放出春的桃红李白，释放出秋的成熟芬芳。

本书第一个栏目"谈古论今说齐河"，集中了我县作家和地方文史研究专家关于"上风上水上齐河"和"齐"字的解读文章。"上风上水上齐河"既是一句朗朗上口的宣传语，也是对"新齐河"的现实定位。家乡在每个人心里都是一个小小的温暖的地方，热爱家乡是人类情感世界里最炽烈的部分之一。我们的每位作者怀着这份赤诚的情愫，还有一份责任感，驱遣文思，深入探求，结合齐河的历史和现状，对此做出了令人信服的解释。对"齐"字的阐释，可谓是别开生面，这也是第一次在如此大的范围内思索"齐"与"齐河"的渊源和关系。"齐河"姓"齐"，有古韵，有厚度，有悠远的历史回响，有宏阔的未来呼唤。通过阅读这些文章，我们可以清晰地知道齐河的"来路"，清晰地看到齐河的"前程"。这是本书的一个"闪光点"。

我们也尽可能搜集了一些外地作家写的关于齐河的文章。这样一个个小小的窗口，可以给读者打开一个新的视角来观察齐河，阅读齐河。

值得注意的是，我县老作家华锋先生一直致力于对齐河历史文化的研究，此次收录了他的几篇力作。他是一位有着浓郁家乡情结的作家，在他的笔下，神秘的"隐城蜃气"重现人间，"华大先生"从历史风烟深处向我们走来，新生或新发现的泉水晶莹喷涌……他的文字洋溢着对家乡的挚爱之情，读之令人动容。青年作家姜仲华擅长对文史的钩沉，他发现了不少掩藏在各类史书、方志里的齐河史料和齐河故事，并且他的文字很"润"，带着丰富的文学意味，读来兴味盎然。解永敏先生的几篇文章，写得荡气回肠，在熔裁史实的基础上，极尽叙事之能事，颇有个人的风格。其他作者的文章，也紧扣主旨，从不同侧面，表现了齐河风物之美、人文之深、风情之醇。

在选编原则上，我们坚持以表现齐河的历史文化、风土人情为主要内容，以挖掘和弘扬齐河文化为主要目的，对于跟主题相对疏离的文章，或者篇幅过于庞大的文章，只能割爱。另外，对于一些内容重复的篇目，我们依据有关要求，也进行了汰舍。因为我们的眼界有限，肯定会有遗珠之憾，只能俟诸来日了。该书的编辑出版得到了各位领导和作家朋友的大力支持，画家高义杰先生为本书创作了精美的插图，王淑慧、王翠捷、马婷参与了前期稿件的搜集、整理和校对工作，在此一并表示感谢。

编者

2022 年 9 月

目 录 ●————————————————————————————

第一辑 谈古论今说齐河

●

向上的力量 ⋯⋯⋯⋯⋯⋯⋯⋯⋯⋯⋯ 赵方新 002

"上风上水上齐河"之我见 ⋯⋯⋯⋯⋯ 华 锋 007

俗语中的风雅 ⋯⋯⋯⋯⋯⋯⋯⋯⋯⋯ 解永敏 011

晴空万里排云上 ⋯⋯⋯⋯⋯⋯⋯⋯⋯ 张玉华 013

一张靓丽的城市名片 ⋯⋯⋯⋯⋯⋯⋯ 沈仁强 017

"泱泱齐风"奏新曲 ⋯⋯⋯⋯⋯⋯⋯⋯ 华 锋 022

从"齐"向"奇"的嬗变 ⋯⋯⋯⋯⋯⋯ 赵方新 027

"齐"说"黄河粮仓" ⋯⋯⋯⋯⋯⋯⋯⋯ 石 勇 031

"齐"的精神图谱 ⋯⋯⋯⋯⋯⋯⋯⋯⋯ 沈仁强 035

大河奔流向海阔 ⋯⋯⋯⋯⋯⋯⋯⋯⋯ 王长月 040

第二辑　名家笔下的齐河

湿地上的博物馆群 ⋯⋯⋯⋯⋯⋯⋯ 高建国 050

大义之城 ⋯⋯⋯⋯⋯⋯⋯⋯⋯⋯⋯⋯ 许　晨 062

记住，一定要给女孩戴上花环 ⋯⋯ 红　孩 085

山东黄河第一湾 ⋯⋯⋯⋯⋯⋯⋯⋯ 王筱喻 088

寻找精神的高地 ⋯⋯⋯⋯⋯⋯⋯⋯ 雨　桦 100

第三辑　名人们的齐河往事

林逋的诗和远方 ⋯⋯⋯⋯⋯⋯⋯⋯ 姜仲华 106

陈师道夜宿齐河 ⋯⋯⋯⋯⋯⋯⋯⋯ 姜仲华 114

王士祯留诗环青园 ⋯⋯⋯⋯⋯⋯⋯ 鲁昂之 124

一代循吏　多面人生 ⋯⋯⋯⋯⋯⋯ 鲁昂之 131

状元王杰为齐河人书写碑文 ·············· 姜仲华　林海滨　141

华大先生 ·································· 华　锋　152

黄河文化的家族密码 ····················· 解永敏　156

治河名臣的齐河记忆 ····················· 张玉华　172

晚清诗人宋其光 ························· 姜仲华　178

进士王芝兰的才情人生 ··················· 姜仲华　183

王祝晨发起全国地方志编修工作 ··········· 姜仲华　189

武生泰斗的"齐河缘" ··················· 王艳鸣　192

尹作滨制作开国大典红灯笼 ··············· 姜仲华　195

刘宝纯先生的"齐河缘" ················· 王道温　201

第四辑　风物乡情里的齐河

美如绸缎的齐河 ························· 丁淑梅　210

未曾消失的风景 ⋯⋯⋯⋯⋯⋯⋯⋯⋯⋯⋯⋯⋯⋯⋯ 华　锋 215

齐河有清泉 ⋯⋯⋯⋯⋯⋯⋯⋯⋯⋯⋯⋯⋯⋯⋯⋯⋯ 华　锋 226

老城寻踪 ⋯⋯⋯⋯⋯⋯⋯⋯⋯⋯⋯⋯⋯⋯⋯⋯⋯⋯ 朱长新 231

夕照晏婴祠 ⋯⋯⋯⋯⋯⋯⋯⋯⋯⋯⋯⋯⋯⋯⋯⋯⋯ 朱长新 238

光闪温聪河畔 ⋯⋯⋯⋯⋯⋯⋯⋯⋯⋯⋯⋯⋯⋯⋯⋯ 马传波 242

大清河是条文化河 ⋯⋯⋯⋯⋯⋯⋯⋯⋯⋯⋯⋯⋯⋯ 孙德奎 248

诗情画韵大清桥 ⋯⋯⋯⋯⋯⋯⋯⋯⋯⋯⋯⋯⋯⋯⋯ 张丽华 257

黄河南坦的弯道风景 ⋯⋯⋯⋯⋯⋯⋯⋯⋯⋯⋯⋯⋯ 解永敏 261

宜人清河 ⋯⋯⋯⋯⋯⋯⋯⋯⋯⋯⋯⋯⋯⋯⋯⋯⋯⋯ 付其文 272

北展区的新生 ⋯⋯⋯⋯⋯⋯⋯⋯⋯⋯⋯⋯⋯⋯⋯⋯ 张玉华 274

走马寨 ⋯⋯⋯⋯⋯⋯⋯⋯⋯⋯⋯⋯⋯⋯⋯⋯⋯⋯⋯ 朱长新 280

戚官屯的新色彩 ⋯⋯⋯⋯⋯⋯⋯⋯⋯⋯⋯⋯⋯⋯⋯ 丁淑梅 285

流洪不在 ⋯⋯⋯⋯⋯⋯⋯⋯⋯⋯⋯⋯⋯⋯⋯⋯⋯⋯ 朱长新 293

寻访小柴庄 ⋯⋯⋯⋯⋯⋯⋯⋯⋯⋯⋯⋯⋯⋯⋯⋯⋯ 王长月 296

两走安辛村 ⋯⋯⋯⋯⋯⋯⋯⋯⋯⋯⋯⋯⋯⋯⋯⋯⋯ 朱长新 309

谈古论今说齐河

向上的力量

赵方新

不久前，县里提出了"上风上水上齐河"的城市新定位，以适应和引领我县当前发展的新局面，给人以耳目一新之感。

喜欢赞美家乡是人之常情，我也乐此不疲。外地的朋友询问我齐河有什么名胜，我很干脆地回答："黄河！那是当然了。"朋友来访，我带他们到南坦去看黄河，就像展示一件家藏的珍宝，那股自豪劲自不待说了。

无疑，黄河是齐河含金量最高的一张名片，是上天对齐河最好的眷顾。1985 年版《齐河县志》说："齐河的命运系于黄河。"此言不虚。

现在黄河的河道原为大清河河道。清咸丰五年（1855 年）黄河决口于河南铜瓦厢，夺大清河入海，继而形成今天的流势，造成齐河最大的自然人文景观。历史上的黄河像一头不可羁勒的猛兽，以善淤、善决、善徙而闻名，令人谈之色变，所以治黄历来都是头等大事。据说清朝的山东巡抚上任第一天就要到黄河祭河，视察河工，以示对黄河的重视。

八百多年的齐河老县城依偎于黄河大堤下，与省府济南隔河相望，自然有剪不断理还乱的关系。1893 年 1 月，到北京总理衙门谋职不遂的刘鹗被风雪阻于齐河县城里，情怀萧索，惆怅

黄河是齐河最大的历史人文景观，是齐河人的精神家园　高义杰 / 绘

之余，写下了"红烛无光贪化泪，黄河传响已流澌"的诗句。后来，他在长篇小说《老残游记》里，用大量笔墨描述了齐河黄河的风光和齐河的风土人情，使齐河跟这本文学名著结下了深厚的缘分。1971 年国家水电部为防洪防凌，开建黄河北展区，齐河老县城废，新县城晏城兴。2008 年因小浪底工程解决了黄河的汛情隐患，国家解禁黄河北展区，齐河县依托于此，发展现代旅游业，新城迅速崛起。由这个粗略的线索看，黄河确实深刻地影响和改变了齐河。

只有作为齐河人，才能理解齐河人对黄河的感情。在齐河 63 公里沿黄岸线上共有 5 座引黄闸，使黄河水得以流入齐河。齐河近水楼台先得月，在水资源相对匮乏的北方，成为少有的丰水县，加之县境内还有徒骇河、巴公河、温聪河、倪伦河、赵牛河等十几条河流，形成了河网纵横、湖泊星罗棋布的格局，使之成为名副其实的"黄河水乡"。在齐河，大自然以水为笔，描绘了一幅水光潋滟、人水和谐的北方水乡画图。水给齐河带来了诗意画韵，也实实在在造就了农业的"黄河粮仓"、工业的腾飞、旅游业的一鸣惊人。

我认为"上风上水上齐河"中的"上水"，首先是对齐河黄河的准确定位和高度概括：从自然形态来说，黄河之水天上来，她是从高高的青藏高原上奔流而来的；从历史层面来看，她从上古流淌到现在；从齐河人对她的感情出发，黄河是母亲河，是被高高擎在头顶上的神祇；从现实层面考量，黄河之于齐河的重要性是无与伦比的，这里的"上"字又被赋予了"至高无上、无可替代"的意思。

水利万物而不争，水代表着包容，代表着无往不前；流水不腐户枢不蠹，水还代表着生生不息的创新精神。所以"上水"更是齐河人在新时代自我定位的胸怀和精神内涵之一。

"上风"，寓意着齐河因优越的区位而最先领受政策之风气。齐河跟其他地方相比，还有一点很突出的表现，也是大自然的馈赠，这就是她特别优越的区位交通优势。齐河的地理位置大略可以这样说：居泰山脚下，偎黄河之滨，瞰华北沃野，北则达京津冀，南则通江沪浙，四通八达，风云际会。这种区位使齐河形成了广纳八方、聚风聚水的特征。

齐河老县城的北门名"拱极"，即今日北牌坊之题额。"拱极"者，众星拱卫北斗之意，此处之"极"落在地上便是首都北京，齐河便是列布于京城之南的一颗明星。齐河南以巍巍泰山为屏障，向北一马平川，毫无阻隔，高铁到京仅一个半小时，极易接受北京的辐射，尤其是党的方针、路线、政策的春风的吹拂。这是真正的"上风"。

改革开放后，齐河的发展历程也充分证明了这一点。齐河踔厉奋发，敢领时代风气之先，展开了一轮轮思想解放，自我加压，以舍我其谁的气魄，敞开胸怀，招才引智，其发展经历犹如一部当代传奇，引起了多方的瞩目。今天，新一届县委领导班子以再出发、再启航、再攀登的心态，重新审视齐河，重新定位齐河，重新谋划齐河，弘扬"今天再晚也是早，明天再早也是晚"的"立即办"作风和"有第一就争、有红旗就扛，有先进就学、有经验就借、有问题就改、有短板就补"的拼搏精神，必将催生齐河发展的新纪元，再创齐河的新辉煌。这是齐河自身内生的"上风"。

齐河之所以具有如此多的发展利好，能频频得到"上风"眷顾，我觉得这里面有个心态问题。经过多年的砥砺发展，齐河人认识到放步自封不行，小富即安不行，自高自大更不行，只有虚怀若谷、脚踏实地才行，只有敢于抢抓机遇、不等不靠才行，只有永不满足、永不停息才行。齐河秉持这种心态，才能不断创造属于自己的奇迹，才能在新时代讲述出精彩纷呈的"齐河故事"。

最近发生在我们身边的许多事情，都是令人倍感振奋的，齐河一中的扩建，行知中学的奠基，新文化艺术中心的破土，齐州黄河大桥的开建……齐河在生长，齐河在舞动未来。尤其是齐州黄河大桥的建设，更是展示了齐河沟通八方、迈向明天的信心和气魄。一桥飞架母亲河，是齐河向世界发出的请柬，是齐河投递给未来的报告。这些都是"东风吹来满园春"的结果，也是齐河人乘"上风"之势而作为的成果。

"上风""上水"共同铸就了一个"上齐河"。"上"这个字有"上等、优良、优秀"之意，"上齐河"自然是一个有区位优势、有文化积淀、有未来感召力的齐河；"上"字还可以做动词用，相当于"来"，伴随着齐河新一轮的发力，齐河在文化旅游业上的先声夺人，"上齐河"已经成为越来越多的商界精英和普通大众的共识；"上"字还有一层"领先、在前"的意思，那么"上齐河"就变成了我们共同期待的一个目标："上游的齐河"。

我曾在一本书里写道："历史的脚步在哪儿停驻是从不提前告诉人们的。"我想，当历史老人逡巡的步履行经这片黄河岸边的土地时，他定会欣然驻足，并久久凝望。

"上风上水上齐河"之我见

华 锋

一、从关键词谈起

"上风上水上齐河"共七个字，由四个关键词（字）构成，即：上，风，水，齐河。

关键词（字）一："上"。"上"在现代汉语中，是内涵非常丰富的一个字。《现代汉语词典》中，"上"的含义有 19 条之多。（见《现代汉语词典》第 6 版，以下简称《现汉 6》）这么丰富的含义，大体可以分为四个方面：一是名词，包括方位词、次序和时间用词，如上部，上端，上游，上卷，上次，上半年等。二是指等级或品质高的，如上等，上级，上品。三是指向上面，如上升，上进。四是动词，是含义最多的一部分，如上山，上楼，上车，等等。由于"上"字本身的含义丰富多彩，由"上"字组成的词组就有二百余条（见《现汉 6》第 1137—1142 页），兹不一一列出。

关键词（字）二："风"。"风"在现代语中不但是一个内涵非常丰富的一个字，而且是文化意蕴丰厚的一个字（词）。《现汉 6》中由"风"组成的词条有 140 多条。如"风采""风度""风发""风气""风范""风华""风格""风骨""风景""风俗""风雅""风土""风物""风华正茂""风和日丽""风风火火""风驰电掣""风生水起",等等。

关键词(字)三:"水"。"水"这个字在现代汉语中,是以名词为主的,其本身的含义比较单纯,一是指人们日常饮用的、来源于大自然的氢氧化合物。水在零度以上为液体,零度以下为固体(冰)。二是指河流。三是指江、河、湖、海、洋。四是指与水类似的液体状的物质,如墨水、药水等。由于水是构成生命和生命赖以生存的重要物质,因此,水的引申义十分丰富。在《现汉6》中,由"水"组成的词有200余条。如"水平""水利""水乡"等。

关键词四:"齐河"。齐河为华夏一县,位于山东省中部,省会济南西郊,黄河之滨,华北平原东南边缘。历史悠久,古称祝阿,迄今两千余年;继称齐河县,迄今近900年。地理位置十分优越,被人们称之为"钟灵毓秀"之地。笔者在一次座谈会上,仅就齐河的区位优势拟了几句"顺口溜"《说齐河》:"临省城,居要冲。沿黄河,有灵性。大平原,阔心胸。条条大路通四方,一马平川到北京。"齐河有国际花园城市、全国百强县等数十项全国、全省的亮丽名片。兹不展开叙述。

二、契合于关键词的总体观照

由上、风、水、齐河四个关键词(字)组成的"上风上水上齐河"一语,从语言的构成上来看,"上风""上水""上齐河"还可以组成三个语义相对独立的词:"上风",原意一是指风刮来的那一方,二是指作战或比赛的一方所处的有利地位。"上水",原意一是指上游，二是指向上游航行。（均见《现汉6》）"上齐河"，"上"按动词及口语本义来说，就是"去齐河""到齐河"。具体来说，"上风"一词可引申为"最好的风气""最好的作风"；"上水"一词可以引申为"最优的环境""最高的标准"。"上齐河"可引申为"齐河是个高、大、上的好地方"。"上风上水上齐河"一语中有三个"上"，作为动词，它就有了不停地奋发向上的意蕴。从汉语音韵学视角来说，"上"发 ang 韵，去声，非常响亮有力。"上风上水上齐河"简约生动，朗朗上口。总之，"上风上水上齐河"，从关键词的本义到引申义，进而总体观照，它内涵丰富，鲜明生动，极富特色，既是宣传齐河的新表达，又是鼓舞齐河干部群众在新时代创造更大业绩的新的进军号。

三、新时代要有新标识

齐河通过不断地实干奋斗、开拓创新，使区域经济活力迸发。全县上下鼓足"不争第一就是在混"的激情干劲，全省争一流，全国争先进，拼出来、干出来、冲出来了"十四五"精彩开局。站在新时代的新起点上，最近召开的齐河县第十五次党代会确定了新的发展目标。新一届县委号召全县干部群众，省内看寿光，全国学习张家港，全省争一流，全国争先进。要在对标先进中奋力提升，在狠抓落实中加压攻坚，以永不懈怠的精神状态和一往无前的奋斗姿态，向着"十四五"期间县域经济总量和财政收入翻番、人口过百万，确保三年进入全省县市区 30 强，"十四五"末进入全国综合实力百强县 50 强，冲刺全省县市区 20 强、力争前 10 强的目标，扬帆起航再出发，奋力开创新辉煌。

新时代的新目标已经确定，新时代要有新的语言来表达，新时代要有新的标识来引领。"上风上水上齐河"就是齐河在时下的新表达、新标识，具有崭新的时代特征和蓬勃向上的精神风貌。

上风上水上齐河！上，上，上！齐河就是要奋力向上，不断向上，更好更快地发展，更上一层楼，跃上新台阶，上升到新高度，使这一方钟灵毓秀之地，迸射出更加绚丽的光彩！

俗语中的风雅

解永敏

中国传统文化博大精深，其魅力之所以经久不衰，很重要的一个原因，就是任何时间在普通百姓人家的任何一个角落都能找到传统文化光辉灿烂的踪迹。"上风上水上齐河"作为一种宣传语，自然具备了这种经久不衰的魅力，可谓俗语里透着文化，大俗中蕴含风雅。

风雅是一种精神，大俗也是一种精神。"上风上水"四个字，从字面上看完全就是一个俗语，"上风"之地是风先吹到的地方，前面没有山脉或者建筑甚至大树的阻挡，而"上水"说的则是能够容易聚水之处，或曰利于水流成川之处，二者加在一起的"上风上水"，也就成了开阔处地势较高的地方。所以，"上风上水"有着名词的意味，好像抬手这么一指，人们就能看到"这个地方"。而"这个地方"得水为上，藏风次之，风生水起，气象万千，也就成了人与环境关系的一种科学，其内涵包括环境、地理、气象、人文、地质、地矿、地貌等影响人类行为的一系列因素。这样的俗语和"上齐河"连在一起，朗朗上口，好记，好懂，即使一个没有文化的老者，一听说"上风上水上齐河"，也能记住"这个地方"，也知道"这个地方"很好，是一个"上风上水"之地。这样美好的地方，谁不想去看一看呢？

从雅的角度理解，"上风上水"又与中国最早的一部诗歌总集《诗经》紧密相连。我们平时所说的"风"，放在字面上研究，学者们大都认为是《诗经》中的"风""雅""颂"三大类中的"风"。而《诗经》中的"风"，又是华夏文学之源与经典，表现出的关注现实的热情、强烈的政治和道德意识以及真诚积极的人生态度，被后人概括为"风雅精神"，直接影响了后人的文化创造。孔子就曾经说过，"不学诗，无以言"。

另外，"风"与"雅"还是一种好的行为举止，"上风"则谓之更好。中国古代十分强调人与自然的和谐关系，认为万物都孕育着生命。作为万物之灵的人类，能处在"风"与"水"的自然环境中，其文化之气，其财富之气，其运势之气，当然就好上加好。因此，"上风上水上齐河"这样的宣传语，是俗语中的风雅，道出了当今齐河大气象。

晴空万里排云上

张玉华

近来，"上风上水上齐河"的齐河文化形象品牌宣传语，在县域到处可见，在线上线下广为传颂，在光耀美眸的同时，也直接温润着齐河人的灵魂深处，在推动齐河形象宣传从静态化、模式化、平面化转向动态化、立体化、多元化的同时，更担负起"举旗帜、聚民心、育新人、兴文化、展形象"的神圣使命。

举一纲而万目张，解一卷而众篇明。我一直赞成用一句经典而朗朗上口的短语来诠释城市精神，像"晋善晋美""都说山西好风光""无锡是个好地方"等，更容易形成宣传效应。今天，"上风上水上齐河"得到了上上下下的认同，我深以为然。"上风上水上齐河"，为谱写齐河高质量发展新篇章奏响了凝心聚力的铿锵之音，使得主旋律更响亮、正能量更强劲、新形象更立体。

先说"上风"。风者，势也。"势"指大的发展趋势和各级政策导向。"势"往往无形，却规定了方向，所谓"取势明道优术也"。顺势而为则事半功倍，逆势而动则事倍功半。齐河处于齐鲁交界，极富齐风新韵。古齐国重商厚农崇学，名相管仲更是商贸专家，致使齐国富极一时，成为首位"春秋五霸"。稷下学宫作为世界上最早的官办高等学府和我国最早的社会科学院、政府智库，为当时"百家争鸣"开创了良好的社会环境，促进了学术文化的繁荣。晏婴作为智者、贤者的象征，被孔子盛赞有加。晏城作为晏婴的封地，以无可争议的齐鲁地理坐标，成为当今人们瞻仰怀念晏婴的必选之地。

老齐河县城有"瞻岱""临济""拱极""康城"四门，而齐河县城有"瞻岱""临济""拱极""康城"四牌坊，由此可知，齐河的"风水"有多么重要！千年古郡，风行其脉。千百年来，齐河作为南北交通的枢纽之地，作为大清桥的桥头堡，留下了康熙、乾隆、刘鹗、钱谦益、房守士等名人的足迹，古风浩荡，生机盎然。

今天，齐河作为德州市南融的"桥头堡"，省城济南的"后花园"，正以强劲的发展势头融入省城经济圈，而济南大外环已经将齐河大部分囊括其中，而每天央视的《新闻联播》及《朝闻天下》栏目正以黄河为扩音器向世人宣告着"黄河水乡、生态齐河"的旖旎形象，齐河正以"省城发展先行区"的独特优势令世人刮目相看。

再说"上水"。从齐河地理大势而言，有"大山大河大平原"之说。大山指泰山，齐河八景之"泰山南峙""瞻岱"泰山余脉，造就了富锶齐河水——齐鲁锶源，成就了齐河黄河的美食。大河指黄河。黄河水乡，生态齐河，齐河因黄河而名。齐迎天下客，河纳万里波。引黄济德、引黄济沧、引黄济津，古称"德水"的黄河，成就了大义齐河，成就了"时传祥故里，孟祥斌家乡"。大平原指华北平原。作为德州唯一的沿黄县，黄河造就了华北平原上的"黄河粮仓"与"华夏第一麦"。

水者，浸润也。金木水火土，称之"五行"，而水代表浸润，是生命成长延续的根本。而代表齐河文化的黑陶，取自性格鲜明的黄河泥，以"水与火的艺术"，成为齐河的文化名片。泱泱华夏，美哉黄河！万里黄河，美在齐河。当今时代的齐河正经历着"河清海晏"的美好。

后说"上齐河"。在齐河"不争第一就是在混"，言简意赅，却直接触及心灵。积极向上的齐河人，省内看齐寿光、全国学习张家港，各部门、镇街以及全县各单项工作都在全国确定对标对象，有第一就争、有红旗就扛，有先进就学、有经验就借，有问题就改、有短板就补，对标对表、比学赶超、创先争优、勇争一流，向着全国百强县 50 强、全省高质量发展先进县目标全力冲刺。平生生于齐河，幸甚至哉！

一届接着一届干，一年接着一年干，一张蓝图绘锦绣，日新月异开新局。历届齐河县县委县政府以"忠诚干净担当"为己任，以"谋全局、惠万世"之心，谋划齐河的今天与未来。建设现代化新型工业强县，壮大综合实力；建设绿色优质高效农业大县，促进农民增收；建设享誉全国文旅名县，推动门票经济向产业经济转型；坚持项目为王不动摇，提升"双招双引"质效；持续推进改革攻坚，追求务实管用；大力优化营商环境，提升区域竞争力；抓好全国文明城市创建，全面提升城乡品质；办好民生实事，提升群众满意度；纵深推进全面从严治党，加强务实作风建设。齐河发展，理念新，路径清，成效有目共睹。

齐河在县委县政府的坚强领导下，以"今天再晚也是早、明天再早也是晚"的效率意识，以"上风上水上齐河"的奋进姿态，以"不进则退"的危机感，以"马上干"的责任感，顺民心、安民心、暖民心、聚民心，顺势而为，积极作为，唯旗是夺，直追巅峰。

　　"文章合为时而著,歌诗合为事而作。"2022年是党的二十大召开之年,也是齐河县高歌猛进的一年。县文联以"上风上水上齐河"为主题开展了有关齐河宣传形象的征集活动。本人作为教育界的一员,深深感念于齐河县与全省全国最高最好最优最强"赛跑"的勇气。尤其在发展教育方面,齐河将教育作为营商环境、城市竞争力的核心要素,倾力支持教育事业发展,让齐河的孩子应上尽上、学校应建尽建、教师应招尽招、待遇应保尽保,向着"最好的位置建学校,最美的风景在校园,最好的建筑是教学楼"这一目标加速航行,全力推动"义务教育基本均衡"向"全域优质均衡"方向快速发展。我们可以欣喜地说:"齐河教育的春天真的来临了!"

　　"风好正是扬帆时,不待扬鞭自奋蹄。"作为齐河人,我们骄傲,我们自豪。我们愿意沐浴着"上风上水上齐河"的春潮,顺势而为,积极作为,共同讲好"齐河好故事"、传播"齐河好声音"、书写"齐河新篇章",为齐河的跨越可持续发展做出新贡献。

一张靓丽的城市名片

沈仁强

"上风上水上齐河"作为我县一张最新、最靓丽的名片，不仅在县内家喻户晓，而且在县外甚至省内外也正广泛传播。这个城市名片语刚一出来，便引起了不小震动，大家先是疑惑：为什么这样讲？继而感觉这句话与众不同，而且不同凡响。至于不同凡响在什么地方，一时又说不上来。每个字都是最简单的汉字，连小朋友都认识，但排列组合在一起，大专家也难说理解到位。正如人们所说："太阳底下没有新鲜事，排列组合就是创新。""上风上水上齐河"这句话本身就是理念创新、文化创新。创新是件了不起的事情，尤其是文化创新、理论创新，"创新是一个民族进步的灵魂，是一个国家兴旺发达的不竭动力"。我们党之所以成就辉煌，离不开不断推进马克思主义中国化的理论创新。"上风上水上齐河"，又何尝不是一种宣传理论或者理念上的创新呢？它和"天下黄河，齐聚齐河"等宣传语结合在一起，给人一种非同一般的冲击之力，使作为全国百强县的黄河水乡、生态齐河的形象更加立体和丰满。虽然至今，大家对这句话的理解还是仁者见仁，智者见智，但不可否认的是，它已深深嵌入人们的头脑，成为齐河新的标识。

听了大家的解读，千人千说，各有道理。细心揣度，又总觉得差点什么。但到底差在哪里，却又说不上来。思考得久了，便渐渐有了心得，其实这个问题的关键不在于大家理解的对与错、水平的高与低。就这么简单的几个字，无论我们如何理解，能差到哪里去？从宣传效果来看，都至少推介了齐河，宣传了齐河，让齐河人更加自信，让外地人更了解齐河，从而更愿意来齐河，这就够了。

问题的关键在于，仅从字面意义上理解这句话，是远远不够的，普通百姓不说，即便是皓首穷经的专家学者，把《新华字典》翻个遍，把这七个字掰开揉碎去解读，也不过是牵强附会罢了，根本无法参透其中的内涵。因为这句话本身的含义不是靠引经据典的考据学所能解决的，它是时代的产物，是齐河现状与齐河精神的反映。要真正领会它，必须站在其提出的时代背景、齐河的历史方位、发展态势以及未来的发展目标去认识，才能明晓其中的深刻含义。

"上风上水上齐河"，绝不是"好风好水好齐河""好风好水到齐河"如此简单。老百姓口语可以说"上哪里去啊，上齐河去啊！"虽然没啥大错，但肯定是太过肤浅了。恰似隔靴搔痒，没有触及其中妙处。我们要理解"上齐河"，必须站在目前齐河发展的大背景、大格局来看。站在这个角度看，我觉得"上风上水上齐河"，可以这样理解："有着得天独厚的自然环境、社会环境、人文环境，正在力争上游，蒸蒸日上的齐河"。"上风上水"者，就是特别优越的环境的意思。"上"有"好"的含义，但比"好"更上层，更高端，是至高至好的意思。齐河的区位优势，各方面环境确实得天独厚，即便是放在全国讲，国道、高速、高铁密布。从自然环境讲，是德州市唯一的沿黄县，森林资源、煤炭资源、水资源等都非常丰富，与济南隔河相望，是济南新旧动能转换起步区的"西翼"。"翼"者，翅也，是腾飞的翅膀。作为济南卫星城、全国百强县，齐河区位交通优势在全国鲜有比者。很多人把齐河比"昆山"，"齐河"和"济南"的关系，就像"昆山"和"上海"的关系差不多。"齐河"是离"济南"最近且不属于济南的比较发达的县。"昆山"是离"上海"最近且不属于上海的全国百强县第一名。目前我们"省内看齐寿光，全国学习张家港"，最终还要向全国第一的昆山学习，如果我们有着"昆山"的格局和胸怀，何愁不发达呢？

至于"上齐河"，这里的"上"就应该是"向上"的意思。"上齐河"就是"蒸蒸日上的齐河""力争上游的齐河""飞速跃升的齐河"。齐河目前发展的态势，用一个词形容，就是："向上"！而且不是一般的"向上"，是有极强紧迫感、责任感、使命感的"向上"，是"对标对表，比学赶超"的"向上"；是"省内看齐寿光，全国学习张家港""不争第一就是在混"的"向上"；是"有第一就争，有红旗就扛，有先进就学，有经验就借，有问题就改，有短板就补"的"六有精神"的"向上"。齐河人"向上"不是简简单单的想法，而是实实在在的行动！"向上"是齐河目前最大的现实，最雄劲的姿态，最昂扬的气势，不断"向上"的基因正嵌入每个齐河人的细胞和灵魂，一个力争上游、蒸蒸日上的齐河，不是目前最好的写照吗？

齐河人的"向上"是骨子里的，不断追求"向上"，不断争先进位，恰恰因为目标足够远大，比如"以一线城市标准建设齐河"。以北上广深的标准建设一个小县城？这口气着实不小，这需要宏大的格局和勇气！齐河人正努力朝此目标迈进，全省争一流，全国争先进，全面建设"富强、活力、幸福、美丽"的新时代现代化文明新齐河，推动县域经济总量和财政收入五年翻番，人口突破 100 万，三年进入全省 30 强，五年进入全国综合实力百强县 50 强，冲刺全省 20 强，力争 10 强。哪怕是阶段目标也鼓舞人心，催人奋进。一个飞速跃升的齐河、蒸蒸日上的齐河，给人的震动是巨大的。走进齐河，从党政机关、工商业主到普通百姓，大家都为生活在齐河而无比自豪。

齐河人有这种骄傲的资本：连续 7 年跻身全国综合实力百强县，获得国家级荣誉称号 33 项，2021 年 6 个国家级、13 个省级会议在齐河举办，在全市两次现场观摩评议中均获得高分第一名，等等。

在城乡建设上全面提标，坚定不移以一线城市标准规划、建设和管理齐河。加快城市"南拓、北延、东联、西进、中优"，全面提升城市能级和综合承载力在民生事业上均衡提质，坚持"齐河人民的利益是最大的利益"，全力推动"幼有善育、学有优教、劳有厚得、病有良医、老有颐养、弱有众扶"，力争在群众满意度测评上再进位次。

对教育的重视更是前所未有，旗帜鲜明地提出"教育是最大的民生""抓教育就是抓发展"，在硬件建设、教师招聘、待遇保障等方面全面发力，让齐河孩子"应上尽上"、学校"应建尽建"、教师"应招尽招"、待遇"应保尽保"，实现"最好的位置建学校、最美的风景在校园、最好的建筑是教学楼"，开启了全县教育高质量发展新局面。

齐河人坚持"不争第一就是在混"，发扬"六有"精神，强化"早晚"意识，树牢"立即办"的行为习惯，破除一贯如此的思维定式，始终保持时不我待、只争朝夕的状态，在谋发展上早一步，抓落实上快一拍，全力以赴推动各项工作提速提效。

作为齐河最靓丽的城市名片，"上风上水上齐河"是齐河现状和未来发展的最好写照，符合齐河实际，扬起发展风帆。

在不断发扬孺子牛、拓荒牛、老黄牛精神的基础上，进入中国农历虎年，意气风发的齐河人正以力争上游、勇争第一的精神，以生龙活虎、虎虎生威、气吞万里如虎的气势，开创齐河未来发展新的辉煌。

"泱泱齐风"奏新曲

华　锋

一

三千多年前（公元前 1046 年），周武王顺天应民，举兵讨伐商纣王，战于牧野。武王大胜，商朝灭亡，建立周朝（西周）。周初，周王室分封天下，把功勋卓著的师尚父（也称吕望、太公望，即民间所说的姜太公、姜子牙）封于齐，建都营丘（薄姑），后改名临淄。历数百年经营，到春秋时，齐桓公任用管仲为相，对内"通货积财，富国强兵"，对外尊王攘夷，"九合诸侯，一匡天下"（《史记》），成为春秋时期国力最为强盛的东方大国。因此，齐国被称为"春秋五霸之首"。战国时期，齐国出现了史上著名的稷下学宫，百家争鸣，人才荟萃，影响深远。在古齐国这片土地上，积淀形成了独具特色的齐文化，并成为齐鲁文化的重要组成部分。

春秋末期，周景王元年六月（公元前 544 年），在音乐方面有着很高造诣的吴公子季札，来到与齐国相邻的鲁国。在他的请求下，宫廷乐师们为他演出了周室各地的音乐和历代的舞蹈。演出在一组组地进行，当金碧辉煌的成排悬挂的编钟编磬齐鸣，优雅的琴瑟相和，悠扬的笙簧吹奏的时候，乐工们演唱了一组新换的节目。这组声乐节目与前面的富有装饰性且柔曼的一些节目不同，它浩浩荡荡，辽阔深大。音乐感极其敏锐、文化教养很高的吴公子季札，对这一组音乐非常欣赏。在事先没有说明这是《齐风》的情况下，他很自信地说道："美哉！泱泱乎，大风也哉！表东海者，其太公乎？国未可量也。"季札很准确地指出这组声乐的风格是齐国的特色。从此，气魄宏大的"泱泱齐风"，就成为齐文化特点的经典表述。

中华文明五千年，在绵延不断的历史文化天幕上，齐文化是其中耀眼的一颗。从春秋时期，季札指出齐文化的泱泱大国之风，至今已有两千五百余年，但齐文化的这一特点一直被传承下来，成为古老的齐国土地上生息繁衍、接续奋斗的人们的精神源泉之一。齐河作为古齐国的一部分，也是古齐国疆域中现在唯一带有"齐"字的县级行政区，进入新时代，它正以崭新的面貌，发扬光大"泱泱齐风"。

二

齐国之"齐"字，即齐河之"齐"字，是一个象形字，原意为麦穗出齐了的状态。汉许慎《说文解字》这样解释："齐，禾麦吐穗上平也。象形。"当代编纂的《辞源》解释"齐"字的含义有十种，主要分两大类，一是作为《说文解字》"齐"字的引申义，如平整，整齐；相等，相同；全，齐全；整治；敏捷；辨别。二是作为地名，如齐国，齐州。《辞源》中还有专门解释"齐河"的词条，"齐河，县名。属山东省。汉祝阿县地，宋置耿济镇，金置县，属济南府，明清因之。"（见《辞源》，商务印书馆出版，1988 年版合订本，第 1958 页）如今常用的《现代汉语词典》对"齐"字的解释也分两类，一是"齐"字引申义衍生出来的词义，其中形容词占了一大部分，如形容词，整齐：队伍排得很整齐；形容词，同样，一致：人心齐，泰山移；形容词，完备，全：东西都备齐了，人都到齐了。动词，指达到同样高度（合乎"齐"字最初的本义），例语：向日葵都齐了房檐了；向先进看齐。副词，指同时，一块儿，例语：并驾齐驱；男女老少一齐动手。二是国名（齐国），朝代（南齐，北齐），国号（唐黄巢），姓氏。以"齐"字开头的词条有 17 条，兹不赘述。

简而言之，无论从"齐"字最初的本义与引申义来看，还是从"齐"字作为历史上的国名、现在的地名来看，"齐"字及其构成的诸多词语，都是有着正面意义，充盈着正能量的。

三

近日，在写这篇短文的时候，笔者到小区附近的沁园湖公园散步，看到湖西的世纪路马达轰鸣，正在热火朝天地进行拓宽改造。虽然从工作岗位上退下来多年，但是作为一名曾长期从事宣传工作的干部，一个齐河人，笔者一直十分关注齐河的发展变化。于是，笔者兴致勃勃地走到公园西南角的齐心大街桥上阅览世纪路拓宽改造展示图，得知这条路的拓宽改造规模很大，北起 308 国道，南至 309 国道，全长 22.2 公里。我知道，改造前，这条路城内段叫世纪路，齐心大街以南叫晏坡路（晏城至坡赵村），属一般的省道支线；拓宽改造后，从 308 国道至 309 国道，统一叫作"世纪大道"。我询问了一位施工人员，他说按双向 8 车道建设（而现在是不分左右车道的）。可以想象，这条大道建成通车后，一条宽阔平坦长达 20 多公里的大道纵贯南北，成为齐河县城西部连接两条国道的新干线，为齐河拓展出了新的发展空间，特别是对齐河城市化的进程将起到不可估量的促进作用。一条 20 多公里长的城市大道，对一个县城来说，该是多么的壮观！我听后，不由得心中赞叹：真是大手笔！

世纪大道的建设，只是齐河大发展的一个缩影。春节前夕，县委组织已退休的县级老干部在县内参观，笔者位列其中。所到之处，齐河日新月异的景象，无不令人交口称赞。特别是参观了正在加紧建设中的齐河新便民服务中心、齐河文化艺术中心、齐河一中新校区等项目工地，这些工程气魄大、标准高，令人深感震撼。笔者还了解到要建设齐州黄河大桥、沿黄旅游观光大道，世纪路拓宽改造为世纪大道，与已经建成的黄河大道形成两条纵贯齐河城市南北的通衢大道。县领导还向我们这些已经退休的老干部介绍：齐河要在"十四五"期间，县域经济总量和财政收入翻番、人口过百万，三年进入全省县市区 30 强，"十四五"末进入全国综合实力百强县 50 强，冲刺全省县市区 20 强、力争前 10 强。总的来说，就是建成"三个强"县，即：建设现代化新型工业强县、建设绿色优质高效农业强县、建设享誉全国的文旅强县。

黄河之滨，古齐国西部（古称"齐右"）的齐河大地，目前正奏响着一曲蓝图宏伟、气魄宏大、发展快速的崭新乐章。它来源于母亲河黄河奔流不息的雄健步履，来源于齐河可以南瞻泰岱的精神高度，也来源于齐河赓续了古齐文化宏大开阔的文化底蕴，更是新时代齐河干部群众不懈奋斗昂扬精神的体现。

回到本文第一部分中引述的春秋时代吴公子季札对《齐风》的评价，翻译成今天的白话文，就是：季札说："多美好啊，多宏大啊！可以为东海诸侯国做表率的，大概就是太公的国家吧？国家前途真是不可限量啊！"（白话文用的是商务印书馆出版的《左传译注》精编本译文）借用古人三千年前对齐国音乐特色的评价而预见其前途不可限量，以此表达对今日齐河发展美好前景的展望，可以这样说：齐河，前途未可量也！

从"齐"向"奇"的嬗变

赵方新

古书记载，仓颉造字后，"天雨粟，鬼夜哭"，可谓是惊天地泣鬼神。汉字到底蕴藏着什么样的神秘力量，竟然震撼了宇宙八荒？华夏民族历经数千年风雨沧桑，今天依然保持着绵绵不绝的文脉和异乎寻常的生命力，很大一部分功劳应该记在汉字身上。汉字的造型，真的很像我们民族的一张脸，方块字，国字脸。可以说，每一个汉字都包含着我们民族的文化基因的密码，汉字的坚韧存在，造就了中华民族活的历史这一奇观：历史和现实甚至未来可以直接发生对话。今天我们要探讨的"齐"字，自然也不例外。

早先，我曾与友人探讨齐河得名的缘由，我以为这跟此地为齐国故地多少是有些关联的。齐河县是由齐河镇升格而来，齐河镇是由济河镇演变而来，济河镇又是由耿济镇来的。东汉初年，光武帝刘秀派大将军耿弇从今天的老齐河县城附近渡济水，讨伐、翦灭了搞分裂的军阀张步，奠定国基，为纪念这一关乎国本的大事，人们将其渡河处命名为耿济镇。北宋时，耿济镇更名为济河镇，详情史料阙如，或考虑耿弇其人已远，失去纪念意义，或因耿字较为生僻，遂俗化为更为直接的表述——济河镇。济河二字，既可以当渡河讲，也可以作名词看，为济水的别称。此后，大概过了不久，济河镇变成了齐河镇。到底是什么原因导致了这次关键性的更名，文献也是一片空白，只能任人揣测了。不过，可以肯定的一点是，人们是依据此地近临济水——宋代山东境内已称之为大清河了——的缘故。据说有典籍记载，济水也叫齐水，那么济河镇改称齐河镇就有点顺理成章的意思了。然而，这到底是没有多少说服力的。我觉得，不论济水，还是大清河，都是齐国故地的第一大河，冠之以"齐"字，称为齐河，以彰显其崇高地位，自然是题内之旨。所以，抛开齐国故地而谈论齐河县的得名，是不符合常情的。

齐河姓齐，就像过去的门阀世家一样，不同的姓氏在悠远的历史进程里，缔造了自己家族的文化，这片公元1130年命名为齐河县的土地，也在岁月的大浪淘沙里，形成了自己特有的秉性和情怀。

"齐"字，在古文字学里的解释为"谷穗整齐"，由三个谷穗象形而成，在漫长的演进中，一步步出落成现今的样子。一生二，二生三，三生万物。三在古代代表着多，三个谷穗为齐，即代表着齐地无边无际的庄稼田，代表富足和收获，代表安居乐业和国富民强。我们不得不佩服古人的智慧，一个简单的齐字竟然上通天道，中达人道，下接地道，将上天降雨露以滋润大地，繁衍绿色生机，与生民应天时遵地利而生生不息，毫不违和地糅合为一体，怎不叫人拍案称奇！齐字诞生于齐地，以嘉禾为喻体，至少告诉我们一个事实，那就是在遥远的上古时代，齐地的农耕已经比较发达了，我们的先民们挥舞着原始的农具劳作于大河两岸，秋天来了，黄澄澄的谷子地散发着芬芳的成熟气息，沉甸甸的谷穗低头沉思。恰巧，路经此地的造字师（姑且如此称之）被眼前的景象惊到了,"啊! 悠悠昊天,漠漠畴田,粟麦其茁,庇我蒸民……",于是一个天造地设的"齐"字就这样诞生了。

不难发现,"齐"字孕育于农业,摇曳着稼穑的美影,盘绕着果实的香甜,承载着国运的升腾。齐国之所以能在众多的诸侯国中崛起,应该说得益于坚实的农业基础。而齐河正处于齐国农业的核心地带,平畴沃野,鱼肥稻香;可以想见,齐河这片土地的出产,极大地支持了齐国的图强之路。

仔细审视"齐"字,不由引发我一个联想。古希腊神话中有一个叫安泰的巨人,是海神波塞冬和地母盖亚的儿子,他能从大地获得源源不断的力量,可是一脱离土地便会失去神力。"齐"字,不论是最初的三支谷穗的形状还是现今简化后的两腿站立的样子,它都把自己的根脉深深地扎在大地里,就像安泰一样一刻也离不开大地母亲。国无农不稳,民无粮不安,我们的先人用一个齐字道出了这样一个重大的准则。这是叮嘱,也是期待。

生活于古齐之地的人们没有忘记这个嘱托,从刀耕火种,到耒耜铁铧,再到寿光人贾思勰的《齐民要术》,农业一步步成为山东最靓丽最坚实的品牌,这其中齐河人的守望不容忽视。一个令人苦涩的事实是,齐河地处南北交通的要冲,历来是兵燹的重灾区,历史上每次大的战乱都会践蹹一次这片土地,造成生灵涂炭、生机凋敝的严重后果。但,齐河就像顽强的小草一样,等春风一发出号令,它就从梦魇和噩运中挣脱出来,迎着阳光舒展开腰身,重新焕发出葱郁的生机。"齐"字对于这片土地的人民而言,是光荣的过去,是精神的图腾,更是走向未来的信念。

1999 年,我调入齐河县电视台做了一名记者,那时正是农业产业化提得最响的时候,许多乡镇都在学习寿光经验,一座座冬暖式大棚应运而生。我经常行走在田间地头，采访报道菜农们依靠大棚发家致富的经验。看着那一座座闪着淡蓝色光泽的覆膜大棚，我几乎听到了自己内心澎湃的涛声，因为我切身感受到了一个农业新时代的到来。近几年，我每次回乡下的老家都路过位于刘桥镇和焦庙镇的粮食高产创建方。望着无垠的墨绿色的田野，听着低低滑翔的鸟儿恣意的鸣唱，我的心忽然静下来，渴望着自己变成一颗同样生长的庄稼，与它们比肩而立，相提并论。2006年，县委宣传部让县文联策划一套丛书，以反映我县在党建、精神文明、工业、农业、旅游业上取得的成就，我全程负责了稿件的统筹。在跟创作农业方面的作家朋友交流时，我提出齐河的农业发展各方面都有可称许之处，但应该集中表现其中最精彩最重要的部分。最后我们确定以高产创建为主要内容，题目为《黄河粮仓》。齐河在农业上创造了历史，刷新了一个个纪录，一个个国字号荣誉实至名归。今天的黄河粮仓，依托"吨半粮"产能建设示范区，变得更加丰盈充实。这是齐河人承前启后写下的壮美诗篇，是齐字诞生的又一奇迹，是交给历史的答卷，是献给当代的箴言，是托付于后代的羊皮卷。

"齐"字，虽一出生就与农业发生了千丝万缕的联系，但它的触角并非局限于此，而是延伸到了齐河县发展的方方面面，它就像一棵根植于沃土的大树，分蘖着春天的希冀，招展着浓夏的热情，捧献出金秋的硕果累累：工业经济的壮大、商贸经济的繁荣、旅游业的异军突起、人与自然的和谐共生，等等。

从一个平凡的汉字到一个个看得见的奇迹，从齐到奇，今天的齐河人用实实在在的辛劳和敢教日月换新天的豪情壮志，为这个火热的时代下了一个金子般的注脚。

"齐"说"黄河粮仓"

石 勇

一直以来，齐河县名称中的"齐"字往往被解读为与济水有关，是"济"字的假借字——齐河者，济河也。这是有道理的，因为目前黄河所在的河道，在隋唐之前，就是四渎之一的济水的河道。因济水而得名的城市不在少数，譬如，济水发源地的河南省济源市，山东省城位于济水之南，故名济南，济阳县位于济水之北，水之北曰阳，故名济阳，等等。齐河县城位于济水之左，现在的老齐河城宋朝时称济河镇。

然而，"齐河"之"齐"还有另外一层含义，却被人们忽略掉。据《说文解字》解释，齐，是指"禾麦吐穗上平也"，是个象形字，意思就是"禾麦吐穗时穗子上端处于同一高度，穗子整齐一致的样子"。徐锴曰："生而齐者莫若禾麦。"

因此，"齐"倘若用现代齐河方言来解释的话，那就是"庄稼长得齐，穗子长得好"。如此说来，齐河之名历来就与农业耕种、农业丰收有着绵绵的历史渊源。截至今天，包括全国农田建设现场会在内的 7 个农业农村领域重要会议活动在齐河举办，齐河成为全省唯一一个同时入选国家农业现代化示范区、国家现代农业产业园、山东省农业十强县的县。2021 年，全县粮食总产 27.7 亿斤，连续 19 年实现丰产丰收。纵观齐河农业，实可谓

"禾麦吐穗上平也"。

齐河农业凸显"齐"字之含义，是近些年的事。在历史上，甚至新中国成立后相当一段时间，齐河农田一直忍受着"旱""涝""碱"三把利刃的戕害，农业收成低得令人痛惜。

"旱灾如蝗"。据县水利志记载，从1949年至1985年37年间，齐河共发生年降水量小于500毫米的气象旱年12次，其中，造成减产五成以上重灾的年份一次（1960年）。这一年，齐河总降水量499.5毫米，但有灌溉15万亩田的需求，地随浇随干，麦秋两季歉收，全年粮食总产量只有13066.8万斤。

"涝祸泱泱"。从1949年至1985年37年间，降水量700毫米的涝年11次，造成减产5成以上重灾4次。1961年濒临绝产，全年粮食总产量2443.8万斤，平均亩收16.7斤。

"碱灾茫茫"。在历史上，齐河盐碱地面广量大，村村皆有。民国《齐河县志》记载："濒临黄河四五里之村庄，日浸月渗，尽成碱地，早春野望，一白无际。"据1962年统计，全县盐碱地面积达到55.3万亩，占总耕地面积的37.2%。

近年来，齐河历届党委政府充分认识到，粮食安全是最大的安全，正所谓"中国人必须把饭碗掌握在自己手中"。把农业作为齐河的拳头产业，优先发展，实施保土、排水、治碱工程，成为全国知名的一张靓丽名片。如今，坚持以工业化思维抓农业，推动农业向规模化、组织化、标准化、智能化、品牌化、产业化"六化"发展，计划2025年基本实现农业现代化，打造乡村振兴齐鲁样板的齐河经验。

齐河做大农业，往往是跟做靓农村、做富农民为一体的。因为，齐河拥有人口70余万，农村人口近50万。农村是齐河的压舱石，农民是齐河的生力军。所以，齐河在建设百万亩粮食高产创建示范区、粮食绿色高产高效示范区的同时，推行农村乡村文明建设，党组织领办代办合作社，"村村通、户户通公路"工程，每个乡镇建设粮食烘干仓。建成全省唯一国家农业现代化示范区，国家现代农业产业园。做大了农业，扮靓了农村，致富了农民，乡村振兴齐鲁样板的齐河经验呼之欲出。阐释"齐河"之"齐"，打造乡村振兴的齐鲁样板，这是势在必行、顺理成章的题中之义。

齐河之"齐"如何能够得到保障？在于它与"河"发生了天然的联系。"齐"一旦与"河"字联系在一起，自然就能联想到禾穗和水的关系。

"河"在古代专指黄河。齐河之"河"，亦指黄河。前文谈过，"齐""济"同源同韵，齐河者，济河也。因济水而名的齐河，如今是德州唯一沿黄县，纵观几十年的农业发展历史，可以说，是黄河成就了齐河农业。当年的引黄行利，大水漫灌，让齐河尤其是沿黄带盐碱地全部改为良田。

在齐河引黄之前，由于黄河侧渗，造成齐河尤其是沿黄地下水位太高，导致盐碱上泛，形成广泛的盐碱地。加之，黄河在历史上"三年两决口，百年两改道"。黄河之害曾令齐河人民又怕又恨。

历史为据。早在1891年，山东巡抚张曜在祝阿镇油坊赵村黄河大堤上督修一座石闸，并且挖掘南北河一道，下连徒骇河，用以分洪一部，并引黄灌溉。结果石闸修成之日，当地群众跑来躺在石闸前，阻挠放水，说："与其开闸后我们被黄水淹死，不如今天就让河神来杀了我们吧。"这座石闸因为群众反对，一直未用，直到 1964 年拆除。

同样，1946 年，蒋介石意图堵复花园口口门，令黄河水重回山东故道。当时，就山东黄河沿线群众来看，对这条自 1938 年就离去的黄河，是十分不欢迎的。

然而，如今来看，黄河成为齐河的一张名片。"黄河水乡，生态齐河"的名头，让齐河人为之骄傲为之喜悦。据县农业农村局高级农艺师王义介绍，"今天齐河的发展成就，特别是农业发展成就，离不开黄河，得益于黄河。"是黄河滋润了齐河的百万亩粮田，是黄河满足了齐河 70 万人民群众的生活用水，是黄河满足了齐河"全国综合实力百强县"的工业用水。"没有黄河，这一切将无从谈起！"

那么，认识透了"齐"的含义，识透了"齐"与"河"的密切关系，就意味着认识了齐河的两大发展战略，一是乡村振兴战略，二是黄河流域生态保护和高质量发展战略。这两大战略是"齐"与"河"的自然衍生，也是齐河人民的巨大福祉，将来继续做大做好，才是顺天应时之举。

"齐"的精神图谱

沈仁强

查阅资料，在我国版图上，以"齐"开头的城市不多，我们知道的有两个：一个是地级市齐齐哈尔，另一个是县级的齐河。地级市的齐齐哈尔来源于达斡尔语，意思是"边疆"或"生态牧场"。而作为县级的齐河，与"齐"字渊源却极为深远。齐河是全国唯一以齐命名的县，名列2021年全国综合实力百强县第75位，是德州市综合实力第一县（市）。

齐河之"齐"最远可追溯到西周初年之齐国。因为西周实行分封制，周王把王族、功臣、先代的贵族分封到各地做诸侯，建立诸侯国。而我们山东这个地方，就分封了两个有影响力的诸侯国，一个是齐国，一个是鲁国。这也是山东被称作齐鲁大地的原因。齐国是西周最大功臣姜太公的封国，鲁国是周武王弟弟周公的封国。建国者的不同造就了执政风格的差异，形成了不同的文化形态：齐文化与鲁文化。

而齐河这个地方原属于齐国之地，其现在的县城晏城就是当时辅佐齐灵公、庄公、景公三位君王的齐国正卿晏婴的封地，也是目前国内唯一以晏命名的县城。因此齐河深受齐文化的影响，加上离鲁文化中心曲阜也不远，同时又有北方燕赵文化的渗透，所以齐河深受齐鲁文化和燕赵文化的双重影响，形成了忠义、孝义、仁义、信义、侠义的文化特点。齐河之所以称为"劳模家乡、英雄故里",肇因于此。当然对齐河影响较大的还是齐鲁文化,尤以齐文化为最。齐文化是齐人在东夷文化、殷商文化、周文化等多种文化基础上,吸收、融合其他文化因子形成的文化体系。我们谈齐河的精神源头从齐文化谈起,是因为水有源,树有根,只有从历史的纵深挖掘,才能认识得更深更透。

一个时代有一个时代的精神,习近平总书记要求文艺工作者"描绘我们这个时代的精神图谱",反映时代精神也是我们的历史使命。

十年前,齐河曾经总结过齐河精神,共十六个字:厚德重义、开放包容、务实创新、拼搏争先。后又增加了"爱国爱乡"。2022年齐河县第十五次党代会,又对"齐河精神"做了新的提升:"崇德尚义、务实进取、开放包容、敢为人先、爱国爱乡。"这些凝练的文字中处处都有齐文化的影子。

比如开放包容,齐国便是开放与包容的典范。从太公立国起,就没有封闭保守过。当时齐国并不富裕:人少,地狭,土壤碱化,五谷不生……但太公认识到,要发展就必须开放,无论是太公自己,还是后来首先称霸的齐桓公和大臣管仲,都采取了较为开放的政策。当时开放的重点在经济。齐国虽然贫瘠,但也有优势:近海,有鱼盐之利;多山,拥桑麻之饶;地处交通要道,商旅往来频繁等,这些都为齐国的对外开放提供了有利的条件。因此太公积极推行"通工商之业,便鱼盐之利"的政策,从而奠定了齐国开放的经济模式。管仲执政期间,不仅继承了姜太公这一对外开放的经济政策,而且给这一政策注入了更大的活力,他积极地开展对外贸易。战国时期,齐国的商品经济和对外贸易发达，齐都临淄成为当时商贾云集的一大都会。

同样，当下齐河的开放，仍有齐文化影响的痕迹。齐河的开放，令外地客商印象深刻。全县经济工作会议上，原属于外地人的刘锋、秦庆平、李海锋等企业家在发言中谈起齐河的营商环境，赞不绝口。可以说，齐河发展的历史就是大力招商引资，不断开放的历史。从三十年前引进寿光晨鸣板纸，到后来引进永锋钢铁、金能煤炭气化、坤河旅游公司……一个个顶天立地的企业落户齐河，成为齐河经济发展的"四梁八柱"。从"进了齐河门就是齐河人，进了齐河县事事都好办"到"进了齐河门就是齐河人，进了齐河县好事要快办"，齐河人开放的意愿越来越强，层次越来越高。

齐河的包容同样如此，开放和包容是一个事物的两面，要开放必须包容，能包容，才能更开放。追溯到齐国时期，包容便有明显体现。最典型的例子就是稷下学宫，各派的思想家：墨家、儒家、道家、法家、纵横家、阴阳家、兵家、农家……纷纷从各国来齐国稷下学宫讲学，呈现出百家争鸣的繁荣局面。齐王不但不消极对待，而且给予大力支持，同时向稷下先生们虚心请教治国理政之道。包容促进发展和繁荣，如今的齐河同样如此。走在齐河大街上，你会听到南腔北调的方言。因为经济发展，外来人口越来越多，加上县委县政府因势利导，大力实施人才引进战略，尤其是2021年一年引进的人才，就超过了过去十年。此外，对教育的重视，力度之大前所未有，"学校应建尽建，教师应招尽招，待遇应保尽保"。

从"拼搏争先"到"敢为人先"，体现了齐河的气势。齐河人一直是学习上的尖子生。因为要"省内看齐寿光"，他们学到了"寿光精神",即"艰苦奋斗、敢于担当、创新求变、不懈奋斗"。因为"全国学习张家港",他们深刻理解了"张家港精神",即"团结拼搏、负重奋进、自加压力,敢于争先"。这些都丰富了齐河精神,让齐河人更加敢为人先,争创一流。一个"敢"字体现的是勇气与胆识。齐河人从不怕与强者比较,弄斧到班门,耍刀找关公,是齐河人不服输精神的体现。"省内看齐寿光,全国学习张家港",齐河人学习的脚步从未停歇;"三年进入全省30强,五年进入全国综合实力百强县50强,冲刺全省20强,力争10强",齐河人进取的精神从未消退。从"黄河水乡,绿色齐河",到"上风上水上齐河""天下黄河,齐聚齐河",齐河人宏大的格局从未缩小。格局一旦扩大,再也回不到原来的大小。目前齐河人的自豪感写在脸上,烙在心中。从劳模精神、劳动精神、工匠精神、教育基地到黄河文化博物馆群,从安德湖小镇到黄河水乡湿地公园,从双向十车道的黄河大道到气势雄伟的黄河大桥,从泉城海洋极地世界到欧乐堡梦幻世界、动植物园,从碧桂园到中国驿泉城中华饮食文化小镇……每一个项目都支撑着齐河人的傲骨雄心。

齐河人的务实进取与不断创新,首先是理论和理念上的创新。理论创新是一种根本的创新,也是最有影响力的创新。是"以道驭术"中的"道"。创新是一个民族进步的灵魂,是一个国家兴旺发达的不竭动力。齐河人的理念创新,往往让人精神一振,比如"上风上水上齐河""天下黄河,齐聚齐河""不争第一就是在混""有第一就争,有红旗就扛,有先进就学,有经验就借,有问题就改,有短板就补""幼有善育、学有优教、劳有厚得、病有良医、老有颐养、弱有众扶"。哪怕是灵魂三问:"你是齐河人吗?你爱齐河吗?你愿意齐河好吗?"都同样振聋发聩!至于齐河人的"崇德尚义",更因为"大义齐河",而闻名遐迩。

近年来,齐河的社会生活和精神面貌变化巨大。从追求"吃得饱""吃得好",到现在"不知道吃什么好",遍布齐河的大小酒店,鲁菜、川菜、粤菜层出不穷,中餐西餐,餐餐丰富。年轻人办婚礼,从简单办席,到请婚礼公司精心设计,无论是中式婚礼、西式婚礼,令人目不暇接,有穿越之感!

走在沁园湖边,大清河河畔,或者随便一个小小游园,不时会冒出一群中老年人,或是跳起广场舞,或是唱起流行曲。齐河人就业的观念也在转变,从"孔雀东南飞",外地去打工,到守住妻儿老小,本地就业创业,从向往大城市到哪里不如家乡好,齐河照样挣元宝。一切都在悄悄变化着。

写到这里,想到了齐河县城的变迁,据资料记载,1973年齐河县城从老齐河迁往晏城,城区只有区区2平方公里,9896人。到2021年齐河城区50多平方公里,人口不下30万,在党的领导下,仅仅几十年,超越千年。

这正是:

> 往事越千年,
> 魏武挥鞭,
> 东临碣石有遗篇。
> 萧瑟秋风今又是,
> 换了人间。

大河奔流向海阔

王长月

或问：齐国号称天齐之国，齐河可称作天齐之河吗？

或者换言问之曰：齐河之"齐"与齐国之"齐"相通吗？

在研究地名的学者看来，齐国之"齐"与齐河之"齐"并不是同一个"齐"：前者之"齐"是本字，而后者之"齐"则是由"济"字演化而来。既然齐河之"齐"原为"济"，"齐河"可还原为"济河"，再一步复原为"耿济"，即齐河的本名称作"耿济"——这当然是有历代史书的权威记载。但接下来的一个问题是："耿济"演变为"济河"以后，为什么没有像济源、济宁、济南、济阳等一样保留着"济"字，而是被"齐"字替代，变济河之"济"为齐国之"齐"了呢？

一个最现实同时也是最可能的答案是：齐（国）文化使其然——即强盛的齐文化使齐国之"齐"与齐河之"齐"相互交通了。这个答案，是基于今齐河县域与古齐国之间的血亲渊源提出来的。

自公元前 1045 年姜太公封齐立国到公元前 221 年秦统一全国，作为"春秋五霸之首、战国七雄之一"的齐国，像行不更名坐不改姓的君子，洋洋乎立于天下 824 年；从公元 29 年东汉开国大将军耿弇于朝阳桥济师东讨张步而得名"耿济"起，到 1130

年横空出世，像莽昆仑一样扬名立万，齐河县巍巍然至今892年。这两个800余年，分别是从齐国封建和齐河镇升县算起的，然而向上追溯，看似甚多的800年，不过是在历史的一呼一吸之间。

今齐河地域远古时代的隶属，清康熙版《齐河县志》记载：初属少昊氏，爽鸠氏之墟；到原始社会末期的唐虞时代，属兖州之域，隶季蒍氏。到夏，仍兖州之域，隶季蒍氏；殷，兖州之域，初隶逢伯陵、末隶蒲姑氏。

周朝以前的今齐河县域和齐国未建以前的齐国地域（下简称"两齐"），无论历史怎样分合，时空如何转换，都稳稳地同属一个部落或同族同国，"两齐"的芸芸众生是共族、共祖、共宗的血亲关系。

齐国封建以后，今齐河县域和齐国又是什么关系呢？民国《齐河县志》载："齐河地自周改封尧后以来，始终隶齐。""改封尧后"是何意暂且不论，咱只说"始终隶齐"。"始终隶齐"的意思是始于周之初建，终于秦灭六国，齐河地都属于齐国，即周初隶齐，春秋隶齐，战国时仍隶齐也。

总之，齐国封建之前，"两齐"之域都是后来的齐国地，"两齐"民众都是后来的齐国人；齐国封建以后，齐河地属于齐国，齐桓公封地赐"晏"以后，晏邑是为齐国的战略要地，名相晏婴承袭食邑于此。

可以说，假如把齐文化比作生长在齐国而广荫齐文化圈的一棵枝繁叶茂的参天大树，那么它的根亦同时深深地扎在齐河的大地里；齐河人同齐国其他属地的人一样，在这棵大树下瓜瓞绵绵，代代生息，受其熏陶受其影响。

一、晏城千古属斯贤

被称为"千古廉相"的晏子（《齐国故都临淄》），是齐文化的重要代表人物之一，晏子对齐河有形无形之影响，可谓巨大。

晏子本桓公族，姜姓，晏子的祖辈被封于晏邑，因得"晏"为氏；到晏婴官至齐相，他虽然主要在齐都上班，但仍采食于此。那时的食邑并不单纯是今人戏说的"领工资的地方"，相对于齐都公室来说其实是一个五脏俱全的独立王国，"晏大夫采邑，历代沿革，非复吹竽蹋鞠之胜，而人烟丛集，亦洋洋一大都会也。"（《齐河县志》清康熙版）晏子是晏邑的主人，或可称为晏邑人。晏邑即今晏城，尽管这里早已没有了晏姓，但是作为地名，历2500年之林谷变迁而未稍移，足见晏子影响之巨。再一个看得见的例子是晏婴冢。晏婴冢在明万历志和清康熙志上均无记载，而民国《齐河县志》却把它收录进来，述其"大可数亩，高二丈余……相传为晏婴冢云。"按说志书不应载"相传"的东西，民国志的编辑们多为前清遗老，他们不光把该传闻收入志书而且列入正目，可见乾隆帝拜谒晏婴祠、手书晏婴碣前后，县内崇仰晏子之风已达到鼎盛的程度。近岁晏婴冢得到了很好的保护，1992年6月，以"尹屯遗址"为名被山东省人民政府公布为第二批省级文物保护单位。晏氏后人宁可信其有，2015年新晏婴祠落成时，他们不远千里结伴到晏婴冢祭奠。此后，县电视台推出《寻访晏婴》系列电视片，随着这部收视率颇高的电视片获奖，县内崇仰晏子之风在新时代达到峰点。

晏子对齐河之影响一两句话难以概括。一般认为，齐河文化中的"大义齐河"，有一个从"余子"到"晏子"再赓古续今的

晏婴与晏城的渊源深远，这里的人们深受其精神的影响　高义杰／绘

脉络承传。其文字记载的源头，可追溯至公元前589年齐顷公时期发生的齐晋鞌之战。该战齐虽败绩，但后来的《吕氏春秋·离俗》篇中记载的一个《亡戟得矛》的故事却流传至远，感人至深。这篇古文讲述齐晋两国交战，平阿之余子亡戟得矛脱离战场后，在要不要继续参战的犹豫中，受高唐之孤叔无孙点拨，趋返战场而战死，叔无孙亦疾驱参战死而不返。据推论，该"余子"为今县域人，其身份相当于现在的预备役人员，不是正式军人而为国之荣辱主动参战且返战"死义"（《吕氏春秋·离俗》），其精

神当千古不朽！之后十数年，晏子登入齐国庙堂，成为齐文化的一面旗帜。晏子虽其貌不扬但境界极高，他为国家外不畏强权，内不惧强臣，生死关头面不改色心不跳；其义薄云天之壮行烈举，在今天县城的街头巷尾、学校社区，无论白发老者还是束发少年，多能数说一二。此亦足见齐文化影响之广泛、之深刻。

二、"尊贤尚功"英烈辈出

"尊贤尚功"是太公封齐时的既定国策，由此而渐成为齐文化的本质特征。齐河受"尊尚"文化熏陶已久，由"余子""晏子"而一脉相传的"尊尚"精神，带动齐河忠烈之士层出不穷。自明万历十一年（公元1583年）齐河县有志以来，这些忠烈之士有幸被志书记载而得以流芳百世。1273年，县人刘复亨（其故乡疑为今焦庙镇小寨村）任东征左副都元帅，"统军四万，战船九百"，大败十万倭兵，以功升镇国上将军，清雍正时（1726年）入祀忠孝祠。齐河县历史上被记载的第一个武进士尹秉衡，任保定等处总兵，他勇敢、坦诚，忠诚履职时无意得到皇帝的关注，皇帝受到感动对他大加赏赐，出生入死时以鲜血捍卫民族的土地，"神气勃勃，提刀冲万人军"，被其打蒙了的倭寇认为他是关公再世将其尊为神灵。（《当年会盟地 历代歌咏多——齐河史上诗歌蕴藏的故事》）

史入近代，国势日坠。《中国历代名人辞典》《清史稿》《齐河县志》所记"东北乡三官庙人"韦逢甲，于1842年5月18日在浙江乍浦东光山抵御英国侵略军，奋勇当先，激战中左胁中炮牺牲，御赐"守土为法""永垂为鉴"匾额，入祀昭忠祠。1900年

"洋兵内侵",不少权势之臣随着西太后逃命去了,而潘店王门二进士之王芝兰则"慨然捐廉万金以充军饷,上书云:自恨宿疾缠绵,不能囊笔荷戈,以偿上马杀贼、下马作露布之志;情愿将历任所储薪金充作军糈,藉申报效"。重病缠身的王进士,不能实现上马杀敌、下马报捷之雄心,乃自愿将历任县知事之所储薪水捐出,借此报效国家,了却夙愿——这是什么样的境界,又是多么崇高的"尊尚"情怀啊!

现当代以来,党领导人民群众进行改天换地的变革,齐河人积极参与其中,在抗日战争、解放战争、抗美援朝、边界防御作战以及和平时期,计有1882名子弟(《山东省齐河县烈士英名录》2015年4月)英勇地献出了宝贵的生命。《山东省齐河县烈士陵园资料汇编》之"卷二"卷名为"大义齐河血凝成",集中记述1938年至2009年间齐河县舍己救人烈士事迹,其中战场上舍己救人13名,著名的有带伤救出负伤营长的刘桥镇史庄人、一等功臣史长贵和淮海战役上的华店镇宋庄人宋继志。被提拔为班长已荣立一等功的宋继志,冲进弹雨中抢救负伤的营长,不惜用自己的身体为营长遮挡子弹而壮烈牺牲,年仅19岁,其事迹陈列于淮海战役纪念馆,是齐河人永远的怀念和骄傲!

和平时期舍己救人者11名。和平时期舍己救人需要的勇气绝不亚于战场上,特别是在风景秀丽、游人不绝的婺江桥上的那纵身一跳,胜却人间多少故事——孟祥斌这个名字将永远活在全国人民的心中!

三、晏婴祠、金华寺及"易'济'为'齐'"之联想

第一件事：我们知道，"耿济镇"于宋代演变为"济河镇"，后称"齐河镇"（参见《德州地区县市名考与乡情》山东大学出版社）；第二件事：我们还知道，古晏城有晏婴祠和金华寺，"宋代，'金华寺'移至晏婴故宅，与晏婴祠东西相对，相映媲美"。（《齐河县志》1990年版）试问：齐河在宋代发生的这两件事，可以联系起来看吗？假如联系起来看，或许能再次回答篇首之问。

宋朝皇帝赵匡胤开国之初，为保皇位永继，在抑制武将兵权的同时，重科举、办学校，"以文臣知州事"（周谷城：《中国通史》上海人民出版社），县一级官吏或县下诸职由文人担任的概率可能会更大。文人活跃，必定会在弘扬传统文化上做出贡献，于是就有了"金华寺"移至晏婴故宅，与晏婴祠相对"之美举。晏婴祠、金华寺都是齐文化的产物，天齐之古风劲拂，是不是彼时就有了改"济河"为"齐河"的动议而且就真的改成了呢！

将"济""齐"联系起来进行猜想且见诸笔端的并非始于笔者。赵方新先生曾在十几年前所作之《齐河赋》中说道："由济而一变为齐者，可窥其赓续古齐韵之大概也。"更早者如清雍正年间任县训导的潍县人韩沔，曾为县第三部志书作序，其中写道："……窃有言焉。齐故齐域也。齐之名始于殷，周太公履河距海，土宇益广。邑之以齐河称，则始金之刘豫。山东故齐鲁遗封，应号为齐者。地固不一，而独斯邑仍名为齐意者，地虽偏小尊贤尚功其意犹独存乎？抑功利田猎其习为尤甚乎？"该引文之首的"窃有言焉"与引文末的两个问号，是韩训导猜想的佐证。

笔者多年前读过一篇考证"扎裹"出处的文章，结论源自齐

文化，而"扎裹"已被归入齐河的方言中。仅此可知，齐文化之于我们，犹人之于空气须臾难离而不自觉。进入新时代，淄博市齐文化研究中心用"变革、开放、务实、包容"等八字描述齐文化之特色，这与我县的"齐河精神"的表述十分接近。齐文化之古风吹拂齐河大地，齐文化之精髓已植入齐河人基因中——读了上述文字，可以得出这样的结论。

最后需要说明的是，"齐河与齐文化"是一个博大的课题，不是三五千字的文章就能说清楚的，笔者不揣浅陋，试写了以上的文字，期冀抛砖引玉，助推全县文化事业的发展。

名家笔下的齐河

湿地上的博物馆群

高建国

居泉城济南既久，周边区县风景便成了一本时常翻阅的枕边书——南行 60 公里至泰安市，登泰山而小天下，游目骋怀身心俱泰自不必说；东去章丘区，游览金代《名泉碑》所载济南 72 名泉"三鼎甲"之一，名列趵突泉、五龙泉之后的百脉泉，山水文化园林胜景令人心旷神怡；西抵长清区万德镇，始建于东晋的"海内四大名刹"之首灵岩寺的深厚文化底蕴，使你由衷感叹前人所言"游泰山不游灵岩，不成游也"的精妙……三方佳境各有千秋，但眼下对我最有吸引力的去处，还是黄河北岸的齐河县。

齐河县现隶属于德州市。但无论是就历史渊源而言，还是从地理位置上看，县城距济南市中心仅 28 公里的齐河，更像是济南的一座卫星城。志书载，齐河夏商为兖州之域，西周属齐国之地，唐改名禹城县，宋改称济河镇，后因"齐故齐域"改济河镇为齐河镇，金天会八年升镇为县延续至今。随着济南齐河间黄河五桥一隧六条通道陆续建成，从济南去齐河车程仅 30 多分钟，看风景，到齐河，成为济南新时尚。齐河对济南人的吸引力与日俱增，究其原因，不仅因为黄河生态湿地水草丰美、鸢飞鹬落，每每使造访者乐而忘返，还在于湿地东侧的文旅小镇建设起蔚为壮观的博物馆群，从而赋予了信而好古的济南人太多想象空间。

生态美景叠加人文精华，焉能不令人心驰神往！

坊间有云："认识一个地方最好的方式，是去菜市场和博物馆。"去菜市场，是感受此地的烟火风情；去博物馆，则是亲近迥异他乡的民俗文化。览胜探宝是一项需要借助历史文化羽翼飞翔的智慧之旅。于我而言，辛丑金秋造访湿地上的博物馆群，还是小康梦圆之际记录历史进程的独家视角，行前自然要做好功课。

"博物"一词最早见诸反映战国时期至汉代初期上古社会生活的百科全书《山海经》，原本是指能辨识多种事物。不过，博物馆之于中国，则属于舶来品。公元前4世纪，马其顿亚历山大大帝在南北征战中掠获大批珍贵艺术品和文物，一并交给其师亚里士多德整理研究。亚里士多德去世后，其部下托勒密·索托建立了新王朝，于公元前3世纪在埃及亚历山大城建起一座专门收藏积累文化珍品的缪斯神庙，该庙被公认为人类历史上最早的博物馆。"博物馆"一词即由希腊文"缪斯"演变而来。1753年，拥有8万件藏品的大英博物馆在伦敦建成，6年后成为世界上第一个对公众开放的博物馆。中国是世界四大文明古国中唯一没有中断文明进程的国家，也是享誉世界的文化遗产和文物大国。1936年6月6日，蔡元培倡导兴建的国立中央博物院（今南京博物院）正式向社会开放，成为中国首座仿照欧美一流博物馆建成的现代大型综合类博物馆。然而，由于历史原因，我国博物馆的数量，长期低于世界平均水平。

衣食足而文化兴。进入新时代，中国迎来文博事业的春天，大江南北的博物馆如雨后春笋般兴起，成为小康进程的新标识。数据显示，"十三五"期间，全国博物馆备案数量由4692家增至 5535 家，增长率 17.9%；免费开放博物馆由 4013 家增至 4929 家，增长率 22.8%；非国有博物馆数量由 1090 家增至 1710 家，增长率 56.9%；文物藏品由 4139.19 万件／套增至 5127.38 万件／套，增长率 23.9%；博物馆陈列展览数由 21154 个增至 28701 个，增长率 35.7%。目前，中国博物馆总量已跃居全球前五位，与美国、德国、日本、俄罗斯四国共同跻身世界前列。

汽车沿京台高速公路过黄河大桥驶出齐河生态城收费站出口，齐河县文联主席、县作协主席赵方新和县文联副主席陈潇姝女士，已经热情地在出口处迎接了。车子与黄河并行西驶，方新主席介绍说，地处黄河北岸的齐河湿地，原是悬河下为确保汛期济南安全而用于泄洪的北展区。2008 年 7 月，国务院批准解禁齐河北展区泄洪功能。2009 年 4 月，黄河小浪底水利枢纽工程建成后，郑州花园口防洪标准由 60 年一遇提高到千年一遇，黄河中下游汛期洪水威胁得以解除。经济鲲鹏展翅年代喜获偌大发展空间，确是意外惊喜。县委、县政府十分珍惜来之不易的生态资源，将北展区定位为泉城之肾、齐河之眼。2014 年，齐河黄河水乡湿地公园开始建设，不再进行其他功能开发。黄河文化博物馆群遂成湿地东侧文旅小镇的画龙点睛之笔。

东道主要言不烦的介绍，给我描绘了齐河湿地发展的路线图。近年来，一些城市化废为宝，将采煤塌陷区建成湿地或水上公园，成功实现了城市格局和生态文明的逆袭。而齐河小康进程的新亮点，是发挥后发优势和独家优势做好"生态＋"文章，以优质文旅要素升华生态资源，创造了自然洼地变文化高地的奇迹。

车行六七分钟，一座宫殿般飞檐翘角的宏伟建筑赫然出现在眼前。这座酷似唐时长安城大明宫的巍峨建筑，就是齐河新近崛起的黄河文化博物馆群。从网上信息得知，"十三五"以来，中国博物馆以平均每两天新增一家的速度快速发展，全国每25万人可拥有一座博物馆。随着展览内涵与形式不断丰富，博物馆这一历史文化重镇，正成为不同年龄段观众最向往的打卡地。2020年度，中国各地博物馆还是推出陈列展览2.9万余个，开展教育活动22.5万余场，接待观众5.4亿人次，网络观众数以亿计。尽管动身前我对博物馆的前世今生已有所了解，但目睹规模如此宏大、特色如此鲜明的博物馆群，惊喜之余还是禁不住连连赞叹。

汽车驶过护城河饰有汉白玉护栏的桥，沿穹形城楼大门进入宫阙环峙的博物馆城，但见方正对称的院内湖波荡漾，奇石错落，与四面仿古建筑天然交融、相映成趣，使人顿生重返大唐的穿越之感。显然，这座集自然博物馆与古典园林景区于一体，以富丽典雅的风姿矗立于河滨湿地的博物馆城，在设计与构筑上已先声夺人，成业内翘楚。据介绍，2019年，山东已拥有567家博物馆，数量居全国之首。试想，齐河博物馆群惊艳面世，将会给蓬勃发展的山东文博和旅游业平添几多惊喜？

从讲解员口中得知，齐河黄河文化博物馆群由山东坤河旅游开发有限公司投资兴建，清华大学历史与文物建筑保护研究所规划设计，拟建黄河文化博物馆、红色文化博物馆、黄河古生物化石博物馆等20个博物馆及展示区，堪称山东文博事业的大手笔。2015年以来，经6年建设，这座以中国传统文化为载体，着力打造国内古建筑规模最大、藏品类型最丰富的大型文化博览基地，已初具规模。博物馆内储备有各类藏品3万余件，其中国家一级文物 26 件，二级文物 152 件，古生物化石、珍奇矿石、青铜器1.1 万件，明清两朝状元、进士、翰林墨宝 1200 多幅，极具科研和文化价值。目前，黄河文化博物馆群已建成书画艺术馆、齐鲁书院、根雕博物馆、地矿博物馆、紫檀博物馆、珍宝馆、家具博物馆 7 个馆。宋瓷奇珍博物馆、沉香木博物馆等 13 个博物馆，预计 2022 年底建成运营。

博物馆的吸引力和知名度，归根结底是由藏品的珍稀度和丰富度决定的。来到独占博物馆群鳌头的珍宝馆，其镇馆之宝果然名不虚传。步入一阔大无窗的密室，展台上两颗浑圆呈淡绿色的巨型夜明珠赫然入目。印象中的夜明珠，是把玩于掌间的稀世珍宝，猝然与巍巍若小山的宝物零距离、面对面接触，震撼、惊愕、神奇等情感像汹涌的湍流，瞬间将你裹挟和融化。讲解员介绍，现代科学已经证实，千百年来被传得神乎其神的夜明珠，通常是指荧光石和夜光石。经鉴定，这对巨型宝珠属于荧光石，每颗直径长 1.5 米，重 6.5 吨，单体为国内迄今所见最大夜明珠。硕大无朋且双璧同质同款，更使眼前一双珠王独领风骚而成无价之宝。

说话间，密室的灯光悄然关闭，方才还矜持淡定的巨珠，霎时神采焕发，变得灵动无比，通体漫射出温婉、柔曼、华贵、奇妙的光。那闪烁波荡的荧光绿色，生机盎然又不乏玄幻色彩，使人顿生超然世外之感。时间停止了，凡尘喧嚣飘然远去，人们仿佛骑鲸蹈海来到了五光十色的龙宫宝殿，又像是羽化升仙置身于白雪晶莹的童话世界。在静谧、奇异的旅程中，碌碌生灵变得简单、宁静、安适，偌大宇宙显得那样空旷、寂寥、澄澈……

过了一会儿，室内的灯光再次亮起，梦幻中的游客这才回过神来。从讲解员口中得知，神奇的夜明珠之所以能发光，是因为固体内富含丰富的稀土元素，而看上去像小溪汩汩流淌的光波，则与矿物体内电离子的移动有关。

根雕博物馆令人震撼不已的，是有着排山倒海气势的壮阔木雕方阵。走近这个用刀锋将神话与现实、历史与当下、虚拟与生活、海内与海外巧妙结合连缀的艺术世界，仿佛来到了狮虎争雄的史前世界，又像置身于有着永远演绎不完故事的神话王国。

雕刻在原始社会早期随着"图腾崇拜"萌生，以木头、石头、骨头为材质，根据个体审美需求取舍造型，在三维空间展示立体美感的一种艺术，其源远流长，甚至早于绘画、文学、书法等艺术形式，见证并伴随了人类从蒙昧走向开化、从野蛮走向文明的全过程。馆内陈列的近 50 个巨型狮、虎木雕图腾，还有诸多栩栩如生、形神各异的麒麟、凤凰、十二生肖等珍禽瑞兽，徐徐展开了一部不著一字但却绚烂多姿的中外雕刻史。这些体量巨大但做工精湛的艺术品，均取材沉香木、黄金樟木、金丝楠木、香樟木、沉船木等珍稀巨树树根和躯干，因材就形巧雕而成，十足的"七分天然、三分人工"。所用巨树树龄均在千年以上，其中深埋海底的沉船木树龄已超过两千年，具有防水、防蛀、防腐的非凡品质，重如石、坚如铁，敲之锵然有声。

乐享木雕饕餮盛宴间，一对仰天劲吼、跃跃欲试的雄狮引我驻足。这对巨无霸不仅形体超群，馆内无双，而且造型生动，雕刻传神。我佩服巧夺天工的匠人可以抓取雄狮决斗或攫食瞬间的神情样貌，用刻刀准确定格并生动呈现。细看这放大数十倍且极致渲染的兽王，满头蜷曲的鬃毛像瀑布怒泻，睚眦欲裂中目光如炬，奋力腾跃的四肢肌腱凸起，飞甩成弧的尾巴透着钢鞭的力道。讲解员说，两座木雕雄狮均取材于两棵千年黄金樟木主干及根部材料，分别长17米，头高3米多，重13吨，由南洋20多名工匠历时3年打造而成。颇为传奇的是，两座来自东南亚的木雕雄狮，漂洋过海沿长江溯水而上到达张家港卸载后，装车运往山东途中，拆了3座收费站才运达济南！器宇轩昂的南洋雄狮，何以水陆兼程径赴中国，以南瞰泰山北枕黄河的福地为归宿？我想起了拿破仑说过的一句话："中国是东方的一头雄狮。"在博大精湛的中华文明中，雄狮是一个有着特殊内涵的意象。百年中兴，风鹏正举。眼前这个威武霸气、震撼腾跃的雄狮，不正是走上中兴大道的中国国运的艺术写照吗？

雕刻与绘画同宗同源，是孪生姐妹。不同的是，绘画是用笔来安排和处理造型进而创作出艺术品，而雕刻则以刀代笔塑造作品并赋予其美学意义。雕刻比起绘画创作更费时费力，艺术家和工艺大师除了殚精竭虑进行艺术构思外，还要亲力亲为运用刻刀、凿子、锤子、斧头、木石等工具和材料，借助艺术禀赋和经验进行艰苦卓绝和旷日持久的体力劳动。一件美轮美奂的雕刻艺术品，是艺术家和能工巧匠脑力与体力劳动的凝结物。目睹这些材质珍贵、造型宏大、工艺精巧的巨型木雕，你会由衷赞叹雕刻艺术的深厚伟力，也更加信服高手在民间的哲理。

根雕博物馆最精美的宝物是海南沉香木雕刻的观音和金童玉女像。这组高近4米一主二从但浑然一体的艺术品，构思精巧、工艺细腻，熟练运用传统的圆雕、浮雕、镂雕手法，把观音眉如小月、眼似双星的神态，以及金童玉女两小无猜、天造地设的情状，惟妙惟肖展现出来，观之久久不忍离去。

将近20年前，我曾在开封大相国寺看到一尊高3米多、重约 2000 公斤的千手千眼观音木雕像，雕像四面造型相同，每个面各有 6 只大手及扇状小手三至四层，每只手掌中均刻有一眼，共计 1048 只眼，相传是一位能工巧匠倾其毕生精力雕琢而成。眼前的沉香木观音和金童玉女雕像，体量较开封大相国寺千手千眼观音略小，但材质却远胜前者。不知这一传世之作是否出自一人之手，又耗费了操刀工匠多少岁月流年？面对香气四溢的观音菩萨，我不由想起那句"一生做一事"的老话，似是先贤在告诫尘世凡夫俗子，惟锲而不舍、敬终如始，方能成就一番事业。岁月从黄河中下游分界处起步，波澜不惊淌到黄河将要注入渤海的尾段，20 年时光焊接起来的两尊用岁月乃至生命雕制的形异神同的雕像，无声但却坚韧地将人生至理渗入你的脑海。

明清瓷器馆荟萃了中国瓷器黄金时代两朝官窑数量不菲的精品重器，尤以清代颇具宫廷气势、规整对称的瓷器令人眼界大开。我用目光抚摸历史动荡中幸存的瓷林遗珍，眼前闪过了工坊良匠、官窑柴火、江湖传奇、王朝背影……这些时光隧道穿巡者和历史风云见证者，立足博物馆时尚文化平台，日复一日演绎陶熔鼓铸的神话，不经意间就把文化种子播入公众心田。

在林林总总的瓷器精品中，长 2.15 米、宽 1.17 米的瓷板画《乾隆观孔雀开屏图》，遣宫廷奇珍于尺幅，撷皇家日常成经典，以雍容华贵的皇家气派和涉笔成趣的巨匠手法，惟妙惟肖展现了乾隆帝政务之余观赏孔雀开屏的生动场景。版画由融中西绘画技法于一体的宫廷画师、意大利人郎世宁等人联袂绘制，图中华贵而简约的复式宫殿，端坐一楼回廊入口处的乾隆和侍立身边的随从，两只分别开屏炫耀和昂首敛尾的孔雀，皆出自郎世宁之手；舒朗有致、散布苑囿的假山、小溪、劲松、花草，则由宫廷画师金廷标和沈源补绘。聚景为锦与中西合璧并存，工笔勾勒与写意置景同在，是板画的鲜明风格和非凡价值所在。整幅画作构思精巧、造型生动、线条流畅、设色逼真，大清盛世宫廷画师深厚的构图与写生功力，令人倾倒。

书画艺术馆最抢眼的精品，是清代有"一门三公、父子同宰"美誉的刘统勋、刘墉、刘镮之三人的墨宝。刘统勋生于1700年，字延清，号尔钝，山东诸城人，雍正二年（1724年）进士，乾隆二十六年（1761年）后任东阁大学士、首席军机大臣兼管礼、兵、吏、刑部，在吏治、军事、治河、修史等方面均有重要建树。他以清廉直谏著称朝野，是被乾隆帝称作"真宰相"的第一人。馆藏刘统勋书于红底描金宣纸的诗句条幅，笔锋舒展，雄浑苍劲，官场中铸就的笃定跃然纸上。刘统勋长子刘墉生于1720年，字崇如，号石庵，乾隆十六年（1745年）进士，入仕后，颇有乃父之风，任江宁知府、陕西按察使等职，为官清廉，深得民心，官至礼部尚书、体仁阁大学士。刘墉书法造诣深厚，是当时著名帖学大家，有"浓墨宰相"的美誉。馆中陈列的刘墉四扇屏行书真迹，貌丰骨劲、格调静穆、气韵灵动，书法造诣世称清朝翘楚，是宦海沉浮出淤泥而不染品格的艺术再现。刘墉抚育的侄子刘镮之，字佩循，号信芳，乾隆五十四年（1789年）进士，曾任兵部尚书、吏部尚书，其书法条幅丰腴而内敛，为"一门三公"佳话平添异彩。

匆匆过目便令人思接千载、视通万里的珍宝，不过是海量馆藏精品的冰山一角。遥想20座古色古香、美轮美奂的博物馆盛大开放时瑰宝琳琅满堂生辉的场景，那将是怎样一幅令人心驰神往的盛世画卷！一个博物馆就是一所"大学校"，不进博物馆是难以领悟"大学校"真谛的。闻名世界的故宫博物院成立近百年，不惟培养了大批享誉海内外的文博巨匠，而且独辟蹊径创立故宫学，成为发掘、研究、传播中华文明的文博名校与讲堂。在向"大学校"迈进的壮阔征途上，承载民族发祥地灿烂文明的黄河文化博物馆，必将成为化育国民并将历史导向未来的光荣使者。

一方水土养一方人。每一地的古今贤达和著名人士，都是那片土地引以为傲的名片和旗帜。来到齐河，人们自然会说起齐河人民的优秀儿子——从这里走出的全国著名劳动模范时传祥，而说起时传祥，就不能不对位于齐河县城的时传祥纪念馆和由此衍生的劳模精神、劳动精神、工匠精神教育基地心向往之。

时传祥 1915 年生于齐河县赵官镇大胡庄村一个贫苦农家，14 岁那年为生活所迫流落京郊当掏粪工。新中国成立后，他以"宁愿一人脏，换来万家净"的高尚情怀和诚实劳动，在京城环卫工人岗位上生动诠释了劳动光荣和生命的价值，成为飘扬于神州大地中国劳模的一面旗帜。1995 年，时传祥获首届"中国雷锋"荣誉称号；2009 年 9 月，时传祥入选"100 位新中国成立以来感动中国人物"；2019 年 9 月，时传祥入选"最美奋斗者"。

深受大河哺养的齐河人敬畏历史，并且格外尊崇这片土地养育的平民英雄。1999 年 5 月 20 日，中共中央有关部门批准在齐河县建立时传祥纪念馆。2000 年 9 月 9 日，时传祥纪念馆建成开馆，成为载入齐河史册的一大盛事。国家有关部委和省、市、县领导和各界代表 2000 多人参加开馆仪式的盛况，创造了当地有史以来各种纪念活动规格最高、规模最大、人数最多的纪录，至今仍是令齐河父老陶醉的文化记忆。

再访齐河，已是林寒洞肃的腊月了。在距黄河文化博物馆10公里的时传祥纪念馆，我看到一张熟稔但已久违的照片——上面记录了1959年10月26日，国家领导人在全国群英会上亲切接见时传祥的情景。富有质感栩栩如生的画面中，发掺银丝的国家领导人，紧紧握着时传祥那双因经年累月掏粪而布满老茧的双手，同站在右后侧的委员长一起，满含嘉许地看着来自首都环卫一线的英模，脸上的笑容透露着慈祥、关爱。时传祥右侧英姿勃勃的英模就是来自首都建筑行业的青年突击队队长张百发。记者定格的这一珍贵瞬间，伴有国家领导人著名的画外音："你掏大粪是人民的勤务员，我当国家领导人也是人民的勤务员，这只是革命的分工不同，都是革命事业中不可缺少的部分。"音画互证，这幅照片，成为人民是国家主人和党的干部永远是人民公仆的经典而感人的宣示。

时传祥纪念馆的落成，是小康大业起步之初大河之滨燃起的一枚火炬。如今，这枚将劳动精神燃耀到极致的火炬，在熊熊燃烧20多年后，终于催生出一座辐射力远超所在地域的精神圣殿——全国独一无二的"三种精神"教育基地。该基地将于建党百年和全面建成小康社会收官之际揭幕。这座有着开先河意义的教育基地，占地逾300亩，主要由劳动广场、劳动公园（含时传祥纪念馆、县革命烈士陵园及纪念碑）、基地主体建筑3部分组成。其中基地主体建筑面积3.9万平方米，包括主题展览和工人文化宫两大功能区，堪称全国规模最大、功能最全、最具特色的"三种精神"教育基地。我逐一参观主体展览馆序厅、劳动精神馆、劳模精神馆、工匠精神馆、山东馆"一厅四馆"，辄觉展览居一域观全局，说当下兼过往，把看不见、摸不着的"三种精神",由抽象变具象,事理交融、点面结合阐明精神缘起及价值,在开掘力量源泉、传递建功密码、强化主流价值、引领社会风尚等方面取得可喜突破,是为"三种精神"传神写照的出彩工程,也是催人奋进的嘹亮号角。小康大业攻坚时燃起的精神火炬,与世纪夙愿如期实现时风华初现的博物馆群相得益彰,面向泉城隔河打造新型文旅重镇,显著抬升了齐河精神文化的天际线。

从县领导处得知,湿地博物馆群正南黄河上,又准备兴建一座新的跨河大桥,届时,从济南直达黄河文化博物馆将更加便捷。雄心勃勃的齐河人,决意将博物馆群打造成传世之作,为子孙后代留下珍贵文化遗产,在黄河之滨树立一座文化丰碑。新崛起的博物馆群,连同坐落在齐河湿地的泉城欧乐堡梦幻世界中的动物王国、水上世界、养生温泉、度假酒店、海洋极地世界和即将落成的五星级大酒店,以及文旅小镇周边星罗棋布的特色建筑,与"三种精神"教育基地遥相呼应,相映生辉,共同打造了黄河下游璀璨夺目的文旅明珠,构筑了泉城最具魅力的后花园。

齐河流连使我想起,2021 年 5 月 24 日,国家文物局等 9 部门发布指导意见,提出到 2035 年,我国将基本建成博物馆强国。从世界博物馆大国到强国,那是怎样的飞跃?或许可从齐河湿地上的博物馆群窥见一斑。

大义之城

许　晨

一

"救命啊，快救救我家孩子啊！"

"啊？！孩子怎么啦？"

"掉沟里了，看不见了，呜呜……"

"在哪，在哪儿？"

2021年9月14日下午5时30分左右，太阳西斜，橘黄色的余晖安详地洒在黄河下游北岸上，突然一阵凄厉的女子哭喊声，打破了这里的宁静。正准备下班回家的齐河刘桥镇青年赵虎，循着求救声迅疾跑了过去。

原来，刚才这位妇女带着3岁的儿子在街头卖菜，一时没注意，孩子跑到沟边上玩，"砰"地一下，从一个破口跌进沟里，被湍急的水流冲走了。更要命的是：这是一条暗排水沟，上边铺着一层厚厚的水泥盖板，落水男童眨眼间就没了踪影。

人命关天，刻不容缓。

赵虎从入口处望了望，一片漆黑。他担心孩子被冲到远处，一口气向下游跑了20多米，三下五除二，使劲撬开一块水泥板，想都没想就跳了下去。沟里污水很深，没过了他的头顶，又脏又臭，水底下都是淤泥，一不小心就容易陷进去。他艰难地向前摸索，里边空气流动性差，不一会儿，赵虎就感到呼吸困难，头晕目眩。但情况紧急，他咬紧牙关坚持着。

此时，住在刘桥镇上的徐兴清，正巧去接孩子放学，路过这里，看到眼前这一幕，二话不说，将自己孩子放在一边，立即从小男孩落水口跳了下去，与赵虎两人一个从东向西，一个从西向东"双面夹击"。水越来越深，没走几步，污水就到了徐兴清的嘴巴处。不会游泳的他接连呛了几口臭水，只好尽力踮起脚尖，仰着脸，在黑暗中寻找男童的身影。

终于，他们在距离落水处七八米的地方找到了尚有气息的孩子。两人合力将孩子托举上岸后，已经没有了任何力气，只能靠别人把自己拉到岸上。赵虎刚上来就一屁股坐到了沟边，大口大口地喘着粗气，而徐兴清则直接躺在了地上，一直躺了好几分钟，却全然不知自己的胳膊、膝盖等部位已被划伤，布满道道伤痕。

犹如一石激起千层浪。

两位青年见义勇为、奋不顾身救人的感人事迹，迅速传遍黄河两岸、泰山南北。各大报刊网站等新闻媒体以"这就是山东：'祥斌精神'再现齐河！两男子'双面夹击'勇救3岁落水儿童""齐河两小伙儿以身涉险救出三岁男童，大义精神薪火相传"等为题，报道此事，引来了人们异口同声地赞扬。

尤其值得大书特书的是：这是发生在十几年前享誉全国的"感动中国"人物、"舍己救人模范军官"孟祥斌的家乡——山东省德州市齐河县。家住晏城街道桑园赵村的赵虎，距离"祥斌精神教育基地"展厅仅300米，而本是刘桥镇孟店村人的徐兴清，则与孟祥斌更是实打实的同乡。由此可见，两位青年人的大义之举绝非偶然。

三天后——9月17日，齐鲁晚报·齐鲁壹点联合阿里巴巴天天正能量授予徐兴清、赵虎"天天正能量特别奖"及一万元奖金。

十天后——9月24日，德州市见义勇为先进分子表彰仪式在齐河县综合治理中心举行，授予赵虎、徐兴清两名同志"德州市见义勇为先进分子"荣誉称号，并分别颁发奖金5000元。省、市、县10余家媒体还联合开展了采访全县综合治理工作。

一个月后——10月23日，我应邀与来自省内外的诸多文朋诗友，参加了"著名作家齐河行——纪录小康工程主题创作活动"，其中一项内容就是参观"三种精神（劳模精神、劳动精神、工匠精神）教育基地"和"孟祥斌烈士纪念馆"。在这里，我又一次看到了英俊威武的部队战友、时代楷模孟祥斌。自然，那是他永远年轻的照片和塑像了。

然而，当我听到刚刚发生的赵虎、徐兴清奋不顾身救助落水儿童的故事之后，眼前又浮现出当年那个义无反顾跳进冰冷江水的孟祥斌的形象。这就是见义勇为、舍己救人的"祥斌精神"的赓续与传承。

时光退回到2007年11月30日，正在浙江金华某部服役的山东齐河人孟祥斌，难得休假，陪着前来探亲的妻子叶庆华和3岁的女儿妍妍去商场。身着便装的孟祥斌抱着孩子，亲昵地说："爸爸给你买双红色的公主靴，然后去吃肯德基，妍妍说好不好？"

"好啊，好啊……"妍妍小手拍得响亮，热乎乎的小嘴巴一个劲儿地往爸爸脸上凑。

叶庆华看着这对聚少离多的父女，笑着帮丈夫掸去肩膀上的灰尘，一家人沉浸在难得的欢聚中。然而，谁也没有料到，不幸有时潜藏在幸福之中。当他们经过市区婺江通济桥的时候，突然听到一阵叫喊声："快来人啊，有人要跳江！"

抬眼一望，他们被桥上的情景惊住了：一名年轻女子不知受到了什么刺激，愤然摔掉手机，跨过护栏跳了下去，在水面上挣扎。孟祥斌立即把孩子交给妻子，快步冲向栏杆，一边跑一边甩掉鞋子。叶庆华担心地喊道："祥斌，叫人帮忙啊！"

正路过此地的一位市民大姐也急忙阻拦："这么高，水这么冷，危险，还是叫只船吧！"

只听得孟祥斌回了一声："来不及了！"便从10米高的大桥上纵身一跃，跳进了滔滔江水中。

正值入冬季节，水凉刺骨且湍急，加上下水前没有做活动，舒展身体，孟祥斌虽然身强体壮，但也只能勉强拉着落水女子往回游，浸过水的棉衣又湿又重，一会儿就十分吃力。此时，一只水上摩托艇闻讯匆匆驶来。孟祥斌用尽最后一丝力气，将女青年托出水面，说了声："把她拉上去，我不行了！"

轻生女青年得救了，孟祥斌却瞬间沉入了江底，年仅28岁。

城南桥上，他的妻子叶庆华瘫倒在地上，她万万没有想到：心爱的丈夫，就在自己眼前为了一个素未相识的人而丧失了性命。她抱着孩子哭成了泪人："啊……爸爸没有了，爸爸没有了！"

小妍妍提着爸爸脱下的白色旅游鞋，哇哇地哭叫着："爸爸、爸爸……"

一个人感动一座城。

英雄的壮举迅速在社会各界引起强烈反响。婺江之畔、城南桥头，一夜之间摆满了花圈，人们自发通过各种方式哀悼英雄。灯箱广告撤掉了商业广告，换上了孟祥斌的大幅军装照片和"向英雄孟祥斌致敬"的标语。

当晚，许多金华市民来到英雄救人的地方，冒着寒风为他"烛光守夜"。人们还络绎不绝地去看望孟祥斌的妻子和女儿，自发捐款捐物。听说他们夫妇当天都没来得及给孩子买鞋去，爱心人士还悄悄给小妍妍送来一双双各种样式的小红鞋。

追悼会那天，200多辆出租车和公交车自发免费接送参加追悼会的人，3万多名群众自发赶到殡仪馆，原定1小时的悼念活动持续了5个多小时。每人手上都攥着一束菊花。这是全市规格最高最隆重、悼念者最多的一次送别。

当烈士的骨灰在妻子叶庆华和女儿的陪伴下，在部队战友和金华市民代表护送下，送回家乡山东齐河县时，当地同样有30000多名群众自发地矗立在寒风中，在长达5公里的道路两旁迎接英魂。

不断涌现英雄、不断崇敬英雄的民族，才是有希望的民族。孟祥斌三个字呼唤了人们"道德回归"的激情。这一次所表现出来的强烈的集体感动和大众回应，正体现了人们对社会责任感和道德感的热盼。英雄就在我们身边。

孟祥斌救人牺牲后，他所在的部队——第二炮兵（现火箭军）党委、浙江省委、山东省委先后做出向孟祥斌同志学习的号召，并追授他"浙江青年五四奖章""山东省道德模范"。随后，中央军委追授他"舍己救人模范军官"荣誉称号，并且将他选入

"感动中国 2007 年度十大人物"。"感动中国人物"组委会授予孟祥斌的颁奖词是：

> 风萧萧江水寒，壮士一去不复返。同样是生命，同样有亲人，他用一次辉煌的陨落换回另外一个生命。别去问值还是不值，生命的价值从来不是用交换体现。他在冰冷的河水中睡去，给我们一个温暖的启示。

花儿谢了又开，叶儿黄了又绿，一晃数度春秋过去了，见义勇为，舍生取义的孟祥斌精神，已经如同雷锋、王杰、欧阳海的名字一样，熠熠生辉，成为一代又一代人学习的楷模。

英雄的故乡——山东省齐河县刘桥镇，建立了孟祥斌烈士纪念馆，树起了英雄孟祥斌的铜像，将刘桥镇中学命名为"祥斌中学"，规划建设了集教育研学、实践体验于一体的"祥斌精神红色教育基地"。传承红色基因，弘扬祥斌精神。

如今的齐河涌现出许许多多像孟祥斌一样充满正能量的英雄模范。前边提到的最近发生的赵虎和徐兴清两位青年，就是最好的印证。我们来到齐河之后，感受最深的就是这四个字：大义齐河。这不仅是全县道德建设的闪光品牌，也是这方土地上人们的品格写照，为平安山东经济社会发展增光添彩。

二

说起来，我与齐河一点儿也不陌生，齐河甚至可以说是我魂牵梦萦的第二故乡。二十世纪八十年代初，我父亲许焕新在齐河任职县委书记兼武装部第一政委，而那时我正在原济南军区空军某部服役，节假日常常前来齐河探亲。

那是一个中国农村大变革的时代，联产承包责任制如同疾风暴雨一般洗刷了贫穷的阴影。父亲一班人带领全县数十万父老乡亲扬眉吐气搞生产，粮棉连年大丰收，农民平常日子也吃上了白面和猪肉。三十多年过去了，大家至今还经常提起我父亲的名字，念念不忘老书记。

时光流逝到了二十世纪九十年代中期，我已转业来到山东省作家协会工作。当时恰逢省委组织部调配干部下放挂职锻炼，又把我分到齐河县委宣传部任副部长，一待就是一年半，成为名副其实的齐河干部。当时我分管新闻报道和群众文化工作，时常下乡跑基层，曾为这片土地洒下过辛勤的汗水，而这里的水土也滋养了我的人生。

齐河人好，齐河人忠诚仗义，早已深入到我的血脉里……

因为这段情缘，进入新世纪的齐河怎样了？这种"牵挂"时常拨动着我的心弦，犹如远离故土的游子，午夜梦回，往事历历。这方土地一定变化更大了，人们生活会更加美满幸福了。是的，早在2013年初夏，我随中国散文学会采风团走进齐河，不用说首次前来的著名作家们，就连我这个曾经的"齐河人"都惊叹于齐河的发展。

一片片碧绿的树林，一丛丛嫣红的鲜花，一条条宽阔的公路，一幢幢挺拔的楼房。街心广场上，悠闲的人们在散步娱乐；现代庄园里，新型的农民在愉快劳作。当年那个"面朝黄土背朝天"的农业大县，正在向农工商科贸一体的现代化城市大踏步迈进。

更为令人激动的还是这里的人文内涵和精神文明建设。历届齐河县委县政府一脉相承，大力抓好经济社会科学发展的同时，认真总结提炼地域精神，繁荣本县文化。齐河精神犹如树起一面高高飘扬的旗帜，引领着这里的人们齐心协力、一往无前。

经过一番辛劳而深刻的调研论证，一张亮丽的地域名片，一座高耸的精神地标喷薄而出："时传祥故里、孟祥斌家乡——大义齐河！"

好一个"大义齐河"！

"义"，一看到这个字，正直的人们就会血脉偾张、壮怀激烈。古代先哲孔子最先提出，孟子继而阐述，概括了国人道德良知之大成。正义、道义、信义，义士、义举、义不容辞等，这些名词动词形容词，如黄钟大吕、江河奔腾，摧枯拉朽，震撼人心。

当时接待我们的齐河县委常委、宣传部部长李文豪，尽职尽责，不遗余力地宣传倡导"大义齐河"。他说："齐河是出好汉的地方。古往今来，英雄模范人物层出不穷。结合这种文化底蕴和时代精神，我们提出了'大义齐河'的道德建设品牌，目的就是使英雄崇拜、好人现象成为风尚，从而去创造美好的明天。"

而今，他已是德州市委宣传部副部长兼广播电视台台长了。得知作家采风团又来齐河参观体验，他专程赶来相见，再续前缘。这位名叫"文豪"的部长，无愧于他的名字。虽说并不是专业作家或学者教授，但擅长总结归纳提炼，且写了一手好文章，他把"大义齐河"的理念和意义阐述得通俗易懂、切实可行。

参加采风的作家诗人们深受感染，饶有兴趣地纷纷表示："'大义齐河'提得好！它高度概括了齐河人的精神实质。我们这次来也沾沾李部长名字的福气，争取成为'文豪'，写出有情有义、微言大义的作品来。"

"呵呵，我只是担了个虚名，你们才是真正的文豪作家。希望借助于各位的大手笔，把我们的'大义'喊得更加响亮、更加深入人心。"

事实上，齐河文脉久远，底蕴深厚，是完全可以高擎起"义"之大旗的。千百年来，黄河从齐河流过，黑陶在齐河出土，晏婴受封于齐河。"一河一陶一贤人"，这是齐河历史文化的写照。近代以来，全国劳模时传祥，爱岗敬业干工作，是忠义的化身；见义勇为孟祥斌，舍生忘死救他人，是仁义的象征。

一代又一代的齐河优秀儿女，继承和发扬古圣先贤和道德模范的大义精神，提炼出"厚德重义、开放包容、务实创新、拼搏争先"的"齐河精神"，打造了以"仁义、忠义、信义、孝义、侠义"为主题的"大义齐河"品牌。而这些内容，恰好与"助人为乐、敬业奉献、诚实守信、孝老爱亲、见义勇为"等道德要求相对应。

时光如流，重情重义的齐河人不断完善品牌建设，相继组织了"大义齐河——最美齐河人"、齐河"双十佳模"（"十佳道德模范"和"十佳劳动模范"）评选活动，推出了《大义齐河道德三字经》和《大义齐河》歌曲，将"大义齐河"精神与新时代文明实践志愿服务活动相结合，充分调动群众参与积极性，形成了"人人崇尚见义勇为，人人支持见义勇为，人人参与见义勇为"的良好氛围。

尤其是"祥斌精神"薪火赓续、砥砺传承，涌现出一大批像孟祥斌这样的英雄模范。他们用行动诠释着"祥斌精神"，前赴后继，继往开来，"大义齐河"，已经成为全县全市乃至省内外闪亮的地域道德名片。

如此，齐河作为中国第一个打造"大义"品牌的城市，昂首走进了当代史册中。"大义"已经深入进全县人民群众的精神骨髓，无数"大义"典型纷纷涌现，好人好事层出不穷。

在英雄孟祥斌壮烈牺牲、魂归故里一年之后——2009年1月28日，齐河县赵官镇水东村巴公河桥上，再次上演了同样惊天地泣鬼神的一幕：一名儿童不慎落入巴公河中，路过此地的赵官镇大胡村村民胡军（25岁）、胡敏敏（22岁）兄妹二人，毫不犹豫地先后从4米高的大桥上跳下去救人。

正值朔风凛冽冰天雪地之时，巴公河水寒冷彻骨、深不见底，经过一番奋力拼搏，落水儿童得救了，可胡家兄妹俩却献出了自己年轻的生命。当时胡军刚刚当了父亲，一对双胞胎儿女还不到三个月；胡敏敏则订婚不久，正在筹办自己幸福的婚礼。

危急关头显精神，英雄青年的高尚品质在瞬间闪光，让这个冰冷的冬天传递出人间的温暖和无疆的大爱。这是源于斯长于斯产生无数英模好人的热土，更源于一个伟大的母亲——任现平。她是一位普通的农家妇女，小学文化程度，没有值得骄傲的文凭，没有惊天动地的业绩，但她身上却继承了中华民族传统女性的美德，仁慈厚爱，忠义诚信。

任现平经常告诉孩子，永远要有感恩的心，让他们懂得"百善孝为先""孝亲尊师"这些传统美德、做人准则。"老吾老以及人之老，幼吾幼以及人之幼"，这句话的含义也许任现平并不理解，但十里八乡的人却知道，她是村里有名的孝顺媳妇、好嫂子、好妯娌、大好人。公婆逢人便夸："不知几辈子修来的福，给了俺们这么个好媳妇，比俺亲闺女还亲呐！"

正是受到母亲的影响，胡军兄妹从小就立志做一个自强自立、正直善良和对社会有用的人。学习上，兄妹俩刻苦认真；生活中，两人更是热心帮助同学和他人，年年被评为模范标兵。

两个孩子念及家庭困难，初中毕业后就分别出去打工，自食其力。胡军考了汽车驾驶证，在煤矿当上了一名司机。胡敏敏在济南金德利快餐店做服务员，虚心学做面点，还参加了历下区的面点师竞赛，获得三等奖。她一直憧憬着自己开一家快餐店贴补家用。

胡军兄妹虽然都是平凡的孩子，但他们在任现平的影响下，短暂的生命焕发出永恒的光辉。兄妹救人遇难的噩耗传来时，任现平一下子晕了过去，很久都接受不了这个现实。那段煎熬的日子里，每天晚上她都不让关大门，说俩孩子还没走远，要等着他们回家。

但深明大义的任现平没有倒下，她强忍着心中的悲痛，每天清晨她都坚强地站起来，继续照顾病榻上的公婆，关心、宽慰整天以泪洗面的儿媳。她这样对众人说："自古忠孝不能两全，俩孩子是为救人牺牲的，他们死得光荣，我为有这样的好儿女而骄傲！"

无独有偶。

2013年3月12日下午3时左右，一辆由临清开往济南的客车，经过长途跋涉，来到了齐河县华店乡。即将到达目的地了，加之午后乘车，旅客们大都昏昏欲睡。突然，意外发生了，由于机械故障，司机处理不及，客车"轰"地一下翻入路旁7米深的水沟里。

当时，沟内水深约有两米，浑浊的水流立即从关闭不紧的门窗里涌进车内，车上九名乘客毫无防备，一下子陷入了束手无策之中，生命危在旦夕。好在是大白天，路上有不少行人看到这一幕，立刻大喊起来："翻车了，救人啊！"

正在附近的齐河县华店乡的村民郭勇、王明利振臂一呼，"呼啦啦"涌来了十二个人，他们迅速跑到现场，义无反顾地跳入冰冷刺骨的水中，奋力砸开车窗，将乘客一个个接出车外，拉到沟岸上。仅耗时十分钟，所有乘客就全部获救。当救护车接到报警电话奔驰而来时，这些救人者却悄然离开了。

中央电视台记者听说了这件事，专门赶来采访报道。这年3月29日，央视新闻联播节目播出了"齐河县华店乡郭庄村村民郭勇等12人勇救落水乘客"的事迹，评论说："齐河村民救起落水乘客，在别人的危难关头，你一伸手，便是春天；做好事并不难，更不孤单。"

面对央视记者的话筒，朴实憨厚的郭勇说："遇上这样的事，咱跳下去救人是应该的，每个齐河人都会这样做。"

三

见义勇为的英雄孟祥斌远去了，可他的名字和精神，与天地永恒，与日月同辉。

2012年7月4日，齐河县孟祥斌烈士纪念馆收到一幅硕大的十字绣，上面绣有"恩人故里，大义齐河"八个大字，落款为"李小月"。

这是谁呢？她，就是当年在浙江金华孟祥斌舍生搭救的女孩。

一份特殊的礼物，再次牵引人们的目光回到 5 年前的婺江桥头，回到未曾露面的失恋轻生的李小月身上。笔者一番走访揭开了孟祥斌妻子叶庆华与李小月几年来相互鼓励的感人故事。

2007 年 11 月 30 日的英雄壮举，在全国掀起了学习、宣传孟祥斌的热潮。面对强大的舆论压力，万分愧疚的李小月只能选择秘不露面。当得知救命恩人的家属住在锦华园时，她在亲属的陪伴下悄悄赶了过来。见到叶庆华后，一行三人跪倒在地上，泣不成声。

李小月哭着说："我对不起你呀，是我害了你的丈夫。"

叶庆华泪流满面，却大度地说："你们都起来吧，我的丈夫是军人，他应该这样做！你还年轻，要珍惜生命，只要你以后能好好地活着，就是最好的回报！"

从那以后，叶庆华经常与李小月电话联系，还抽暇前去看望，给她送去安慰和鼓励。时间长了，李小月慢慢走出了心理阴影，她也常去看望叶庆华母女，与叶庆华成了无话不谈的朋友。

2008 年底，叶庆华告诉李小月，在孟祥斌的家乡山东省齐河县，又出现了胡军、胡敏敏兄妹跳水救人而牺牲的感人事例。李小月被英雄家乡的凛然大义深深感动。

自此，叶庆华经常告诉李小月齐河县新涌现的好人好事：80 多岁的张光城 17 年义务送学，普通保安王成 29 年如一日照顾孤寡老人，12 名村民勇救落水乘客登上央视新闻联播，等等。

李小月打开了网络，她看到在山东省，"大义齐河"已经成为远近闻名的道德品牌，受全省表彰的就有数十人。

一件件好人好事，一幕幕救人场景，"大义齐河"在李小月心中变成一个英雄引领风尚、好人层出不穷的重情尚义之地。2013年春节刚过,她想起祥斌大哥去世五周年了,于是便拿定主意通过一种特殊方式,表达对英雄和英雄家乡的感激与崇敬。

心灵手巧的江南女,刺绣是她的强项。李小月利用两个月时间,一针一线精心绣下了"恩人故里,大义齐河"的十字绣作品,寄到了英雄孟祥斌的故里。

如今,这幅精致的绣品陈列在孟祥斌纪念厅,以其背后的故事感染激励着一位位参观者。

事实上,叶庆华一直没有与孟祥斌"分开"。

丈夫牺牲的最初日子里,她晚上根本无法入眠,白天又不能在女儿面前流泪,只能在夜里暗暗哭泣。

好在各级组织和亲友的温暖关怀,还有无数认识与不认识的人士的安慰、帮助,使叶庆华从失去亲人的痛苦中清醒过来。她默默做出了一个重要决定:君已许国,吾将用余生与君一起许国。我要延续祥斌的大爱之情,替夫行义,为夫报国,将爱之接力进行到底。

部队党委经过研究决定,破格招收叶庆华入伍。她具有了"军嫂"和军人的双重身份,部队成了她最温暖的家,给予她坚强的力量。每当听到官兵们亲切地叫她"嫂子",叶庆华心里总会淌过一股股春天般的暖流。

山东齐河县刘桥镇小学、中学是孟祥斌的母校,他生前曾和叶庆华到母校走访,看到母校图书室藏书十分有限,学生们的精神食粮比较匮乏,就说一定要给母校建一个像模像样的图书室。

人走情未了。叶庆华将社会捐赠给她的钱款转赠给孟祥斌母校,希望两所学校各建一个图书室,实现丈夫未了的愿望。年初开学，两所学校组织全体师生举行了一个隆重的"祥斌书屋"揭牌仪式，鼓励学生一定要勤奋学习，以最好的成绩告慰英灵。

孟祥斌生前是刘桥乡敬老院的常客，每次回家探亲总忘不了给老人们稍点土特产。结婚后，他还带着妻子叶庆华去过敬老院两次。那年年底，老人们听说祥斌小伙子为救人壮烈牺牲了，一个个哭成了泪人。

老人们的情意，让叶庆华感动。2010年秋天，她在济南参加完山东新闻人物特别奖颁奖仪式后，特意回到孟祥斌的老家齐河刘桥乡，将丈夫最后一个月的工资和奖金捐给了敬老院，表示以后她会像祥斌一样时常挂念着老人。

丈夫走后，叶庆华回山东老家的次数更多了，只要有时间她就会想到去看看公公婆婆。以前由于丈夫部队工作忙，他们结婚五年只回去过三次，而在丈夫走后半年里，她回山东老家的次数就有四次。她说："为了让老人不感到孤单，我应该比祥斌在的时候多尽份孝心。"

这些年里，即便是在最艰难的日子，叶庆华都不曾在女儿的面前哭过。她对亲友们说："我总是希望能把最阳光的一面展现给女儿，这样孩子才会更加坚强！"

起初，女儿诗妍还小，并不知道爸爸牺牲意味着什么。那时叶庆华告诉女儿，爸爸去了很远的地方工作了。直到女儿上了小学二年级，再也瞒不住了，叶庆华才第一次带她去了爸爸的墓地。

叶庆华还记得，小学三年级的一篇作文里，小诗妍用稚嫩的文字写了这么一句话："爸爸，中秋节到了，你在天堂过中秋，我做梦梦见你的大手拉着我的小手。其实我知道，太阳升起的地方，就是有你的地方。"

女儿逐渐长大了，可她不喜欢别人在看望的时候说："你爸爸是个英雄。"这并不是因为她不认可父亲的行为，而是因为她太渴望父爱了。有段时间她在作文里面就这样写道："不是我不想提起我的爸爸，而是我只想把他藏在内心的最深处！"

2017年，在孟祥斌救人牺牲十周年前夕，叶庆华思亲之情日益强烈。她带着女儿从外地调回金华市定居，这样可以离丈夫近一点，也可以常到婺江桥头看望、祭奠孟祥斌跳江救人的塑像。她说："这座城就像我和女儿的港湾，我住下就不想走了！"

而女儿孟诗妍已上初二，转学到金华，课业压力很大。学校里的领导、老师和同学们都非常关心她，使她进步很快。诗妍的理想是长大以后做一名军校的老师，因为她爸爸是解放军，妈妈是教师，她想把爸爸妈妈的职业合在一起。

自从丈夫舍身一跳离去后，叶庆华最大的心愿就是抚养好女儿。虽然过去一段时间经历过不少艰难和波折，可是这么多的爱心陪伴和支持使她对未来充满了信心。

时光飞逝，岁月如流，这些年很少有人知道这位烈士的妻子是怎么挺过来的。直到一位志愿者揭开谜底：叶庆华在做好本职工作，抚育女儿，孝敬双亲的同时，一直在默默帮助革命战争中牺牲的烈士寻亲。

有一次，她看到一条消息——《请求转发！为400多位志愿军烈士"寻亲"》，并附有烈士登记册。这些名单中，还有一些烈士家人一直在思念，在找寻。

叶庆华把这些志愿军烈士的登记册信息逐一对照，发现了其中一名东阳籍烈士李介民于1950年10月23牺牲在黄海道长丰郡江上面紫霞里问安洞，父亲叫李银宝。

她采取种种方式转发、寻访，在当地一位老兵志愿者的帮助下，很快找到了李介民烈士的家人。李介民本名叫李金民，父母早已不在。兄弟姐妹中，只有一位年老的弟弟还健在。得知哥哥的消息，他激动得老泪纵横。

时至今日，叶庆华已先后为100多位烈士（其中包含26位抗美援朝烈士）找到了"家"。在接受记者专访时，她深情地说："作为烈士家属，我比谁都懂得'家'的意义，更能理解这些失去亲人音讯的家属的渴望。我愿意做提灯者，照亮他们回家的路。"

四

榜样的力量是无穷的。

在齐河县委、县政府强有力的引导下，全县把公民道德建设纳入科学发展考评体系，下发精神文明建设年度工作要点，形成鲜明的价值导向、工作导向、考核导向；强化办大事、实事的力度，开展"创先争优""下基层，大走访"等活动，以好党风带动好民风。

与此同时，县财政投入1亿多元，建设时传祥纪念馆、孟祥斌纪念厅，并创作了现代京剧《时传祥》、电影《黄河儿女》和《孟祥斌》等文艺作品，让大义典型深入人心，可感可学。

在具体做法上，他们不但总结归纳出"大义齐河"的核心内容，还以有形机制开展道德建设，探索"评宣奖学"工作法。每年组织好人海选直推活动，逐步建起先进典型库，收录各类英模

在齐河，每年都发生着一件件大义之举，大义精神已成为齐河人的最重要文化坐标　高义杰／绘

和典型人物，对选出的先进典型强化宣传，开展进社区、进学校、进工厂等"六进"活动，扩大"大义"效应。

　　建立见义勇为基金，对数十名见义勇为模范进行抚恤、奖励。连续十年开展好婆媳、好家庭、好村镇评选活动，开展文明标兵、窗口、单位争创活动志愿者服务活动等，号召20万人参与义务献血、扶贫帮困等公益活动，自发成立了"齐河义工部落""绿蚂蚁行动队"等10个志愿者组织。

打造"大义齐河"道德文化品牌，树立的是仗义、信义、忠义、侠义和孝义。种种大义之美，内化为干部群众追求崇德向善，外化为越来越多人的自觉行动。远得不去多说了，只以近两年的事例为证：

2019年3月25日上午，正值齐河县刘桥镇大集，上午9点30分左右，一辆自东向西而来的电动三轮车，载着一对年近花甲的老夫妇行驶到超市门前，不知为何发生了口角，其中一位匆匆从车上跳下来，直奔近在几米之外的赵牛河。

开车的那位老大爷感觉不对，立即大喊："有人要跳河，救人啊！"

刘桥村西头开着一家祥瑞五金土产农资超市，老板李勇就是当地人，正在店里接待客户，听到呼喊声，即刻丢下手里的东西跑到河边，甩掉外套，"砰"地一下跳进赵牛河救人。

正值春灌时期，赵牛河又刚刚清淤，水面有六七十米宽，水深达4米多，李勇顶着彻骨的寒意朝落水者游去。此时落水者已被冲到离岸十多米的地方，头部浸在水中，水面上只露出下身。并且此时落水者已经呛水，不停地冒着水泡。

李勇咬着牙奋力游到她身边，一把将其翻了过来，发现她的脸色已经苍白，便赶紧一只手划着水，一只手拉着她向岸边游去。突然，落水者本能反应，伸手猛地抓住了李勇，两人同时开始下沉，情况十分危急。

湍急的水流，把他们冲到了闸门附近。说时迟那时快，李勇看准闸门边的石头缝，一把抠住了，而后定神喘了口气，一点一点地将落水者推到了岸边。最后在众人的协助下，将她拖上了岸。

上岸后，大家把她俯卧放在一块大石头上，不断地捶背控水，直到听到她"哇"的一声哭出声来，李勇才甩甩身上的水，捡起岸边的衣服，悄无声息地离开了现场。

当闻讯赶来的县融媒体记者，千方百计找到李勇采访时，他感叹说："这不算什么，谁碰上都会这样做的。我和孟祥斌不仅是一个村的，还是发小。"

这个刘桥村正是"舍己救人模范军官孟祥斌"的家乡，李勇从小是与祥斌一起长大的少年伙伴，感情很深。虽说十几年过去了，孟祥斌身影一直不曾离去，他的精神深深地烙在了一代又一代刘桥人、齐河人的心中。

2020 年 7 月 12 日，一段见义勇为、火场救人的微信视频在齐河引起了极大轰动。

视频里的画面反映的是：前一天——7 月 11 日下午，县城齐晏大街倪伦河桥上浓烟滚滚，一辆机动三轮车发生了侧翻，油箱破裂流出了汽油，电瓶发生漏电，瞬间燃起了熊熊大火，更令人揪心的是驾驶三轮车的老人摔伤后流了很多血，倒在地上无法动弹。

就在这危急关头，一名身穿行政执法制服的小伙子挺身而出，不顾可能发生爆炸的危险，大步飞奔而来，用尽全力把老人背到了安全的地方，又迅疾用手机拨通 120 电话，而后从路边车里拿出一台灭火器，跑过去"哗哗"地扑灭了火焰。

身手矫健，动作娴熟专业，这是谁啊？人们在微信里纷纷转发视频，留言点赞。县城圈子毕竟不大，很快就有人认出了视频里的小伙子。他叫焦令霄，是一名 90 后的转业军人，现任齐河县综合行政执法局办公室主任。

　　原来，那天正是周末，焦令霄在单位加班。结束工作后他开车回家，经过齐晏大街时，远远就发现桥上浓烟滚滚。他急忙过去一看，眼前一幕让他倒吸一口凉气：倒在地上的老人头破血流，身旁的火势越来越大。

　　没有时间多想，焦令霄立即将车停在路边，下车一个箭步冲了上去，想背起老人赶快跑，不料老人一阵哎哟叫疼。老人的腿部可能骨折了。小焦就让老人抱着自己肩膀，双手用力托着老人，一步一步地转移到周围安全区域。

　　随后，他拨打了120电话，又抓紧帮助灭火。不一会儿，救护车鸣着警笛开来了，小焦不放心，跟随着老人一起来到医院。当了解到经过检查抢救，老人身体状况基本稳定时，他才松了口气，感觉后背发潮，原来已经被汗水湿透了。

　　老人家属闻讯赶到，焦令霄没有同他们见面，也没有留下联系方式，而是选择了默默离开。回到家，他也没跟家人说起此事，可救人的过程被路人录下了视频，通过朋友圈和齐河群传播开来。

　　这件事很快便传到单位里，局领导和同事纷纷竖起大拇指。焦令霄却谦虚地说："在部队里当兵救人是常态，退伍后回到家乡大义齐河，传承'祥斌精神'见义勇为，更是一种责任。说实话当时真没多想，什么也来不及想，就是一心想着救人。"

　　这就是齐河人！

　　舍生取义，义在利先。这是传统的齐鲁文化、儒家学说的至理名言，也是汇入博大精深的中华文化的主流内容之一。

　　随着"著名作家齐河行——纪录小康工程主题创作活动"的深入进行，我对这片土地上的父老乡亲愈加崇敬，我为我的父亲作为曾经的"老书记"，为齐河县的繁荣进步付出过心血汗水，并且得到众人的拥戴而感到无比的自豪。

虽说在二十世纪八十年代，还没有出现舍己救人的孟祥斌，但真诚朴实、崇尚大义的民族基因是一脉相承的。一方水土养一方人。英雄在这里茁壮成长起来，同时，孟祥斌烈士又把这种见义勇为、舍生取义的精神传承下去，给当地的道德文化建设和经济社会发展带来无尽的活力。

我认为，这正是"小康工程"的精髓所在。

如今的齐河，富饶美好，政通人和，是全国生态文明先进县、全国社会主义新农村建设示范县、全国农田水利基本建设先进县、全省双拥模范县，还是中国新能源汽车制造城、新兴产业装备制造城、山东省经济欠发达地区唯一上榜的全国百强县。

我们每到一处——黄河国际生态城、文化博物馆群、美丽乡村示范村，无不欢欣鼓舞，心旷神怡。尤其令人欣慰的是，一些重点项目落户齐河，正是看中了这里重情讲义的人文传统。齐河因大义而受益。

其中，蓬莱八仙过海旅游公司董事长李海锋，当初就是在外出考察中，路过齐河，发现当地民风淳朴，有情有义，遂决定在此建设文旅项目。果然，他们得到了县委、县政府和人民群众的大力支持，后又连续追加投资，相继建设了泉城海洋极地世界、泉城欧乐堡梦幻世界和集古生物化石博物馆、书画艺术馆、根雕珍宝博物馆等为一体的黄河文化博物馆群。

中央电视台前来拍摄报道时，记者曾问及原因，李海锋董事长简而言之："这里人好！风气好！"

瞧，义与利是紧密联系在一起的。灿烂的精神之花，必将结出丰硕的经济之果。用老百姓的话说：好人自有好报。新时期的齐河日新月异、高歌猛进，已成为黄河之畔一颗晶莹璀璨的明珠。

就在我们前来采风前夕——2021年10月14日，2020年联合国生物多样性大会生态文明论坛在昆明召开，齐河县荣获第五批国家生态文明建设示范区称号，再添一张"国字号"名片。年富力强的县委书记孙修炜刚刚参加表彰授牌活动，载誉归来。他真诚表示："齐河文化底蕴深厚，是一座人文厚重、开放包容的魅力之城。希望大家多走一走、看一看，全方位领略齐河美景、深层次了解齐河发展，为我们再创佳绩加油助阵。"

几天来，通过一番深入了解和走访体验，参加采风的作家们深以为然。

上风上水上齐河，见仁见智见情义。

齐河，一座大义之城！

即将离开这片热土，我们又一次来到了黄河大堤上，边走边看，蓦然感到这九曲回旋、奔腾不息的河流，好似在中华大地上书写了一个荡气回肠、气贯长虹的"义"字！遒劲有力、源远流长，这正是齐鲁人的品格，也是炎黄子孙华夏儿女的魂魄……

记住，一定要给女孩戴上花环

红　孩

到了山东齐河县，原本是要好好看看黄河的。来之前，山东的朋友说，到齐河来吧，这里有六十多公里的黄河穿境而过，离黄河入海口也不远。等真的到了齐河，人们谈论更多的不是黄河，而是齐河的"大义"。

齐河是德州市下边的一个县，与济南毗邻，当地人把齐河比作是济南的后花园。当下，全国有很多的城市都在总结自己的城市精神，譬如北京有"北京精神"，河北、山东则提出"善行河北""美德山东"。那么，齐河为什么要提出大义呢？我开始以为，这里是不是在过去出现过七侠五义或梁山好汉那样的人物，待宣传部李文豪部长告诉我齐河是全国著名劳动模范时传祥和全国道德模范孟祥斌的家乡时，我这才恍然大悟。

今年上半年，有两位著名的劳动模范相继去世，一位是华西村党支部老书记吴仁宝，另一位是全国人大原常委会副委员长、全国总工会主席、著名劳动模范倪志福，他们二人是新中国培养起来的第一代劳动模范，一个是农业旗帜，一个是工业旗帜。当我第一时间听到他们去世的消息时，我的眼泪夺眶而出，我在想，他们的离去是不是意味着一个时代的结束呢？

现在的年轻人，不知道他们是否知道新中国有个叫时传祥的掏粪工人，他由于"宁可一人脏，也要换得千家净"而受到党和国家领导人的接见。记得我在北京市总工会工作时，曾接触过时传祥的儿子时纯利，其时他正担任着崇文区清洁队的队长。我还采访过全国纺织系统的劳动模范韩茶仙，目睹过北京市百货大楼张秉贵师傅的"一把准"。这些劳模的事迹，曾经激励着我们那一代的年轻人。每当我从王府井百货大楼门前经过时，我都会情不自禁地去张秉贵的铜像前深情地看上一眼。

五月二十九日上午，在与齐河人士围绕大义齐河座谈时，人们普遍有一种共识：厚德重义是中华文化的重要组成部分，不论过去还是现在，崇尚英雄，尊重劳动，都是人们要继承和弘扬的。我没有做过专门的调查，在各个城市精神的总结中，到底有多少市民表示认同。在齐河县，你只要在路边问一个普通人，人们都会说出"大义齐河"来。这是教化的作用吗？是，也不是。

五月二十九日晚，时逢齐河县首届十佳美德少年表彰大会在县文化礼堂举行。当我们一行采风的作家在县委领导的陪同下走进会场，看到五六百个孩子在欢快地期待着表彰大会开始的热烈样子时，我感到心潮澎湃，仿佛又回到自己的童年时代。这次表彰活动，是去年评出县十佳道德模范人物之后的又一次大举措。因为评选的主体是少年，所以就有了特殊意义。从放在桌子上的十佳美德少年的简介材料中，我看到有汶川地震后，每年用自己的压岁钱资助受灾女童的闫晨雨同学；有勇救落水同伴的白国庆同学；有从小失去父母，爷爷在外打工，一直跟奶奶生活，奶奶摔伤后照顾奶奶生活，料理家务的杨天天同学……在欢快而激昂的音乐声中，颁奖大会开始了。为第一个美德少年颁奖的是著名作家石英先生，由于没有准备，他为闫晨雨颁奖时，在把奖杯和奖金送到小晨雨的手中后，竟然把花环也送到小晨雨手中，而不是直接戴在孩子脖子上。也许是第一次登台领这么隆重的奖，小晨雨接过花环后也忘记把它戴在脖子上，她只是把三种奖品双手往空中一举。尽管如此，观众还是报以热烈的掌声。紧接着，主持人开始宣读第二位获得十佳美德少年的同学的名字和事迹，并宣布让我上台为其颁奖。这是一个正读小学五年级的女孩子，名字叫杨恩慧。她从九岁开始，已经连续两年照顾本村一个叫杨红兰的孤寡老人。电子显示屏上小恩慧为老奶奶炒鸡蛋、梳头的画面，着实让人感动。我站起身来，从人群中走向台口，我没想到，在这只有十几米的路程中，几乎每一个人都小声地提醒我："记住，一定要给女孩戴上花环！"

我怎么能忘记呢？走向颁奖台中央，看着跟我女儿年龄相仿的小恩慧，我感到是那样的亲切和美好。我在向孩子表示祝贺的同时，把那个鲜艳的花环郑重地戴在小恩慧的脖子上，然后我们同时把四只手举向天空，向领导和观众致意。掌声再一次热烈地响起来。这掌声是属于小恩慧的，她和其他的九个小伙伴们是今晚真正的主人。

这是我第一次为一个获得美德少年称号的同学佩戴美丽的花环！我想，我会永远记住这个瞬间。如果有可能，我愿为天下所有的美德少年都佩戴上美丽的花环，再一次衷心地祝贺天使般的小恩慧们！

山东黄河第一湾

王筱喻

暮秋时节，徜徉在齐河县南坦黄河之畔。放眼向南偏西的上游河道望去，浓浓的粮果之香微微飘来，在空中弥漫。河两旁无限展开的画轴被秋天的神来之笔染得黛色素笺，蔚蓝铺底，飞花研墨，金黄点缀，黄叶连连，黄得一串串、一行行、一片片。暮秋的夕阳，也为北岸依依垂柳换了一身着装，金黄色的叶子随风曼舞。一泓缱绻河泊静谧又把沧桑人间激滟成陈年美酒。斑驳陆离的河道活像一桩醉汉，在拐弯处连打几个漩涡后跌跌撞撞油然幻化成一条无尽的时空隧道，"大江歌罢掉头东"，似乎瞬间把人们拖进了那曾经桀骜不驯、不堪回首的古道远方。

水在低处流，人在岸边愁

曾几何时，一望无垠的华北平原，在这里被扭曲蹂躏得支离破碎。受黄河历次决口改道和泛滥的影响，再加近代行洪沉积，这里阴差阳错冲刷出一大片成河圈地，排水不畅，易碱易涝。20世纪70年代，就在人们的心灵里深深留下了一幅贫穷凄凉的画卷。

白茫茫的盐碱荒滩，种啥啥不长。孬好还长点耐碱的高粱，费了九牛二虎之力，到秋天参差不齐的高粱算是拔穗鼓粒了。不料一场大水灌来，滚滚波涛淹没了那一片片高粱地，只有星星点点的高粱穗头摇曳忽闪在一片汪洋之中。

但见岸边那一排愈挫愈勇的白榆树傲然顶风冒雨，树底下土坯茅屋里却传出阵阵叹息与泪语。

当地曾有一首歌谣：

> 水在低处流，
>
> 人在岸边愁。
>
> 祸水不断头，
>
> 十种九不收。

济南人北渡黄河，其实是1855年之后才有的事情。清咸丰五年六月十九日（1855年8月1日），黄河在河南兰考北岸铜瓦厢决口，洪水先流向西北，后折转东北，夺山东大清河入渤海。在这之前，黄河经兰考、商丘、砀山、徐州、宿迁、淮阴一线入黄海，并不流经济南。历史上，流经济南的大河，最早是济水，后来是大清河，最后才变为黄河。

在泱泱历史里，这里遭受过无数次洪水的冲击，沿河百姓命途多舛、生灵涂炭。最厉害的一次，黄河决于金龙口，洪水溢入大清河道，"水势汛滥，澎湃湍激之声訇闻数里"。

2021年10月22日，"齐鲁作家齐河行——纪录小康工程创作活动"一行10数人在山东省作协党组书记姬德君的带领下，从济南出发跨过黄河，从高速路上眨眼就到齐河"国际生态城"出入口下来抵达目的地。

说来也巧，也就在这天，总书记风尘仆仆刚好在山东黄河口考察，并在济南举行深入推动黄河流域生态保护和高质量发展座谈会，这些无不都在激励人们踔厉奋发、笃行不怠。

中华民族治理黄河的历史也是一部波澜壮阔的治国史，扎实推进黄河大保护，确保黄河安澜，是治国理政的大事。总书记尤为关切黄河治理和生态保护。党的十八大以来，他身体力行从黄河上游、中游到下游，实地考察黄河全线流域生态保护和经济社会发展情况，就三江源、祁连山、秦岭、贺兰山等重点区域生态保护建设多次做出重要指示批示。总书记反复叮咛强调，沿黄河省区要落实好黄河流域生态保护和高质量发展战略部署，坚定不移走生态优先、绿色发展的现代化道路。

山东省作家协会和山东省报告文学学会牢记"国之大者"的文学创作理念，连续几年深入基层的笔会活动一直都是围绕黄河做文章，从菏泽的黄河滩区搬迁一直做到东营黄河入海口蓝色经济发展，把改革开放、两个百年的文章做满了这天上之水。

三千年后智非禹，问胜此任谁能解

齐河素有"官道要冲，九省通衢"之称，史书记载："东屏会城，西连运道，南瞻泰岱，北拱神京；大清河盘与东南，长如垂虹；策肥路骋者，尽东西南北之人，击辑舟行者，多商贾鱼盐之客。"由于紧邻古济水（宋称大清河，今黄河），河运繁忙。自元以后，中国政治中心北移，齐河又成为京畿通往东南陆路通道上的重要节点，地理位置日渐凸显，当时是河中舟楫往来穿梭，陆路车马络绎不绝，齐河城商业发达，交易兴隆，三大古镇（晏城、刘宏、孙耿）"商业最盛时期，远在乾嘉之际，人歌乐际，世至承平。而布庄铁货之列肆于镇者尤多，冀南、岱北，固俨然一著名都市也。"齐河成为山左海右的一方繁华之地。

封建帝王们曾在齐河留下他们征战巡幸的足迹。明成祖朱棣登基前，为夺皇位曾率大军鏖战大清河两岸，设大帐于齐河。攻济南失利，幸得齐河龙兴寺僧吕智寿募得勇兵五千相助，扭转战局，一路过关斩将，直捣南京。

清康熙帝六次南巡，三过齐河，视察河工，观赏民俗，咨访吏治，康熙四十二年正月（1703 年 3 月）南巡作诗《三渡齐河》："淑气霓旌绕，风光拂济川。曾经三次渡，未若十年前。疾苦劳宵旰，深恩赖保全。颇知民食重，安抚责臣贤。"这个有作为的皇帝，不仅对民间疾苦深有体会，还对齐河风光充满喜爱之情。

康熙之后的乾隆更是位热衷于实地考察的皇帝，他多次下江南，六次过山东，五次专门巡视，是到齐河次数最多的一位皇帝，齐河有多处他的行宫。这位喜欢游山玩水、访古寻幽的皇帝也为齐河留下不少诗篇。

清朝乾隆帝曾经写了首诗，名为《徒骇河》。

> 神禹治河乃最神，当时犹致人徒骇。
>
> 三千年后智非禹，问胜此任谁能解。
>
> 徒骇迤北鬲津南，其间大都九河在。
>
> 相去乃至二百里，同为逆河方入海。
>
> 今河不过数里余，安得修防不日殆。

将欲弃地让之水，亿万生计嗟瓦解。

即禹至今何应难，是吾蒿目所以乃。

此诗将水灾严重及百姓面对灾情的急切无奈，都表现得淋漓尽致。

齐河独特的自然人文风光，也曾唤起南来北往文人骚客的诗兴文思，清朝末年，有一个人经常往来于省府济南和齐河之间，巡视水情，督办河工。公干之余，他悉心齐河民风民俗，细观齐河风物风情。他就是几年以后写出《老残游记》的"鸿都百炼生"刘鹗。在书中，他把熟悉喜欢的黄河"淌凌""雪月交辉"等自然景观写得逼真生动，在《老残游记》中，刘鹗还曾对"淌凌"做过真实而又生动的描写：

……只见那上流的冰，还一块一块的漫漫价来，到此地，被前头的拦住，走不动就站住了。那后来的冰赶上它，只挤得嗤嗤价响。后冰被这溜水逼得紧了，就窜到前冰上头去；前冰被压，就渐渐低下去了。看那河身不过百十丈宽，当中大溜约莫不过二三十丈，两边俱是平水。这平水之上早已有冰结满，冰面却是平的，被吹来的尘土盖住，却像沙滩一般。中间的一道大溜，却仍然奔腾澎湃，有声有势，将那走不过去的冰挤得两边乱窜。那两边平水上的冰，被当中乱冰挤破了，往岸上跑，那冰能挤到岸上五六尺远。许多碎冰被挤得站起来，像个小插屏似的……

世界上大江大河的确不少，但像黄河这样一条由一个国家、五十六个民族所拥有的大河，而且至少持续了两千多年的河流，似乎很不多见。黄河是这个国家社稷的大风景、大地貌、大空间。这风光博大宏丽之境,使民族大业的灵智片刻之间得以"开光"。因此,在黄河的怀抱里,在它九十九道弯里,云自飞翔水自流,花自开落草自荣。千江有水千江月,万里无云万里天。

济南向北,齐河向南

一个千载难逢的机遇终于眷顾来临。

2003年济南提出"北跨",实施跨过黄河的发展战略。

2007年,德州市委市政府就提出了"融入省会城市群经济圈"的战略决策,齐河成为德州南融的桥头堡。一时间在济南的周边,齐河已经规划了成片的新城,力求与济南一体化发展。

滚滚黄河,自古便自然风光无限。仿佛一夜之间,在济南北,黄河岸,突然崛起一片自然生态原始之地——黄河国际生态城。这片65平方公里的土地,曾40年禁止开发,拥有济南周边最大的原始生态资源。

齐河南融,济南北跨,身处要地的黄河国际生态城已然成为济齐融城加速的核心。几十只火烈鸟在湖边闲庭信步,优雅的身姿与水中倒影交相辉映。

当走进位于齐河黄河国际生态城泉城欧乐堡动物王国时,一个依托原有的湖泊湿地地貌,集野生动物观赏互动、亲子游乐体验、科普研学旅游等为一体的动物王国已现雏形。目前项目正在进行商业配套建设以及路面硬化工作,预计近期进行试营业。

"我们致力于在黄河岸边打造一个旅游综合体。泉城欧乐堡动物王国项目中注入了黄河文化元素,彰显地域文化特色,目前正建设博物馆群。古生物化石博物馆展品包括黄河象、和政羊等黄河流域的骨架化石，让孩子们在研学同时了解黄河流域生态文化。"谈及过去十年在齐河投资超过百亿元的项目，山东坤河旅游开发有限公司常务副总经理刘妍深有感触，"得益于齐河以全域旅游打造沿黄文旅产业带的理念，企业可以放心落地新项目，而黄河流域生态保护和高质量发展战略的提出，将成为企业发展新的重大机遇。"

加快新旧动能转换，实现高质量发展需要产业支撑。齐河按照"三个三分之一"的主导思路，以黄河国际生态城为平台载体，坚持将绿色发展理念贯穿"双招双引"全过程，聚焦文化旅游、医养健康、高新技术等绿色产业。

坐落于齐河黄河国际生态城的齐鲁高新技术开发区生物医药产业园，集聚了30余家生物医药高新技术企业。这年7月14日，一家名为山东光普医疗的企业正加紧施工装修，再过一个多月，这里将成为"能量舱"的生产基地。

如今，素有"黄河水乡、生态齐河"美誉的齐河，产业迅速发展。14个重点文旅产业项目落户，总投资500多亿元，去年接待游客670万人次。医养健康和高新技术产业方面，齐河投资70亿元的保利医养健康小镇通过建设三甲医院、CCRC社区、健康研发产业园，汇聚优质的医疗养老资源。齐河黄河国际生态城已进驻高新技术企业近百个，引进各类高端人才120人。

30多亿元建设的大型主题游乐园——齐河泉城欧乐堡，以欧洲经典建筑风情为主，融入欧美先进的科技元素，是国内设备尖端、项目齐全、科技含量超高的大型游乐园。欧乐堡梦幻世界分为欢乐派梦幻小镇、龙之心、魔幻仙踪、狂野非洲、童话镇、天空之城、秘境之湖等七大主题区，包括龙卷风、雷神之锤、蓝火之战、摩托过山车、飞翔之翼、魔术风车等三十余个主题项目，乐园内部分设备进口自德国、意大利等国际一流厂家。

齐河黄河文化博物馆凝聚了清华大学古建筑研究所 50 年科研成果，将历代著名建筑等尺度复原，并与各个历史时期的思想、美术、园林艺术、建筑艺术等有机结合，主要建设有齐文化展示与演艺区、汉唐宋元建筑奇观展示区、明清建筑奇观展示区、古代楼台塔阁建筑奇观展示区、儒道佛文化展示区等游览区，以及古生物化石馆、动物标本馆、树化玉馆、根雕馆 10 余个功能区。目前部分场馆的建设接近完成。

齐河野生动植物园动物总建筑面积达 16 万平方米，投资 26 亿元，该项目突出人气动物、自然和谐发展，集野生动物观赏体验、动物养殖科普教育、亲子游乐、家庭休闲、高空缆车等功能于一体。主要建设有大自然鸟类区、非洲食草动物区、亚洲食草动物区、灵长类区、猛兽区、中华动物区、主题度假酒店等 10 大主题区，引进大熊猫、大象、斑马、长颈鹿、犀牛等世界各地国宝级珍稀动物，动物储备量超过广东长隆野生动物世界的 2 倍。是山东省首个生态型互动趣味性野生动物世界，年接待游客 80 万人次，实现收入 1.7 亿元。

雕琢好这块"璞玉"

齐河黄河生态城是一处魅力独具、充满自然气息和生命活力的生态天堂、产业高地，它正如一颗耀眼的新星，冉冉升起！

老百姓心里知道，这些年齐河能有如此快速的发展，得益于几位有作为的县委书记，现任县委书记孙修炜就是其中一位。

著名作家齐河行期间，孙书记挤出时间参加启动仪式并发表热情洋溢的致辞，展现出一位有抱负、有思路、有魄力，"为官一任、造福一方"的现代人民公仆的形象。

2021年6月3日至4日，由文旅部、国家发改委牵头主办的"打造具有国际影响力的黄河文化旅游带"——黄河文化旅游带建设推进活动在齐河举办，沿黄九省区齐聚齐河，共同商讨"幸福黄河"的发展蓝图。

缘何这样一个高规格会议会选择齐河？与这座原是黄河滩区的小县城如今已发展成为"产城一体"的文旅新城，实现华丽转身密不可分。近年来，齐河把文化旅游作为立县产业来打造，突出龙头带动，拉动产业升级，全县接待游客数量以每年约50万人次的速度稳步增长，不断加快享誉全国文旅名县建设。

干练睿智的县委书记孙修炜面对电视镜头铿锵表示，齐河县抢抓黄河流域生态保护和高质量发展重大战略机遇，以黄河国际生态城为"龙头"，带动全域旅游多点突破，探索出一条富有齐河特色的黄河流域高质量发展新路径，先后获评"国家全域旅游示范区""全国旅游标准化示范县"两项"国字号"荣誉。

齐河县境内有63平方公里的黄河北展区，1971年为黄河防洪防凌而建，2008年，国务院批准全面解禁。

如何用好这笔宝贵财富？

面对这块潜力巨大的"璞玉"，孙书记和县几大班子集体决策，立足北展区良好的生态资源和区位条件，提出"发展绿色产业、建设生态之城"的战略构想，高标准编制了《齐河县全域旅游发展规划》《黄河国际生态城总体规划》等规划十余项，实现旅游发展规划、土地利用总体规划、城乡建设发展规划"多规合一"，建起黄河国际生态城，勾勒出文旅产业蓬勃发展的美好蓝图。

2021年以来，齐河围绕建设享誉全国文旅名县，坚持以文铸魂、以旅兴业、文旅融合，做大做强黄河国际生态城旅游度假区，做精做特生态乡村体验游，加快完善现代文化旅游产业体系和公共服务体系，建设国内一流的高品质旅游目的地和黄河流域文旅融合高质量发展先行区。

坚持政务服务走在前，引领项目落地，齐河对重大文旅项目全部实行专班负责制，提供"保姆式"服务，设立专项扶持资金，全力扶持重点文旅企业茁壮成长。为切实提升产业承载力、集聚力和吸引力，县财政累计投资近60亿元，在黄河国际生态城建成"五纵四横"主道路框架，齐河黄河大桥、京台高速生态城出口等先后开通，济齐轨道交通完成立项，建设绿道、骑行专线、慢行系统近百公里，搭建起"快进慢游""外联内畅"的大交通体系。同时，新建旅游停车场15处、通信基站9处、旅游厕所230处，建成、在建主题酒店10家，构建起完善的旅游综合配套体系。

正如坤河旅游开发有限公司董事长李海锋所言，"让我放心做这么大手笔投资的，不仅有齐河优越的区位和资源优势，更在于当地政府'项目未动、服务先行'的营商理念以及持续优化的产业发展环境"。该公司先后投入210亿元建设6个重大旅游项目，打造了泉城欧乐堡旅游度假区。在坤河公司的带动下，保利、碧桂园等大企业纷纷投资落户齐河。

齐河的历史文脉中，不仅包含"仁义礼智信"精神，也颇具"自强不息、百折不挠"的黄河文化精髓，更兼有"慷慨悲歌、尚义任侠"的燕赵文化风骨，铸就了一方"大义齐河"的精神高地。

为进一步厚植生态优势，齐河按照"三分之一水面，三分之一绿化，三分之一建设"的开发思路，先后投资近10亿元，累计增加绿化面积1300多公顷，极大拓展了绿色空间，有效满足了游客对自然生态的向往。同时，投资10亿元建设了8000亩的安德湖景区，投资8.8亿元建设1.5万亩国家级的齐河黄河水乡湿地公园，实现调节气候、涵养水源、净化水质、维护生物多样性的多重效果，与济西湿地公园共同构建起百里黄河生态廊道。启动沿黄生态治理及人居环境提升工程，打造黄河下游水环境综合治理示范区。

毗邻省会济南，区位优势明显，如何在省会周边众多县区中脱颖而出，打造比较优势？齐河的做法是打造高端项目亲民路线，释放比较性优势。黄河国际生态城内布局的旅游项目，都是大体量、大块头的"文旅航母"。泉城欧乐堡梦幻世界是中国北方规模最大、项目最齐全的大型主题乐园，泉城海洋极地世界是亚洲规模最大的单体室内海洋馆，黄河文化博物馆是全国建筑规模最大、历史跨度最长、建筑工艺最集中、传统建筑文化最完整的古建筑艺术博物馆群，泉城欧乐堡动物王国是山东省内首个生态型互动趣味性野生动物世界等。根据评估，总投资额近900亿的20余个文旅项目全部建成营业后，年接待游客可达800万至1000万人次。目前，齐河各大热门景区的门票在200元左右，搭配免费的演出，亲民的餐饮、住宿价格，让游客以实惠价格享受高端旅游体验。

　　站在南坦岵子头上，极目远望，太阳出来了，水汽氤氲，黄灿灿的浊水从上游滚泄而来，又突然调转方向，迎着朝阳猛不丁来了个华丽转身，令人目移景换，情思激飞。

寻找精神的高地

雨　桦

经常为业务的事往返于北京与青岛间，于齐河而言，只是过，从未留。每次车到齐河，我都会趴在车窗上，深情地望着窗外，不敢眨眼，怕一眨眼就错过了美景。我有两个未了的心愿，沿着长江和黄河走一走。我喜欢黄河的壮阔，喜欢她的浑黄，在我看来，那些从黄土高原冲刷下来的泥沙也带有中华五千年厚重文化的感觉，更带着西北风的苍凉与诗意。亲近黄河，是我的心愿。

终于有了齐河之约。

齐河是鲁西北的一个县城。它像是上帝不经意间洒落在黄河边上的一颗珍珠。最早的齐河，乃属齐国，春秋时期齐国正卿晏婴的封地就在这里。战国以降，处在齐国西部边陲的齐河自然就成了齐鲁文化与燕赵文化的融合地。有历史底蕴，有文化内涵。立马让自己身价大增。因为有了黄河的滋养，齐河宛若一位风姿妩媚的少妇，散发着自身独特的韵味。五月的齐河，草木葱翠，已经发育得楚楚动人了，绵延的湿地尽显婉约风姿，汩汩而出的温泉轻柔美妙。在幽静的荷塘边，耳边响起凤凰传奇的歌——剪一段时光淡淡流淌，谁为我添一件梦的衣裳。我像只鱼儿在你的荷塘，只为和你守候那皎白月光……进了齐河，总给人一种南方小桥流水的风韵。

更美的是齐河人。齐河，曾无数次感动你我，感动中国。

还记得那个叫时传祥的掏粪工吗？他从一个普通的掏粪工成长为全国劳动模范、北京市政协委员，多次受到国家主席和总理的接见。他14岁逃荒到北京城郊宣武门的一个私人粪场，一辈子只做了一件事，掏粪。1975年他离开了人世。离世之前，他让儿子接了自己的班，也做环卫工人。宁愿自己脏，换来万家洁。他为工作献身的精神一直成为中国人的精神高地。

感动中国的齐河人不止有时传祥。

在浙江金华当兵的孟祥斌更是这个时代的楷模和榜样，他为了救一个为感情轻生的年轻女子，不顾自己腿部做过大手术，不顾刚刚见面的幼小的女儿和妻子，不顾他人的劝阻，从10米高的桥上跳入江中。浪急水凉，当他终于用尽全身力气把轻生的女孩子安全送到岸边时，年仅28岁的他却永远闭上了眼睛，而此时，他们一家三口刚刚团聚26小时。26小时，对于常年分居的年轻夫妻来说，是何等的珍贵？小别胜新婚，我理解两地分居的苦，自己也曾有过这样的生活，可是，年轻的孟祥斌还没有好好享受妻子的柔情爱意，还没有来得及好好溺爱一下聚少离多的幼小女儿，就这样走了。

孟祥斌的壮举时刻拷问每个人的良知。送葬那天，浙江金华，有3万多群众自发为他送行，原定一个小时的悼念活动持续了5个多小时。当我在新闻联播中看到这条新闻时，也曾眼含热泪，但面对这样的呼救时，估计我没有他这样的勇气，只能眼睁睁地看着溺水的人被河水无情地冲走。其实，我相信，很多人与我一样，是有良知的，只是面对这样的困境时，会害怕，会退缩。不止孟祥斌一个，后来的胡军、胡敏敏兄妹，哥哥才 25 岁，也刚新婚不久。当他把落入河水中的 14 岁少女与她 8 岁的弟弟成功救上岸后，自己和同样花季生命的妹妹却永远地闭上了眼睛。我在齐河的那晚，正好举行齐河美德好少年的颁奖活动，一个 10 岁的少年也同样机智地救下了在河中溺水的好伙伴。不只是下水救人，其他的好人好事，也层出不穷。在全国 19 名"双百"人物中，齐河占有一席之地。全国道德模范，有 8 位是山东人，更有齐河人的名字。山东省十大杰出青年志愿者王成以及中国好人张立新都来自齐河。所以，齐河县提出了"大义齐河"的精神主题，得到全县所有人的赞同。县里大力宣传见义勇为者、助人为乐者、爱岗敬业者、敬老孝道者，形成了"英雄引领风尚，好人层出不穷"的局面。英雄的精神已经渗透到齐河人的心中。

孔子在《论语·里仁》里说："见贤思齐，见不贤而内省也。"从春秋时的晏婴，到甲午战争中的名将左宝贵，从全国双百人物时传祥，到全国道德模范舍己救人的模范军官孟祥斌，从中国好人张立新到全国道德模范提名者张光城，再到胡军、胡敏敏兄妹。全国道德模范者以及中国好人多出在齐河。

齐河是散落在黄河堤岸上的一颗珍珠，是北方少有的丰水县区，湿地沙湖遍布，以水为基，千村鱼跃，万亩荷香。同时她还有龙山文化遗址，明朝时期以来的江北第一寺定慧寺，以及差不多六百多年历史的孟家老院。丰富的旅游资源也是齐河的一大特色。美景哪里都不缺，我们的城市最缺少的是精神与道德的高地，在这一点，齐河当之无愧地成了英雄之城。这样的美才是人之所需的大美。

　　我们在寻找这样的精神高地。

　　中国都需要这样的精神高地。

　　每一个人都需要这样的精神高地。

　　齐河是感动中国的风向标。但愿有一天，中国的每一个城市、乡村，都可以成为感动你我的齐河。

名人们的齐河往事

林逋的诗和远方

姜仲华

一

900 多年前，北宋年间的一个深秋，白浪滔滔的济水日夜不停地东流而去。这天早晨，薄阴的天气，一叶小船挂着白帆，从曹州（今菏泽，古代曾因位于济水之畔而名济阴）方向顺水而下。风劲帆饱，小船走得格外轻快。一位白衣男子独立船头，袖手背后，欣赏着两岸的景色。

小船行至齐州（济南）西北的耿济渡口，两岸秋色愈加绚丽，五彩斑斓，秋水澄澈，芦荻萧萧，野禽翔集。北岸屋舍鳞次栉比，酒旗飘扬。这一切，在晦暗的天空下，别有一种萧瑟、沧桑之美。白衣男子四十余岁年纪，身材高瘦，面容白皙，几绺长须飘散胸前，一身儒雅的书卷之气。河面上大风吹来，芦苇起伏，浪花朵朵，男子衣袂飞扬，玉树临风，飘飘然有神仙之态。他满脸欣喜，嘴唇轻动，似在喃喃吟咏。

忽然，云中传来几声清脆、悠长的鹤唳，两只白鹤从云外飞来，在小船上空盘旋。男子微笑着举起右手望空一招，白鹤飞旋而下，双翅轻轻一展，稳稳地落在船头上，细细高高的长腿交替站立。它们轻轻拍打翅膀，似有无限欢欣。男子轻抚它们雪白的羽毛，喜悦地说："鸣皋，这里风光竟然如此绝美，令人目不暇接，我们真是不虚此行了！"白鹤轻轻点头，依在男子身旁，也举目四顾，欣赏风光。

船夫对两只白鹤习以为常，他一边掌舵，一边自言自语："林相公痴，白鹤也痴！"

男子回身问船夫："艄公，你多年在济水行船，可知这是何地？"

船夫答道："林相公，这是济水上一个有名的渡口，叫耿济渡，相传汉代在这里有一座朝阳桥，光武帝刘秀派大将耿弇讨伐张步，在这一带渡河，这一带就得名耿济渡（今北店子浮桥一带）。南岸的城市因在济水之南，原叫济南，曹操就曾任济南相，现在叫齐州。北岸这小小市镇，也是因济水得名，原来叫济河镇，我大宋初立，改称齐河镇。"

男子捻须点头："哦，耿弇击张步，已是千年旧事了！耿济渡口风光之美，与西湖孤山大不相同，可谓各擅胜场。"

这个男子，名叫林逋，杭州钱塘人。

关于他，话题太多太多，且放在后面细说。

二

话说林逋与两只白鹤在船上饱览风景，不觉下起了小雨。秋雨沥沥，烟雨迷蒙，更增诗意。林逋在细雨中看景，兴致不减。傍晚，小船停泊在耿济渡口，林逋上岸住宿，两鹤蹁跹相随，齐河镇的人们都惊奇地看着，这白衣男子是谁？哪里来的？两只白鹤顾盼有情，灵性十足，更是令人称奇。有人悄悄打听船夫，才知这就是闻名天下的林逋！"疏影横斜水清浅，暗香浮动月黄昏"的名句，早已家喻户晓。一传十十传百，齐河镇都知道林逋先生来了，都来争睹林先生和白鹤的风采。有几位读书人还领着孩子，想请林先生指点一二。

林逋在客栈住下，凭窗远望，窗外济水汤汤，烟雨蒙蒙，美景尽收。他诗兴大发。坐下取出笔墨纸砚，写了起来，一气写了七八张纸。那几位读书人脸上满是惊喜，不知林先生写的什么？想过来看看，又觉得唐突。

林逋写完，站起来舒舒服服地伸个懒腰，背着手在窗前看了一会儿风景，回身看到桌上的诗文，随手卷起来，往窗外丢去，引起众人一片躁动、惊呼。白纸好像蝴蝶，随风飞扬，落在济水中。他意态恬淡，若无其事。有一位读书人急忙跑到岸边，探身从水中抓起了最近的一张纸，其余的几张已被波涛冲远，随着波涛远去，慢慢沉没了。

这位读书人拿着滴水的纸跑回来，问："林先生，您的诗既已写成，何不留下，传之后世？"

林逋微笑着淡淡地说："我只爱诗意，不爱诗名。"

"还请先生再写一遍，给齐河留下。"

林逋摆摆手，答道："我意已尽。"便不再说话。

那位读书人叹息不已，展开手中那张纸，只见水墨淋漓，字迹模糊，尚可勉强辨认：

耿济口舟行

环回几合似江干，刺眼诗幽尽状难。

沙嘴半平春晚湿，水痕无底照秋宽。

老霜蒲苇交千刃，怕雨凫鸥着一攒。

拟就孤峰寄蓑笠，旧乡渔业久凋残。

附：《宋史》记载：逋善行书，喜为诗，其词澄浃峭特，多奇句。既就稿，随辄弃之。或谓："何不录以示后世？"逋曰："吾方晦迹林壑，且不欲以诗名一时，况后世乎！"然好事者往往窃记之，今所传尚三百余篇。

三

林逋当年漫游的济水，就是现在的黄河。林逋在齐河留下的这首诗，没有湮没在历史长河的尘沙之中，可谓齐河人文之幸。

来看看诗的意思。

第一句，"环回几合似江干"。河岸环回，和江干很相似。第一句，林逋开门见山，把齐河和杭州的风景进行了比较，发现非常相似。江干是杭州最古老的城区之一，地处杭州的中心位置，历史悠久，物产丰富，人文荟萃，风光秀丽。当年，在烟波浩渺的钱塘江上，上游漂来的木筏连天，在阳光照耀下金黄一片，无边无际，故有"金江干"之称。

第二句，"刺眼诗幽尽状难"。意思是，这里的美景太刺眼——不是养眼，是刺眼！这个"刺"字，突兀、险绝，后面如果不能写出震撼读者，让读者同样感到"刺眼"的美景，这一个"刺"字就落空了，全诗就虎头蛇尾了。所以，全诗至此，奇峰陡起，险难倍增。美景"刺"了诗人林逋的眼，但要一一写出，却是一个字：难！

难，也要尽力来写！于是，诗人对耿济渡的美景，进行了描写：

沙嘴半平春晚湿，水痕无底照秋宽。

老霜蒲苇交千刃，怕雨凫鸥着一攒。

这四句，生动地勾画出了一幅河边秋色图。沙嘴，指从陆地突入水中的前端尖的沙滩。沙嘴像暮春时节那么湿润，水痕无底是水极清澈，天光云影投射到水底，显得秋意宽广。蒲苇的叶子着了白霜，如同千万把白刃。凫鸥就是野鸭子。野鸭子怕雨，躲到蒲苇下面聚在一起。

诗中描写的深秋美景，让笔者想起了明末清初大画家石涛的《淮扬洁秋图》。那幅画，画的也是平原上的河边秋色，也有澹澹秋水、霜染芦苇。石涛用的是"拖泥带水皴"，连皴带擦，浓淡、干湿并用，描绘出河岸湿润沃疏的质感，正好符合林逋此诗"沙嘴半平春晚湿"的感觉。画中的房屋用粗笔，芦苇用细笔，形成生动的对比。满幅洒落的浓墨苔点，吸收了董源一派的皴法点土石，配合着尖笔剔出草丛，使整个画面萧森郁茂，苍莽幽邃，是石涛的代表作之一。

同样描绘深秋河边的美景，林逋写齐河，石涛画淮扬，林逋用文字，石涛用画笔，异曲同工，各有千秋。林逋用诗句，把齐河古渡口一千年前深秋美景留存下来，鲜明动人，没有辜负第二句的"刺"字。

第三联，被后代的诗家称赏。当代文化学者吕辉在林逋诗文研究中，评述林逋放游的作品："这时期的诗作在景物描写上虽不及后期细腻温婉，意境的表现上也不及后期清雅，但仍属于笔墨疏朗之作品。仔细研读，在早期的林逋山林景物诗中，也颇多诗眼传神、形象生动的警句。比如《耿济口舟行》中'老霜蒲苇交千刃，怕雨凫鸥着一攒'"。

最后一联，诗人表达了对耿济渡的眷恋：风景如此迷人，我想长留此地，只是还舍不得我杭州的孤山，我准备把孤山（孤峰）带到这里来。在耿济渡口，戴上蓑笠垂钓，那是多么美妙的事！可是，诗人又为难起来：自己在杭州西湖的垂钓之事，就不得不凋残了！林逋踌躇不决的取舍之意，跃然纸上。

四

林逋，浙江大里黄贤村人，即今浙江宁波奉化裘村镇黄贤村人（一说为杭州钱塘人），少孤力学，好古，通经史百家。性孤高自许，喜恬淡，自甘贫困，勿趋荣利。及长，漫游江淮，四十余岁后隐居杭州西湖，结庐孤山。常驾小舟遍游西湖诸寺庙，与高僧诗友相往还。以湖山为伴，二十余年足不及城市，以布衣终身。每逢客至，叫门童子纵鹤放飞，林逋见鹤必棹舟归来。丞相王随、杭州郡守薛映均敬其为人，又爱其诗，时趋孤山与之唱和，并出俸银为之重建新宅。与范仲淹、梅尧臣有诗唱和。大中祥符五年（1012 年），真宗闻其名，赐粟帛，并诏告府县存恤之。逋虽感激，但不以此骄人。人多劝其出仕，均被婉言谢绝，自谓："然吾志之所适，非室家也，非功名富贵也，只觉青山绿水与我情相宜。"林逋终生不仕不娶，无子，唯喜植梅养鹤，自谓"以梅为妻，以鹤为子"，人称"梅妻鹤子"。既老，自为墓于庐侧，作诗云："湖上青山对结庐，坟前修竹亦萧疏。茂陵他日求遗稿，犹喜曾无封禅书。"天圣六年（1028年）卒，年六十一，其侄林彰（朝散大夫）、林彬（盈州令）同至杭州，治丧尽礼。州为上闻，仁宗嗟悼，赐谥"和靖先生"，葬孤山故庐侧。

林逋是隐士，其实，也有过做官的心思。林逋隐居的最初几年，宋真宗曾派杭州知州王济寻访天下名士，林逋主动给王济去了封信。但在信中，林逋并未明确表达自己意愿，此时林逋的内心有着仕与隐的纠结。这也是历代文人的两难境地：人生的终极理想，是自由，还是成就功名？最后，他毅然选择了隐居山林，过着雅致清淡且悠闲无愁的生活。后世山水画中，点缀风景的一两个人物，就有林逋的影子。

林逋的名字很奇怪。逋，四声，意思是"逃"，用在名字中，十分罕见，必有意义。林逋要逃什么？逃了后去干什么？

他的一生，脉络清晰：天子顾念，毫不在意；丞相来寻，也不经心。放弃做官，寄情山水，梅妻鹤子，终老一生。他追求一种平淡而不枯寂的生活，以一颗诗心观察、体味着人生，诗、琴、画、书法、禅、茶等，构筑了他独特的精神生活风貌。

这样，我们就知道，林逋逃的，是滚滚红尘。他逃了红尘，选择青山绿水、诗和远方。

林逋来齐河，就是他追寻青山绿水、诗和远方的体现。

笔者查阅林逋诗集中的300多首诗，发现他到过的地方有江苏省盱眙、淮河流域、安徽省芜湖县、和县，河南汴梁（开封）。来山东，他到过曹州（菏泽）。曹州在济水边，林逋应该是游完曹州，放舟顺济水而下，来到了耿济口。现在还没有更多的史料，具体记载他来齐河的行踪，故笔者只能做如上推测。

五

林逋生于 967 年，这是宋朝建国后的第 7 年。他一生历宋太祖、宋太宗、宋真宗、宋仁宗四朝。这段时间，是宋朝政治稳定、社会安定发展的时期，商品经济、文化教育、科学创新高度繁荣。儒学得到复兴，科技发展迅速，政治开明，且没有严重的宦官专权和军阀割据，兵变、民乱次数与规模在中国历史上也相对较少。陈寅恪认为："华夏民族之文化，历数千载之演进，造极于赵宋之世。"

林逋来齐河之时，齐河还不是县，只是镇，属于河北路（今河北省坝县以南及河南省山东省黄河以北地区，治所在大名府）。《宋史》记载，至道三年（公元 997 年），分中国为 15 路，路下设府、州、军、监、县等。路如同明、清两朝的省。

林逋游罢齐河，带着白鹤依依不舍地乘舟返回杭州，小船在济水中逆流而上，白鹤在天空展翅飞翔，数日后回到了西湖边，来到孤山上的庐舍边，见到了久违的妻子——梅花。不知他是否把齐河耿济渡口的美景，和曾想长留齐河的想法，给梅花说一说？

陈师道夜宿齐河

姜仲华

诗坛怪杰夜宿齐河

北宋年间一个秋天的晚上，夜色如墨，寒意弥漫。济水北岸的齐河镇，家家都关门入睡，只有靠近渡口的一家小客栈开着门，昏黄的烛光里，店家打着呵欠，揉着眼睛，准备打烊。一位身材高瘦的青年从后院的客房走过来，对店主说："我去渡口走走，少顷便回。"他走出客栈，来到不远处的渡口，夜色中，大河哗哗的涛声和波浪拍打岸边的声音，显得格外清晰。他翘首南望，似乎盼望着飞过大河，飞到故乡的亲人身边。

年轻人近处有一片河湾，泊着几条小船，一位船家在船尾点燃柴火做饭，照亮了一片水域。火光中，可以看到水边深深浅浅的坑，都有几条小鱼儿，似在发呆。"扑棱棱……"宿在树上的鸟儿突然滑落，又飞到树枝上。青年默默看着这一切，思念亲朋的苦涩，羁旅他乡的孤寂，时时噬咬着他的心。为了养家糊口，他不得不为五斗米折腰，他不得不离别妻儿去外地上任，人生艰辛，一至于此！

突然，一句诗在他心里闪过，他低吟着，又惊又喜，突然转身往客栈飞奔，冲进店里，趴着打盹的店主被吓了一跳，急忙站起来惊问：“客官，怎么，外面有人抢劫吗？”青年低声喝道：“你别说话！”飞奔进后面自己的房间，“砰”地关上门，躺在床上拉过被子，蒙住全身。店主随后追来，战战兢兢地敲门问：“客官，您病了么？若病了，我去镇上请马郎中来。”门突然打开，青年趿拉着鞋，皱着眉头急躁地说：“别说话！什么事也没有！”又“砰”地关了门。店主不知所措，自言自语：“开店多年，没见过这样的怪人，究竟是干什么的？”

青年坐在桌前，提笔在纸上写起来，一会儿蹙起眉头，停笔低头苦思，仿佛文思滞涩；一会儿又面露喜色，奋笔疾书，仿佛文思泉涌，断断续续写了一个多时辰，才面带忧虑地吹灭蜡烛睡下。

拂晓时分，秋寒更重，薄薄的被子挡不住寒意，他被冻醒了，点着蜡烛，搓着手看了看刚才写的，拿起笔又写起。过了一个多时辰，他停下笔，绽开笑颜，自言自语：“没想到孤苦的旅途之中，竟得了一首诗，来日请子瞻先生、山谷先生看看，得失如何？”

“喔喔喔——”响亮的鸡啼，划破了古渡口的宁静，熹微的晨光透过窗户，照在纸上，只见纸上写着：

宿齐河

烛暗人初寂，寒生夜向深。

潜鱼聚沙窟，坠鸟滑霜林。

稍作他方计，初回万里心。

还家只有梦，更着晓寒侵。

陈师道其人

青年名叫陈师道，彭城（今徐州）人，北宋著名诗人。他和黄庭坚一起创立了中国文学史上第一个有正式名称的诗文派别，也是宋代诗坛影响最大的诗歌派别——江西诗派，黄庭坚对他非常钦佩，认为他的诗是宋诗之冠。

诗人各有特点，有的是"捷才"，灵感忽至，一挥而就；有的是"苦吟派"，炼字锻句，搜肠刮肚。陈师道就属"苦吟派"，他常常"闭门苦吟"，创作态度极其严肃，写得不理想就烧掉。由于专心，他甚至达到了癫狂、怪异的程度。

宋代著名史学家马端临《文献通考》记载，"世言陈无己每登览得句，即急归卧一榻，以被蒙首，谓之'吟榻'。家人知，即猫犬皆逐去，婴儿稚子抱寄邻家。徐待其起就笔砚，即诗已成，乃敢复常。"痴迷、专注容易出成绩，也容易出现常人不能理解的怪异之举，因此发生了本文开头那一幕。宋代徐度《却扫编》记载，"（陈师道）与诸生徜徉林下，或愀然而归，径登榻引被自覆，呻吟久之，蘧然而兴，取笔疾书，则一诗成矣。"陈师道可以说是一位"怪杰"，怪异，杰出。

陈师道与当时的文坛名家都有交游。

他十六岁时，跟"唐宋八大家"之一的曾巩学写文章，曾巩第一次看到他的文章，很惊奇，认为他将以文章成名。

陈师道与苏轼因为共同的文学爱好和追求走到了一起，交游密切。元祐二年（1087年），时任翰林学士的苏轼推荐陈师道任徐州州学教授。元祐四年（1089年），苏轼出任杭州太守，路过河南商丘，陈师道到那里送行，被上级以擅离职守的罪名弹劾而革职。后来陈师道复职，担任颍州教授，不久苏轼任颍州太守，相聚甚欢。苏轼想收他为弟子，而陈师道却说："向来一瓣香，敬为曾南丰（曾巩）"，婉言推辞了苏轼。但苏轼不以为忤，仍然对他加以指导。所以后世称陈师道为"苏门六君子"之一，而不称"学士"。后来苏轼被贬，陈师道被朝中当权者视为苏轼余党而罢职。陈师道仕途与苏轼息息相关，他得官因苏轼举荐，贬官因苏轼见黜，丢官由苏轼牵累，但陈师道怀念故知之情却始终如一，毫不悔恨，相反，陈师道还常给身处困顿中的苏轼以安慰和劝勉，足见他们的深厚友谊。

陈师道和黄庭坚意气相投。历史记载，陈师道一见黄庭坚的诗，就爱不释手，把自己过去的诗稿全部烧掉，跟黄学习。二人由于对诗歌的观点相同，便共同创立了江西诗派。

陈师道与秦观、晁补之、张耒、李格非都是互相酬唱的文友。当时的掌权者章惇听说陈师道的文才，托秦观捎信，让陈师道来见自己一面，准备加以荐举。陈师道却不去。后来章淳当了宰相，再次让人捎信给陈师道，想举荐他，他还是谢绝不见。陈师道的志趣、个性可见一斑。

陈师道的朋友圈，曾将一个人拉黑。此人就是他的连襟赵挺之，赵是朝中大臣，后来官至宰相。因为政见不同，赵挺之支持王安石，陈师道支持苏轼，二人势同水火。

陈师道为什么来齐河？

笔者查阅陈师道存世的诗文 900 余篇，发现他还到过巨野、菏泽、惠民、鹊山等地。笔者根据陈师道的交游关系与行迹分析，试图找到他来齐河的原因。

陈师道最爱的老师曾巩，曾任齐州（济南）知州，他是不是去济南找老师曾巩？但是从他故乡徐州或者京城汴梁（开封）到济南，不必经过齐河。

巨野是同为"苏门六君子"之一的晁补之老家，陈师道是不是去巨野找晁补之？但是从徐州或汴梁到巨野，不必北来齐河。

陈师道还曾到过曹州（今菏泽），依靠当曹州知州的岳父，但从徐州或汴梁到菏泽很近，不用北来齐河。

元符二年（1099 年），陈师道的母亲去世，他回故乡徐州安葬母亲。元符三年（1100 年）七月，他被朝廷任命为棣州的州学教授，第二年又被任命为秘书省正字，到京城汴梁工作。棣州大致是现在的惠民、陵县（北宋称为厌次）、商河、阳信、无棣一带，北宋的棣州治所，在现在的惠民县。陈师道从老家徐州（彭城）去棣州上任，或者从棣州赴汴梁上任，这两条路线都必须渡过济水，从地图上看，齐河可以说是必经之路。《宿齐河》前四句写的是秋天景观，符合他被任命为棣州教授的时间；后四句，表明是离家远行。

由此可以初步推断，陈师道于公元 1100 年七月，从徐州去棣州上任，渡过济水，晚上住在齐河镇，写下了《宿齐河》一诗。他的诗集中有《登鹊山》一诗，明确记载，"作者元符三年（1100 年）任棣州教授，此诗作于棣州任上"。

当然，这只是初步推断，期待有更多的史料来证实或者哪位方家提出新的观点。

《宿齐河》一诗的时代背景和地理

陈师道来齐河是 1100 年，这一年，京城汴梁的皇宫里正进行着"谁接任皇帝"的激烈争论。因为这年初，24 岁的宋哲宗赵煦病逝，无子嗣，皇太后向氏与大臣们针对立何人为帝这个问题，发生了激烈的争论。最后，十九岁的赵佶当了皇帝，这就是宋徽宗。由于宋徽宗贪玩、享乐，荒废朝政，任用奸臣蔡京、高俅等人，导致政治混乱，民不聊生，全国多地爆发农民起义。这也给了北方日渐强盛的金国入侵的机会。25 年后的 1125 年，金朝千军万马呼啸南下，铁蹄踏破宋朝山河，宋徽宗急忙把皇位禅让给儿子赵桓，这就是宋钦宗。金兵占领了宋朝北方的大部分国土，渡过济水南下。1127 年，金兵攻陷汴梁，掳走了徽钦二宗，史称"靖康之变"，北宋灭亡。

齐河境内的黄河，在宋朝叫济水。古籍《尔雅》记载，济水是中华文明初期最重要的四条大河"四渎"（江、河、淮、济）之一。皇帝祭祀名山大川，就是祭祀五岳、四渎，可见济水在中华文明中的重要地位。济水源头在王屋山（今属河南），当地名"济源"（今济源市）。之后济水曲折东流，两岸地名多带着济水的印记：济阴（今菏泽）、济南、济北郡、济阳、济宁……

齐河镇是济水上一个古老的渡口，汉朝就有了，光武帝刘秀的大将耿弇讨伐军阀张步，从这里渡过济水，大获全胜，渡口得名"耿济渡"。渡口上人烟聚集，形成市镇，唐朝称为"耿济镇"。岁月沧桑，朝代更迭，济水依旧奔流不息，耿济渡依旧迎送着南来北往的客人。宋朝建立，耿济镇改称"济河镇"，又改称"齐河镇"。靖康之变三年后的 1130 年（金天会八年），跑到绍兴的宋高宗赵构向金朝皇帝上降表称臣，这一年，齐河镇被金朝升为齐河县。

齐河当时什么样？

诗中，陈师道对齐河的景色进行了笔墨不多的描写。由其诗来看渡口有客栈，照明用蜡烛，渡口边有树，树上有鸟夜宿。河边有沙坑，大约是河水冲击河岸形成的，沙坑里有鱼。

当时的齐河镇什么样？房屋、船只、马匹什么样？人们的衣服、发型、饮食、生计什么样？这是个有趣的问题。诗中没有写。可以参考《清明上河图》《东京梦华录》等作品，这些作品虽不描绘齐河，但时代相同，我们可以借此想象一下当年的齐河镇：白天，济水河水宽阔，波浪滔滔，水清浪白，齐河渡口舟楫繁忙，人喊马嘶，岸上垂杨、古槐甚多，浓绿荫凉，树下卖吃卖喝的摊点、卖鱼的渔人，在吆喝着招徕往来的客人，街上有大大小小、各式各样的店面，小酒馆门外酒旗飘扬，推车的、抬轿的、练武的、牵牛的、卖唱的、理发的、修鞋的、补锅的等等，五行八作，样样俱全。

齐河镇当年的饭店、饮食什么样？《东京梦华录》一书写的是北宋的首都汴梁（开封）方方面面的情况，包括汴梁的饭店，都记载甚详。汴梁离齐河不远，以百度地图为准，驾车路线全程仅 370 公里，直线距离更近，各方面应该有一定的相似之处。我们可以从《东京梦华录》中截取《饮食果子》一段，看看京城汴梁的饭店和饮食：

凡店内卖下酒厨子，谓之"茶饭量酒博士"。至店中小儿子皆通谓之大伯，更有街坊妇人，腰系青花布手巾，绾危髻，为酒客换汤斟酒，俗谓之"焌糟"。……又有卖药或果实萝卜之类，不问酒客买与不买，散与坐客，然后得钱谓之"撒暂"。……所谓茶饭者，乃百味羹、头羹、新法鹌子羹、三脆羹、二色腰子、虾蕈……又有外来托卖炙鸡、燠鸭、羊脚子、点羊头、脆筋巴子……又有托小盘卖干果子，乃旋炒银杏、栗子、河北鹅梨、梨条、梨干、梨肉、胶枣……核桃、肉牙枣、海红、嘉庆子、林檎旋、乌李、李子旋、樱桃煎、西京雪梨、夫梨、甘棠梨、凤栖梨、镇府浊梨、河阴石榴……其余小酒店，亦卖下酒，如煎鱼、鸭子、炒鸡兔……每份不过十五钱。

汴梁是全国最繁华的都市，饭店、饮食肯定是全国最好的，齐河镇要简单得多，但肯定会受汴梁影响。汴梁饭店的人物、打扮"街坊妇人，腰系青花布手巾，绾危髻，为酒客换汤斟酒"，齐河人是不是也这样？汴梁饭店里"又有卖药或果实萝卜之类，不问酒客买与不买，散与坐客，然后得钱"，齐河镇的饭店里是不是也这样？汴梁的那些食品，齐河有多少？另外，齐河镇距离阳谷县仅一百多公里，阳谷县是《水浒传》中景阳冈武松打虎的地方，齐河镇上小酒店的格局、布置、菜品、酒，应该和武松去的"三碗不过岗"酒店差不多，两地人的口音应当也不会差距太大。

期待有其他材料，让我们一睹齐河镇当年的景观。

朴拙之美，流芳千载

《宿齐河》一诗以鲜明的江西诗派风格和独特的朴拙之美，引得后人的喜爱，流传甚广。此诗入选高等教育出版社出版的《中国古代文学作品选》，该书为普通高等教育九五国家级重点教材。中国古代诗歌数以万计，能入选当代大学教材者寥寥无几，堪称珍品，足见水平之高。当代学者邹金灿先生在《朴拙之美》一文中对《宿齐河》一诗进行赏评。现将邹先生的原文选取片段，以飨读者：

这首诗写的是诗人客游他方时的各种复杂感受，简洁精炼，质朴无华，外表浑朴，意味深长。前四句极写寒冷、凄寂的异乡景象，人置身于其间，漂泊感愈发深重。其中"潜鱼聚沙窟，坠鸟滑霜林"两句，真可谓千锤百炼：鱼游在下，鸟飞在上，一"聚"一"滑"，虽然写的是凄清之景，却能撞起读者的无边兴致。第三联的"稍"与"初"，也是非常精警，意谓作者刚刚做好了客游他方的心理准备，然而在这样的晚上，心情却不由自主地飞越万里回到家乡。壮志刚起，又不复存在了。结尾两句似乎是说：即使诗人不再抱有四方之志，但是无奈的现实，导致归家的心愿只能在梦中实现，然而如此梦魂，却又被晓寒弄醒……这首五律所写的景象与心情，都十分寻常，然而全诗没有一个闲字，其取胜之处，就在这些质朴的叙述中，潜藏着百转千回的思绪变化，处处逼人停留，极其耐读，是宋诗中的珍品。

一代诗歌大家陈师道写下的《宿齐河》一诗，给齐河的历史和文化，留下了浓墨重彩的一笔，值得我们用心欣赏，继续挖掘相关的史料。

王士祯留诗环青园

鲁昂之

一代文宗王士祯流连环青园，题咏天下传　高义杰／绘

据康熙年间纂修的《齐河县志》记载：环青园在齐河城东门

外，是知府王隆熙的别墅，济水环绕，有绿云、五柳诸亭。

王隆熙，字黾承，拔贡。隆熙历任湖广兴山县知县、淮安府同知、山西汾州府知府。康熙皇帝巡幸五台时，曾赐予他宝墨。王隆熙后因念及母亲年事已高，辞官还乡，筑环青园别业，赋诗饮酒，由此也引来了不少志趣相投的文人士子以环青园为题写诗作赋。

齐河老县城有两个地方备受文人青睐：一个是位于城西南的千楸园，为明末大司马房守士所置；另一个就是位于城东的环青园了。前者有作为清初诗坛盟主之一的钱谦益写下的《千楸园八景》，千楸园也因钱谦益的赋诗而增辉生色。至于后者，则有赵瑞吉的《青玉案·环青园八景》。

赵瑞吉，号桐村，今华店镇赵井村人，岁贡，博学多才，著有《桐村诗集》，编有《历代姓氏人物谱》。康熙年间，齐河知县蓝奋兴编修《齐河县志》，邀请他担任参考。在校注版的康熙、民国《齐河县志》中，他是留诗作最多的人之一。除了《环青园八景·青玉案》外，他还有以环青园为题的诗四首。

可以说《环青园八景》与《千楸园八景》遥相呼应，赵瑞吉应该是有意模仿钱谦益《千楸园八景》而作。不管怎么说，环青园因赵瑞吉的《环青园八景》而获得了与千楸园相当的地位。那么，赵瑞吉笔下的环青园究竟是怎么一番景象呢？让我们一起来品味一下吧：

青玉案·环青园八景
赵瑞吉

柳谷春晖

深林二月晴光好。绿树外，轻烟绕。一似春山眉淡扫。融和天气，乱飘金缕，翠入青云表。

平桥弱柳溪边袅，叶底流莺啭声巧。十里浓阴尘坌少。主人高兴，劈柑携酒，树下听啼鸟。

槐阴浮翠

东皋数亩林烟回。小阁畔，疏槐影。覆地虬枝岚雾冥。暑天林外，火云蒸溽，此地偏青冷。

浓阴夏日如年永，坐眺云霞度前岭。溪上渔人横小艇。昼长人困，石边聊盹，午梦蝉声醒。

桐叶吟秋

溪山结屋嚣尘断。玉宇霁，澄江练。几树梧桐围小院。朱窗临水，白云遮户，满地清阴遍。

平林漠漠秋容澹，手抚丝桐送飞雁。飒沓风声黄叶乱。一亭香露，苎衣凉透，何事摇纨扇。

松声卷涛

风流摩诘爱邱壑。傍水曲，隈城郭。万树松花笼屋角。插霄苍干，凌霜琼叶，影似虬龙攫。

清闲坐卧溪边阁，一派涛声入寥廓。静掩柴门无剥啄。半天风吼，满庭清籁，疑是江潮落。

波卧长虹

河流曲抱山园左。跨古渡，横梁锁。十里垂杨系钓舸。雨蓑烟笠，棹歌渔唱，半幅辋川里。

锦波千丈长虹卧，一阵潮来鱼龙簸。漫说广陵吹笛过。题桥心懒，爱亲鸥鸟，且自忘机可。

岱峰晴岚

茅亭下见南山曲。翠微色，压檐覆。叠叠云峰相断续。雨过时节，净岚初拭，掩映笼金谷。

芙蓉削出望中矗，螺髻烟鬟远如簇。怪得硕人眈陆轴。凭栏遥睇，数重青幛，静对悠然足。

城楼夕照

参差画栋浮城表。雉堞影，浸晴沼。百尺红楼烟景好。赤城霞起，万花如绣，缩就壶天小。

平地雨洒荷珠跳，玉女投壶天公笑。隐隐夕阳留晚照。当轩襟爽，弄琴三叠，聊学苏门啸。

济岸烟树

溪流诘曲环芳蒲。夹水岸，攒云树。漠漠晴烟迷远墅。遥峰铺翠，茂林凝绿，茆屋幽人住。

青山掩映楼台曙，一派轻阴绕花屿。两岸郁葱笼野雾。沧州佳兴，坐听林外，睨睆春禽语。

也许赵瑞吉与环青园主人是至交，因此他能够经常光顾环青园。他为我们留下了环青园春夏秋冬不同季节的各自姿色，春柳、夏槐、秋桐、冬松，再加上莺歌燕啼、渔舟唱晚，这是多么的美不胜收啊！

至此，可能有人会说与钱谦益相比，赵瑞吉实在称不上是什么名人，因此，环青园的名气还是较千楸园稍逊一筹。别急，重量级的人物往往总在关键的时候登场。其实，环青园与千楸园同样的幸运，它有继钱谦益之后的诗坛盟主王士祯的诗作。民国年间编纂的《齐河县志》中有王士正的一首诗——《寄题齐河王氏园》："清济来王屋，东流绕祝阿。闲园傍隈隩，曲径隐烟萝。野旷山谷合，亭空水事多。当年会盟地，今日有渔蓑。"

这里的王士正就是王士祯，王士祯（1634—1711），原名王士禛，字子真，一字贻上，号阮亭，又号渔洋山人，世称王渔洋，谥文简。山东新城（今淄博市桓台县）人，常自称济南人。清顺治十五年（1658）进士，官至刑部尚书，是继钱谦益之后的诗坛盟主，与朱彝尊并称"南朱北王"。一生著述达500余种，作诗4000余首，主要有《带经堂集》《蚕尾集》《池北偶谈》《居易录》《香祖笔记》等数十种。

前面提到王士祯本来是叫王士禛的，可他去世后却被易名数次。至雍正朝，因避雍正（胤禛）讳，被改名士正。乾隆时以"正"字与"禛"字音不相合，于三十九年下诏改为"士祯"，并赐谥文简。但其后，世人，包括正统的中国文学史对之却居然是"王士禛"或"王士祯"两存而使用着的。

王士祯的这首五言律诗一开头就借用了唐代诗人李颀《与诸

公游济渎泛舟》中的名句："济水出王屋，其源来不穷。"点明了环青园被济水环绕的特色，"清济来王屋，东流绕祝阿。"只是此王屋是题目中的"王氏园"即环青园，而非彼王屋，彼王屋则是指济水的发源地——河南省济源市的王屋山。

后面两句是对环青园的描写，草木繁盛，烟聚萝缠，清静幽雅。诗中最后所说的"当年会盟地"亦是一个典故，出自《春秋》，鲁襄公十九年（公元前554年）"诸侯盟于祝柯"。"当年会盟地，今日有渔蓑"既写出了历史变化的沧桑，又展现了济水哺育下渔民的生活风情。

王士祯不愧为文学界的一代宗师，仅仅一首五律就用典两次，写环青园又不囿于环青园，让人赞叹不已。突然又想起了苏轼的一句诗，"渔蓑句好应须画"，的确，"渔蓑"的诗句很好，应该画成画，可惜我不会画画。

俗话说诗不在多而在精，初唐诗人张若虚仅凭《春江花月夜》便"孤篇压全唐"，千古传诵。我觉得王士祯的这首诗对环青园来讲也能起到这样的作用。

此外，王士祯的同族兄弟王士骅也有一首名为《题环青园》的诗："祝阿城外济水流，掩映环青万木秋。极目东南聊一望，春山拟在柳梢头。"由此可见，当年王氏兄弟一起来到齐河，游览了环青园后都留下了优美的诗篇。

笔者据民国年间编纂的《齐河县志》统计，包括王氏兄弟在内共有8人以环青园为题留下诗篇，仅次于房守士的千楸园（先后有10人）。限于篇幅，不在此作一一的抄录和评论。

"当年会盟地，今日有渔蓑。"猛然间我有了想改动这句诗的冲动，我想把它改为"当年会盟地，今日灵气多。"平心而论，与别的地方相比，齐河是开发相对较晚的地方。明朝建立后，朱元璋为了尽快恢复生产，巩固自己的统治，下令把农民从狭乡移到宽乡。齐河，差不多也是从那个时候才得到真正的发展。我们的第一部《齐河县志》编纂于明代的万历年间，万历十一年（公元1578年）县训导陶性纂成第一部县志，可惜未能付印，没有流传下来。此后直到康熙年间，知县蓝奋兴编纂第二部《齐河县志》。

现有的这几部《齐河县志》没有记载元以前的科举考试情况。元朝时期齐河仅有4人考中进士，到了明朝有11人考中进士，这其中有我们较为熟悉的房守士和郝炯。清朝增至13人，此时出现了父子双进士的现象（赵允振、赵瑞晋父子）。

也是在明清时期，像钱谦益、王士禛这样的学术大师兼诗人经常逗留齐河或途经齐河，留下了很多吟咏齐河的诗篇文章。明朝的前后七子中的边贡、徐祯卿、李攀龙、王世贞都先后到过齐河，挥毫泼墨留诗篇；至清朝，与王士禛齐名的浙西词派创始人朱彝尊、"西泠十子"中的张纲孙，还有康熙、乾隆两位皇帝以及《老残游记》的作者刘鹗等也都来到齐河，妙笔深情咏齐河。真心感谢这些文化名人，是他们让齐河文化变得厚重起来，也是他们让齐河变得如此富有灵气和底蕴。

当年会盟地，今日灵气多。当年诸侯会盟的地方，如今已是较为繁华富庶之地，南来北往的文人墨客，土生土长的英雄人物还有辛勤耕耘的劳动人民都为这片土地注入了新的生机和活力。历史沧海桑田，弹指一挥间，昨日的荒凉不再，今天的发展依旧。就是不知道如果王士禛看到自己的诗句在300余年后被改动后有何感想，他是否认可改动后的诗句呢？

一代循吏　多面人生

鲁昂之

　　古代循吏有智吏、良吏、能吏、廉吏等多种称号，多是智勇双全、善谋实干、清正廉洁之士。"循吏"一词值千金，当我对中国古代整个循吏群体有了大致的了解后，不由得发出这样的感慨。让我更为感慨的是，在咱们齐河人中也有这样一位循吏，他就是明朝末年的王宫臻。

浩叹对青史　循吏久无闻

　　王宫臻原名宫榛，生于万历十四年（1586年），崇祯元年（1628年）进士，字符四，一字洁修，别号瑞卿。历任南直隶崇明县（今上海市崇明区）县令、国子监助教、翰林院撰修、福建清吏司员外郎、广东司郎中、山西太原知府、嘉兴知府兼摄湖州府事、陕西按察司副使等职。他为人正直磊落，担任朝廷要职期间，秉公履职，刚正不阿。

　　在1628年至1632年间担任崇明县令时，政绩卓著，深受老百姓爱戴。任职期间，王宫臻秉公执法，曾为一乡民洗清冤屈，使其免于一死，该乡民在家里刻了牌位纪念他。1629年秋，崇明县遭台风袭击，灾民流离失所，身为县令的王宫臻走遍了县里的各个角落，力请免赋并捐俸赈济灾民。在他的带动下当地士绅出钱出粮赈济灾民，从而使数以万计的灾民以存活。在赈济灾民的5个多月里他坚持步行，不间断地往来于赈灾现场。大家都说要不是有王县令，他们恐怕早就成为白骨一堆了。

为此，崇明县人民明崇祯六年（1633年）在堡镇关帝庙东为其立生祠以示纪念，并请当时的著名文学家张溥撰写了《齐河王瑞卿宰崇明生祠碑记》一文，刻于生祠碑上。

张溥（1602—1641），字天如，号西铭，南直隶太仓（今江苏太仓）人，明朝晚期文学家。崇祯四年（1631年）进士，选庶吉士，自幼发奋读书，《明史》上记有他"七录七焚"的佳话。他与同乡张采齐名，合称"娄东二张"。张溥一生著作宏丰，编述三千余卷，著有《七录斋集》，包括文12卷，诗3卷；《历代史论二编》10卷；《诗经注疏大全合纂》34卷等。

据《明史》记载张溥作诗和写文章非常快，时人慕名前来找他写文章，他不用起草，在客人面前挥笔，马上就完成，故而声名鹊起。张溥散文风格质朴，慷慨激昂，明快爽放，直抒胸臆。其《五人墓碑记》，赞颂苏州市民与阉党斗争，为传诵名篇，被收入《古文观止》中。

王宫臻生祠碑后来被毁，所幸文章保留了下来。张溥为王宫臻主政崇明撰写的生祠碑一文，语言流畅，情真意切。王宫臻在崇明清正廉洁、一心为民的形象跃然纸上。

如果说王宫臻治理崇明因张溥的妙笔生花而永存史册的话，那么他在禾郡的作为则被当地士绅汇辑成了20条德政录——《齐河王瑞卿德政录》。禾郡就是现在的浙江嘉兴，崇祯十二年（1639年）王宫臻出任嘉兴知府兼摄湖州府事，授中宪大夫。适逢嘉兴天灾人祸接连不断，1640年夏阴雨连绵，河流暴涨，庄稼受灾极为严重，百姓心急如焚。王宫臻将官仓所存粮食平价出售，保证了粮食供应，稳定了人民生活；1641年春面对流动不定的匪盗和海寇，王宫臻积极防御，发放兵饷提高士气，整饬保甲严厉稽查，修筑工事驻兵防守，致使敌人不敢来犯；至夏天将要插秋之际发生了严重的蝗灾，飞蝗蔽天，米价飞涨，王宫臻继续推行平粜制度并积极赈灾；这年秋天又发生了可怕的瘟疫，王宫臻捐出自己的官俸给百姓调制药饵，召集大夫给百姓治病。

正因如此，禾郡的士人乡绅汇辑了《齐河王瑞卿德政录》。也因如此，江浙一带有很多人写诗作序颂扬他的德政。康熙年间的《齐河县志》收录了包括明末大学士施凤来等人的三篇《邑人王瑞卿守禾郡德政录序》和柯耸等人的《咏邑人王瑞卿守禾郡德政》诗四首，其中四首诗如下：

咏邑人王瑞卿守禾郡德政

柯耸（嘉善）

熏风相佐凤来游，一点燃犀炤九州。

常护中原歌天佽，每宽仁政抚穷愁。

业追上古真堪美，明显当时罕有俦。

始信此番蝗早息，祗须欣颂太平秋。

咏邑人王瑞卿守禾郡德政

郁之章（嘉善）

紫气遥瞻出尚方，汉家功令重循良。

挥金夜色凝霜冷，琢玉天工化日长。

满境蝗蛹忧麦穗，半天甘雨洗琴装。

福星不是人间种，禾地欣余一座香。

咏邑人王瑞卿守禾郡德政

金之俊（嘉兴）

长水寒翎媿凤毛，依栖犹托覆云高。

书承旧业虽无敎，卧藉威严实有叨。

满野桑麻沾雨泽，两年饥旱费焦老。

安恬尺土宽天地，浩荡鸳湖春水涛。

咏邑人王瑞卿守禾郡德政

陈之遴（海盐）

南国棠阴通四郊，仁声久已最丹霄。

春风拂座弦歌沸，秋月盈帘冰雪操。

遍野饥荒心更苦，随身琴鹤治弥高。

泽留鸳水千年在，旦暮鸿飞赤舄遥。

这几首诗都提到了治蝗救灾，写出了灾后禾郡的太平和生机。虽然笔法不尽相同，但都流露出对王宫臻的钦佩和赞扬。

王宫臻在禾任职两年有余，崇祯十六年（1643年）授通议大夫，本应出任陕西西宁道按察司副使，但因李自成农民起义军攻入河南未能赴任。崇祯十七年（1644年）明朝灭亡，他遂杜门自匿，拒受清命，退居齐河老家，过着简朴的生活，至清顺治十六年（1660年）病逝。

精于治学 文采斐然

中国古代循吏的重要特点之一是好学、博学。或学有所长，或才华横溢。王宫臻精通音韵学，著有《简明等韵》；他文采斐然，写下许多诗词，有诗集《海游草》流行于世；他纂修的《北新关志》对明代的关税制度做了比较深刻的概述；此外，他还纂修和著有《王氏同宗合传》《掌上金汤》等。康熙年间的《齐河县志》卷八艺文志中有王宫臻的四首诗，其中一首是描写黄河水泛滥的纪事诗《河决泛涨水没齐河桥》，诗曰：

> 吼翻河伯倒山催，四绕齐城混混来。
> 客至河边骇危险，龙游桥际任徘徊。
> 日中波现光如电，夜半声闻响似雷。
> 九折渎宗天外转，人间始羡济川才。

黄河的气势和汹涌在诗中表现得淋漓尽致，吟之如见惊涛骇浪扑面而来。

还有一首是王宫臻写于顺治六年（1649 年）送知县冯祥聘到衡阳任湖广长沙府同知的诗，全文如下：

> 送赓庭冯邑侯之衡阳别驾
> 沉涵礼仪圣贤俦，手挽灵钧入帝州。
> 杀气欲消心血热，仁风丕畅口碑稠。
> 恩流济水千年润，德茂甘棠万户留。
> 彼楚有天逢化日，可禁齐国叹长秋。

冯祥聘，字赓庭，直隶山海卫（今河北山海关）人，顺治元年（1644年）任齐河知县，时值清政权刚建，根基未稳，齐河一带土匪还有待平息。顺治三年（1646年），有数万土匪逼近齐河城，冯祥聘严守城池并秘密派人去省会济南求援，援军到来如从天而降，冯祥聘带领千名精兵打败敌人，保卫了齐河城。顺治六年（1649年）冯祥聘升任湖广长沙府同知，王宫臻写下此诗为其送行。第三首是送教谕赵昌嗣回胶州的：

送学博赵百男归胶州

金门仙子育英才，诗酒凭凌何壮哉。

气震莫耶冲汉斗，唾生珠玉动风雷。

上林日近天颜喜，北阙云蒸泰运开。

彩凤重衔五色诏，夔龙端捧玉皇来。

赵昌嗣，字百男，胶州人，能诗会赋，擅长书法。以明经科历任东阿、齐河教谕，掌管文庙祭拜，教育所属生员。其父赵任十六岁就中了进士，御试钦定"天下第三才子"，官至大理寺右丞。生长在这样的家庭环境中，赵昌嗣自然是知书秉礼，才华横溢。

这首诗的字里行间透露出二人的交情至深，只有对赵氏本人及其家世有相当的了解才写得出如此贴切，毫无虚美夸张之意的诗来。

第四首是王宫臻在知县朱展也勘察水情时写下的。除了在康熙年间《齐河县志》中的职官志里找到这个人外，没有在别处找到其相关的资料，而且对他的介绍十分简单："朱谊泯，陕西临潼县人，选贡。崇祯十六年任。"

前面曾经提到王宫臻在崇祯十六年（1643 年）授通议大夫，本应出任陕西西宁道按察司副使，但因李自成农民起义军攻入河南未能赴任。那时他就回到了齐河老家，朱谊泯是崇祯十六年（1644 年）任齐河知县的，因此诗中的朱展也应该是朱谊泯。诗的全文如下：

赠朱展也县尉勘水

借栖黄绶称香吏，君更雄才障百川。

齐国水荒依佛子，玉堂冰署待诗仙。

鹏程初试摩天翮，鲲浪方知跨海船。

唾手千秋眼底事，漫夸鹢鹎伫砂前。

综上所述，康熙年间的《齐河县志》收录的全是王宫臻退居齐河后写的几首诗。古人云："尝一脔肉，而知一镬之味，一鼎之调。"我们也能从这几首诗中领略到王宫臻的诗风。

其实，王宫臻在当时是以文章诗赋而闻名于天下的。明末大学士施凤来在为《齐河王瑞卿德政录》作序中就说："余向之知侯者以文章，今兹知侯者以吏治。"也就是说施大学士在看到别人送来的《齐河王瑞卿德政录》后才对他的政绩有所了解。可见当时的王宫臻真的是文采斐然，以文闻名。

山不在高　有仙则名

在王宫臻退居齐河的十几年的日子里，以他固有的名望推测，来访者肯定是少不了的，而这些人中当然更少不了本地的官吏，这在他的几首诗中就已经体现出来了。当然这其中也不乏劝其入世降清者，但王宫臻矢志不渝，淡泊如初，那些说客也只能是自讨没趣。

王宫臻归齐后居住在村舍茅屋，衣食简朴。乡亲邻里，上至白发苍苍的老者，下至牙牙学语的婴儿，他都和蔼相待。不知情者都把他当成普通百姓，不以为是曾经的知府大人。康熙年间的《齐河县志》记载，王宫臻在齐河城的西北角购置一处庭院，名为积翠园。单单从名字上看我们就能想象出这个园子的郁郁葱葱，绿意盎然。里面的亭林花卉、小桥流水无不昭示着主人的静雅和别致。

在康熙年间的《齐河县志》的艺文志中我找到了三首以积翠园为题的古诗：

题王副使积翠园

施光辂（仁和）

问讯王维宅，城隅细路分。

松杉环水密，鸡犬隔林闻。

败砌余红药，荒亭卧白云。

可怜休沐地，唯有牧羊群。

积翠园

李涽仁（江都）

岁月丹崖结构深，名家诗句遍唐音。

画图云净开屏障，弦管风柔奏野禽。

把卷不妨终日兴，赏花常系一春心。

龙蟠树色千年在，风气遥看壮上林。

积翠园

王沄（邑人）

高人隐鹿寨，池凿小山阿。

水色映亭榭，莲香散薜萝。

濯缨红日近，把钩白云多。

欲领此中趣，应须载酒过。

　　关于施光辂和李涽仁我多少知道些他们的相关信息，前者字维殷，浙江钱塘（浙江仁和县）人。乾隆己丑（1745 年）中正榜。乾隆四十二年（1777 年）正月由内阁中书入直，官至叙州府知府。后者号芳崖，江南江都县（江苏省扬州市江都区）人，康熙乙丑科（1685 年）进士，康熙三十年（1691 年）任齐河知县。擅于审理案件，编有《治祝公移》。这是其在齐河任职期间审理的案件集成，收录判牍 20 件。透过这些判牍我们就能在一定程度上了解齐河当时的行政制度、社会经济、社会生活等方面。

　　至于王沄，在县志中除了这首诗，没有与他相关的任何东西。可以说他完全是因《积翠园》一诗而留名于《齐河县志》。说到这儿，我倒是觉得王沄真的该好好感谢王宫臻，好好感谢积翠园，要不然我们怎么会知道这齐河的历史上有个叫王沄的人写过一首名为《积翠园》的诗呢？

其实，何止王沄一个人呢？今天我们每一个齐河人都应该好好感谢王宫臻，他给我们齐河留下了一座丰碑，一座永恒的精神丰碑。

状元王杰为齐河人书写碑文

姜仲华　林海滨

前几年，齐河出土了清代的状元、首辅、翰林写的碑文。要考证明白此碑文，还得从二百多年前的清代的一段故事写起。

一、状元之手惊艳历史

乾隆年间的一天，紫禁城的乾清宫中茶烟袅袅，乾隆皇帝召几位军机大臣共商国是。中间休息的时候，乾隆皇帝起身更衣，几位军机大臣或闭目养神，或默默品茗，唯有和珅满脸堆笑，一双亮晶晶的眼珠，在各人脸上滴溜溜地转来转去。最后，他的目光落在了一位默坐的官员身上，那人中等身材，清秀挺拔，风度凝然。和珅心里不禁咯噔一下，自己是皇帝眼中的第一大红人，满朝文武无不畏惧，连皇亲国戚都巴结逢迎，唯有他例外，不仅不巴结自己，还在朝堂之上怒斥自己。和珅也曾想拉拢他，奈何人家不搭理，想找把柄扳倒他，奈何此人太过清正廉洁，丝毫无隙可乘。

和珅犹豫片刻，打定主意：先和他融洽融洽关系再说。于是和珅笑意盈盈地走到官员面前，拿起他的右手，笑着说："啧啧，状元的手真是好手，柔嫩洁白，宛如柔荑，太好啦，啧啧！"和珅满腹诗书，用的"柔荑"一词出自《诗经·硕人》中的"手如柔荑，肤如凝脂"。让他这么刻意讨好的人，可以说除了乾隆皇帝，全国上下绝无仅有了。

不料，那位官员端坐不动，连屁股都没抬，连个笑脸都没给，轻轻掣回手，冷冰冰地说："王杰手虽好，只是不能要钱啊！"

和珅如同被当众扇了一个响亮的耳光，笑脸顿时像霜打的茄子萎缩下去，一阵红一阵青，张口结舌半晌说不出话来，悻悻地回身坐到自己的座位上，气血翻涌——这不是说自己贪污受贿吗？自己到哪里不是一呼百应，今天竟然热脸贴上了冷屁股，还被当面揭短，是可忍孰不可忍！和珅恨得牙根儿发痒，决心一定要扳倒他，以解心头之恨。

这位官员叫王杰，状元出身，大学士兼军机大臣。这一个生动无比的细节，绝非小说家编造，而是清清楚楚地记载在清朝官方正史中，《清史稿》卷三百四十《王杰传》原文是：

杰在枢廷十余年，事有可否，未尝不委曲陈奏。和珅势方赫，事多擅决，同列隐忍不言，杰遇有不可，辄力争。上知之深，和珅虽厌之而不能去。杰每议政毕，默然独坐。一日，和珅执其手戏曰："何柔荑乃尔！"杰正色曰："王杰手虽好，但不能要钱耳！"和珅赧然。

和珅权势遮天，最擅以权敛财，他个人家产相当于清政府14年国库收入的总和，是中国历史上第一大贪官。

说起与和珅作对，人们自然想起清宫电视剧中刘墉、纪晓岚智斗和珅的情节。其实，这不是历史的真实呈现。刘墉在地方任职时间较长，与和珅交集少，被提拔为京官之后，面对和珅炙手可热的权势，刘墉很克制自己，史载"委蛇其间，唯以滑稽悦容其间"，在随波逐流中坚守底线，绝对不与和珅正面冲突。刘墉跟和珅的直接对决是在嘉庆四年（1799年），太上皇乾隆驾崩，嘉庆皇帝下令逮捕并查办和珅，有了皇帝命令，刘墉这才表现出了对和珅严厉、强硬的一面。而纪晓岚的官级，与和珅完全不在一个档次，不敢也不愿惹和珅。当代很多剧作家将王杰斗和珅的情节移到了刘墉、纪晓岚身上。

话说和珅无时无处地伺机报复于王杰，奈何王杰为官清廉，和珅实在找不到什么把柄。他听人说王杰在其家乡盖有"三王府""四王府"，如获至宝，好啊，你一个官员敢盖王府！便去乾隆面前告状："王杰看似忠臣，其实是个大奸贼，结党营私，贪污受贿不计其数，而且图谋不轨，他在陕西韩城的老家还盖了王府，应该杀头！"

乾隆大惊，马上派一名官员去陕西韩城查看，官员来到王家住宅一看，"湫隘如寒士"，一问起"三王府""四王府"是怎么回事，才知道这是当地人就其姓氏及排行所起，是开玩笑的称呼。乾隆闻报，特诏王杰、和珅进宫，对王杰说："你作为朝廷重臣，家宅太过简陋了，给你三千两拿去修修。"王杰大惊不解，谢绝了皇上的三千两银子。

这段故事载于《清稗类钞》，原文为：

乾隆朝，和坤枋国，韩城王文端公杰与之同朝，和尝倾之，谱于高宗，谓其家有三王府四王府。上因以密旨授陕抚，令其托故猝至韩城，亲视文端第，并询所谓三王府四王府者。既见，湫隘如寒士，其三府四府，则就其姓与行而戏呼之者也，以实密奏。一日，上谓文端曰："卿为宰相，而家宅太陋。"命赏内库银三千两修之，文端悚然不知所由。

王杰是清代史书中唯一记载的一位与和珅正面冲突过的官员。乾隆同时深知王杰的正直和才华，知道王杰这样的人是国家不可或缺的栋梁，极其信任，故而和珅多次想借乾隆皇帝之手除去王杰，没能办到。

二、书文双绝帝师宰相

王杰（1725—1805），陕西韩城人，清朝陕西第一位状元。王杰成为状元的过程，颇为独特。会试的时候，主考官将他定为第三名，第一名是后来成为大诗人的赵翼。殿试的时候，乾隆皇帝一看王杰的试卷，非常喜欢他的书法，直接把他拔为第一名，王杰因此从探花成为状元。因为书法好而成为状元的，历史上只有王杰一人。当然，他本来就是探花，才学是非常厉害的。

清代陕西的文化落后，历史上没有出过状元，据传说王杰中状元后，一位山东进士不服气，遇到王杰的时候，说："有一个对联还缺下联，请教状元郎如何？"面对这有备而来的为难，王杰不慌不忙地说："请讲。"山东进士说："孔子圣，孟子贤，自古文章出齐鲁。"王杰不假思索，张口对道："文王昭，武王穆，而今道统在西秦。"山东进士见他文才非凡，肃然起敬。

王杰能诗能文，他为沈阳故宫保和殿书写的楹联"夜雨闲吟左司句，时晴快仿右军书"，情怀雅致，对仗工整，为人称颂。

王杰在仕途上一直兢兢业业、克己奉公，从不阿从权贵。他因政绩逐步升迁至大学士、军机大臣。清朝不设宰相，但是设立四五位大学士，是最高级别的官员，相当于宰相。雍正皇帝时又设立军机处，军机大臣更有实权。无论朝廷还是民间，对有宰相之实的官员，还是称为"宰相"，如《清史稿》就说"大学士非兼军机处，不得为真宰相"。按照当时说法，王杰是大学士兼军机大臣，后来又担任首辅（首席辅臣），是"真宰相"。刘墉官至大学士，却没能担任军机大臣，虽然民间称刘墉为宰相，实则不算"真宰相"。

王杰性格耿直，在当皇子颙琰（就是后来的嘉庆皇帝，是乾隆与孝仪纯皇后魏佳氏所生的儿子）老师时，严加管教。有一次乾隆碰见颙琰被王杰罚跪，非常心疼，即令站起，对王杰说："无论你是否教导他，他都将成为天子，这难道不是君臣之道吗？"王杰答道："教育了之后，便是尧舜一样的君主，不教育便会变成桀纣一样的昏君，这是为师之道！"乾隆皇帝大为感动，说："如果能将皇子铸成大器，是国家社稷之福！"便令皇子仍旧跪下听教。

就是这双写出好文章荣膺探花、写出好书法让乾隆皇帝擢为状元的手，就是这双给嘉庆皇帝当老师批改作业、罚嘉庆皇帝跪下的手，就是这双辅佐两任皇帝治理天下的宰相之手，就是这双被和珅拿起赞叹而又让和珅丢尽脸面的手，给齐河留下了两幅书法。

三、大清河畔两块石碑

几年前，在齐河县晏城街道大清河畔的后甄村附近，出土了两块石板，均为 50 厘米见方，一块刻的是篆书，一块刻的是小楷，这是一组墓志铭，篆书的是外面的盖，小楷的是正文，字迹均清晰。

经辨认，墓志铭的主人为清乾隆年间齐河县城马家的马涵。

出土古代的墓志铭并不稀奇，而这组墓志铭，撰文者、书写者是状元、首辅、翰林，都是古代人功名的顶峰，这几人在清代都赫赫有名。发现这样的碑刻，在齐河历史上尚属首次，在省内、国内也不多。

篆盖的书写者王杰，清乾隆二十六年状元，书写此墓志铭时，他担任翰林院修撰、福建学政，后来成为大学士、军机大臣、首辅，为一代名臣。

正文的撰文者李文藻，山东益都（青州）人，进士，后来成为著名的金石学家、目录学家、藏书家，被誉为学术大师。

正文的书写者卜祚光，山东日照人，进士、翰林院编修、书法家。

篆盖的释文：

皇清敕赠文林郎、湖北德安府安陆县知县马公，暨配张孺人迁葬墓志铭（篆刻二方，一为"王杰之印"，一为"玉署仙班"）

正文的释文：

赐进士出身、候选知县、年眷侄李文藻顿首拜撰文（印章二方，一为"李文藻印"，一为"翰思"）

赐进士出身、翰林院编修、年眷侄卜祚光顿首拜书丹（印章二方，一为"卜祚光印"，一为"凝子"）

赐进士及第、翰林院修撰、福建学政、年眷侄王杰顿首拜篆盖（印章二方，一为"王杰之印"，一为"玉署仙班"）

公讳涵，字清渠，世为齐河人。父绍文，江南凤阳府通判。前母张氏、王氏皆赠太安人，母张氏封太安人。公生有至性，事亲以孝谨闻，读书敏慧，日授经数十板，作文惊其塾师，凤阳公剧爱之。乾隆七年四月二十九日以疾卒，年仅二十，无子。妻张氏同县国子生士鸿女，有壸行。既寡，数投缳，以救得不死。凤阳公命伯子封庶吉士渊之仲子见龙为公后，逾年而张又卒，与公合厝于城西之傅家村。公之母张太安人恸丧其子，久而不能忘也。吉士公乃为见龙援例授湖北德安府安陆县知县，赠公如其官，妻孺人，以慰公于地下，而上以博太安人之欢。及太安人与吉士公皆卒，吉士公伯子刑部山西司主事人龙，将以乾隆三十三年十月癸亥庚午日祔葬太安人于甄家村凤阳公之阡，三十四年卜葬吉士公。而见龙谋于兄，谓公生为凤阳公爱子，死而不可异兆，遂迁公及孺人于凤阳公墓侧，而嘱予为之铭。予与刑部乡试廷对皆同年，知其世为详，因叹马氏慈孝之风为不可及也，舅恤其子妇，兄念其弟子，孙推其祖父之所爱，一事而数者备焉，是于法宜铭。见龙为令有声，又好学能文章，其可以继公未竟之志矣。孙凤翥、凤翔。铭曰：啬其躬，行则丰；昌其后，天亦寿；迁其坟，近二人。

乾隆三十三年十月十六日

男见龙率孙凤翥、翔敬勒

碑文的意思，大致如下：

马涵，齐河县人氏，是江南凤阳府通判马绍文的儿子。自幼孝顺、聪明，二十岁去世。妻子张氏欲自尽随夫而去，被救下。马涵与张氏无子，过继大哥马渊的次子马见龙为子。张氏守寡数年去世。后来，马见龙通过捐纳担任了湖北德安府安陆县知县，父以子贵，朝廷封赠马涵为同样的官职，所以篆盖上称马涵为"皇清敕赠文林郎、湖北德安府安陆县知县马公"。文林郎，是指正七品文官这个"行政级别"。后来，马绍文、马涵的母亲张氏、马渊先后去世，马渊的长子、刑部山西司主事马人龙和弟弟马见龙进行安葬，二人商量了迁坟事宜，把几位长辈安葬在一处，请人为马涵写了墓志铭。

四、仕宦之家荣耀一时

马涵弱冠即逝，没有考取功名，也没有什么影响，王杰、李文藻、卜祚光三人为什么会给他的墓志铭写字、撰文呢？经笔者考证分析，认为关键人物是墓志铭中所记的"刑部山西司主事人龙"。此人是马涵的侄子马人龙，他是马渊的长子，马见龙的哥哥。

马人龙于乾隆二十四年己卯（1759年）考中举人，乾隆二十六年辛巳（1761年）年恩科考中进士。笔者查阅《清代进士题名录》，发现王杰、李文藻、卜祚光、马人龙四人都是乾隆二十六年辛巳恩科殿试考中的进士，殿试也就是文中所说的"廷对"，由皇帝亲自主持，他们都是"天子门生"，可以说是同学。

墓志铭是马人龙出面找的三位同学所写。

马人龙考中进士后，成为翰林院庶吉士，马渊父以子贵，被朝廷封赠"庶吉士"，所以文中称"封庶吉士渊"和"吉士公"。

马人龙，字友夔，齐河县城内（今山东省德州市齐河县祝阿镇北关村）人，历任礼部郎中、刑部山西司主事、四川司员外、福建司郎中、福建道监察御史、钦命巡视北城工部给事、中充则例馆提调总办、秋审鸿胪司少卿、己酉恩科湖南副主考加二级。与清代宰相王杰、著名诗人赵翼是同榜进士，齐河一带都称其为"马翰林"。他祖籍山东诸城，其祖先马德于明朝洪武年间（一说是永乐年间）迁至齐河西北乡（今齐河县华店乡华店街村），清朝初年迁徙到县城中。

马见龙是马人龙的弟弟，先后担任湖北省安陆县知县、湖南巴陵县知县、直隶广平府同知。在安陆县为官，多有惠民之举，百姓称颂。《安陆县志》中对其有记载："马见龙，山东齐河人，贡生。年未三十，精明干练，吏肃民安。乾隆辛巳夏大雨，山水骤涨，郡城关外自北至南半遭淹浸，西乡一带滨河居民乘屋脊，攀树杪，立高阜，颠沛流离，不堪入目。见龙乘马先驱，往来河干，觅舟载面饼往救，竭两昼夜力，全活无算。壬午岁旱，步祷白兆山，往返六十里，露顶炙热，日中至青莲桥，大雨如注，从者取雨具以进，见龙曰：'受一日之苦，苏万民之命，虽沾濡奚惜也？'卒冒雨归。后升同知去。"

清代齐河的马家是赫赫有名的仕宦之家，这个家族的血脉里始终不知疲倦地奔流着热衷仕宦的热血，几百年形成了一个庞大繁复的官僚关系网。以马人龙时期为例，马家就出了官居礼部郎中的马人龙，做了平阳府同知的马和龙，位列内阁中书的马犹龙，做了户部陕西司主事的马润，做了安陆、华容和巴陵知县的马见龙，做了太和县知县的马田龙，做了大理寺右丞的马云龙，做了台湾府知府的马夔升等。一时荣华尽归，达到了这个钟鼎玉食之家的最高点。马人龙在朝为官时与刘墉、纪晓岚比肩而立，三人过从甚密。纪晓岚与户部陕西司主事的马润是儿女亲家，马人龙曾经在刘墉的父亲刘统勋手下办事，深得刘中堂嘉许。

古人为了光耀门楣，写墓碑、墓志铭，都尽量请功名高、有名气的人。此墓志铭由王杰、李文藻、卜祚光三位"大腕"出手，一是由于马人龙和三人的同学关系，二是由于马家在朝野的影响力。

五、学者名宦风采动人

除了王杰，另外两位作者也是有性格、有故事的名人。

李文藻（1730—1778），益都（今山东青州）人，天资聪慧，中进士后在广东、广西担任知县、同知，是著名的藏书家、金石学家及文学家。他对金石碑刻搜罗尤富，凡经过学宫、寺观、岩洞、崖壁，必停留观察，一发现碑刻，就让随从拓印。他是一位"书痴"型的大学者，痴迷到废寝忘食、耽误公事的地步。一次，他奉命出迎总督，中途在南海庙中小憩，发现有许多碑刻，爱不忍释，便秉烛拓印，竟夜不止。到天明一问，总督的船早已驶过多时了，追之不及。耽误公务、轻慢大员，这可是要受处分的，而他却拿着忙了一晚上的拓片成果，喜不自胜。因为痴迷于学问，他对仕途十分淡泊，以致毫无长进，但却因此在治学方面取得了卓著的成就。他积学深厚，胸藏万卷，写诗作文，皆有独到见解，名动京师。

卜祚光，日照人，考中进士后入翰林院，曾出任延安守备、榆林兵备道、潼商兵备道等地方官职。之后，调升正三品的按察使，他以回家奉养父母为理由拒任，辞官回乡。卜祚光正直豪爽，廉洁奉公，才高多能，深受朝廷器重和百姓爱戴。他生有傲骨，不肯委屈巴结。据说，卜祚光在翰林院时，有一回，乾隆的皇后召见他，卜祚光参拜毕，肃立听命，皇后见他器宇非凡，赞道："宫里如果有这样的太子，那该多好！"此时此刻，心思活络、善于攀附的人，会赶紧跪拜，谢恩口称"儿臣"的，以后跟紧皇后，前途无量。卜祚光却低头肃立，一语不发。皇后以为他没听见，就又大声重复了一遍，卜祚光仍无反应。皇后再次用更高的声调又说了一遍，卜祚光仍不跪拜谢恩。皇后闹了个无趣，哼了一声，说："你还是回翰林院做你的小翰林去吧！"卜祚光谢恩退出。这真是"性格决定命运"。据说卜祚光拒任按察使（管司法的正三品官）的原因不是别的，而是无法同和珅打交道。当时和珅贪赃枉法，劣迹昭著，但权大势大，无人敢碰他。当按察使，若严明执法，势必触犯和珅，其结果会打虎不成反受其害，若徇私枉法，对上则有负于朝廷，对下则有愧于百姓。权衡一番之后，他还是急流勇退，辞官回乡。

这是齐河首次发现清代状元、宰相、翰林书写的碑刻，是齐河文化历史方面的一件大事，值得继续研究。值得高兴的是，近日齐河又发现了王杰所写的另一块碑刻，是他最擅长、令乾隆皇帝欢喜赞叹的小楷，其字如夏荷初绽，秀逸绝尘，尽善尽美，神采非凡，令人不忍移目，足可以作为书法字帖印刷出版。这是一个更大的史料，值得深入挖掘。

华大先生

——我的一位远房曾祖

华　锋

在清朝乾（隆）嘉（庆）年间，山东省齐河县仁和乡（今焦庙镇）红庙村出了一个很有名望的人物，叫华怀奇。由于他在兄弟中排行老大，人们便称他华大先生。华大先生一生坎坷，三次经历家道中落，但他的德行一直为人们称道。特别是他还债的故事，令人敬佩。

华大先生童年时读私塾，表现出超出一般孩子的禀赋。老师所授课目，他领会极快，并且能触类旁通。老师很诧异，认为他是个奇才。因为他属于"怀"字辈，便被取名"怀奇"，表字"罕有"，意思是说像这样聪慧的孩子十分罕见。可是，略微长大一点后，他就有些任性和不受约束。人们担心这样下去可能要把他放纵坏了。他的父亲在乡里也是个知书达理的开明人物，曾严肃告诫他："读书学习就是为了不断检查约束自身，任性放纵不是明白人所为。"从此以后，华大先生就严格要求自己，不再任性放纵，孝敬父母，善待兄弟，与人交往讲究诚信忠厚。他用心去理解所学儒家经典，并努力落实到自己的行动之中。因此，老师、朋友都很器重他，认为他将来能成为个不一般的人物。

可是，正在他努力攻读之时，赶上家境败落，父亲没能力供他读书，他就辍学了近两年。后来家境稍微好一点，他又恢复了学业。这时，正赶上齐河县知县柳世珍重视教育，他便得到了知县柳公的赏识，在县试时被选为一等，当年便考中了秀才。于是，华大先生就远近闻名了。

谁知，天有不测风云。就在他考中秀才的第三年，父亲去世。因为他在兄弟四人中排行老大，家中的重担便落在了他肩上。自此，他就开始全面掌管家务。此外，他不仅教几个弟弟读书，还当私塾老师，教本村和附近村庄的儿童。他努力践行孔子的"有教无类"，遇到可造之才，无不尽力培养。他的学生中考中秀才吃上廪米的有很多人，有一部分还成为贡生或拔贡。他本人也在多次科考中取得优等，认识他的人都认为他能在将来的科考中夺魁。

华大先生在掌管家务、执教私塾的同时，还学习了医术。灾荒之年，他凭借自己的医术救活了很多人，但他并不在意人们的回报。因此，本地百姓都十分敬重他，敬重他的学识渊博，敬重他的医术精湛，更敬重他的道德高尚。可是，不曾想他又经历家境败落。本来一个相对富足的殷实之家，这一次败落到连吃穿也不够的境地。但是，他处之泰然，安贫守介的志向一点也不变。他是长子，父亲不在了，几个弟弟年少，他就勇敢地承担起家庭的重担，对母亲更加孝顺，不因家境贫困而减少母亲历来要吃的好东西。人们都说，家境这样了还如此孝敬母亲，真是一个大孝子。

在家中孝顺母亲，爱护兄弟，在社会上也绝不因家境变故而降低自己的人格。华大先生的先辈是靠油房起家的。到了他这一代，虽然生意大不如前，但仍然是家中重要的经济来源。当时的

华大先生马上派人按应该还的原数把钱还给了人家　高义杰／绘

习惯，贩油的人多是先赊着进油，过一段时间再还人家的油钱。那一年，华大先生的儿子与店铺的伙计从章丘县天成店赊着进了一批油，打算卖掉了这些油先去还以前的陈债，之后再带着现金去还人家这批油钱。不料，章丘县天成店的老板误把油钱二百贯记成了二十贯，收钱时按账本上记的二十贯收了。派去还债的人回来后讲述了这件事儿。华大先生听了非常着急，说："怎么会出这样的事儿？虽然责任不在我们身上，但我们心里明白，不能让人家吃哑巴亏。否则，这一件事儿，就要把我们几辈人清白名声染成黑的了!"于是,华大先生马上派人按原数把钱还给了人家。章丘天成店的店主人非常高兴,佩服华大先生诚实守信。这件事儿,在当地传为佳话。

华大先生去世多年后,他的学生钟离元善在写华大先生的墓表时专门记载了华大先生这一诚实守信的故事,并说:"希望百年之后,得到先生信息的,莫不对先生其人其事感兴趣。"墓表最后称赞华大先生:"卓卓先生,才高意远。达人知机,君子务本。性瀹其灵,致用以经。口若悬河,目若曙星。经德秉哲,体道居贞。履信思顺,实茂声英。物与和风,材予化雨。山峙万年,水流千古。"

华大先生诚信的故事,文字记载虽然非常简单,但"窥一斑而知全豹",由此我们可以窥知其高尚品行。这是今天十分值得我们传承并弘扬的。

黄河文化的家族密码

——齐河老城马家漫记

解永敏

一

从乡村长大的人都有很浓的乡村情结，思考问题总忘不了田野。乡村的各个季节是由田野和庄稼分出来的。农人们都知道，什么季节种什么庄稼，什么季节长什么庄稼，什么庄稼在一个季节的什么时候长成什么样子，这都是有定数的。而一个地域或一方人文也是这样。地域与文化有关，人文是文化的产物，比如齐河老城的家族和村庄，甚或某一处水塘，都与黄河和黄河文化紧密联系在一起。

一点都不错，黄河多像一根绵延的藤蔓，在西部冒出细嫩的芽尖，而到了东部却结出了一串丰硕的果实。正是这样一条绵延的藤蔓，组合成了黄河文化深奥的生命密码。

应该说，坐落于黄河岸边的齐河老城，沾了黄河的光。奔腾的黄河水将这里冲击成一个童话里的胜境，又让这里显现出一幅曾经的现实生活画卷。无论是经济还是文化，这里都有过辉煌，但随着日月更替和二十世纪七十年代初的老县城搬迁，一座烟雨八百年的城郭只留在人们的记忆中了。好在记忆里同样有温馨，有思考，有感慨，更有鲜活的人物蹦出来。当年齐河老城里的马氏家族和一个个马氏人物的背影，似乎也就成了一座城郭的绝响。

此刻，我站在齐河老城东面的黄河大坝上，望着不远处马家老宅的旧址，想象着马家曾经的辉煌，或深或浅的心绪随着一缕清风氤氲到了历史的深处。

这里的房屋早已被拆掉了，不远处高耸的新住宅楼拔地而起，气势恢宏的黄河大桥壮美绝伦。一位齐河老城的房姓人氏指着一片混乱的瓦砾告诉我，那里原本就是齐河老城马家的主要宅院。小时候家父和朋友时常唠起，说马家曾是齐鲁有名的大财主，四合院分布在老城的多个位置，青砖小瓦，大院套小院，起伏有致，古香古色。而马家的坟墓也同样宏大，有石人，有石兽，神气逼肖。清朝有名的政治家，历任刑部尚书、工部尚书、吏部尚书、内阁大学士、翰林院掌院学士及军机大臣等要职的刘统勋，就是马家的女婿，他的儿子刘墉是马家的外甥，父子俩曾给马家祠堂题写过匾额榜书。

泱泱齐河，天赐之地，烟雨八百年，风尘一路走。知道齐河老城的人几乎无人不晓马家，这个家族有人物、有故事，而人物和故事说到底还是靠家族文化支撑着。在齐河这方土地上，人们忆起的往事，上至皇朝厅堂，下到乡村小巷，似乎无不与马家有关。一个将被遗忘的"水边望族"，黄河的滔滔之水给了他们灵气，也给了他们水边的遗响。

说到马家的兴衰与幻灭，最先想到的当是《诗经》里的一句话："溥天之下，莫非王土；率土之滨，莫非王臣。"苍天之下没有一块土地不是天子的，生活在这片土地上的人们，谁都不可能不是王的臣民。很多年前，马家似乎就已有了"王"的仙气。

"想了解老城里的马家？说起来话就多了。马家出了很多人物，在京城和其他一些地方都曾有他们家族做官的人，而且有的人的官职还做到很大。不仅如此，马家还出了一个外甥也是响当当的人物。当然，马家也出过街痞，比如马三彪。"

说这话的是一位年近九十的官姓老人。老人家住齐河老城外的八里庄，只是一个默默无闻的人物。但老人对齐河老城里的一些人和事，却知之详尽。听说我要了解齐河老城的马家，他笑了笑，说还真知道一些，因为打小就听老人们说来说去，很多人和事不只听了一遍两遍，而是听了无数遍，还是无数人在说。

"什么事听多了，也就忘不了啦。"老人说。

"你不是齐河老城里的人，怎么也能听到那么多人说齐河老城的事？"我说。

"齐河老城的事，可不光齐河老城里的人知道，十里八乡的人都知道，人们没事的时候总拿那些人和那些事说过来说过去，也是一种解闷吧！"老人说。

"早些年马家在齐河老城的位置你很清楚吧？"我说。

"当年齐河老城的东半部，大隅头东南角是翰林第，西南角是商家大院，西北角是耶稣教堂，东北角就是马家大院。"老人说。

老人所称的"大隅头"，是当初齐河老城的大十字街，由他的述说与一些资料拌和在一起，也就使马家成了齐河这方土地上的一种历史一种文化。而在人们对马氏家族历史的某些情绪中，又派生出了一种最世俗的力量。

二

"黄河本身就是悲中见壮的史诗,这样一条河流也是一条血脉,从骨头里滋养着我们这个民族,甚或一个家庭、一个人,都深深打上了黄河文化的印痕。"世纪之初,曾在北京与一位老作家有过交谈。老作家听说我的家乡齐河县坐落于黄河边,感慨地说了上面这段话。

水是生命之源,千百年来古老的黄河以其丰美的乳汁哺育了中华民族,以万古奔腾之源孕育了斑斓多彩、博大精深的黄河文化,推动了华夏民族思想文化、科学技术的发展。而黄河边上的许多人家,正是借助黄河博大精深的文化,壮大了一个又一个家族。早年省城济南与齐河民间就有一句口语:"齐河马家,高唐郝家,章丘孟家。"虽是民间口语,却道出了一些地方的著名大户。而在齐河老城,也同样有"郝家的文章,马家的宰相,房家的牌坊"之说,这也是老齐河坊间私下议论的"水边望族"的"三大样"。

有资料显示,齐河老城的马家是一个以读书仕宦而闻名的大家族,其祖籍山东诸城,明永乐年间迁居齐河,先定居华店,后又迁居齐河老城,世居县城北关,六百年来嗣续繁昌,名人辈出,享誉大江南北。

"如今为何出不了马家那样的大户?"九十岁的官姓老人曾不止一次地感叹。看得出,曾经马氏的辉煌已深深镌刻在老人的心房里,他羡慕马氏的过往,也羡慕马氏的家风。他说马家人虽也出了个败家子马三彪,但大多子嗣有顶让人仰慕的名号,比如翰林大学士。

"翰林大学士，可是个不小的人物！"老人说。

"您知道翰林大学士是做什么的吗？"我说。

"是皇宫里专门给皇子皇孙当老师的吧？"老人说。

"那得多大的官？"我说。

"三品以上，还必须是进士出身。"老人说。

老人知之甚多，令人叹服。这也看出了当年齐河老城马家的影响力。当然，如此令人敬仰的马家，说到底充斥着的不过是两个字：文化。

老人对马氏大户的感慨与羡慕，也引发了我的思考。

刚读一年级的时候，还没认识多少个字的我，每到春节都喜欢约着一同玩耍的小伙伴到这家那家念对联。大门上的对联和室内家堂轴子两边的对联不一样，大门上对联的内容多与祈福和向往有关，比如"精耕细作丰收岁，勤俭持家有余年""和顺一门有百福，平安二字值千金"等；而室内家堂轴子两边的对联多与文化和家风有关，比如"仁爱立身宽，勤俭持家长""诗书传家久，孝悌立根基"等。一些全家都是文盲的人家，也喜欢过年时把这样的对联贴到门上或挂在堂中，向往家族能像对联上说的，早晚有个令人仰慕的门第。

父亲是个文盲，几乎一个字都不认识，十二岁时就赶着毛驴东到济南，西到聊城倒腾生活用品。从济南或聊城批发各种日用货物回来，再送到本地一些货栈，从中赚点差价钱。父亲弟兄四个，上有一个哥哥，下有两个弟弟。他曾对我说，他十二岁开始倒腾货物，为的是哥哥和弟弟能念书识字，可惜的是哥哥弟弟们识了字，他却成了睁眼瞎。好在父亲很明白，说无论弟兄几个，必定有一个要做出牺牲，替父母承担责任，把一家老小照顾好。

父亲就是那个替父母承担责任的人。齐河老城的马家，据说同样有人替父母承担责任。在齐河老城周围的一些村庄访遍八十以上高龄的老者，都说有这么回事，但具体详情却说不清楚。太久远了，一个"水边望族"的遗响，只能靠一点一滴的文化细节渗透一方乡域，渗透人们的心灵，至于这个家族内部某些隐秘详情，好像也无须知晓。

在漫长的史前时期，黄河流域的先民以极其原始的手段与自然抗争，每造出一只粗糙的砍砸器或刻好一个原始符号，都意味着向文明迈进了一步，也向后世证明了黄河流域是人类文明的源地，是华夏思想科学文化技术生成发展的源头。而一个"水边望族"的兴盛与幻灭，浓缩的不仅是中国近代史的所有悲欢离合，更象征着一个古老民族原有生态的合理存在，其影响力常常超出人们的想象。齐河老城外八里庄的官姓老人告诉我，他有四个儿子，六个孙子五个孙女，竟然一个大学生也没出。如今离马家当年的辉煌已很遥远了，老人却一次又一次想起马家，他心里总是犯着疑问，人家培养的孩子怎么那么优秀？

"不光是钱财的事，家风和家传很起作用。"老人说。

"为什么？"我说。

"有些人家也很有钱，同样不出人才。"老人说。

"是不是与门第有关？"我说。

"当然，不出有影响的人物，何谈门第？"老人说。

老人十分推崇齐河老城的马家，说虽然给孩子们讲了几十年马家的故事，却一点作用也没起，该不成事的还是不成事。老人说马家并不是开始就是大户，也并不是开始就出人才，也是像大多数人家一样，从一点一滴的日子过起来的。马家传到第六代马传朝时，才受到朝廷的表彰并立了牌坊。到了第八代，才正经地被人们所瞩目。此后，一个个光环接踵而至，紧紧地套在了马家人的脖子上，子孙们便以做官为荣，一直到中宪大夫、礼部郎中的马人龙达到顶峰，成为齐河老城真正的官宦文化家族。

三

因为年代久远，关于马家某些人物的细节难免掺杂着无数猜测和街谈巷议，但拨开历史的烟云，老齐河马家清晰的背影依然还会显现出来。

老齐河马家人物众多，得拣重要的说。最重要的当属马人龙，马家做官做到最大的人，却与"奴才"沾了边，还竟然被后来的鲁迅先生拿来说事。鲁迅一生憎恶奴气，屡说中国人奴性重，其小说《阿Q正传》对国民性中的奴性也做了某些揭示。

鲁迅有篇杂文叫《隔膜》，里面有这样一段话："满洲人自己，就严分着主奴，大臣奏事，必称'奴才'，而汉人却称'臣'就好。这非因为是'炎黄之胄'，特地优待，赐以嘉名的，其实是所以别于满人的'奴才'，其地位还下于'奴才'数等。"这篇杂文所说之事，正是齐河老城马氏家族的马人龙所为。

据悉，"奴才"一词虽含鄙意，在清朝典章制度上却有着特殊的位置。乾隆皇帝曾明确规定，奏事时"奴才"只能由满人官员所用，汉人官员则要称"臣"。这样划分当然不是因为考虑到汉人是炎黄之胄，特此优待，而是加以区分谁是家人，谁是客人。汉人自然是清朝的客人，因此"臣"虽好听，实则比"奴才"还要低上一等。乾隆三十八年（1773年），满臣天保和汉臣马人龙共同上了一道关于科场舞弊案的奏折，因天保名字在前，便一起称"奴才天保、马人龙"。敏感的乾隆皇帝看完奏折大为恼火，责斥马人龙冒称"奴才"，便规定"凡内外满汉诸臣会奏公事，均一体称'臣'"，就是不让汉臣称"奴才"，宁肯让满臣迁就汉臣也称"臣"。

有资料显示，马人龙生于雍正八年（1730年）四月二十四日，卒于嘉庆三年（1798年）正月二十五日，阳寿六十九。民国《齐河县志》载，齐河华店镇华店村西曾有一条无名河，马人龙逝世后葬于此河西岸，但该墓于"文革"中被破坏，现已难觅其迹。

马人龙是马家唯一通过科举考试取得进士者，清朝学者章学诚所作《授中宪大夫礼部郎中前工科给事中松云马公墓志铭》记载，马人龙父祖两世皆以马人龙显贵获封中宪大夫刑部福建司郎中，据文献记载，马人龙"天姿英毅、岐嶷早征，八岁能属文，弱冠补县学生。乾隆二十四年随举京师，获上第。二十六年上礼部试，赐第入翰林散馆，改授刑部山西司主事"。

亦有资料显示，马人龙任职刑部近十年，其才能得到刑部尚书、大学士刘统勋的肯定。刘统勋老家山东诸城，在朝廷权威无匹，当时没人敢质疑他的观点，可谓说一不二。马人龙却能明辨事理，与刘统勋据理力争，多次反复而不疲倦。因此，刘统勋识他为奇才，倍加喜爱，上书皇上，让他视察全国各道与府。

马人龙不仅是齐河老城马家的荣耀，更是齐河历史上的一位才俊。马人龙任礼部郎中四年退休还乡，休养期间他把家务交给弟弟，自己专注于培养孩子们读书学习。

透过历史的烟云能够清楚地看到马人龙的文官背影，可谓集官声文名于一身。后人称其完全能与同时期的刘墉、纪晓岚比肩。章学诚为其所撰墓志铭，足以显现其政运通顺、文章风流的一生。民国《齐河县志》载，马人龙曾写过一篇《义士王宪章先生传》，叙述生动，颇具文采，其官宦生涯几乎为人所忘，而其所作诗篇依然被乡亲们口口相传。

四

任何"水边望族"的存在都有其存在的合理性，而合理性的文化密码与水紧密相连。没有水，这样的家族也许难以存在，即便是存在也许也难有影响，仅仅是一个有着书香门第气息的家族而已。因而，傍水而居多灵性，清幽自得有传承。

还是初中毕业的那年夏天，我和几个同学骑自行车跑四五十里到齐河老城拍毕业照。拍完毕业照，又在南坦看了黄河，便躲过摩肩接踵、熙熙攘攘的人群，去到老三中对面一处幽静的院门旁边。那院门看上去有些精致，却也被那个年代的色调占领，很好的古典式大门漆得满身通红。我举头四顾，天上阳光正烈，门前槐树莹绿，不远处的房家湾水波荡漾。后来，我找到一条偏僻的土路，径直往里走去，几个弯一转，几丛树一遮，前前后后只剩下我一个人。土路很狭，好些地方几乎被树丛拦断，拨开枝丫才能通过。农村进城的孩子见什么都新鲜，我心里正纳闷这里咋和乡村无二致？便又见旁边多了一些坟堆，坟堆上荒草迷离，坟前有一些石碑，苍苔斑驳。一阵热风吹过，几声老鸦鸣叫，我心里一颤，便又忙忙地往回走，还边走边想，这一片苍茫之地也够劳累的，那边门上负载着现实的激情，这边的坟堆里埋藏着历史的隐秘。

不久前与出生于齐河老城西北街的战友聊老城，说起当初时，战友说那里已是城外，人称马家园。我说马家不是占据着城里的好位置吗？战友说马家也分三六九等，穷人搬出城到了马家园，在城里生活成本太高，他们不堪重负。马家园已是农村，在农村随便有口饭就能活下来；富人依然居于城中好位置，宅院越建越好，可谓一处处马氏庄园。如此，方知马家园并不完全代表齐河老城的马家，更具代表的还是那些当年居于老城里的富贵人家。一天傍晚，我再一次去到齐河老城遗址，那里已是空旷的田野，有放羊人赶着羊群在寻找生长青草的地块，偶尔还能看到几截残破的矮墙矗立在现实的夕阳里，似向后人述说着无数个古老而悲凉的家族故事。

大凡"水边望族"都泽水而居，听河流滔滔，赏四时之花，闻群鸟欢唱。而水的灵动又反过来涤荡出人世间最有性情的文化，将家族文明的脚步深深镌刻在河边。看吧，起步于青藏高原巴颜喀拉山脉的黄河，风尘仆仆来到这里，陡然变得壮丽嵚崎起来。它由西南款款而来，然后拐了个大弯向东去了，显现的是水的智慧和灵性，还有水的激情与昂然。水的智慧使其放纵无羁，变幻莫测，能屈能伸，因地制宜，随物赋形；水的天性又使其欢喜自由，期待平等，顺坡而下。作为"水边望族"的马家，无不如水一般随方就圆，其家规家教传递出的价值取向，也就决定了这个家族人才成长的程度和家族的影响力。马人龙的二弟马见龙、三弟马犹龙、侄子凤翔后来都中了举人，而他的两个儿子凤章、凤纶，同样学业优秀。他的二弟马见龙先后做过华容县和巴陵县知县，三弟马犹龙是内阁中书。马家可谓门庭光大，人才辈出，书香远溢。

有资料表明，马家还是清代著名帖学大家、浓墨宰相刘墉的姥姥家。刘墉的父亲乾隆朝的一代名臣刘统勋是马家的贤婿。而马家有这样的贤婿和外甥，竟没沾上什么光，还差点儿被连累。乾隆三十八年（1773年）十一月十六日，领班军机大臣、东阁大学士兼管礼部、兵部、刑部事务的刘统勋，像往常一样乘轿上朝，行至紫禁城东华门外时，人们发现"舆微侧，启帷则已瞑"。乾隆帝闻讯后，急派"福隆安赍药驰视，已无及"。

刘统勋死后，乾隆帝痛哭流涕，甚至亲临其丧，"赠太傅，祀贤良祠，谥文正"。乾隆帝对刘统勋评价极高，赞之"十余年黄阁，总兼部务仍叶，遇事既神敏，秉性原刚劲，进者无私感，退者安其命，得古大臣风，终身不失正""统勋乃不愧真宰相"。刘统勋确是一代名臣，更是一代清官，但他生前却曾遭抄家，并全家被打入监牢。乾隆二十年（1755年），清朝西北边疆亲王的辉特部台吉阿睦尔撒纳发动叛乱，乾隆帝一边调兵遣将，一边派刘统勋前往陕甘办理军需事务。这时阿睦尔撒纳率军袭击清军，清朝前线主将班第、鄂容安兵败自杀，萨喇尔被俘，全军几近覆没。身为西路定西将军的永常赶紧率军撤往巴里坤，因担心兵力不足，他向刘统勋求援，要求将陕甘军队调往前线。刘统勋得知前线军情紧急，给乾隆帝上了一折，却引火烧身。其奏折主要是求皇帝允许大军撤到哈密，以图后计，但因交通迟缓乾隆帝此时还没得到班第、鄂容安兵败自杀的消息，见刘统勋此折便非常生气，指责"刘统勋作此种种乖谬之语，贻误军事。且班第等在伊犁系办理军务大臣，刘统勋并不与永常亟谋安接台站，竟奏请退回哈密，而置班第等于不问"。最后，"刘统勋著革职，孥解来京治罪。伊子刘墉亦著革职，孥交刑部。永常子额勒登额著革职，在军营效力。永常、刘统勋在京诸子，并著孥交刑部。所有各本旗籍及任所赀财，并著查出，为偿补军需马匹之用。"不仅刘统勋被免职治罪，他的儿子刘墉以及其他在京的儿子也全被逮捕，下到刑部大牢之中。此外，乾隆还下令抄家，将刘统勋家的财产全部充公。后来乾隆帝得知详情，又赦免了刘统勋一家，再度任命其为刑部尚书，负责治水工程。

悲凉凶险的仕途，凄凄惶惶的人生。云雾淡去的天幕下，依然扩散着紫色的忧伤。对于马家来说，这是他们的社会关系，也是一种门庭的荣耀。还有一件事，似乎更令马家荣耀。因电视剧《铁齿铜牙纪晓岚》而家喻户晓的清代大学士、睿智才子纪晓岚，竟也与马家有关。

老《齐河县志》中收有纪晓岚的一篇《户部陕西司员外郎马公墓志铭》，所述马公是马家的马润，他和纪晓岚是儿女亲家。即便如此，马润能被"一代文宗"纪晓岚推崇，也是一种大荣耀。当然，马润年少聪颖，有过目不忘之本领，还得过县试头名，后做了户部分管陕西省财务的官员，曾为乡里捐粮千石，还自掏腰包修缮大清桥。他做官也忠于职守，处事公道，不徇私情，又不死板呆滞，而将被重用时却念及年迈老母，请辞归省，朝夕服侍老母，直到高寿而终。纪晓岚写马润后来之事，称之"公亦壮怀日减，自揣再入曹司，非复昔日少壮比，遂以未竟之志付之子孙，而林泉终老矣"。如此之马润，可谓冷眼观仕途，潇洒度日月。

五

黄河是一张绷架在中国大地上的巨弓，有时弹出去，有时弯进来，散发着的是奇异的张力和引力。这样的张力和引力演变成一种文化浸进人们心田，聚而不散。

齐河老城的马家多年伴黄河而居，似乎也被一股引力牵拽着。无论做大官，还是做小官，到了一定程度他们都忘不了回归故里，或"纯孝"老辈，或授业桑梓。

除上述人物，马家还有一双兄弟和后人马森。

一双兄弟是马绍文和马绍尧，其父马绵禄。据老《齐河县志·孝义志》记载，马绍文育有四子，分别是马渊、马润、马涵、马泓，其长子马渊之子便是马人龙。如此，马绍尧是马人龙的爷爷辈，马人龙是马家做官做到最大的人，先行述说。马绍文辞官回乡伺候老母亲的事，很多上了年纪的老齐河人说起来也无不为之动容。

据《齐河县志》记载，马绍文字丹亭，号岐生，年少好学，品行端正，十六岁补诸生，天赋习文，文章通晓流畅，常能出奇制胜，为儒生士子所推崇，后入成均（学校），雍正六年（1728年）任江南凤阳府通判。

古代的通判为正六品，相当于现在分管农业、司法、民政等工作的副职领导。古代在州府长官下掌管粮运、家田、水利和诉讼等事项，对州府的长官有监察责任的官员，又名同判，因有所避讳，亦称通判，是兼有行政与监察于一身的官员。

马绍文任通判的江南凤阳，历史上就是自然灾害频发之地，民生艰苦，条件落后。马绍文暂时代管所辖五河县期间，目睹了民众疾苦，内心极度煎熬，便自掏银两为无力上缴赋税的百姓代缴。当地有人家嫌弃女婿家贫，反悔将女儿许配给此贫穷之人，便谎称女婿亡故要退婚。马绍文查明真相，判不准予，并送给女婿金三十，催促完婚。成婚后，小两口将余钱做本成就了小生意，并逐渐富裕，终成大户。

有资料显示，马绍文为人厚道，做官正派，断事公正。曾有士子与穷人为田地打官司，士子欺负穷人不识字，诉状颠倒黑白，伪造证据。马绍文细心体察，当庭进行训斥，使士子无地自容。而且他还精通医道，辞官回乡后精心为乡邻诊病，不收分文。每年隆冬，他都自掏银两为饥寒者开设粥场，送衣御寒，数十年不间断，成为众人称赞的乡绅。

马绍尧和马绍文同是官宦之人，不同的是马绍尧虽有奉直大夫的头衔，却没出门做官。

马家以"纯孝"闻名，马绍尧在这方面做得很是出色。父亲去世后，他唯母命是从，即使为难，也尽力成全。外出先说于母亲，并算好归程，即使雨雪遇阻，也想尽办法赶回。进屋必先见母，嘘寒问暖。一次他登泰山为母祈寿，归时遇风雪。因惦念母亲，他顶风冒雪往回赶。母亲病重时他寸步不离，喂药喂食；母亲去世时，他悲痛欲绝，终日哭泣，守孝三年不露嬉笑，不食酒肉，被后人称作"公之孝友，允克继高，曾也"。说他的端行可与曾子比肩。

马森是一个当代人。他在 2009 年上海人民出版社出版的散文集《旅者的心情》后记中称自己出生在"山东省齐河县的黄河之滨，自幼沐浴在齐鲁文化的风情中，是地道的黄河儿女，但因离家时间久远，今日反成他乡之客"。马森童年和少年因战火颠沛流离，1949 年前曾在济南、北京读中学，1949 年到台湾先后在淡水、宜兰学校就读，总算完成高中学业，并考上台湾师范大学国文系，大学毕业后进入师大国文研究所深造。

而查百度显示，生于 1932 年的马森是当代小说家、剧作家、文学评论家，台湾师范大学文学硕士，曾赴法国研究戏剧、电影，并入巴黎大学博士班研究文学，后获英属哥伦比亚大学博士学位。他还在法国创办了《欧洲杂志》，先后执教于法国、墨西哥、加拿大、英国伦敦大学等，足迹遍布世界四十余国。返国后，先后执教于台湾师范大学、成功大学、南华大学等，一度兼任《联合文学》总编辑。著有小说《夜游》、寓言《北京的故事》、文论《东西看》、散文《墨西哥忆往》等数十种。

不能不说，马森同样是齐河老城的一声绝响。他曾在很多文章中说到故乡齐河。2011 年 1 月，他编剧的话剧《花与剑》在北京剧院公演，剧中讲述了一个漂泊海外的游子回到家乡寻找父母的故事。二十世纪八十年代后期，他亦曾回到齐河寻找记忆中乾隆御笔的"中宪第"老宅。面对荡然无存的老城，马森内心十分怅然。终于发现老宅后院的一棵酸枣树还在时，他竟激动得泪水涟涟。后来在《重归故里》的文章中，他冲那棵酸枣树大释情绪："不错，这正是我家后院楼前石阶下的一株酸枣树。小时候见它经常在半枯的状态中，却每年也结出不少足以逗引鸟雀的酸枣来。那时候大概除了我，没有人对这种捣牙酸齿的小枣有任何兴趣。其余的几株本来十分繁茂的石榴树则全不见踪影。这株酸枣树大概正应了庄子所谓的无用之木的好处，居然挺熬了三十多年，不但未被人砍伐，也未曾枯死，反倒更为高大旺盛了……"谁能说，这样的情景不是现实中的《花与剑》呢？

追寻"水边望族"的踪迹和黄河文化的史事，以认识那些对当代人来说还无疑是陌生神秘的家族——哪怕是浮光掠影，哪怕是小写意般的鸟瞰，也能给人以启迪。齐河老城的马家几乎没留下斑斑可考的详尽史迹，关于这个家族的史料也是粗略、零碎，真实的故事又大多夹杂着传说，甚至这个家族的宅地和墓穴都有着神秘的色彩。但面对一座消失的城郭，我们似乎明白了马家为什么在这里产生，又在这里消失。

治河名臣的齐河记忆

张玉华

水际孤城面面悬，
谯楼危倚大河前。
硪声唱与鸿嗷和，
帆影飞随雉堞连。
古渡空余杨柳色，
荒村齐挂鹭鸶烟。
几番欲把流民绘，
满目苍凉画不尽。

清朝光绪年间，山东巡抚、治河名臣张曜，在《查勘齐河水灾有感》一诗中，描写的黄河决口后齐河老县城被洪水淹没时的悲惨场景。一句"满目苍凉画不尽"道不尽受黄河水灾之苦的齐河人民的无助。

光绪十二年（1886 年），张曜调补山东巡抚。到任后，防范水灾，狠抓治河工程。处于黄河大拐弯处的齐河，由于险工连绵不断，数次决口，而成为张曜重点关注的地方，留下了很多珍贵的记忆。

据民国二十二年版《齐河县志》记载：清光绪十七年（1891

年），张曜在齐河"邑东北油坊赵庄河岸督修石闸，并挖掘南北河一道下连徒骇"，建闸"用以减洪水一部，水经此闸北流，入赵牛河转于徒骇河入海"。当地群众誓死反对，于闸成之日，皆卧于闸口。倡言"与其开闸后受黄患而死，不如即日葬河神也"。可见，齐河人民对黄患之忧，惧怕到了什么程度。

黄河九曲十八弯，大河歌罢掉头东。清咸丰五年六月十九日（1855年8月1日），黄河在河南兰考北岸的铜瓦厢决口，浑浊的黄河水浩浩汤汤，源源不绝，前涨未消，续涨骤至，加之齐河所在的鲁西北多为平原，几无屏障，各个村落很快便被冲成泽国，极目所至，浩渺无涯。滔滔洪水像一头桀骜不驯的猛兽，裹着黄沙，翻着浪花，占据大清河河道，奔腾而下，在齐河拐了一个弯，由此向东折去。

齐河处于黄河"咽喉"河段，以坐弯顶冲大溜、临背悬差大、地势险要而闻名，河水自此进入两岸险工对峙的狭窄河段，进入举世闻名的"悬河"地段，成为治河的关键地段。时势造英雄。在多年的治河战斗中，涌现出了成千上万的治河英雄，而一代治河名臣张曜就是其中最为闪亮的一个名字。其治河功勋，永远值得齐河人民怀念。

张曜（1832—1891）号亮臣，字朗斋，乳名阿牛，祖籍浙江上虞，行伍出身。张曜起初在河南固始办团练起家，因智退捻军有功，深得钦差大臣僧格林沁的赏识，以御捻护城有功被咸丰帝赐号霍钦巴图鲁，是继湘军、淮军之后又一支劲旅。

张曜曾以"目不识丁"被御史刘毓楠弹劾，自此，他发愤读书，并镌刻"目不识丁"四字印，时时佩戴以自励。张曜妻凤仙夫人自小受到黎里古镇文风的熏陶，熟读四书五经，琴棋书画样样精通，知书达礼，真正是一位贤内助，一位亦师亦友的贤妻。张曜在知县、知府和布政使任上，上级的来文，下级的呈报，全仗夫人捉刀回复。他又向夫人请教官场上的繁文缛节、人情世故，最后终于应付自如了。在夫人的指导下，张曜从武功走向文治，多年的积极向学，使之成为一位多才多艺的人物。

驻军宁夏的那几年，他筑了一座书楼，推窗而望，近聆黄河淙淙有声，远望贺兰山雄奇景色，因而自书"河声岳色"四字大匾，悬挂门首。在河声岳色楼上，他日夕吟咏，虽不能说锦心绣口，至少可以说诗文俱佳，留下了一部《河山岳色集》。他还练就了一手遒劲的书法，绘得一手好画，朋辈相聚，时不时手谈一盘，铿然啄剥，一样的所向披靡。

大学士左宗棠对张曜十分赏识，在朝廷的奏折中左宗棠说："张曜之器识宏远，文武兼资，实难数觏。"左、张两人名义上是上下级，私交却如莫逆。左宗棠曾亲手以篆书作了"负郭无田，几亩荒园都种竹；传家有宝，数间茅屋半藏书"对联一副相赠，高度赞扬了张曜的喜好与品行。

光绪十二年（1886 年），张曜调补山东巡抚。到任后，为了防范水灾，狠抓治河工程。他认为山东境内黄河、运河河道均年久淤积，水流不畅，以致常患水灾，要想根治，首先必须疏浚通海河道；其次，在徒骇河两岸增筑河堤；再次，在疏浚和运输方面应该参用西法，以机船为主，提高工效。

他用大部分时间对山东黄河情况进行调查研究，根据山东河道窄的特点，除加强两岸堤防外，提出了"分"与"疏"的治河主张。他认为山东黄河两岸堤工不够坚固，河道又窄，水涨易于漫决为患，需有分水的措施，故在齐河赵庄、刘家庙和东阿陶城铺各建减水闸坝一座，以防异涨。光绪十三年（1887年）郑州十堡决口，山东黄河断流，他乘机对山东河道进行挑淤疏导。

光绪十五年（1886年）正月黄河回归故道，正值凌汛时期，由于河道疏通，使冰水顺利入海。鉴于当时黄河从牡蛎口入海不顺，他便用机船进行疏挖，改由韩家墩入海，使河口通畅无阻。他说："治河如治病，泛滥冲决，此河之病也，淤滩沙嘴，横亘河流，此又致病之由也。"认为切挖淤滩沙嘴，为治河要务，建议用平头圆船50只，每船16人，各带开挖工具，凡有河中淤滩沙嘴，水落登滩挑挖，水深则乘船淘爬，再于对岸筑坝挑水，藉流冲刷。他还提倡培堤取土远时，采用铺小铁轨带铁车运土，当时造铁轨1080丈。

张曜曾咨调刘鹗来山东办理河务。张曜与刘鹗的父亲曾经都在河南就职，刘鹗来山东测绘河图、搜集资料，张曜给予了大力支持。刘鹗提出了一系列的治河方略，都被一一采纳，并行之有效。刘鹗的《老残游记》对齐河黄河段有比较详细的涉及。

为了治河，张曜几乎天天在河堤上踏勘，每到紧急关头，昼夜不息。一年就有300天在河堤上度过。刚上任治黄河时，他没有经验，误听了幕僚中某些人"不与河争地"的意见，放弃民埝，退守大坝，结果黄河在齐河段决口，损失实多。这次教训异常深刻，从此，张曜认定只有广泛听取意见，才能集思广益，得出正确的治河措施。只要懂河务的，不管是下级官吏还是老百姓，他都亲自请教，唯恐听不到他们的意见。

为了保护周边环境，防止河堤泥沙走失，张曜下令广植柳树，安排河防营看护。直到现在，济南人民依然爱柳，还称柳树为"张公柳"。柳树是济南的市树，它同济南的市花——荷花，一起构成济南亮丽的风景。"四面荷花三面柳，一城山色半城湖"，那是对泉城的最恰当的描述。

光绪十七年（1891年），张曜在河堤上操劳过度，监工时"疽发于背"，回济南不治身亡。张曜任山东巡抚7年，办洋务、治黄河、修铁路、开厂局、办义学、建书院，在风雨飘摇的晚清时期，竭尽全力保障了山东境内的平安，用自己的忠诚和出色的才干，洗刷了早年"目不识丁"的耻辱，赢得了上下的敬重。噩耗传出，山东官民异常痛惜，张曜的属官、幕僚以及侍从都聚集于巡抚大院失声痛哭，哀声直贯长虹。出殡之日，济南百姓热泪滂沱，倾城相送。

山东人民怀念张曜，他们在济南大明湖畔为其修建了祠堂，年年供奉，岁岁祭祀。张公祠内，有人专门撰写了一副对联："公有功若历山高，我欲琅琊刻石，徂徕摩崖，橥百战空群之伟绩；灵其来兮麾旌下，谁持肥县碧桃，乐陵丹枣，歊九歌传舞以迎神。"张曜祖籍钱塘，杭州也为他建有一祠。那里有一楹联云："新祠民祭祀；旧债帝偿还。"

张曜去世不久，山东民间传说他化作了黄河的水神"大王"。所谓大王，就是一条小水蛇，传说来到黄河的"大王"都以水蛇化身。它们身上各有不同的特征，老河工只要见到，就能辨认出来，将它们迎接进大王庙。大王庙原址在济南城县东巷，内祀"金龙四大王"。张曜生前，清朝皇帝赏穿过黄马褂，他背上又生过疮，因此那条上半截黄色、中间有瘤状物的水蛇，就被老河工认定是张曜的化身。

回顾张曜的一生，为官三十多年，前半程征战沙场，战功卓绝；晚年作为山东地区的最高长官，治理黄河、兴办水利、设防胶州湾，为百姓所敬仰。张曜在齐河治理黄河的故事，被齐河人口口相传，成为激励人们奋发向上的宝贵精神财富。

如今，张曜曾经"战斗"过的齐河，正创造着令世人惊羡的业绩。在黄河文化广阔的背景之下，齐河人在党和国家的政策引领下，感悟着母亲河的雄浑博大，发扬战天斗地的齐河精神，书写着中国梦、齐河情的新传奇。

晚清诗人宋其光

姜仲华

宋其光，清代晚期出生，胡官屯镇郑官村人，榜名鸿儒，字锡箴，一字席珍，光绪庚子（1900 年）、辛丑（1901 年）恩正并科举人，日本法政大学毕业生，拣选直隶候补州州同。民国改建，历任湖北利川、宜昌等县知事。他是齐河历史上漂泊在外的文人才子之一，著有《瘦鹤诗文集》《椿园诗话》。从他现存的诗中可以看出，他性情恬淡，文人情怀浓郁，诗风清浅有味，有陶渊明之风。他富有才情，常有旁逸斜出之致。现选录几首诗作，从中可窥见其性情、诗风。

病中抒怀

人烟闹市近蜗庐，镇日杜门温故书。

客为僻处来往少，身因多病应酬疏。

鸡皮憔悴尘封镜，鹤发蓬松帽作梳。

每到晚来常废卷，习字行乐步庭除。

早春河干晚眺

天际云收雨乍晴，夕阳红趁晚霞明。

行人急足争先渡，衰柳垂丝系客情。

残雪未消高岸蔽，春冰初解扁舟轻。

无端一曲瑶琴奏，细认平沙落雁声。

柳枝

烟雨丝丝拂酒旗，关山客路几时归。

东风一去春无主，身逐杨花到处飞。

咏梅有感

十月梅花开正娇，最先春信报溪桥。

诗人未到江南看，反说春光泄柳条。

访梅

骑驴冒雪石桥斜，踏遍山崖与水涯。

幸有冷香风暗送，追寻春色到林家。

折梅

江北江南处处春，冷云香雪斗精神。

正逢驿使长安去，折取一枝赠远人。

问梅

究竟梅花几世修，缘何开上百花头。

襄阳和靖均归去，每到春深多少愁。

梦梅

底事看花终日忙，夜深老病怯风霜。

早眠幸入罗浮梦，纸帐春融被亦香。

对月

中秋明月倍精神，把酒吟诗兴趣新。

不识此时天上下，是人看月月看人。

咏小小公园（三首）

春满玉壶酒满杯，身缘多病少追陪。

遍栽县境新桑柘，更辟衙斋旧草莱。

庾府小圆为院落，谢家芳树净尘埃。

规模知为范围限，点缀匠心出妙裁。

体会民心与物情，为官还是旧书生。

园因日涉聊成趣，地以人传亦得名。

未架藤萝筛月影，新栽杨柳树风声。

凭栏每羡田家乐，残照一鞭罢晚耕。

退食才离虚白堂，迎人鸟语又花香。

携来书卷倚栏读，种得园蔬伴客尝。

琴枕高眠白太傅，石经爱写蔡中郎。

看山置酒登临便，数载辛勤一日偿。

宋其光的诗，常有奇思妙想，最有趣的三首诗是：

野菊嘲家菊

山野生成闲散材，从来不受人栽培。

笑他晚节黄花瘦，犹傍后门篱下开。

家菊嘲野菊

柴桑世泽黄金葩，世世争传隐逸花。

不识何来野合种，亦称彭泽是通家。

老松居间为双方解嘲

陶径昔年同就荒，些微花事好商量。

光阴易过秋容老，争得荣华也不长。

　　说到花卉草木能言，这是中国古典文学的曼妙之处。《红楼梦》中，西方灵河岸上三生石畔的绛珠仙草，因神瑛侍者天天以甘露灌溉，始得存活，脱了草木之胎，幻化人形，修成女体。只因尚未酬报灌溉之恩，故郁结着一段缠绵不尽之意。当神瑛侍者凡心偶炽下凡之时，绛珠仙子一道下凡，转世为林黛玉，要把一生所有的眼泪还他；《西游记》中，一株杏树，一株桧树，一株柏树……这些山精树怪们，在月光星辉下饮酒作乐，吟诗唱和。美貌的杏仙恋慕唐僧，写诗："上盖留名汉武王，周时孔子立坛场。董仙爱我成林积，孙楚曾怜寒食香。雨润红姿娇且嫩，烟蒸翠色显还藏。自知过熟微酸意，落处年年伴麦场。"《聊斋志异》中的菊妖黄英，白牡丹花妖香玉、山茶花妖绛雪、紫牡丹花妖葛巾、荷花三娘子……修炼成人形，各有一段缠绵悱恻的故事。

　　托物言志的诗歌，也叫"咏物诗"，是中国诗歌的一个类别，古今名作数不胜数，但大都以作者的角度、口气去写。宋其光的三首诗却不是此类，是物自己说话，野菊嘲笑家菊依附于人，家菊则嘲笑野菊是野种，各执一词，打起了嘴官司，老松在中间为之费心调停，十分有趣。菊本无思，诗人却赋之以思；松本无言，诗人却使之能言。宋其光这三首诗，使人想起宋代卢梅坡的《雪梅》：

> 梅雪争春未肯降，骚人阁笔费评章。
> 梅须逊雪三分白，雪却输梅一段香。

梅雪无思，在多情的诗人眼里，梅雪却在争春。诗人的闲情逸致无处发泄，替梅花、雪花做起了调停工作。宋其光也有这样的才思，在他的眼里，家菊和野菊也各有想法，还有一位老松当和事佬呢！

在生活中，许多事物，分家里的、野生的。笔者记得多年前曾看过一则《家猪和野猪》的寓言，和宋其光的家菊、野菊的诗可以对照一看。那个寓言中，家猪与野猪没有互相嘲笑，而是互相羡慕。写的是：

家猪与野猪偶遇，野猪羡慕家猪生活安逸，饮食送到口边，无忧无虑，而自己为了果腹，奔波劳碌；家猪则羡慕野猪生活闲逸，没有太多规矩的约束，无拘无束，自由自在。家猪问："既然我们互相羡慕，可以换换吗？"它们都低头深思，然后都坚定地摇摇头，道别而去。

这种诗文十分少见，构思新奇，作者须有才、情、趣，缺一不可。齐河的举人宋其光就以自己的才、情、趣，以幽默的笔调，写出了佳作。

进士王芝兰的才情人生

姜仲华

在清代的光绪年间，齐河出现了中国科举史上的一个奇迹——孪生兄弟俩，都考中了进士。在封建社会中，科举考试无论在朝廷还是在民间，都备受瞩目。国家通过科举考试选拔优秀人才治国安邦，是国家的大事；读书人通过科举考试改变命运，是个人的大事。科举考试一般分为三级：乡试，会试，殿试。殿试三年一次，是皇帝主试的考试，是顶级的考试，考中后统称为进士。在清代，每次殿试只录取三百人左右。古代考中一个进士，比现在考上北大、清华，不知难多少倍。

潘店镇潘店村这对孪生兄弟——王芝兰、王蕙兰，都考中了进士，在中国科举史上堪称凤毛麟角。

王芝兰考中进士后，被朝廷任命为江苏省丹徒县知县。丹徒是《老残游记》作者刘鹗的老家。在那里，王芝兰发挥自己的才干，造福一方。他有很多精彩的故事，被李伯元写进了《南亭笔记》。这个李伯元，还写了一本特别有名的书，就是晚清四大谴责小说之一的《官场现形记》。

王芝兰为人机警，多谋善断。这天，他在县衙，遇到一桩奇案。县内一位少女，爷爷在广东某地经商，可能是酒桌酬酢之际喝高了，把少女许配给了广东一位少年，写了婚书，我们称这个少年为甲；少女的父亲，在陕西某地做生意，又把少女许配给了陕西一位少年，也写了婚书，我们以乙代称。古代女子在婚姻上没有自主权，讲究父母之命、媒妁之言，爷爷、父亲为少女许下婚事，却没有通知在家乡丹徒的少女。这时，更奇葩的事出现了，少女的母亲在老家丹徒，又把女儿许配给当地一位少年，我们称之为丙。

正所谓一马难将两鞍鞴，好女不可配二夫。一位少女又怎么可能同时嫁给三个男人呢？出麻烦事儿了！

少女的爷爷和父亲回家，听说少女已经被母亲许配给当地一位少年，大惊失色。一家人商量来商量去，无计可施，最后决定把少女嫁给本地少年。于是，少女的爷爷和父亲分别给甲和乙写信，商量退亲。

婚姻是大事，古代人对此更是严肃，甲、乙怎么可能轻易放弃呢？于是，他们都赶到丹徒，向县衙告状，要求把少女判给自己为妻。

诉状送到王芝兰案头，难住了他。这种罕见的案件，他不仅第一次遇到，而且闻所未闻，古书之中也没有类似事件。

王芝兰升堂，详细问清案子情况后，宣布退堂，回去细想如何判案。甲乙丙三家都有理，都不想退婚，万一处理不当，不知会出现什么后果。他一夜未眠，苦思冥想，天亮之时，心里有了一个方法。

第二天，升堂再审，王芝兰问甲乙丙三方谁愿意退婚？三方都坚持要求把女孩子判给自己，据理力争，毫无退婚之意。威严的衙门大堂上剑拔弩张，少女的爷爷、父亲、母亲都唉声叹气，悔不当初，少女羞惭地缩在角落，低头啜泣。王芝兰沉吟片刻，对少女说："你以女儿之身，却受了三家聘礼，不管最后嫁给谁，对另外两家都是不忠，活着也是生不如死。"少女无法辩驳，"扑通"一声跪在堂下，哭得更凄惨了。

王芝兰不慌不忙地说："既然这样，你勉强活下去，也免不了遭人白眼，受人指责，我看，不如现在自尽，还可以保住自己贞洁女儿的名声。这是唯一的办法了。"说完，王芝兰让衙役端来毒酒一杯，放在少女面前。

少女面临困局，丝毫无法解脱，更重要的是，古代社会特别注重女子的贞洁和名声，所谓"饿死事小，失节事大"，知县说的话，还是很有道理的。少女当然不愿被人戳着脊梁骨说是失节，自己这些天愁苦无计，也确实有过轻生之念。

少女想来想去，知县说的，确实是唯一的办法，于是把心一横，端过毒酒，一饮而尽，倒在地上。王芝兰知县派人给少女的尸体盖上布，当场奖给少女家里五十两银子，作为少女保守贞洁自愿赴死的嘉奖。

奇变陡生，甲乙丙三人都没预料到，面面相觑，不知如何是好。

王芝兰知县不慌不忙地问甲，愿不愿意把少女的尸体领回去？甲想到道路遥远，尸棺不好携带，当场拒绝。问乙，乙也以同样的理由拒绝。王知县要求，既然不愿意带回少女的尸体，等于男方自己放弃婚约，必须毁掉婚书。甲乙一听，毫不犹豫地撕掉了婚书，以求快速了结此事。

王知县接着问丙，丙也拒绝。王知县"啪"一拍惊堂木，严厉地说："此女为了维护贞洁，已经喝了毒酒。此心可敬，此情可悯，你若不把她尸身领回去，难道让她做无家之鬼？你于心何安？"王芝兰知县当即派了几个衙役，把少女的尸体抬到了丙的家里。王知县命令少女的亲人一起去丙家，陪着处理后事，三天后入土为安。

甲乙二人一看事已了结，立即打道回府。

当天晚上，少女就苏醒了。原来，王芝兰知县让她喝的不是什么毒酒，而是加了点迷药的烈性酒，少女只是晕倒在地，并不是死了。这桩难以处理的奇案，就以少女嫁给同乡少年丙而结案。

王芝兰知县按现代标准来说，显得有点霸道。按古代标准，在当时的复杂局面下，绝对算得上是个好官。面对这个复杂难解的案子，他用一杯假毒药，解开了乱麻似的纷争，保全了少女的性命、名声，让这件事有了一个最好的结果，的确非常有才能。

王芝兰在丹徒当父母官，面对形形色色的案件，总能随机应变地去处理，做到公正、妥当，在百姓中有极好的口碑。

有一次，他坐着轿子外出巡视，看见一个农夫在路旁大哭，一头驴子系于树旁。他停下轿子询问，农夫说，他用驴子驮着两袋货物进城。快到市场时，他把驴子系于此树上，挑着货物进市场交割。等办完事回来时，他那头壮实的驴子却变成了一头又老又瘦的驴子，因此伤心痛哭。

王芝兰知县听完农夫的陈述，笑着安慰他："不要伤心，我可以用这头驴子帮你找回丢失的那头驴子。"农夫听了将信将疑。

王知县让人解开绳索，打了瘦驴子一鞭，瘦驴子便奔跑起来。知县对农夫说："你跟着瘦驴子跑，就可以找到你的壮驴子了。"农夫跟着瘦驴子跑了起来，知县随后坐着轿子跟在后面。瘦驴子走街串巷，到了一家豆腐店门口，便径直走了进去。农夫进去一看，他那头壮驴子就在那里，不禁破涕为笑。豆腐店老板目瞪口呆，一看知县来到，心里霎时明白，吓得跪下低头认罪。原来，老马识途，老驴也识途。王知县利用驴子的这个特点破了案，围观的人看了无不拍手叫好。知县把豆腐店老板带到县衙门，训斥了他一通，打了几大板后放他回去。找回驴子的农夫对王芝兰感激涕零。

王芝兰不仅善于为百姓断案，公务干得出色，生活也富有情趣。他很有才子气味，喜欢登山玩水，吟诗作词。在镇江的金山寺外不远处，有一处泉水，叫"中泠泉"。此泉原在波涛滚滚的江水之中，由于河道变迁，泉口处已变为陆地，是万里长江唯一的泉眼，人称"天下第一泉"。王芝兰工作之暇，去中泠泉游玩，写下一副对联，表达对这个美景的喜爱，对故乡山东济南的思念。对联写得才华横溢，文采飞扬：

水木湛清华，金焦而外，又益名区，却忆向岁经营，江左风流贤太守；

春秋多佳日，簿领余闲，偶来游眺，犹记故乡仿佛，济南潇洒大明湖。

这副对联，还镌刻在中泠泉旁边的一个叫鉴亭的亭子里，供游人们欣赏，现在被编入《中国名联选》。王芝兰将自己的诗文编为《丹柿轩诗稿》《双桂轩文约稿》等书，现已遗失。

这个鉴亭旁边，是白娘子用长江水淹没的金山寺；不远处，有一座楼，叫芙蓉楼，是王昌龄送辛渐的芙蓉楼。许仙和白娘子的人妖奇缘、水漫金山的传奇故事，王昌龄的千古绝唱、一片冰心，中冷泉这一天下名泉的名胜佳景、清澈泉水，和齐河进士王芝兰善断奇案的精彩故事、文采斐然的对联，共同组成了一幅多姿多彩的画卷。

王芝兰有着强烈的家国情怀。正值晚清，他在江南多个县担任知县，国势江河日下，八国联军入侵，烧杀抢掠，恣意而为，中华民族处在水深火热之中。王芝兰忧心如焚，盼望国家早日重整旗鼓，便向朝廷捐出廉金万两，上书一封："自恨宿疾缠绵，不能囊笔荷戈，以尝上马杀贼，下马作露布之志，情愿将历任所储薪金充作军糈，藉申报效，不敢仰邀奖叙……"他爱国报国之举，得到了政府和百姓的交口称赞。

王祝晨发起全国地方志编修工作

姜仲华

地方志具有"存史、育人、资政"的作用，对社会的发展、文明的传承，具有不可替代的重要意义。国家规定，地方志每 20 年左右编修一次。新中国的地方志编修工作，是由齐河人王祝晨发起的。

王祝晨，1882 年出生于齐河县安头乡王举人村，是民国初年"山东四大教育家"之一。新中国成立后，任济南一中校长、山东省教育厅副厅长、山东省政协一至三届副主席、第一届全国人大代表。

1954 年 9 月，第一届全国人民代表大会第一次会议召开，王祝晨作为代表，首先提出了"早早动手编修地方志"的建议案，并提出应该重点先编修县志。此议案当即得到总理的首肯和高度赞扬。日理万机的总理为此专门抽出时间接见王祝晨，交流、探讨了地方志工作的具体想法，形成了初步构想。在这里值得一提的是二人的交谊。1927 年，王祝晨赴广州参加革命，与黄埔军校政治部主任相识、交厚。新中国成立后，政务院总理曾有请王祝晨出任首任教育部部长的动议。在征求意见时，王祝晨以自己年龄已大为由，坚辞不就。现在，两人为了新中国的地方志工作，再次单独坐下来交谈，共商国是，畅叙友情，为建好新中国这个共同目标，一起奉献着丹心和智慧。

在这次大会上，王祝晨编修地方志的建议案获得通过，可能因为新中国刚刚成立，百废待兴，工作繁多，地方志编修工作没有立即开展。

1956 年 6 月，第一届全国人民代表大会第三次会议召开，王祝晨再次建议编修地方志。6 月 29 日，《人民日报》第 7 版发表了王祝晨撰写的《早早动手编修地方志》一文。总理做出指示，立即在全国组织、推进地方志工作。全国各省纷纷开展地方志编修工作，按照王祝晨的建议，重点先编修县志。山东省走在了这项工作的前面，1956 年底，《冠县县志》完成初稿，这是新中国成立以来山东第一部新编县志稿。

1957 年 6 月，为了将山东省的省志编好，王祝晨带领有关人员赴京征集资料，新华社记者拍了一张题为"山东旅京科学教育文学艺术界地方志座谈会"的照片。照片的中心人物是王祝晨，他的左一为夏莲居，山东郓城人，清朝云南提督夏辛酉的长子；左二为康生，时任中共中央山东分局书记、中共中央华东局副书记。王祝晨的右一为赵建民，山东冠县人，时任山东省省长；右二为李澄之，山东临沂人，时任山东省副省长、政协副主席兼秘书长。

在总理的关心下，1957 年，国务院科学规划委员会制定的《十二年哲学社会科学规划方案》(《1956 年—1967 年哲学社会科学规划纲要》) 中，提出了编写新地方志的任务，并将其列为 12 个重点项目之一，"要求全国各县、市（包括少数民族地区）能够迅速编写出新编地方志"。这项工作准备先从有条件的县市着手，逐步推广，计划到 1967 年以前，编出全国大部分县市的新地方志。

1957年7月，第一届全国人民代表大会第四次会议召开，王祝晨又作了《进一步开展地方志工作的发言》，并提出多项具体建议。会后，全国的地方志编修工作如火如荼地开展起来，到1957年年底，全国各省、市、区相继建立了地方志工作机构。

1957年，山东省成立了地方志资料征集委员会，余修担任主任委员，王祝晨、王献唐等担任副主任委员，负责指导全省新修方志资料的征集、积累、研究、编修工作。王祝晨为这项工作积极谋划、奔走。他专门提交了《编纂山东地方志的初步办法》，提出资料征集工作的三个步骤和四大态度，并写道："我们要想编一套人民的山东地方志，不管在内容上和形式上，还是在立场、观点和方法上，都要与旧日的官文书有根本性质的不同。"这个文件，奠定了山东省地方志编写与研究的基础。

在王祝晨的大力推动下，山东各地纷纷组织地方志工作班子，开始编修地方志工作。至1966年，全省地、市、县已成立修志委员会87个，有49个市、县志修成初稿，如历城、胶南、平原、乐陵等。这个阶段的志稿，反映了新中国各条战线欣欣向荣的面貌以及翻天覆地的变化。

王祝晨对地方志工作的倡导和奠基，为中华文明的传承做出了突出贡献，将永留史册。

武生泰斗的 "齐河缘"

王艳鸣

要说武生泰斗盖叫天，二十世纪五十年代来齐河老城演出过，你可能不会相信，你会怀疑这么大的角儿，怎会到我们这巴掌大的小城来。不过这是真的！我手头有一张父辈留下的盖叫天和弟子小效琴在定慧寺的合影照，照片背面简单记载着他来齐河演出的这段往事。

1957 年 12 月，聊城专署举办文艺调演（那时齐河归属聊城地区），我县参演的评剧小戏《小女婿》荣获二等奖。我父亲王树杰先生时任齐河县县政府文化科科长，他去聊城专署参加颁奖会时，正值盖叫天京剧团在聊城演出。他们剧团的下一台口是济南北洋大剧院，间隔有两天时间。双方商定途经齐河时商演两场。

这张照片拍摄于 1957 年 12 月 23 日，当天盖叫天在作为文化馆的定慧寺里给弟子小效琴说戏。照片拍摄者为文化科科员刘景文。后来，这张照片一直由我父亲珍藏，现在又传到我的手中，成为一代名角与齐河渊源的历史见证。

那时对名人的了解哪像现在的互联网这样便捷，可说起 "江南活武松" 盖叫天，人们还是知道一些的，尤其他的自断腿骨再接的故事更令人折服！盖叫天来齐河演出的广告一经发出，小城的人们奔走相告，邀朋友接亲戚，两场戏的票连同站票都卖光了。

齐河老城几乎全是由外来人员构成的。那时黄河在老城王庄至对岸北店子设有摆渡，自国道 309 来的西路官商进济南，这里是必经之路。冬季黄河淌冰无法摆渡过河，只有在此待渡。有的年头一等就得一两个月。新中国成立前这里酒肆牌楼，澡堂旅馆，各种手艺人，玩杂耍的、唱小曲的，各色人等，一应俱全。因此，这里的人的艺术欣赏水平高，一般的戏班在这儿摆不下摊子。经常是炮戏打不响被喝了倒好，第二天就得拔锚开船。虽说新中国成立有几年了，但老城人员的成分变化并不大。

盖叫天在老县城的两场戏一是《武松打虎》，二是《狮子楼》，都是他的代表剧目。演得真是出神入化，唱念做打无所不精。虽是在小地方演出，但他对演出无一丝一毫懈怠，这充分体现了他崇高的品德和艺德。他的演出让一向挑剔的老城人开了眼！这也是人们见到过的最高级别的京戏。

盖叫天，这名儿就透着铮铮骨气不是？他原名张英杰，生于 1888 年，河北高阳人。盖叫天幼时入天津隆庆和科班学习武生和老生，出科后加入杭州一戏班。按规矩得取个艺名，他崇尚当时的伶界大王谭鑫培，谭的艺名是小叫天，他便取名"小小叫天"。同戏班便有人嘲笑他，说他不自量力。他一怒之下更名为盖叫天，意为要超过谭鑫培！自此盖叫天勤奋学习，刻苦训练，继承了南派武生创始人李春来的艺术风格，兼收全国各派武生长处，并借鉴中国武术，自创了许多武生戏路和身段。他还大力提倡武戏文唱，为武戏增加了色彩。他因对京剧独特的贡献被行内称为盖派。他常演出的剧目有《武松打虎》《三岔口》《快活林》《狮子

楼》《十字坡》等。1949 年始，任浙江省文联副主席和中国戏剧
家协会浙江分会主席。其代表作先后拍摄成《盖叫天的舞台艺
术》《武松》等影片。

最能体现盖叫天骨气的是自断腿骨再接。1934 年演出《狮
子楼》时他不慎将右腿折断。不幸时，他治伤时遇庸医将腿骨接
坏。当得知再不能在舞台上做"金鸡独立"或将永远告别他心爱
的舞台时，他不由得失声痛哭。他问医生有无救方时，医生说除
非再折重接。话音刚落，只见他纵身将右腿磕向床帮，只听咔嚓
一声腿又断了。几个月后，他重返舞台饰演武松，仍做出"金鸡
独立"的亮相！曾任上海市市长的陈毅为他题诗曰："燕北真好
汉，江南活武松！"

盖叫天为何大半生一直在上海杭州等地演出而不来江北是个
谜，莫非是避免与一直在北方的"小叫天"谭家碰面生出尴尬也
未可知。到了 1952 年和 1956 年，盖叫天演出的《武松打虎》和
《十字坡》获文化部荣誉奖后，其家乡多次邀请，才打开盖叫天
的北方演出之门，也才有了 1957 年 12 月的齐河演出，齐河人也
才有幸一睹盖叫天的风采。

盖叫天于 1971 年 1 月溘然长逝，享年 83 岁。

尹作滨制作开国大典红灯笼

姜仲华

在 1949 年 10 月 1 日举行的中华人民共和国开国大典上，天安门城楼悬挂着的 8 个大红灯笼格外引人注目。

开国大典悬挂的大红灯笼意义非凡，为了能在比例上匹配天安门城楼宏大的体量，让灯笼烘托出喜庆的气氛，它们背后的设计者和制作者，展现了出色的才艺和过人的技巧。

里面能蹲三四个人打扑克

1949 年 9 月，焕发新生的北京喜气洋洋，百废待兴，开国大典的各项准备工作也在紧锣密鼓地进行着。9 月 2 日，总理批示"阅兵地点以天安门前为好"。此时的天安门城楼仍急需修缮，装饰悬挂的画像、正面的两条字幅、城楼上的灯笼，都需要现做。画像、字幅都还容易解决，灯笼却令所有人为难。天安门城楼原有的六角宫灯，既小又旧，落满灰尘，根本无法适应"举国欢庆新中国诞生"的主题。

天安门上的 8 个红灯笼由张仃和钟灵二人负责设计。张仃是著名画家，负责开国大典的美术设计工作；钟灵是中南海政务院总务办公室主任、政协筹备委员会布置科科长，也是著名美术家，负责对外联络和向中央领导请示汇报，同时也参与一些设计工作，曾参与中国人民政治协商会议会徽和中华人民共和国国徽设计。

钟灵曾在回忆录中这样写道："当时天安门的会场布置，有明确的分工：城楼两旁的大标语、会议的横幅、红旗、大灯笼等由我们会场布置科负责；天安门前、观礼台、车队、升国旗的设备由华北军区政治部张致祥主任负责；阅兵式、包括飞机飞过天安门广场、放礼炮等由聂荣臻负责。我和张仃教授事先绘制了天安门城楼的布置图样，包括大典横标、两旁的标语、八个大红灯笼、两边的八面红旗等。"

张仃和钟灵在中南海瀛台东海岸的三间平房"待月轩"里进行设计。天安门城楼上共9个开间，中间一间最大，也是大厅的出入口。张仃、钟灵决定此房间不挂灯笼，以便留出更开阔的空间。两侧各4个房间，逐渐缩小，每个开间要悬挂一个灯笼，共8个。他们研究发现，每个灯笼的直径只有接近3米，整体效果才能和天安门雄伟、雍容的气势协调。这么大的红灯笼，史无前例。钟灵开玩笑地对张仃说："这灯笼做出来，在里面可以蹲坐三四个人打扑克！"

张、钟二人设计好大红灯笼的图纸后，去提请总理批准。总理在图纸上用铅笔批示"同意"。

天安门城楼上扎灯笼

设计好了，然后就是制作。因为灯笼之大前所未有，制作难度不可预料，而且用在开国大典这样的盛典上，要求极高，不能